RINGWORLD PREQUEL 4
BETRAYER OF WORLDS

# 링월드 프리퀄 4
# 세계의 배신자

세계의 배신자



초판 1쇄 인쇄 2014년 5월 10일
초판 1쇄 발행 2014년 5월 14일

지은이 래리 니븐 · 에드워드 M. 러너
옮긴이 김성훈

펴낸이 박대일
편집 이문영 · 임유리 · 신지연
마케팅 송재진
디자인 김은희
일러스트 Silvester Song

펴낸곳 새파란상상(파란미디어)
출판등록 2004년 9월 14일 제313-2004-00214호

주소 121-897 서울시 마포구 성지1길 32-36
전화 02-3141-5589(영업부) 070-4616-2011(편집부)
팩스 02-3141-5590
전자우편 paranbook@gmall.com
트위터 @paranmedia
카페 http://cafe.naver.com/paranmedia

ISBN 978-89-6371-156-0 (03840)

RINGWORLD PREQUEL 4
BETRAYER OF WORLDS

링월드 프리퀼 4

# 세계의 배신자

래리 니븐 · 에드워드 M. 러너 지음
김성훈 옮김

새파란상상

BETRAYER OF WORLDS

# 차 례

분더란트 _7

부정否定의 땅 _41

무인無人의 땅 _97

약속의 땅 _147

냉전 _217

내전 _287

선제공격 _329

전쟁의 안개 _403

전쟁의 끝 _455

에필로그 _555

* 본문 속의 주는 모두 옮긴이 주입니다.

## | 분더란트 |

1

정글은 소름 끼칠 정도로 적막했다.

네이선 그레이노어Nathan Graynor는 성긴 풀숲 뒤에서 울퉁불퉁한 땅바닥에 바짝 엎드린 채 벼랑 너머를 뚫어지게 쳐다보았다. 가파른 절벽에 둘러싸여 구불구불 이어지는 좁은 협곡 바닥을 따라 흙길이 나 있었다. 하나는 노란색, 하나는 주황색인 태양 두 개가 머리 위로 높이 떠 있었다. 저 흙길에서 양쪽 능선 어느 쪽을 올려다보든 눈만 부시지 뭐 하나 제대로 보이는 것은 없을 터였다.

매복하기에 딱 좋은 시간, 딱 좋은 장소다.

날씨도 선선하고 산들바람이 계속해서 불어 주었건만, 네이선의 얼굴 위로는 땀이 주르륵 흘러내렸다. 내가 긴장했나 보군.

속으로 혼잣말을 되뇌었지만, 이 말이 기껏해야 절반의 진실임을 그 자신도 알고 있었다.

네이선은 더 잘 보일까 싶어 레이저 총 총대를 이용해 양치류 이파리 —초록색인 것을 보니 지구에서 온 것이 분명했다. 또 다른 반란군 무리가 몸을 숨기고 있는 건너편 바위 협곡의 붉은 황금색 식물들은 딱 봐도 이곳의 토착종이었다— 옆쪽으로 기어갔다. 원시적인 도로 위로 바퀴자국과 구멍 들이 흉터처럼 움푹움푹 파여 있었다. 반중력 수송기라면 문제없겠지만, 바퀴 달린 것들이 움직이기에는 고약한 길이었다.

네이선은 두렵지 않았다. 사실 전혀 두렵지 않았다. 눈앞의 일이 지금 실제로 일어나고 있다고, 자신이 실제로 이곳에 와 있다고 진심으로 믿을 수 있어야 두려움이란 것도 생기지 않겠는가.

미사일이 '클레멘타인Clementine'호에 구멍을 낸 그날 이후로 삶은 늘 꿈처럼 여겨졌다. 조종석의 응급 구속장이 그를 살렸다. 함선이 쪼개지면서 탑승하고 있던 다른 사람들은 모두 죽고 말았다. 현장에 제일 먼저 도착한 것은 반란군 전사들이었다. 네이선은 깊은 충격에 휩싸인 채 군소리 없이 그들을 따라나섰다.

물통에서 조심스럽게 물을 한 모금 들이켰다. 그리고 폐 속 깊숙이 맑은 공기를 들이마셔도 보았다. 그것으로도 마음이 진정되지 않자, 그는 고개를 들어 새와 새 비슷한 토착 동물들이 평원에서 솟아오르는 상승기류를 타고 편안하게 하늘 위로 솟구쳐 오르는 모습을 바라보며 마음의 평온을 구했다. 하지만 소용없기는 마찬가지였다.

반란군 캠프에 있는 동안에는 의심의 눈초리가 그림자처럼 그를 따라다녔다. 반란군은 그를 아직 완전히 신뢰하지는 않았다. 하지만 지금 그는 여기에 그들과 함께 있었다. 지키는 사람도 없이 날 혼자 놔두기는 그랬나 보지. 어쩌면 이 사람들도 드디어 내가 편해졌는지도 모르고. 아니, 어쩌면 내가 기회를 틈타서 정글 속으로 달아나는지 확인해 보고 싶었는지도 모른다. 이들이 내가 도망가게 그냥 내버려 뒀을까? 설마.

어느 쪽이든 지금 그가 여기 있다는 것은 일종의 테스트였다.

무언가 희미하게 웅웅거리는 소리, 금속이 짤그락거리는 소리가 얼핏얼핏 흘러들었다. 아래로 펼쳐진 평원 너머, 길이 아직 정글에 가려져 있는 저 먼 곳에서 갈색의 먼지구름이 피어오르고 있었다.

목표물이 가까워졌다.

아리스토들은 분더란트 주변의 우주를 하루하루 더욱 완벽하게 통제하고 있었다. 네이선은 뼈저린 대가를 치르며 그 사실을 배웠다. 지금은 죽고 없는 그의 예전 선원들은 더더욱 뼈저린 대가를 치른 셈이었다. 무선통신을 시도했다가는 아무리 신호 강도를 줄인다 해도 당장 감시위성에 발각당하고 말 것이다. 그래서 네이선의 왼편에 숨어 있던 이 게릴라 부대의 리더 로건은 가장 원시적인 형태의 신호를 날렸다. 새 울음소리를 흉내 낸 부드러운 휘파람 소리였다.

준비!

네이선도 알아들었다는 휘파람 신호를 보냈다. 최선을 다해 휘파람을 흉내 내기는 했지만 정작 그는 자기가 어떤 동물의 소리를 흉내 내는 것인지도 알지 못했다. 그의 오른편과 협곡 반대편에서 더 많은 새 울음소리가 울려 퍼졌다. 게릴라들은 임시변통으로 만든 방탄복 위로 위장복을 입고 있었다. 휘파람 소리를 따라 눈을 돌려 봐도 그들의 위치는 도무지 알 수 없었다. 네이선의 것을 포함해서 대답 신호는 모두 일곱 개였다.

이런 규모의 십자포화라면 치명적일 것이다.

훈련이라고 해 봤자 고작 '반짝이는 것은 레이저가 반사되니 쏘지 마라.', '내가 적을 보면, 적도 나를 본다고 생각해라.' 따위의 내용이 대부분이었지만, 네이선은 그 내용들을 다시금 되새기며 레이저 총을 어깨에 가져다 댔다.

집에서 뒹구는 화학물질로 즉석에서 폭탄을 만드는 법도 교육받긴 했다. 하지만 직접 폭탄을 만들려니 겁이 나 죽을 것만 같았고, 그런 기술은 부디 이론으로만 알고 있기를 바랐다. 결국 그가 하도 손을 떠는 바람에 폭탄은 다른 사람들이 제작했다.

이제 그 폭탄은 협곡 아래 깊은 곳에 숨겨져 있었다. 네이선은 망원경으로 겨우 길 하나 건너 아래편의 바위투성이 평야를 훑어보았다. 길이 아래쪽 정글로 이어지는 부분에서 나무 비슷한 식물들이 흔들렸다.

첫 번째 차량들이 나타났다. 트랙터, 화물 부양기, 트레일러 등 모두 민간인 차량이었다. 사람들은 짐칸 위에 빼곡히 들어앉아 있거나, 짐칸 옆판 위에서 간당간당하게 균형을 잡고 있거나, 두 발로 그 옆을 따라 터벅터벅 걷고 있었다. 이제 몇 분이면 저 대열은 협곡으로 들어서게 된다. 덫이 기다리는 협곡으로.

새들이 하늘 높이 원을 그리며 날고 있었지만, 태양이 역광이라 아래 있는 사람들의 눈에는 흐릿하게만 보일 것이다. 이 새들의 존재가 의미하는 바를 저들은 까맣게 모르고 있으리라.

네이선은 사체를 뜯어먹는 대머리독수리들을 떠올렸다.

망원경 배율을 확대해 보니 남자보다는 여자와 아이 들이 더 많았다. 모두들 두려움에 차서 어깨 너머로 두리번거리고 있었다. 개도 몇 마리 보이고, 심지어는 등이 굽은 말도 한 마리 보였다. 여기저기서 사람들이 사냥용 엽총을 움켜쥐고 있었지만, 그것으로 이들을 적이라 할 수는 없었다. 대체 어느 누가 무기 하나 없이 감히 이 야생에 발을 들이려 하겠는가?

배율을 더 확대해 보니 걱정으로 가득한 얼굴들이 눈에 들어왔다. 어른들 중 절반은 늙어 보였다. 부스터스파이스*는 어디에나 넉넉했다. 다만 너무 비쌀 뿐. 늙어 보인다는 것은 곧 돈이 없다는 의미였다. 대부분의 남자들은 턱에 수염이 덥수룩했지만, 양쪽이 비대칭이었다. 수염 한쪽은 뾰족하게 길렀고, 다른 쪽은 거의 바짝 밀어 놓았다. 네이선은 저런 수염을 한 번도 본 적이 없었다. 보란 듯이 저런 우스꽝스럽고 손이 많이 가는 치장을 게으름과 한가로움의 상징으로 하고 다니는 사람들은 분더란트의 아리스토들밖에 없었다.

저 대열이 소문으로 들었던 그 주둔군 보급 수송대일 리는 없

* boosterspice, 수명을 연장하고 노화 과정을 역전시켜 주는 화학물질.

었다. 네이선은 물러나라는 명령이 떨어지기를 기다렸다. 하지만 대신 그의 왼편에서 짧은 휘파람 소리가 날아들었다.

신호 떨어지면 공격 개시.

미쳤어! 저들은 민간인 난민들이다. 얼굴과 차량만 봐도 가난한 농부들인 것을 대번에 알 수 있다. 저런 사람들을 왜 공격해? 네이선이 헛기침을 했다.

“조용!”

로건이 쉿 소리를 냈다.

조난당한 후 처음으로 네이선은 과연 양편 중 어느 한편이 다른 편보다 더 나을 것이 있을까 의문이 들었다.

솔직히 말해서 처음은 아니지. 네이선은 자책했다. 사실은 이번이 두 번째였다. 첫 번째는 게릴라 두 명이 얼굴이 멍으로 엉망이 되고 블라우스에서 반란군 배지도 뜯긴 한 여성 게릴라를 캠프에서 끌어내 정글로 데리고 들어갔을 때였다. 결국 나중에는 두 남자만 굳어진 얼굴로 돌아왔다.

네이선은 그들이 그 여자를 멀리 떠나보낸 것이라 믿기로 했다. 이 사람들은 난파된 우주선에서 그를 꺼내 분더란트 방위군이 도착하기 전에 재빨리 피신시켜 주었다. 네이선은 몸에 걸친 셔츠에서 그 자신의 목숨에 이르기까지 모든 것을 게릴라들에게 빚지고 있었다.

이제는 그런 빚을 지고도 살 수 있을까 하는 생각이 들었다.

웅웅거리는 엔진 소리가 점차 커지자, 네이선의 마음은 더욱 혼란스러워졌다. 그냥 눈 딱 감고 이 살육에 동참해? 생각도 못할 일이다. 아무 짓도 하지 말고 그냥 보고만 있어? 그게 무슨 차이야?

무언가 다른 방법이 분명 있을 것이다. 경고사격을 해서 민간인들을 겁줘 볼까? 아니지, 저기 평원과 여기 벼랑 위 사이로 레이저 빔이 걸쳐지면 내가 쏘았다고 광고하는 꼴이야. 그 여자 게릴라가 캠프 바깥 숲으로 사라지는 거 봤잖아. 적에 동조하는 자들을 반란군이 어떻게 처리하는지는 너무나 잘 안다. 아니면…….

그렇지. 지금 위쪽을 쳐다보는 사람은 아무도 없을 것이다. 네이선은 레이저 총을 들어 하늘을 향해 발사했다. 퍽 소리와 함께 하늘을 빙빙 돌던 새 한 마리가 회전을 멈추었다. 이곳의 중력은 네이선에게 익숙한 중력의 절반이 될까 말까 했기 때문에 둘로 조각나다시피 한 새의 시체도 그만큼 천천히 떨어져 내렸다.

새의 시체가 대열의 바로 앞에 철퍼덕 떨어졌다.

두 발로 걷던 사람들은 그 자리에서 방향을 돌려 지그재그로 숲을 향해 뛰기 시작했다. 엔진들이 굉음을 내고, 차량들은 반대 방향으로 회전하려고 머리를 획 틀거나 길을 벗어났다. 어쩌면 네이선 덕분에 몇 명은 목숨을 구했는지도 몰랐다.

쾅! 트랙터 한 대와 트럭이 충돌하면서 정글로 들어가는 길을 막아 버렸다.

"지금이다!"

로건이 소리 질렀다.

협곡 양쪽 가장자리에서 게릴라들의 총이 레이저를 뿜었다.

아무도 눈치채지 못하는 사이에 레이저 빔이 소리도 없이 세 명의 몸뚱이를 두 동강 냈다. 다음 순간, 비명과 저주의 소리가 터져 나왔고, 더 많은 사람이 꼬꾸라졌다. 혼돈 그 자체였다.

차마 눈 뜨고 쳐다보지 못할 대학살이었다.

그 살육의 현장 뒤로 갑작스러운 움직임이 보였다. 상어처럼 날렵하고 매끄러운 반중력 건십gunship이 정글에서 튀어나왔다. 유령처럼 조용한 침묵의 습격이었다. 레이저 대포가 피처럼 붉은 빛을 뿜었고, 거리가 가까워지자 레일건이 미친 듯이 총을 쏘기 시작했다.

게릴라들도 딱 두 개 가지고 있던 지대공미사일을 발사했다. 한 발이 적중했다. 건십은 꼬리처럼 연기 흔적을 남기며 털털거리는 엔진 소리와 함께 빙글빙글 돌아 아래로 추락했다. 쾅! 건십이 절벽에 부딪치는 바람에 땅이 뒤흔들렸다. 협곡 반대편에서는 용감한 건지 정신이 나간건지 —내가 적을 보면 적도 나를 본다고 생각하라지 않았던가!— 두 사람이 계속해서 레이저 총을 쏘고 있었다. 남은 두 건십이 그곳으로 미사일을 발사했다.

그런 폭발에서 살아남을 사람은 없었다.

"후퇴!"

로건이 소리쳤다.

적어도 웅웅거리는 네이선의 귀에 들린 명령은 그랬다. 그는 이미 벼랑에서 미끄러지듯 빠져나와 정글 깊숙한 곳으로 최대한 신속하게 움직이고 있었다.

난민들을 위해 내가 할 수 있는 것은 다 했어. 하지만 이런 생각도 위로가 되지는 못했다.

그 대열은 양쪽 모두의 미끼였다. 시민군은 민간인을 이용해 반란군을 유혹했다. 똑같이 냉혹한 존재인 반란군 게릴라들 역시 난민들을 공격함으로써 아리스토의 순찰선을 자신들의 사정권 안으로 끌어들이려 했다.

쾅! 쾅! 쾅!

더 많은 미사일이 터졌다. 땅이 흔들리며 네이선은 허공으로 높이 날아올랐다가 땅바닥에 떨어졌다. 정신을 차릴 수가 없었다. 폭발의 역광에 비친 덤불 사이로 사람의 옆모습이 언뜻 보였다. 그림자가 네이선 위로 불쑥 나타났다. 족히 이 미터가 넘는 키였다. 분더란트는 중력이 약하기 때문에 이곳의 주민들은 대부분 거구였다.

게릴라 중 한 사람이었다. 코디 뭐랬는데. 나를 도우려고 온 건가, 아니면 죽이려고 온 건가?

"일어나."

코디가 나지막이 얘기했다. 아마도 이 사람은 내가 난민에게 경고하는 모습을 못 봤나 보다.

"지금 가야 돼."

네이선이 두 발로 일어서려고 애쓰는데 또 한 번의 폭발이 그를 나무둥치로 내동댕이쳤다. 왼팔과 갈비뼈 몇 대에서 뚝 하고 부러지는 소리가 났다. 녹아내린 무언가가 그의 위장복 위로 튀었다. 그것이 옷과 방탄복을 파고들었다. 레일건의 포효 소리가 그의 비명을 집어삼켰다.

코디가 네이선의 옷에 난 구멍에 응급처치용 거품을 분사하자 옆구리가 마취되었다. 그는 네이선을 부축해 일으켜 세웠고, 두 사람은 비틀거리며 함께 정글 속으로 사라졌다.

경사진 지붕 위에서 노란 타원형의 물체 하나가 빛을 내고 있다. 태양은 아니로군. 차츰 정신이 들었다. 전등 불빛이 반사된 건데……. 뭐에 반사된 거지? 내가 저 불빛을 얼마나 오랫동안 보고 있던 거야? 머리는 또 왜 이렇게 멍하지?

주위를 둘러보았다. 네이선은 여러 개 놓인 좁은 간이침대 하나에 등을 대고 힘없이 누워 있었다. 간이침대는 모두 사람으로 채워져 있었고, 사람들은 대부분 피 묻은 붕대를 감고 있었다. 소름 끼칠 정도로 조용했던 정글이 떠올랐다. 아까는 정글이 그리 조용하더니, 여기는 또 어딘데 이렇게 조용해?

응급처치 병동이로군. 그런데 병동이 동굴 안에 들어와 있어? 한참 후에야 네이선은 그 이유를 이해할 수 있었다. 체열, 그래 체열 때문이로군. 이 정도 규모의 캠프가 야외에 나와 있다가는 당장 감시위성에 발각되고 말 테지.

네이선은 이곳에 들어온 기억이 없었다. 그때 나를 부축해 이끈 사람은 코디였는데.

혹시 게릴라 중 다른 사람이 나를 여기로 데리고 왔나? 네이선은 다른 침대를 더 자세히 둘러보려고 일어나 앉았다. 팔에 체중을 실으려다가 다행히 그 전에 깁스가 되어 있는 것을 눈치챘다. 하지만 부러진 갈비뼈와 화상은 깜박하고 말았다. 입에서 헉

소리가 났다.

한 여자가 서서 링거 주머니의 약물 떨어지는 속도를 조절하고 있었다. 간호병인가? 여자가 고개를 돌리더니 말했다.

"바로 돌아올 테니까 잠시 기다리세요."

링거 주머니, 깁스, 피범벅이 된 붕대! 머릿속은 멍했지만 문득 이런 생각이 들었다. 여기는 중세 시대나 마찬가지로구나. 지금쯤이면 그는 당연히 아무것도 모르고 얌전히 치료용 컴퓨터 보호막 안에서 잠들어 있어야 옳았다. 하지만 게릴라들에게 오토닥이 있기는 했던가? 단 하나도 본 기억이 없었다.

일어나 앉기 전까지만 해도 괜찮았다. 하지만 이제는 옆구리의 쑤시는 통증 때문에 아무 생각도 할 수 없었다. 이 통증은 정말이지…… 정말이지 원시적인 통증이었다. 오토닥이 언제부터 보편화되었는지 기억이 나지 않았다. 그가 태어나기 한참 전이었는데, 그의 나이만 따져도 백삼십 년이 넘었다. 그는 통증에 어떻게 대처해야 하는지 알지 못했다. 요즘 세상에는 그 누구도 통증을 참고 있을 필요가 없기 때문이었다. 머리가 핑핑 돌고, 숨소리가 거칠어졌다.

"조심하세요."

검은 머리를 염소 꼬리처럼 대충 묶어 올린 아까 그 간호병이 쓰러지는 네이선을 붙잡았다. 그녀는 네이선이 뒤로 눕게 도운 후에 무언가를 정맥주사 튜브 속으로 밀어 넣었다.

"아픈 데는 이게 좀 도움이 될 거예요."

"잠깐."

네이선이 입을 열었지만 한발 늦고 말았다. 말이 괜히 느려진 것은 아니었을 것이다. 첫 번째 약효가 파도처럼 밀려왔고, 왠지 익숙한 좋은 기분이 들었다.

"대체 이걸 나한테 얼마나……?"

질문을 마치기도 전에 그는 그대로 곯아떨어졌다.

인간의 우주 전역에서 사람들은 분더란트 주민 아리스토들을 경멸했다. 그런 만큼, 자유를 위해 싸우는 반란군 전사들에게 의료 보급품을 전하려고 봉쇄를 뚫고 밀항하는 것은 무척이나 고귀한 일이었다. 그렇다면 의료 보급품을 팔아먹기 위해 밀항하는 것은? 빛이 바래기는 했어도, 그래도 대의명분은 여전히 살아 있었다.

아무렴 그렇지 않은가?

무릇 세상일이란 가까이서 바라보면 흑과 백이 그렇게 뚜렷이 갈리지 않는다. 분더란트의 내전은 다른 내전들과 마찬가지로 추악한 전쟁이었다. 이 전쟁은 가족들을 뿔뿔이 흩어 놓았다. 적에게 그 어떠한 자비도 보이지 않았고, 자비를 기대하지도 않았다. 전쟁은 무고한 민간인이나 중립 단체를 따로 가리지도 않았다. 의심스러운 부분이 있어도 일단 믿고 보는 관용 또한 찾아보기 어려웠다.

더군다나 난파된 밀항선에 온통 자신의 DNA가 담긴 피를 흘려 놓고 나온 경우라면 그런 관용 자체가 아예 존재할 수 없었다.

약 기운에 아직 정신이 멍했지만 네이선은 어쩌다 이 꼴이 되었는지 생각해 보려고 안간힘을 썼다. 그는 주방장, 정비사, 조종사 등 별의별 일을 다 해 봤지만, 그중에 원래부터 하려고 해서 한 일은 없었다. 그와 마찬가지로 밀수업자도 애초에 되려고 해서 된 것이 아니었다. 직업, 취미, 결혼 생활 같은 것을 한 번 혹은 한 가지만으로 백 년씩 버티는 사람은 없지 않은가? 물론 돈이 목적이기는 했지만 의료 보급품의 지분을 사들일 때도 그에게는 정직한 의도밖에 없었다. 그 후 '클레멘타인'호의 선원으로 합류했던 것도 그저 자신이 투자한 것을 지키겠다는 신중함에서 비롯된 행동이었다.

물론 자기기만이었지만.

따분한 일상이 되어 버린 또 다른 직업에서 탈출하고 싶었나? 아무렴 그렇고말고. 폴라 체렌코프에게 차인 아픔을 잊을 방편으로? 사실 밀항을 시도한 것 역시 그런 방편의 하나였다.

흐릿한 망각 상태로 다시 빠져들며 네이선은 더욱 가혹한 진실과 마주했다. 그는 아직도 아주 오랜 악마들로부터 달아나고 있었다.

## 2

목표가 꼬리를 감추었다.

'꼬리를 감추다'. 육식동물의 비유이자 인간의 비유였다. 하지만 네서스는 둘 다 아니었다.

'네서스'는 편의상 붙여 놓은 이름이었다. 인간이 발음할 수 있는 이름이 필요했다. 성대가 여러 개 달려 있어서 제대로 발음할 수만 있다면 그의 본명은 마치 왈츠 박자에 맞춰서 흘러나오는 산업재해 소리처럼 들렸다. 아니, 그렇게 들린다고 했다. 아주 오래전 어느 인간의 표현에 의하면.

백 년도 전에, 그의 종족이 인간의 우주에서 물러나기 전까지만 해도 인간은 그들을 퍼페티어라고 불렀다. 하지만 인간이 모르는 사이에 몇몇 퍼페티어가 돌아왔다. 은하계는 아주 위험한 곳이었고, 이곳에 오면 인간이라는 좋은 총알받이를 구할 수 있기 때문이었다.

'총알받이'. 이것 역시 인간이 사용하는 비유였다. 네서스는 삶의 상당 부분을 인간들 속에서 보냈다. 심지어는 외계 종족과 하루만 함께 지내도 좋지 않은 말이 돌던 시절에조차 그는 내내 인간들과 함께 지냈다. 미친 퍼페티어가 아니고서야 자기 종족과 떨어져 허스를 떠나는 법은 없었다. 게다가 분더란트에 발굽까지 내디뎠으니 네서스는 말 그대로 미친 셈이었다.

그는 자신의 광기를 받아들이는 법을 배웠다. 그리고 그 광기의 절정은 심지어 이제는 인간을 좋아하게 되었다는 것이다.

어쩌면 이 광기와 잘 뽑은 인간 요원 하나가, 네서스가 뒤로하고 떠나온 일조 명이 넘는 그의 종족에게 닥친 재앙을 다시 막아줄지도 몰랐다.

네이선은 병동 통로를 분주히 오갔다. 그는 환자들의 간이 변기를 비워 주고, 매일 하는 의학 스캐닝 검사를 하고, 물과 알약들을 나누어 줬다. 바쁘게 이런 일들을 하다 보면 흉하게 아문 화상 때문에 불편해진 옆구리를 잊을 수 있었고, 양심의 가책도 달랠 수 있었다. 전투에서는 사람 하나 죽이지 못했지만 그래도 이런 일을 하는 덕분에 반란군들의 호감을 얻을 수 있었다.

"어서 와, 꺽다리 아저씨."

이 병동에서 수직으로 일어서 있는 사람은 네이선이 유일했기 때문에 서 있는 동안에는 그가 분더란트의 거구들보다도 키가 커 보였다. 이런 상황에서는 별것 아닌 일이라도 꼬투리를 잡아서 실없는 농담을 주고받기 마련이었다.

"안녕, 테리. 오늘은 좀 어때?"

연이어 젖은 기침이 나왔다. 그는 폐에 물이 차 있었다.

"좋아. 보면 몰라?"

네이선은 사내의 어깨를 두드려 준 후, 다음 여자 환자에게로 향했다. 그는 침대 옆 바닥에 놓여 있는 물 주전자 쪽으로 가서 섰다.

"좀 어때, 메이브?"

"당신이 보기엔 어떤데?"

메이브가 되물었다. 무겁게 가라앉은 얼굴이었다. 마치 노려보는 표정 그대로 얼굴이 굳어 버린 것 같았다. 하지만 이것도 그의 생각일 뿐, 솔직히 메이브에게는 뭐 하나 웃을 일이 없었다.

네이선은 그녀 위로 스캐너를 훑었다. 스캐너에 불이 들어왔다. 대부분 녹색이었다. 아래로 훑어 내려갈수록 녹색 불이 더 많이 들어왔다.

“의사는 아니지만 그래도 내가 보기에는 금방 퇴원할 수 있을 것 같네.”

콩팥은 하나밖에 남지 않았지만.

“그래. 그런데 나 약 먹을 시간이 된 거 같은데.”

그녀가 말했다.

내 말을 못 알아들었나? 아무렴 당연히 알아들었겠지. 이곳의 의사라는 작자들은 여기서 만나는 부상이나 병을 절반도 제대로 치료하지 못했다. 그들은 치료 대신 환자를 머리끝부터 발끝까지 마약성 진통제에 절여 놓다시피 했다.

“아직 시간이 안 됐어.”

네이선은 거짓말을 했다. 그러다 나처럼 약에 절어 중독되면 어쩌려고?

사실 또 다른 이유도 있었다. 진통제를 적게 나누어 줄수록 자연히 그의 몫이 많아질 터였다.

의사들이 네이선을 퇴원시키기로 했을 때, 그는 이미 약물에 중독되어 있었다. 그리고 약을 구할 수 있는 곳은 바로 이곳이었다. 이런 아이러니가 또 어디 있을까? 약들 중 상당 부분은 ‘클레멘타인’호에서 회수한 것들이었다. 약에 적힌 일련번호로 알 수 있었다. 정부에서 암시장으로 흘러들었다가 다시 반란군에게로 흘러든 것이었다.

젠장. 서로 장사는 이렇게 잘하면서 왜 대화는 못 하나?

메이브가 네이선의 소매를 붙잡았다.

"약 먹을 시간 됐잖아, 네이선. 나도 다 안다고."

"아니라니까 그러네."

네이선은 팔을 뻗어 손목을 보여 주었다.

아주 오래전, 그러니까 돈깨나 주무르고 다니던 시절에 그는 손목 이식물에 호사를 부렸다. 거기에는 시계, 계산기, 나침반 등 다양한 기능이 들어 있었다. 그리고 딱한 일이지만 그의 수중에 남은 것 중에는 이 이식물이 제일 값나가는 물건이었다. 가능하기만 했다면 네이선은 이식물이라도 팔아서 약을 샀을 것이다. 하지만 이곳에 있는 사람들 중에서 손목 이식물을 온전하게 떼어 낼 기술을 가진 자는 아무도 없었다.

메이브가 의심스럽다는 눈빛으로 그의 손목을 바라보았지만, 네이선이 시간을 뒤로 늦춰 놓았으리라고는 상상조차 하지 못했다. 머리 굴려서 기껏 이런 한심한 속임수나 쓰다니. 네이선은 부끄러웠다.

"그럼 나중에 봐."

메이브가 말했다.

"알았어."

네이선은 옆 침대로 갔다.

"기분은 좀 어때, 리처드?"

근무시간이 끝날 때가 되니 손이 이미 떨리고 있었다. 자신을 저주하며 네이선은 동굴 바깥의 그리 멀지 않은 빽빽한 덤불 속으로 들어갔다. 게릴라 캠프에는 사적인 공간이 거의 없었다. 그래서 이 덤불로 찾아들어 허겁지겁 섹스를 나누고 돌아가는 게릴라들이 많았다.

하지만 네이선의 목적은 여자가 아니었다. 그는 마지막 근무 시간에 진통제 세 알을 꼬불쳐 두었다. 그중 두 개를 입안에 털어 넣었다.

따듯한 밤이었다. 바깥 공기는 소독약과 두려움으로 더렵혀져 있지 않았다. 네이선은 야생에 몸을 더 깊숙이 파묻고 꽃을 피운 키 작은 나무들 아래 누워 잠에 빠져들었다.

어린 시절 기억은 워낙에 깊이 억눌려 있기 때문에 네이선은 그 기억들을 모두 떠올릴 수 있으리라고 기대해 본 적이 없었다. 하지만 기억들이 가끔씩 스쳐 지날 때는 있었다. 꿈을 꿀 때나 상담 치료를 받을 때.

아니면 약에 취했을 때.

어느 날 밤. 네이선은 자기 방, 자기 침대에서 잠이 들어 있었다. 부모는 그 주 내내 무언가 이상해 보였다. 불안한 걸까? 그는 이해할 수 없었다. 누나는 여섯 살 정도였으니 웬만한 상황은 이해할 만한 나이였지만, 누나 역시 상황을 이해 못 하기는 마찬가지였다.

잠에서 깨고 보니 여기가 대체 어딘지 알 수 없었다. 내 침대가 아닌데. 내 방도 아니야. 우리 집도 아니고. 침대에서 일어나 눈을 비벼 졸음을 쫓아내고 창밖을 내다보았다. 눈에 익은 것이 하나도 없었다. 부모도 어디론가 사라지고 없었다.

부모의 친구였던 한 아저씨가 슬픈 표정으로 계속 이렇게 말했다.

"내가 너희 아버지다."

그러고는 그들 남매를 네이선과 트위나라고 불렀다. 남매는 그건 내 이름이 아니라며 울부짖었지만, 아저씨는 달래도 보고 우겨도 보다가 결국 버럭 소리를 질렀다.

"그게 너희 이름이야! 무사히 살아남고 싶으면 그 이름을 기억해야 한다."

셋 다 얼굴이 눈물로 범벅이 되어 있었다.

새 이름을 망설이지도, 울지도 않고 말할 수 있을 때까지 남매는 집에 갇혀 있었다.

그리고 마침내 네이선의 원래 부모가 다시 나타났다.

하지만 완전히 딴사람이 되어 있었다. 언제나 행복하고 걱정 없는 모습이었던 어머니는 마치 귀신이 들린 사람 같았다. 그 모습은 오랫동안 네이선의 머릿속에 지워지지 않고 남아 있었다. 어머니는 마치 하늘의 색깔이나 하루의 길이가 잘못되기라도 한 것처럼 이상하기 그지없는 것을 두고 하염없이 울기만 했다. 하지만 정말로 달라진 사람은 아버지였다. 아버지는 웬만한 사람들은 모두 아래로 내려다볼 정도로 키가 컸다. 그런데 어찌 된 영문인지 이제 어머니 키 정도로 줄어 있었다.

그즈음에는 네이선도 구릿빛 피부와 치켜 올라간 눈을 가진 사람이 누구누구인지는 알아볼 정도의 나이로 자라 있었다. 네이선과 트위나는 그랬다. 새아버지도 그랬다. 하지만 어머니와 민기 어려울 정도로 키가 줄어든 아버지는 그렇지 않았다.

아버지와 어머니 그리고 새아버지는 아무도 듣는 사람이 없는 것 같을 때는 다른 곳, 다른 시간에 대해 얘기했다. 경이로운 모험에 대해, 끔찍한 적들에 대해, 그들을 물리친 막강한 힘에 대해. 웬일인지 부모들에게는 블랙홀이나 우주 해적 따위가 오히려 일상적인 경험 같았다.

그 무렵 네이선의 나이는 열 살쯤 되었다. 그는 용기를 내서 부모들에게 물었다.

"엄마, 아빠는 정체가 대체 뭐예요?"

돌아온 대답이라고는 어색한 침묵과 겁에 질린 어머니의 표정밖에 없었다.

네이선은 최대한 빨리 도망쳐 나왔다.

기억이 폭풍우 치듯 지나갔다.

네이선은 덤불에서 나와 비참한 현실로 돌아왔다. 그는 이제 마약중독자에, 탈주범에, 빈털터리였다. 그가 평생 동안 모은 것들은 모두 불에 타 사라지고 말았다. 그는 분더란트에 붙잡혀 있었다. 만약 아리스토에게 붙잡혔다면 그가 바랄 수 있는 것이라고는 기껏해야 여러 해에 걸친 재교육 캠프의 노역밖에 없었을 것이다.

네이선은 우연히 엿듣게 된 아버지의 모험담들을 자기도 모르는 사이에 그대로 믿고 있었다. 그 모험담들은 대부분 승리로 끝났다.

네이선은 궁금해졌다. 과연 나도 그럴 수 있을까?

인간은 투명한 벽 뒤에 쭈그리고 있었다. 겁을 먹어서 그런 것이 아니라 천장 높이 때문에 어쩔 수 없이 나온 자세였다. 네서스가 분더란트 주민들이 얼마나 키가 큰지 깜빡하고 격리용 부스를 지구 표준에 맞춰 제작한 탓이었다.

"뭐야, 이게!"

인간이 화가 나 빨갛게 달아오른 얼굴로 말했다. 그는 좁은 원통형 부스에서 몸을 완전히 한 바퀴 틀었다. 빠져나갈 출입구를 찾는 것인지, 얼굴을 마주할 사람을 찾는 것인지는 모르겠으나 하여간 둘 다 없었다. 그는 휴대용 컴퓨터를 꺼내 보았지만, 통신 기능이 먹통이 된 것을 알고 욕지거리를 내뱉으며 치워 버렸다. 격리실 너머로는 스탠드 거울밖에 없었다.

사내가 거울을 노려보며 말했다.

"당장 여기서 꺼내 줘!"

"때가 되면 풀어 주지요."

자기 쪽에서만 보이는 반투명 거울 뒤에서 네서스가 대답했다. 그는 살짝 허스키한 여성의 중저음으로 공용어를 유창하게 말했다. 마음만 먹었다면 건장한 인간 남성의 목소리도 쉽게 흉내 낼 수 있었을 것이다. 하기야 그가 마음만 먹으면 현악사중주 소리라도 흉내 못 낼 것이 없었다. 하지만 이런 목소리를 선택한 데는 다 이유가 있었다. 여자들은 그런 목소리에서 신뢰감을 느꼈고, 남자들은 본능적으로 강한 욕정을 느꼈다. 어느 쪽이든 네서스에게는 득이었다.

"천장이 낮아서 미안하군요. 그냥 편하게 앉으십시오."

이 분더란트 사람은 구부정한 자세에도 불구하고 오만한 모습으로 그냥 버티고 서 있었다. 그의 유니폼은 단추, 어깨 장식, 휘장 등이 어찌나 촌스럽게 장식되어 있는지 길버트와 설리반의 오페레타에 사용해도 되겠다 싶을 정도였다. 턱은 치켜 올라가 있었고, 귀족처럼 뾰족하게 다듬어 놓은 수염에는 튜브에서 짜서 바른 투명한 왁스가 그대로 남아 있었다.

"당장 날 여기서 풀어 줘!"

"뷰캐넌 소령, 나한테 뭘 명령할 수 있는 처지가 아니지 않습니까?"

네서스는 뷰캐넌이 그 말뜻을 이해할 때까지 잠시 기다렸다.

"어쨌거나 풀어 주지요. 물론 우리 둘 사이의 일만 잘 마무리되면 말입니다."

"내가 어디 입이라도 벙긋할 줄 알고!"

뷰캐넌이 으르렁거리듯 말했다.

아무렴. 하고말고. 네서스는 생각했다. 이번이 납치를 처음 해보는 것도 아니었다.

"내가 소령을 이동 부스 중간에서 가로챘다는 걸 알아야지요. 그런데도 아직 입을 열지 않는군요."

이는 곧 이곳 인간들의 행정 당국에서도 똑같은 방법을 배웠다는 의미였다. 그렇다면 반란군들은 이 이동 시스템을 피해 다닐 것이고, 네서스가 아직 진짜 목표 대상의 위치를 알아내지 못한 이유도 이것으로 설명할 수 있을 터였다.

아니면 혹시 네서스가 찾고 있는 목표 대상이 아예 다른 세계로 사라져 버렸을지도 모를 일이었다. 그것이 사실이라면 목표 대상이 꼬리를 더더욱 깊게 감춘 셈이었다.

네서스는 비관적인 생각이 솟구치는 것을 애써 억눌렀다.

"아마 내가 시스템에 끼어드는 바람에 경보가 발동되었으리라 생각하겠지요. 지금도 분명 시스템 점검기가 작동하고 있을 테니 분더란트 방위군이 이 이동 부스의 위치를 파악하고 이곳으로 소령을 구출하러 오는 건 시간문제라 믿을 것이고. 그래 봬도 소령은 분더란트 방위군의 중간 간부니까, 안 그렇습니까? 미안하지만 그런 일은 일어나지 않습니다."

뷰캐넌은 노려보기만 할 뿐 아무 말도 없었다.

네서스는 있지도 않은 자신감을 쥐어짜며 확신에 차 있는 척 말을 이었다.

"사실, 이동 부스 시스템에 남아 있는 소령의 마지막 이동 기록은 오늘 저녁에 집으로 간 것까지입니다. 결국 누군가는 소령을 찾을 일이 생기겠지요. 빨라야 내일쯤? 그렇다고 해도 소령이 집에 없는 걸 보면 두 발로 집에서 걸어 나갔다고 생각하지 않겠습니까?"

뷰캐넌의 이마에 땀이 맺히기 시작했다. 그는 주위를 둘러보았다. 자기가 들어와 있는 이동 부스가 평소 보던 것과는 전혀 다르다는 것을 그제야 깨달은 듯했다.

"나를 왜 이리로 데려온 거지?"

그가 물었다.

드디어 꼬리를 내리시는군. 뷰캐넌은 곧 협조할 것이다.

여러 세계를 돌아다니며 네서스는 필요한 정보를 내놓지 않고 버티는 이들로부터 여러 번 정보를 캐냈다. 이번 인간의 우주에서도 다를 것이 없었다. 정보의 필요성은 어느 때보다도 절박했고, 그가 정보를 얻기 위해 사용하는 수단도 그 어느 때보다도 고약해졌다. 하지만 언제나처럼 이런 방법들은 효과가 있었다. 고향 세계에서 파프니르, 지구를 거쳐 지금 여기 분더란트까지 인간의 우주를 가로질러 오도록 네서스를 이끌어 준 것은 바로 이런 방법들이었다.

하지만 허스와 그의 종족으로부터 떨어져 있는 날이 길어질수록 네서스를 짓누르는 압박감도 쌓여만 갔다.

뷰캐넌의 협조를 이끌어 낼 무언가가 있을 것이다. 협박을 해볼까? 뇌물을 먹여? 거짓말을 해 봐? 어느 것인지는 몰라도 그 중에는 분명 효과를 볼 것이 있으리라. 하지만 네서스는 알고 있었다. 자신의 조증 상태가 그리 오래가지는 않을 것임을. 조만간 마비 상태가 그를 꼼짝도 못 하게 짓누를 터였다.

지금 당장 대답을 끌어내야 했다.

결국 효과를 본 것은 뇌물이었다. 네서스는 분더란트 곳곳에 흩어져 있는 저항 세력 지도자들의 신원을 확보한 후에, 이제 비 오듯 땀을 흘리고 있는 뷰캐넌을 그의 집으로 돌려보냈다. 뷰캐넌은 그들과 접촉하는 방법을 알고 있었다.

만약 네이선 그레이노어가 정말 분더란트로 온 것이 맞다면,

반체제 지하 세력들 중 누군가는 그에 대해 알고 있으리라.

### 3

네이선은 발을 질질 끌며 동굴 입구에서 나와 보초들에게 인사했다. 부상자들이 끊이지 않고 들어오는 바람에 이제 그도 녹초가 되어 있었다. 잠을 자긴 자야겠는데, 그러려면 약이 필요했다. 아무래도 한 알로는 부족할 것 같았다.

네이선은 몸을 뒤섞은 남녀가 요란한 소리를 내고 있는 덤불을 지나 정글 깊숙한 곳으로 들어갔다. 이미 자존심은 버린 지 오래된 그였지만 그래도 이런 비굴한 모습을 보이고 싶지 않을 정도의 자존심은 남아 있었다. 그는 떠도는 소문들을 반란군 캠프의 암시장 거래업자인 실버맨에게 알려 주고 약을 몇 알 얻어 보려고 가는 중이었다.

네이선은 늘 다니던 길을 이용했다. 혹시 오늘이 외곽 순찰대에 격추당했던 그날이 아닌가 생각이 들었다. 해가 둘 다 져서 정글은 어두웠다. 눈이 어둠에 적응할 때까지 천천히 걷다가 언덕을 내려가 약속 장소로 향했다. 약속 장소는 한 공터에 있는 거대한 화강암이었다. 잡초가 빽빽하게 들어찬 개울이 공터를 삐뚜름하게 가로지르고 있었다.

"나야, 꺽다리."

네이선은 속삭였다. 환자들이 부르는 별명이 아예 이름처럼 굳어져 버렸다.

"근무 교대가 좀 늦어졌어."

그러나 바위 옆에서 그를 기다리는 존재는 실버맨이 아니었다. 네이선은 그대로 얼어붙었다.

"다가오지 말고 거기 그대로."

그 존재가 어울리지 않는 섹시한 여자 목소리로 말했다.

전율이 네이선의 등줄기를 한바탕 훑고 내려갔다. 그는 저것이 무엇인지 알고 있었다.

그 생명체는 키가 네이선과 비슷했지만 인간과의 공통점은 딱 거기까지였다. 그 외계인은 다리가 세 개였다. 하나 있는 뒷다리는 복합 관절로 이루어져 있었다. 몸에 걸친 것이라고는 주머니가 주렁주렁 달린 넓은 장식 띠밖에 없었다. 구불구불 긴 두 개의 목 위에 작은 머리가 하나씩 달려 있었다. 납작한 삼각형의 머리 각각에는 입, 귀, 눈이 하나씩 달려 있었다. 몸통을 보면 ―창백해 보였지만 약한 별빛만으로는 색깔을 짐작하기가 어려웠다― 날개와 깃털이 없는 타조가 떠올랐다. 무심하게 땋은 어두운색 갈기가 외계인의 넓은 어깨 사이로 솟아오른 널찍한 반구를 덮고 있었다. 어깨라는 표현이 맞는 것인지는 모르겠지만 목이 상체와 이어져 우람하게 튀어나온 부위를 그냥 어깨라고 생각하기로 했다. 언뜻 봐서 입과 목이 손과 팔의 역할도 하는 것 같았다. 머리와 목이 그렇게 조합되어 있는 것을 보고 네이선은 허무하게도 양말 인형을 떠올렸다.

그러다 갑자기 이 존재가 자기 앞에 나타났다는 것이 얼마나 경이로운 일인지 깨달았다. 네이선은 약 생각도 거의 잊다시피 했다.

"너…… 너는 퍼페티어로군."

두 개의 머리가 홱홱 돌아갔다. 그리고 잠시 외계인의 두 눈이 서로를 바라보았다.

"흔히들 그렇게 부르지요. 나는 네서스라고 합니다."

맙소사, 퍼페티어라니! 대학 다닐 때 공부한 적이 있었다. 이들이 알려진 우주에 나타나는 경우는 드물었고, 이들의 세계가 어디에 위치하는지는 비밀이었다. 이들은 항성들 사이에서 무역을 하는 상업 제국을 이루었다. 그러다가 네이선이 태어나기 불과 몇 년 전, 이들 모두가 알려진 우주에서 사라져 버렸다.

그런 퍼페티어가 눈앞에 서 있다니…….

"퍼페티어들은 은하핵 폭발을 피해 도망간 것으로 아는데. 초신성의 연쇄 폭발 말이야."

네이선이 말했다.

거기서 나온 방사능이 언젠가는 은하계 이쪽 영역을 생명이 없는 불모지로 만들어 버릴 터였다. 그때까지 이만 년 정도 남았다. 겁쟁이 퍼페티어라면 그것이 신경 쓰여서라도 여기 남아 있지 못할 텐데.

"우리 종족 대부분은 떠났습니다. 하지만 그중 일부는 여기서 처리해야 할 일이 좀 있어서 남았지요."

그건 나도 마찬가지야. 금단현상으로 네이선의 피부가 꿈틀거렸다.

"나는 여기서 사람을 만나기로 했는데……."

양쪽 머리가 위에서 아래로, 아래서 위로 교대로 까딱거렸다.

"그 범죄 분자가 조사에 제일 큰 도움이 되었습니다. 당신을 어디서 찾을 수 있는지 알려 주더군요."

네이선은 몸을 떨었다. 이 떨림은 금단현상과는 상관없는 것이었다.

"사람을 잘못 찾았군."

다시 한 번 네서스의 양쪽 눈이 서로를 바라보았다.

"잘못 찾지 않았습니다. 네이선 그레이노어. 당신 새아버지의 업적은 아주 유명하지요. 그의 재능이 필요하게 되었는데, 도저히 찾을 수가 없더군요. 그래서 당신을 찾아온 겁니다."

네이선은 걷잡을 수 없이 떨리기 시작한 손을 전신복 주머니 속에 쑤셔 넣었다. 그의 두 아버지가 퍼페티어에 대해 얘기하는 것을 엿들었을 때, 네이선의 나이는 분명 여덟 살도 채 되지 못했다. 그가 소파 뒤에서 엿듣고 있었다는 것을 아버지들이 알았을 리는 없었다. 그런데도 두 아버지는 신중하기 이를 데 없었고, 수수께끼 같은 말만 나누었다. 아무런 줄거리나 맥락도 없이 그저 힌트와 암시만 오갔다.

하지만 그 이야기들의 교훈 한 가지는 분명했다. 퍼페티어들은 자기가 내뱉은 약속은 철저히 지킨다. 다만 약속을 토씨 하나까지 꼼꼼히 따져 보지 않았다가는 뒤통수를 얻어맞기 십상이다.

이를테면 악마와의 거래인 셈이었다.

"시간이 별로 없습니다."

네서스가 말했다. 그도 떨고 있었다.

"새아버지를 찾게 도와주십시오. 그러면 '분더란트'라는 말도 안 되는 이름이 붙은 이곳에서 당신을 탈출시켜 주겠습니다.*"

만약 거절한다면 어떻게 될까?

네서스가 일부러 그랬는지는 알 수 없지만, 하여간 그 때문에 소위 범죄 분자들에게는 네이선이 중요한 인물일지 모른다고 의심할 만한 이유가 생긴 셈이었다. 그리고 그 의심은 결국 옳은 것으로 밝혀지리라.

밀수범을 생포해서 처형으로 본때를 보여 줄 수 있다면? 아리스토들에게 이보다 더 반가운 것이 있을까? 아마 지금쯤은 실버맨도 네이선이 어쩌다 이 캠프로 흘러들게 되었는지 열심히 정보를 캐고 있을 터였다. 그가 현상금을 노리고 네이선을 분더란트 방위군에 팔아넘기기까지 시간이 얼마나 남아 있을까?

생각만 해도 끔찍했다.

"네서스, 순찰선들은 어떻게 뚫고 왔지?"

네서스의 목 하나가 잠깐 아래로 숙여졌다가 다시 펴졌다. 무언가를 가리키는 행동이었다. 다져진 흙길 위에 놓인 얇은 원반이 네이선의 눈에 들어왔다. 퍼페티어는 길이 아니라 그 원반 위에 서 있었다.

"이 장치를 이용하면 이곳으로 곧장 이동할 수가 있습니다. 개방형 이동 부스라고 생각하면 될 겁니다. 물론 추적은 불가능하

---

* 루이스 캐럴Lewis Carroll의 『이상한 나라의 앨리스Alice's Adventures in Wonderland』에 나오는 '이상한 나라', 풍부하고 자유로운 상상의 세계를 의미한다.

지요."

네서스가 대답했다.

"그럼 그건…… 그러니까, 하수인들을 시켜서 여기 가져다 놓은 건가?"

무언가를 반란군 캠프로 몰래 들여오려고 한다면 암시장 거래업자보다 적격인 사람이 또 있을까?

"꽤 큰돈을 쥐여 줬지요."

역사에는 퍼페티어가 겁쟁이라고 나와 있었다. 네이선은 그 말을 믿었다. 겁쟁이가 아니고서야 아직 이만 년이나 먼 이야기인 재앙이 무섭다고 꽁무니를 빼겠는가? 하지만 퍼페티어들에게 겁쟁이란 말은 모욕이 아니었다. 그들 삶의 방식이었다. 그럼 용감하다고 하면 오히려 욕이 되려나?

네이선은 말했다.

"범죄자의 말만 믿고 무장한 반란군이 진을 치고 있는 캠프까지 숨어들었단 말이야? 예의가 아닐지 모르겠지만, 네서스, 그런 행동은 미치지 않고는 할 수 없는 용감한 행동 같은데."

"미치지 않고서야 애초에 고향을 떠나오지도 않았겠지요."

네서스가 한쪽 머리로 갈기를 물어뜯었다.

"하지만 제아무리 정신 나간 퍼페티어라 해도 이런 외계에 오래 나와 있기는 힘듭니다. 그러니 결정을 하십시오. 나를 돕겠습니까?"

아리스토들은 영원히 네이선을 추적할 것이고, 네이선으로서는 이 행성에서 달아날 방법이 없었다. 당연히 이 제안은 거절할 수 없었다! 다만 문제는 네이선에게도 아버지의 행방은 오리무중이라는 점이었다. 두 아버지 모두. 네이선이 가족과 접촉한 지도 이미 수십 년이 지났다.

설사 행방을 알고 있다고 치자. 아무리 그가 부모들에게 분노를 느끼고 가끔은 그들을 증오했다고 해도, 그들이 숨은 데에는 다 이유가 있었다. 내가 부모님들을 팔아먹는 일은 없을 거야. 특히나 이런 미친 외계인에게는.

"모르나 보군. 내가 홈Home을 떠나고 몇 년 후에 사고가 있었다. 모두 돌아가셨지."

네이선의 말에 네서스가 갈기 깊숙이 한쪽 머리를 처박고 경련을 일으키듯 격렬하게 비틀었다.

이 퍼페티어 보게. 완전히 겁에 질렸군! 무리도 아니지. 조증 덕분에 용기를 내서 여기까지 왔지만 이제 그 용기가 다 말라붙었는지도 모른다. 그렇다면 외계인들이 득실거리는 이곳에서 위험에 노출된 채 혼자 서 있다는 것만으로 저런 두려움에 휩싸일 수 있었다. 그런데 아니었다. 무언가 더 큰 문제가 걸려 있는 것 같았다.

도대체 부모님들은 정체가 뭐야? 무슨 짓을 한 거지? 뭣 때문에 자기네 자식을 납치한 거야? 누구를 피해 숨어 있는 거지? 그리고 대체 부모님들 중에 도움이 될 사람이 누가 있다고 숨어 있어야 할 퍼페티어가 이렇게 위험한 곳까지 찾아온 거야?

몸서리를 한 번 친 후에 네서스가 갈기에 파묻었던 머리를 들었다. 양쪽 머리를 모두 높이 세운 그는 시선을 네이선에게 고정했다.

"그러면 당신이 대신 맡아 주십시오."

네이선은 멀뚱히 눈을 깜박거렸다.

"맡다니? 뭘?"

네서스가 도약 원반을 앞발굽으로 긁으며 말했다.

"위험할 수도 있지만 물론 그만큼 충분한 보상이 뒤따를 겁니다. 그 이상은 밝힐 수 없군요."

아무렴 내전이 한창인 이곳보다 더 위험할까?

"얼마나 충분한 보상인데?"

"우선 이곳에서 탈출시켜 주겠습니다. 그리고 성공에 따른 응당한 부를 얻게 될 겁니다. 그리고 외람된 말이지만…… 당신의 약물중독도 치료해 주겠습니다."

아니, 나에 대해 이렇게 잘 알면서…….

"대체 내가 무슨 도움이 된다고 이런 제안을 하는 거지?"

"당신은 카를로스 우의 아들, 루이스 우입니다. 카를로스 우는 지구에 사는 수십억의 인간들 중에서도 머리가 가장 뛰어난 인간이었지요. 당신의 어머니는 샤롤 얀스입니다. 당신의 새아버지인 베어울프 섀퍼는 따를 자가 없는 모험가이자 탐험가였습니다. 우리 종족이 그에게 몇 번 크게 신세를 졌지요. 그는 중성자성 표면 가까이 접근해서도 살아남아 그 이야기를 들려주었습니다. 그리고 은하핵으로 여행을 떠나 그것이 폭발했다는 사실을 발견하기도 했습니다. 그는……."

루이스! 루이스라고! 폭죽이 터지듯 머릿속에서 기억들이 폭발적으로 되살아났다. 아주 먼 옛날에서 썼던 이름이다. 내 가족에 대한 내용을 이렇게 놀라울 정도로 잘 알고 있다니. 네서스와 동행하면 과거의 기억들을 모두 회복할 수 있을지도 모른다.

네서스의 말이 이어지고 있었다.

"조건이 하나 더 있습니다. 앞으로 당신이 보게 될 것들을 입 밖에 내서는 안 됩니다. 그리고 나는 당신을 알려진 우주로 돌려보내기 전에 당신의 기억을 편집할 겁니다."

"기억을 편집하다니?"

네이선, 아니 루이스는 되물었다.

그때, 네서스의 장식 띠에서 무언가가 부드럽게 소리를 냈다.

"누군가 접근한다는 경고신호입니다. 어느 쪽이든 빨리 결정하십시오. 내가 떠나고 이십 초 후면 이 도약 원반은 폭발하게 됩니다."

"편집하다니, 어떻게?"

네서스가 머리를 주머니 안으로 쑤셔 넣었다. 그리고 그대로 사라졌다.

이십 초라고? 십구, 십팔, 십칠…….

루이스의 머릿속에서 카운트다운이 시작되었다. 심장이 방망이질 쳤다.

십사, 십삼, 십이, 십일…….

루이스는 땅바닥에 놓인 원반을 바라보았다. 이상한 나라의 앨리스처럼 토끼 굴에 떨어지는 바람에 분더란트로 들어왔는데, 떠날 때도 그렇게 떠나기는 싫다고.

구, 팔…….

개울물 하류 쪽에서 정체를 알 수 없는 소리가 들려왔다. 아마도 외곽 순찰대일 것이다. 폭파된 외계인의 장치 옆에서 날 발견하면 반란군 지도자는 무슨 생각을 할까?

그리고 폭발은 또 얼마나 요란할까? 도망가야 해. 루이스는 생각했다. 하지만 다리가 꼼짝도 하지 않았다.

몇 걸음 떨어진 곳에서 원반이 그를 빤히 바라보고 있었다.

새아버지, 그 천하의 베어울프 새퍼가 말하기를, 퍼페티어는 내뱉은 약속만큼은 확실하게 지킨다고 했다. 토씨 하나 틀리지 않고 아주 철저하게.

육, 오…….

저 원반 뒤에는 그가 평생을 찾아 헤맨 진실이 기다리고 있었다. 그의 과거. 그의 뿌리. 만약 지금 쫓아가지 않는다면 나 자신을 용서할 수 있을까?

루이스는 원반에 올라섰다.

## | 부정否定의 땅 |

### 1

네서스는 '아이기스'호의 격리 부스로 순간 이동을 했다.

그리고 혀로 순간 이동 제어기를 한 번 더 조작해서 부스 바깥쪽, 반투명 유리 반사면 쪽에 있는 원반에 다시 나타났다. 무거운 발굽을 질질 끌며 원반에서 내려온 그는 거울에 비친 자신의 모습을 흘끗 보았다. 초조한 기색에 헝클어진 몰골. 그리고 거칠어진 눈빛. 그가 억지로 끌어 올린 조증 상태는 거의 잦아들어 있었다.

루이스가 언제 도착할지 몰랐다.

하지만 그것을 신경 쓰기에 네서스는 너무 진이 빠져 있었다. 용기와 신중, 광기와 분별력은 균형을 이루어야 하는 법이었다. 이제는 마비 상태 속으로 도망쳐 들어가는 수밖에. 더 이상은 버틸 힘이 없었다. 그의 선실은 갑판의 절반 정도 거리만큼 떨어져 있었다. 거기까지 가기에는 너무 멀었다. 네서스의 두 머리가 다리 사이로 파고들었다. 무릎이 머리를 조이기 시작했다.

가만, 내가 부스의 원반을 원래대로 다시 설정해 놓았던가? 재설정을 하지 않았다면 루이스는 격리 부스 안쪽이 아니라 바깥쪽에 나타난다. 그럼 바로 내 옆에 나타난다는 소리가 아닌가!

네서스는 두려움으로 온몸을 떨었다. 어떻게 내가 부스 원반 재설정하는 것을 깜박했지? 이유는 하나밖에 없었다. 이미 몸과 마음이 붕괴 일보 직전으로 망가져 있기 때문이었다. 이제 와서 순간 이동 제어기를 확인해 봤자 아무 소용도 없었다. 다시 원점으로 돌아갈 뿐이었다.

네서스는 기어이 다리 사이에서 머리를 꺼냈다. 그리고 도약 원반의 한쪽 가장자리를 붙잡아 갑판에서 들어 올렸다. 하지만 원반이 입에서 미끄러져 버렸다. 그는 중심을 잃고 비틀거리다가 뒤쪽 선체에 부딪치고 말았다.

네서스는 간신히 뒷다리로 버티며 균형을 잡았다. 그 바람에 벽의 페인트가 발굽에 긁혔다. 그는 다시 원반 한쪽을 잡아 들어 올렸다. 그대로 뒷다리를 벽에 대고 힘껏 밀었다. 마침내 원반이 뒤집혔다. 그리고 요란한 소리를 내며 갑판 위로 떨어졌다. 어두운 바닥 면이 위로, 윗면이 아래로 뒤집힌 채였다.

이제 원반 제어기 설정 상태나 주소 모드는 더 이상 문제가 되지 않았다. 활성 표면이 갑판 바닥에 닿아 있으니 안전 잠금장치가 작동해서 원반을 불활성 상태로 만들어 놓을 터였다.

갑자기 네서스는 히스테리를 일으키듯 목소리를 가늘게 떨며 힘없이 혼자 푸념을 늘어놓았다. 그러고 보니 그냥 그가 원반 위에 남아 있기만 했어도 해도 안전 잠금장치가 작동했을 것이 아닌가.

그때, 루이스가 격리 부스 안에 순간 이동으로 나타났다.

네서스는 그대로 주저앉았다. 눈을 질끈 감고, 머리를 배에 처박은 채, 숨만 간신히 쉴 수 있을 정도로 쥐어짜듯 몸을 둥글게 말았다.

그리하여 결국 그의 우주 안에는 숨죽인 자기의 심장 소리만이 남았다.

뭐야, 이건?

투명한 둥근 벽이 앞을 가로막고 있었다. 갑자기 밝아진 탓에 루이스는 눈을 찡그리며 주변을 둘러보았다. 위가 막힌 원통 안에 들어와 있었다. 문이 없잖아! 벽 너머로 보이는 방은 거의 텅 비어 있었다. 눈에 들어오는 것은 스탠드 거울과 바닥에 놓인 어두운 색깔의 원형 물체 그리고 깃털 달린 무릎 방석 같은 덩어리밖에 없었다.

그런데 그 덩어리가 천천히 부풀어 올랐다가 가라앉았다. 뭐야, 숨을 쉬는 건가? 보아하니 네서스가 머리하고 다리를 몸통 속으로 말아 넣은 모양이군.

"네서스! 나를 꺼내 줘. 네서스! 거기 누구 없나?"

잠시 후 루이스는 조금 처량한 목소리로 되풀이했다.

"거기 아무도 없나?"

하지만 돌아오는 반응이라고는 작은 부스 안을 가득 메우는 고통스러운 울림밖에 없었다. 덩어리는 꿈쩍도 하지 않았다.

루이스는 주먹으로 투명한 벽을 한 번 세게 쳤다. 하지만 그것도 딱 한 번이었다. 벽이 너무 단단했다.

"빌어먹을! 네서스, 꺼내 달란 말이야!"

울림이 사라지고 나자 다시 침묵만 남았다.

내가 퍼페티어에 대해 아는 게 뭐가 있지? 별로 없었다. 루이스는 그 무륲 방석 같은 덩어리를 자세히 관찰해 보았다. 별빛 아래서는 색을 알 수 없었다. 네서스의 몸—적어도 루이스가 보기에는 그 무릎 방석이 네서스 같았다—은 옅은 황백색의 바탕에 황갈색의 얼룩무늬가 흩어져 있었다. 갈기는 짙은 갈색이었다.

네서스의 뒤로 살짝 둥근 벽이 자리 잡고 있었다. 그리고 표면에는 손잡이—아니지, 입잡이mouth hold라고 해야 하나?—가 움푹 파여 있었다. 우주선 안인가 보군. 방이 엄청나게 큰데. 그럼 여기는 화물실인가.

석 달 동안 아침에 눈을 떠서 밤에 잠자리에 들 때까지 온통 어떻게 하면 분더란트에서 도망칠까 하는 생각밖에 없었다. 어떻게 하면 분더란트를 탈출해 우주선에 올라탈 수 있을까? 루이스의 입가에서 씁쓸한 웃음이 흘러나왔다. 어쨌거나 소원은 이루어진 셈이로군.

그는 계속해서 주위를 둘러보았다. 거울만 빼고 주변 모두를 샅샅이 살펴보았다.

웅크린 덩어리는 어느 때보다도 더 단단히 웅크리고 있는 듯했다. 네서스가 언제 두려움에서 빠져나올지 알 수 있을까? 다시 소리를 질러 보았지만 마찬가지로 소용없었다.

우울한 기분이 안개처럼 루이스를 짓눌렀다. 네이선이면 어떻고, 루이스면 어때? 뭐가 달라져? 그래 봤자 결국 난 약쟁이잖아. 위험하기만 했지, 아무짝에도 쓸모없는 놈이야. 인정할 건 인정해야지. 네 꼴을 봐. 넌 고작 그런 놈이야.

마침내 루이스는 거울을 향해 돌아섰다. 거울 속에서 퀭한 눈동자가 그를 바라보았다. 몸이 떨리기 시작했다.

"중독을 고쳐 준다며!"

그가 소리를 질렀다.

네서스는 꿈쩍도 하지 않았다.

루이스는 부스 한쪽에 털썩 주저앉았다. 네서스가 공황 발작에서 회복할 때까진 중독 치료고 뭐고 꼼짝없이 갇혀 있을밖에.

아마도 이게 네서스가 약속한 중독 치료 방법이었나 보군. 그냥 막무가내로 끊기.

시간이 흘렀건만 네서스는 아무런 움직임도 없었다.

루이스는 마음을 바꿔 부스 바깥쪽 방의 벽을 자세히 관찰하기 시작했다. 발끝으로 서서 보니 네서스 뒤쪽으로 둥근 회색 벽에 길게 긁힌 자국이 있었다. 네서스 옆쪽으로 갑판 위에 길게 말려 있는 저것은 페인트가 벗겨져 나온 조각인가 보다.

오랫동안 사용하지 않았던 머리 한쪽 구석에 불이 들어왔다.

이건 제너럴 프로덕트 사GPC 우주선이로군! 당연하지. 퍼페티어가 다른 후진 우주선을 골랐을 리가 없었다.

퍼페티어들이 알려진 우주에서 무역을 하던 당시에 그들의 상업 제국에서 핵심은 GPC였다. 그리고 GPC의 주력 상품은 뭐니 뭐니 해도 우주선 선체였다. GP 선체가 무엇을 가지고 어떻게 만들어지는지는 아무도 몰랐다. 다만 선체의 성능이 수준에 못 미쳤을 경우, 그 배상금이 막대하다는 것만 알려져 있었다.

루이스의 어린 시절, 또 하나의 기억이 있었다. 아버지들이 얘기하는 것을 들었다. GP 선체가 완전한 난공불락은 아니라는 것이었다. 하지만 '클레멘타인'호를 화염에 휩싸이게 만들었던 것 같은 시시한 지대공미사일 따위로는 GP 선체에 손톱만 한 흠집 하나 내지 못할 것이라고 했다.

퍼페티어들이 알려진 우주에서 철수한 이후로 이 파괴 불가능한 선체의 가격이 천정부지로 치솟았다. 남겨진 GP 선체들은 대부분 전함, 최고급 유람선, 혹은 갑부들의 요트로 개조되었다. GP 선체들 중 가장 큰 모델은 직경이 삼백 미터 정도 되는 구형이었는데 새로운 정착촌들을 통째로 옮기는 데 사용되었다. 루이스가 일반적으로 몰고 다니던 떠돌이 화물 수송기들은 그가 다니던 항로에서는 그럭저럭 쓸 만했지만 모두 인간이 만든 볼품없는 우주선들이었다.

루이스는 딱 한 번 GP 선체를 타고 날아 본 적이 있었다. 그가 기억하기로 선체의 재료는 투명했다. GP 선체는 빛이 선체를 그대로 통과하는 특징이 있었다. 그래서 불투명하게 만들고 싶은 부분에는 모두 페인트를 칠했다.

루이스가 손이 닿지도 않는 벽 위에 있는 이음새나 흠집, 움푹 파인 부위 등을 관찰하며 희미한 역사들을 떠올리는 것은 사실 모두 정신을 딴 데로 돌리기 위해서였다. 정신을 뭐에서 딴 데로 돌리느라? 떨리는 팔다리 때문이었다. 이 떨림은 머지않아 찾아올 발작의 조짐이었다.

멀뚱히 네서스만 지켜보고 있기도 지겹고, 거울만 쳐다보고 있고 싶은 마음도 없어서 그는 방의 다른 부분을 살펴보기 시작했다.

네서스 뒤쪽 페인트가 벗겨져 투명해진 틈으로 바깥에서 무언가 움직임이 보였다. 물속이잖아. 뭐가 떠다니네? 해초? 그리고…… 저건 뭐야? 거품? 그리고 뭐가 또 보이는데…… .

눈이잖아! 엄청나게 크다!

포로로 잡혀 들어온 것도 모자라서, 와 보니 외계인 우주선 안이지, 나를 데려온 외계인은 혼수상태지, 이 좁디좁은 감옥은 또 무엇이며, 게다가 여기는 바다 밑이다. 그리고 밖에서 코를 들이박고 여기를 기웃거리는 저놈의 정체는 뭐야? 게다가 먹을 것, 마실 것 하나 없이 꼼짝없이 붙잡혀 있다. 하다못해 간이 변기라도 있어야 할 거 아닌가.

약, 약이 필요해!

독기처럼 퍼지는 공포와 의심 그리고 지독한 우울 증상에서 탈출해야 했다. 손이 벌벌 떨리고, 땀이 비 오듯 쏟아지기 시작했다. 머리가 윙윙거리고 천장이 빙글빙글 돌았다. 토할 것만 같았다. 하지만 입 대신 항문이 먼저 열리고 그다음에야 구토가 쏟아져 나왔다. 토사물이 루이스를 온통 뒤덮었다. 발작이 시작되자 그의 입에서 거품과 함께 신음이 터져 나왔다.

하지만 네서스는 여전히 꿈쩍도 하지 않았다.

루이스는 믿기 어려울 정도로 지독한 악취에 눈을 떴다. 코 바로 밑으로 토사물, 소변, 대변이 웅덩이처럼 고여 있었다. 팔다리들이 뒤틀려 있고, 관절들이 모두 비명을 지르는 것 같았다. 목은 불타는 듯 화끈거렸고, 머리는 부자연스러운 각도로 부스 벽에 짓눌려 있었다. 그나마 원통형 부스가 좁지 않았으면 머리를 오물 웅덩이에 처박고 있을 뻔했다. 물론 그가 내질러 놓은 오물들이었다.

이제 발작은 끝나 있었다. 루이스는 비틀린 몸을 추슬러 일어섰다. 마치 고문 전문가들에게 늘씬 두들겨 맞거나, 며칠 동안 해독이라도 한 기분이었다. 손목 이식물을 보니 여기 갇혀 있은 지는 세 시간밖에 지나지 않았다. 하지만 마지막으로 약을 먹은 지는 거의 하루가 지났다. 암담한 절망감이 그를 짓눌렀다.

네서스는 아직도 덩어리로 단단히 말려 있었다.

"네서스!"

반응이 없었다.

"네서스, 이 아무짝에도 쓸모없는……."

루이스는 말을 멈추었다. 그래도 내가 정신이 살짝 돌아오기는 했나 보군. 함부로 지껄이다가 퍼페티어가 모욕이라 여기면 어쩌려고?

그래, 저놈들은 겁쟁이라고 했지.

"불이야!"

네서스가 꿈틀했다. 혹시?

하지만 거기까지였다.

그렇지. 지금은 그저 둘둘 말린 덩어리에 불과하지만 아무리 그래도 지각력이라는 것이 조금은 남아 있겠지. 이 우주선에 화재를 일으킬 만한 것이 하나라도 있다면 천하의 겁쟁이 퍼페티어들이 화재 감지기와 소화 장비 들을 잔뜩 설치해 놓지 않았을 리가 없다. 화재경보기도 당연히 있을 것이고. 거기서 나올 화재경보가 히스테리에 휩싸인 인간의 목소리와 눈곱만큼이라도 비슷할 턱이 있나. 네서스가 거기에 넘어갈 리가 없다.

비록 실패했지만 루이스는 거기서 자신감을 회복해 보려 애썼다. 이 우주선에 올라탄 후로 한 일들 중에는 '불이야!' 소리 지른 것이 그래도 제일 머리를 굴리며 한 일이 아닌가.

일단 문이 없는 것을 보니 이곳은 분명 순간 이동 장치 안이다. 네서스 옆 바닥에 동그란 물체가 있군. 저것이 네서스가 말한 도약 원반인가? 그런데 색이 어둡다. 반란군 캠프 옆에 있던 원반 색깔이 저렇게 어두웠나? 그럼 그 어두운 데서 내가 알아보기가 힘들었을 텐데. 그때 원반 색깔은 아마…….

루이스는 신발로 바닥의 오물을 살짝 걷어 냈다. 그래, 이 색깔이야. 당연하지. 한 도약 원반에서 다른 도약 원반으로 뛰어넘었으니 두 개가 색이 똑같겠지. 목을 길게 빼고 보니 원통형 부스의 뚜껑도 똑같은 밝은색이었다.

흠. 천장에도 도약 원반이 또 하나 고정되어 있군. 그 원반은 희미하게 반짝이고 있었다.

루이스는 위로 손을 뻗어 천장의 원반을 손가락 끝으로 가볍게 만져 보았다. 필름 같은 것이 붙어 있군. 분자 필터다. 산소를 들여보내고 이산화탄소를 제거해 주는 장치겠지. 폐쇄된 이 좁은 공간에서 세 시간이나 있었다. 신선한 공기가 공급되지 않았다면 난 이미 이 세상 사람이 아니었을걸.

이 악취도 같이 빼 주면 좀 좋아?

젠장, 도약 원반 사이에 끼여 있었으면서 그걸 이제야 생각했단 말이야? 안 그래도 금단증상 때문에 죽겠는데 더 헷갈리는군.

네서스가 이 원반을 어떻게 조종했더라? 정글에서 사라지기 바로 전에 머리를 주머니 속에 집어넣던데. 그럼 그 주머니 안에 조종 장치가 들어 있다는 소리로군.

루이스에겐 그런 장치가 없었다. 그는 손을 등 뒤로 깍지 끼었다. 다시 떨리기 시작한 손을 보고 싶지 않았다. 어쩌면 이 원반에 내장된 조종 장치가 있을지도 몰랐다. 원반 바닥이나 아니면 보이지 않는 가장자리를 따라서.

꼭대기의 원반과 바닥의 원반 모두 원통 옆면과 딱 붙어 있어서 틈이 거의 없었다. 원반과 원통 벽 사이로 손가락을 밀어 넣어 보았지만 잘 들어가지 않았다. 다만 가장자리를 따라 살짝 들어간 부분이 만져졌다. 어쩌면 그 안에 조종 장치가 있는지도 몰랐다. 하지만 찾아내면 뭐해? 내가 뭘 어떻게 조작하는지 보이지도 않을 텐데.

어느 쪽 원반으로 실험해 봐야 하나? 위쪽 원반을 어떻게 뜯어낼 수 있을지는 모르겠지만 저것 덕분에 숨을 쉬고 있는데 저걸 가지고 실험해 볼 수는 없지. 그렇다면 내가 발을 딛고 있는 원반으로 실험해 볼 수밖에.

이걸 어떻게 뒤집지?

정글에 있던 원반은 폭탄이었다. 마구잡이로 실험해 보다가는 이것도 폭발할지 몰랐다. 어쨌거나 부딪쳐 보는 수밖에. 선택의 여지는 없었다.

우선 원반에서 발을 떼야 했다.

루이스는 한 발을 벽에 대고, 등을 반대쪽 벽에 밀착시켰다. 그리고 나머지 발을 들어 올렸다. 그 자세를 유지하며 천천히 위로 올라갔다. 등을 벽에 밀착시키고 기어 올라가려니 등과 다리의 근육들이 비명을 지르는 것 같았다. 이거 무슨 암벽등반하는 것도 아니고. 원통이 유리처럼 미끄럽긴 하지만 신경 쓰지 말자. 여기서 떨어져 봤자 아프면 얼마나 아프겠어?

바닥에서 이십오 센티미터 정도 올라온 후에 그는 몸을 아래로 숙이고 바닥으로 손을 뻗었다. 그리고 원반 가장자리의 틈으로 손가락 네 개를 끼워 넣었다. 그때 발 한쪽이 미끄러졌다. 루이스는 오물을 튀기며 머리를 바닥에 내리찧고 말았다.

다시 한 번 시도해 보았지만 결과는 마찬가지였다.

네서스는 지금 어떤 상황인지 듣지 못하는 것 같았다. 아니면 바깥이야 어떻게 돌아가건 신경을 쓰지 않는 것인지.

발을 조금 더 넓게 벌리고 버티니 세 번째 시도에서는 오른손 손가락을 틈에 밀어 넣는 동안 간신히 바닥에서 떨어져 있을 수 있었다. 원반이 기분 나쁜 쩍 소리를 내며 떨어졌다. 하지만 그 순간 원반이 손에서 미끄러졌고, 루이스는 다시 바닥에 떨어지고 말았다.

다시 몸이 떨려 왔다. 몇 번이나 시도했는지 기억도 나지 않았다. 어쨌거나 마침내 그는 원반을 위로 약 이십 도 올려 세우는 데 성공했다. 등과 다리의 근육에서 힘이 빠져 부들부들 떨렸지만, 어쨌거나 그는 원반을 옆으로 세우는 것이 가능할까 싶어 더 높이 기어 올라가 보았다.

안 되겠다.

원반이 미끄러져 떨어졌다. 쿵! 루이스도 깜짝 놀라며 원반 위로 떨어졌다. 하지만 그 순간 거울에 비친 원반의 밑면이 언뜻 보였다. 밑면은 부스 바깥에 있는 동그란 물체처럼 어두운 색깔을 하고 있었다.

저 바깥에 있는 원형 물체가 도약 원반이 맞다면 위아래가 뒤집혀 있다는 얘기로군. 저 상태에서 순간 이동을 작동시켰다가는 내가 갑판 구조물 안쪽에 처박히게 된다. 퍼페티어들이라면 당연히 그런 일을 방지할 안전장치를 해 놓았겠지. 헛수고한 건가.

몸의 떨림이 더 강해졌다. 루이스는 덮쳐 오는 우울 증상에 자포자기하듯 몸을 내맡겼다.

발작과 무력감이 다시 한바탕 루이스를 훑고 지나갔다. 네서스는 여전히 꼼짝할 생각을 하지 않았다.

루이스가 아무리 소리 질러도 퍼페티어는 도무지 반응이 없었다. '사람 살려!'에도 잠잠—남이야 죽든 말든인가? '불이야!'에도 잠잠—또 한 번 써먹어 보았다. 밑져야 본전이니까. 좀 두루뭉술하게 '위험해!'라고 해도 잠잠.

위험하다는 소리에 퍼페티어는 더 단단하게 몸을 말았다. 너무 모호한 표현인가 보군. 저 정도로 두려움에 질려 있는 상태라면 불확실한 위험으로부터 숨는 것 말고는 다른 생각이 나지 않을 것이다.

이때 불현듯 아이디어가 하나 떠올랐다. 루이스는 아랫입술을 물어뜯으며 머리를 굴렸다. 어떤 재앙의 조짐이 어렴풋이 나타난 것처럼 하면 어떨까? 네서스가 재빨리 행동을 취하면 막을 수 있는 재앙. 물론 이 선체는 파괴가 불가능하다. 하지만 그렇다고 네서스의 안전이 보장되는 건 아니지. 선체 옆에서 큰 폭발이 일어난다면 어떻게 될까?

'클레멘타인'호가 추락했을 때, 루이스는 응급 구속장 덕분에 목숨을 건졌다. 하지만 그건 모두 그가 조종석에 앉아 있었던 덕분이었다. 아무리 퍼페티어라지만 설마 화물실까지 응급 구속장을 설치했을까?

루이스는 소리쳤다.

"잠수함이야, 네서스! 어뢰가 다가온다니까! 핵탄두 어뢰가!"

네서스가 지진이라도 일으키듯 한바탕 몸서리를 치더니 말았던 몸을 풀었다. 목들이 뱀처럼 뒤틀렸다. 그의 두 머리는 위험을 찾아 여기저기 두리번거렸다.

"어뢰? 어뢰라고?"

그가 벌떡 일어서며 숨넘어가는 소리로 말했다.

"아니, 내가 잘못 봤군. 그냥 물고기인가 보네."

루이스의 말을 듣지 못했는지 네서스는 해치를 향해 뛰어나갔다. 화물실 안이 온통 그의 발굽 소리로 요란하게 울렸다.

"어뢰가 아니라니까!"

루이스는 소리쳤다.

네서스가 해치를 향해 가다 말고 미끄러지며 멈춰 섰다. 머리 한쪽이 갈기를 물어뜯었다.

"잠수함이 아닙니까?"

"그래."

루이스는 몸의 떨림을 간신히 참으며 최대한 단호한 목소리로 말했다.

"이제 이 빌어먹을 곳에서 나를 꺼내 줘!"

## 2

경고 표시등이 깜빡였다. 타이머가 마지막 시간을 카운트다운하기 시작했다. 네서스가 기다리던, 그리고 두려워하던 시간이 마침내 다가왔다. 이제 곧 루이스 우가 오토닥에서 모습을 나타내리라.

그러면 네서스는 그가 과연 이 도전에 적합한 사람인지 판단을 내려야 했다.

그가 찾으려 했던 사람은 베어울프 섀퍼였다. 정말로 필요한 사람은 그였다. 베어울프 섀퍼는 특별한 존재였다. 그는 중성자성, 은하핵 폭발, 블랙홀, 반물질로 만들어진 태양계 등 그 모든 것을 만나고도 살아남았다. 그런 사람이 별 볼일 없는 사고 한 번에 사라지고 말다니.

물론 루이스의 말이 사실이라는 전제하의 이야기였다.

네서스 자신도 거짓말로 문제를 편하게 해결하고 넘어가는 경우가 많았던 만큼, 남들도 그럴 수 있다는 가능성은 배제하지 않았다. 특히나 루이스가 간단하게 거짓말 한마디로 심각한 곤경에서 빠져나올 수 있는 상황이라면.

하지만 또 모를 일이었다. 어쩌면 베어울프 섀퍼의 운이 드디어 다되었던 것인지도.

네서스는 행운이나 의도하지 않았던 결과 등에 대해서 근 몇 년 동안 참 생각이 많았다. 오토닥의 카운트다운이 십 분을 가리켰다. 그는 걱정 속에서 갈기를 물어뜯으며 초조하게 기다렸다. 오 분……. 이 분…….

네서스는 옆걸음으로 갑판 위에 설치해 둔 도약 원반에 올라갔다. 이 오토닥은 끔찍하게 컸다. 너무 커서 '아이기스'호의 주 화물실 말고는 둘 데가 없었다. 이 오토닥의 독특한 성능에 걸맞은 크기였다.

베어울프는 정말 잘 숨었다. 너무 잘 숨어서 탈이었다. 네서스는 인간의 우주 곳곳의 세계에서 은밀하게 사립 탐정들과 범죄자들을 고용했다. 하지만 그가 고용한 하수인 중 그 누구도 베어울프의 흔적을 찾지 못했다. 수십 년 동안 그의 본명은 고사하고 가명으로 활동한 흔적조차 찾아볼 수 없었다.

정말로 죽었나? 아니면 아예 찾아낼 엄두도 내지 못할 정도로 꽁꽁 숨었나? 이 두 가지 경우라면 그래도 견딜 만했다. 마지막 한 가지 가능성보다는 나았다. 만약 네서스가 너무 늦었다면? 만약 다른 자가 이미 베어울프를 찾아냈다면?

베어울프의 특출한 재능을 알고 있는 퍼페티어가 네서스만은 아니었다.

루이스는 눈을 떴다.

몸에서 에너지와 활력이 느껴졌다. 수십 개의 판독 정보가 얼굴 바로 몇 센티미터 위에 달린 투명한 돔에서 녹색으로 깜빡거리고 있었다. 물론 이곳은 오토닥 안이었다. 그는 몸이 너무 약해져 있었기 때문에 도움 없이 혼자 힘으로 이 안에 들어올 수 없었다. 네서스로서는 돕지 않을 도리가 없었다.

'우주선이 분더란트보다 중력이 강해서, 그래서 그럴 겁니다.'

그가 루이스를 뒤에서 밀어 주며 말했었다.

사실이기는 하겠지만 그것이 본질은 아니었다. 루이스는 어떻게든 혼자서 이 집중 치료실로 기어오르려고 했지만, 완전히 탈진한 데다 온몸이 떨리는 바람에 번번이 실패하고 말았다. 맙소사, 그 민망한 장면은 똑똑히 기억났다. 그 이후로 꾸었던 꿈은 그저 조각조각만 기억이 났다. 그냥 꿈을 꾸기는 했구나 싶을 정도의 기억밖에 없었다. 오토닥이 그에게 기억흔적 강화 훈련을 시켜 주었던 것도 기억났다. 그렇지 않았다면 뇌가 너무 활성이 떨어져 있거나 약물에 너무 절어 있어서 스스로는 기억을 유지할 수 없었을 것이다.

네서스가 예의 바른 모습을 보였기 때문에 외계인이기는 해도 덜 낯설게 느껴졌다.

오토닥 제어판이 생각했던 위치에 있지 않았다. 뭐야, 이건 퍼페티어용 오토닥인가? 루이스는 비상 버튼을 발견해서 눌렀다. 돔이 열리기 시작했다.

"아, 돌아왔군요."

방에서 멀리 떨어진 건너편에 서 있던 네서스가 말했다.

"기분은 좀 나아졌습니까?"

나아졌냐고? 왼쪽 옆구리에 있던 화상 흉터가 사라지고 없었다. 손을 들어 살펴보니 떨림도 완전히 사라졌다. 펼친 손가락에는 경련의 조짐이 전혀 보이지 않았다. 땀도 나지 않고, 속이 메스껍지도, 머리가 어지럽지도 않았다. 약을 먹지 않는 동안에 그를 무겁게 짓눌렀던 불안이나 우울 증상도 씻은 듯이 사라졌다. 발작이 덮쳐 오리라는 조짐이었던 피부의 꿈틀거림도 사라졌다.

기분이 나아졌느냐고? 맙소사, 날아갈 것 같았다.

루이스는 자리에서 일어나 오토닥 바닥에 걸쳐져 있던 낯선 전신복을 집어 들었다. 이 우주선에 탈 때 입고 있었던 옷이 얼마나 역겨운 상태가 되었는지는 생각도 하기 싫었다.

"훨씬 좋아졌어, 네서스. 정말 고맙군."

"할 얘기가 많습니다."

이제 약속을 세세한 부분까지 솔직하게 밝힐 때가 되었다는 말인가? 루이스는 뒤통수 맞지 않게 정신을 바짝 차려야 한다고 생각했지만, 그런 경계심은 금세 사라지고 말았다. 왠지 톡 쏘는 듯 이국적인 퍼페티어 냄새로 가득한 공기마저도 그에게 신 나는 모험이 기다리고 있다고 들떠서 소리치는 듯했다. 오토닥에서 내려와 서니 몸이 날아갈 것만 같고, 발도 가볍게 느껴졌다.

네서스가 자기 발굽을 내려다보고 있는 동안 루이스는 재빨리 옷을 입었다.

"네서스, 이제 우리 어디로 가는 거지?"

"우선은 허스라는 세계로 갑니다."

"그런 이름은 처음 듣는데."

"진짜 이름도 들어 보지 못했을 겁니다. 들려주지요."

네서스가 오보에와 프렌치호른, 첼로와 하프 소리를 떠오르게 하는 노래를 불렀다.

고작 음표 몇 개에 불과한 길이였지만 루이스의 등줄기를 타고 전율이 흘러내렸다. 그 선율을 들으니 웬일인지 고향과 그곳에 두고 온 사람들이 떠올랐다. 그리고…… 어? 잠깐!

집으로 돌아가는 길이 생각이 나지 않았다! 그 어느 집도, 그가 발을 디뎠던 그 어느 세계로 가는 길도! 지구, 홈, 파프니르, 분더란트까지 하나도 기억이 안 났다. 위치만 기억이 안 나는 것이 아니라 그 위치를 찾을 때 사용했던 펄서 표지도 기억나지 않았다. 기억흔적 강화 훈련만 한 것이 아니잖아. 내 기억흔적을 검사해서 빼돌렸어!

"내 머리에 뭔 짓을 한 거지!"

루이스는 고함을 질렀다. 퍼페티어가 다시 낯선 외계인으로 느껴졌다. 아니지, 이건 외계인 정도가 아니야. 외계인보다 더 악질이지. 이건 괴물이야, 괴물.

"내 정신을 이용해 먹으려고 한 거군. 미친 거 아냐?"

그렇게 소리는 지르고 있었지만, 냉정한 그의 마음 한구석은 자신을 책망했다. 이제 그의 운명은 네서스에게 달려 있게 되었다. 내가 나를 이 지경으로 만들어 놓고 누굴 탓해? 이렇게 버럭 화낼 일이 아니지. 이런 성질머리가 대체 어디서 온 거야? 퍼페티어에게 그런 행동은 위험하게 비칠 수 있었다.

네서스는 머리 한쪽을 장식 띠 주머니 속에 살짝 파묻고 있었다. 나를 이 화물실에 가둬 놓고 또 사라지려고? 내 행동을 보니 다시 생각해 봐야겠다 싶어서?

"어쩔 수 없었습니다."

네서스가 다른 쪽 머리로 말했다.

"하지만 생각해 보십시오, 루이스. 분명히 내가 당신을 돌려보내기 전에 기억을 편집할 거라고 했지요? 엄밀히 따지면 지금은 분명 당신을 돌려보내기 전입니다."

뒤통수 조심하라는 소리가 바로 이거였군.

루이스는 치밀어 오르는 화를 꾹꾹 눌렀다. 루이스, 호르몬으로 생각하지 말고 머리로 생각해. 머리로.

혼란 그 자체였던 어린 시절 이후로 그에게 기억은 곧 집착과 강박의 대상이었다. 기억은 그가 빼앗긴 모든 것과 그를 이어 주는 가늘디가는 마지막 끈과도 같은 것이었다. 그는 머릿속에 떠오르는 기억의 조각들에 필사적으로 매달렸다. 어른이 되고 나서도 줄곧 기억력을 높일 방법이 있다면 가리지 않고 익혔다.

루이스는 네서스가 했던 말을 토씨 하나 바꾸지 않고 그대로 떠올려 보았다.

'앞으로 당신이 보게 될 것들을 입 밖에 내서는 안 됩니다. 그리고 나는 당신을 알려진 우주로 돌려보내기 전에 당신의 기억을 편집할 겁니다.'

진짜 문제는 애매하게 흘린 '돌려보내기 전'이라는 말이 아니었다. 네서스의 말에는 그가 이 여정에서 보게 될 것들 중 어떤 기억을 편집하겠다는 단서는 어디에도 나와 있지 않았다! 설사 그를 식물인간으로 만들어서 알려진 우주로 돌려보낸다 해도, 네서스는 자기 계약 조건을 지킨 것이 되었다.

그런 세세한 부분까지 따지기에는 중독 때문에 루이스의 머릿속이 너무 엉망이었다. 실수도 이런 실수가 없군. 여기에 비하면 몸이 약해졌던 건 별문제도 아니었어.

루이스는 맹세했다. 이번 일에서 살아남으면 두 번 다시는 약에 손을 대지 않겠다. 다시 약에 손을 대면 내가 사람이 아니다. 행동하기 전에 꼭 생각 먼저 하겠다. 다음부터는 무엇을 하든지 간에 좀 더 신중히 생각해야겠다. 살아남기만 한다면…….

아니지.

바로 지금부터 신중해져야 한다. 이제는 네서스가 도와주지 않는다면 절대 집으로 돌아갈 수 없다.

루이스는 말했다.

"내가 뭘 해야 하는지 설명해 봐."

네서스는 루이스를 '아이기스'호의 작은 휴게실로 안내했다. 오토닥에서 나온 지 얼마 되지 않아 남아 있던 황홀한 기분은 곧 사라질 터였다. 그때가 되면 루이스는 엄청난 허기를 느낄 터. 게다가 네서스 자신도 따듯한 당근 주스를 한 잔 마시고 싶었다. 퍼페티어의 생화학적 구조상 지구 음식에서 뽑아낼 수 있는 영양분은 거의 없지만, 그래도 그것을 마시면 왠지 위로가 되었다.

네서스의 영혼에는 위로가 필요했다.

걸어가면서 루이스는 주위를 둘러보기 바빴다. 갈림길을 만나면 엇갈린 복도를 두리번거렸고, 가끔씩 열린 해치가 나타나면 고개를 디밀고 살펴보기도 했다. 걷는다기보다는 껑충껑충 뛰어다닌다는 표현이 맞았다. 좀처럼 들뜬 마음을 주체할 수가 없는 것 같았다. 그러다 갑자기 멈춰 섰다.

루이스가 입을 딱 벌리고 어두운 해치 유리창을 바라보았다. 그는 마치 유리에 비친 저 사람이 정말로 자기가 맞는지 확인해 보려는 듯 눈길을 유리창에 고정시킨 채 뺨을 만졌다. 한동안 고생도 고생이었지만, 최근에는 부스터스파이스도 사용하지 못했기 때문에 그의 얼굴이 자기의 진짜 나이로 늙어 가고 있는 상태였다.

"얼굴이…… 얼굴이 젊어졌군. 스무 살쯤?"

네서스는 루이스가 이것을 이렇게 빨리 알아차리지 않기를 바랐다. 설명해야 할 것이 하나 더 늘어나니까.

"그 오토닥은 좀 특별해서 회춘 기능도 있습니다."

"퍼페티어용 오토닥인가."

"시민이라고 불러 주면 좋겠습니다."

네서스는 목을 늘여 복도 쪽을 가리키고 그쪽으로 다시 걷기 시작했다. 따듯한 당근 주스 생각이 점점 더 좋게 느껴졌다.

그가 말했다.

"사실은 시민용 오토닥이 아닙니다. 그걸 만든 사람은 카를로스 우. 맞습니다, 루이스. 당신 아버지입니다. 그것은 인간이나 시민이 만든 그 어떤 오토닥보다도 진보된 형태입니다."

그 장치를 설명하는 데는 가장 진보된 형태라는 말로는 부족했다. 카를로스 우는 진정 혁명적인 업적을 이루었다. 지그문트 아우스폴러가 폭발로 가슴 반쪽이 날아갔을 때도 그 오토닥 덕분에 몸을 다시 만들어 냈다는 사실을 네서스는 알고 있었다. 그 후로 다시 심한 방사선에 노출되어 검댕이 껍질만 남았을 때도 그 오토닥을 이용해 몸을 재건했다. 그리고 지그문트의 주장에 따르면, 베어울프 섀퍼 역시 잘린 머리만 가지고 몸을 통째로 다시 만들어 낸 적이 있다고 했다.

그것이 바로 이 소중한 장치의 관리를 네서스가 맡고 있는 이유였고, 최후자가 오토닥을 허스 바깥으로 반출하도록 허락한 이유였다. '아이기스'호에는 허스 최대 규모 의학 도서관의 자료들이 복사본으로 실려 있었다. 카를로스 우를 찾아냈다면 네서스는 그를 압박해서 그 나노 기계가 시민들도 치유할 수 있도록 다시 프로그래밍하게 만들었을 것이다. 아, 카를로스의 천재성을 굳이 빌리지 않고 우리 힘으로라도 그런 개조 노력을 기울였어야 옳았는데. 이제는 그보다 훨씬 더 긴급한 걱정거리도 베어울프의 힘을 빌리지 않고 해결해야 할 상황이 되지 않았나?

“어쩌다 그 오토닥을 당신이 갖고 있게 된 거지? 그러니까 내 말은, 어쩌다 시민이 갖게 됐냐 이거야.”

루이스가 물었다.

“어떤 복잡한 이유가 있어서 카를로스 우와 베어울프 섀퍼는 그걸 버리고 가야 했습니다.”

또 애매하게 대답할 수밖에 없었다.

“나중에 큰돈을 치르고 범죄자들에게 받아 왔지요.”

이것도 새빨간 거짓말이었다.

둘은 휴게실에 도착했다. 네서스는 루이스에게 안으로 들어가라고 몸짓했다. 루이스가 합성기에서 음식을 뽑아 쟁반 위에 한가득 쌓아 올리는 동안, 네서스는 그 오토닥 때문에 꾸며 내야 했던 수많은 거짓말들에 대해 되씹어 보았다.

그는 오토닥을 찾아 거의 일 년 동안 파프니르를 수색한 적이 있었다. 이 수색을 완수하기 위해, 허스로부터 날아온 긴급 호출도 무시해야 했다. 지체된 이유에 대해서도 거짓말을 해야 했다. 그리고 놀랍게도 네서스는 정말로 그 장치를 찾아냈다. 베어울프 섀퍼는 아무도 살지 않고 이름도 없는 조그만 산호섬 해안가에서 조금 떨어진 바닷속에 그것을 숨겨 놓았다.

여러 해가 지난 후에 오토닥을 허스의 과학자들에게 가지고 갈 수 있게 되자, 네서스는 파프니르의 범죄 조직이 오토닥을 팔려고 내놨다는 이야기를 꾸며 냈다. 이 거짓말에는 또 다른 목적이 있었다. 사기꾼들은 영수증을 발행하지 않는 법이니까. 네서스에게는 GPC의 재산을 어디로 전용해서 썼는지에 대한 설명이 필요했다. 이 모든 것이 허스와 시민들을 위한 일이다. 네서스는 그렇게 굳게 믿었다.

루이스는 감자와 구운 스테이크 접시에 완전히 정신이 팔려 있었다. 그리고 다시 치즈 오믈렛을 먹으려다가 잠시 멈추고 말했다.

"그럼 그 오토닥은 왜 내가 예전에 사용했던 것하고 다르게 생겼지?"

"그건 시제품이었습니다, 루이스. 당신 아버지는 키가 작았고, 자기 키에 맞는 오토닥을 만들어 냈지요. 그것이 시민의 통제 아래 들어온 후에 우리가 집중 치료실 부분을 교체했습니다."

집중 치료실이 더 길고, 넓고, 깊어진 덕분에 이제 인간 중에서도 가장 키가 큰 고리인이나 분더란트 주민도 수용할 수 있게 되었다. 언젠가 그 오토닥은 시민들도 치료할 수 있도록 다시 프로그래밍될 것이다.

"한 가지 좋은 소식을 알려 주자면, 당신이 아버지인 카를로스 우보다도 키가 더 크군요."

루이스가 움찔했다.

"내가 어렸을 때…… 새아버지는 아버지 카를로스보다 키가 훨씬 더 컸지. 그런데 어쩐 일인지 나중에는 같아졌더군. 그게 이 오토닥하고 어떤 관련이 있나?"

"카를로스 우와 베어울프 섀퍼 덕분에 이야기가 복잡해졌지요. 물론 베어울프 섀퍼는……."

"잠깐만. 역사 공부는 나중에 하고."

루이스가 쟁반을 밀어냈다.

"내가 무슨 일을 해야 하는지 아직 듣지 못했는데."

휴게실 가구들 중에서는 패드를 덧댄 Y 자 형태의 긴 의자가 제일 큰 자리를 차지하고 있었다. 네서스는 갑자기 너무 피곤해져서 서 있지 못하고 거의 무너지듯 긴 의자에 주저앉았다. 이 임무를 설명하는 것만으로도 힘이 다 빠져 버릴 터였다.

네서스가 우주선 컴퓨터에 높고 짧은 굴림소리를 내자 '아이기스'호의 AI인 보이스에게 루이스의 말에 대답할 수 있는 권한이 부여되었다. 물론 자료에 대한 접근 범위는 제한되어 있었지만. 이제 네서스는 곧 선실로 숨어 들어가야 했다. 그때부터 루이스는 이 컴퓨터와 대화를 이어 가면 될 터였다. 네서스가 다시 굴림소리를 내자 홀로그램이 나왔다. 곁눈질로 흘끗 보니 루이스는 눈이 휘둥그레져 있었다.

휴게실 탁자 위로 다섯 개의 구체가 떠올랐다. 각각의 구체는 정오각형의 꼭짓점 자리를 하나씩 차지하고 있었다. 이 세계들 중 네 개에는 드넓은 파란 바다와 구름이 점점이 찍힌 하늘이 펼쳐져 있고 대륙은 농장과 숲으로 가득했다. 행성이 목걸이처럼 두르고 있는 인공 태양들을 제외하면 그 모습이 지구와 비슷하다는 것을 네서스는 알고 있었다. 루이스는 이제 더 이상 지구와 비슷하다는 의미를 제대로 이해할 수 없겠지만. 이 행성들은 어떤 항성에도 얽매이지 않고 자유롭게 날아다녔다.

다섯 번째 세계는 크기는 비슷하지만 비슷한 점은 딱 거기까지였다. 주위로 인공 태양이 돌지 않았다. 이 세계는 스스로 빛을 내고 있었다. 대륙 전체를 밝은 도시들이 온통 뒤덮었고, 도시가 끊긴 곳이라고는 이따금씩 흩어져 있는 작은 공원들밖에 없었다. 허스를 바라보고 있으니 네서스는 숨이 멈출 것만 같았다.

"세계 선단입니다."

그가 말했다.

"저기 반짝이는 세계가 허스로군. 저기가 당신 고향인가?"

"그렇습니다."

네서스가 소중히 여기는 모든 것들의 고향이었다.

"협약체가 허스와 그 자연 보존 지역NP 세계들을 다스리고 있습니다."

"허스만 다르군."

루이스가 혼자 중얼거렸다. 그는 영상을 바라보며 생각에 잠겼다.

"태양이 없어. 그렇다면 퍼페…… 아니, 시민들은 지금 이 세계들을 데리고 은하핵 폭발로부터 멀어지고 있는 건가?"

"우리 세계들은 익숙하고 안전한 방법으로 운행합니다."

네서스는 한쪽 목을 물결치듯 움직였다. 우주선을 가리키는 몸짓이었다.

"정신이 제대로 박힌 시민이라면 이런 식으로 날지 않지요."

"그럼 노멀 스페이스에서만 움직인다는 말이로군."

루이스는 좀 더 생각에 빠져들었다.

"저 세계들은 무척 안전해 보이는데, 그 경로에 무슨 위험의 조짐이라도 있나?"

더도 아니고 딱 일 분 만에 루이스는 본질적인 문제를 눈치챘다. 적어도 머리가 빠른 것으로는 그 아비에 그 자식이로군. 네서스는 잠시 희망이 솟구치는 것을 느꼈다.

"맞습니다. 바로 그것이 문제지요."

"그럼 나더러 뭘 하란 말이야? 정찰병? 일회용으로 쓰고 버리려고?"

"정찰병 이상이지요. 해결사가 되어 줘야 합니다. 그리고 당신이 일회용으로 버려질 것 같지는 않군요. 나도 함께 갈 테니까 말입니다."

"당신이 내 아버지를 찾아내겠다고 그 고생을 한 걸 보면 그저 한낱 가상의 위험 때문에 그랬다고는 믿지 못하겠는데. 평소보다도 더 겁을 먹고 있는 이유가 뭐지?"

네서스는 선단의 영상을 다른 영상으로 교체했다. 다리가 다섯 달린 생물체가 해저를 기어 다니고 있었다. 인간의 용어로 설명하자면 불가사리와 문어를 겹쳐 놓은 모양 같기도 하고, 관벌레 다섯 마리를 꼬리끼리 함께 붙여 놓은 모양 같기도 했다. 관벌레 하나가 카메라를 정면으로 바라보았다. 이 위치에서 보니 그다리는 속이 빈 관이었다. 관의 구멍이 천천히 고동치고 있었다. 속이 빈 관 안쪽 깊은 곳에 반지 모양으로 빽빽하게 자리 잡은 날카로운 치아가 있고, 다시 그 뒤로는 눈들과 불분명한 감각기관이 언뜻 보였다.

"그워스입니다. 한쪽 끝에서 반대쪽 끝까지의 길이가 당신 팔 길이보다 길지 않습니다."

"이게 뭐가 무섭……."

네서스가 짧은 굴림소리와 함께 홀로그램을 다른 영상으로 바꾸자 루이스는 말끝을 흐리고 말았다. 새로운 영상에는 얼음 평원을 가로질러 공업단지가 사방으로 뻗어 있고, 하늘을 향해 곡선으로 휘어진 선로가 있었다. 전자기 발사 장치였다. 우주선 하나가 선로를 따라 하늘로 발사되었다. 그 우주선은 핵융합 엔진을 가동시킨 후에 빠른 속도로 사라졌다. 실시간보다 더 빨리 돌아가고 있다는 점을 빼면 영상에 손을 댄 흔적은 보이지 않았다.

"그워스가 고대 바다의 얼음을 뚫고 나온 지는 지구 시간으로 이백 년이 채 못 됩니다. 그 전에는 기술력이 석기시대 수준이었지요. 그런데 이제는 핵융합 엔진과 하이퍼드라이브까지 만들어내고 있습니다."

"이백 년이라……."

루이스는 네서스의 말을 되뇌었다.

네서스가 그의 기억을 정말 제대로 편집했다면 루이스는 더 이상 지구의 공전주기를 기억할 수 없을 터였다. 그 기억은 마땅히 사라져야 했다. 네서스의 도움 없이도 집으로 가는 길을 찾게 해 줄 다른 모든 기억들과 함께.

네서스는 말했다.

"그워스가 세계 선단의 이동 경로 위에 개척지를 세웠다는 사실을 최근에 알게 되었습니다."

전쟁을 막으라고?

루이스는 승객용 갑판을 달리고 있었다. 몸이 젊어지고 나니 가만히 있으면 근질거려 견딜 수가 없었다. 아버지가 만든 오토닥에 비하면 부스터스파이스는 푸닥거리 수준의 하찮은 것으로 여겨졌다. 루이스는 경이로움과 뜻밖의 활력이 끓어넘치는 것을 느꼈다.

한편으로는 약간의 걱정도 들었다. 전장에서 빠져나온 지 얼마나 됐다고 또 전쟁이야?

걱정은 잠시 미뤄 두자. 네서스의 말로는 앞으로 기나긴 비행이 기다리고 있다니까.

루이스는 달리기 속도를 높였다. 발소리가 쾅쾅 울려 퍼졌다. 다시 젊어졌다! 에너지가 흘러넘쳤다.

그리고 한편으로는 싸워 이겨 내야 할 나쁜 욕망이 꿈틀댔다. 그의 마음 어두운 한구석에서는 약을 갈망하고 있었다. 이 욕망을 덜어 줄 무언가가 필요했다. 몸은 치료될 수 있다. 그리고 치료되었다. 그러면 나쁜 습관은? 그것은 스스로 깨뜨려야 했다.

루이스는 죽자 사자 달리기 시작했다. 땀은 새어 나오는 족족 전신복이 다 증발시켜 버렸다. 나노 직물? 이 옷은 퍼페티어들의 기술력을 말해 주는 또 하나의 경이로운 물건이었다.

젊음의 에너지와 설레는 도전을 앞에 두고도 기분이 좋아지고 자유로워지지 못한다면 대체 무엇으로 그럴 수 있을까? 인간의 우주 너머로 머나먼 여행을 간다. 그리고 무시무시할 정도로 문명이 발전된 퍼페티어들과 완전히 새로운 외계 종족 사이의 전쟁을 막아야 한다. 루이스는 천하의 베어울프 섀퍼조차 겪어 보지 못한 모험에 발을 내디딘 것이 분명했다.

그 모험을 기억하지 못할 거라니 참 딱하게 됐군.

아직도 약을 갈망하고 있는 루이스의 마음 한구석이 조롱하듯 말했다. 아버지를 만나도 내가 한 일을 자랑할 수 없다니 이런 억울한 일이 또 있을까?

루이스는 얼굴에서 땀이 뚝뚝 떨어지고 가슴이 터지도록 달리고 또 달렸다.

오른쪽 두 번째 항성에 가까워져 아침이 올 때까지 쭉.

비교적 안전한 자기 선실에 문을 잠그고 들어앉은 네서스는 끊임없이 들려오는 발소리에 귀를 기울였다. 남아도는 에너지를 태워 없애려는 것인지, 타고난 공격성을 운동으로 승화시키고 있는 것인지, 아니면 용기를 다지고 있는 것인지 알 수 없지만, 루이스의 발소리가 계속해서 빨라졌다. 루이스는 결국 성공할까? 성공할 수 있을까? 솔직히 의심을 거둘 수 없었다. 사실 네서스가 처음 욕심냈던 사람은 베어울프 섀퍼도 아니었다. 베어울프도 대안에 불과했다.

카를로스 우가 만든 오토닥의 정신 치유 능력이 몸 치유 능력의 절반만 따라갔어도 얼마나 좋았을까?

정말 잘나가던 당시 지그문트 아우스폴러는 너무나도 특출한 존재였다. 그는 타고난 편집증 덕분에 그 어떤 합리적 이성도 찾아내지 못하는 상관관계를 찾아낼 수 있었다. 그의 총명함은 아무리 끔찍한 상황에서도 늘 기회를 찾아냈다. 네서스와 알고 지내는 동안 지그문트는 베어울프가 이룬 모든 업적에 필적할 모험을 떠났다. 그래서 네서스는 지그문트를 납치해서 루이스에게 했던 것처럼 그의 기억에서 인간의 우주의 위치에 대한 지식을 모두 지워 버렸다.

하지만 지그문트는 망가지고 말았다. 마지막 모험에서 그는 기능이 정지된 우주선 쪼가리에 몸을 맡기고 우주를 표류하는 신세가 되었다. 마침내 구조대가 도착했을 때 그는 이미 반쯤 미쳐 있었다. 지그문트는 정신적으로나 정서적으로나 너무 큰 상처를 받아서 두 번 다시 우주선에 발을 올리려 하지 않았다.

## 3

루이스는 코나 커피 한 잔과 스콘 한 접시를 손에 들고 부조종사 완충 좌석에 앉았다. 다른 부분에 대해서는 이런저런 불만이 있을지언정 '아이기스'호의 음식 합성기에 대해서만큼은 불만이 한마디도 나오지 않았다.

루이스가 앉은 완충 좌석은 인간 세계라면 아무 데서나 사들일 수 있는 것이었다. 아마도 분명 그랬겠지. 하지만 조종 장치, 조종석 의자, 심지어는 쿠션을 덧댄 승강구 모서리에 이르기까지, 함교에 있는 나머지 다른 모든 것들은 반쯤 녹아내린 듯 둥글둥글한 형태였다. 하긴 쓸데없이 위험하게 날카로운 모서리나 가장자리를 만들어 둘 이유는 없었다. 행여 무릎이라도 찧으면 다칠 수 있으니.

루이스는 스콘을 한입 베어 물고 그 맛을 음미했다.

사실 진짜 먹고 싶은 건 그게 아니잖아.

내면의 목소리가 비웃었다. 조롱을 무시하고 천천히 빵을 씹었다. 빵의 미묘한 맛이 잦아들자 그는 소리쳤다.

"보이스, 그워스 합체를 보여 줘."

튀어나온 홀로그램 영상은 역겨웠다. 살덩어리들이 온몸을 비틀고 고동치면서 고르디우스의 매듭처럼 뒤엉켜 있었다. 그워스의 몸은 무지개의 온갖 색깔을 다 보여 주었다. 루이스의 눈에는 보이지 않는 적외선 색깔도 띠고 있었다. 그 색조와 패턴은 루이스가 헤아릴 없는 이유로 시시각각 변화했다.

— 이것은 그워테슈트입니다. 좀 더 구체적으로 말씀드리면 그워테슈트 십육합체입니다. 이 합체의 융합 방식에서 보시듯, 그워테슈트는 사차원 시뮬레이션에 최적화되어 있습니다.

보이스가 억양 없는 목소리로 말했다.

보이스는 우주선에 탑재된 AI였다. 도약 원반에서 루이스가 입고 있는 전신복의 프로그래밍 가능한 나노 직물에 이르기까지 시민들은 여러 가지 경이로운 기술을 선보였지만, 보이스만큼은 예외였다. 인간용 완충 좌석도 네서스가 구해 온 것이었다. 마음만 먹었다면 인간 세계 어디를 갔든 좀 더 능력이 뛰어난 AI를 손쉽게 구입할 수 있었을 것이다. 하지만 네서스는 그렇게 하지 않았다. 왜?

겁쟁이들은 자기 뒤를 노릴 후계자를 만들지 않기 때문이다. 비록 구식 AI일지언정, 네서스가 AI를 이용한다는 사실 자체가 오히려 신기한 일이었다.

루이스는 그 수수께끼를 푸는 일은 다음으로 미루기로 했다.

"합체의 연결 방식이 다르다는 건 각기 다른 문제를 해결하는 데 특화되어 있다는 얘기로군. 그럼 각각의 그워가 세 개의 관을 이용해서 다른 세 그워스와 결합하는 팔합체는 삼차원 문제를 다루겠지. 예를 들면 분자 결합의 정적 모델링 같은 거."

— 그워테슈트 팔합체가 바로 그렇습니다.

보이스의 말투에 루이스는 웃음이 절로 나왔다. 아니 저 점잔 빼는 말투는 대체 누가 가르친 거야? 이 AI는 영국인 집사한테 말하는 법을 배웠나?

"그냥 편하게 말하고, 루이스라고 불러 줘. 그럼 이 생체 컴퓨터들이 그워스의 급속한 발전을 촉진했다 그건가?"

— 그렇습니다, 루이스.

"그리고 그워스가 이 정보를 공개했고?"

루이스는 말을 멈추고 얼굴을 찡그렸다.

"아니, 공개한 게 아닌가?"

침묵이 길게 이어졌다. 보이스는 정보를 어디까지 공개할지 네서스에게 자문하고 있는 걸까?

— 기존의 정찰 임무에서 그워스의 컴퓨터 네트워크에 침투했습니다. 이 영상은 그워스의 데이터 자료실에서 가져온 것입니다.

스파이질을 했다는 소리로군. 뭐, 놀랄 일도 아니지. 하지만 정찰 임무는 대단히 위험한 일인데. 그런 위험을 감수하고 나설 퍼페티어가 몇이나 될까?

루이스는 물었다.

"그 정찰 임무에 네서스가 참가했나?"

— 그렇습니다, 루이스.

"그 정찰 임무 보고서를 보여 줘."

또다시 침묵이 이어졌다. 이번에도 네서스에게 자문을 구하고 있나?

"아주 바쁜 것 같군요."

함교 바로 바깥쪽에 네서스가 서 있었다. 몸의 절반은 해치 안쪽, 나머지 절반은 해치 바깥쪽에 걸친 채였다. 한쪽 머리는 높게, 다른 쪽 머리는 낮게 두었다. 어느 방향으로든 도망갈 수 있게 준비하는 자세인가?

"뭐, 조금."

아무래도 당신은 내가 이쪽을 파고드는 게 그다지 내키지 않나 보군. 왜지?

"잠시 쉬겠습니까? 당신 가족의 역사에 대해 좀 더 자세히 말해 줄 때가 된 것 같습니다."

네서스가 말했다.

루이스는 퍼페티어용 완충 좌석을 가리켰다.

"벌써 귀 활짝 열어 놓고 있어."

네서스는 조증-우울증 주기 때문에 또다시 자기 선실로 숨어들었다. 질문에는 가끔씩만 대답했다.

함교를 혼자 독차지한 루이스는 자기가 장기 비행을 견디는 데는 네서스보다 더 낫다고 생각하며 긴장을 풀었다. 그는 부조종사 완충 좌석에 퍼질러 앉아 음료를 홀짝거렸다. 그가 최근에 커피로 해 본 실험은 탄자니아 블랜드였다. 그의 메모장이 조종장치 선반에 올라와 있고, 눈에 보이는 페이지는 절반 정도가 펜과 잉크로 그린 스케치들로 채워져 있었다. 전쟁의 위협도 물리학 법칙을 어찌할 수는 없었다. 좋든 싫든, 허스까지의 장거리 비행 덕에 음식의 맛을 음미하고 공부할 시간은 충분했다.

우주선 함교에서 아무나 이렇게 긴장을 풀 수 있는 것은 아니었다. 하이퍼드라이브의 속도에 대해서는 불만을 얘기하는 존재가 거의 없었다. 사흘마다 일 광년을 움직일 수 있다는데 누가 마다할 텐가. 하지만 하이퍼스페이스는 완전히 다른 문제였다. 하이퍼스페이스에서는 우주선 선체를 벗어나자마자 공허보다도 더한 공허가 도사리고 있었다. 우주선의 장치들도 공간 너머의 공간에 대해서는 아무것도 말해 주지 못했다. 이론물리학자들조차 하이퍼스페이스의 본질에 대해서는 각자 말이 달랐다.

상업용 우주선의 승객들은 술, 마약, 섹스 등에 의지했다. 자기가 어디에 있는지 잊고, 부정하고, 무시하는 데 도움이 되는 것이라면 닥치는 대로 했다. 아니, '자기가 어디에 없는지'라고 해야 하나? 언어로는 이 상황을 어떻게도 설명할 방법이 없었다. 함교의 디스플레이장치가 만약 우주선 바깥을 비추었다면 공허보다 더한 공허를 보여 주었을 것이다. 조종사들은 이 현상을 맹점이라 불렀다. 많은 이들의 눈에는 창이나 활성 전망 창을 둘러싸고 있는 벽이 서로 달라붙는 것처럼 보였다. 이런 경우라면 이 창이 대체 무엇을 보여 주는 창인지 모르겠지만, 어쨌거나 창과 그 창이 보여 주려는 것이 아예 존재하지 않는 것 같았다. 어떤 이는 아예 정신이 나가 버리기도 했다. 맹점을 바라보고 있으면 사람들은 미쳐 버렸고, 자기가 어디에 있는지 잊었고, 심지어는 자신의 존재마저도 잊어버렸다.

루이스는 약 생각을 잊으려 애썼다.

인간을 비롯해 항성 간을 여행하는 다른 모든 종족들은 하이퍼드라이브 전환기와 하이퍼웨이브 통신기를 아웃사이더라는 고대 종족에게서 구입했다. 아웃사이더는 설계의 밑바탕이 되는 이론과 설계 디자인에 각각 따로 가격을 매겼다. 그리고 설계 디자인은 아무런 설명도 없이 가격을 엄청 높게 불렀다.

다만 이제 모든 종족이라는 말은 적절치 않은 표현이 되었다. 비행하면서 영상으로 확인한 관찰 자료에 따르면 그워스는 하이퍼스페이스 기술을 독자적으로 발명해 낸 것이 분명했다. 보아하니 그 관찰 자료는 은밀하게 얻어 낸 것 같았다. 네서스는 그워스의 자료가 어째서 퍼페티어의 우주선에 있는 것인지에 대해서는 말을 아꼈다.

공부를 너무 오래 쉬었나 보군.

“보이스, 아까 그거 계속하지.”

홀로그램이 튀어나오고 문장과 이미지 들이 빠르게 흘러갔다. 루이스는 가끔씩 홀로그램 속으로 손을 집어넣어 스크롤 속도를 조절했다. 홀로그램 영상을 가상으로 똑똑 두드리면 보조 화면들이 열리면서 관련 정보가 펼쳐졌다.

똑같이 똑똑 두드렸는데 보이스로부터 사과의 목소리가 흘러나올 때도 많았다.

— 저에게는 추가적인 정보를 제공할 권한이 없습니다.

아마도 그 권한을 가졌을 네서스로부터는 반응이 없었다.

가끔씩 루이스는 조종석 조종 장치에 있는 투명한 구체를 슬쩍슬쩍 보았다. 구체의 중심부로부터 짧은 선들이 뻗어 나오고 있었다. 퍼페티어들의 장비는 루이스에게 익숙한 장비들과 세부적인 부분에서만 차이가 났다. 아마도 질량 표시기의 용도는 너무 뻔해서 기본적인 한 가지 디자인 말고는 다른 디자인이 나올 수 없는 듯했다.

구체 속에 들어 있는 각각의 선은 근처의 항성을 가리키고 있었다. 선의 길이가 길수록 그 중력의 영향력도 더 크고, 그 값은 질량 나누기 거리 제곱에 비례했다. 하이퍼스페이스에서 조종한다는 것은 곧 원하는 선이 자기를 향하도록 유지하는 것을 의미했다.

사실 이 일은 훈련만 잘 받으면 개도 할 수 있을 정도로 간단했다. 다만 질량 표시기는 지성을 가진 존재에게만 반응한다는 것이 문제였다. AI 역시 질량 표시기를 운용할 수 없었다. 아웃사이더들은 그 이유에 대한 설명에도 역시 가격을 매겼다. 그리고 그 가격은 어느 누구도 감당 못할 만큼 큰 액수였다.

선 하나가 구체 표면에 가까워지면 경로를 바꾸거나 아인슈타인 공간으로 돌아가야 했다. 누구나 이해할 수 있는 말로 설명하자면, 하이퍼드라이브의 수학은 중력 특이점과 좀 문제가 있었다. 너무 오래 넋 놓고 기다리다가는…….

그 후에 일어나는 일은 소위 전문가라는 이들도 영원히 합의를 이루지 못한 주제였다. 다만 한 가지에 대해서만큼은 모두 한 목소리를 냈다. 그곳에 가면 절대로 두 번 다시는 얼굴을 볼 수 없다는 것.

내가 두 번 다시는 고향을 볼 수 없는 것처럼?

루이스는 다시 한 번 질량 표시기를 쳐다보았다. 논리적으로 생각하면 질량 표시기는 하루나 이틀에 한 번씩만 보면 충분했다. 제아무리 하이퍼드라이브의 속도라 해도 항성들은 며칠 간격으로 떨어져 있기 때문이었다. 하지만 논리만으로는 열과 빛 그리고 물질의 장소인 진짜 우주가 혹시 사라져 버린 것이 아닐까 하는 의심을 떨쳐 버릴 수 없었다. 그런 의심이 들 때마다 마치 누군가 신경을 쥐어뜯는 기분이 들었다. 보이는 것이라고는 공허보다 더한 공허의 허무한 시선밖에 없는데도 굳이 전망 창을 활성화시켜 놓아야만 안심이 되는 이유를 논리로 설명할 수는 없었다. 그래서 조종사들은 정신을 온전히 유지하기 위해서라도 며칠

마다 한 번씩은 하이퍼스페이스에서 빠져나와 항성들을 눈으로 확인해야 했다.

그런데 내가 항성을 마지막으로 본 게 언제더라?

루이스는 선내 통신 버튼을 눌렀다.

"잠깐 노멀 스페이스로 돌아가려고 하는데."

네서스에게 반대할 기회를 주는 것이었다. 아주 짧은 기회였지만.

"오, 사, 삼, 이, 일. 진출."

루이스는 전망 창을 켰다.

무한히 펼쳐진 암흑 속에 항성들이 다이아몬드처럼 밝게 빛나고 있었다. 우현에서 성운이 깜박였다. 다행히 우주는 여전히 그 자리에 존재하고 있었다.

스스로는 인정하지 않았지만, 루이스 역시 조금은 긴장하고 있은 듯했다. 그 긴장감이 몸에서 빠져나가는 것이 느껴졌다.

저 수많은 항성들 중에 어떤 것이 알려진 우주의 항성일까? 알 수 없다는 답답함에 피부가 꿈틀거렸다. 그게 답답해서 그런 거라고 믿고 싶어? 약이 그리워서가 아니고?

루이스의 손목 이식물은 오토닥이 제거해 버린 상태였다. 거기에 내장된 컴퓨터가 집으로 돌아가는 길을 알려 줄까 봐 그랬을까? 오토닥 안에 얼마나 오랫동안 들어가 있었는지도 알 수 없으니 분더란트로부터 얼마나 멀어진 것인지는 애초부터 추측이 불가능했다.

어쩌면 저 항성들 중에 인간이 알고 있는 세계를 비춰 주는 것은 없을지도 몰랐다. 자기 선실로 철수하기 전에 네서스는 루이스에게 어느 항성 옆을 지나가야 하는지 말해 주었다. 그 중간 기착지 다음에는 다른 중간 기착지가, 그다음에는 또 다른 중간 기착지가 기다리고 있었다.

여행이 길어질수록 집으로 돌아갈 가능성은 점점 희박해지는 것 같았다.

집의 정확한 의미야 어쨌든, 그래도 집이라 부를 만한 것이 아예 없는 것은 아니었다.

우선, 네이선으로 자랐고 또 최대한 빨리 도망쳐 나온 세계인 홈이 있었다.

다음으로는 파프니르가 있었다. 그레이노어 가족은 파프니르에서 홈으로 이민한 것이었다. 홈과 달리 파프니르는 집단 결혼을 허용했다. 루이스는 자신의 과거를 추적하려 홈에서 파프니르로 갔었다. 하지만 의심의 눈초리로 찾아보니 파프니르 공공 기록 보관소에 남아 있는 그레이노어 가족은 그가 알던 그레이노어 가족과 달랐다. 파프니르의 그레이노어 가족에는 둘째 부인이 포함되어 있었다.

그 홀로그램에 나온 가족들이 낯설었던 것을 보면 그 안에 분명 둘째 부인이 있었을 것이다. 그 여자는 누구일까? 어디에 있을까?

파프니르는 작은 대륙 하나와 수많은 산호섬으로 이루어진 물의 세계였다. 그곳의 중력은 살짝 센 편이었다. 그리고 하루는 표준 시간으로 스물두 시간밖에 되지 않았다—스물둘이라는 수는 기억나지만 표준 시간의 의미는 알 수 없었다. 크진인 족장들이 전쟁에 져서 행성을 인간들에게 양도하고 물러난 이후에도 그곳에는 여전히 수많은 크진인들이 남아 있었다.

분명 지구와는 생판 달랐다.

인간이 정착한 세계들 중에서 지구와 가장 비슷한 곳은 아마도 홈일 것이다. 그곳에는 활동성 대륙판에 의해 만들어진 대륙이 몇 개 있었다. 중력도 표준 중력에 거의 가까웠고, 하루의 길이도 스물세 시간 이상이었다. 심지어는 생태계 일부도 지구와 비슷했다. 돌연변이를 일으킨 일부 토착 병원체들 때문에 첫 정착민 무리가 완전히 몰살당하기도 했다.

지구와 그리 흡사했음에도 불구하고 루이스의 어머니는 커튼이라는 커튼은 모두 닫은 채 몸을 부들부들 떨고 알 수 없는 말들을 중얼거리며 집 안에 꽁꽁 숨어 있는 경우가 많았다. 홈에 살면서도 그렇게 공황 발작—현지 용어로는 이것을 평지 공포증이라고 했다—이 생기는데 루이스 자신은 어린 시절을 대체 어떻게 파프니르에서 보냈던 걸까?

결론은 분명했다. 파프니르에서 자라지 않았다는 의미였다.

평지 공포증을 보면 어머니는 지구 출신인 것이 분명했다. 그러면 '그레이노어 가족' 모두? 결국 지구까지 찾아갔을 때 루이스는 이해할 수 있게 되었다. 영겁의 세월에 걸쳐 이루어진 진화를 부정할 수는 없었다. 지구는 생김새도, 냄새도, 느낌도 모두 홈과 비슷했다.

행정 당국에 DNA 샘플을 제공했다면 자신이 누구인지 확인할 수 있었을 것이다. 루이스는 몇 달 동안이나 머리를 쥐어뜯었다. 알아봐야 하나, 말아야 하나. 내가 지구에서 태어났다고 쳐 보자. 그럼 날 아주 어릴 때 데리고 나왔다는 소리다. 분명 아무것도 모르는 아기 시절에. 하지만 부모님은…….

만약 그의 의심이 옳다면, 부모들은 그곳을 탈출하기 위해 무던히도 애를 썼다는 소리였다. 숨으려고. 하지만 왜? 누굴 피해서? 혹시 부모들은 범죄자나 탈주자였을까? 그의 상상력은 한계에 부딪쳤다. 사정을 모르는데 혹시나 행정 당국에 부모들의 뒤를 밟을 구실을 주는 위험을 감수할 수는 없었다.

그렇게 갈팡질팡하는 동안 루이스는 폴라 체렌코프를 만났고, 또 그녀에게 차였다. 그 고통을 피해 분더란트로 달아났고, 거기서 새로운 고통을 만났다.

그리고 그때까지 네이선 그레이노어였던 그는 이제 '루이스우'라는 이름을 되찾았다. 전설 속의 존재 퍼페티어의 수호자로서— 수호자인지 포로인지는 헷갈리지만.

옛날 생각에 한바탕 휩싸이고 나니 약 생각이 더 간절해졌다.

네서스가 정보를 찔끔찔끔 내놓을 때마다, 그에 자극을 받아 옛날의 기억이 되살아날 때마다, 한 가지 사실이 더욱 분명해졌다. 루이스의 가족은 늘 무언가에 쫓겨 숨어야 했다. 루이스는 자기에게 버림받아 더 괴로웠을 부모들을 생각하며 더욱 큰 죄책감에 괴로웠다.

내가 집으로 돌아가겠다고 하면 어떻게 될까? 네서스가 내 개인적인 과거의 기억을 어느 것 하나라도 온전하게 남겨 둘까?

보이스는 그가 정신을 딴 데 팔고 있는 것을 눈치채지 못한 듯했다. 홀로그램이 한참 지나가 있었다.

"영상 정지."

루이스는 퉁명스럽게 말했다. 아무래도 뒤로 돌려서 중간부터 다시 봐야 할 것 같았다. 음료 잔을 흔들어 보자, 거의 비어 있었다. 루이스는 성큼성큼 휴게실로 걸어갔다. 커피만, 그냥 커피 한 잔만 뽑으러 가는 거라고 스스로에게 되뇌며.

빌어먹을 놈의 음식 합성기는 마약성 진통제 제조를 거부했다. 어쨌거나 네서스의 승인이 있기 전에는 안 된다고 했다.

루이스는 그저 자기가 약을 구할 수 있는지 알고 싶었을 뿐이라고 스스로에게 변명했다. 약을 구할 방법이 없어서 어쩔 수 없이 하지 않는 것이라면 중독을 정말로 끊었다고 할 수는 없지 않은가.

하지만 이것이 거짓말임을 그도 모르지 않았다. 루이스는 잠이나 자자는 생각에 자기 선실로 갔다.

## 4

광기는 늘 밀려오고 또 빠져나갔다. 지금은 광기가 썰물처럼 빠져나간 상태라서 네서스가 할 수 있는 일이라고는 고작 자기 배에 머리를 처박지 않고 버티는 것밖에 없었다. 그가 지금 회복한 원기로는 선실에 몸을 웅크리고 앉아 보이스의 보고와 여기저기 설치해 놓은 센서를 통해 루이스를 감시하는 일밖에 할 수 없었다.

AI를 우주선에 탑승시켰다는 것 자체가 미친 짓이었지만, 보이스라도 함께해 주지 않았다면 네서스는 아마 오래전에 마비 상태에 무릎을 꿇고 말았을 것이다. 오만하게도 인간들이 알려진 우주라고 부르는 은하계의 한구석으로부터 세계 선단이 더욱 멀어질수록 이 혼자만의 여행도 점점 험난하게 느껴졌다. 지구 표준력으로 백삼십오 년간 꾸준히 가속한 덕분에 세계 선단은 이제 삼십 광년 이상 멀어졌다.

지구 표준력과 광년이라. 허스와 떨어져 지낸 지가 하도 오래되다 보니 네서스는 어느덧 생각할 때도 자연스레 이런 용어들을 사용하게 되었다. 심지어 가끔은 자기가 영어로 생각하는 것을 의식하고 깜짝 놀랄 때도 있었다.

베데커는 네서스가 AI를 꼭 가져가야 한다고 고집을 부렸다. 하지만 AI는 협약체 법에 의해 엄격하게 금지되어 있었다. 그래서 이 사실은 심지어 비밀 임원회에도 비밀로 부쳐졌다.

인간은 오랫동안 AI를 사용해 왔다. 심지어는 시민들이 뉴 테라에 정착시킬 인간의 배아 은행을 훔쳐 냈던 개척민의 그 옛날 우주선에도 AI가 있었다. 원시적인 AI인 지브스를 복사해서 우주선에 탑재한다 해도 그것이 이 여행 동안 제멋대로 행동해서 문제를 일으킬 가능성은 거의 없었다.

베데커는 정말이지 독특한 최후자였다.

네서스가 그를 처음 만났을 때 베데커는 그저 GPC의 한 기술자에 불과했다. 정말 시민으로서는 너무도 어울리지 않게 그와 네서스는 거의 난투극을 벌일 지경까지 갔다. 하지만 지금 둘은 친구다. 아니, 친구 이상이다. 때로는 이런 생각도 들었다. 어쩌면 우리 둘이…….

여기가 집에서 얼마나 먼 곳인데 그런 쓸데없는 생각을!

"루이스는 지금 뭘 하고 있지?"

그는 보이스에게 물었다.

— 기하학적 구조를 검토하며 상황을 파악하고 있습니다.

설명용 홀로그램이 열렸다.

네서스는 세계 선단을 중심으로 펼쳐진 항성 지도를 자세히 들여다보았다. 물론 항성과 세계의 크기까지 축적에 맞춰 줄여 놓은 지도는 아니었다. 그랬다가는 아예 보이지도 않을 것이다. 세계 선단에서 이십 광년 뒤쪽에는 그워스의 고향 세계인 즘호Jm'ho가 있었다. 그리고 선단에서 십일 광년 앞쪽으로는 이 외계인들이 최근에 일군 개척지인 클모Kl'mo가 있었다.

맹수가 앞에서 아가리를 떡 벌리고 있는 형국이었다.

선실 벽지에서 노래하고, 구호를 외치고, 속삭이는 가상 시민들의 모습을 보고 있어도 이제는 더 이상 마음이 차분해지지 않았다. 시민의 페로몬 향기가 환기 시스템을 통해 끊임없이 순환되고 있었지만 이제는 더 이상 그의 외로움을 달래 주지 못했다. 네서스는 선실 갑판을 발굽으로 긁었다. 마비 상태의 유혹이 그 어느 때보다도 강해졌다.

"루이스가 그걸 보고 뭐라고 하나?"

— 협약체가 선단을 왜 그런 위험한 동네로 데리고 가기로 결정했는지 이상하게 여기고 있습니다.

우리가 난관을 극복할 때마다 그게 항상 더 큰 난관이 되어 다시 등장하기 때문이지. 이렇게 대답하면 더 달갑지 않은 질문이 되돌아올 것이다.

"내가 가서 직접 그와 얘기하지."

— 알겠습니다.

루이스는 휴게실에 있었다. 또 다른 항성 지도 홀로그램을 띄워 놓고 그 주위를 천천히 돌며 음료를 홀짝거리는 중이었다. 작은 탁자 위에는 반쯤 비운 접시들이 재활용되기를 기다리며 놓여 있었다. 접시 옆 메모장에 그워를 그려 놓은 낙서가 보였다.

네서스는 긴 의자에 자리를 잡고 앉았다.

"어떻게 해야 좋겠습니까?"

"그워스와 화해해야 하지 않을까 생각되는데."

"다른 이들이 그렇게 했다가 실패했다고 가정해 보지요. 그렇다면 선단이 처할 위험은 무엇이겠습니까?"

"선단은 광속의 절반 속도로 움직이나?"

이 정보는 보이스가 누설할 수 있는 것이 아니었다. 루이스는 자연 보존 지역의 태양이 일으키는 적색편이의 양을 평가한 다음 수많은 추정을 거쳐 그런 결론에 도달했으리라. 과연 카를로스 우의 아들이 맞기는 맞군.

"꽤 비슷합니다."

"그워스는 선단의 경로에 스텔스 기능이 있는 물체들을 뿌려 놓기만 해도 되겠더군. 선단이 그런 속도로 움직이고 있다면 작은 질량체만 그 앞에 가져다 놔도 잠재적인 행성 파괴탄이 될 수 있으니까."

루이스가 얼굴을 찡그렸다.

"당신들도 그 사실은 알고 있겠지."

"아니까 지금 당신이 여기에 있는 거지요."

네서스는 초조한 듯 갈기를 물어뜯었다.

"제안할 만한 해결책이 있습니까?"

"조사해 보니 선단이…… 어디냐, 여기 근처는 안전하게 통과했더군."

루이스가 홀로그램을 가리켰다.

"여기, 즘호 말이야. 그런데 왜 그워스의 새로운 개척지는 무사히 통과하기 힘들 거라고 생각하는 거지?"

네서스는 두 눈을 서로 쳐다보았다. 그 행동의 의미는 이랬다. 우리는 겁쟁이니까. 혹시 문제가 생기지 않을까 걱정되니까.

그래도 전체적인 진실을 묻는 것보다는 대답하기가 무척 쉬운 질문이었다.

"네서스, 그워스가 당신들을 신경 쓸 이유가 있을까? 우리는 지금 여기 같이 있지. 똑같은 공기를 숨쉬고, 같은 조명, 같은 실내 온도에서 둘 다 편안히 지내고 있어. 그렇다면 허스도 환경이 분명 지구나 홈하고 비슷하다는 얘기겠지. 하지만 그워스를 봐. 그들은 만년빙이 뒤덮고 있는 차디찬 바다에서 진화했어. 두 종족이 서로의 세계를 탐할 이유가 없을 것 같은데."

루이스는 잔에서 마지막 한 방울까지 짜 먹고서 또 한 잔을 뽑았다.

"물론 당신들이 그워스에게 불신을 살 이유를 제공했다면 말이 또 달라지지만……."

"우리로서는 그들을 신뢰할 이유가 없습니다. 그들은 우리 우주선에 탑승하고 있는 동안 물이 채워진 자기들의 거주 모듈에서 은밀하게 하이퍼드라이브를 개발했습니다."

'우리'라는 단어가 시민을 의미하는 것으로 오해할 수 있겠군. 루이스가 세세한 부분까지 알고 있을 필요는 없었다.

"그들은 경고 한마디 없이 우리 우주선 안에 있던 거주 모듈을 가지고 하이퍼스페이스로 들어갔습니다. 그들이 대체 무슨 짓을 했는지 이해하겠습니까?"

"잠시만."

루이스가 이마를 찡그리고 서성거렸다.

"우주선은 하이퍼스페이스로 들어가기 전에 선원들을 보호하기 위해 정상 우주 안에서 거품으로 자신을 둘러싸지. 하이퍼스페이스 전환기는 그 거품 안에 들어 있는 것들을 모두 함께 데려가고. 따라서 그워스가 만든 거품이 자기네 거주 모듈보다 조금이라도 더 컸다면……."

"다른 것도 문제였지만 우리 우주선의 하이퍼드라이브 전환기를 대부분 가지고 가 버렸다는 게 가장 큰 문제였습니다."

GPC의 선체 자체도 절반 정도 잘라 내고 말았다. 하지만 네서스는 파괴가 불가능하다고 알려진 GP 선체를 파괴할 수 있는 방법을 여기서 까발리고 싶은 마음은 없었다.

"나머지 선원들은 가까스로 살아남아 구조될 수 있었지요."

그 시점에서 선원이라고는 겨우 두 명에 불과했다. 구조대가 도착할 즈음, 지그문트 아우스폴러는 거의 혼수상태로 미쳐 있었다. 베데커는 그가 의료 정지장에 보존시켜 놓은 상태였다.

"하지만 왜?"

루이스가 물었다.

"그워스는 이유를 말하지 않았습니다."

비밀 임원회 내부에서 나온 대답도 이것 말고는 없었다. 비공식적으로는? 비공식적으로는 베데커가 의심하는 구석이 있기는 했다. 그워스는 몰래 하이퍼드라이브의 비밀을 배웠다. 그들이 듣지 않았어야 할 얘기도 엿들은 것이 분명했다. 이를테면, 협약체의 비밀을 집으로 가지고 가지 못하도록 그워스 합체들을 제거해야 한다고 했던 베데커의 주장.

생각에 잠겨 있던 루이스가 말했다.

"하지만 협약체가 자체적으로 우주선을 가지고 있다는 걸 그워스도 알지 않나. 그럼 그들 세계도 똑같이 위험에 처할 수 있잖아. 그러고 보니 지구 역사에서 생각나는 부분이 있군. 핵폭탄은 아주 끔찍한 무기였지만 결국에는 전쟁을 억제하는 효과가 있었다고 해. 어느 누구도 감히 전면전을 시작하지 못했지. 모두가 자멸할 게 뻔했으니까. 인간들은 그런 균형을 아마…… 상호확증파괴mutual assured destruction, 간단히 MAD라고 했을 거야. 선단이나 그워스나 분명 행성 파괴탄을 먼저 사용할 만큼 어리석지는 않겠지?"

상호확증파괴. 말 그대로 미친mad 짓이 아닐 수 없었다! 협약체가 그렇게 오랫동안 모든 것을 피해 숨어 있었던 이유도 바로 그것이었다. 하지만 뉴 테라가 선단의 위치를 알게 되었다. 그리고 이제는 그워스까지도 알고 있다.

"선단은 어떤 방어 수단을 가지고 있지?"

루이스가 물었다.

뉴 테라가 독립하기 전만 해도 방어 수단은 비밀 유지만으로 충분했다. 사실 그것 말고는 다른 뾰족한 방법도 없었다. 정찰에 나설 수 있는 시민은 극소수였다. 군대를 조직할 만큼 충분한 수의 시민을 모집하는 일은 절대 불가능했다!

뉴 테라가 독립한 이후로 선단은 차근차근 센서와 무기 들을 배치했다. 레이저, 입자 빔, 유도탄 등등. 그워스가 등장한 이후로는 거기에 가속도가 붙었다. 군대를 모을 수도 없고 AI를 사용할 마음도 없었기 때문에 융통성이라고는 눈곱만큼도 없는 자동화 기기들로 그 모든 것을 운용해야 했다. 위협의 기미가 보이기만 해도 선단의 방어 시스템은 주저 없이 공격에 나설 터였다. 방어 시스템의 공격을 자극할 수 있는 시나리오는 너무도 많았다.

"네서스, 선단의 자체적인 방어 기능을 알지 못하면 내가 선단이 처한 위험을 어떻게 알 수 있나?"

휴게실 합성기에는 끔찍한 독이 기다리고 있었다. '아이기스'호가 허스에 가까워지고 착륙 허가가 날 때쯤이면 루이스는 자기

아버지가 만든 오토닥 속에 들어가 있게 될 것이다. 보이스도 꺼 놓을 것이다. 네서스는 선단의 방어 시스템을 자극할 빌미를 만들지 않도록 신중에 신중을 기할 생각이었다. 방어 시스템을 자극하는 일은 절대로 없어야 했다.

"그 부분은 아직 논의할 준비가 안 됐습니다."

네서스는 자신도 보이스처럼 프로그래밍되어 있는 존재나 다름없다고 느꼈다.

루이스가 손을 까딱거려 항성 지도를 사라지게 만들었다.

"그럼 나더러 대체 어떻게…… 됐어, 지금은 신경 꺼 두지. 어쩌면 그워스는 아예 공격할 마음이 없을지도 몰라. 그들이 그 세계에 정착한 이유는 그저 환경이 잘 맞아서인지도 모르잖아. 개척지의 위치가 선단이 향하는 경로에 있다고 해서 그것만으로 이렇다 저렇다 잘라 말할 수는 없지."

"그들은 공격해야 할 이유가 있다고 믿을지도 모릅니다."

베데커는 그워스에 대한 반감이 상당했지만, 최후자가 된 후에도 결국 그들을 상대로 어떤 행동을 취해 본 적이 없었다. MAD에 대한 두려움이 팽배해 있기 때문이었다.

"어떤 이윤데?"

마침내 루이스가 재촉하듯 물었다.

"사실…… 예전에 우리가 그들과 접촉했을 때 마찰이 좀 있었습니다."

그워스에 대한 베데커의 계획을 그워스가 엿듣기라도 했다면 그저 마찰 정도가 아니었을 것이다. 하지만 그워스에게는 선단을 위협으로 느낄 더 큰 이유가 있었다.

"어떤 마찰이었는데?"

"중요한 건 아닙니다."

네서스는 몸서리를 쳤다.

"최근에 협약체는 여러 가지 위험에 직면했지요. 산 넘어 산이었습니다. 시기가 시기인 만큼 시민들은 정권을 실험당에 넘겨주었습니다. 당신이 정치라고 부를 만한 것이 지금은 결국 정치가들 사이의 어떤 경쟁 관계로 귀결되었는데……."

"정치라고? 지금 퍼페티어들 사이의 정치에 개입하라고 나를 여기까지 데려왔다는 말이야?"

루이스의 눈동자가 휙 하고 합성기 쪽을 향했다.

네서스는 숨고 싶은 자기 파괴적 욕망과 싸우며 말했다.

"베어울프 섀퍼가 왜 그런 위험한 임무를 맡았는지 궁금해 본 적 없습니까? 아니요, 말을 돌리려는 게 아닙니다."

루이스가 망설이듯 대답했다.

"당연히 궁금했지."

"처음에 중성자성 표면 가까이 비행했던 건 과학자이자 정찰대원이었던 한 시민이 베어울프 섀퍼를 강제로 떠밀었기 때문입니다. 첫 번째 임무에서 그가 살아남는 걸 보고 은하핵으로 가는 여행에서 다시 고용하기도 했지요."

"시민 정찰대원은 당신이잖아."

네서스가 그 일과 아예 관련이 없는 것은 아니지만, 당사자는 아니었다. 그는 분명 과학자가 아니었다.

"자신을 아킬레스라고 부르던 시민이었습니다."

그리고 허스는 아킬레스가 베어울프를 두 번째로 고용해서 떠난 정찰에서 마주친 은하핵 폭발로 인한 혼돈으로부터 아직 회복하지 못했다.

"아킬레스는 이제 정치가지 정찰대원이 아닙니다. 아주 야심 가득한 정치가지요."

"야심 없는 정치가도 있나."

"실험당이 통치하는 동안에는 권력투쟁이란 곧 급진적인 아이디어들 사이의 경쟁으로 귀결됩니다."

급진적 아이디어는 결국 미친 아이디어인 경우가 너무 많았다. 정찰대원들만 미친 것은 아니었기 때문이다. 종족을 책임지겠다는 염원을 품은 경우에는 무리 속으로 숨어들기보다 특별한 종류의 광기가 필요했다. 하물며 최후자가 되겠다는 열망을 품은 극소수의 시민이라면…….

과연 루이스는 정치 계급 전체가 말 그대로 미쳐 있는 사회를 위해 일을 해 줄까?

최악의 가능성은 네서스가 베어울프 섀퍼를 찾아내지 못한 이유가 아킬레스가 그를 먼저 찾아냈기 때문인 경우였다. 베어울프와 아킬레스는 둘 다 골칫거리를 몰고 다니는 존재였다. 그 둘이 만났다면…….

네서스는 말했다.

"아킬레스는 실험당을 이끌기를 갈망하고, 결국에 가서는 우리 모두의 최후자가 되기를 갈망합니다. 그는 과학부 장관이기 때문에 여론몰이가 가능하지요. 그는 그워스의 위협을 끝장낼 '필요한 모든 방안'을 강구해야 한다는 정치적 캠페인을 벌이고 있습니다. 그게 그가 내놓은 급진적인 아이디어지요."

한숨과 함께 루이스가 합성기에서 눈을 돌렸다. 그리고 차마 자존심 때문에 요구하지 못한 약에서도.

네서스는 말없이 기다렸다.

루이스가 말했다.

"그 영리한 그워스가 스텔스 우주선이나 탐사선을 보내서 선단을 감시하지 않았을 리가 없지. 거기서 엿들은 정보들은 하이퍼웨이브 통신기로 바로 보낼 수 있어. 그런 내용이라면 그들에게도 당연히 위협으로 느껴지지 않겠어?"

네서스는 다리를 떨며 쓰러질 듯 휘청거렸다. 당연히 그워스도 허스에서 일어나고 있는 사건들을 비밀리에 감시하고 있을 터였다. 협약체의 스텔스 탐사선들이 그워스의 세계들을 빙 두르고 있는 것처럼.

"루이스, 나는 두렵습니다. 우리가 그워스에게 먼저 공격해야겠다고 결심하게 만들 이유를 제공한 건 아닌지……."

"그래도 그건 여전히 미친 짓이지."

루이스는 잠시 말을 멈추고 생각을 정리했다.

"그워스가 정착지를 마련한 곳의 위치가 어떤 메시지를 담고 있는 건 아닐까? 바다가 있는 얼음 위성은 다른 데도 아주 흔하지 않나?"

"당연히 메시지가 들어 있지요! 우리를 위협하는 것 아닙니까.

그들은 선단의 경로 위에 떡하니 자리 잡았습니다."
루이스가 고개를 저었다.
"그게 다가 아닌 것 같은데. 선단을 위협하려면 그냥 우주선으로 그 경로에 행성 파괴탄들만 흩어 놔도 충분해. 선단을 공격하겠다고 굳이 개척지까지 세워서 노출시킬 필요가 없단 말이야."
"무슨 뜻입니까?"
"만약 그워스가 즘호에서 그만큼 멀리 떨어진 곳에 개척지를 세웠는데 방향을 다른 곳으로 잡았다면 당신 종족은 그들과 마주칠 일이 절대로 없었겠지. 그럼 클모라는 이 새로운 개척지의 의미는 이게 아닐까? 그워스는 협약체에 자신들의 능력을 과시하고 싶은 거야."
"그들이 왜 그런단 말입니까?"
루이스가 서성이기 시작했다.
"자기들이 흩어져 있다는 걸 보여 주려는 거지. 자기네 개척지들을 모두 찾아낼 생각은 하지도 말라는 거야. 그러니까 전쟁이 일어난다 해도 그들 중 일부는 반드시 살아남는다는 뜻이지."
"그리고 세계 선단에 묶여 있는 우리는…… 아무도 살아남지 못하겠지요."
네서스는 몸을 부들부들 떨었다. 자기가 지금 두려움에 질려 주저앉지 않은 것이 신기할 따름이었다. 떨고 있는 이 살덩어리들도 어떤 재앙은 너무나 거대해서 달아날 수조차 없음을 분명 아는 것이리라.
"전쟁은 여전히 미친 짓이지만 상호확증파괴라는 구도는 더 이상 성립하지 않게 된다. 당신 말은 그게 바로 그워스가 보내는 메시지라는 거군요."

루이스가 씁쓸하게 웃었다.

"내가 참가해 본 전쟁이라고는 소규모 게릴라전 하나가 전부였어. 그 와중에 거의 죽을 뻔했지. 게다가 약물중독까지 생겼고. 그런데 나더러 한 번 만나 보지도 못한 천재 외계인들의 거대한 전략을 꿰뚫어 보길 원한단 말이야?"

이미 꿰뚫어 보지 않았나. 네서스는 생각했다. 당신은 베어울프 섀퍼의 빠른 머리와 낯선 모험에 대한 사랑, 카를로스 우의 천재성 그리고 공격성과 전쟁이라는 인간의 유산을 타고났군.

그는 그저 이렇게만 말했다.

"그래서 당신이 여기 있는 겁니다."

하지만 곧 그가 엉뚱한 위기에 대비하고 있었음이 밝혀질 터였다.

## | 무인無人의 땅 |

### 1

허스로부터 몇 광년 떨어진 이곳, 오직 자신의 거친 숨소리만 들리는 혼돈과 폐허의 한가운데에서 아킬레스는 홀로 응시하고 있었다.

주변으로 온통 잔해들이 둥둥 떠다녔다. 무엇인지 알아볼 수 있는 것도 더러 있었지만 알아보기 힘든 것이 더 많았다. 셀 수 없이 많이 떠다니던 작은 조각들은 우주선 여기저기에 녹아서 다시 엉겨 붙으며 그 수가 많이 줄어들었다.

하지만 상상력을 아무리 발휘해 봐도 이제 더 이상 '아르고'호를 우주선이라 부를 수는 없었다. 난파선의 선체. 그 이상도 그 이하도 아니었다. 한때는 갑판이었던 너덜해진 가장자리들이 선체 여기저기에 매달려 있었다. 마지막 남아 있던 공기는 거대하고 휑한 공간 너머로 사라져 버린 지 오래었다. 생명 유지 장치, 통신 장비, 추진 장치, 인공중력, 센서. 모두 사라지고 없었다. 화물, 격벽, 우주선의 운항 시스템 등은 표류물이 되어 소름 끼치는 침묵 속에서 여기저기 부딪치고 있었다.

아킬레스의 우주복은 거의 손실 없이 모든 것을 재활용했다. 그것으로 몇 년 동안은 목숨을 유지할 수 있을 것이다. 정지장을 켜면 시간을 정지시켜 놓을 수도 있었다. 그러면 그의 목숨을 영원히 유지시켜 줄 수 있었다. 하지만 그래서 뭐? 아무도 내 위치를 모르는데.

그리고 곧 팩의 전함들이 이곳으로 모여들 터였다. 팩이 전리품을 차지하러 도착하는 순간, 그의 심장은 공포와 조건반사로 멈추고 말 것이다. 그 수치스러운 최후의 순간이 오기 전까지 그와 시간을 함께할 것은 쓰디쓴 기억들밖에 남아 있지 않았다.

이렇게 아킬레스의 계획은 다시 한 번 끔찍하게 틀어지고 말았다.

'아르고'호가 노멀 스페이스로 튀어나왔다.

주변의 평면 화면과 홀로그램이 모두 활발하게 되살아났다. 아킬레스는 한쪽 입술과 혀를 하이퍼드라이브 작동기에 올려놓은 채 다른 머리를 여기저기 돌려 판독 결과와 영상 들을 살펴보았다.

"목표물 확인."

함교 반대편에서 부조종사 롤런드 앨런카트라이트Roland Allen–

Cartwright가 말했다. 그는 피부가 검고 눈이 안쪽으로 모인 거구의 사내였다.

"삼 광일 떨어져 있소."

"그리고?"

아킬레스가 재촉하며 물었다.

"함대가 하나 보이는군. 우주선은 열두 척. 반 광년 정도 떨어져 있소. 우주선들이 아주 크군. 우리와 멀어지는 중이오. 그리고 일상적인 통신 잡음이 들리는데."

열두 척의 램스쿠프 우주선은 마치 자신들의 존재와 경로를 동네방네 떠들고 다니듯 백열의 핵융합 불꽃을 뒤로 남기며 이동하고 있었다. 아킬레스는 수 광년 떨어진 곳에서 자신의 목표물을 골랐다. 지금까지 알려진 과학으로는 '아르고'호의 무반동추진기를 이런 거리에서 감지할 수 없었다.

하지만 그도 팩이 아는 것을 모두 알지 못하는 것은 마찬가지였다. 적어도 아직까지는.

램스쿠프 우주선이 '아르고'호를 향해 가속하고 있다면 잘 드러나지 않을 것이다. 더군다나 가속 없이 관성운동을 하고 있다면 거의 보이지 않게 된다. 접근하는 램스쿠프 우주선의 존재를 추측해 내려면 밀도가 희박한 성간물질에 퍼져 있는 충격파를 요소별로 하나하나 섬세하게 모델링해 보거나, 희미한 중성미자 소스를 삼각측량해 봐야 했다. 하지만 두 가지 방법 모두 상당한 불확실성을 내포하고 있었고, 시간도 많이 걸렸다.

아니면 좀 더 적극적인 수단을 취할 수도 있었다.

"레이더 탐지 일회 가동."

아킬레스가 명령했다. 만약 근처에서 어느 우주선이 덮칠 기회를 노리며 기다리고 있다면 지금 찾아내야 했다. 레이더 탐지를 가동해도 삼 광일 떨어져 있는 목표물에 포착되는 일은 없을 터였다. 레이더 신호가 굼벵이처럼 꾸물거리며 빛의 속도로 목표물에 닿기 전에 '아르고'호가 먼저 덮칠 테니까.

"레이더 탐지 일회 가동."

롤런드가 말했다. 몇 초가 흘렀다.

"이상 무."

다시 몇 분이 흐르고서야 아킬레스는 하이퍼드라이브 조종 장치를 입에서 놓고 물었다.

"목표 우주선은 뭘 하고 있습니까?"

롤런드가 계기판을 보며 얼굴을 찡그렸다.

"그 앞으로 떠다니는 눈덩어리가 있는 것 같소. 그럼 물을 모으고 있는 게 아닌가 싶은데."

허스는 일조 명의 거주자들이 만들어 내는 산업 폐열 때문에 북극부터 남극까지 모두 무더위에 시달리고 있었다. 허스에 눈이 사라진 지는 까마득했다. 속 편하게 지내던 시절에 아킬레스는 인간 세계나 크진인 세계에서 눈을 본 적이 있었다. 그리고 힘들었던 최근에는 $NP_1$의 갱생 캠프에서 눈과 아주 지긋지긋할 정도로 친해지기도 했다. 그는 눈이 싫었다.

가속을 최대로 하면 '아르고'호는 혼자 떨어져 있는 팩 우주선의 노멀 스페이스 속도를 반나절 내로 따라잡을 것이다. 팩의 위치로 곧장 하이퍼스페이스 도약을 하면 시간을 더 줄일 수도 있었다.

"사람들을 준비시켜 두십시오, 롤런드. 내일 이 시간에 공격에 들어갈 겁니다."

"내가 정말로 공격하라고 했나?"

아킬레스는 스스로에게 물었다.

이제 자기가 자기에게 질문을 던지는 것이 이상하게 느껴질 단계는 지났고, 오히려 자기가 언제 대답을 시작할까 궁금해지기 시작했다. 그가 뱉은 말은 공처럼 둥글게 만 살덩어리 속에서 맴돌았다. 목은 앞다리 사이에 있고, 머리는 배에 처박혀 있었다. 몸을 펴고 있은 것이 언제였더라? 압력복을 입고 있으니 숨을 쉬려고 몸을 풀 필요도 없었다.

어쨌거나 아킬레스는 몸을 풀었다. 죽음이 임박했음을 알려 줄 경고신호라고는 그를 향해 다가오며 감속하는 우주선의 백열 불꽃밖에 없을 것이고, 현재 기능하는 장거리 센서라고는 그의 두 눈밖에 없었다. 그는 투명해진 선체를 다시 한 번 둘러보았다. 선체에 칠해졌던 페인트는 대부분 그슬려 사라지고 없었다.

떠다니던 작은 표류물이 옆구리에 와서 부딪쳤다. 아킬레스는 무엇인지 보려고 목을 구부렸다.

롤런드 앨런카트라이트의 잘려 나간 팔이었다.

아킬레스의 머리 두 개가 휙 하고 다리 사이로 다시 들어갔다. 힘들었던 과거의 기억 속으로 다시 빠져드는 동안 그가 마지막 제정신으로 떠올린 생각이 있었다.

좀 더 믿을 만한 인간을 고용해야 해.

“삼 초 후, 하이퍼스페이스 진출.”

아킬레스는 선내 통신으로 알렸다.

“이, 일. 진출!”

주 함교 화면에 항성들이 나타났다. 팩의 램스쿠프 우주선도 나타났다. 그 우주선의 핵융합 엔진이 빛을 내고 있었다. 불과 십 광초밖에 떨어져 있지 않았다.

“미사일 발사.”

롤런드가 외쳤다.

“목표물에 고정.”

아킬레스가 ‘아르고’호를 다시 하이퍼스페이스로 되돌리자 전망 창 화면이 자동으로 사라졌다.

미사일에는 근접스위치가 장착된 중성자탄이 실려 있었다. 아킬레스는 팩의 기술력으로도 갑자기 튀어나온 핵무기 공격은 막아 낼 수 없을 것이라 생각했다.

삼 분 후 ‘아르고’호는 노멀 스페이스로 다시 나왔다.

두 번째 미사일은 발사할 필요가 없었다. 팩의 우주선은 이미 핵융합 불꽃이 꺼진 채 표류하고 있었다. 램스쿠프 장의 기미도, 무선통신의 흔적도 감지되지 않았다.

폭탄에서 나온 중성자 선속 때문에 우주선에 타고 있는 자들은 하루 안으로 모두 죽게 될 것이다. 그러면 시간이 날 때 롤런드와 그 패거리를 시켜 난파선을 조사하면 된다.

아킬레스는 입술 마디를 마지막으로 정교하게 꿈틀거려 '아르고'호를 팩의 난파선 살짝 앞쪽으로 이동시켰다. 그리고 그 위치를 유지하도록 자동조종장치를 설정해 놓았다.

"삼 킬로미터 남짓이군."

롤런드가 일어서서 말했다.

"이 정도면 충분히 가까워졌소."

"조심하십시오."

아킬레스가 말했다.

그는 롤런드가 함교를 나가며 던진 코웃음을 못 들은 척했다. 자기를 대신해서 위험을 무릅쓰겠다는 존재 앞에서는 아량을 보여야 했다. 아킬레스의 선원들이 향하는 곳에는 분명 목숨이 붙어 있는 것이 남아 있지 않을 터였다. 하지만 그렇다고 위험이 없는 것은 아니었다. 우선 거의 광속의 절반 속도로 우주선과 우주선 사이를 이동하는 것부터가 위험이 따르는 일이었다.

팩의 우주선을 포획한 것은 실로 중요한 성과였다. 아킬레스는 이 성과에 걸맞도록 갈기를 매만졌다. 금목걸이와 줄줄이 꿰어 놓은 보석들이 갈기에서 빛나고 있었다. 정교하게 염색해서 말고 땋아 올린 갈기는 두개골 반구 위로 높이 쌓아 올렸다. 그는 잠시 시간을 내서 땋은 갈기를 곧게 세웠다. 우주선에 함께 탄 인간들은 이 갈기의 아름다움을 이해하지 못했다. 안타까운지고.

선미에 장착된 적외선센서로 영상화한 팩의 우주선이 주 함교 홀로그램에 잡혔다. 그것을 보며 아킬레스가 느낀 전체적인 인상은 우주선이 아주 긴 파이프처럼 생겼다는 것이었다. 나팔 모양의 선수는, 성간 수소를 빨아들이기 위해 앞쪽으로 멀리 전자기장을 펼치고 있었음을 짐작하게 했다. 물론 지금은 중성자탄으로 인해 전자기장이 모두 뒤죽박죽이 되고 말았지만. 우주선 꼬리 쪽에는 작은 연료 탱크들이 둥글게 배열되어 있었다. 램스쿠프 장을 이용해서 거두어들이는 수소만으로는 추진력을 얻기에 부족했기 때문에 우주선이 일정 속도에 도달할 때까지 자체 연료를 핵융합 엔진에 공급해 주어야 했다. 뚱뚱한 선체 중앙의 테두리는 선원용 공간이었다.

주 조종 장치에서 상태 표시등이 깜빡이기 시작했다. 화물실 해치가 열리고 있었다.

선내 통신으로 롤런드의 목소리가 들려왔다.

"이제 출발하겠소."

아킬레스는 내부에 장착된 보안 카메라로 우주복을 입은 열 명의 인간들이 열린 화물실에서 뛰어내리는 모습을 지켜보았다. 외부 적외선센서로는 그 열 명이 압축가스를 보이지 않게 분사하며 팩의 우주선으로 접근하는 것이 보였다. 이제 '아르고'호는 그의 독차지가 되었다.

팩의 우주선이 천재성을 자랑하는 오만한 기념비처럼 그의 눈을 붙잡고 놔주지 않았다. 우주 공간에서는 보호막 역할을 해 주는 행성이나 항성의 자기장이 존재하지 않기 때문에 치명적인 방사선에 그대로 노출되었다. 그것도 가만히 있을 때의 얘기였다.

움직이는 속도가 빨라질수록 그 영향력은 더욱 치명적으로 변했다. 떠돌아다니던 원자와 분자 들까지도 모두 우주선cosmic ray처럼 내리꽂히기 때문이었다. 따라서 우주선에는 막강한 보호막이 필요했다.

램스쿠프 장은 진눈깨비처럼 우주선을 향해 쏟아지는 원자와 분자 들을 쓸어 담기 때문에 연료를 공급하는 역할은 물론이고 보호막 역할까지 이중으로 해 주었다. 팩은 자기들의 기술력을 과신했다. 어떤 문제가 생기든 그때그때 대처할 수 있을 것이라 믿었다. 그래서 램스쿠프 장을 보강하지 않았다. 그냥 단순한 형태의 육중한 보호막으로 보강해 주면 끝났을 일이고 고장 날 염려도 없었을 것이다. 하지만 쓸데없는 무게를 거추장스럽게 달고 다닐 필요가 없다고 생각했겠지.

중성자탄의 치명적인 폭발이 없었더라도 저 우주선에 타고 있던 팩은 램스쿠프 엔진이 고장 나는 순간 파멸에 이를 운명이었다. 단지 시간문제였을 뿐.

하지만 램스쿠프 장 그 자체도 치명적이기는 마찬가지였다. 거의 광속으로 움직이는 분자의 경로를 휘게 만들 정도로 자기장이 강력하다면 거기서 엄청나게 강한 전류가 유도되었다. 따라서 유인 램스쿠프 우주선은 거주 모듈 주변을 자기장으로 감싸야 했다. 만약 그 역장 거품이 약해지기라도 하면, 자기장 때문에 모두가 죽고 말 터였다.

그런 우주선을 타고 다니려면 정말 탁월한 기술이 필요했다. 그러니 자신감을 가질 만도 하긴 했다. 팩은 그런 우주선들을 타고 수만 광년을 가로질러 다녔다.

인양 팀은 이제' 열 개의 작은 점으로밖에 보이지 않았다. 사실 한 사람만 보내도 충분했을 것이다. 그 한 사람이 도약 원반 하나만 들고 가면 되니까. 그러나 논리적으로는 말이 안 되지만 만에 하나 팩 중 어느 하나라도 살아남았다면? 아킬레스는 첫 방문에는 도약 원반을 가지고 가지 못하게 했다.

"현 상태는?"

아킬레스가 무선통신을 보냈다.

"반쯤 왔소."

롤런드의 목소리가 들려왔다.

"아직은 '아르고'호가 크게 보여서 안심이오."

'아르고'호는 실제로 거대했다. GPC의 선체 중 가장 큰 4호 선체였다. 4호 선체는 대부분 NP에서 허스로 곡물을 나르는 화물선으로 사용되었다. 아킬레스가 이렇게 큰 우주선을 필요로 한 데는 또 다른 이유가 있었다. 전리품을 집으로 가져가기 위해서였다. 일단 고용인들이 램스쿠프 우주선에 탄 팩이 모두 죽었다고 확인만 해 주면. 지금 당장은 '아르고'호가 난파선의 바로 정면에 자리 잡고 있기 때문에 '아르고'호의 몸통과 파괴 불가능한 선체가 진눈깨비처럼 쏟아져 들어오는 성간가스와 먼지로부터 인간들을 보호해 주었다.

아킬레스는 열 개의 작은 점이 팩의 우주선으로 가까이 다가가는 모습을 초조하게 지켜보았다. 그들은 조금씩 더 가까이 다가가고 있었다. 가까이, 좀 더 가까이…….

아킬레스는 애써 멋을 들여 놓은 갈기를 물어뜯기 시작했다. 순간적인 광기가 그를 휘감았다. 유혹을 참기 어려웠다. 화물실 해치를 닫고 하이퍼스페이스로 뛰어갈 수도 있었다. 그의 머리들이 제멋대로 조종 장치로 다가갔다.

“나라면 안 그러겠는데.”

아킬레스는 흠칫 놀라며 예기치 않은 목소리를 향해 두 머리를 획 돌렸다.

함교 입구에 롤런드가 서 있었다. 손에 마취 총을 든 채였다.

“내 부하들을 버릴 생각은 하지도 마. 조종 장치에서 물러나.”

아킬레스는 완충 좌석에서 일어섰다.

“날 믿지 않았군요.”

롤런드가 경멸하듯 웃었다.

“우리가 당신을 어떻게 믿나?”

이런 일이 처음은 아니라는 소리로군. 아킬레스는 대화 주제를 바꾸었다.

“다른 사람이 또 있습니까?”

“나밖에 없어.”

롤런드가 다시 웃었다.

“내 말을 믿고 안 믿고는 당신 자유지만.”

범죄자나 용병은 이것이 문제였다. 그들은 태도나 타고난 소질 덕분에 아주 쓸모 있는 존재였지만, 역으로 그 때문에 못 믿을 존재이기도 했다. 아주 오래전 베어울프 섀퍼는 훨씬 더 믿을 만한 도구가 되어 주었는데.

마취 총에 기절하지 않도록 천천히 움직이면서 아킬레스는 함교 보안 카메라 영상을 화면에 띄웠다. 이상하게 화면 그 어디에도 롤런드가 잡히지 않았다. 아킬레스는 카메라를 향해 고개를 살짝 흔들어 보았다. 그런데 영상에는 여전히 아킬레스가 조종 장치로 작업하는 모습만 나오고 있었다.

'아르고'호의 보안 센서를 손봐 두었군.

"그럼 팩 우주선에 오르고 있는 사람은 누굽니까?"

아킬레스가 물었다.

롤런드는 아킬레스에게서 멀리 떨어진 건너편 함교에서 조종 장치 선반에 기대어 서 있었다. 저 인간이 좌석에 제대로 자리 잡고 앉았으면 좋았을 텐데. 그가 함교의 아무 완충 좌석에 앉기만 하면 아킬레스는 좌석 보호용 역장을 이용해 그를 꼼짝 못하게 할 수 있었다. 어쩌면 저자도 그걸 알고 있는 건가?

"아홉 명뿐이지."

롤런드가 말했다.

"나 빼고는 다 있어. 열 번째 우주복은 비었거든. 빈 풍선이지. 누구 하나가 줄로 묶어서 끌고 다니면 당신도 뒤에 누가 남았을 거라고는 의심하지 않을 테니까."

그는 미안한 척 표정을 지어 보였다.

"당신이 더럭 겁이라도 먹으면 우리 임무가 성공할 수 없잖아. 이제 함교 중앙으로 가."

우주복의 히터만 켜 놓으면 적외선센서에는 빈 우주복도 사람이 들어 있는 것처럼 보일 수밖에 없었다. 똑똑하군.

롤런드의 말대로 뒤로 물러나면서 아킬레스는 한쪽 머리로 중앙 화면을 가리켰다.

"우주선에 거의 다 갔군."

롤런드가 여전히 일어선 채 부조종석의 조종 장치로 손을 뻗었다.

"그럼 어디 지켜볼까."

인양 팀의 난파선 탑승을 지휘하는 사람은 롤런드의 부하인 타비사 존스칼바니라는 무뚝뚝하고 건장한 여자였다.

"별로 보기 좋은 광경은 아니네요."

타비사가 보고했다.

헬멧 카메라에 잡히는 영상 또한 그랬다. 여기저기 일그러지고 상처로 뒤덮인 시체들이 떠다니고 있었다. 당연히 예상했던 장면임에도 불구하고 아킬레스는 속이 메스꺼워졌다.

팩은 인간보다 키가 작았지만 형태는 인간과 비슷한 생명체였다. 그들의 피부는 가죽으로 된 갑옷 같았다. 팔다리가 두터운 근육질이었고, 관절은 그 힘을 감당하기 위해 크게 발달되었다. 사체의 손은 사악한 발톱을 드러낸 채 말려 있었다.

그들은 타고난 전사였다.

"보기 좋은 거하고는 거리가 멀군. 뭐든 천천히 해. 조심하고."

롤런드가 말했다.

아킬레스도 동의할 수밖에 없었다. 그는 사람들이 배를 조사하기 위해 흩어지는 모습을 지켜보았다. 그들은 우주복으로 빈틈

없이 밀봉되어 있었고, 발에 부착된 자석 덕분에 중력이 없어도 우주선 안을 걸어 다닐 수 있었다.

조사를 진행하는 동안 여기저기서 각자의 자리에 벨트를 매고 있는 팩이 보였다. 제어반은 뜯겨 나와 있고, 받침대는 뻗어 나와 있고, 부품들은 주변에 흩어져 있었다. 케이블이 이리저리 구불구불 이어졌다. 무언가 급조한 흔적이 보였다. 그래도 살아 보겠다고 끝까지 애쓴 부질없는 노력의 흔적들을 보며 아킬레스는 존경스러운 마음이 들었다. 뭘 만들려는 생각이었을까? 그래 봤자 뭐 하나 달라질 게 있을 거라고.

"함교에 가까워진 것 같아요. 어쨌든 지금은 선수 쪽이에요."

타비사가 말했다.

"천천히 해, 천천히."

롤런드가 했던 말을 또 했다.

헬멧의 전등이 주변으로 밝은 빛을 뿌렸다. 더 많은 시체가 보였고, 이것저것 뜯어낸 흔적이 있는 장치들이 보였다. 카메라를 장착한 사람이 떠다니는 시체를 피하려고 옆으로 걸음을 옮기는 바람에 아킬레스가 바라보는 영상이 흔들렸다. 그 시체는 죽기 전 마지막 발작으로 입이 딱 벌어진 채 몸이 굳어 있었다.

"불쌍하군."

누군가 중얼거렸다.

"할 수만 있다면 너 죽이겠다고 달려들었을 놈이야."

다른 누군가가 말했다.

"시체가 얼마나 많이……."

아킬레스는 말을 멈추었다. 영상에 뭔가 변화가 있다. 장비 탑재부 쪽이었다. 어느새 빨간 불빛이 하나 들어와 있었다. 아까는 다 꺼져 있었는데…….

그때, 날카로운 비명이 시작되었다. 이 세상의 소리가 아닌 것 같았다. 카메라의 시야가 갑자기 크게 흔들리며 영상도 덩달아 흔들리기 시작했다.

"젠장!"

롤런드가 소리쳤다. 그는 조종 장치에 있는 외부 센서 판독 결과를 가리켰다.

"램스쿠프 장이 다시 켜졌어. 보호용 거품도 없는데!"

너무 늦었다. 팩이 죽어 가면서 한 짓이 무엇이었는지 그들도 이제 깨달았다. 덫을 놓고 있었던 것이다. 저 우주선에 탄 사람들은 이제 죽은 목숨이나 다름없었다. 아킬레스는 발굽 소리를 울리며 하이퍼드라이브 조종 장치를 향해 달려갔다. 어딘가에서 화난 벌들이 내는 것 같은 쉭 소리가 들렸다. 롤런드의 마취 총 소리였다. 경고사격! 아킬레스는 조종 장치에서 뒤로 물러섰다. 살짝 빗맞은 다리 부위가 따끔거렸다.

"살릴 수 있어! 램스쿠프 장을 빨리 끄면 돼!"

롤런드가 중거리 통신기 앞에 서서 소리쳤다.

통신용 레이저는 태양계를 가로지를 수 있을 정도로 강력했다. 가까운 거리에서는 무시무시한 무기로도 사용할 수 있었다. 어쩌면 그것으로 복구된 램스쿠프 장 발생기나 거기에 동력을 공급하는 발전장치를 파괴할 수 있을지 몰랐다. 우주선에 탑승한 인간들을 죽이지 않으면서도. 아니면 적어도 고통 없이 순식간에 죽여 주거나.

롤런드가 전송 버튼으로 손을 뻗었다. 그리고…….

팩의 두 번째 덫이 그들을 물었다.

2

한때 세계 선단은 여섯 개의 세계로 구성되어 있었다. 당시에는 간단하게 $NP_4$로 불렸던 그중 한 세계에서는 수백만 명의 인간이 충실하게 시민들을 섬기고 있었다. 감사의 마음으로 충만했던 인간들은 농부와 공장 노동자에서 나중에는 정찰대원에 이르기까지, 그들의 은인이자 스승인 시민들을 위해서라면 뭐든 가리지 않고 했다. 난파되어 우주를 표류하던 램스쿠프 우주선이 발견되었고, 그 안에 배아 은행이 들어 있었으며, 인간들은 자신들이 거기서 이어져 내려온 후손이라고 알고 있었다. 그리고 시민들에게 교육받기로, 그 우주선에는 그것이 어디에서 온 것인지에 대한 단서가 전혀 들어 있지 않았다고 했다.

하지만 인간 하인들은 결국 진실을 알아냈다. 인간의 개척선이 허스를 발견할 위험에 처하자 시민의 조상들이 그 우주선을 공격했다는 사실을.

은하핵에서 일어난 연쇄 폭발을 막 밝혀냈을 때였고, 세계 선단이 허스의 오랜 모항성과의 인연을 막 끊어 냈을 때였다. 뒤에서는 죽음이 시민 무리를 향해 달려들고 있었고, 앞에는 알 수 없는 위험이 도사리고 있었다. 하필 시민 사회에 긴장이 만연하고 시민들이 이성을 잃어 가고 있던 그 최악의 순간에, 하인이었던 인간들이 반란을 일으켰다.

그리하여 $NP_4$는 뉴 테라로 이름을 바꾸고 독립을 쟁취했다. 뉴 테라는 이제 선단 앞에서 날아가고 있었다. 자기도 모르는 사이에 정찰병 역할을 하게 되었던 것이다. 뉴 테라의 인간들은 전 주인들과 맞서기에는 수가 너무 적고, 힘도 없었다. 그리고 대부분 너무 신중했다. 그들의 문화 역시 전 주인의 사회를 바탕으로 해서 형성된 것이었기 때문이다.

만약 잃어버린 개척선의 운명을 지구 당국이 알아낸다면 그들은 분명 더욱 강력한 대응을 보일 터였다. 비록 숨어서 지내는 경우가 많기는 했지만 네서스는 지구와 그 개척지 세계들에서 여러 해를 보냈다. 그 사실을 알게 되면 인류 전체가 분노로 들끓을 것임을 그는 의심하지 않았다.

하지만 네서스의 광기가 욱하고 터져 나오는 용기만 있는 것은 아니었다. 네서스는 인간을 좋아하게 되었다. 아킬레스가 협약체의 총독으로 파견되어 그곳을 통치할 마음으로 뉴 테라를 다시 빼앗아 올 음모를 꾸몄을 때, 네서스는 인간들에게 그들의 투사를 데려다 주었다. 바로 지그문트 아우스폴러였다. 덕분에 뉴 테라는 자유를 지킬 수 있었다. 그리고 그로 인해 아킬레스는 오랫동안 자유를 잃고 지냈다.

은하계 이쪽에 다시 한 번 문제가 찾아왔을 때 그것을 제일 먼저 알아챈 존재는 그웍스였다. 그리고 그웍스와 지그문트가 모두를 구해 냈다.

심지어 세계 선단까지도.

다른 모두를 구하는 과정에서 지그문트 본인은 망가지고 말았지만, 그것이 문제는 아니었다. 어쨌거나 그웍스와 시민들 사이에서 어느 쪽을 편들라고 하면 그는 분명 거부했을 것이다.

네서스는 루이스에게 이런 사정을 알려 줄 생각이 눈곱만큼도 없었다.

그러다 이번에는 네서스의 결정으로 '아이기스'호가 다시 노멀 스페이스로 빠져나왔다.

멀리 떨어진 하이퍼웨이브 통신 부이에서 기록 하나가 그를 기다리고 있었다. 뉴 테라에서 온 불길한 예감의 메시지였다.

지그문트 아우스폴러가 보낸…….

지그문트 아우스폴러.

힘들었던 루이스의 어린 시절 기억 속에 남아 있는 이름이었다. 부모들이 그가 가까운 곳에서 듣고 있음을 모르고 있을 때 엿들었던 이름. 지그문트 아우스폴러는 도깨비 같은 사람이었다. 루이스는 그가 누구인지 전혀 알지 못했다. 하지만 그가 어떤 사람인지는 아주 잘 알았다. 사악한 천재. 분노의 편집증 환자. 강박증 환자, ARM, 국제연합 군사 조직의 요원.

별들을 가로지르며 루이스의 가족을 쫓아다녀 결국 가족이 숨게 만들었던 인물.

이름만 알고 있던 그의 얼굴을 이제 드디어 보게 되었다.

몸집이 떡 벌어지고 대체적으로 평범해 보이는 중년의 남자가 '아이기스'호의 주갑판 화면에 나타났다. 얼굴은 둥글고, 머리카락과 눈은 검은색이었다. 그가 입고 있는 전신복은 프로그램으로 선택한 색만 다르지 나머지는 루이스가 입고 있는 것과 똑같아 보였다.

지그문트는 아무 세상이나 대면서 거기서 아무 관료 자리나 하나 맡고 있다고 말해도 그대로 믿을 것 같은 인물이었다.

불안하고 날카로운 그의 눈빛을 보기 전까지는.

루이스는 명령했다.

"보이스, 메시지를 다시 틀어 봐."

그 메시지는 여러 개의 통신 부이를 거쳐서 전달된 것 같았다. 우주선 하이퍼웨이브 빔의 방향을 안다고 해도 아무것도 알아낼 수 없을 것이다. 물론 빔의 방향에 관한 정보에 접근할 수 있느냐는 또 다른 문제이지만.

메시지가 시작되었다.

"네서스."

지그문트의 이마가 불길하게 찡그려졌다.

"우리에게 문제가 생겼어. 내가 알아낸 정보로는 네가 선단과 떨어져 있다고 하더군. 그 목적이 뭔지는 알지도 못하고, 물어보지도 않을 거야. 다만 지금 하고 있는 일 덕분에 네가 이곳에 있는 우리보다 더 빠른 조치를 취할 수 있기만을 바랄 뿐이야. 이 메시지를 받으면 연락해 줘. 밤이든 낮이든 내게 직접 연결될 거야. 이상."

루이스는 정지된 마지막 화면을 보며 생각했다. 지그문트는 공용어를 이상한 말투로 이야기하는군. 마치 연습이 부족하기라도 한 것처럼 가끔씩 더듬거리기도 하고. 이상해.

밤이든 낮이든? 그렇다면 지금 지그문트는 어느 행성에 있다는 얘기였다. 하지만 하이퍼웨이브는 중력 특이점 안에서는 작동하지 않았다. 주거가 가능한 행성에서 레이저나 일반 무선통신으로 하이퍼웨이브 통신기가 작동하는 태양계 가장자리까지 도달하려면 몇 시간은 족히 걸릴 터였다. 행성이 항성과 아예 떨어져 있는 것이 아니라면.

루이스는 홀로그램을 노려보았다.

"지그문트 아우스폴러, 지금 뭘 하고 있는 거지? 어째서 당신이 선단에 대해 알고 있는 거야?"

네서스가 이미 헝클어질 대로 헝클어진 갈기를 초조하게 물어뜯으며 함교로 옆걸음질 쳐 들어왔다. 그는 처음 메시지를 보자마자 몸을 부들부들 떨더니 자기 선실로 들어가 숨어 있었다.

"지그문트 아우스폴러의 입에서 문제가 생겼다는 말이 나오면, 세계들이 정말 곤란에 처한 겁니다. 그가 무엇을 알아냈는지 들어 보지요."

— 연결 중입니다.

보이스가 말했다.

"루이스, 지금 당신이 알게 될 내용들은 알려진 우주로 가지고 갈 수 없습니다."

네서스가 초조한 듯 발굽에서 발굽으로 체중을 옮기며 말했다. 무언가 더 말하려는 것 같은데 통신 화면이 바뀌었다. 다시 지그문트의 얼굴이 나타났다. 아주 피곤해 보이는 얼굴이었다.

"네서스, 연락해 줘서 고마워. 보아하니 우리 오랜 친구 아킬레스가 단독으로 임무 수행을 나간 것 같은데."

입술이 말려 올라가는 모습을 보니 친구라는 말은 아무래도 반어법인 것 같았다.

"그자가 뭘 하고 있든, 설사 그 일이 비밀 임원회의 승인을 받은 일이라 해도, 비밀 임원회는 지금 그 사실을 인정하지 않아. 내가 물어본 시민은……."

지그문트는 자기가 확인해 본 이들의 이름들을 나열했다. 모두 지구의 신화에서 따온 이름들이었다. 루이스는 대체 왜 그런 것일까 궁금해졌다.

"염려되는 부분은……."

지그문트가 하려던 말을 멈추고 물었다.

"같이 있는 사람은 누구지?"

루이스는 대답했다.

"루이스라고 합니다, 루이스 우."

네서스가 덧붙였다.

"내가 일이 좀 있어서 도와 달라고 불러왔습니다."

지그문트는 루이스의 존재를 알아채는 데 아마도 일 분 정도 걸린 것 같았다. 머릿속으로 한창 미친 듯이 수학 계산을 하면서도, 루이스는 이것 한 가지만큼은 확신했다. 지그문트가 세계 선단의 한 행성에 있을 가능성은 절대로 없었다. 한데 모여 있는 다섯 개 행성의 특이점에서 벗어나 있는 하이퍼스페이스 중계기라면 그중 어느 행성에서든 반드시 일 광분보다는 훨씬 멀리 떨어져 있어야 했다.

순간, 갑자기 모든 것이 고통스러울 정도로 분명해졌다.

루이스는 통신기의 볼륨을 죽이고 말했다.

"다른 세계로군. 보아하니 인간의 세계인 거 같고. 그리고 그곳 사람들은 공용어로 얘기하지 않는군. 그런데 왜 굳이 내가 필요했던 거지?"

"인간이라고 다 똑같지는 않습니다. 당신의 빠른 머리 회전이 그걸 말해 주지 않습니까."

네서스가 대답했다.

결국 지그문트가 다시 말을 이었다.

"그렇군요. 이렇게 만나게 되어 반갑습니다, 루이스."

그는 별다른 반응을 보이지 않았다. '우'라는 성이 흔해서? 아니었다. 일부러 반응을 보이지 않은 것이다. 분명 그는 섣부른 반응을 보이지 않도록 훈련되어 있으리라. 네서스가 상관도 없는 사람을 이 대화에 마구잡이로 끌어들였다면 그가 이렇게 별말 없이 넘어갔을 리가 없었다.

당신이 내 가족에게 한 짓에 대해서는 우리 둘이 나중에 따로 얘기할 시간이 있을 거야. 루이스는 다짐했다. 그냥 곱게 말로만 끝내지는 않겠어.

네서스가 다시 통신기의 볼륨을 올렸다.

"지그문트, 염려되는 부분이 뭔지 말해 보십시오."

"우선 뉴 테라의 범죄자 무리 하나가 행방불명이야. 이곳 최악의 범죄자들이지. 나는 걱정스러워, 네서스. 지금 벌써 넉 달째 보이지 않는 상태야."

"범죄자 무리와 아킬레스가 동시에 보이지 않는단 말입니까? 하지만 둘이 연결되어 있다는 근거가 너무 약하군요."

네서스가 말했다.

통신이 왕복하는 데 걸리는 시간 지연 덕분에 루이스는 머리를 굴릴 시간을 충분히 벌 수 있었다. 뉴 테라는 분명 인간이 사는 세계인 듯했다. 아킬레스는 아무래도 퍼페티어 고위 간부인 것 같았다. 지그문트가 계속해서 그를 감시하고 있었다. 퍼페티어들이 원래 감정을 잘 안 드러내기는 하지만 네서스는 정말로 놀라는 것 같지 않았다. 왜 안 놀라지? 지그문트가 나쁜 소식을 전하고 있는데. 불행한 일이 너무 빨리 일어나면 퍼페티어들은 충격에 빠지는 게 당연하잖아.

"우선 이 사라진 범죄자 무리의 리더가 있어. 롤런드 앨런카트라이트라고 하지."

지그문트의 얼굴에 살짝 분노의 표정이 스치고 지나갔다.

"내 부하들 중에서도 최고였던 자야. 그런데 알고 보니 반사회적 인격 장애였어. 난 그자를 전략 분석실에서 쫓아냈지. 하지만 그자는 이미 그사이에 아주 특별한 기술을 배웠더군."

전략 분석실. 정부에서 본질을 호도하기 위해 사용하는 이름이 분명했다. 국제연합이 자신들의 거대 방위 조직체에 지역군사

연합ARM이라는 순진한 이름을 붙여 놓은 것처럼.

루이스는 그곳이 분명 스파이를 운용하는 곳이라고 추측했다.

"그 암적인 존재에게 ARM의 더러운 수작 중 대체 어떤 것을 가르쳤습니까?"

다시 중계가 지연되었다. 지그문트는 미끼를 물지 않았다.

"지금의 대화와 관련이 있는 사항은 보안 시스템에서 취약한 부분을 알아내는 기술이야. 내 컴퓨터 네트워크를 염두에 두고 한 말은 아니고……."

"그자가 어디에 침입했습니까?"

네서스가 물었다.

하지만 지그문트는 계속 얘기하고 있었다.

"……검사 소프트웨어가 이상한 부분을 발견하고 침입자 경보를 울렸지만 너무 늦었지. 자세한 부분은 컴퓨터에 나보다 더 조예가 깊은 사람이 알려 줘야 할 거야. 사실 그자가 어떻게 침입했는지는 중요하지 않아. 정말 중요한 건……."

지그문트가 노려보듯 말했다.

"롤런드가 봉인되어 있던 팩 전쟁의 자료 보관실로 해킹해 들어갔다는 점이야."

3

아킬레스는 비명을 지르며 잠에서 깼다. 무언가가 그의 다리를 세게 잡아당겼다!

아직 비명이 헬멧 안에서 울리는 가운데, 그 자신이 앞발굽 바로 위쪽에 묶어 둔 밧줄이 팽팽해진 것이 아킬레스의 눈에 들어왔다. 그는 행여 밧줄이 풀려서 뚜껑이 닫혀 있지 않은 화물실 해치 밖으로 떨어져 나갈까 봐 두려움 속에 살고 있었다. 해치 밖으로 나간다면 빛의 속도에 가깝게 움직이는 치명적인 성간 먼지 폭풍에 휩싸이게 될 터였다.

아킬레스는 비명을 참고 천천히, 고르게 숨을 쉬려고 애써 보았다. 차츰 방망이질 치던 심장이 안정되었다. 그가 설치한 배터리 전등이 간신히 어둠을 밝히고 있었다. 그리고 그를 비롯해서 무엇이든 제로 중력 속에서 움직일 때마다 그림자들이 불길하게 따라 움직였다.

전에도 혼자였던 적은 있었다. 아킬레스는 혼자라고 해서 불편하지 않았다. 하지만 이번만큼은 사정이 달랐다. 그 어떤 도움의 손길도 몇 광년이나 떨어져 있을 뿐 아니라, 그가 곤경에 처한 것을 아는 이도 없다. 이제 중성자탄에서 방출된 예기치 못한 에너지를 조사하러 다른 팩 전함들이 이곳에 도착할 것이다. 그들이 도착할 때까지 시간이 얼마나 남아 있을까 궁금해졌다.

그의 목숨이 붙어 있는 것도 딱 그때까지였다.

아킬레스가 밝은 녹색 불빛이 번쩍이는 것을 알아차리기도 전에 '아르고'호의 섬광 보호막이 활성화되었다. 그리고 바로 뒤이어 주황색 불빛이 번쩍이다가 바로 꺼졌고, 다시 녹색등이 켜지더니 정상적인 우주선 조명으로 돌아왔다.

그는 롤런드를 향해 소리 질렀다.

"여기서 빠져나가야 합니다!"

롤런드는 조종 장치 앞에 서서 욕설을 퍼부으며 되살아난 팩 우주선의 레이저 빔과 싸우고 있었다.

"섬광 보호막이 잘 버텨 주고 있어. 저 레이저 빔도 그저 자동 방어 기능일 뿐이야. 램스쿠프 장치럼. 그것도 아마 사람들이 승선하는 바람에 켜졌겠지. 일 분이면 끌 수 있어."

아킬레스는 조종석 쪽의 조종 장치로 옆걸음 쳤다. GP 선체의 섬광 보호막은 태양의 섬광으로부터 오는 가시광선을 차단하는 역할을 했다. 거대한 섬광이나 코로나* 물질 방출에서 나오는 입자 선속은 선체 자체가 막아 주었다. 섬광 보호막은 주변 밝기에 따라 자동적으로 조정되었다. 모든 섬광이 다 똑같이 뜨거운 것은 아니고 그 색 분포가 다양하기 때문이었다. 하지만 그렇다고 이 보호막이 모든 섬광 변화에 신속하게 대응할 수 있다는 의미는 아니었다.

또다시 색깔이 번쩍였다. 타오르는 듯한 빨간색이었다. 이번에는 아까보다 더 길게 번쩍이는 것 같았다. 그리고 다시 파란색. 그러더니 눈에 어떤 빛도 보이지 않는 대신 열기가 느껴졌다. 적외선이었다. 가시광선이라는 말은 종족마다 그 의미가 달랐다. 하지만 GP 선체는 모든 광선에 대해 투명했다.

* corona. 태양의 광구를 에워싸고 있는 수소, 헬륨, 칼슘 따위로 이루어진 태양대기의 가장 바깥에 있는 엷은 가스층.

"빠져나가야 한단 말입니다!"

아킬레스는 소리쳤다. 마취 총에 빗맞은 곳이 따가웠다.

"몇 초면 돼. 이제 램스쿠프 장은 꺼졌어."

롤런드가 다급하게 외쳤다.

섬광 보호막은 이렇게 날뛰는 빛의 파장 변화를 따라잡을 수 없었다. 원래부터 그런 용도가 아니었다. 아킬레스는 눈 뒤쪽으로 빛의 감각을 느꼈다. 자외선? 그리고 다시 밝은 녹색 빛이 들어왔다가 다시 열기가 느껴졌다. 엄청난 열이었다! 그는 조종석으로 뛰어들었다.

롤런드가 비명을 지르더니…….

시간이 단절되었다.

진공이다! 가슴에 통증이 밀려왔다. 아킬레스는 비명을 질렀다. 폐가 터지기 전에 그 안에 든 공기를 빼내야 했다.

어둑한 비상등을 빼고는 함교가 온통 어두웠다. 무언가가 그의 옆구리 위쪽을 쳤다. 아킬레스는 여전히 소리 없는 비명을 지르며 고개를 돌려 그것을 바라보았다. 부유물이었다. 어둠 속에서 떠돌아다니는 정체불명의 수많은 덩어리 중 하나.

어쩌면 그것, 아니면 그 비슷한 것이 그의 목숨을 구했는지도 몰랐다.

조종석에는 정지장 발생기가 있었다. 정지장 안에서는 시간이 정지했다. 그 안에 들어가 있으면 무엇도 그를 해칠 수 없었다.

부유물이 조종 장치를 건드려 정지장을 끄지 않았더라면 그는 정지장 덕분에 진공으로부터는 보호받았겠지만, 아무것도 모른 채 그 안에 남아 있었을 것이다.

더 많은 팩이 이곳을 조사하러 올 게 분명한데 하마터면 그때까지 멋모르고 그대로 있다가 당할 뻔했군.

폐에서 빠져나오는 공기가 지금은 약해졌다. 몸은 얼어붙고 있었지만, 피가 끓기 시작하는 것 같았다. 함교는 아까보다도 더 어두워 보였다. 비상등이 몇 개 켜져 있고, 그림자들이 불안하게 움직였다. 먼 곳에서 흘러나온 소름 끼치는 진동음을 몸으로 희미하게 느낄 수 있었다. 그리고 그와 함께 폐에서 마지막 공기가 뿜어져 나왔다.

몸이 떠다니고 있잖아!

아킬레스는 조종석의 목 받침대에 달려들어 한쪽을 물었다. 어찌나 세게 물었는지 턱이 얼얼할 정도였다. 몸이 계속해서 움직이는 바람에 목이 확 젖혀졌다. 비명이 터져 나오는 것을 간신히 참았다. 목 받침대를 놓친다는 것은 곧 죽음을 의미했다.

그는 다른 쪽 머리로 좌석 바닥에 있는 주머니를 찢어서 열었다. 그리고 비상용 압력복을 꺼냈다. 우주선에 실어 놓은 다른 진공용 장비들은 아킬레스가 진공으로 피가 끓기 전에 찾아낸다 한들 정지장으로 보호되지 않아서 모두 무용지물이 되어 있을 터였다.

숨이 막혀 왔다. 아킬레스는 한쪽 머리를 헬멧에 넣고 조종 장치를 혀로 눌렀다. 공기가 분출되기 시작했다. 혼란이 조금 진정되는 것 같았다. 떠다니는 부유물들에 난타당하며 몸을 꼼지락거려 어둠 속에 둥둥 떠 있는 압력복 속으로 들어가려니 평생 해 본 일 중에서 이렇게 힘든 일이 또 있었던가 싶었다. 그는 마지막 힘을 다해 압력복의 이음매를 닫았다. 헬멧에서 나던 공기 빠져나가는 소리가 잦아들었다. 압력복의 히터가 자동으로 켜졌다.

가슴을 크게 들썩이며 그는 정신을 잃었다.

아킬레스는 두려움에 휩싸인 채 죽은 듯 정적에 잠긴 선체를 돌아다녔다. 그는 압축공기를 최대한 아껴서 사용했다. 이제는 추진기 연료를 다시 충전할 방법이 없기 때문이었다.

섬광 보호막이 무너진 후에 팩의 레이저포가 '아르고'호를 얼마나 오랫동안 폭격했을까? 그로서는 알 수 없는 노릇이었다. 압력복의 시계도 그와 마찬가지로 정지장 안에서 시간이 정지되어 있었다. 난파선 안에는 제대로 돌아가는 시계가 하나도 없었다. 하지만 오랜 시간이었던 것만큼은 분명했다. 선체의 페인트가 대부분 타서 사라져 버렸을 정도로. 갑판과 격벽까지 모두 파편으로 조각나 버렸을 정도로. 화물실 해치의 경첩이 녹아내렸고, 첫 번째 해치가 떨어져 나가면서 튀어나왔을 거대한 찌꺼기까지 다 흩어져 버렸을 정도로.

그래서 얼마나 오래? 팩 전함의 중수소 탱크가 빌 때까지였겠지. 아킬레스는 추측했다.

그 순간 아킬레스는 삶의 불공평함에 분노를 터트렸다. 그는 그를 여기까지 오게 만든 그워스에게 분노를 터트렸다. 그워스는 그에게 위협이자 기회였다. 아킬레스는 이름만 실험당이지 너무나 소심해서 그에게 제대로 된 권한을 쥐어 주지 못한 당의 지도부를 향해서도 분노로 울부짖었다. 권력의 자리에만 앉아 있지 아무런 행동도 취하지 않는 무능력한 최후자에게는 더더욱 울분이 치솟았다. 그는 뉴 테라에서 데려온 하수인들에게도 저주를 퍼부었다. 그렇게 무능력한 놈들이니 죽어도 싸지. 그리고 팩에게도 저주를 내렸다. 죽을 거면 그냥 곱게 죽을 일이지 죽어 가면서까지 꼭 그렇게 교활한 덫을 놓아야 했나?

아킬레스는 무엇보다도 부당함에 분노했다. 그리고 그를 가로막았던 모두에 대해, 여기서 죽어야만 한다는 사실에, 당연히 받아야 했던 인정을 받지 못한 것에 대해.

나는 마땅히 최후자가 되었어야만 했어!

비명을 지르고 나니 목이 따끔거렸고 진공에 노출되어 있다 보니 몸에 힘도 없어서 아킬레스는 결국 잠이 들었다.

의식이 돌아왔다. 차츰 정신이 드는 것 같았다.

아킬레스에게 마지막 남은 한 줄기 희망이라면 팩의 난파선으로 건너가서 하이퍼웨이브 통신기와 거기에 전기를 공급할 부품들을 모아서 통구이가 되기 전에 이곳으로 다시 돌아오는 것뿐이었다. 그나마 '아르고'호의 선체는 아직 방사선으로부터 보호막 역할을 해 주고 있었다. 그렇게 해서 구조를 요청한다면 팩이 오기 전에 세계 선단으로부터 구조선이 먼저 도착할 수 있을지도 몰랐다.

막막한 우주 공간으로 나갈 생각을 하니 마비 상태로 몸을 말고 싶은 충동이 솟구쳤다. 하지만 지금에 와서 타고난 본능을 따랐다가는 그를 기다릴 것이 비극밖에 없었다. 아킬레스는 억지로 선체 안을 돌아다니며 투명한 선체 너머로 팩의 우주선이 보이는지 샅샅이 살펴보았다. 하지만 보이지 않았다. 그가 무의식 상태로 정지장 안에 들어가 있는 동안 어디론가 흘러가 버린 모양이었다. 아킬레스는 마침내 무너지고 말았다.

그는 겨우겨우 힘을 내 밧줄을 앞발에 묶은 후, 절망 속에서 몸을 둥글게 조였다.

## 4

"역사를 조금 이야기해 주지. 그럼 시간을 아낄 수 있을 거야."

지그문트가 말했다.

2125년에 외계인의 램스쿠프 우주선 하나가 태양계로 들어왔다. 그 우주선의 조종사는 삶의 대부분을 자신의 고향 세계를 떠나 은하핵 근처 어딘가를 여행하며 보냈다. 그는 오래된 조난신호를 받고서, 오랜 세월 잊혀 있었던 그와 같은 종족의 개척지를 찾아 나선 것이었다. 그리고 마침내 태양계로 와서 그 잊혔던 개척자들이 오랜 세월을 거쳐 인간으로 진화해 있는 것을 보았다.

"스미스소니언에서 가상 여행으로 대략 배운 내용이군요."

루이스는 지그문트의 말을 자르며 얘기했다. 그러니까 나를 무식쟁이 취급 하지 말란 말씀이지.

"화성에서 수거했다는 그 조종사의 미라도 봤죠. 그가 단독선에 타고 있던 고리인 탐광자를 찾아내 그 고리인에게 자기 이야기를 들려줬다는 것도 알고, 그 조종사의 이름이 프스스폭이었다는 것도 압니다."

"그렇군요. 나는 지구를 떠나온 지가 꽤 돼서 말이죠. 내가 있었을 때보다 ARM이 대중에 공개한 내용이 많아졌나 봅니다. 또 뭐가 있습니까?"

"그 외계인은 자기 종족을 팩이라고 불렀죠."

"더 정확히 발음하자면 이렇습니다."

지그문트가 입술로 바람 터지는 소리를 내며 그 이름을 다시 발음했다.

"사실 진짜 제대로 발음하려면 새처럼 딱딱한 부리가 있어야 하죠."

그게 뭐 어쨌다고? 루이스는 생각했다. 그걸 발음하려고 내 주둥이에 새부리라도 달아야 하나?

"내 생각에 그들은 사실상 인류의 초기 조상이 아니었나 싶습니다. 호모하빌리스 말입니다. 다만 차이점이라면 그들은 성인이 되면 다른 생애 주기로 형태를 변화시킬 수 있었습니다. 어떤 식물을 먹으면 수호자로 변하는 거죠. 하지만 지구에서는 그 식물이 제대로 자라지 못했습니다. 고대 개척지가 실패했던 것도 바로 그 때문이었죠. 수호자는 자신의 혈통을 보호하는 일이라면 앞뒤 안 가리고 강박적으로 매달립니다. 그리고 무서울 정도로 영리하죠.”

“알고 있는 게 또 뭐가 있습니까?”

지그문트가 재촉하듯 물었다.

뭐야? 내가 선생님 앞에서 시험 보는 학생이라도 된 거야? 루이스는 생각했다.

“프스스폭을 만난 고리인은 팩의 그 식물에 노출됐습니다. ‘생명의 나무’라던가? 그래서 그도 수호자가 되었죠. 아마도 자기 가족을 보호하기 위해서였는지 그 사람은 프스스폭을 죽이고 사라졌습니다. 그게 이야기의 끝입니다.”

루이스는 잠시 사이를 두었다가 말을 이었다.

“지금까지 팩의 전쟁은 한 번도 없었습니다. 있었다면 사람들이 알아챘겠죠.”

다시 통신 지연. 그리고 지그문트가 비꼬듯 미소를 지었다.

“과연 그럴까요? 루이스, 당신이 내가 생각하는 사람이 맞다면 아마도 홈에서 자랐겠죠?”

“맞습니다.”

루이스는 인정했다. 부모님들은 스스로 생각했던 것처럼 그리 잘 숨어 있지 못했군. 그럼 왜 지그문트는 그 뒤를 쫓지 않았지?

지그문트가 말을 계속했다.

“홈 최초의 개척지는 실패했습니다. 그렇지 않습니까? 역병 때문이었다는 추측이 있었죠?”

그는 대답을 기다리지도 않고 말했다.

“수호자로 변한 그 고리인, 잭 브레넌 때문입니다.”

루이스는 생각했다. 홈의 역사는 겨우 몇백 년밖에 되지 않았다. 물론 그도 학교 다닐 때 잃어버린 개척지에 대해서 공부했다. 다만 그 첫 번째 개척지가 붕괴된 이유만큼은 미스터리로 남아 있었다. 역병 때문이라는 것은 그저 추측에 불과했다. 아무런 병원체도 발견된 적이 없었기 때문이다. 그 당시 인간의 유해는 찾아낼 수 없었고, 그저 화장된 재만 나왔다. 최초의 개척자들은 미쳐 버린 것 같았다.

그다음 후발 주자로 온 정착민들은 구색이 갖추어진 개척지를 기대했지만, 그들을 반긴 것은 폭파되어 바닥까지 시커멓게 그을린 건물들밖에 없었다. 그때는 하이퍼드라이브가 만들어지기 전이었다. 새로 온 개척자들은 모든 것을 알아서 하는 수밖에 없었다. 그들이 스스로 개척지를 다시 일구어 냈을 즈음에는 시커멓게 숯이 되어 비바람에 무너져 내렸던 폐허도 그저 기록으로만 남아 있게 되었다. 역병 때문이었는지 다른 무엇 때문이었는지는 몰라도, 그런 일은 두 번 다시 일어나지 않았다.

ARM에서 이런 사실을 비밀로 했던 것은 놀랍지 않았다. 어쨌거나 인간 수호자라면 인간을 보호했을 것이다. 그렇지 않겠는가? 그리고 어떤 이상한 이유로 브레넌이 홈을 공격한 것이 사실이었다 해도 그것은 수호자의 전쟁이라 불러야지 팩의 전쟁이라 할 수는 없었다.

루이스는 네서스가 자기를 쳐다보는 것을 느꼈다. 내 반응을 살피는 건가?

"좋습니다, 지그문트. 그럼 브레넌이 홈의 개척지를 공격한 이유는 뭡니까?"

지그문트가 얼굴을 찡그렸다.

"그 역병은 '생명의 나무' 뿌리에 들어 있던 바이러스의 변종으로 인한 거였습니다. 성인에게서 생애 주기 변화를 촉발시키는 게 바로 그 바이러스였죠. 나는 브레넌이 수호자 군대를 일으키려고 홈에 그 바이러스를 풀었던 거라고 믿습니다."

루이스는 오래전에 팩 전시장에서 가상 여행을 하는 동안에 보았던 다른 것을 떠올렸다.

"팩은 충분히 나이가 들기 전까지는 '생명의 나무'에 영향을 받지 않는다고 했습니다. 그런데 그 바이러스가 홈에서는 왜 어린 개척민에게도 영향을 미쳤죠? 기억해 보세요. 아무도 남지 않았잖아요."

지그문트가 다시 대답했다.

"내 생각이 맞다면, 브레넌은 바이러스를 조작해서 너무 어리거나 늙어서 변화할 수 없는 사람은 모두 죽게 만들었습니다. 보호해야 할 후손이 사라져 버렸으니 새로 생겨난 수호자들은 살아갈 의지를 상실했겠죠. 아니면 더 큰 대의를 받아들였거나. 바로 브레넌이 내세운 대의 말입니다. 팩을 상대로 전쟁을 일으키는 거죠."

군대를 세우기 위해 세계 하나를 몰살시키다니. 루이스는 역겨움이 밀려오는 것을 느꼈다.

"뒤따라올 팩 함대에 맞서려고?"

"현재로써는 거기까지가 우리가 아는 정보입니다. 그게 사실이라면 앞뒤가 맞습니다. 하지만 당신이 말한 대로, 그랬다면 팩의 전쟁이 있었음을 알아차렸겠죠. 그리고 분명 팩이든 인간 수호자든, 그 전쟁의 생존자 얘기도 들렸을 테고. 내 생각에는 양쪽이 전쟁에서 비긴 게 아닌가 싶습니다. 양쪽 모두 전원이 사망할 때까지 싸운 거죠."

그리고 몇 년 후에 개척선이 도착했을 때는 역병의 흔적을 찾을 수 없었다. 브레넌이 바이러스를 숙주가 없이는 살아남을 수 없게 만들었기 때문일까?

지그문트의 추측은 끔찍했지만 루이스도 어느덧 그 말들이 사실이라 믿고 있었다.

"네서스가 도움을 청하려고 날 뽑은 것만으로도 충분히 이상한 일이라고 생각……."

"우리 일은 지그문트와는 상관없습니다."

네서스가 그의 말을 잘랐다.

하지만 지그문트의 일은 네서스와 상관이 있는 것이 분명했다. 노멀 스페이스에서 이런 얘기를 나누며 흘러가는 일 분, 일 분은 하이퍼스페이스에서 움직였다면 '아이기스'호를 선단에 이백만 킬로미터씩 더 가까이 다가가게 해 주었을 소중한 시간이기 때문이었다.

이 일은 어떻게 시작된 것일까? 뉴 테라의 한 범죄자가 팩의 전쟁 자료 보관실에 침입했다. 그것이 왜 네서스에게 위급한 상황이란 말인가? 그리고 아킬레스는 왜 거기에 관심을 가졌단 말인가?

지그문트가 다시 역사에 대해 지껄이기 시작했다. 어차피 보이스가 녹화하고 있을 터였다. 루이스는 그의 말을 듣는 둥 마는 둥 하며 큰 그림을 그려 보려고 애썼다. 잃어버린 개척지가 정확히 언제 멸망했는지는 아무도 모르지만 대략 2400년 무렵이었다. 약 사백 년 전이다. 그 당시 모두를 죽음으로 이끈 팩과 인간 수호자들 사이의 전투가 이제 와서 호들갑을 떠는 이유는 될 수 없었다.

루이스는 갑자기 무언가를 중얼거리기 시작했다. 이것을 지그문트가 알아차리는 데는 조금 시간이 걸리겠지만.

"그럼 팩이 또 한 번 공격해 들어왔다는 얘기군요. 그 공격이 이번에는 세계 선단이나 뉴 테라를 위협했고. 롤런드가 침입해서 알아낸 자료는 바로 그거로군요."

네서스가 다시 나섰다.

"팩이 새로이 진출하면서 우리 두 세계 모두를 위협했던 건 사실입니다. 하지만 그 이후로 방향을 틀었지요. 그들은 이제 우리를 피해서 돌아가고 있습니다. 지그문트, 당신이 불안해하는 이유를 모르겠군요."

"그 이유는 이제 곧 나와. 네가 알아 둬야 할 배후 사정이 마지막으로 하나 더 있어."

지그문트가 대답했다.

브레넌이 홈에서 벌였던 냉혹한 살육이 거기서만 일어난 사건은 아니었다. 팩의 고향 세계에서는 자식이 없어서 살아야 할 다른 이유가 필요한 수호자들을 위한 기관들이 설립되었다. 만약 팩 종족 전체를 위해 봉사하고 있다는 확신이 생기면 후손을 잃어버렸다는 사실을 극복할 수 있기 때문이었다. 프스스폭이 지구를 찾는 일에 평생을 바칠 수 있었던 것도 그에게 자식이 없었기 때문이었다.

“그런 기관 중 하나가 도서관이었지. 팩의 지식들이 안전하게 보존되는 공간이었어. 씨족들 사이의 경쟁이 도를 넘어서 문명이 망한다 하더라도, 도서관이 있으면 생존자들이 문명을 재건하는 데 도움이 되도록 말이야. 자식이 없는 팩의 상당수는 결국 도서관에서 봉사하게 됐지. 그런데 프스스폭이 떠난 이후로 몇몇 팩 탐험가가 은하핵 폭발로부터 방사선이 뻗어 나오고 있다는 걸 발견했어. 팩홈은 은하핵과 가까워. 그리고 팩에게는 하이퍼드라이브 기술이 없지. 램스쿠프 우주선에 올라탈 수 있는 팩은 모두 그렇게 했어. 그러지 못한 팩은 우주선을 훔치려고 물불을 가리지 않았고. 그렇게 모든 우주선이 사라진 후에 남은 팩은 우주선을 추가적으로 제작하는 데 필요한 자원을 두고 싸움을 벌였어. 그런 자원은 계속 줄어들고 있었으니까.”

거기까지 말하고 지그문트는 루이스를 바라보았다.

“따라서 당신 추측이 옳습니다, 루이스. 팩의 무리가 세계 선단과 뉴 테라를 향해 왔죠. 그리고 네서스의 말도 사실입니다. 팩 함대는 내가 팩의 전쟁이라고 부르는 전쟁에서 우리 세계로부터 방향을 멀리 틀었죠. 네서스가 많이 얼버무리고 넘어가기는 했지만.”

뭘 얼버무리고 넘어갔다는 얘기야?

루이스는 네서스가 다시 갈기를 물어뜯고 있음을 알아차렸다. 그가 그워스에 대한 이야기를 꺼내지 않기를 바란다는 것도 알아차렸다. 지그문트는 아킬레스가 사라진 것을 걱정하는 반면, 네서스는 아킬레스와 그워스 사이의 반목을 걱정하고 있었다. 그리고 롤런드의 패거리로 이루어진 뉴 테라의 스파이들이 팩의 전쟁 기록을 가지고 사라졌다. 아마도 아킬레스와 결탁해서 이루어진 일인 듯했다. 결국 이 모든 단서들이 돌고 돌아 의미하는 바는 이랬다. 어떻게 해서 그런 것인지는 알 수 없지만, 그워스가 이 모든 일의 중심에 놓여 있었다.

"그러니까 이런 얘기입니다. 고대의 도서관을 지키는 자식 없는 수천 명의 팩을 생각해 보세요. 어차피 파멸만이 기다리고 있는 세계에서 지식을 지키겠다고 눌러앉아 있어 봤자, 그게 그들에게 살아갈 이유가 될 수는 없죠. 하지만 그들이 그 지식을 가지고 그곳을 떠날 수 있다면 얘기가 달라집니다."

지그문트가 이야기를 마무리했다.

커피를 길게 들이켜며 루이스는 그 상황을 이해해 보려 했다. 자식이 없는 수천 명의 수호자와 고대의 도서관. 그들이 움직이려면 아주 많은 우주선이 필요했을 것이다. 가족이 있는 수호자들은 할 수만 있다면 그런 우주선을 잡아탔을 것이다. 도서관의 사서들이 수천 명이나 된다고는 하지만, 물불 가리지 않는 필사적인 피난민들의 세계를 물리치기라도 했단 말인가?

도움이 없이는 불가능했다. 홈의 브레넌처럼 무자비하게 종족 전체를 살육하고 거기서 살아남은 수호자들을 동지로 규합하지 않고서는. 그렇다면 도서관 함대는 아예 만들어지지 못했거나 아니면…….

"거대한 도서관 함대가 있다는 얘기로군요. 그렇죠? 그 함대에는 팩의 최첨단 기술에 대한 지식이 실려 있고. 그 암적인 존재도 당신이 도서관에 대해 알고 있는 내용들을 모두 알게 돼서 그가 아킬레스를 그 도서관 함대로 안내하고 있는 거군요."

루이스는 그렇게 말하고 네서스를 바라보았다. 그가 네서스와 계약한 내용 어디에도 퍼페티어의 비밀을 지켜야 한다는 조항은 없었다.

"그리고 아킬레스는 자기가 훔쳐 낸 팩의 기술력은 무엇이든 동원해서 그워스에 맞서려고 하겠죠. 그렇게 해서 최후자가 되려는 겁니다. 물론 그 과정에서 시민 모두를 죽게 만들지 않아야 가능한 얘기겠지만."

네서스가 백파이프를 발로 걷어찬 것 같은 한숨 소리를 냈다.

몇 초 후, 그러니까 루이스가 추측한 내용이 통신으로 전달되기 한참 전에 지그문트가 말했다.

"아킬레스가 혹시 도서관 함대를 쫓아가고 있는 게 아닌가 나는 두렵습니다. 팩의 기술력을 근처에 있는 그워스라는 종족에 사용하려고 말입니다. 그자는 최후자가 되고 싶어 하죠."

이 분 후, 루이스는 지그문트가 깜짝 놀라 움찔하는 모습을 보며 만족감을 느꼈다.

실험당의 주황색 보석으로 눈부시게 빛나는 갈기, 세심하게 매만진 보기 드문 크림색 갈기와 가슴 설렐 정도로 잘생긴 얼굴을 한 니케가 녹화된 메시지 속에서 네서스를 바라보고 있었다.

네서스는 자기 삶의 상당 부분을 이 카리스마 넘치는 정치가를 감동시키기 위해, 그의 신뢰와 호감을 얻기 위해 투자했다. 니케의 삶 속으로 들어가기 위해. 하지만 너무 늦었다. 네서스는 결국 니케의 진실을 알게 되었다. 니케가 한 일은 모두 스스로를 위한 것이었다. 그리고 그는 결국 위기를 기회로 바꾸며 최후자로 등장했다.

실험당은 권력을 유지했지만 이제 니케의 통치 기간은 끝났다. 그는 자신의 재능이 협약체에 가장 큰 도움이 되는 곳에서 일하고 있었다. 비밀 임원회의 배후를 맡는 일. 니케는 그 일에 뛰어난 능력을 보였고, 또 그곳에서는 네서스의 상관이었다.

니케가 저음이 풍부한 목소리로 말했다.

"아킬레스는 멀리 나가 있습니다. 그건 비밀도 아니지요. 그는 행성 드라이브와 관련된 실험을 개인적으로 감독하고 있었습니다. 현장에서 보고하면서."

협약체는 까마득한 먼 옛날에 아웃사이더라는 고대 종족으로부터 행성 드라이브를 구입했다. 하지만 시민 과학자들은 그 작동 원리에 대해 아직도 완전하게 파악하지 못했다. 행성 드라이브와 관련해서 네서스가 이해하는 것이라고는 그것이 엄청난 양의 에너지를 이용한다는 것밖에 없었다. 일부러 상태를 불안정하게 만들면 행성 드라이브는 상상할 수 없을 정도로 파괴적이게 되어 세계를 통째로 산산조각 낼 수도 있었다. 팩은 이미 당해 봐서 알고 있는 사실이었다.

만에 하나 이 기술을 실험할 일이 있으면 반드시 선단과 멀리 떨어져서 해야 했다.

일단 선단의 중력 특이점 밖에서는 하이퍼웨이브로 제출되는 보고서들이 어디서든 중계되어 온 것일 수 있었다.

그리고 일단 니케가 핵심을 파악하고 나니 그것이야말로 핵심임이 드러났다. 아킬레스가 다시 무언가 일을 꾸미고 있는 것이 분명했다. 아킬레스가 없는 사이, 그의 부하들이 거의 일 년 동안 그의 공백을 메우고 있었다. 그들도 아킬레스가 과학부의 우주선을 어디로 가지고 갔는지 전혀 몰랐다.

그리고 그가 왜 교신을 멈추었는지도.

5

내가 '아이기스'호에 타기 전에는 어떻게 살았지? 삶이라는 것이 있기는 했나? 정말? 루이스는 점점 더 그 사실을 믿기가 어려워졌다. 가끔씩 솟구치는 진통제에 대한 갈망만이 그 지난 시절을 떠오르게 해 주었다. 그는 그런 욕구들이 점차 희미해지는 것을 느끼며 다행스럽게 여겼다.

지그문트가 바라고 네서스가 두려워한 대로, '아이기스'호는 아킬레스를 추적하기에 최고의 위치에 놓여 있었다. 최고의 위치라 해서 가깝다는 의미는 아니었다. 루이스와 네서스의 계약에서 루이스가 간과한 것이 또 하나 있었다. 계약 종료 시점에 대한 얘기가 없었다! 그워스, 팩, 사이코 퍼페티어 정치가, 망명한 편집증 스파이……. 네서스는 루이스를 어떤 일에든 마음대로 끌어들일 수 있었다.

다음부터는, 물론 다음이라는 게 존재할 때의 얘기지만, 협상할 때 더 정신 바짝 차리고 해야지.

루이스는 깨어 있는 시간을 대부분 지그문트가 하이퍼웨이브로 보낸 정보들을 조사하며 보냈다. 팩의 경로에 존재한다는 이유만으로 상대론적 속도의 행성 파괴탄에 무너진 기술 문명들. 지그문트에게 잠시 붙잡혔던 팩 포로에 대한 심문. 지그문트가 오래전에 읽은 ARM 파일에서 나온 기억, 짐작, 추정 들. 팩 함대로 하여금 경로를 바꾸도록 설득하기 위해 선보였던 퍼페티어의 가공할 무기들—네서스는 구체적인 부분에 대해서는 평소보다 더 얼버무리고 지나갔다. 도서관을 장악하려는 아킬레스의 시도가 과연 팩으로 하여금 루이스가 한 번도 보지 못한 세계들을 향해 경로를 되돌리도록 자극했을지에 대한 궁금증.

그럼에도 불구하고 루이스는 점점 자기가 그 세계들을 보호해야 할 것 같다는 느낌이 들었다.

무엇보다 루이스의 상상력을 사로잡은 것은 파도처럼 밀려드는 팩의 램스쿠프 우주선을 보여 준 장거리 감시 파일들이었다. 그 영상을 빠르게 가속시켜 보면 거의 정지되어 있다시피 배치된 우주선들이 느리게 춤을 추는 듯한 모습으로 바뀌었다. 그 치명적인 안무 속에서 루이스는 비행 도중에 연합을 맺고 또 배신하는 씨족 동맹들 사이의 소규모 전투에서 전면전에 이르기까지 모든 규모에서 일어나는 갈등을 읽을 수 있었다. 그 모습을 보고 있자니 기분이 불편했지만 거기서 눈을 뗄 수도 없었다.

끔찍한 진실이 그의 의식 속으로 스며들었다. 팩은 전쟁을 위해 태어난 종족이었다. 자기들끼리도 저렇게 마음대로 치고받고 싸우는 마당에 외계 종족에 대한 공격을 망설일 이유가 있겠는가? 만약 지그문트의 말을 믿을 수 있다면 —적어도 네서스는 그의 말을 믿는 것 같았다— 팩은 오랜 세월 동안 자기들끼리 서로의 목을 겨누며 살아온 것이 분명했다.

그리고 지금 루이스와 네서스는 그 벌집으로 곧장 뛰어들고 있는 셈이었다. 그것도 단독으로.

마침내 루이스는 지그문트에게 물었다.

"우리가 거기 도착하면 어떻게 해야 합니까?"

"상황에 맞게 대처하세요."

지그문트가 대답했다. 그의 태도를 보니 이렇게 덧붙이는 듯했다. 그저 루이스의 잠재의식이 덧붙인 말일지도 모르지만.

네가 아버지의 절반이라도 쫓아갈 수 있다면, 해답을 찾아내겠지.

루이스는 질서 정연하게 정렬되어 있는 백색 점들의 거대한 대형을 유심히 바라보았다. 그보다 더 먼 거리에서 또 다른 점들이 더 넓은 간격으로 떨어져 그 주위를 둘러싸고 있었다. 루이스는 그 바깥 점들이 본대의 측면을 지키는 순찰선들일 것이라고 판단했다. 우주에서든 정글에서든, 전쟁에 보편적으로 적용되는 원칙이 있기 마련이었다.

'아이기스'호는 막 하이퍼스페이스를 빠져나와 세계 선단의 최첨단 장비들이 팩 이주 그룹의 후미라고 판단한 바로 뒤쪽 부분으로 진입한 참이었다.

"당신 생각은 어떻습니까?"

네서스가 물었다.

루이스는 생각에 잠긴 채 홀로그램 주변을 걸었다.

"도서관 함대가 실제로 존재한다면 이 함대일 거야. 바로 앞에 있는 다른 함대와 교전할 수 있을 정도로 큰 함대인데도 가속을 하지 않잖아. 도서관 함대라면 자체 방어는 하겠지만 일부러 싸움을 걸지는 않겠지. 도서관을 이용할 살아 있는 씨족이 존재하지 않는다면 사서들은 존재 이유를 잃고 마니까. 그리고 다른 함대의 뒤에서 어정대고 있으면 아무래도 다른 씨족이 자원 확보를 위해 도서관 함대를 공격할 가능성도 줄어들겠지."

어쩌면 이 모든 것이 팩 전쟁의 포로 스스스폭이 지그문트의 머리를 복잡하게 만들어 환상을 심어 놓은 것에 불과한지도 몰랐다. 자기보다 훨씬 더 똑똑한 포로를 어떻게 심문한단 말인가?

"내가 내린 결론도 그렇습니다."

네서스가 말했다.

이 함대가 도서관 함대라고 해 보자. 그럼 뭐?

아킬레스는 흔적도 보이지 않고, 네서스가 보내는 하이퍼웨이브 신호에도 아무런 대답이 없었다.

그래도 하이퍼웨이브는 들키지 않고 사용할 수 있었다. 팩에게는 하이퍼웨이브 기술이 없기 때문이었다. 만약 팩이 하이퍼웨이브 기술을 가지고 있다면 하이퍼드라이브 기술도 가지고 있을 것이다. 그리고 이렇게 램스쿠프 우주선을 타고 몇천 년씩 걸리는 비행을 하고 있지도 않을 것이다.

루이스는 AI에게 물었다.

"보이스, 이 마지막 함대가 차지하는 공간이 얼마나 되지?"

— 약 백 세제곱 광년입니다.

"너무 광범위해서 수색이 불가능하겠군요."

네서스가 말했다. 불가능하기를 바라는 소리 같은데? 루이스는 생각했다.

"아무래도 이번에는 지그문트가 틀린 것 같습니다."

네서스의 말에 개의치 않고, 루이스는 계속 걸으며 생각했다. 팩 함대를 어느 방향으로 봐도 눈에 들어오는 거라고는 똑같은 순찰선들에 둘러싸인 똑같은 중앙 배열밖에 없잖아. 흠.

"네서스, 좀 더 가까이서 보고 싶은데."

"얼마나 가까이서 말입니까?"

네서스가 초조한 듯 갑판을 발굽으로 긁었다. 그들은 제일 가까운 램스쿠프 우주선으로부터 팔 광일 떨어져 있었다.

"한 번에 몇 광분씩, 다섯 번만 도약해 보지. 보이스가 새 영상을 얻을 수 있을 정도로만 머물다 오는 거야."

"진행하십시오."

루이스는 부조종석 조종 장치 앞에 앉아 '아이기스'호를 연속으로 몇 번 하이퍼스페이스로 미세 도약 시켰다. 노멀 스페이스로 빠져나올 때마다 주 화면의 시야가 조금씩 넓어졌다.

"이 정도면 됐어. 이제 원래 유지했던 거리만큼 돌아가지."

네서스는 발굽질을 멈추었지만 아무 말도 하지 않았다.

루이스가 보기에 선단의 대형은 안정된 것 같았다.

"보이스, 우리가 여기 온 이후부터의 영상을 모두 모아. 그리고 그 영상들을 일정한 크기로 규격화해 봐. 중심부를 한곳에서 바라본 것처럼. 영상의 방향도 모두 일치시켜 봐. 할 수 있으면 우주선 위로 우주선이 겹쳐지게 영상들을 중첩시켜도 좋고."

— 몇 초 정도 소요될 것입니다.

네서스가 루이스 옆으로 다가오며 물었다.

"뭘 찾는 겁니까?"

하이퍼스페이스로 램스쿠프 우주선에 가깝게 도약할수록 '아이기스'호가 수집한 빛도 더 최근의 빛이 되었다. 일종의 시간 여행인 셈이었다.

루이스는 말했다.

"보이스가 계산을 마칠 때까지 기다려 봐."

— 원하시는 합성 영상이 나왔습니다.

새로운 홀로그램이 떠올랐다.

영상과 영상을 겹쳐 놓으니 중앙 함대를 가리켰던 점들은 흐리게 보였다. 본대 주변을 돌고 있는 순찰선들은 짧은 호를 그리며 움직이고 있었다. 그런데 주 배열 한쪽으로 다른 궤적과는 확연히 다른 세 개의 궤적이 보였다.

루이스는 홀로그램 속으로 손을 뻗어 램스쿠프 우주선 세 대가 모여들고 있는 한 점을 손끝으로 가리키며 말했다.

"아마도 아킬레스는 여기 있을 거야."

아킬레스는 딱 밧줄의 길이가 허용하는 공간 속을 무작위로 떠다니며 무심하게 그저 먹고 마셨다. 심장이 뛰는 동안에도, 난파선 잔해가 이따금 그에게 와서 부딪칠 때도, 또다시 배가 고파질 때도, 잠이 오고, 꿈을 꾸고, 다시 마비 상태에 빠져드는 동안에도 시간은 그저 무심히 흘러갈 뿐이었다. 기다리는 것 말고는 할 일이 없었다. 그리고 죽음 말고는 기다릴 것이 없었다.

죽음의 순간은 짧으리라. 팩이 도착하는 순간, 그의 심장은 두려움에 질려 멈추고 말 테니까.

정지장 안에 들어가 기다리는 것을 택할 수도 있었다. 하지만 아킬레스는 순간적으로 정신을 차리고 정지장 발생기를 뜯어 그 부속품들을 우주의 허공 속으로 던져 버렸다. 지그문트에게 생포되었던 팩은 정지장에 대해 몰랐다. 아킬레스는 만에 하나라도 적이 자기에게서 그 기술을 알아내게 놔둘 수 없었다.

밧줄이 다시 아킬레스를 잡아당겼다. 아킬레스는 두 눈을 마주 보았다. 세계 통치를 꿈꾸었던 그였다. 하지만 지금 그가 차지할 수 있는 영역의 범위는 난파선에서 구한 광섬유 케이블의 길이만큼이 고작이었다. 한때는 위대한 과학자였건만, 지금 그가 가진 도구라고는 그를 살려 주고 있는 압력복밖에 없었다. 한때는 별들 사이를 여행하던 그였건만, 지금 가엾은 그의 존재를 비추어 주는 빛이라고는 헬멧의 어둑한 불빛을 제외하면 별빛뿐이었다.

이렇게 팩을 기다리고 있을 이유가 있을까? 지금 당장 모든 것을 끝낼 수도 있었다. 사실 압력복은 진공 속에서는 열리지 않고 생명 유지 장치는 끄려고 해도 끌 수 없었다. 하지만 잔해의 날카로운 부분으로 압력복 천을 찢어 버리는 것까지 막을 수는 없었다. 아니면 밧줄을 풀고 분사 장치를 이용해서 선체 밖으로 빠져나갈 수도 있었다. 그러면 방사능이 천천히 그를 죽여 줄 것이다. 압력복의 생명 유지 장치가 그의 목숨을 구하지는 못하겠지만, 편히 죽을 수 있게 해 줄 약물은 충분히 들어 있었다.

아킬레스는 여러 가지 가능성을 생각하면서 잠을 들락거렸다. 살 것이냐, 죽을 것이냐.

가만, 무언가 움직였어!

떠다니던 잔해가 아니었다. 그런 것은 이제 눈에 들어오지도 않았다. 헬멧 조명도 꺼진 지 오래였다. 얼마나 오래 꺼져 있었는지도 기억나지 않았다. 하여간 아주 오랫동안 꺼져 있었다. 아킬레스의 눈은 별빛에 완전히 익숙해져 있었다. 분명 핵융합 엔진 우주선도 아니었다. 그랬다면 그의 눈이 놓쳤을 리가 없었다.

목소리!

그래, 목소리 때문이었어. 나도 모르는 사이에 다시 혼잣말을 하고 있었나 보군.

아킬레스는 잠시 목소리에 귀를 기울였다. 그런데 왠지 목소리가 자신의 목소리 같지 않았다. 내 목소리가 언제부터 저렇게 부드러웠지? 호기심이 느껴지면서 한편으로는 무언가 움직이는 것을 본 듯한 이상한 기분이 든 이유는 무엇일까 궁금해졌다.

그 순간, 선체 밖에서 무언가가 별을 가리며 움직이는 것이 보였다. 우주선이었다!

아킬레스는 헬멧의 무선통신 조종 장치를 혀로 눌렀다. 웅성거리는 듯했던 소리가 시민의 아름다운 노랫소리로 변했다.

"……'아이기스'호. 응답하십시오. 반복합니다. 여기는 협약체 우주선 '아이기스'호. 응답하십시오. 반복합니다. 여기는……."

"여기!"

아킬레스는 외쳤다. 그의 화음이 절박함으로 요동쳤다.

"여기! 여깁니다! 나 여기 있습니다!"

"협약체 우주선 '아이기스'호. 응답하십시오. 반복합니다. 여기는……."

반복되던 음성이 갑자기 멈추었다. 분명 녹음해 둔 음성이었을 것이다. 이어서 목소리가 들려왔다.

"도약 원반과 사람을 한 명 보내겠습니다. 이제 안전합니다."

## | 약속의 땅 |

### 1

아킬레스가 바쁜 걸음으로 함교로 들어와 주 화면을 흘끗 보았다. 그리고 경멸하듯 말했다.

"당신은 아마 우리가 저들에게 사과해야 한다고 생각하나 보군요."

네서스는 팩의 난파선 영상을 머릿속에서 떨쳐 내며 조종석에서 일어섰다. 아킬레스의 사정을 참작하려고 노력은 했지만, 쉽지 않았다. 그가 죽음으로 내몬 뉴 테라 사람들에게 미안한 기색만이라도 보였다면…….

네서스가 아무리 애써 본다 한들 정당한 이유도 없이 팩을 공격한 것을 합리화할 수는 없었다. 그 외계인들은 아주 오래전에 세계 선단으로부터 방향을 돌려 멀어졌다. 이제 조금만 더 지나면 그들의 후발대도 모두 지나가게 될 터였다. 그런데 왜 이제 와서 그들의 관심을 다시 우리 쪽으로 끌어당긴단 말인가?

아킬레스는 한동안 겪었던 끔찍한 시련을 재빨리 머릿속에서 떨쳐 버렸다. 그는 황갈색 얼룩무늬가 있는 옅은 황백색 털을 반짝일 정도로 깔끔하게 다시 빗질했다. 갈색 갈기에는 주황색 보석으로 방금 땋아 올린 술과 구불거리는 장식이 가득했다. 그리고 선상에서 사용하는 표준 다목적 띠가 아닌 과학부 휘장으로 치장된 화려한 장식 띠를 둘렀다.

신분을 드러내지 못해 안달이 난 것을 보면 '아이기스'호를 자신이 지휘하려는 속셈인 것이 분명했다.

네서스는 조심스럽게 말했다.

"아무래도 팩을 자극한 건 위험한 행동이 아니었을까 생각합니다."

아킬레스가 다리를 벌리고 우뚝 섰다. 달아날 준비를 하지 않는 자세. 권위를 드러내는 자세였다.

"저 우주선에 타고 있던 팩의 선원들은 다 죽었으니 자극을 받고 말고 할 것도 없습니다. 그리고 팩의 도서관에서 지식을 확보하면 우리는 위협 세력인 그워스를 소탕할 수 있습니다. 이제 우리는 내가 여기를 찾아온 목적을 달성한 후에 팩이 반응을 보이기 전에 떠나면 됩니다."

그의 말에는 한 가지 중요한 가정이 빠져 있었다. 아킬레스가 찾는 기술이 무엇인지는 몰라도 어쩌면 그 기술에 대한 지식은 저 우주선에 처음부터 존재하지 않았을지도 몰랐다. 행여 정보가 실려 있었다고 해도 시민들이 모르는 씨족의 방언이나 소멸된 언어로 기록되었다면 해독이 불가능할 수도 있었다. 아니면 공격 과정에서 정보가 파괴되었을지도 모르고, 팩의 선원들이 죽기 전에 그 지식 저장소에 —인간이 그것을 뭐라고 했더라? 그렇지— 부비트랩을 설치했을지도 몰랐다.

아킬레스는 의심이나 불확실성에 굴복할 자가 결코 아니었다. 그리고 다른 이들의 목숨으로 도박을 거는 짓을 망설일 자도 아니었다.

하지만 여기서 저 우주선을 강탈한다고 해서 상황이 더 나빠질까? 아마도 더 나빠지지는 않을 것이다. 만약에 아킬레스가 저지른 미친 짓이 실제로 팩의 관심을 세계 선단으로 돌려놓았다면, 팩의 지식을 확보하는 것으로 그 일을 만회할 수 있을지도 몰랐다.

네서스는 노래했다.

"만약 루이스가 그런 시도에 동의하고, 나도 그로 인해 내 임무가 위험에 처하지 않는다는 확신이 들면 행동에 나서지요."

"그 임무라는 게 뭡니까?"

"그건 최후자께서 밝히셔야 할 문제입니다."

내게는 강력한 친구들이 있다.

"당신은 원래부터 상상력이라고는 눈곱만큼도 없었지요. 그게 바로 당신은 아직 정찰대원이고 나는 장관이 된 이유입니다."

아킬레스의 노래에는 조롱이 담겨 있었다.

하지만 당신이 재소자의 발목 장치를 차고 있는 동안 난 우주선을 지휘했지. 그리고 그 장치는 당신이 내 우주선에 타고 있는 동안 당신 앞다리에 계속 채워져 있을 거야. 네서스는 생각했다. 내가 적절할 화음을 내서 장치를 가동시키면 당신은 벼락을 맞은 나무처럼 그대로 쓰러지고 말걸.

물론 루이스도 바보가 아니야. 당신을 구한 건 우리라고.

네서스는 다시 한 번 말했다.

"루이스가 동의하고 나도 그 활동이 안전하게 이루어질 수 있다고 확신하면 하겠습니다. 어디 보지요."

그리고 루이스가 도서관에서 무엇을 가져오든 그것은 아킬레스가 아니라 베데커에게 전달될 터였다.

팩 우주선 에어록의 바깥쪽 해치가 루이스의 헤드업 디스플레이HUD에 어렴풋이 나타났다. 이 영상은 무선으로 조종되는 퍼페티어 탐사선의 코끝에 달린 카메라에서 중계된 것이었다.

퍼페티어 탐사선은 보통 연료 재공급에 사용되던 것이었다. 여기에는 도약 원반/분자 필터가 달려 있어서 아무 데나 접근이 용이한 바다에서 '아이기스'호의 탱크로 중수소를 옮겨 담을 수 있었다. 하지만 오늘은 코끝에 달려 있던 원뿔을 제거하고 도약 원반에서 분자 필터를 벗겨 놓았다. 루이스를 곧장 난파선의 에어록으로 전송하는 역할을 하게 된 것이다. '아이기스'호는 가시광선 말고는 통과시키지 않는 선체를 이용해 팩 우주선 앞쪽에 자리 잡고 빛의 속도에 가깝게 쏟아지는 성간 먼지 폭풍을 차단해 주었다.

만약 예기치 못한 일이 일어난다면, '아이기스'호는 하이퍼스페이스로 뛰어들 터였다. 퍼페티어들이 루이스가 철수할 수 있을 정도로 오래 기다려 줄 것이라고 기대하기는 힘들었다. 아킬레스가 지휘하고 있는 상태라면 더더욱.

"루이스, 준비됐습니까?"

네서스가 물었다.

루이스는 우주복에 나온 판독 결과들을 다시 확인했다.

"그래."

준비야 늘 되어 있지.

네서스와 아킬레스 사이에서 승선을 시도할 것인가를 두고 논란이 있었다. 적어도 루이스의 귀에는 논란으로 들렸다. 둘 사이의 대화는 마치 그랜드피아노에 갇혀서 흥분해 날뛰는 다람쥐 소리 같았다. 보이스는 그 대화를 통역하는 것은 금지되어 있다고 했다.

결국 네서스가 승선 여부의 결정을 루이스에게 맡겼다. 승선할 경우 램스쿠프 장이나 다른 알지 못했던 방어 시스템이 활성화될지도 몰랐다. 난파선의 중수소 탱크가 비었다는 것은 순수한 추측에 불과했다.

저 우주선이 도서관의 어느 부분을 가지고 다닌 것인지는 몰라도 누군가 그것을 회수해 오지 않는다면 선원 열 명의 죽음은 헛된 것이 될 터였다.

루이스는 조리개로 광선의 굵기를 줄여 치명적인 무기로 만든 레이저를 손에 쥔 채 '아이기스'호의 화물실에서 무중력 상태의 탐사선으로 넘어갔다. 신발에 달린 자석이 탐사선 동체에 딸각 달라붙었다.

아직은 램스쿠프 장이 켜지지 않았다. 만약 켜져 있었다면 자기장이 막대한 전류를 발생시켜 온몸에 경련을 일으키기 때문에 엄청나게 고통스러웠을 것이다. 루이스는 도약 원반을 떼서 등에 진 가방에 넣었다.

아주 가까이서 봐도 선체는 살짝 변색된 얼룩 말고는 '아르고' 호의 레이저에 의해 손상을 입은 것 같지 않았다. 이건 GP 선체에 사용된 재료도 아닌데, 그럼 대체 뭐로 만든 거지?

에어록 조종 장치의 사용법은 보기만 해도 알 수 있었다. 루이스는 레이저로 앞을 비춘 채 말했다.

"이제 승선한다."

"승선을 승인합니다."

네서스가 대꾸했다.

에어록이 열리면서 루이스는 그 안에서 어둑한 불빛을 몇 개 보았다. 우주복 센서가 공기의 존재를 알렸다. 인공중력은 없었다. 비상 회로를 위한 배터리나 연료전지인가 보군. 루이스는 생각했다. 인공중력이나 램스쿠프 장을 가동하기에는 동력이 너무 부족한 듯했다. 그의 피부가 꿈틀거렸다.

사방에 시체들이 떠다니고 있었다. 팩은 키가 작았다. 그들의 신체 비율과 부풀어 오른 관절을 보니 인간의 형태를 만화로 그려 놓은 모습 같았다. 대부분은 주머니가 달린 조끼만 입고 있었다. 가죽 같은 피부는 방사선 병소와 부패한 반점들 때문에 얼룩이 져 있었다. 부패가 많이 진행된 듯했다. 밀폐된 우주복을 입고 있으니 냄새는 전혀 맡을 수 없었지만, 루이스는 속이 뒤집히는 것 같았다.

우주복 속에 들어 있는 뉴 테라 사람들은 마지막 경련의 순간 그대로 굳어 몸이 뒤틀려 있었다. 마지 자기 허리를 자기가 부러뜨린 것처럼 보였다. 한 여성은 팔다리가 삐딱하게 놓인 채 누워서 떠다니고 있었는데, 헬멧의 얼굴 가리개 안쪽으로 황토색 붉은 액체가 막처럼 뒤덮여 있었다. 죽어 있는 또 다른 사람의 얼굴을 보니 일그러진 미소를 띠고 있었다. 루이스는 몸서리를 쳤다.

끔찍한 정적을 깨며 그는 말했다.

"모두 사망했군."

"예상한 대로입니다. 컴퓨터는 온전합니까?"

아킬레스가 물었다.

아킬레스가 이곳에 온 이유는 바로 이 컴퓨터 때문이었다. 그리고 그의 선원들이 죽은 이유도 이것 때문이었다. 도서관 우주선을 포획하면 도서관도 상당 부분 함께 포획할 수 있는 것이 당연했다. 컴퓨터에 저장된 지식은 부피가 크지 않다. 우주선이 수백 척이나 동원된 것은 서로를 보호하기 위해서지 화물 적재량을 키우기 위한 것이 아닐 터였다.

"일 분 묵념한다."

루이스는 말했다. 당신 휘하에 있다가 살육당한 선원들을 기리기 위한 일 분의 묵념이야. 그는 천천히 돌면서 헬멧에 장착된 카메라로 모든 것을 화면에 담았다.

"다시 한 번 묻지. 시체들을 회수할까?"

"뉴 테라의 관습으로는 장례식을 하지 않습니다. 영상으로 판단할 때 아마 그 시신들을 돌려보낸다 해도 위안을 받을 사람은 없을 겁니다."

네서스가 대답했다.

루이스는 몇 번 심호흡을 하며 마음을 진정시켰다.

"컴퓨터를 찾아보지."

그리고 갑판을 돌며 둘러보았다. 소리라고는 쿵쾅거리는 신발 소리와 너무 빠른 자신의 호흡 소리밖에 없었다. 그럴듯한 것은 보이지 않았다. 모든 것이 낯설었다. 용도가 분명하게 드러나는 물체는 거의 없었다. 아니면 용도가 너무 다양한 것인지도 몰랐다. 다용도 물건들이 여러 요소들을 공유하고 있는 것인지도. 여기저기에 열린 캐비닛이 보이고, 거미줄처럼 얽힌 케이블 다발 끝에는 회로와 모듈 들이 떠다니고 있었다.

해치들마다 구불구불한 글자가 적혀 있었지만 루이스로서는 그 글자들을 읽을 도리가 없었다. 이것저것 마구 열어 본 끝에 그는 계단을 찾아냈다.

"다른 갑판을 확인한다."

루이스는 자기가 과연 외계인의 컴퓨터를 알아볼 수 있을지, 혹시 그러다 숨겨진 부비트랩을 건드리지나 않을지 궁금해하며 수색을 계속했다. 팩을 지켜보면서 가장 두드러졌던 것은 그들이 무척 똑똑하다는 사실이었다. 인간들보다 훨씬 똑똑했다. 그런데 과연 내가 그들이 무슨 생각을 했는지 알아맞힐 수 있을까?

해치에 접근해서 열 때마다 루이스는 더더욱 긴장했다. 뉴 테라 사람들을 죽게 만든 덫은 즉각적으로 작동한 것이 아니었다. 지금 여는 이 문이 어쩌면 덫을 다시 작동시킬지도 몰랐다.

램스쿠프 장이 아킬레스의 선원들이 승선한 순간에 바로 켜지지 않은 이유는 뭐지? 기다린 이유가 뭐야?

덫을 놓은 팩은 다른 도서관의 사서들이 이 우주선을 되찾아가기를 바랐는지도 몰랐다. 만약 그랬다면, 덫은 우주선에 승선한 존재가 팩인지 아닌지 판단을 내려야 했을 것이다. 루이스는 수색을 계속하며 그 가정을 곱씹어 보았다. 인간과 팩은 먼 친척 관계이고 인간은 우주복을 입었다. 어쩌면 인식 논리회로가 인간을 팩으로 잠시 착각하는 바람에 공격이 지연되었는지도 몰랐다. 어쩌면.

하지만 GP 4번 선체를 팩의 램스쿠프 우주선으로 착각했을 리는 없었다. 아무렴. 그렇다면 램스쿠프 장 덫은 원래부터 침입자들이 승선한 이후에 공격할 의도로 만들어진 것이 분명했다. 공격자의 우주선이 완전히 철저하게 파괴된다 해도 —실제로 '아르고'호는 쓸모없는 선체만 남게 되었다— 이 덫으로 인해 죽은 탑승자들과 그들의 장비는 남을 테니 공격한 자가 누구였는지 알아볼 수 있는 유용한 자료를 확보하는 셈이었다.

"아직 컴퓨터를 못 알아보겠습니까?"

아킬레스가 조바심을 내며 물었다.

당연하지. 너 같으면 알아보겠냐? 루이스는 속으로 빈정댔다.

"아직."

"무기는 안 보입니까?"

아킬레스가 끈질기게 물었다.

결국 이 모든 일은 그워스에 대항할 무기를 확보하는 것이 목적이었다. 팩의 컴퓨터를 찾지 못한다 해도, 어쩌면 유용한 기술이 이미 무기화되어 주변에 존재하고 있을지도 몰랐다.

"안 보여."

루이스는 간단하게만 대답했다. 신발의 자석이 갑판에 부딪칠 때마다 부드러운 소리를 냈다. 그는 선반에 놓인 이국적인 장비들을 유심히 살펴보았다.

우주선의 꼬리 쪽으로 가자 엔진실에 도착했다. 이 거대한 자석 코일이 엔진 부품이 아닌 다른 것일 리는 없었다. 아직 컴퓨터 같은 것은 전혀 보이지 않았다.

뭔가 떠오를 듯 말 듯 한데.

"루이스, 난파선 수색을 마무리하십시오. 이제 떠나지요."

네서스가 말했다.

정말이지 그러고 싶었다. 루이스는 당장이라도 수색이 끝났다고 말하고 갑판에 도약 원반을 놓고 '아이기스'호로 이동하고 싶었다. 하지만 왠지 실패를 인정하기가 싫었다.

"금방 간다, 네서스."

루이스는 얼버무리듯 말했다.

저장 장치의 밀도가 엄청나게 높고 컴퓨터의 크기는 아주 작을지도 몰랐다. 그렇다면 팩의 컴퓨터는 우주선 곳곳의 알아볼 수 없는 장비들 속 어디에나 존재할 수 있었다.

그걸 어떻게 아느냐고?

어느 도서관이든 거기에는 엄청나게 많은 파일들이 있기 마련이니까.

루이스는 쿵쿵거리며 갑판 앞쪽으로 갔다. 신발 소리가 계단에서 울려 퍼졌다. 그는 장비가 들어 있는 벽장으로 이어진 해치를 하나 열고 그 안에 들어 있는 광학 장치 선반을 물끄러미 쳐다보았다.

"이 구조물이 반복해서 보이는데 아무나 확인 좀 해줘."

"그런 것 같습니다."

아킬레스와 네서스가 거의 한목소리로 말했다.

'아무나'는 사실 보이스를 불러내기 위한 것이었다. AI에 대한 퍼페티어들의 태도는 역시나 루이스가 의심한 대로였다. 네서스는 그에게 보이스에 대해서는 언급하지 말라고 했던 것이다.

— 확인되었습니다.

보이스가 비밀 채널을 통해 말했다.

— 지금까지 그것과 똑같은 구조를 지닌 선반을 여든일곱 개 지나쳐 왔습니다. 다른 구조들 중에서는 이렇게 반복적으로 등장하는 것이 없습니다.

"그럼 분명 이게 맞군."

루이스는 가방에서 도약 원반을 꺼냈다. 그리고 그것을 바닥에 놓았지만 곧 떠오르고 말았다.

선반들은 바닥부터 천장까지 쭉 이어져 있었기 때문에 도약 원반을 그 아래 끼워 놓을 수도 없었다.

"제길! 선반들이 아예 통째로 용접되어 있는 것 같은데."

"그럼 선반을 잘라 내십시오."

아킬레스가 명령했다.

도구함에 들어 있는 아세틸렌 용접기가 쓸모 있을지도 몰랐다. 아니면 뭐든 괜히 잘못 건드렸다가 침입자 방어 시스템이 가동될 수도 있었다. 하지만 그것 말고 다른 방법은 없어 보였다.

"여차하면 거기서 원격으로 나를 꺼내 줄 수 있나?"

"도약 원반 위에만 있다면 가능합니다."

네서스가 대답했다.

루이스는 왼발을 갑판 위에 둔 채 오른발로 도약 원반을 밟아 고정시켰다. 원반 자체는 갑판에도, 그의 신발에도 붙지 않았다. 그는 조심스럽게 왼발을 들어 원반 위에 올렸다. 하지만 원반이 곧 떠오르기 시작했다. 원반을 갑판에 붙잡아 두기에는 신발 자석의 힘이 너무 약했다.

루이스는 우주복 응급 수선용 패치를 이용해서 원반과 갑판을, 다음으로 신발과 원반을 고정시켰다.

"내 헬멧 카메라를 잘 보고 있다가 내가 갑자기 움직이거나 하면 여기서 꺼내 줘."

그는 온몸이 뒤틀리고 고통으로 얼굴이 일그러져 있던 시신들의 모습을 떠올리지 않으려고 애썼다. 만약 램스쿠프 장이 활성화되면 내 몸이 경련을 일으켜도 끈끈이 패치가 버틸 수 있을까?

그는 아세틸렌 용접기를 켰다. 파란 불꽃 바로 아래서 빨갛게 점이 달구어졌다. 하지만 연기도, 그을림도, 녹는 기미도 보이지 않았다. 불꽃을 천장과 갑판에도 대 보았지만 효과가 없기는 마찬가지였다.

한숨을 내쉬며 루이스는 용접기를 껐다. 아무래도 갑판, 격벽, 장비의 프레임 모두 선체와 마찬가지로 불투과성 물질로 만들어져 있는 듯했다.

아킬레스가 말했다.

"트윙이 분명하군요. 팩이 사용하는 프로그램 가능한 구조설계용 재료입니다. 그 재료를 부드럽게 만드는 손바닥만 한 도구가 있을 겁니다. 엔진실을 찾아보십시오."

루이스는 물었다.

"어떻게 생겼는데?"

"나도 모릅니다. '아르고'호에 그에 대한 정보가 있었는데 컴퓨터도 다 같이 날아가 버렸으니……."

아킬레스는 그 사실을 인정하기가 짜증스러운 듯했다.

보이스가 비밀 채널로 말했다.

— 지금 말씀드리는 내용은 입 밖에 내지 마십시오. 그것과 똑같은 파일을 지그문트 아우스폴러 장관님으로부터 받아서 우리도 가지고 있지만 네서스가 아킬레스에게는 비밀로 했습니다.

루이스의 HUD에 작은 공구 사진이 희미하게 나왔다.

"뭐가 있나 한번 찾아보지."

루이스는 그렇게 말하고, 신발에 달려 있던 패치를 뜯어낸 후 차고 나갔다. 엔진실에 도착하자마자 HUD에 나온 사진과 똑같이 생긴 도구를 발견했지만, 의심을 피하려고 일부러 다른 것들을 만지작거렸다.

그리고 나서야 본격적으로 도구를 시험해 보았다. 제대로 된 도구로 다이얼 하나를 끝까지 돌리고 손잡이를 단단하게 조이자 내부 격벽 하나가 분리되었다. 몇 분 후 루이스는 컴퓨터 장치로 추정되는 선반 하나를 떼어 냈다. 그리고 선반을 도약 원반 위로 띄웠다. 생각해 보니 선반을 이렇게 떠 있는 상태로 '아이기스'호로 옮기면 중력 때문에 곧장 바닥으로 떨어지고 말 것 같았다.

루이스는 말했다.

"이 장치가 옮겨 갈 선실의 중력을 낮춰 줘."

네서스가 대답했다.

"낮췄습니다. 이제 받을 준비가 됐습니다."

제대로 찾은 것이 맞는지는 모르겠지만 컴퓨터 선반 아니면 기억장치로 추정되는 것들을 하나씩, 하나씩 분리해서 '아이기스'호로 옮기는 데만 꼬박 여덟 시간이 걸렸다.

그리고 마침내 마지막 선반이 옮겨졌다. 루이스도 완전히 탈진한 채 곧바로 도약 원반에 올랐다. 이제 두 번 다시는 죽어 있는 우주선에 발을 들여놓지 않으리라 생각하면서.

## 2

온전한 GP 선체를 그대로 버려두고 가는 것은 안 될 말이었다. 팩이 그것을 회수해서 역공학으로 그 비밀을 밝혀낼 위험이 있었다. 그 점에서만큼은 아킬레스와 네서스가 의견이 일치했다. 하지만 그것을 파괴할 수 있을까? 그 선체는 파괴되지 않는 핵심 물질이었다. 함교가 엇갈린 의견들로 시끄러워졌다.

별 볼일 없는 정찰대원의 무례함이 아킬레스를 화나게 했다. 정찰대원 나부랭이가 어디 감히 과학부 장관에게!

아킬레스는 GP 선체를 파괴하는 방법을 몇 가지 알고 있었다. 모두 극비에 부쳐진 방법들이었다. 그중 가장 간단한 방법은 반물질이었다. 하지만 충분한 양이 필요했다. 그리고 그들에게는 반물질이 전혀 없었다.

반물질이 없는 경우에는 아주 절묘한 방법이 필요했다.

가장 기초적인 부분으로 파고들자면, GP 선체는 나노 기술로 구축한 거대한 단일 초분자였다. 그 안에 내장된 핵융합 발전장치가 초분자의 원자 간 결합력을 엄청나게 강화하고 있었다. 아주 가까이 근접해서 초정밀 조준을 할 수 있다면 고성능 레이저로 그 발전장치를 과열시킬 수 있었다. 혹은 내장된 소프트웨어에 대해 상세히 알고 있다면 발전장치를 제어하는 광자 마이크로프로세서를 레이저로 다시 프로그래밍할 수도 있었다. 레이저가 선체를 투과할 수 있기 때문이었다.

이런 취약성이 노출되자 GPC는 설계를 개량했다. 반물질 자체는 어쩔 수 없었다. 기본적인 물리학마저 부정할 수는 없기 때문이었다. 하지만 다른 위험 요소들은 극복되었다. 최근에 나온 제품들은 내장된 발전장치에서 수천 개의 열전도 파이프가 뻗어 나와 있었다. 따라서 발전장치를 과열시키려 해도 선체 전체를 통해 열에너지가 흩어지기 때문에 과열시키는 것 자체가 거의 불가능해졌다. 제어 프로그램도 대부분 새로 작성해서 변경이 어렵게 만들었다. 마지막으로 발전장치를 도파관과 거울로 번갈아 겹겹이 둘러싸 무언가 접근하려고 시도하는 것이 있으면 반사시키거나 굴절시킴으로써 내장된 제어기에 접근하려는 시도 자체를 원천 봉쇄했다.

만약 아킬레스가 조심하지 않았다면 정지장 안에서 얼어붙어 있는 동안에 팩이 레이저로 그의 선체를 분명 파괴하고 말았을 것이다. 어쩌면 그는 아직도 정지장 안에 갇혀서 우주를 영원히 떠돌고 있었을지도 몰랐다.

"다른 방법이 있습니다. 그워스가 사용했던 방법입니다."

네서스가 물러서지 않고 주장했다.

최후자도 아니고 아직 정치가도 아니었던 시절, 베데커에게는 그워스의 위협을 시작되기도 전에 끝장낼 수 있는 기회가 있었다. 하지만 대신 그는 그워스를 자신의 우주선에 태웠고, 결국 하이퍼드라이브의 비밀을 누설하고 말았다. 그워스는 그들의 거주 모듈 안에서 비밀리에 하이퍼드라이브 전환기를 만들었다. 그리고 전환기를 활성화해서 보호용 노멀 스페이스 거품 안에 베데커의 하이퍼드라이브 전환기를 담고 사라져 버렸다. 그와 함께 GP 선체도 중간에서 도려내 버렸다.

아킬레스는 반박했다.

"그워스가 선체를 쪼개서 가져가기는 했지요. 하지만 발전장치가 들어 있는 선체 끝 부분은 온전하게 남아 있었습니다. 팩이 발전장치로 강화된 선체를 발견한다면, 그 선체가 조각만 남은 거든 통째로 남은 거든 결과는 똑같습니다."

네서스가 두 눈을 마주 보았다.

"그럼 우리가 발전장치가 들어 있는 선체 부분을 가져가면 되겠군요."

그것은 한마디로 미친 짓이었다.

"'아르고'호를 조각내서 발전장치를 우리 우주선 선체로 붙잡고 가자는 말입니까? 차라리 수소폭탄을 가지고 노는 게 낫겠군요. 발전장치가 불안정해지는 순간 그 충격파가 우리를 원자 가루로 만들어 버린다는 걸 모릅니까?"

"최후자께서 발전장치는 불안정해지지 않을 거라고 말씀하셨습니다."

베데커는 바보였다. 그리고 그 말을 귀담아듣는 네서스는 더 바보였다.

"그럼 내가 최후자와 직접 얘기를 해 봐야겠군요."

하이퍼웨이브 회의에는 베데커와 니케가 함께 참가했다. 둘 다 아킬레스에게는 정적이었고, 서로에게도 정적이었다. 모두 실험당의 수장이 되기를 꿈꾸고 있기 때문이었다. 하지만 지금 이 순간만큼은 아킬레스에게 대항해 둘이 힘을 모은 것 같았다.

허스와 선단의 중력 특이점 가장자리 사이에서는 통신 속도가 느렸기 때문에 신호가 오갈 때마다 이 분씩 지연이 일어났다. 서로 예의 차리는 말을 나누는 동안 아킬레스는 적수들을 자세히 살펴보았다.

베데커는 체격이 건장했다. 갈기는 별 특징 없이 빽빽하게 땋아 올렸고 비싼 보석들을 매달았지만 그냥 평범했다. 원래는 창백한 황갈색이었던 갈기를 풍성한 금색으로 염색했는데, 그 색은 그의 직함 장식 띠와 어울리지 않았다.

갈기 스타일도 그렇고 걸친 것도 그렇고 최후자에게 어울리는 스타일이 아니야.

니케는 체구가 작았고, 크림색의 피부에는 점이나 다른 자국이 없었다. 황갈색 갈기는 보석과 세공한 금사슬로 반짝였지만, 야심으로 번뜩이는 눈동자만큼 밝게 빛나지는 못했다.

아직도 예전 최후자였을 때와 비슷하게 하고 다니는군. 다시 그 자리에 올라가겠다는 꿍꿍이지.

"회의를 요청했더군요."

베데커가 입을 열었다.

"감사합니다, 최후자님."

최후자라고 부르려니 아킬레스는 배알이 꼴렸다. 니케가 최후자였을 때는 장관이나 정찰대원들에게 그런 공식 명칭으로 부르지 않아도 좋다고 했지만, 베데커는 그러지 않았다.

"나는 '아르고'호의 잔해를 소위 그워스 방식을 이용해 파괴하자는 주장에 의문이 듭니다."

"발전장치는 분리되면 자동으로 꺼집니다."

베데커가 주장했다. 그의 미묘한 말투와 자세를 보면 자기가 한때 GPC의 선임 기술자였음을 은근히 내세우고 있었다.

"과연 그렇게 되겠습니까?"

아킬레스는 회의적으로 말했다.

“하이퍼드라이브 도약으로 발전장치를 추출해 내는 실험을 해 본 자가 있습니까? 있으면 몇 번이나 실험해 봤답니까?”

아킬레스의 비웃음에 베데커는 침묵할 수밖에 없었다. 이에 아킬레스는 더욱 대담하게 말을 이었다.

“최후자께서 행여 잘못 알고 있는 거라면 도서관에서 얻을 수 있는 모든 정보를 잃고 말 겁니다.”

니케가 카메라 쪽으로 몸을 기울이며 나섰다.

“그럼 당신 얼굴도 다시 볼 필요가 없다는 소리로군요.”

“우리가 인간입니까? 그런 모험을 왜 합니까?”

아킬레스는 빈정댔다.

“허스를 떠날 정도로 미친 자라면 분명 허스를 지키기 위해선 무엇이든 할 수 있을 정도로 미쳐 있다는 소리가 아니겠습니까?”

역시 빈정대는 화음이 가득한 목소리로 니케가 노래했다.

“아킬레스는 발뒤꿈치만 감추고 있으면 천하무적이라고 했지요? 어디서 들었더라?”

네서스도 거들었다.

“그만!”

베데커가 발굽을 벌리고 일어서서 목을 펴고 카메라를 아래로 노려보며 강한 어조로 말했다.

“도서관의 비밀을 추적하는 건 결코 협약체의 방침이 아니었습니다. 아킬레스, 나중에 돌아오면 그런 무모한 시도를 한 데 대한 책임을 물을 겁니다. 더 이상 잡음이 없도록 ‘아이기스’호의 최후자 임무는 네서스가 계속하십시오."

나더러 네서스의 명령을 받으라고? 아킬레스는 분노가 끓어올랐지만 아무 말도 하지 않았다.

베데커가 말을 이었다.

"우리의 목표는 여전히 팩을 자극하는 행동을 피하는 겁니다. 네서스, 반드시 '아르고'호를 파괴해야 합니다. 실종된 팩의 우주선과 협약체를 연결하는 어떤 증거도 남겨서는 안 됩니다."

"'아르고'호를 파괴하려다가 이 우주선까지 파괴되면 어떻게 합니까?"

아킬레스는 물었다. 만약 '아이기스'호가 벽에 뿌려진 선원들의 핏자국과 함께 하이퍼스페이스를 영원히 떠돌게 된다면? 아킬레스는 갑판을 발굽으로 긁고 싶었지만 참았다. 달아날 곳이 없었다.

베데커와 네서스가 의미 있는 눈빛을 교환했다. 그리고 최후자가 노래했다.

"만일 그런 일이 일어난다면, 우리는 여러분의 희생을 잊지 않을 겁니다."

루이스는 두 갑판 떨어진 곳에서 네서스와 아킬레스가 서로 험악하게 티격태격하는 것을 들었지만 무슨 말인지는 알아들을 수 없었다. 그들이 내는 소리는 오케스트라가 악기를 조율하는 소리 같다가, 찻주전자가 쌕쌕거리며 물을 끓일 때 나오는 소리 같다가, 누군가 고양이 꼬리를 밟았을 때 나는 소리 같았다. 논란이 뜨겁다는 것은 분명 무언가 불쾌한 선택과 관련되어 있다는 소리였다. 만약 루이스의 귀가 정확하다면 적어도 둘 이상의 퍼페티어가 논란에 더 끼어들었다. 그렇다면 하이퍼웨이브로 회의를 하고 있는 것이리라.

루이스는 논쟁이 끝나기를 기다리며 합성기에서 음식을 뽑았다. 식사를 천천히 마쳤는데도 회의는 아직도 계속되고 있었다. 그래서 이번에는 브랜디를 조금 뽑았다.

그는 메모장을 꺼내서 특별할 것 없는 낙서를 끼적이기 시작했다. 하지만 무엇을 그리기 시작하든 그림은 결국 팩의 우주선에 승선했을 때의 끔찍한 기억으로 돌아왔다. 어쩌면 언젠가는 이런 식으로 악마를 몇은 쫓아낼 수 있을지도 몰랐다. 아직은 너무 일렀다. 그는 메모장에서 그 종이들을 찢어 버렸다.

마침내 네서스가 선내 통신으로 불렀다.

"루이스, 함교로 와 주겠습니까?"

루이스는 식기들을 재생기에 집어넣었다.

함교에는 네서스 혼자 있었다. 분명 아킬레스가 이번 판은 졌나 보군.

"아, 루이스. 부조종사를 좀 맡아 주겠습니까?"

"기꺼이 그러지."

루이스는 자리에 앉았다.

"아킬레스도 조종사 임무를 우리처럼 하나?"

"아닙니다."

냉담한 대답이 돌아왔다.

"그럼 허스로 출발할까?"

"당장은 아닙니다. 먼저 청소해야 할 게 있습니다."

아킬레스가 이런 결정을 고분고분 받아들였을 리는 없는데. 루이스는 이것이 싸움의 원인을 제공했으리라 짐작했다.

"팩의 난파선을 청소하는 건가?"

그가 짐작으로 물었다.

"그렇습니다. 시민이 관여했다는 단서를 남기면 곤란하지요. 아킬레스는 팩 우주선에서 두 번째 핵폭탄을 폭파시킬 계획이었지만, 폭탄은 이제 '아르고'호의 다른 것들과 함께 사라지고 없습니다."

"이 우주선에도 핵폭탄은 없지 않나?"

잠시 네서스가 두 눈을 마주 보았다.

"어떻게 보면 있다고도 할 수 있지요."

루이스는 머리를 굴려 보았다.

"아, 핵융합 엔진 말이군."

"맞습니다. 당신이 엔진의 화염을 난파선으로 향하고 있는 동안, 난 두 입을 하이퍼드라이브 조종 장치에 두고 있을 겁니다."

위험할 낌새가 보이자마자 튈 준비를 하겠다는 소리로군.

"그런데 아킬레스는 이 계획에 반대했고?"

네서스가 또다시 두 눈을 마주 보았다. 루이스는 그 동작이 무언가를 비꼬는 웃음을 의미한다고 판단했다.

"그건 아닙니다. 더 근본적인 부분에서 의견이 엇갈렸지요."

일단 이 무모한 계획에서 살아남는 게 급선무니 그때까지 그 부분은 걱정할 필요 없겠군. 루이스는 생각했다.

"엔진이 불을 내뿜는 동안 후방 센서들은 먹통이 될 텐데. 그럼 원격조종 센서가 달린 탐사선이 필요해. 이왕이면 일회용 탐사선이 좋겠군."

일회용이라는 말에 네서스가 움찔했다. 하지만 곧 입술과 혀로 조종 장치를 조작해 두 홀로그램을 열었다. 첫 번째 영상은 '아이기스'호, 팩의 난파선, 새로 발사한 탐사선을 나타내는 길쭉한 점을 보여 주는 컴퓨터 그래픽이었다. 두 번째는 탐사선 자체에서 바라보는 영상이었다.

네서스가 말했다.

"단거리 탐사선을 가동시켜서 당신의 왼쪽 조이스틱과 연결시켜 놨습니다."

루이스는 로봇 탐사선을 난파선의 측면에 위치시킨 후 왼손을 다시 조종 장치로 가져갔다. 그리고 추진기를 이용해서 '아이기스'호를 살짝살짝 움직여 난파선과의 거리를 백 미터 이내로 좁혔다. 그러면서 우주선의 엔진이 목표를 정조준하게 만들었다.

"준비되면 말해."

루이스의 말에, 하이퍼드라이브 조종 장치를 입으로 붙잡고 있느라 작아진 목소리로 네서스가 대꾸했다.

"진행하십시오."

'아이기스'호 선미에서 백열의 핵융합 불꽃이 뿜어져 나왔다. 플라스마 불꽃은 팩의 우주선을 집어삼켰다. 엔진의 힘을 상쇄하기 위해 선수의 추진기도 최대로 가동되고 있었다. 양쪽의 에너지가 충돌하면서 '아이기스'호가 소리를 내며 요동쳤다. 팩의 우주선이 플라스마를 두들겨 맞고 밀려나기 시작했다.

루이스의 머리도 춤을 추듯 요동치고 있었다. 그는 전방과 후방 추진력의 균형을 맞추며 두 우주선 사이의 간격을 좁게 유지했다. 그리고 자세제어 장치를 이용해서 목표물을 정확히 조준했다. 가끔씩 살짝 흔들리는 것 말고는 선실 중력과 관성 완충기 덕분에 우주선의 요동을 거의 느낄 수 없었다.

회오리바람을 타거나 파도타기를 하는 것 같았다. 루이스는 신이 나서 웃음을 터트렸다. 그리고 네서스가 깜짝 놀라 한 눈은 감고 한 눈으로만 보고 있는 것을 보며 또다시 웃었다.

아무리 팩 우주선의 선체 재료가 트윙이라 한들, 그런 막대한 에너지를 오랫동안 버텨 낼 수는 없었다. 선체가 탁한 빨간색으로 달구어지기 시작했다. 선체 내부에서 불꽃이 일어 모든 것을 집어삼켜야 했다. 선체가 더 밝은 빨간색에서 다시 주황색으로 달구어지고, 드디어 노란 기운이 보이기 시작했다.

난파선이 잘 익은 과일처럼 갈라지고 그 안에서 가스가 빛을 내며 뿜어져 나왔다. 이 가스는 시체, 장비 등이 남긴 마지막 잔재였다.

루이스가 가자는 말을 미처 꺼내기도 전에 외부 화면이 나갔다. 하이퍼스페이스로 들어온 것이었다.

그리고 재빨리 다시 노멀 스페이스로 돌아왔다.

"이제 '아르고'호로 가지요."

네서스가 말했다.

"일단 가면 어떻게 하지?"

루이스는 이상하다는 생각이 들었다. 핵융합 엔진을 사용해 봤자 GP 선체는 파괴는 고사하고 흠집 하나 낼 수 없을 텐데?

"상황이 더 재미있어질 겁니다."

네서스가 말했다.

루이스는 자세제어 장치를 살짝살짝 이용해서 '아이기스'호의 위치를 잡았다. 레이더 반향이 '아르고'호 잔해의 위치를 알려 주었다. 루이스는 '아이기스'호의 이동 방향을 웅장한 '아르고'호 선체의 이동 방향과 일치시킨 후에 가까이 다가갔다.

'아이기스'호는 GP 2호 선체로 만들어졌다. 2호 선체는 길이가 백 미터쯤 되는 날씬한 원통 형태였다. 반면 4호 선체로 만들어진 '아르고'호는 직경이 삼백 미터가 넘는 구체였다.

"조심하자, 조심."

루이스는 혼잣말로 중얼거렸다. '아이기스'호가 굼벵이처럼 느린 속도로 한때 화물실 해치로 봉해져 있던 틈새로 들어갔다. 입구는 간신히 들어갈 수 있을 정도의 크기였다. 씨를 뺀 올리브에 다시 씨를 채워 넣는 것 같군. 루이스는 실없는 생각을 했다.

레이더를 보니 안쪽으로 부유물들이 떠다니고 있었다. 그가 '아이기스'호를 거대한 빈 동굴 같은 선체 중앙에 가져가 멈추자, 무언가가 선체에 쨍그랑 부딪친 후 튕겨 나갔다.

"이 정도야 식은 죽 먹기지."

거짓말이었다.

"네서스, 당신 차례야."

네서스가 조종석의 Y 자 모양 좌석에 걸터앉아 '아르고'호의 선체 내부를 통신용 레이저로 꼼꼼하게 스캐닝하기 시작했다. 유령 같은 녹색 점이 우주선 주위로 평행하고 빽빽하게 들어찬 둥근 호의 궤적을 쫓았다. 성간 공간이라 무척 어두웠는데도 GP 선체가 워낙 투명했기 때문에 거기서 반사되는 희미한 레이저 빔을 추적하려니 영상 증폭기가 필요했다.

루이스는 물었다.

"뭘 찾는 거지?"

"당신이 조준해야 할 목표물입니다."

빌어먹을. 또 애매하게 말을 돌리는군. 퍼페티어의 비밀이라 이거지. 투명한 선체에 빛을 비추는 것이 대체 무슨 소용인지 말해 주지 않는 것처럼.

희미한 녹색 점이 처음 스캐닝을 시작했던 위치로 돌아왔고, 두 번째 스캐닝이 시작되었다. 그렇게 다시 세 번째 스캐닝이 진행되던 중에 녹색 점이 멈춰 섰다. 그리고 점이 작은 동그라미 형태로 확장되면서 색이 더 희미해졌다. 루이스는 그 안에서 무언가 반짝이는 것을 보았다. 그것은 선체의 벽 속에 들어 있었다.

"저기입니다."

네서스가 조종 장치에서 머리 하나를 들어 올렸다. 그 목을 곧게 펴며 천상에나 있을 법한 그 원형의 물체를 가리켰다.

"저 지점을 선수가 강하게 누르도록 위치를 잡으십시오."

루이스는 물었다.

"얼마나 정확해야 하는데?"

네서스가 갈기를 물어뜯었다.

"아주 정확해야 합니다."

이 우주선에 탑승시킨 AI의 존재는 아직 비밀이었다. 지금 당장은 아킬레스가 부루퉁해서 자기 선실에 들어가 있지만, 계속해서 선실에만 있을 것이라는 보장은 없었다.

루이스는 조종 장치의 컴퓨터로 들어갔다.

"보이스, 이걸 좀 봐 줘."

그는 어둑한 가시광선 이미지 복사본을 끌어다가 레이더 이미지 위에 겹쳐 놓았다. 그리고 합성 홀로그램 안으로 손가락을 집어넣어 기준점을 찍었다. 갑판의 쪼가리들이 선체 여기저기에 아직 매달려 있었다. 루이스는 마지막으로 정체를 알 수 없는 네서스의 녹색 점을 찍었다.

루이스의 손이 다시 조종 장치로 돌아와 글자를 찍었다.

레이저가 가리키는 저 목표물로 나를 유도해 줄 수 있나?

스크린에서 글자가 깜박였다.

네.

질문과 답변은 곧바로 지워졌다.

거의 무의식적으로 이루어지는 보이스의 방향 수정 안내를 따라 루이스는 '아이기스'호를 앞쪽으로 조심스럽게 움직였다. 선체가 쿵 부딪치는 소리가 났다. 관성 완충기가 충격을 흡수했다.

튕겨져 나왔습니다.

보이스가 글자를 깜박였다.

네 번의 시도 끝에 드디어 추진기를 부드럽게 작동시켜 딱 적당한 속도로 목표물에 정확하게 닿을 수 있었다. '아이기스'호는 이제 상어에 달라붙은 빨판상어처럼 '아르고'호 선체 내부에 붙어 있게 되었다.

루이스는 갑판 건너편을 바라보며 말했다.

"해야 할 거 있으면 지금 빨리 하라고."

네서스의 눈빛이 평소보다도 훨씬 흥분되어 있는 것 같았다. 그는 입으로 하이퍼드라이브 조종 장치를 움켜쥐었다!

루이스의 조종 장치에 있던 장치들이 하나만 빼고 모두 불이 나갔다. 질량 표시기가 갑자기 되살아났다. 중앙에서 뻗어 나온 파란 선들이 근처의 별들을 보여 주었다. 그리고 갑자기 다시 노멀 스페이스로 튀어나왔다.

몇 초 후, 레이더에 어떤 잔해의 장이 검출되었다. '아르고'호가 조각난 것이다!

루이스는 이유를 물어볼 필요가 없다는 것을 깨달았다.

무언가가 '아이기스'호의 선체에서 달그락거리자 네서스가 움찔했다.

"우리가 아직 살아 있군요."

그의 목소리는 안도감으로 들떠 있었다.

"이번에도 역시 아킬레스가 틀렸습니다."

3

루이스는 선실 수면장에 뜬 채 몸을 계속 뒤척였다. 잠들기에는 몸에 억눌려 있는 에너지가 너무 많았고, 머릿속을 채우는 생각들도 너무 많았다. 두 퍼페티어 사이에는 눈에 보일 것처럼 긴장감이 팽팽해져 있었다. 허스까지의 긴 여행도 즐겁지 않았다.

수면장을 끄려고 손을 뻗는데 방문 벨이 울렸다.

이 선실에는 벨이 없는데?

하긴, 나도 손에 눈과 귀가 달려 있다면 그 손으로 노크를 하지는 않겠지. 그리고 퍼페티어는 벨 소리쯤은 쉽게 흉내 낼 수 있으니까.

"누구야?"

부드러운 대답 소리가 들렸다.

"네서스입니다. 들어가도 됩니까?"

루이스는 또 한 번 놀랐다. 네서스는 그의 선실로 직접 찾아온 적이 한 번도 없었다.

"잠깐만."

루이스는 서둘러 옷을 입었다. 인간이 벌거벗고 있다 한들 네서스가 신경을 쓸지는 모르겠지만. 그는 해치를 열었다.

"들어와."

네서스가 서둘러 문을 통과해 들어왔다. 그리고 평소보다 더 불안한 모습으로 한쪽 구석으로 물러나 해치를 닫았다.

"우리 얘기를 좀 해야겠습니다."

"말해 봐."

네서스는 초조한 듯 갑판을 발굽으로 한 번 긁었다.

"당신에게 당부해 둘 게 있어서 왔습니다, 루이스. 아킬레스가 탑승하고 있는 동안에는 절대로 얘기를 꺼내서는 안 되는 내용입니다."

이 퍼페티어가 공용어를 잠깐 깜빡했나?

"그게 아니라 아킬레스가 옆에 있을 때는 얘기하지 말라는 소리겠지?"

"아닙니다!"

네서스가 두 머리의 눈길을 루이스에게 고정하며 말했다.

"그가 '아이기스'호에 탑승하고 있는 한 얘기하지 말아 달라는 겁니다. 아킬레스는 뛰어난 기술자입니다. 하지만 나는 아니지요. 보급 물품이나 별문제 없어 보이는 장치들을 그가 센서로 이용할지도 모릅니다. 그래도 우린 눈치채지 못할 겁니다."

"도청 장치 말이로군."

루이스는 그 의미를 해석했다.

"카메라나 음성 도청 장치 같은 거."

"바로 그겁니다."

"알았어."

루이스는 등을 벽에 기대고 얼굴을 찌푸리며 생각에 잠겼다.

"그럼 지금 이건 도박인가? 여기도 이미 도청되고 있을지 모르잖아."

네서스가 두 눈을 마주 보았다.

"설마 그가 인간을 도청하는 일에 제일 먼저 신경을 쓰지는 않았을 거라고 믿는 거지요. 제아무리 아킬레스라 해도 내가 당신 선실에 활성화시켜 놓은 생체 정보 잠금장치를 쉽게 통과하지는 못하리라 믿는 거고. 이 선실 문 바깥의 센서 패드는 지금 설정 모드로 잡혀 있습니다. 당신 손을 그 패드에 대고 누르면 초기화되면서 작동을 시작할 겁니다. 그러면 적어도 당신 선실 안에서만큼은 비밀을 지킬 수 있습니다."

적어도 아킬레스로부터는 비밀을 지킬 수 있다는 의미겠지. 네서스는 얼마나 많은 센서를 심어 놓았을까? 애초부터 그럴 생각이었다면 그 잠금장치는 벌써 한참 전에 활성화해 뒀을 텐데.

루이스는 물었다.

"당부할 내용이라는 게 뭔데?"

"우선, 이 선실 밖에서는 어떤 형태로든 보이스와 상호작용해서는 안 됩니다."

"이해가 안 되는데."

"우리 모두는 어떤 규칙을 지키고 말지를 결정하는 자기만의 방식을 갖고 있지 않습니까. 만약…… 편법을 썼다는 게 아킬레스에게 알려지면 내 입장이 곤란해집니다."

그러니까 AI를 사용하는 게 편법이라는 말이로군.

네서스는 방금 위험을 무릅쓰고 루이스에게 자신의 약점을 고백했다. 이것은 분명 네서스가 그의 협조를 필요로 한다는 의미이고 그를 조금은 신뢰한다는 의미였다. 하지만 이렇게 신뢰를 드러낸 것은 그만큼 상황이 절박하다는 뜻일까, 아니면 혹시 루이스가 그저 한 번 쓰고 버릴 일회용에 불과하다는 암시일까?

한 가지 분명한 것은 네서스가 미리 생각해 보지도 않고 무언가를 밝히는 경우는 없다는 점이었다.

"또 뭐가 있나?"

"당신이 기억해 둬야 할 코드가 있습니다. 편법이 한 가지 더 있어서 말입니다."

"어떤 코드인데?"

"비상 연락을 위한 은하계 좌표와 제어 순서입니다. 비밀 임원회는 자체적으로 네트워크를 가동하고 있습니다. 만에 하나 내게 무슨 일이 생긴다면 ……."

네서스는 한쪽 입으로 갈기 깊숙한 곳에 땋아져 있는 털을 꼬며 물어뜯었다.

"……그땐 그걸 사용하십시오. 물론 아킬레스에게는 비밀로 해야 합니다."

그가 갈기 뜯던 것을 잠시 멈췄다.

"나에게 무슨 일이 일어난다면, 그게 아킬레스가 아니고 다른 누구의 소행이겠습니까?"

이것 봐라? 정말 진지하게 하는 소리로군. 루이스는 휴대용 컴퓨터를 꺼내 목소리와 지문으로 활성화시켰다.

"말해 봐. 코드가 뭐지?"

네서스가 긴 숫자를 불러 주며 코드를 기록해 두지 말고 그냥 외우라고 고집했다.

루이스의 머릿속에는 이제 완전히 쓸데없는 정보가 되어 버린 이동 부스 주소가 한가득 들어 있었다. 이 코드가 그것들보다 암기하기 더 어려울 이유는 없었다.

부디 이 코드도 마찬가지로 쓸데없는 정보가 되기를.

루이스가 코드를 여러 번 정확하게 암기하는 것을 확인한 후 네서스는 말했다.

"아킬레스에게는 우리의 임무에 대해서도, 우리가 그를 어떻게 찾아냈는지에 대해서도 말하면 안 됩니다. 그리고 루이스 당신의 안전을 위해 말해 두는데, 당신은 지그문트 아우스폴러, 베어울프 섀퍼, 뉴 테라, 그워스 등에 대해서 한 번도 들어 본 적이 없는 겁니다. 이 우주선에 실려 있는 오토닥에 대해서도 모르는 걸로 하십시오. 베데커는 최첨단 나노 기술이 적용된 이 오토닥이 행여 나쁜 곳에 사용될까 염려하고 있습니다. 그리고 카를로스 우에 대한 얘기가 나오면, '우'는 인간의 이름 중에서 흔하디 흔한 거니까 당신과 아무 상관 없는 사람이라고 하십시오."

"이 주제에 대해서는 당신하고도 얘기하면 안 되겠지?"

"아킬레스가 이 우주선에 타고 있는 동안이나, 내가 신뢰하는 기술자가 이 우주선에 숨겨진 센서가 있는지 철저히 조사해 보기 전에는 안 됩니다."

그럼 대화할 수 있는 주제가 별로 남지 않겠군.

“한 가지 궁금한 게 있는데, 네서스. 시민들이 인간들과 소통하기 위해 자신이나 우주선의 호칭을 인간의 이름으로 짓는 건 이해가 돼. 그런데 왜 하필 신화에 나오는 이름을 쓰는 거지?”

“언짢아하지 않을지…….”

긴 침묵이 이어졌다.

“인간의 오랜 신화 속에는 당신들에 대한 본질적인 진실이 담겨 있습니다. 우리는 거기에 흥미를 느끼지요.”

“그럼 당신이 고른 이름에도 당신에 대한 본질적인 진실이 담겨 있겠군.”

네서스는 갈기만 물어뜯을 뿐, 아무 말도 하지 않았다.

‘네서스’는 분명 신화에서 따온 이름 같기는 한데, 루이스에게는 그 의미가 너무도 모호했다. 어쩌면 보이스는 알고 있을지도 몰랐다. 반면…….

아킬레스. 신의 총애를 받아 거의 천하무적이었던 전설적인 전사. 트로이전쟁에서 제 몫으로 떨어진 전리품에 불만을 품고 자기 천막 속에서 심술을 부렸던 독불장군.

‘아르고’도 나을 것이 없었다. 아르고는 그리스신화에서 이아손과 한 무리의 탐험가들이 황금빛 양털을 빼앗으러 갈 때 타고 나간 배의 이름이었다.

“아킬레스가 고른 이름에 담긴 그의 진실은 대체 뭘까?”

루이스가 물었다.

네서스는 한쪽 입을 문고리에 가져다 댔다.

"행여 아킬레스와 정보를 공유해야 하지 않을까 의문이 들 땐 지금 한 그 질문을 꼭 기억하십시오."

루이스는 '아이기스'호 내부를 이리저리 돌아다녔다. 갑판을 빙빙 돌다가, 선수에서 선미까지 달려갔다가 다시 달려오고, 계단을 한 번에 세 계단씩 오르락내리락하기도 했다. 속도감만으로는 재미가 시들해졌다 싶으면 갑판에 엎드려 팔굽혀펴기를 했다. 그러다 다시 벌떡 일어나 달리기를 조금 더 했다. 텀블링도 했다가, 혼자 권투 연습도 했다가, 지붕에 파인 손잡이를 붙잡고 턱걸이도 했다. 그러고도 할 일이 없으면 다시 처음부터 시작했다.

허스까지의 비행은 아주 긴 여행이 될 터였다.

지금까지만 해도 이미 긴 여행길이었다.

네서스와 아킬레스는 한곳에 있으면 싸움이 끊이질 않았다. 둘이 서로 말싸움을 하고 있는 것은 분명했다. 다만 퍼페티어의 언어를 모르는 루이스로서는 도대체 무엇을 두고 그렇게 싸우는지 추측만 할 뿐이었다.

하지만 귀 기울여 듣다 보니 음악처럼 들리는 부분을 제외하면 문득문득 루이스도 알아들을 수 있는 단어들이 튀어나왔다. '그워'나 '그워스'는 퍼페티어 말이 아니었다. 그워스의 고향 세계인 '즘호'나 그곳을 이끄는 도시국가인 '튼호Tn'ho', 혹은 그곳의 군주를 일컫는 단어인 '튼튼호Tn'Tn'ho' 등도 퍼페티어 말이 아니었다.

따라서 두 퍼페티어가 싸우는 이유 중에는 그워스에 대한 정책과 관련된 것도 분명 있다는 의미였다. 아킬레스가 이 우주선에 발굽을 딛기 전에 네서스는 그런 의견 차이를 인정한 적이 있었다.

하지만 이제야 루이스도 그 의미를 제대로 이해하게 되었다. 두 퍼페티어를 직접 보면서 비교할 수 있었기 때문이다.

물론 둘은 서로 비슷한 점도 있었다. 네서스와 아킬레스는 둘 다 퍼페티어답게 조심스러워서 문틀이나 가구 등에는 꼭 보호용 덮개를 씌워 놓았다. 공통적인 습관도 많았다. 그들이 우주선 복도를 걸을 때는 디지털 벽지에서 가상 동료들이 늘 함께 걸었다. 환기구로는 톡 쏘는 그들 종족의 냄새가 퍼져 나왔다. 그리고 그들이 허스와 그들 종족으로부터 떨어져 이 머나먼 곳에 나와 있다는 것은 둘 다 똑같이 제정신이 아니라는 의미였다. 물론 루이스의 기준이 아니라 네서스의 기준으로 봤을 때.

하지만 그들과 우주선에 함께 있는 시간이 길어질수록 두 퍼페티어의 차이점이 점점 더 눈에 들어왔다.

네서스는 함께 논의하려 했고, 아킬레스는 명령하려 했다. 루이스를 위험한 곳으로 보낼 때마다 네서스는 초조해했지만 아킬레스는 달랐다. 아킬레스가 자기 선원들을 죽음으로 내몬 것에 대해 회한을 느끼고 있는지는 모르겠지만 그런 회한을 겉으로 드러내 본 적은 한 번도 없었다. 네서스는 어쩐지 자기가 맡은 책임에 조금은 중압감을 느끼는 것 같았다. 하지만 아킬레스는 자신의 권위에 우쭐대고 특권을 주장하는 일이 많았다.

루이스는 섀도복싱을 멈추고 다시 '아이기스'호를 이리저리 뛰기 시작했다. 선실에서 보이스와 대화를 나누는 것 말고 그가 스트레스를 해소할 분출구는 운동밖에 없었다. 좁은 방에서 조금이라도 더 버티고 있다가는 비명이 나올 것만 같았다.

보이스가 뉴 테라에 대해 알려 준 내용 또한 루이스를 비명 지르고 싶게 만들었다.

뉴 테라는 최근까지도 노예들의 세계였다. 루이스가 알려진 우주를 찾지 못하도록 네서스가 기억을 지워 버린 이유도 분명 그 때문이었을 것이다. 루이스는 뉴 테라 사람들에게 집으로 돌아가는 길을 알려 줄 수 없게 되었다.

하지만 지그문트는 지구 출신이 아닌가! 네서스는 지그문트가 길을 알려 주지 않을 것이라고 신뢰했단 말인가? 아니면 지그문트 역시 기억을 조작당한 것일까? 루이스는 자기가 그 ARM 요원과 공통점이 하나라도 있다고 생각하기가 너무나 괴로웠다.

루이스를 집으로 돌려보내기 전에 다시 기억을 지우겠다는 이유도 마찬가지로 이것이었다. 그가 뉴 테라나 선단으로 탐사대를 이끌고 오지 못하게 막으려는 것이다. 퍼페티어가 저질렀던 일이 알려진다면 퍼페티어보다 훨씬 더 용감한 인간들은 분명 보복을 위해 찾아올 테니.

팩의 우주선을 추적한 일, 퍼페티어들과 함께 어울렸던 일. 미지의 인간 세계들. 루이스는 마음 한구석으로 이 모든 이야기들을 아버지들과 함께 나눌 수 없다는 사실을 안타깝게 느꼈다.

숨이 차고 다리가 아파 오자, 루이스는 달리는 속도를 줄였다. 그는 휴게실로 가서 정리운동을 마치고, 합성기에서 시원한 차를 뽑아 쭉 들이켠 후에 한 잔을 더 뽑았다.

이 여행은 아직도 몇 주나 남아 있었다. 시간이 이렇게 많은데 그 시간을 모두 달리기나 하고, 공허한 추측이나 하고, 퍼페티어가 저지른 과거의 부정한 행위에 대해 속으로 분을 삭이며 보낼 수는 없었다. 하지만 그워스, 뉴 테라 그리고 그의 과거에 대해서는 접근이 제한되어 있었다.

그러나 팩과 그 도서관에 대해서는 제한이 없었다.

갑자기 허기가 밀려와 루이스는 다섯 가지로 구성된 코스 요리와 와인 몇 잔을 합성기에 주문했다. 당장은 팩의 도서관 해독 방법을 연구하는 데 힘을 쏟을 작정이었다.

변변한 것 하나 갖추어지지 않은 선실—이 좁다란 우주선 안에는 장관이라는 직함에 어울리는 장소가 하나도 없었다—에 갇혀 아킬레스는 분을 삭이고 있었다.

분통 터지는 일이 너무도 많았다.

뉴 테라에서 고용한 인간들의 그 무능력이라니. 그들 때문에 겪은 끔찍한 일을 생각하면 아직도 이가 갈렸다.

베데커와 니케가 아주 작당해서 그를 공격하고 있었다. 공동의 라이벌인 그가 '아르고'호를 타고 그 위험한 작전을 수행하다가 죽기라도 했으면 그자들은 얼마나 속 시원하다고 했을까?

네서스 이놈, 내가 누군데 건방지게. 내 명령도 안 따르고, '아이기스'호가 나를 어떻게 찾아냈는지도 설명을 안 해?

네서스가 이 우주선을 지휘하고 있다는 것 자체가 하루하루 그에게는 모욕이고 수치였다.

망신스럽게 이 발목 장치를 차고 있는 건 어떻고? 내가 무슨 잡범도 아니고 말이지.

선실이며 저장실 모두 문이 닫혀 있는 건 또 뭐야. 네서스 이놈, 분명 별것도 아닌 비밀을 그 안에 숨겨 놓았겠지.

아킬레스 자신이 천재성을 발휘해서 팩 우주선에서 수거한 물건이 앞으로 어떻게 될지도 불확실했다.

게다가 내가 선단으로 돌아가면 재판을 하겠다고 아주 은근하게 협박까지 했다 이거지.

아킬레스는 발굽을 쿵쿵거리며 작은 선실 안을 빙글빙글 돌았다. 네서스 이놈! 쿵! 니케 이놈! 쿵! 베데커 이놈! 쿵!

내가 뭘 하려고만 하면 이놈들은 번번이 훼방이란 말씀이야. 놈들은 날 너무 오랫동안 괴롭혔어. 그 하찮은 애송이 네서스 놈이 날 고발하지만 않았어도 NP 행성 하나는 내 통치하에 들어오는 거였는데.

직접 정찰대원 노릇을 해 보라고 유배됐을 때, 아킬레스는 수훈을 세우고 위풍당당하게 허스로 돌아왔다.

그런데 너무 늦었지. 빌어먹을! 쿵! 그사이에 최후자가 된 니케가 이미 인간 반란군에게 항복하고 뉴 테라를 넘겨 버린 뒤였으니. 제기랄! 쿵!

발굽을 구르는 것 말고는 분을 삭일 방법이 없었다.

아킬레스는 인간을 다시 노예 상태로 만들어 세계 선단에 합류시킬 방법을 찾아냈다. 그렇게 되면 그가 뉴 테라를 넘겨받기로 약속되어 있었다. 하지만 네서스와 지그문트 아우스폴러가 아웃사이더들과 이상한 동맹을 꾸미더니 니케가 약속을 깨 버렸다. 젠장! 쿵! 젠장! 쿵!

뉴 테라 정부는 이미 항복한 상태였는데! 내가 화가 난 것도 당연하지. 그래서 저항하는 놈들을 모두 박살 내려고 했더니 이번에는 베데커가 치고 들어왔지. 말 그대로 치고 들어왔어. 날카로운 발굽을 내 머리에 박았으니!

아킬레스는 오토닥에서 나오자마자 두 번째로 유배당했다. 이번에는 $NP_1$에서의 노역이었다. 여러 해가 지나고 난 다음에야 그는 '갱생'되었다고 인정받아 노역에서 풀려날 수 있었다. 그리고 그때는 베데커가 최후자가 되어 있었다.

베데커 놈은 아마 다시 나를 유배시키거나 투옥할 수 있다고 생각하나 보지? 어림없는 소리! 날 향한 사악한 음모만 없었더라면 난 최후자가 될 수 있었어. 빌어먹을! 쿵! 아니, 당연히 최후자가 되었을 거라고! 쿵! 난 최후자가 될 자격이 있어! 쿵! 쿵!

언젠가는 그의 차례가 올 것이다.

시민들 중에는 그를 추종하는 시민이 많았다. 그리고 지금 시점에는 더 쓸모 있는 존재들이 있었다. 그가 정부에, 특히 그중에서도 과학부에 심어 놓은 부하들. 적재적소에 배치된 아주 충성스러운 부하들이었다.

아킬레스가 과학부 직원들에게 보낸 평범해 보이는 메시지 속에 은밀하게 뿌려 놓은 명령들을 그의 부하들이 아주 성실하게 수행할 터였다.

## 4

팩의 난파선에서 가져온 사람 키만 한 여든일곱 개의 컴퓨터 선반들 중 하나가 작은 작업실 중앙을 차지하고 있었다. 컴퓨터 선반들은 플라스틱금속으로 된 브래킷에 단단하게 고정되었다. 계량기, 측정기, 분석기 들이 두 개의 작업대에 어지러이 널려 있었다. 삼분의 일 정도는 케이블과 조절식 전원 장치였다. 벽에 장착된 카메라가 모든 것을 계속해서 녹화하는 중이었다. 그리고 거기서 방출되는 것들이 우주선의 시스템을 교란시키지 못하도록 벽과 해치, 갑판, 천장은 구리판으로 차폐되어 있었다.

퍼페티어의 순간 이동 제어기를 움켜쥐며 루이스는 자신의 머리에 스스로 감탄했다. 손만 한 번 까딱하면 이 컴퓨터 선반은 갑판 세 개가 떨어져 있는 화물실에 다시 물질화되어 나타날 터였다. 그가 팩 우주선에서 수거한 물건들을 도약 원반 위에 올려놓은 때문이었다. 화물실은 비어 있고, 인공중력도 꺼져 있었다. 하이퍼스페이스에서 빠져나가 해치를 열면 컴퓨터 선반은 그대로 우주 밖으로 날아가 버릴 것이다.

이렇게 안전을 위한 조치를 해 놓았는데 망설일 이유가 무엇인가?

루이스는 그것들을 훔쳐 냈다. 그것들이 정확히 무엇인지는 모르지만. 그리고 흔적을 지우기 위해 난파선을 파괴했다. 그렇다면 다음 수순은 당연히 팩의 자료실로 뚫고 들어가는 것이었다. 이번 일은 그의 아이디어였다.

그를 망설이게 한 것은 기억이었다. 고통으로 일그러진 채 얼어붙어 있던 얼굴. 얼굴 가리개 안쪽을 뒤덮고 있던 피의 흔적.

루이스는 이를 악물며 손에 잡히는 회로 모듈을 하나 끄집어냈다.

맨눈으로만 봐서는 알아낼 수 있는 것이 아무것도 없었다. 스캐닝을 해 보니 구조적인 부분은 상세한 점까지 파악이 되었지만 그 의미는 전혀 알 수 없었다. 회로 모듈을 제자리에 꽂아 놓고 다시 두 번째 부품을 꺼내 살펴보았다. 역시나 알아낼 수 있는 것이 없었다. 루이스는 컴퓨터 선반 여기저기에 흩어져 있는 모듈들을 무작위로 추출해서 제일 복잡한 것 세 개를 체계적으로 검사했다. 스캐닝하고 측정한 내용들은 모두 그의 휴대용 컴퓨터 안에 입력되었다.

가장 자주 나타나는 구성 요소는 치밀하게 집적된 삼차원 행렬 요소였다. 분명 메모리 배열일 터였다. 그리고 읽기만 가능한 메모리였다. 완전무결한 순수 실리콘 결정격자에 원자 치환을 통해 비트 정보가 영구적으로 새겨져 있었다.

지그문트가 잡았던 포로의 말로는, 도서관의 지식이 금속판 위에 새겨져 있다고 했다. 팩은 스스로를 파멸시켜 다시 석기시대로 돌아갈 수도 있었다. 그리고 아마 정기적으로 그래 왔던 듯했다. 하지만 도서관은 살아남을 터였다.

물론 이것도 팩이 은하핵 폭발을 피해 달아나기 전의 이야기였다. 루이스가 난파선에서 가져온 장비는 영구적 보존 기능은 비슷하게 유지한 상태에서 휴대성을 크게 향상시켜 놓은 것으로 보였다.

일단 시작은 했다. 루이스는 작업실 문을 닫아걸고 나왔다. 오늘은 여기까지 하자.

메모리 배열이 아닌 회로들은 뭘까? 아마도 접속 회로겠지. 아니면 압축 자료를 푸는 회로거나, 아니면 오류수정 장치일지도 모르고. 제아무리 팩의 기술자들도 우주선cosmic ray 때문에 무작위로 발생하는 오류를 완전히 막을 수는 없을 테니까. 아니면 보안장치일 수도 있고, 또 아니면…….

이런 추측이나 해서 뭐해? 루이스는 자기 선실로 가서 조금 전 발견한 내용들을 보이스에 업로드했다. 하지만 보이스도 유용한 내용을 추론하는 데는 실패했다. 루이스는 다시 작업실로 돌아왔다.

컴퓨터 선반 바닥에 절연 처리가 된 두툼한 구리 전선 토막이 세 개 튀어나와 있었다. 끝 부분이 거울처럼 반질반질하게 광이 났다. 구리 전선의 나머지 부분은 팩 우주선에서 '아이기스'호로 도약 원반을 통해 이동하는 과정에서 잘려 나갔다. 루이스의 눈에는 그 전선들이 전력 공급용 배선 같아 보였다. 그는 절연 장갑을 끼고 구리 전선 토막을 뜯어냈다. 그 말단 부분은 전원을 연결하기에 적합한 구조로 되어 있었다.

"스모크 테스트*를 해 볼 때가 됐군."

* smoke test, 장치가 제대로 동작하는지 알아보기 위해 처음 전원을 넣는 시험.

급조해 만든 전선을 펴며 루이스는 중얼거렸다.

전원을 신속하게 끊을 수 있게 악어 집게를 그가 직접 만들어야 했다. '아이기스'호의 부속품 중에서 이빨이 날카로운 부품은 없었다.

루이스는 전선을 컴퓨터 선반에 연결하고 반대쪽을 전원 장치 쪽으로 끌고 왔다.

네서스에게 듣기로는 시민들에게 이어져 내려오는 속담이 하나 있다고 했다. '모험이 없으면, 잃는 것도 없다.' 드디어 구리 전선을 전원 장치에 연결하며 루이스는 그 속담을 떠올렸다.

다행히도 연기는 나지 않았다.

아프지도 않았다. 더욱더 다행이었다. 루이스는 참고 있던 숨을 내쉬었다. 자기가 숨을 참고 있는지도 모르고 있었다.

컴퓨터 선반에 달린 LED에 불빛이 들어왔다. 전원 장치에서 가상 다이얼이 조금씩 움직이더니 적정한 출력 수준으로 안정되었다. 수신기에 새로운 저에너지 장치 신호가 잡혔다.

이제 팩의 장비가 대화를 나눌 준비를 마친 것이다.

네서스는 고개를 길게 빼고 루이스의 작업실에 놓인 시험용 구성 요소 주변을 돌며 둘러보았다.

"대단하군요."

"고마워. 하지만 아직 알아내야 할 게 많아."

루이스는 지난 며칠 동안 진행한 실험을 요약해서 설명했다.

실험 방법이 시행착오를 통해 이루어진 경우가 너무도 많았다. 네서스는 움츠러들고 싶은 욕구를 간신히 참았다.

"다행히 우리를 죽음으로 내몰진 않았군요. 그 점은 칭찬할 만합니다."

"이제 봐."

루이스는 작업대에 있던 한 기구의 터치패드를 건드렸다. 네트워크 분석기가 인간형 휴대용 컴퓨터 화면에 접속되었다.

비어 있던 화면에 알아보기 힘든 문자들이 흘러넘쳤다. 공용어에서 따온 글자들은 네서스도 더러 알아볼 수 있었지만 대부분의 기호가 그에게는 낯선 것들이었다. 문자가 바닥에 닿자 영상이 흘러가기 시작했다.

루이스가 말했다.

"전원이 들어가면 컴퓨터 선반이 짧은 신호를 내보내. 자기 신원을 밝히는 걸까? 명령 입력을 요구하는 걸까? 뭐든 간에 난 그걸 입출력 프로토콜의 한 사례라고 판단했지. 시간이 좀 걸리긴 했지만 이제는 반응을 이끌어 낼 수 있어. 그 형식 중 일부는 색인이나 주소로 기능하는 것 같더군. 메시지 일부분을 바꿔 보면 컴퓨터 선반이 그때마다 다른 정보로 대답했거든."

네서스는 그가 살짝 주저하는 것을 눈치챘다. 내가 움찔거렸는지도 모르겠군. 시행착오로 알아냈다고? 미친 짓이지!

루이스가 말을 이었다.

"그래도 기대했던 것보다는 좀 실망스러워. 이 컴퓨터 선반에서 나오는 미가공 데이터 흐름은 이진부호를 사용한 게 분명한데, 딱 거기까지야. 그다음 부분에 대해서는 나도 당신이 알고 있는 것보다 나을 게 없으니까. 전송된 모든 자료는 십 비트의 배수 길이를 가지고 있어. 그것으로 봐서 팩은 십 비트 단위로 문자를 부호화한다고 생각했지. 그래서 천스물네 가지 가능한 수치들에 기호들을 할당해 봤어. 가장 흔히 등장하는 비트 패턴에 대해서는 공용어 문자들을 다 소진될 때까지 할당했고. 그다음에 나오는 기호들은 컴퓨터가 할당한 꼬부랑 기호들이야. 아무래도 우리가 지금 보고 있는 것들은 도서관 자료가 맞는 것 같아. 하지만 그 의미에 대해서는 나도 캄캄해."

작업실 해치가 열리고 아킬레스가 발을 쿵쾅거리며 들어왔다. 그의 두 머리가 각각 반대 방향으로 움직이며 작업실 내부를 둘러보았다.

"당신은 그거 못 읽습니다."

그가 공용어로 말했다. 그 말투 속에는 어떤 숨은 선율이 보태져 있었지만 루이스에게는 의미 없는 것들이었다.

하지만 네서스에게는 의미가 담긴 선율이었다. 아킬레스는 그들을 비웃은 것이다. 여기서 일어나는 일을 자기는 다 알고 있다는 의미였다.

도서관에는 그워스와의 대치 상황을 해소시켜 줄 비밀이 있을지도 몰랐다. 만약 정말로 그렇다면 그 지식을 빨리 얻어 낼수록 유리했다. 그리고 아킬레스는 허가 없이 단독으로 팩 우주선을 공격한 죄로 감옥으로 직행할 가능성이 농후했다. 그로서는 협약체를 위해 무언가를 보여 줄 필요가 있었다.

네서스는 말했다.

"어쩌면 루이스가 당신이 돕도록 허락할지도 모르겠군요."

아킬레스가 왼쪽 앞다리를 들어 올리며 말했다.

"어쩌면 나도 도울 마음이 생길지도 모르겠군요. 당신이 먼저 이 우스꽝스럽고 모욕적인 장치를 풀어 준다면 말입니다. 이 우주선을 지휘하는 건 당신 아닙니까. 내가 가 봤자 어디로 가겠습니까?"

루이스는 꽤나 괜찮은 기계공이었다. 그는 물건을 가지고 할 수 있는 일이 무엇인지 잘 알았다. 하지만 그것이 어떻게 작동하는지는? 그 부분에서는 도움이 필요했다. 하지만 보이스는 여전히 대부분의 시간 동안 접근이 불가능한 상태였고, 네서스도 기계적인 부분에 대해서는 루이스보다 한참 모자랐다. 그렇다면 남은 이는 아킬레스뿐.

아킬레스는 머리가 좋았다.

루이스는 어떤 쓸 만한 메시지 형식이 나오지 않을까 하는 기대에 팩의 자료실에 무작위로 질문을 던져 보기만 했을 뿐, 자기가 던진 질문이나 거기서 나온 답변의 의미가 무엇인지에 대해서는 아무런 가설을 세우지 못했다.

아킬레스는 컴퓨터가 내놓은 답변을 꼼꼼히 살피고, 입력 내용과 출력 내용을 서로 비교해 보고, 가끔씩 답변 속에서 똑같이 반복되는 긴 데이터 블록을 찾아내기도 했다. 그 정도만으로도 아킬레스에게는 도서관 메시지 형식에 사용된 주소 설정 방식과 숫자의 의미를 추리해 내기에 충분했다.

그들은 팩의 첫 번째 이진부호를 해독해 냈다.

아킬레스는 새로 찾아낸 숫자들을 이용해서 기본 무차원 상수를 정의했다. 이 상수는 측정 단위와는 독립적인 물리적 매개변수였다. 기본 입자의 정지질량 비율처럼, 몇 가지는 루이스도 이해할 수 있었다. 반면 아킬레스가 중력 결합 상수라고 부른 것처럼 대부분은 루이스가 이해할 수 없는 것들이었다.

아킬레스는 이 수치들을 이용해서 그와 관련해 얘기가 나와야 할 물리학적 주제가 무엇인지 추측해 냈다. 그런 물리상수와 관련된 시민의 지식을 이용하면 그 수치 주변의 문장들이 어떤 내용인지 대략 짐작이 가능했다. 수학적 관계는 추가적인 의미가 들어 있음을 암시했다. 그때까지만 해도 출발점을 잡지 못했던 시민의 통역 소프트웨어가 해독한 의견을 말하기 시작했다.

"자료가 더 있어야 합니다."

아킬레스는 투덜거렸다.

루이스가 화물 부양기를 꺼내서 팩의 컴퓨터 선반 두 개를 구리판으로 차폐된 작업실로 더 가져왔다. 그가 새로 가져온 선반을 적당한 위치에 고정시키고 전원을 공급할 즈음, 아킬레스는 이미 물리학 용어들을 해석하고 있었다. 드문드문 흩어져 있던 팩의 과학 지식들 중 몇 가지를 읽어 낼 수도 있게 되었다. 물론 루이스가 읽을 수 있는 것은 몇 개 없었다. 얼마 안 되는 내용인데도 아킬레스는 벌써부터 흥분해 있었다.

팩의 과학과 퍼페티어의 과학은 우주에 대해 충분히 유사한 결론에 도달하고 있는 것이 분명했다. 대부분의 용어가 여러 번 반복해서 등장했다. 도서관 자료들은 모든 씨족들이 셀 수 없이 여러 번 패망하고 재건되는 과정에서 발견한 내용들을 일일이 다 저장하고 있기 때문이었다.

아킬레스가 이 근처에 나오겠다 싶었던 개념이 나타나지 않을 때가 종종 있었다. 이렇게 일치하지 않는 부분이 왜 생기는지 잠시 생각에 빠져 있던 그가 마침내 말했다.

"아, 활성 링크로군요."

아킬레스는 거들먹거리며 루이스에게 이런 하이퍼링크를 따르는 명령 형식을 혹시 찾아낼 수 있으면 찾아내 보라고 했다.

루이스가 이것저것 실험해 보고 있는 동안 아킬레스는 데이터 흐름 속에서 간단한 이차원, 삼차원, 사차원 데이터 구조들을 분리해 냈다. 그는 이것이 각각 평면 영상, 홀로그램 영상, 동영상에 해당한다고 주장했다. 그의 주장이 옳을 때가 많았다. 영상 속에 들어 있는 라벨을 보니 몇 가지 물리 용어가 더 나왔다.

그렇게 아직 아킬레스가 해석되지 않은 데이터의 바다 속에서 뜻이 명확하지 않은 문구들과 씨름하고 있는 동안, 루이스에게 유레카의 순간이 찾아왔다.

5

기다리는 일이 제일 힘들었다.

'아이기스'호가 하이퍼스페이스라는 애매한 보호막 속에서 도서관 함대를 다시 가로질러 가는 동안 네서스는 둥지처럼 생긴 부드러운 쿠션 깊숙이 몸을 숨긴 채 웅크리고 있었다. 잠을 자려고 선실로 들어왔지만 며칠 내내 그랬던 것처럼 도무지 잠이 오지 않았다. 그는 한쪽 머리로 따듯한 당근 주스를 마시면서 다른 쪽 머리로는 이미 망가질 대로 망가진 갈기를 또다시 꼬고 물어뜯었다.

아킬레스가 흡족해하는 모습을 보고 있는 것도 그만큼이나 힘들었다. 그의 분파가 실험당의 새로운 리더십을 요구하는 목소리를 높이는 통에 그나마 덜 나쁜 선택은 그를 허스에서 멀리 떨어뜨려 놓는 것이었다.

어쨌거나 최후자의 입장에서는 그랬다. 아킬레스는 이 미친 계략을 주장할 때부터 이미 그런 부분까지 모두 계산에 포함시켜 두었음이 분명했다.

그래서 아킬레스가 원하는 대로 '아이기스'호는 선수를 돌렸다. 원래대로였다면 지금쯤 이미 허스에 도착하고도 남을 시간이었다. 대신 그들은 도서관 함대의 가장자리나 그 사이 공간을 넘나들며 팩의 지식을 빼돌리고 있었다.

날이 갈수록 아킬레스는 봐주기 힘들 정도로 점점 교만해지고 있었다.

아킬레스의 영향력이 얼마나 큰지를 보고 네서스는 충격을 받았다. 그는 최근에 저지른 범죄의 증거들을 가지고 허스로 돌아가면 아킬레스가 이번만큼은 쉽게 넘어가지 못하리라 확신하고 있었다. 하지만 아킬레스가 정치적으로 무슨 수를 써서 이번에도 빠져나가는 것은 아닐까 내심 걱정도 없지 않았다.

특히 팩의 지식을 가지고 귀환하게 되면 말이 달라질 터였다. 그리고 그럴 가능성이 점점 현실화되고 있었다. 정치판에서는 성공이 과오를 덮는 경우가 많았다.

"오 분 남았어."

루이스가 선내 통신으로 알렸다. 그는 함교에 있었다.

"가는 중입니다."

네서스는 마지못해 웅크린 몸을 풀고 일어섰다.

발굽 소리에 루이스가 조종 장치에서 고개를 들었다.

"피곤해 보이네."

분더란트에서 약 생각에 손을 떨던 네이선 그레이노어의 모습은 온데간데없었다. 이제 루이스는 네서스가 점점 더 의존하는 사람이 되어 있었다. 자포자기한 상황이었던 그를 포섭하던 때의 기억도 가물가물해졌다. 꼭 나쁜 일에만 놀라는 것은 아닌 것 같았다.

"허스에 가면 쉴 수 있습니다."

네서스가 말했다. 루이스, 당신도 나만큼이나 초췌해 보이는군요.

루이스는 미소를 지었다.

"일 분 후, 하이퍼스페이스 진출."

그가 타이머를 따라 소리 없이 입술을 움직이며 마지막 카운트다운을 했다.

"지금."

여러 가지 장치와 화면이 다시 활기를 띠자 네서스의 머리들이 미친 듯이 돌아갔다. 자기장과 핵융합 배기가스의 광선 판독 결과를 보니 두 시간 거리 안에는 램스쿠프 우주선이 없었다. 무선통신 배경음을 들어 보면 근처 팩의 행동 변화를 암시하는 정보 소통량의 감소도 없었다.

"안전해."

루이스가 안심시키듯 말했다. 그는 노멀 스페이스로 돌아올 때마다 똑같이 말했다.

"아직 스텔스 상태를 유지하고 있어. 제일 가까이 있는 팩 우주선도 우리를 광학적으로 확인하기에는 너무 먼 거리에 있고."

"이론적으로는 그렇지요."

네서스도 수긍은 했다.

"통신량이 많군."

루이스가 좌석에 등을 기대며 말했다.

"놀랄 일은 아니겠지. 이 팩은 도서관의 사서들이야. 자료를 연구하고 색인을 작성하느라 아무래도 바쁘겠지. 도서관의 사서가 아니라고 해도 사실 통신 말고 그들이 달리 할 게 뭐가 있나?"

혹시 모를 일이었다. 자기네 옆구리에서 코를 킁킁대며 다니는 외계인 침입자들을 사냥하러 다닐지도.

"저들은 자료의 질을 높이기 위해 계속해서 파일을 평가하고 거기에 하이퍼링크들을 추가하고 있는 게 분명해."

루이스는 했던 얘기들을 또 하고 있었다. 베어울프 섀퍼도 수다쟁이였다. 그 아버지에 그 아들, 아니 그 새아버지에 그 아들이라서? 아니, 그보다는 이 임무가 얼마나 미친 짓인지 알기 때문에 스스로를 안심시키려고 하는 말이겠지.

"자료들이 함대 전체에 퍼져 있다 보니, 하이퍼링크를 따라가려면 우주선 간에 통신이 발생하게 돼. 아마도 저들은 어느 한순간에 어느 우주선이 자신이 원하는 것과 제일 가까운 내용을 보유하고 있는지 모를 거야. 그래서 자기들이 원하는 자료가 무엇인지 통신으로 알려야겠지. '아르고'호가 램스쿠프 우주선들 사이에서 그렇게 많은 무선통신을 가로챌 수 있었던 것도 그 덕분이었을걸."

'아이기스'호의 선수를 돌리게 만든 결정도 바로 이 깨달음 때문이었다. 하이퍼링크의 잠재력을 알아챈 것도 그러한 결정에 한몫했다. 둘 다 루이스의 통찰이었다.

"통신 부이 배치 준비가 완료됐습니다."

아킬레스가 선내 통신으로 호출했다.

"알겠습니다."

네서스가 대답했다.

"배치 실시합니다."

화물실 해치가 열렸다. 외부 카메라를 통해 네서스는 통신 중계 부이가 멀어지는 모습을 지켜보았다.

출렁이며 멀어지는 부이의 모습이 어쩐지 그들을 여기까지 이끈 구불구불한 경로의 비유처럼 느껴졌다.

하이퍼링크를 가동시키면 관련 데이터의 전송을 요구하게 된다. 이런 다운로드 요청을 루이스는 '클릭'이라고 불렀다. 이 용어의 기원이 무엇인지에 대한 기록은 인간의 컴퓨터 역사에서 사라지고 없었다.

어쨌거나 팩 우주선에서 가져온 자료들을 끝까지 읽으면서 하이퍼링크를 추출해서 거기에 담긴 무선 다운로드 요청 내용들을 기록한다. 기록된 내용을 도서관 우주선들에 통신으로 보낸다. 거기서 돌아오는 반응을 뽑아낸다. 그리고 팩 우주선에서 가져온 장비를 이용해서 팩의 통신 프로토콜을 시행하고 그 반응들을 해독한다. 이렇게 받은 자료 속에서 새로 하이퍼링크를 추출하고, 앞의 과정을 다시 반복하는 작업이었다.

하지만 무선 클릭 신호가 팩의 우주선에 도착할 시간이면 그 우주선에 그들의 위치를 발각당할 위험이 있었다. 무선 응답 신호가 돌아올 시간이면 팩 우주선이 발사한 레이저 빔이 도착할 수도 있었다. 아킬레스가 이미 한 번 겪어 봤기 때문에 팩의 레이저 빔이 GPC의 섬광 보호막보다 한 수 앞선다는 것은 이미 증명되었다.

그 해결책이 바로 통신 중계 부이였다.

"부이 온라인 가동."

루이스가 알렸다.

"무선통신 시험, 통과. 하이퍼웨이브 통신 시험, 통과. 선내 컴퓨터 시험, 통과. 출력, 양호."

"하이퍼웨이브 업로드, 열두 개 부이에서 완료됐습니다."

네서스는 자기가 잘못 센 것이기를 바라며 통신 패널을 바라보았다. 하지만 분명 맞게 셌다. 그는 서둘러 업로드 기록을 살펴보았다.

“6번 부이가 램스쿠프 우주선의 접근을 보고한 후에 자폭했습니다.”

그러면 모두 세 개가 소실된 셈이었다.

“화물실 해치, 안전 확보됐습니다.”

아킬레스가 보고했다.

루이스는 비행 조종 장치 쪽으로 몸을 기울였다.

“하이퍼스페이스로 돌아간다. 삼, 이, 일.”

전망 창 화면이 마음을 진정시켜 주는 목가적인 풍경으로 바뀌었다.

네서스는 안도의 한숨을 내쉬었다. 팩 우주선 사이로 다시 한 번 침투했고, 다행히 이번에도 매복 공격을 당하는 일 없이 무사히 돌아왔다.

이런 행운이 언제까지 지속될 수 있을까?

루이스는 하품을 하며 부조종석 완충 좌석에서 몸을 비비 꼬았다.

이렇게 피곤하기라도 해야 무언가 하고 있다는 기분이 드는 것 같았다. 입력되는 데이터들을 일일이 다 조사해 볼 시간과 에너지를 지닌 이는 아무도 없었다. 일단 여기서 자료 입력을 마무리하고, 세계 선단으로의 긴 여행 기간 동안에 조사 작업을 한다면 모를까.

허스에서도 과학자들이 팩의 도서관 자료가 도착하기를 눈이 빠지게 기다리고 있었다. 그들도 기다려야 하는 것은 마찬가지였다. 우주선의 동력을 최대로 가동해서 하이퍼웨이브 통신기의 전송속도를 최고로 밀어붙인다 해도 이 정도 거리에서라면 대화나 짧은 문자 메시지를 간신히 교환할 수 있는 수준이었다.

커피도 마셨고 아드레날린이 솟구치고 있는데도 눈을 뜨고 있기가 힘들었다. 루이스는 잠깐 약 생각을 했다가 흠칫 놀랐다. 다시는 그 길로 빠지지 않을 것이다.

대신 그는 하품을 참으며 우주선의 경로를 재검토했다.

'아이기스'호는 팩 함대 사이를 가로질러 다녔다. 그들의 안전은 속도 그리고 팩의 우주선이 그들을 발견하기 전에 사라질 수 있는지 여부에 달려 있었다.

그들 일의 성공 여부도 마찬가지로 속도에 달려 있었다. '아르고'호의 핵 공격에서 발생한 감마선 펄스가 매순간 도서관 함대 더 깊숙한 곳으로 퍼져 들어가며 무언가 일이 있었음을 팩에게 알려 주고 있었다.

은밀하게 이루어지는 도서관 탐색 작업도 도서관 함대의 침입 감지기가 눈치채기 시작한 것이 분명했다. 루이스는 질문 요청 패턴이 평소와 달라졌다는 것을 팩이 눈치챘을 것이라고 추측했다. 이유야 무엇이든 간에 의심은 팩 사이에서 광속으로 번져 나가는 듯했다. 부이에서 보내는 클릭을 점점 더 많은 램스쿠프 우주선들이 무시하고 있었다. 조사를 위해 급습한 램스쿠프 우주선에 대응해서 하이퍼웨이브 통신을 거부하면서 자폭하는 부이의 숫자도 점점 늘어났다.

다시 하품을 하며 루이스는 커피를 한 잔 더 뽑아 왔다. '아이기스'호가 그때 바로 돌아오지 않았다면 도서관을 뒤져 볼 수 있는 기회를 놓치고 말았을 것이다. 그 점에 있어서는 아킬레스가 옳았다.

루이스와 네서스는 '아이기스'호에 하이퍼드라이브를 가동해서, 경고신호가 팩의 우주선들에 도착하기 전에 선수를 쳐서 들어왔다. 언젠가는 침입자가 있었다는 사실이 마지막 램스쿠프 우주선까지 모두 알려질 것이고, 그 순간 도서관에서 자료를 뽑아낼 수 있는 기회도 사실상 닫히게 된다.

운이 다한다면 그보다 더 빨리 닫힐 수도 있었다.

운이야 여러 가지 방식으로 다할 수 있었다. '아이기스'호가 하이퍼스페이스에 있는 동안 팩의 전함 하나가 경로를 변경하거나 속도를 높인다면, 하이퍼스페이스를 몇 초 빨리 혹은 몇 초 늦게 빠져나온다면, 그 결과는 상상하기조차 싫었다.

지금 하고 있는 일이나 신경 쓰자.

네서스는 불면증에 시달리며 초췌하기 이를 데 없는 모습으로 하루하루 조증의 광기에서 나온 용기를 유지하려 애쓰고 있었다. 반면 아킬레스는 팩과의 만남에서 일단 살아남자 광기에서 비롯된 용기가 영구적으로 굳어진 것처럼 보였다. 아니면 그는 한마디로 미쳐 있는 것인지도 몰랐다. 루이스는 점점 그가 정말 미쳐버린 것 같다는 생각이 들었다.

팩 함대 사이를 이리저리 뛰어다는 것처럼 스트레스를 받는 일도 없었지만, 루이스에게도 자존심이란 것이 있었다. 퍼페티어가 입을 열기도 전에 그가 먼저 철수하자고 꽁무니를 뺄 수야 없는 노릇 아닌가.

하이퍼스페이스에서 빠져나가 또 다른 도서관 함대에 접근할 순간이 다가왔다.

"오 분 후에 나간다. 부이 준비."

루이스는 선내 통신으로 알렸다.

손이 떨리고 있었지만 무시하려고 애쓰면서.

## 6

아킬레스는 집으로 향하던 비행을 뒤로 되돌리며 처음에는 흡족해했다가, 다음에는 지겨워졌고, 그다음에는 치밀어 오르는 분노를 느꼈다. 무례하게도 네서스가 함교 조종 장치에 접근하지 못하게 계속 막은 때문이었다.

나는 영광을 되찾으리라 맹세했다. 그리고 분명 그만한 자격을 얻었다. 제아무리 적들이 나를 질투하고, 나를 쓰러뜨릴 음모를 꾸며도, 나는 결국 모든 것을 갖고 말 것이다. 내게 반대했던 놈들을 모조리 짓밟아 버릴 것이다. 과거의 치욕을 모두 철저히 앙갚음할 것이다.

이 지루한 비행이 끝나기만 해 봐라.

아킬레스는 날짜를 셌다. 그리고 선실 안을 빙빙 돌았다. 그것마저도 지겨워지면 복도를 걸었다. 그렇게 거닐다가도 발걸음이 다른 통로보다 어느 특정 통로로 자주 향하면 그것을 그저 우연이라 생각했다.

그러나 의심이 그를 괴롭히고 있었다. 전에도 내가 다 성공을 이루어 놓으면 다른 놈들이 낚아채 갔어. 나를 다시 속일 수만 있다면 적들은 물불을 가리지 않을 거야.

허스로 돌아가면 어떻게 될까? 승리가 기다릴까? 아니면 또 다른 유배가 기다릴까?

팩은 영겁의 세월 동안 내전을 일으키며 살아온 종족이었다. 그워스를 물리칠 기술을 찾는 데 팩의 도서관보다 나은 곳이 있을까? 이런 위대한 전리품을 가져온 천재적인 선지자가 아니면 그 누가 최후자가 될 수 있단 말인가?

그러나 적들은 언제 어디서나 그를 괴롭혔다. 그들은 구차하게 사소한 부분들까지 모조리 걸고넘어질 것이다. 허가도 받지 않고 '아르고'호의 방향을 틀었다는 둥, 권한을 남용했다는 둥, 아마 팩과 전쟁을 일으킬 뻔했다고도 비난하리라.

그러나 허스에는 나의 충성스러운 부하들이 있지. 아주 힘 있고, 적재적소에 잘 배치된 부하들이.

그들을 달래기 위한 것이었든, 아킬레스를 그들과 떨어뜨려 놓으려는 수작이었든, 베데커와 니케는 그의 뜻에 굴복하지 않을 수 없었다.

속으로 얼마나 분통이 터졌을까? 실험당 내부의 합의를 유지하기 위해 그들은 아킬레스가 도서관을 차지하러 가도록 허가할 수밖에 없었다. 이 보물만 있으면 나는 자격도 없는 그들에게서 가장 큰 전리품을 다시 빼앗아 올 수 있으리라. 당 협의회에서 새로운 합의가 이루어져야 한다. 그래서 내가 최후자 자리에 올라야 한다.

그러나 적들은 결코 멈추지 않을 것이다.

그렇다면 나도 절대로 멈출 수 없지.

루이스는 시야가 흐려진 눈을 가늘게 뜨고 팩 도서관에서 뽑아낸 자료가 천천히 흘러가는 것을 바라보았다.

데이터 복사본에는 텍스트, 컬러 및 흑백으로 된 평면 이미지, 홀로그램 이미지, 애니메이션, 시뮬레이션 등이 혼란스럽게 뒤섞여 있었다. 그 아래 있는 미가공 데이터는 화면에 나타내지 못하게 막아 놓은 상태였다. 데이터 묶음 형식이 눈이 핑핑 돌 정도로 훨씬 다양한 차원과 구조로 나타났기 때문이다. 녹색, 빨간색, 노란색의 하이퍼링크는 각각 우주선에 올라와 있는 자료, 우주선에 올라와 있지 않은 자료, 아직 확보 여부가 확인되지 않은 자료를 나타냈다.

수박 겉핥기식으로만 봐도 의심의 여지 없이 이 도서관이 무척 오래된 것임을 알 수 있었다.

대부분의 수학은 루이스가 알아볼 수 없는 것이었다. 대부분의 그래픽은 보고 있으면 뭘 배운다기보다는 오히려 감질만 났다. 대부분의 글자는 아직 번역되지 않은 상태로 남아 있었다. 여기저기 드문드문 번역이 된 문구들도 이게 뭐냐 싶을 정도로 너무 간략해서 도저히 알아볼 수 없었다.

지그문트가 팩이 간결한 것을 좋아한다고 말했던 것이 기억났다. 팩의 수호자들은 단어나 짧은 문구로만 얘기한다고 했다. 그래서 복잡한 부분을 정확하게 설명하기도 전에 이미 빈칸이 다 채워져 있다고. 아마 문자언어도 그런 간결한 패턴을 따르는 듯했다.

그래서 루이스는 의미들만 대충 살펴보았다. 거기서 나온 힌트들이 그를 사로잡았다. 그는 이 힌트들에서 어떤 인상을 받을 때마다 떠오르는 내용들을 받아 적느라 먹는 것, 마시는 것, 자는 것도 잊어버렸다. 이렇게 주석을 달아 놓으면 허스의 과학자들이 나중에 해독할 때 조금이나마 쉬워질지도 몰랐다. 아니면 내 터무니없는 추측에 한바탕 웃어 볼 수라도 있겠지.

"성실한 거 하나는 칭찬해 줄 만하군요."

아킬레스가 말했다.

어질러진 작업대에 머리를 괴고 어느새 깜박 졸았던 듯했다. 루이스는 눈을 뜨며 등을 펴고 앉았다.

"할 일이 좀 있어서 나왔습니다."

아킬레스가 발굽을 딸각거리며 작업실로 걸어 들어왔다. 그는 늘 매고 다니던 직함 장식 띠가 아니라 큰 주머니가 달린 다목적 벨트를 매고 있었다.

"여행이 하도 길어서 지겨워지려고 하는군요."

"그래도 살펴봐야 할 도서관 자료가 충분하고도 남잖아?"

"그렇기는 하지요."

아킬레스는 어디부터 시작할까 고민이라도 하는 것처럼 작업실을 둘러보았다. 루이스 옆에서 아직도 흘러가고 있는 화면을 바라보다가, 장비들이 산더미처럼 쌓여 있는 작업대를 보다가, 여전히 자리에 고정되어 있는 팩의 자료실 컴퓨터 선반 세 개를 바라보았다. 그가 선반 하나를 지켜보는 동안 목들이 물결치듯 움직였다.

"뭐가 좀 보이나?"

루이스가 물었다.

"모르겠습니다. 돌이켜 생각해 보니까 뭔가 떠올랐는데."

아킬레스는 머리 한쪽을 쭉 펴며 작업대를 살펴보았다.

"아, 저기 있군요."

그는 휴대용 레이저를 찾아내 광선을 최대로 퍼지게 설정한 다음, 인접한 두 부속 사이의 틈새로 비추었다. 선반 주위로 옆걸음질 치며 입에 문 레이저로 모듈 사이의 틈새도 비추어 보고, 광섬유 케이블 꾸러미가 어디로 이어지는지 살펴보기도 했다.

"재미있군요."

아킬레스가 더 체계적으로 조사해 보려는 듯, 위쪽으로 돌아갔다.

"뭐 때문에 그러는데?"

마침내 루이스도 궁금해서 물어보지 않을 수 없었다.

"그냥 공학적인 호기심이지요."

아킬레스가 이번에는 바닥 쪽에 있는 부속 단을 더 자세히 보려고 무릎을 굽혔다. 레이저를 물고 있지 않은 머리는 그대로 높은 곳에 둔 채 외눈으로 루이스에게 초점을 맞추고 있었다.

"팩의 설계자들은 광섬유를 연결할 때 아주 재미있는 방법을 사용했군요."

그가 체계적인 검사를 모두 마무리하기 한참 전에 루이스는 이미 흥미를 잃고 자기가 하던 연구로 돌아갔다.

잠시 후, 팩의 우주 엘리베이터 이미지와 마주치자 루이스는 영상을 멈추고 감탄하며 바라보았다. 팩이 다루는 주제는 이해가 불가능한 경우가 많았지만 함께 있는 텍스트 여기저기에 하이퍼링크가 흩어져 있었다. 일부 링크는 재료나 궤도 역학에 관한 것일지도 몰랐다.

케이블과 관련된 링크는 빨간색으로 나와 있었다. 안타깝군. 정지궤도까지 뻗어 나올 수 있을 만큼 강하고 가벼운 케이블 재료를 찾아내는 것이 우주 엘리베이터를 만드는 데 있어서 가장 중요한 부분이었다.

팩의 숫자들은 루이스도 읽을 수 있었다.

트윙이라는 재료를 생각하면 그는 아직도 감탄을 멈출 수 없었다. 하지만 우주 엘리베이터용 케이블의 재료에 비교하면 트윙마저도 구석기 유물처럼 하찮아 보였다. 자동번역기로 돌려 보니 이 케이블 재료는 중성미자도 차단할 수 있다고 나와 있었다. 분명 번역이 잘못된 듯했다.

루이스는 다시 화면을 넘기며 자료를 훑어보기 시작했다. 표지 하나를 잘못 이해해서 들어갔더니 에너지 발생에 관한 내용으로 하이퍼링크가 걸려 있었다. 핵분열에 관한 건가 보군. 억제장? 그로서는 이해할 수 없는 내용이었다. 루이스는 다시 뒤로 거슬러 올라가 자료를 훑어보았다.

목구멍 두 개에서 나오는 오싹한 숨소리가 루이스의 귓가 바로 옆에서 들려왔다.

루이스는 눈을 깜박거리며 돌아보았다.

"장비를 다 살펴봤나?"

"그랬지요. 그런데 당신이 보고 있는 내용이 더 재미있는 것 같군요."

다시 한 번 목구멍 두 개에서 숨소리가 나왔다.

"뭐, 오래 있을 생각은 아니고, 그냥 선실로 돌아가기 전에 트윙에 대해서나 조금 더 알아봐야겠습니다."

루이스는 고개를 끄덕이고 다시 자료를 살펴보기 시작했다. 아킬레스가 작업실 반대편으로 가서 화면을 열었다. 하지만 나중에 보니 어느새 그는 사라지고 없었다.

다음 날, 작업대 뒤쪽에 떨어진 계측기를 찾으려던 루이스는 자기가 휴대용 레이저를 어디에 두었는지 고민했다.

신경이 곤두섰다. 이유 없이 화가 치밀었다. 선체 바로 바깥쪽에 있는 공허보다 더한 공허에 마음이 깜짝깜짝 놀랐다. 모두들 말짱한 정신을 유지할 수 있도록 노멀 스페이스로 빠져나오는 일이 점점 더 잦아졌다.

허스와 가까워질수록 하이퍼스페이스 중계 부이에서 아킬레스를 기다리는 메시지들이 점점 더 많아졌다.

아킬레스는 쌓이는 자료가 너무 많다고 심하게 투덜대며 과학부 보고서와 요청 자료 들을 검토했다. 그리고 똑같은 중계기를 통해 답변을 발송했다. 그렇게 몇 번 반복하고 나자, 네서스도 메시지를 확인하기 위해 매일 잠깐씩 노멀 스페이스로 나가는 데 동의했다.

아킬레스는 기뻤다.

이제 네서스는 파멸의 길로 들어선 것이다.

"오 분 후에 노멀 스페이스로 나갑니다."

네서스가 선내 통신으로 알렸다.

"알았습니다."

아킬레스는 대답했다.

선실 안에 임시변통으로 만들어 놓은 센서의 판독 결과를 보니, 네서스는 함교에 있고 루이스는 엔진실에 있었다. '아이기스' 호가 매일 메시지를 확인하러 나갈 때마다 보이는 아주 정상적인 모습이었다.

아킬레스는 선실에 혼자 숨어 압력복을 입었다. 이미 머리 한 쪽은 헬멧을 밀봉해서 쓰고 있는 상태였다. 이제 두 번째 헬멧을 밀봉했다. 그는 압력복의 측정기와 표시기 들을 점검해 보았다. 모두 양호했다. 모든 탱크와 소모성 보급품이 최대로 채워져 있었다. 자가 진단 프로그램도 돌려 보았다. 모두 통과되었다. 숨겨 놓은 보급품들을 확인하고 또 확인했다. 무선표지, 연료전지, 비상용 의료 정지장 발생기 등. 구조대가 도착할 때까지의 시간은 순식간에 지나갈 터였다.

"이 분 전."

네서스가 말했다.

아킬레스의 심장이 두근거리기 시작했다. 이제 이 분만 기다리면 된다!

그의 충성스러운 부하들이 '아이기스'호가 하이퍼스페이스에서 나오기만을 기다리고 있었다. 아킬레스가 과학부로 보낸 평범한 문건 속에는 최종 시간과 장소가 암호로 들어 있었다. 과학부에는 우주선이 아주 많았다.

나는 저 도서관과 함께 개선장군처럼 허스로 돌아가리라. 이제 그 누구도 건방지게 내게 대적하지 못할 것이다. 나는 이제 모든 것을 통치하는 최후자가 된다. 마땅히 내 것이 되었어야 할 자리다.

"일 분 전."

적들은 오만함의 대가를 치르게 되리라. 그워스는 자기 자리로 돌아갈 것이고.

아킬레스는 책상에서 휴대용 컴퓨터를 집었다. 중요한 명령은 이미 터치패드에 입으로 입력해 놓았다. 이제 그 순간이 왔을 때 그저 누르기만 하면…….

"삼, 이, 일. 지금."

선실의 벽지가 완만하게 경사진 목초지에서 별이 반짝이는 우주 공간으로 바뀌었다. 아킬레스는 터치패드를 눌렀다.

아무 일도 일어나지 않았다!

터치패드를 다시 눌렀다. 역시 아무 변화도 없었다. 컴퓨터를 책상 위에 올려놓고 명령어들을 다시 확인해 보았다. 완벽했다.

접촉 불량인가? 아킬레스는 컴퓨터를 주머니에 쑤셔 넣고 선실을 뛰쳐나갔다.

"뭐 잃어버렸습니까?"

네서스는 냉담한 목소리로 물었다.

압력복을 입고 선체로 이어지는 작업 공간에 머리를 깊숙이 처박고 있던 아킬레스가 몸을 떨며 뒤로 물러서서 고개를 돌렸다. 그는 네서스가 입에 물고 있는 것을 보고 움찔 놀랐다.

"그게 어디서 났습니까?"

아킬레스가 소리쳤다.

네서스는 반대쪽 머리로 열린 점검판 쪽을 가리켰다. 끈끈한 접착용 퍼티가 선체에 달라붙어 있었다.

"당신이 이걸 놔둔 곳에서 가져왔지요. 내 감시 장비가 당신이 이걸 장착하는 모습을 녹화한 곳 말입니다."

아킬레스가 달려들었다.

네서스는 입에 물고 있던 것을 뒤로 잡아챘다. 휴대용 레이저에 묶여 있는 휴대용 컴퓨터였다. 레이저와 컴퓨터에는 접착제 자국이 얼룩덜룩 묻어 있었다. 네서스는 그 죽음의 덫을 뒤쪽 복도로 내던졌다. 분노를 노래로 표현하려니 입을 두 개 다 동원해야 했다.

"당신은 정말 구역질이 날 정도로 영악하군요."

그가 노래하는 화음 속에는 역겨움이 녹아 있었다.

"'아이기스'호는 낡은 우주선이고, 당신은 어디가 취약한지 잘 압니다. 내장된 발전장치를 꺼서 강화된 선체를 약화시키려고 했겠지요. 그러면 선체는 기압만으로도 가루가 되어 버렸을 테니까. 어쩐 일인지 당신은 이 모든 일을 예상이라도 한 듯이 늦지 않게 압력복으로 갈아입었고, 때마침 찾아온 당신 부하들이 난파선에서 당신을 구해 냈겠지요. 이 우주선의 컴퓨터와 팩의 지식들도 회수하고. 그리고 아, 슬픈 일이지만 진공상태에서 온몸이 뒤틀리고 풍선처럼 부풀어 오른 나와 루이스의 시체도 함께 회수해 갔겠지요. 아킬레스, 나는 기술적인 부분은 잘 모르지만 당신에 대해서만큼은 아주 잘 압니다. 나를 죽이는 것으로 만족할 당신이 아니지요. 베데커를 내쫓는다고 만족할 당신도 아니고. 하지만 이 선체의 기능에 문제가 생기는 바람에 루이스와 내가 죽었다면? 아마 당신은 우리가 '아르고'호를 파괴하는 데 사용한 방법 때문에 어떤 효과가 뒤늦게 나타나 그런 사고가 났다고 꾸며댔겠지요. 그렇게 해서 나를 베데커와 갈라놓고, 이 사고의 책임이 베데커에게 있다고 비난했을 겁니다. 역겹군요. 이렇게 역겨울 수가 없습니다."

네서스는 다시 점검판을 가리켰다.

"발전장치를 끄는 명령어들을 선체와 연결하려면 여기 발전장치 제어기에 해야 합니다. 내가 당신의 삐뚤어진 사고방식을 제대로 이해했다면 당신이 덫을 설치하러 이곳으로 올 거라고 예상했지요. 역시나 예상은 틀리지 않았습니다."

아킬레스의 눈동자가 덫에 걸린 짐승처럼 어지럽게 흔들렸다.

그가 분노로 소리쳤다.

"그래, 잘도 알아냈군요. 당신들은 그런 꼴을 당해도 쌉니다!"

"물러서."

루이스가 마침 총을 들고 복도 구석에서 나타났다. 그는 분명 둘 사이에서 오가는 말을 이해하지 못했을 것이다. 하지만 말투에서 느껴지는 심각한 분위기가 그를 불러낸 것 같았다.

"벽에 붙어."

루이스의 위협에, 아킬레스는 뒤로 한 걸음 물러섰다.

"정치란 원래 그런 거라고 할 겁니까? 상황이 그래서 어쩔 수 없었다고? 아니면, 과거에 겪은 상처가 많아서 그랬다고?"

네서스는 솟구쳐 오르는 경멸감을 모두 목소리에 담았다.

"당신이 정치가로 활동하는 동안 많은 것들이 정당화됐습니다. 심지어 베데커도 당신의 월권행위들을 눈감아줬지요. 하지만 당신이 한 짓을 알면 그도 후회할 겁니다. 이제 끝났습니다, 아킬레스. 완전히 끝입니다. 이렇게 치밀하게 계획된 냉혹한 살인 행위를 정당화해 줄 건 아무것도 없을 테니까 말입니다."

이런 단어를 입에 담는 것만으로도 네서스는 역겨워졌다. 시민들은 서로를 보호했으면 했지, 종족을 사냥하는 법은 결코 없었다.

"이번엔 도를 넘었습니다, 아킬레스! 당신의 친구들도 등을 돌릴 겁니다. 당신의 라이벌들은 욕을 퍼붓겠지요. 당신은 천벌을 받게 될 겁니다."

네서스는 공용어로 덧붙였다.

"루이스, 얘기했던 대로 시행하십시오."

아킬레스가 벽을 박차고 튀어나오며 앞다리를 중심으로 몸을 틀었다. 그리고 강력한 뒷다리를 휘두르려는 순간, 마취 총이 발사되었다. 그는 눈을 부릅뜬 채 완전히 경직된 몸으로 네서스의 발굽 아래 꼬꾸라졌다.

네서스는 혐오하는 눈길로 그를 보며 말했다.

"당신은 정지장에 갇혀 허스로 돌아가게 될 겁니다. 시민들이 당신에게 자비를 베풀기를 기도나 하십시오."

# | 냉전 |

## 1

영원한 장막에 가린 클모의 하늘을 가로질러 폭풍우가 몰아치고 있었다. 번개가 번쩍이고, 천둥이 울렸다. 강풍은 바다와 대륙을 가리지 않고 후려쳤고, 그칠 줄 모르는 폭우가 불모의 대지를 내리쳐 끈기 있게 바위를 흙먼지로 갈아 내고 있었다. 아마도 수백만 년 정도 후에는 무언가가 저 흙 속에 뿌리를 내리리라.

이 혼란 너머 깊숙한 물속에서는 그워스가 개척한 수중 식민지가 열수구를 따라 고요하게 지그재그로 뻗어 나가 있었다.

새로운 세계를 정착시키는 여정은 길고도 고되었다.

스르오Sr'o는 이 깊은 심연을 두 번 다시 떠나고 싶지 않았다. 하지만 과연 그럴 수 있을까?

스르오는 자기 관족 길이의 절반 정도 되는 돌을 하나 들어 올렸다. 생각하기에, 평온이라는 것은 일종의 비유였다. 그녀는 비유들을 완전히 이해할 수 없었고, 사실 그런 용어를 사용하는 인간들도 완전히 이해할 수 없었다. 이곳으로 옮겨 오기 전에 스르오는 몇몇 인간을 잠깐 만나 본 적이 있었다. 뉴 테라에서 온 상인들이었다. 퍼페티어는 한 번도 만나 본 적이 없고, 다행히 팩도 만나 본 적 없었다. 물론 그 외계인들에 대해서는 알고 있었다. 올트로Ol't'ro의 기억에서 알게 된 내용이었다.

여럿이 하나로 뭉쳐 있는 그워데슈트는 모든 것에서 살아남았고, 또 모든 것을 기억했다.

경비병이 스르오에게서 돌을 받아 들려고 허둥지둥 다가왔다.

"제가 들겠습니다, 지혜로운 이시여."

그녀는 그렇게 불리는 것이 싫었다. 이곳 신세계에 와서 가장 싫은 것이 이런 점이었다. 하지만 경비병에게 싫은 소리를 해 봤자 자기의 지위만 강조하는 꼴이 되어 버릴 터였다. 전통에 기반한 사회에서 과학에 기반한 사회로의 변화 자체가 그들에게는 이미 너무나도 혁명적인 일이었다. 왕이 통치하는 전제 국가에서 살던 시절의 습성을 극복하지 못하는 개척민이 너무나 많았다. 아마도 새로운 세대는 그런 습성을 극복하리라.

개척지가 그때까지 살아남기만 한다면.

"고마워요."

스르오는 부드럽게 대답했다. 그리고 작은 돌을 찾으려고 관족을 둥글게 말았다. 그녀가 들고 가도 이 자상한 경비병이 양해할 수 있을 정도로 충분히 작은 돌을 찾으려고.

스르오는 무리와 어울려 또 하나의 작은 주택을 짓는 데 힘을 보탰다. 상징적인 노력에 불과했지만 그녀가 건설에 힘을 보탰던 다른 다섯 건물과 마찬가지로 이 전통적인 형태의 석조 건물 역시 그녀가 개인적으로 사용하기 위한 것은 아니었다. 그녀는 개척지의 거대한 철조 요새에서 따로 살았다. 다만 육체노동은 그 자체로 보상이 되었다. 끝이 있는 작업이었고, 고민에서 잠시 벗어날 수 있는 피난처가 되어 주었기 때문이다.

스트레스를 육체적으로 발산할 필요가 있을 때면 스르오는 바닥 식물, 해면, 고착동물 등으로 뒤덮인 현장에 나와 육체노동에 참여하곤 했다. 클모의 자생 생물군은 열수구에서 뿜어져 나오는 화학 성분이 풍부한 분출물 속에서 번성하고 있었다. 하지만 즘호에서 옮겨 온 생명체들은 이 환경 속에서 고전을 면치 못했다. 개척민들이 생존하기 위해서는 즘호에서 옮겨 온 생태계가 이곳에서 자생할 수 있어야 했다. 하지만 노동력을 집중해서 계속 가꾸어 주고 있는데도 이식 생물들은 제대로 자라지 못하고 점점 약해지기만 했다.

스르오는 개척지의 선임 생물학자지만 아직 그 이유를 밝혀내지 못했다.

그녀는 우주선 안에 구축한 소규모 생물권도 무한정 유지할 수 있고, 서식이 불가능한 세계에 정착할 때 사용했던 자립형 소형 서식지도 몇 개든 유지할 수 있었다. 하지만 기존의 생태계에 새로운 생태계를 이식하는 것은? 그것은 완전히 다른 문제였다. 그리고 문제는 악화 일로를 걷고 있었다. 개척지에 존재하는 수

많은 불균형 중에는 소형 포식자들의 수치와 그워스 산란 수치 사이의 불균형도 있었다. 그워스가 먹이로 삼는 소형 포식자들에 비해 먹여 살려야 할 먹성 좋은 어린 식솔들이 너무도 많았다.

스르오는 돌들을 들어 쌓아 올렸다. 작은 힘이라도 개척지의 성공에 기여하고 싶은 마음이었다. 이 일을 하느라 관족들은 바빠졌지만 머리는 그렇지 않았다. 그녀의 머릿속에는 여전히 가장 핵심적인 수수께끼가 맴돌고 있었다. 이식 생물들이 살기에 어떤 영양분이 너무 부족하거나 너무 많은 것인가? 아니면 독으로 작용하는 성분이 있나? 각각의 종마다 미묘하게 차이가 나는 이런 문제점들을 모두 정확히 밝혀내려면 지루하고 고된 연구가 필요했다. 이 문제를 해결할 때까지 아직은 연약하기 이를 데 없는 해저 생태계를 유지하려면 필요한 영양분과 새로운 품종의 종자들을 즘호에서 계속 가져와 공급해 주는 수밖에 없었다.

'지혜로운 이'라고? 스르오는 도무지 자기가 지혜롭다는 생각이 들지 않았다.

또 다른 경비병이 물을 분사하며 스르오를 도우러 왔다.

"너무나 중요하신 분이니 몸을 귀하게 여기셔야 합니다. 그러다가 다치기라도 하면 어쩌시려고요."

자신의 임무를 일깨우는 달갑지 않은 소리에 스르오의 관족 끝이 성난 빨간색으로 바뀌었다. 그녀의 기분이 좋지 않은 것을 눈치챈 경비병들이 주위로 모여들어 그녀와 함께 일하던 노동자들을 옆으로 밀어붙였다. 스르오는 억지로 마음을 진정시켜 관족을 따라 나 있는 색소세포가 덜 불안함을 뜻하는 황록색으로 열어지게 만들었다.

하지만 이미 엎질러진 물이었다. 함께 노동하던 개척민들이 비굴한 모습으로 몸을 납작하게 바닥에 붙이며 불편한 자세 그대로 옆으로 물러났다.

"앞으로는 조심, 또 조심하겠습니다."

한 개척민이 더듬거리며 말했다. 그의 피부가 원적외선으로 재빨리 열어졌다.

"아무도 잘못한 거 없어요. 내가 딴생각하다가 그런 거지요. 신경 쓰지 마세요."

스르오는 말했다.

하지만 그녀의 사과는 아무런 소용이 없었다. 평등이라는 허울 좋은 허구는 완전히 산산조각 나고 말았다. 그녀의 짐은 결국 그녀가 짊어져야 했다. 그 무게를 견디는 법을 배우는 수밖에 없었다.

스르오는 돌을 몇 개만 더 쌓고 자리를 떠나려고 했다. 하지만 하나를 더 쌓을 시간밖에 나지 않았다.

"우주선 두 척이 항성계로 진입하고 있어요."

스르오의 관족 깊숙한 곳에 자리 잡은 통신기가 알렸다.

"두 척 모두 예상했던 호출 신호를 보냈어요."

이 메시지에는 너무나 당연해서 생략된 말이 있었다. 당장 들어오라는 소리였다. 우리는 융합해야 한다. 스르오가 믿고 있는 것처럼 이제 도착하는 우주선들이 정말로 보급선과 그 호위선이라 하더라도.

이 개척지는 단 한 번의 실수도 용납할 수가 없었다.

경비병들이 주위로 대형을 갖추는 가운데 스르오는 관족 하나를 돌리며 함께 노동하던 자들을 찬찬히 둘러보았다. 이들의 운명은 그녀에게 달려 있었다.

"다른 문제가 생겨서 가 봐야겠어요."

스르오가 말했다.

그 누구도 토를 다는 자는 없었다.

스르오는 관족을 뒤로 늘어트린 채 물을 분사하며 개척지 요새 깊숙한 곳으로 들어갔다. 경비병들이 무례가 되지 않을 거리를 두고 뒤처져 따라왔다. 그녀가 건물의 심장부에 가까워지자 친구/동료/제이의 자아들이 다른 복도에서도 쏟아져 들어왔다. 그들은 간단한 인사만을 나누었다. 이제 곧 하나의 정신으로 합쳐질 텐데 구차한 인사말로 시간을 낭비할 이유가 없었다.

스르오는 융합실 안으로 들어섰다. 여럿이 이미 들어와 있었다. 열, 열둘, 열넷, 열다섯, 열여섯……. 경비병들은 융합실을 닫고 바깥에서 대기했다. 이제 문은 안쪽에서만 열 수 있었다.

스르오는 몸을 떨며 첫 번째 관족을 뻗었다. 르르오Lr'o가 그 관족을 받았다. 내부의 눈과 열 감각기관이 어두워졌다. 귀도 거의 닫혀서 그저 두 심장의 뛰는 소리만 들렸다.

르르오의 관족이 스르오의 관족 안을 탐색하다가 접점과 만났다. 전기사냥꾼벌레를 만졌을 때와 비슷한 충격이 스르오의 머릿속을 가로질렀다. 설명할 수 없는 무언가가 번쩍였다.

그리고 그녀의 마음 한구석에서 상상 불가능한 통찰들이 그녀를 향해 손짓했다.

더! 더 결합해야 해! 복부 호흡으로 전환해 표류하면서 스르오는 나머지 관족들을 뻗었다. 그 관족이 주변을 더듬자 자기를 찾아 나선 다른 관족들의 감촉이 느껴졌다. 관족과 관족이 만나 정렬하고, 결합되자…….

신경절이 맞물렸다!

피드백이 넘쳐흘렀다!

심장이 박동했다!

강렬한 느낌이 몸을 휘감았다!

— 이제 우리가 맡을게요.

스르오의 머릿속에 명령이 울려 퍼졌다. 연약하고, 단조롭고, 소소한 스르오만의 생각이 희미해졌다.

집단 지성 올트로가 등장했다.

올트로는 생각했다.

호출 신호를 맞게 전송하고 적절한 호위선을 대동한 화물선에 대하여. 그 화물선은 급하게 필요로 하는 보급품들을 고향 세계인 즘호에서 가지고 왔다.

패권을 움켜쥐고 즘호의 다른 국가들을 장악하고 있는 도시국가 튼호에 대하여.

그러한 장악의 기원에 대하여. 그 기원은 바로 올트로의 집단 지성, 그 지성에서 쏟아져 나온 신기술이 무자비한 튼호의 지배자들에게 귀속되어 있기 때문이었다. 세대가 거듭될 때마다 튼호의 군주 튼튼호는 그 전임자보다 더욱 잔인해지고, 더욱 지배적이 되고, 더욱 야심이 커졌다.

올트로 같은 집단 지성을 바라보며 대부분의 그워스가 느끼는 경외감, 두려움, 질투, 역겨움에 대하여.

황금으로 만든 새장처럼, 풍요로우나 자유가 없는 환경으로부터의 해방을 올트로가 요구했을 때 분노하던 군주에 대하여.

탈출에 대하여. 올트로는 스스로의 천재성과 퍼페티어와 인간들 사이에서 보여 준 대담성 덕분에 우주선을 타고 즘호에서 탈출할 수 있었다. 그리하여 신뢰할 수 있는 몇몇 합체 및 독립형 사고 개체들과 함께 증오에 휩싸였을 것이 분명한 버림받은 군주들로부터 도망쳐 나왔다.

즘호에서 멀리 떨어진 곳에 터를 잡은 새로운 보금자리에 대하여. 새 보금자리는 세계 선단을 지나 뉴 테라 저편에 자리 잡았다. 행여 개척지가 발각되더라도 튼호가 세계 선단을 자극할 것을 염려하여 섣부르게 공격하지 못하도록 하기 위해서였다.

점점 부족해지는 개척지의 식량 공급에 대하여.

— 우리 백성들은 충성스러워요.

스르오 개체가 살짝 저항하는 기색을 보였다.

올트로는 출발점으로 다시 돌아왔다. 시기적절하게 도착한 원조에 대하여.

튼호와 경쟁 관계이긴 하나 꼭 올트로의 동지라고는 할 수 없는 국가들이 원조를 보내며 보여 준 신속함에 대하여. 환영할 만한 일이었다. 하지만…….

집단 지성 깊숙한 곳으로부터 무언가가 생각의 흐름을 가로막으며 솟아올랐다. 생각이라고는 할 수 없지만 단순한 기억 이상의 것이었다. 아마도 어떤 암시인 듯했다.

에르오Er'o는 네 세대 전에 세상을 떠나고 없었다. 그의 기억흔적은 여러 번에 걸쳐 복사되는 과정에서 희미해졌다. 그의 육신이 사망한 이후로 지금까지 오래도록 남아 있는 것은 그가 받았던 심오한 영향과 깊숙이 새겨진 교훈들밖에 없었다. 지그문트 아우스폴러 같은 인간이 미친 영향. 그리고 편집증은 생존에 유리한 특성이라는 교훈.

하지만 에르오는 대체 무엇을 의심했던 것일까?

튼호가 클모를 직접 공격했다가는 거기서 살아남은 생존자들이 보복에 나설 위험을 감수해야 했다. 생존자 하나, 우주선 한 척만 있어도 가공할 질량 병기를 구축할 수가 있었다. 상대론적 속도로 움직이는 우주선의 파괴력이라면 행성 위에 있는 모든 존재를 죽일 수 있었다.

또한 어떠한 형태로든 공격이 공공연하게 이루어진다면 인간과 퍼페티어 들을 자극할 위험도 감수해야 했다. 전투 함대가 그들을 가까이 지나쳐야 하기 때문이었다. 그리고 물리적 공격을 감행했다가는 자칫 튼호가 점하고 있는 우위의 원천인 올트로를 죽일 위험이 있었다. 튼호가 노리는 것은 올트로를 죽이는 것이 아니라 다시 자신의 노예로 만드는 것이었다.

만약 튼튼호가 자신에게 저항한 신하들에게 앙갚음을 하려 한다면 어떤 방법을 시도할까?

두 번째 암시가 떠올랐다. 보상?

튼튼호가 어떤 보상을 제공하면 그 속국들이 올트로와 개척민들을 배신하려 들까?

지그문트 아우스폴러처럼 생각하라.

에르오의 기억흔적이 충고했다.

직접적인 공격은 경솔한 짓이고, 이곳의 개척민 백성들은 충성스러웠다. 하지만 개척민들도 먹어야 살 수 있었다.

— 접근하는 화물선을 다른 곳에 착륙시키세요.

올트로가 스스로에게 명령을 내리고 융합을 풀 준비를 했다.

— 화물선을 압류하세요. 그 누구도, 그 무엇도 화물선에서 내리게 하면 안 돼요.

## 2

'아이기스'호의 함교 화면에는 별들이 다이아몬드처럼 밝게 빛나고 있었다.

네서스는 여차하면 하이퍼스페이스로 빨리 달아날 수 있도록 머리들을 조종석의 조종 장치 바로 위에 낮게 드리우고 천천히 다가오는 우주선을 바라보았다. '아이기스'호보다 훨씬 길고 폭이 넓은 대형 우주선이었다. GP 3번 선체로 만든 것이었다.

떨리는 목소리와 아르페지오가 뒤섞인 새로 온 퍼페티어의 이름은 무척 서정적이어서 다리를 간질이는 풀밭과 산들바람 그리고 구름 한 점 없는 파란 하늘이 함께하는 목가적 풍경을 떠올리게 했다. 그 이름은 공용어로는 제대로 번역되지 않았다. 루이스는 그냥 듣기 좋은 이름이라는 것에 만족해야 했다.

하지만 이름보다도 더 근본적인 부분이 문제가 되고 있었다. 그들의 우주선에는 네서스와 루이스를 거의 죽일 뻔했던 아킬레스가 타고 있었다! 아킬레스는 '아이기스'호에서 빨리 내릴수록 좋았다.

네서스는 선내 통신으로 말했다.

"이십 킬로미터 남았습니다, 루이스. 마무리 속도는 시속 십 킬로미터로 하십시오."

"준비됐어."

루이스가 대답했다.

"여기는 협약체 우주선 '아이기스'호."

네서스는 통신을 시작했다.

홀로그램이 열리며 익숙한 퍼페티어가 나타났다. 그의 눈동자는 깊고 맑은 푸른색이었다. 몸은 호리호리했고, 갈기도 깔끔하게 매만져져 있었다. 오랫동안 니케의 보좌관을 맡고 있는 베스타였다.

"안녕하십니까, 네서스."

베스타가 강한 저음으로 노래를 시작했다.

"당신의…… 그러니까, 화물을 인수하러 왔습니다."

"반갑습니다, 베스타. 여기서 볼 줄은 몰랐군요."

니케의 부하가 이곳에 직접 나타났다는 것은 무슨 의미일까?

"최후자께서 특혜를 내리셨지요."

네서스는 우주선 간 통신을 끄고 선내 통신을 열었다.

"루이스?"

루이스는 보이스의 통역을 들으며 아킬레스의 선실에 있는 단말기로 지켜보는 중이었다.

"나야 물론 베스타가 누군지 모르지. 네서스, 당신은 저자를 신뢰하나?"

"아는 자입니다. 오랫동안 협약체를 위해 봉사했지요."

"그걸 물어본 게 아니잖아."

실험당의 정치가 지닌 미묘한 뉘앙스를 어떻게 인간에게 설명할 수 있을까? 제아무리 루이스처럼 통찰력이 넘치는 인간이라고 해도 어려운 일이었다. 하물며 아킬레스가 정찰대 교육원의 최후자를 맡아 비밀리에 자기에 대한 우상화를 진행하고 있는 동안 그곳을 거쳐 간 모든 이들에게 드리운 의심의 그림자를 어떻게 설명할 수 있단 말인가? 아킬레스는 그곳에서 미래의 반란을 꿈꾸며 그 씨앗을 뿌렸다.

베스타도 그의 심복일까?

"네서스?"

루이스가 대답을 재촉했다.

"최후자께서는 베스타를 신뢰하십니다."

네서스로서는 그렇게 말할 수밖에 없었다. 하지만 그 대답에는 베데커가 심지어 아킬레스조차 자신의 내각으로 받아들일 수밖에 없었다는 사실이 빠져 있었다. 최후자가 되었다고 해서 절대로 틀리지 않는다거나 무제한의 권력을 휘두를 수 있는 것은 아니었다.

“그럼 된 거 아닌가.”

루이스의 말을 들으며, 네서스는 우주선 간 통신을 다시 켰다.

“베스타, 우리도 준비됐습니다.”

“전송해 주십시오.”

베스타가 열다섯 자리 도약 원반 주소를 보내자, 네서스는 루이스에게 말했다.

“진행하십시오.”

곧이어 아직 정지장에 보존되어 있는 아킬레스가 그를 허스 재판부로 데려가기 위해 대기 중인 우주선으로 이동되었다.

네서스는 ‘아이기스’호의 경로를 뉴 테라로 맞추었다. 루이스는 도서관이 여전히 ‘아이기스’호에 남아 있음을 눈치챘다.

최후자가 어떻게 믿고 있든 간에 네서스는 베스타에 대한 의심을 거두지 않은 것 같았다.

아킬레스는 치욕의 패배를 당한 채 갑판 위에 구겨지듯 기절했다. 하지만 다음 순간, 복도가 사라지면서 낯선 방에 들어와 있었다. 그는 이곳이 어디인지 알 수 없었다. ‘아이기스’호에서는 이런 방을 본 일이 없었다.

마취 총 때문에 아직도 목소리가 나오지 않고 몸도 움직이지 않았다. 자유로운 것은 머릿속밖에 없었다. 머릿속에는 분노가 들끓었다. 아주 시간이 많이 흐르고 나서야 다리가 따끔거리기 시작했다. 호흡이 조금은 편해졌다.

아킬레스는 신음하듯 물었다.

"여기가 어딥니까?"

"이제 안전합니다, 각하."

뒤에서 익숙한 목소리가 노래했다. 베스타!

아킬레스는 다리를 떨며 일어서서 주위를 둘러보았다.

방 안에는 속을 꽉 채운 푹신한 쿠션, 호화로운 음식 합성기, 책상과 컴퓨터가 있었다. 벽과 천장에는 입잡이가 보였다. 다른 우주선인 듯했다. 최후자용 특별실은 아니지만 아주 안락한 선실이었다.

베스타가 그의 눈을 똑바로 쳐다보지 못하고 정중하게 고개를 숙인 채 일어섰다. 장식 띠 주머니에 의료용 정지장 발생기가 삐져나와 있었다.

아킬레스는 다시 물었다. 이번에는 근엄한 꾸밈음을 넣어서.

"여기가 어딥니까?"

베스타가 자세를 더 낮추며 대답했다.

"네서스의 보고를 받고 베데커가 우주선을 보내 각하를 데려오라 했습니다. ……심판을 받게 한다면서."

아킬레스는 쿠션을 쌓은 뒤에 편안하게 기대어 앉았다.

"그렇다고 나를 정말 거기로 데려갈 생각은 아니겠지요? 이제 어디로 갑니까?"

"우리는 허스로 돌아가야 합니다, 각하. 명령을 받은지라."

베스타가 갈기를 물어뜯었다.

"이 우주선에는 비밀 임원회의 보안 요원 두 분대가 함께 타고 있습니다."

아킬레스는 그를 노려보았다.

"당신은 나를 실망시키는군요."

"목소리를 낮추십시오. 복도에 경비병들이 서 있습니다."

분명 베스타가 누구에게 진짜 충성하고 있는지 모르는 경비병들일 터였다.

"베데커가 당신을 의심합니까?"

"그렇지는 않은 것 같습니다. 선임 장교가 이 임무에 동행해야 한다고…… 베데커가 말했을 때, 저는 다른 자들보다 더 격하게 불만을 제기했습니다."

베스타가 자기 두 눈을 마주 보았다.

"그래서 반대한 데 대한 보복으로 저를 괴롭혀야겠다고 생각했나 봅니다."

임무에 동행한다. 그것이 무엇을 돌려 말한 것인지 아킬레스는 어렵지 않게 해석할 수 있었다. 범죄자를 불명예스럽게 호송해 오라는 의미일 터였다. 그는 베데커의 모습을 머릿속에 그려보았다. 바보 같은 놈. 무능력한 놈. 지금쯤 고소해하고 있겠지.

"당신에게 다시 한 번 실망입니다."

아킬레스는 냉랭하게 말했다.

"하지만 명령하신 것들은 모두 착착 진행 중입니다! 아무 문제

없이 잘 돌아가고 있습니다.”

내가 유배당하면 그게 다 무슨 소용이야?

“실망시킨 자에게는 대가가 따르는 법이지요.”

아킬레스의 단호한 말에, 베스타가 움찔했다.

“앞으로 더 잘하겠습니다, 각하. 허스에는 각하를 따르는 자가 많습니다. 제가 어떻게 해서든 기회를 찾아…… 아니, 기회를 만들어 낼 겁니다.”

## 3

생명체 없이 폭풍우만 몰아치는 내륙은 스르오가 제일 가기 싫어하는 곳이었다. 하지만 바다와 멀리 떨어져 있기 때문에 아주 긴급하게 처리할 일을 하기에는 최적인 장소였다.

“보호복을 점검하지요.”

상태 표시등 배열이 모두 노란색을 가리키고 있었지만 스르오는 다시 명령했다. 단단한 보호복 안에 떠 있는 상태인데도 폐소공포증이 느껴졌고 거동은 불편했다. 무거운 울타리가 그녀를 선실 갑판에 붙잡아 주었다. 그녀가 숨을 쉬는 물에서는 윤활제 냄새가 났다.

스르오, 기술자 둘 그리고 두 경비병이 서로의 주위를 돌며 보호복이 잘 맞는지, 외부 판독 수치는 괜찮은지 확인했다. 누군가가 스르오의 장비를 위에서 확인하려고 몸을 말다가 관족으로 그녀의 등을 스치고 지나갔다. 보호복을 검사하면서 걸음을 옮기고, 관족을 뻗고, 몸을 뒤트는 동안 외골격 모터가 부드럽게 윙윙대는 소리가 물속에 퍼졌다.

"모두 노란색입니다."

프크오가 말했다.

"모두 노란색입니다."

크트오도 말했다.

"노란색입니다."

스르오의 경비병들이었다.

마지막으로 스르오가 확인했다.

"모두 노란색이군요. 그럼 시작하지요."

다섯 명은 짤랑거리며 수문으로 나갔다. 그들 뒤로 수문의 안쪽 해치가 잠겼다. 수문 안의 물이 빠져나갔지만, 외골격 덕분에 그들은 계속 서 있을 수 있었다. 단단한 보호복 안에서 물에 떠 있는 상태이면서도 스르오는 중력이 엄습해 올 것을 생각하는 것만으로 기운이 빠지는 것 같았다.

클모로 이주해 오기 전에도 그녀는 즘호의 얼음 위로 여러 번 작업을 나갔다. 그녀는 중력을 잘 이해하고 있었고, 직접 체험해 보기도 했다. 하지만 몸을 짓이겨 누르는 것 같은 이곳의 중력은 즘호의 중력과는 비교가 되지 않았다. 인간이나 퍼페티어조차 이런 곳에서는 살려고 하지 않을 터였다. 그것은 올트로가 이 행성을 택한 이유 중 하나이기도 했다.

물이 저장 탱크로 완전히 빠져나가자 출구 표시등이 노랗게 번쩍거렸다. 수문 바깥쪽 해치가 열렸다. 프크오를 선두로 해서 그들은 좁은 연결 통로를 지나 비행기에서 내린 다음, 황량한 육지로 나섰다. 동력을 갖춘 차량이 모든 장비를 갖추고 비로 미끌거리는 진흙 위에서 기다리고 있었다. 외골격 모터들이 항의하듯 비명을 지르는 가운데 그들은 차량에 기어오른 후, 그 차를 타고 대기 중인 화물선으로 갔다.

머리 위로 천둥과 번개가 쳤다. 스르오는 저 화물선 안에서 무엇을 발견하게 될지 궁금해졌다.

스르오가 금속 보호복에 둘러싸인 관족을 서투르게 내디딜 때마다 거기에 묻어 있던 진흙이 물속으로 풀려 나왔다. 화물실 갑판에는 해면과 고착 벌레들이 들어차 있었다. 지렁이 종류, 집게가 달린 작은 벌레 등 상상할 수 있는 온갖 종류의 벌레들이 떼를 지어 움직이거나 꿈틀댔다. 그 모든 것에서 건강과 활력, 비옥함이 넘쳤기 때문에 스르오는 어서 빨리 보호복을 벗어 버리고 아가미로 맛있는 물을 실컷 맛보고 싶었다.

하지만 그 전에 그녀와 그녀가 데려온 기술자 둘은 가지고 온 장비로 철저하게 검사를 진행했다. 하나도 빠짐없이 모든 것을 완벽하게 검사했다.

"이제 만족하십니까?"

화물선 선장이 물었다.

설명도 없이 바다에서 멀리 떨어진 곳에 착륙하도록 해서 그는 아직도 화가 많이 나 있었다. 아니면 무장한 호위선이 착륙 지점 위를 선회하고 있어서 기분 나쁜 것인지도 몰랐다. 아니면 스르오의 의심에 화가 난 것일 수도 있었다.

스르오는 미안하다는 듯 관족 하나를 흔들어 보였지만, 보호복을 입고 있다 보니 마치 조롱하는 듯한 동작이 되었다. 올트로는 검사를 진행하는 동안 모두가 보호복을 착용하고 있을 것을 주문했다.

선장이 쏘아붙이듯 말했다.

"우리는 도우러 온 건데 이래도 되는 겁니까? 대체 이 화물을 언제 개척지까지 운반하라는 겁니까?"

올트로는 그들이 매수된 것이 틀림없다고 확신했다. 대단히 중요한 문제를 두고 올트로가 틀린 적이 있던가? 스르오의 기억에 그런 경우는 한 번도 없었다.

아니면 그런 일이 없었다고 스스로를 기만하고 있는 것인가? 어쩌면 즘호에서 너무 멀리 떨어진 곳에 정착한 것은 실수였는지도 몰랐다.

마지막으로 융합했던 기억의 흔적은, 그리고 훨씬 더 희미해진 에르오의 기억흔적은 그런 결정을 꾸짖었던 것이 아닌지 의심스러웠다.

더 시험해 보거나 물어볼 게 뭐가 있지?

"선장님, 이 화물은 어디서 가져온 거지요?"

"그크호Gk'ho 해구 북쪽 끝에 있는 열수구 해저에서 가져왔습니다."

"그거 잘됐군요."

북쪽 해구라면 그크호 네이션Gk'ho Nation의 깊은 해저에 위치한 오지의 야생 생물 보존 구역이었다. 야생 생물의 표본을 채취하고 신선한 종자들을 구할 장소로는 그곳보다 좋은 곳이 없었다. 그리고 그크호의 군주 그크그크호Gk'Gk'ho는 튼튼호와 전혀 친한 사이가 아니었다.

스르오는 관족 하나에 깊숙이 심어 놓은 마이크를 통해 화물실 건너편에 있는 프크오에게 은밀하게 무선통신을 보냈다.

"프크오, 화물이 어디서 온 건지 알아낼 수 있나요?"

"잠시만요."

프크오가 보호복을 철커덩거리며 장비 차량으로 바삐 갔다. 외골격 모터에서 윙윙 소리가 들려왔다. 그들이 스캐닝한 내용과 판독 자료 들은 비행기의 컴퓨터로 전송되고 있었고, 기술자가 그 데이터를 살펴보는 데는 시간이 좀 걸렸다.

"그크호 야생 생물 보존 구역에서 온 게 거의 확실합니다."

프크오가 무선으로 대답했다.

스르오는 선장에게 말했다.

"좋아요. 이제 짐을 챙겨도 되겠어요."

"저희는 어서 화물 운송을 마쳤으면 좋겠습니다. 돌아가기 전에 선원들도 우주선에서 내려 좀 쉴 시간이 필요하고요."

선장이 말했다.

하지만 허가를 내 주려니 왠지 내키지가 않았다. 스르오는 모터 움직이는 소리와 함께 관족을 하나 들어서 다시 한 번 화물실 안을 둘러보았다. 선장의 굳은살 박인 가죽이 성난 빨간색으로 물결쳤다. 스르오는 못 본 척했다. 지금 내 눈에 보이고, 들리는 것들을 다시 한 번 확인해 보자.

그녀와 함께 온 두 경비병은 경계를 서고 있었다. 프크오는 동력 차량에 기구들을 정리해 담는 중이었고, 크트오는 선원들 사이에서 고향 소식을 물어보고 있었다. 그리고 더 많은 선원들이 스르오 주변에서 물을 분사하며 자유롭게 떠다니고 있었다.

스르오도 보호복을 벗어 버리고 그들을 따라 하고 싶은 마음이 굴뚝같았다. 그런데 이 풍경 속에는 무언가 잘못된 것이 있었다. 대체 그게 뭐지?

"금방 끝날 거예요, 선장님. 조금만 참아 주세요."

이렇게 말하며 스르오는 자리를 떴다. 그녀가 지나간 자리에 또 한바탕 진흙이 피어올랐다. 선장은 투덜거리며 물을 분사해 사라졌다.

스르오가 다가가자, 프크오가 물었다.

"무슨 문제라도 있습니까? 전부 다 확인하고 또 확인해 봤는데요."

스르오에게는 지금은 밝히고 싶지 않은 직감이 있었다.

"멀티스캐너를 좀 꺼내 주세요."

그녀의 목소리에서 무언가 심상치 않은 기운을 느낀 듯 프크오는 움찔 놀랐다.

"알겠습니다, 지혜로운 이시여."

그가 공손하게 말했다.

스르오는 멀티스캐너를 관족으로 감았다. 그리고 다른 관족으로 다시 한 번 화물실 내부를 둘러보았다. 화물실. 오가는 대화. 주변을 헤엄쳐 다니는 선원들.

헤엄쳐? 그래, 그게 잘못됐어.

"선장님."

스르오는 보호복의 외부 스피커 볼륨을 높여 선장을 불렀다.

선장이 물을 분사하며 다가와서 관족 두 개를 그녀 쪽으로 향했다.

"이번엔 또 뭡니까?"

"당신 선원들 중 일부가 아주…… 힘이 넘쳐 보이는군요."

하지만 힘이 넘친다는 말만으로는 그 이상한 느낌을 설명하기에 부족했다. 보급선의 선원들은 그러니까…… 뭐랄까, 사기가 충만하다고 해야 하나? 열광적이라고 해야 하나? 그것 말고도 무언가가 더 있었다.

도취 상태?

이 부분에 와서는 웬일인지 선장의 화가 생각보다 훨씬 누그러진 모습이었다. 당연히 화를 낼 이유가 있는데도.

선장이 그녀를 향해 헤엄쳐 왔다.

"아, 그거! 아까 말씀드렸다시피 아주 긴 여행이었습니다. 선원들은 우주선에서 내릴 생각에 흥분해 있죠. 새로운 존재들과 새로운 세상을 만나게 되리라는 기대감으로 말입니다."

스르오는 하이퍼스페이스를 통해 이 세상까지 장거리 여행을 하고 난 다음에 완전히 기진맥진하고 초조해졌다. 분명 무언가에 도취되어 있는 모습은 아니었다.

이 도취 상태에 뭔가가 있어.

"잠깐만요, 선장님."

스르오는 선원들이 마그네슘염이나 황화수소에 취해 있는 것 같다고 판단했지만, 그녀의 보호복에 있는 기기들은 물속의 모든 용질이 적정한 범위 안에서 유지되고 있음을 알려 주었다.

그녀는 멀티스캐너를 쥐고 있는 관족을 올리며 물었다.

"선장님을 한번 스캔해 봐도 될까요?"

대답이 없어서 그냥 스캐너를 돌려 보았다.

선장은 건강함 그 자체였다. 하지만 몇몇 판독치가 정상치에서 크게 벗어나 있었다. 효소 수치가 지금까지 보았던 어느 경우보다도 높았다. 선원들이 보여 준 뜻밖의 활기는 그것으로 설명할 수 있을 듯했다. 또한 몇몇 반복 유전자가 지금까지 보았던 어느 경우보다도 여러 번 반복되어 있었다. 이 유전자들은 기형 효소의 정보가 담긴 유전자였다.

스르오가 가장 놀란 부분은 유전자들 사이에 삽입된 예상치 못한 유전자 배열이었다. 레트로바이러스가 숨어 있을지도 모를 부위였다.

그녀는 선장에게 말했다.

"나와 동료들은 우리 수송기로 돌아가야겠어요."

"왜요? 우리에게 뭐 문제라도 있습니까?"

선장이 따지듯 물었다.

"조금…… 예상과 다른 부분이 있군요. 여기서는 완전한 분석에 필요한 장비들이 부족하네요."

정신 능력 또한 부족했다.

하지만 올트로의 정신 능력이라면.

올트로는 생각했다.

화물선의 선원들에 대하여. 그들은 저주받은 운명이었다. 설사 화물을 내려놓고 떠나도 좋다고 허가를 해 준들, 살아남아 즘호까지 우주선을 몰고 갈 수 있는 자는 아무도 없을 터였다. 개척지의 위치를 비밀로 보호하기 위해 성간 허공 깊숙한 곳의 접선 장소에서 화물선에 탑승한 항법사도 마찬가지 운명이었다. 죽음이 그들을 기다리고 있었다. 세포들은 죽고, 다시 복제된다. 세포가 세대에서 세대로 이어질 때마다 기형 효소의 농도는 증가할 것이다. 그러다가 그 농도가 충분히 높아지면 이 효소들은 세포의 DNA를 쪼개어 멋모르고 있던 숙주들을 죽일 것이다. 그리고 숙주 안에서 숨죽이고 있던 레트로바이러스들이 빠져나오리라.

레트로바이러스에 대하여. 이 바이러스가 바다 열수구 근처에서 풀려났다면 이식된 먹이사슬을 전체적으로 침범해 들어갔을 것이다. 하지만 그워스 개척민 자체에는 영향을 미치지 않았을 것이다.

세균전에 대하여. 이 오염이 우연히 일어난 것일 리는 없었다. 개척민과 올트로를 굴복시키려는 음모였다. 그들을 다시 즘호로 데려가려는 음모. 그들을 다시 노예로 만들려는 음모. 그워스가 이런 생물학 무기를 직접 만들어 냈을 리는 없었다. 생물학 무기를 퍼뜨릴 이런 교묘한 방법을 고안해 냈을 리도 없었다. 이런 아이디어들은 그워테슈트의 데이터처리 능력을 훨씬 뛰어넘었다. 대형 비생체 컴퓨터에서만 가능했다. 이를테면 인간이나 퍼페티어가 사용하는 것 같은. 어쩌면 튼튼호가 그런 컴퓨터를 사들였는지도 몰랐다.

올트로는 대응책을 강구해야 했다.

4

바위 곶 꼭대기에 올라선 루이스는 포효하며 솟아오르는 밀물을 바라보았다. 거센 바닷바람이 옷과 머리카락을 날렸다. 대북부만이 구불구불 길게 이어져 있었다.

만의 키 큰 바위 절벽이 양쪽에서 깔때기 모양으로 버티고 있기 때문에 밀려들던 조류는 점점 솟구쳐 오르다가 결국 파도가 아니라 그 자체로 벽이 되었다. 발밑의 땅이 흔들리고 바위에 부딪친 파도가 포말로 부서졌다. 파도치는 곳에서 백 미터나 높은 위치인데도 물보라가 가끔씩 얼굴에까지 튀었다.

백 미터가 아니라 삼백 피트지. 루이스는 단위를 고쳐 생각했다. 피트는 옛날식 단위고, 옛날식 영어다. 공용어의 밑바탕이 되는 언어는 영어였다. 주변 사람들이 온통 영어로만 얘기하니 마치 셰익스피어 연극의 한 조연이 된 것 같은 기분이 들었지만, 귀로 들리는 얘기들은 대부분 큰 어려움 없이 이해할 수 있었다. 그러나 이 측정 단위만큼은 도무지 적응이 되지 않았다. 익숙해지려면 아무래도 연습이 필요할 듯했다.

조금 있으면 네서스가 다시 나타날 것이다. 루이스는 업보 따위는 전혀 믿지 않지만 이 목가적인 생활도 언젠가 끝나게 될 것임을 알고 있었다. 그가 자신의 아버지가 걸었던 길을 그대로 따른다면…….

베어울프 섀퍼의 여행은 결국 존재의 위기로 치닫는 경향이 있었다.

루이스는 즐길 수 있을 때 인생을 즐기고 싶었다.

돌풍이 불어 얼굴 가득 물보라가 튀었다. 그는 벅차오르는 기쁨에 웃음을 터트렸다. 이 느낌은 '아이기스'호에 타고 있을 때의 느낌과는 너무나도 달랐다. 그때는 마치 영원히 그 우주선에서 내릴 일이 없을 것만 같았다.

"정말 아름다운 곳이로군."

"좋아해서 다행이야."

앨리스 조던이 말했다.

네서스와 지그문트는 '아이기스'호가 뉴 테라에 도착하자마자 처리해야 할 급한 문제가 있었다. 둘이 함께? 따로? 그 부분은 명확하지 않았다. 그래서 지그문트는 루이스를 차관에게 맡겼다. 루이스는 신경 쓰지 않았다. 그 덕에 앨리스를 만났기 때문이다. 그는 여자를 본 지가 무척 오래되었다.

앨리스도 루이스가 스무 살의 외모와는 달리 자기와 비슷한 백서른 살 정도의 나이인 것을 알고 나자 이 일에 배정받은 것을 불만스러워하지 않았다.

앨리스의 키는 뉴 테라 사람들을 머리 하나 높이 위에서 굽어볼 정도는 아니지만, 사람들 속에 서 있으면 바로 눈에 띌 정도는 되었다. 그녀는 건방지지는 않았지만 자신감이 넘쳐흘렀다. 무성한 검은 머리카락이 어깨 위에서 흩어져 등 뒤로 흘러내리고 있었다. 루이스는 그녀의 깊고 깊은 갈색 눈동자를 보고 있으면 마치 그 속에서 길을 잃어버릴 것 같고, 조각해 놓은 듯 사랑스러운 갈색의 얼굴은 평생 바라보고만 있어도 좋을 것만 같았다.

앨리스는 도약 원반을 타고 다니며 그에게 뉴 테라를 구석구석 소개해 주었다. 정말 아름다운 행성이었다. 드문드문 인간들의 정착지가 있고, 기후는 북극에서 남극까지 모두 온화했다. 원시적인 바다는 생기가 넘쳤고, 거대한 숲, 풀로 덮인 대초원, 광활한 광야가 대륙 가득 펼쳐졌다. 거대한 산들은 하늘을 찌를 듯 치솟아 있었다. 처음부터 어디에서나 흔히 볼 수 있는 도약 원반 주변으로 설계된 뉴 테라의 도시들을 뉴 테라 사람들은 ―그 뭐더라? 그렇지― 이웃이라고 생각했다. 머리 위로 목걸이처럼 줄지어 낮은 궤도를 돌고 있는 인공 태양, 사람들 사이에서 살고 있는 퍼페티어들만 빼면 뉴 테라는 인구가 현재의 백분의 일로 줄어든 지구와 흡사했을 것이다.

한마디로 이곳은 천국이었다.

"머리는 성숙미 넘치는 어른인데 몸은 피 끓는 이십 대라니. 과학은 참 대단하지? 당신 고향에는 당신 같은 사람이 많아?"

앨리스가 만족스러운 듯 등을 대고 누우며 물었다.

"왜? 나 하나로는 부족해서?"

루이스는 기분 나쁜 척했다.

앨리스가 손을 뻗어 그의 팔을 어루만졌다.

"당신 같은 남자를 한 사람 더 옆에 뒀다가는 내가 죽겠어."

루이스는 옆으로 돌아누웠다. 그녀의 얼굴을 보고 있는 것이 더 좋았다. 그는 오랫동안 사람과의 접촉에 굶주려 있었다. 여자에도 굶주려 있었다. 그리고 앨리스만큼 똑똑하고, 아름답고, 즐거운 여자를 만난 것이 언제였는지 기억도 안 났다. 그녀를 보는 순간, 루이스는 그녀를 알아야 했고, 그녀와 함께 있어야 했다. 분더란트에서 그렇게 지독하게 약 생각에 빠져 있을 때도 이 정도는 아니었던 것 같았다. 앨리스는 아름다웠다. 하지만…….

어쩌면 이제 진실을 밝혀내야 할 시간인지도 몰랐다.

둘이 함께 있는 내내 서로 사랑의 언어로 시시덕거리면서 뉴 테라의 역사와 문화에 대한 통찰을 얻을 수 있었지만, 그러는 와중에 앨리스는 은근히 그로부터 정보를 캐내고 있었다. 때로는 아주 통찰력 있는 질문도 날아들었다. 루이스는 사흘이 지나서야 그것을 눈치챘다. 더 의심하는 태도로 들어 보니 그녀가 사용하는 말에는 뉴 테라 사람이라면 알지 못했을 지식들이 섞여 있는 것을 알 수 있었다. 그에게는 아직 서툰 영어에 공용어를 섞어서 사용해 보았더니 앨리스는 그가 예상했던 것보다 훨씬 그 말들을 잘 이해했다.

"당신 뭐 하던 사람이야? 당신 상사처럼 ARM 소속이었나?"

루이스가 갑자기 날카롭게 질문을 던지자, 앨리스는 뒤로 흠칫 몸을 뺐다. 그리고 잠시 그를 바라보더니 말했다.

"아니, 황금 가죽이었어."

고리인 경찰은 노란색 압력복을 입었다. 그래서 황금 가죽이란 별명으로 통했다. 그러고 보니 앨리스는 과연 고리인답게 큰 키였다. 내가 이걸 왜 눈치채지 못했지?

"그래서 내게 원하는 게 뭔데?"

"뉴 테라 사람들에게 집으로 돌아가는 길을 알려 주는 거. 하지만 당신도 장관님이나 나처럼 그 길을 모르긴 마찬가지잖아."

앨리스가 말했다.

루이스는 자기가 이 여자에게 반했다는 것을 알고 있었다. 하지만 한편으로 그녀가 자기를 속였다는 것에 화가 치밀었다.

"당신도 네서스가 여기로 데려왔나?"

"당신은 네서스를 믿어?"

그녀가 되물었다.

"응."

루이스는 잠시 생각하다 다시 말했다.

"대부분은."

"그럼 시민은?"

"그중 한 놈은 나를 죽이려고 했어."

루이스는 욕을 내뱉듯 말했다. 그러고는 죄지은 사람처럼 다시 덧붙였다.

"맞아, 이 세계는 한때 퍼페티어의 식민지였다고 했지."

"이거 하나는 명심해. 겁쟁이가 겁을 먹으면 그 누구보다도 무자비해진다는 거. 시민들은 공포를 느끼면 더욱 삐뚤어진 음모를 꾸며. 일단 폭력에 의존하기 시작하면 그들은 상상을 초월할 정도의 폭력을 휘두른다고."

루이스는 앨리스의 손을 잡았다.

"내 질문을 피하고 있군. 네서스가 당신을 여기로 데려왔나?"

그리고 내가 차마 묻지 못한 질문에 대해서도 답변을 피하고 있지. 우리의 관계는 진짜인가?

"그렇게 간단하지 않아."

앨리스가 한숨을 내쉬었다.

"네서스는 내 배경에 대해서 아무것도 몰라. 장관님과 나는 그걸 비밀로 하고 싶어 하거든."

루이스는 말없이 대답을 기다렸다.

"당신을 알기 전에는 비밀을 유지하는 게 더 쉬웠지."

루이스는 계속해서 기다렸다.

하지만 앨리스가 설명할 말을 미처 생각해 내기도 전에 지그문트로부터 전화가 왔다.

루이스는 북적거리는 로비로 걸어 나왔다. 무표정한 경비병들이 그를 둘러쌌다. 경비병들은 그를 이끌고 창문 없이 사방팔방 뻗어 있는 한 건물 깊숙한 곳으로 성큼성큼 함께 걸어갔다. 그리고 '장관실'이라고 적혀 있는 문 앞에 데려다 놓고 떠났다. 호리호리한 금발의 보좌관이 그를 보고 눈인사를 했지만, 말은 하지 않았다.

보좌관 뒤쪽으로 문이 열렸다.

"루이스 우."

지그문트 아우스폴러였다. 이렇게 직접 보니 그의 눈은 하이퍼웨이브로 봤을 때보다 더 음울하고 강렬해 보였다.

"결국 이렇게 직접 만나게 되어 기쁩니다. 들어오세요."

루이스는 안으로 걸어 들어가 선 채로 기다렸다. 데이터 스크린이 벽을 뒤덮고 있었지만 모두 꺼진 채였다. 커다란 책상은 가족의 홀로그램 말고는 깨끗하게 비어 있었다. 지그문트 아우스폴러가 아름다운 아내와 아이, 손자들을 둔 사내라 생각하니 영 어울리지 않는 것 같았다.

그가 의자 쪽으로 손짓을 했다.

"이리 와서 앉죠."

"서 있는 게 편합니다."

루이스는 그렇게 말하고 그대로 서 있었다.

지그문트가 살짝 얼굴을 찡그렸다.

"편한 자리가 될 거라고는 기대하지 않았습니다. 당신이 나를 미워하는 것도 당연하죠. 당신이 생각하는 그 이유가 아니라고 해도 말입니다."

네가 내 기분을 알기나 해? 루이스는 속으로 생각했지만 굳이 입 밖에 내지는 않았다.

"뭐 좀 마시겠습니까?"

지그문트가 직접 호박색의 음료를 한 잔 합성기에서 뽑으며 물었다. 하지만 루이스가 침묵하자 그냥 어깨를 들썩했다.

“그럼 편할 대로. 알려진 우주에서는 지금 날짜가 어떻게 됩니까? 연도만 말해 줘도 충분합니다.”

“내가 떠날 때가 2780년이었으니까 이제는 2781년이 됐을 겁니다.”

“그렇다면 당신은 백서른 살쯤이겠군요. 나는 삼백 살이 다 됐습니다. 그런데도 당신은 아이처럼 보이고 나는 당신의 실제 나이보다도 젊어 보이다니, 카를로스는 정말이지 천재였습니다.”

“그 대가로 당신은 아버지를 뒤쫓았죠. 내 가족 모두를 쫓아다녀서 결국 지구를 떠나게 만들었고.”

루이스는 차갑게 대꾸했다.

“저 오토닥이 어떻게 생겨났는지 얘기하죠.”

지그문트가 위스키를 홀짝이며 말을 이었다.

“나는 우주 해적들로부터 천체물리학자 카를로스와 탐험가 베어울프를 한 번 구출한 적이 있습니다. 하마터면 너무 늦을 뻔했죠. 진공 상태에 있다 보니 카를로스의 폐가 심각하게 손상됐는데, 내 우주선의 오토닥이 제공한 장기들을 그의 몸이 거부하는 바람에. 지구로 돌아가기도 전에 거의 죽을 뻔했죠.”

이자가 내 아버지들의 목숨을 구했다고? 네서스는 이 부분에 대해서는 아무 말도 하지 않았다. 하지만 지그문트의 말을 듣고 보니 어린 시절에 어쩌다 엿듣게 된 수수께끼 같은 말이 루이스는 그제야 이해되었다.

지그문트가 계속했다.

“그 사고가 있은 뒤로 카를로스는 천체물리학을 버리고 나노 기술의 연구에 몰두했습니다. 구사일생으로 살아남은 후에 더 나은 오토닥을 만드는 일로 관심을 돌린 거죠."

"그래서 당신은 내 가족이 지구를 떠나게 만들었고."

루이스는 다시 한 번 말했다.

"그랬다면 차라리 나았겠죠."

지그문트가 갑자기 손을 떨더니 들고 있던 위스키를 한입에 털어 넣었다.

"당신 가족이 지구를 떠나도록 유혹하고 몰아세운 건 '페더'라는 여자 ARM 요원이었습니다. 그녀는 카를로스가 자기와 함께 숨어야겠다고 생각하게 만들려고 날 끌어들여서 있지도 않은 위협을 꾸며 냈죠. 덧붙여 말하자면 그때 그녀는 베어울프를 죽이려고 물불 가리지 않았습니다. 카를로스가 나머지 가족들도 함께 가지 않으면 자기도 가지 않겠다고 했죠. 나는 내가 생각해도 그다지 자랑스럽지 못한 일들을 해 온 사람입니다. 그래서 사람들은 페더의 말을 더 믿었죠. 얘기가 깁니다."

그 페더라는 여인이 부모들과 함께 지구를 떠났단 말인가? 루이스는 파프니르에서 찾아낸 기록을 보고 놀랐던 것이 기억났다. 그레이노어 가문의 남자 둘과 여자 둘. 페더라는 여자가 사라진 그 여자인가?

루이스는 팔짱을 끼며 말했다.

"네서스가 돌아오기 전에는 난 아무 데도 안 갑니다."

"당신에게 그나마 위안이 될지는 모르겠지만, 베어울프는 당신과 내게 기적을 일으켜 준 바로 그 오토닥으로 몸을 다시 만들어서, 죽었다가 살아났습니다. 내가 끔찍하게 죽는 모습을 볼 수 있는 시간에 아주 딱 맞춰서 말입니다. 내 가슴에 구멍 하나만 뚫어 놓으면 간단하게 끝나는 일이었죠."

루이스의 질문을 막듯이 지그문트가 손을 저었다.

"베어울프는 날 죽이지 않았습니다. 설사 죽였다고 해도 나로서는 그를 원망할 수 있는 처지가 아니었죠. 그리고 맞습니다. 카를로스의 오토닥이 나도 살려 줬습니다. 내가 거의 반쯤 죽어 있는 동안 네서스가 나를 납치해다가 기억을 선택적으로 골라서 지우고 여기로 데려온 겁니다."

"그럼 당신이 말한, 내가 당신을 미워해야 할 다른 이유는 뭡니까? 당신의 편집증 때문에 그 페더라는 여자의 배신이 가능했다는 거?"

지그문트는 고개를 저었다.

"그랬다면 그나마 나았겠죠. 내 실수는 더 큰 거였습니다. 당신이 나를 미워해야 할 이유는 결정적인 순간에 내가 충분히 편집증을 보이지 못했다는 점입니다. 페더가 무슨 생각을 하고 있는지 의심했다면 그녀를 막을 수 있었을 겁니다. 그랬다면 그런 끔찍한 고통을 겪을 필요가 없었겠죠. 모두가 말입니다."

하지만 루이스는 그 누구보다도 지그문트가 가장 큰 고통을 겪었음을 느낄 수 있었다. 페더는 ARM에 어떤 존재였지?

"지그문트…… 내게 이 얘기를 왜 하는 겁니까?"

"팩의 도서관 때문입니다. 네서스의 말만 맹목적으로 믿지 말고 날 어느 정도 신뢰해 줬으면 합니다. 당신의 행동과 네서스의 행동이 이 세계에 어떤 의미를 지니는지 생각해 주세요. 그리고 가능하다면 날 그 일에 끼워 주기를 바랍니다."

루이스는 쏘아붙이듯 말했다.

"지금 이 시점에서는 그 누구도 못 믿겠군요."

지그문트가 손을 내밀었다.

"현재로써는 그 정도로 충분합니다."

잠을 이루지 못한 루이스는 수면장 가장자리 너머로 터치 포인트까지 더듬어 갔다. 그리고 두 발로 선 다음, 앨리스가 잠을 깨기 전에 수면장을 다시 켰다. 맨발이었기 때문에 문으로 살금살금 가는 동안에도 아무런 소리가 나지 않았다. 그는 문간에서 잠시 멈추고 복도 전등의 어둑한 불빛에 비친 앨리스의 모습을 흘끗 보았다. 젠장. 그녀는 아름다웠다.

그가 아는 것은 그것밖에 없었다.

루이스의 마음은 섬뜩한 깨달음 때문에 복잡한 곤경에 빠져 버렸다. 앨리스, 지그문트, 루이스, 세 사람은 모두 비슷한 처지였다. 세 사람에게는 모두 자기만의 악마가 있었다. 세 사람은 모두 세계의 걱정거리들과 싸우고 있었다. 세 사람 모두 이상하게 꼬인 운명 때문에 길을 잃고 집에서 멀리 떨어진 이곳까지 흘러들었다. 앨리스는, 심지어 지그문트까지도 나만큼이나 용서가 필요한 사람들이 아닐까?

루이스는 발끝으로 살금살금 걸어 다시 침대로 돌아왔다. 앨리스를 안고 싶었다. 그들의 결점이 무엇이든, 밝아 오는 새벽이 어떤 하루를 새로 펼치든, 오늘 밤 그들은 서로를 필요로 했다.

앨리스가 하품을 하며 침실에서 나타났다.

"일찍 일어났네."

"응."

루이스는 거실 벽지를 해안 카메라와 연결시켜 두었다. 주변으로 온통 가상의 파도가 새하얀 모래사장에 부딪치고 있었다. 그가 말했다.

"자는데 깨우고 싶지 않아서."

앨리스는 그의 옆에서 손을 잡았다.

"파도가 정말 평화롭네."

루이스가 인간의 나약함과 또 한 번의 기회에 대해 고민하다 지치자, 그를 괴롭히는 또 다른 문제가 머릿속으로 들어왔다. 바로 대북부만이었다. 그는 소리를 줄여 놓고 한 시간가량 해안을 물끄러미 바라보고 있던 참이었다. 그동안에 밀물이 해안까지 차올랐다.

루이스는 부드럽게 물었다.

"뉴 테라에는 달이 없잖아. 뉴 테라는 우주 속에 단독으로 존재해. 그런데 어떻게 밀물과 썰물이 생길 수 있지?"

앨리스가 그의 손을 잡았다.

"베데커의 선물이야. 최후자가 되기 한참 전에 그는 행성 드라이브를 조금씩 흔들리게 만들 방법을 찾아냈지. 그 덕에 뉴 테라가 세계 선단 안에 있을 때와 비슷하게 밀물과 썰물이 일어나는 거야.”

“퍼페티어의 선물이라고? 이거 뭐라고 해야 할지 모르겠군.”

“장관님도 그러시더라.”

벽 네 곳에서 바다와 모래가 열두 개의 밝은 태양 아래 반짝이고 있었다. 부서지는 파도가 수은처럼 소용돌이치며 해안으로 거품을 쏟아 냈다. 잠시 앨리스는 그 아름다움에 빠져 있는 듯했다. 그러다가 즐겁다는 듯 활짝 웃으며 말했다.

“편집증 환자를 괴롭히는 데는 뜬금없는 친절만 한 게 없지.”

## 5

아킬레스는 자기의 삶을 가둬 놓은 좁은 원통 안을 빙빙 돌았다. 들리는 소리라고는 뚜벅거리는 자신의 발굽 소리밖에 없었다. 하루에 네 번, 음식과 신선한 주스가 배달되었다. 부드러운 쿠션도 무더기로 있고, 심심풀이용으로 쓰라고 기능이 제한된 휴대용 컴퓨터도 마련되어 있었다.

하지만 아킬레스는 모두 다 무시했다.

그의 감방은 GP 선체 재료로 이음매 없이 막혀 있었다. 그가 아는 초분자 파괴 방법 중에 여기서 소용이 있는 것은 하나도 없었다. 그가 먹는 음식, 그가 숨 쉬는 산소도 도약 원반의 작용 없이는 감방 안으로 들어올 수 없었다. 그가 누는 배설물이나 그가 내뱉는 이산화탄소조차 도약 원반의 작용 없이는 감방 밖으로 나갈 수 없었다. 아킬레스는 누가 꺼내 주기 전에는 꼼짝없이 이 안에 갇혀 있을 수밖에 없었다. 그는 정부의 죄수였다. 좀 더 구체적으로는, 외실 벽에 있는 커다란 인장으로 판단하건대, 비밀 임원회의 죄수였다.

니케 놈이 얼마나 고소해하고 있을까.

아킬레스는 자기 생각의 포로이기도 했다. 한시라도 음모와 책략을 꾸미지 않고 지나가는 법을 몰랐기 때문이다.

우주선을 유용해서 잃어버린 죄? 그것은 사소한 범법 행위였다. 무모하게 협약체를 위험에 빠뜨린 죄? 이것은 좀 더 문제가 되겠지만 모호한 구석이 없지 않았다. 정책의 차이라고 합리화시킬 수 있는 부분이 많을 것이다. 그리고 세계를 떠나는 모험을 감행한 자에게는 전통적으로 많은 재량권이 부여되었다. 정부 부처에 흩어져 있는 친구와 동료 들이 외교 문제의 세부적인 요소들을 들먹여서 변론을 제기해 줄 수 있을 것이다.

물론 아직도 내 편이 있다면 말이지.

가장 중요한 문제가 남아 있었다. 아킬레스에게는 계획적으로 한 시민을 살해하려 한 혐의가 있었다. 이것은 협약체 같은 추상적인 대상에 대한 범죄가 아니라 종족 자체에 대한 범죄였다.

시민은 그 무엇보다 스스로의 보호를 최우선으로 했다.

네서스는 아킬레스가 '아이기스'호를 파괴하기 위해 남겨 놓은 장치를 찾아냈다. 그리고 그가 미친 듯이 그 장치를 찾아 헤매는 모습과 네서스의 입에 매달려 있는 장치를 보았을 때 그가 보였던 반응도 모두 녹화해 두었다. 여기에는 어떠한 의문의 여지도 없고, 정책적 차이라는 변명도 존재할 수 없었다. 너무도 확고부동한 증거였기 때문에 비난이 일 것이 너무도 분명했다.

그럼 도대체 왜 재판이 시작되지 않는 거지? 추종자들이 겁먹고 나와 거리를 두게 하려고? 어쩌면. 그렇다면 그 계획은 분명 제대로 먹혀든 셈이군. 나를 찾아오는 자가 거의 없으니. 진정한 충성심을 보이는 자도 없다시피 했지. 허스로 날아오는 동안 간, 쓸개 다 빼 줄 듯이 지껄이던 베스타 이놈도 아직 얼굴 한번 내보이지 않았고.

어쩌면 적들은 내 결심이 흐트러질 때까지 재판을 미루고 있는지도 몰라.

천만에. 그런 일은 절대로 없지.

다시 한 번 감방 안을 돌며 걷다가 아킬레스는 잠시 걸음을 멈추고 죽을 조금 입에 넣었다. 맛도 모르고 먹었다. 그저 음식을 먹고 운동을 해서 건강을 유지한다는 것만으로 충분했다. 언젠가 재판은 열리게 되어 있었다. 그때를 대비해서라도 정신을 똑바로 챙기고 있어야 했다. 시민은 언제나 스스로를 지키는 것을 무엇보다 최우선으로 하기 때문이었다.

늘 그랬듯이, 나는 내가 지켜야 해.

많은 것을 이해하기에는 너무 어린 나이였다. 유치원 야유회였다. 베어 낸 지 얼마 안 된 목초지 위에서 그는 서른 명 정도의 친구들과 뛰어놀고 있었다. 선생들과 몇몇 부모들이 아이들을 지켜보고 있었다. 그의 부모도 그들 중 하나였다. 파란색, 하얀색,

갈색의 세계들이 머리 위로 높이 떠 있었다. 몇몇은 둥글고 나머지는 초승달 모양이었다. 저 멀리에는 노란색으로 따듯하게 빛나는 생태건물의 벽들이 주위를 온통 둘러싸고 있었다. 다용도 부양기 하나가 화분에 심은 식물들을 쌓은 채 떠올랐다. 부양기의 투명한 운전석 안에서 공원 관리자가 보호용 작업복을 입고 흔들거리며 이동하기 시작했다.

그는 엉뚱한 곳으로 날아간 공이 목초지로 데굴데굴 굴러가던 것을 기억했다. 즐거운 비명을 지르며 그 공을 쫓아 달려갔던 것도 기억났다.

하지만 즐거운 비명은 이내 공포의 비명으로 바뀌었다. 그의 두 머리가 미친 듯이 주변을 두리번거렸다.

뭐가 잘못된 거지?

부양기였다. 투명한 운전석 안에 공원 관리자가 조종 장치 위에 쓰러져 있고, 부양기가 방향을 틀어 그를 향해 곧장 날아오고 있었다. 겁에 질려 벌벌 떨면서 그는 주저하듯 오른쪽으로 한 걸음 내디뎠다. 하지만 폭주하는 부양기도 비틀거리며 여전히 그를 향해 달려들고 있었다. 그는 안간힘을 다해 몇 걸음 왼쪽으로 재빨리 움직였다. 방향을 종잡을 수 없이 비틀거리며 부양기가 속도를 높였다. 지금 생각해 보면 그 부양기의 움직임이 불규칙했던 것은 화물이 덜컹거렸고, 죽어 가던 운전자가 경련을 일으켰기 때문이었던 것 같았다.

어쨌든 그 순간, 부양기가 그를 향해 날아오고 있다는 것이 너무나도 분명해졌다.

심장이 방망이질 치면서 두려움으로 온몸이 마비되어 꽥 하고 소리를 질렀던 것이 기억났다. 그 당시에는 그냥 땅바닥에 주저앉아 단단하게 몸을 말고 숨고 싶은 생각밖에 들지 않았다. 하지만 부양기는 무거운 짐을 싣고 있어서 땅바닥 가까이 배를 붙인 채 날고 있었다. 머리 위로 지나치는 것이 아니라 그에게 정면으로 날아와 부딪칠 것이 분명했다.

낯익은 목소리들이 들렸다. 친구, 선생님, 부모 들. 그리고 그의 부모도! 고통의 노랫소리가 들려왔다. 그들은 그에게 어서 달아나라고 두려움과 공포 속에서 괴성을 지르고 있었다.

그가 뿌리를 박은 듯이 그 자리에서 꼼짝도 하지 않았기 때문이었다.

하지만 어떻게든 그는 자기를 짓누르는 공포를 이겨 냈다. 한 걸음, 또 한 걸음 그리고 다시 한 걸음. 차츰 속도를 내다가 부양기가 거의 덮칠 즈음, 그는 부양기에 실린 식물을 심으려고 파 둔 구덩이 하나에 빠졌다.

결국 부양기는 그의 뒷다리를 긁어 상처를 남기고, 성기고 어린 갈기에 길게 자국을 남기며 구덩이 위를 스쳐 지나갔다. 부양기가 입술 마디 하나만큼만 낮게 날았더라도 그의 두개골은 산산조각이 나고 말았을 것이다.

그는 너무나 공포에 질려 울지도 못했다.

부양기는 엔진 굉음을 내며 붉은가시나무 울타리에 처박혀 멈추었다. 붉은가시나무의 식충 촉수가 자기를 공격한 존재에게 부질없는 반격을 가하고 있었다.

친구들은 거리를 둔 채 그저 목을 길게 빼고 그가 어떻게 되었나 보고만 있었다. 그때까지 피를 직접 본 친구는 하나도 없었기 때문에 모두 겁에 질려, 혹은 신기하다는 듯 소리만 질러 댔다.

그의 부모가 달려왔다.

'아가, 괜찮아?'

한 부모가 울부짖었다. 두 부모 중 어느 쪽이었는지는 기억나지 않았다. 상관없었다.

정말로 중요한 순간에는 아무도 달려오지 않았다. 친구도, 선생도, 부모도. 그 누구도.

그래서 네 살이라는 이른 나이에 그의 가슴속에는 교훈 하나가 깊숙이 새겨졌다. 이 세상은 나를 해코지하지 못해 안달이 나 있고, 세상에 믿을 존재는 나 하나밖에 없다.

그래, 어디 두고 보자고.

대기실은 열 명 이상이 들어가도 넉넉할 공간이었지만 네서스는 그 방을 독차지하고 있었다. 그는 따듯한 당근 주스를 한 잔 합성기에서 뽑았다. 이 주스에는 그를 차분하게 만들어 주는 힘이 있었다.

뭐, 보통은 그랬다.

아킬레스는 공개재판을 하기에는 너무 위험한 자였다. 그리고 연줄이 너무 많아서 재판 과정에서 감쪽같이 사라져 버릴지도 몰랐다. 그래서 비밀재판을 하게 되었다. 재판을 주도할 공정한 조정자도 없을 것이고, 방대한 판례집도 없을 것이고, 증거를 면밀히 조사해서 선별할 협의회도 없을 것이다. 아킬레스에게 유리한 목격자들과 불리한 목격자들이 나와서 증거를 제출하고, 그들의 주장을 말하고, 정상참작해야 할 상황 등을 증언할 것이다. 그러면 최후자가 평결을 내릴 것이다.

최후자는 오직 자신의 지위에 어울리는 자비와 품위를 보여야 할 의무, 정치와 얽힌 실리적인 문제에 의해서만 제약을 받았다. 최후자가 내린 판단에 대해서는 항소가 있을 수 없었다.

"준비가 되었습니다."

숨겨진 천장 스피커가 알렸다.

네서스는 음료를 내려놓았다. 그는 두 걸음을 옮겨 현관에 외롭게 놓여 있는 도약 원반에 올라섰고, 다시 재판장에 모습을 드러냈다. 베데커가 긴 의자 위에 다리를 벌리고 앉아 있었다. 그의 양옆에는 고위 관료들과 그가 신뢰하는 보좌관들이 자리를 잡았다. 협약체를 통치하는 엘리트 집단이었다. 아킬레스는 반항적인 자세로 최후자의 반대편에 앉아 있었다.

네서스는 그 모습에 너무 정신이 팔려 있어서 누가 자기를 증인석으로 안내하는지도 몰랐다. 그가 증인석에 앉았다.

베데커가 형식적인 말투로 노래했다.

"자신의 이름을 밝히십시오."

네서스는 자신의 공식 이름을 노래했다.

"당신은 피고에 대해 증언을 하기 위해 이 자리에 왔습니까?"

"그렇습니다."

"그럼 증언을 시작하십시오."

네서스는 '아이기스'호의 보안 카메라 영상을 이용해 천천히 그리고 체계적으로 자기의 이야기를 풀어 갔다. '아르고'호의 잔해에서 아킬레스를 구출한 일에 대해. 팩의 도서관을 회수한 일에 대해. 그리고 '아이기스'호와 그 선원들을 파괴하려 했던 아킬레스의 음모에 대해.

네서스가 증언을 할 때마다 아킬레스는 부인했지만 예상했던 방식과는 달랐다.

"절대 단독으로 행동하지는 않았습니다. 다른 이들도 압니다. 여기 있는 이들 모두 다 압니다. 그워스의 위협을 제거해야 하지 않습니까."

아킬레스는 이런 말을 자주 꺼냈고, 반복할 때마다 더욱 미친 듯이 강력하게 말했다.

그 자신이 그워스를 위협하는 바람에 조장된 위협이었다. 하지만 그워스에 대한 정책은 오늘의 주제가 아니었다. 이 재판이 정책과 관련된 논란으로 빠져들면 아킬레스가 행여 풀려날지도 몰랐다.

네서스는 아킬레스가 '아이기스'호를 파괴하려고 했던 장면을 재생했다.

"이게 그워스의 위협을 중단시키기 위한 행위란 말입니까? 시민을 죽이는 게?"

"팩의 도서관에 들어 있는 기술이면 그워스를 막을 수 있습니다. 그 자료들을 아직 가지고 있겠지요?"

아킬레스가 조롱하듯 노래했다.

사실 네서스는 그 자료들을 가지고 있지 않았다. 뉴 테라로 이동하는 도중, 아킬레스는 정지장 안에 꼼짝없이 누워 있고 루이스는 잠이 들어 있는 동안에, 네서스는 팩의 하드웨어를 버렸다. 카를로스 우의 오토닥도 함께 버렸다. 거기에는 위험할 정도로 발전된 나노 기술이 들어 있기 때문이었다. 버려진 장비에는 코드를 입력하면 활성화되는 응답기가 들어 있어서 마음만 먹으면 그 장비들을 언제나 회수할 수 있었다. 네서스는 당연히 그 장비들을 회수할 생각이었다. 일단 아킬레스가 유죄판결을 받아 투옥되고, 그의 심복들이 정부에서 모두 숙청되고 난 다음에. 하지만 이곳에 있는 그 누구도, 심지어는 베데커조차 그런 예방 조치에 대해서는 알지 못했다. 그 정보를 자진해서 말하지 않는 것이 최선일 듯했다.

네서스는 명령했다.

"질문에 대답하십시오."

아킬레스가 목을 곧게 펴고 자신의 운명할 결정할 자들을 거만하게 내려다보았다.

"내가 한 행동에 관여한 자들이 있지요. 지금 여기, 이곳에도 있습니다."

네서스의 증언이 끝나고, 장관들의 심문이 끝나고, 조롱하는 듯한 아킬레스의 반박이 끝나고 나자, 네서스는 마치 위험에 처한 것이 아킬레스가 아니라 자기인 듯한 느낌이 들었다.

베스타는 공식 직함 장식 띠를 맨 채 아킬레스의 감방을 둘러싸고 있는 커다란 텅 빈 공간으로 도약했다. 그리고 아킬레스가 반응을 보이기도 전에 장식 띠 주머니에서 장치를 꺼내 들었다. 입술 마디를 씰룩거리자 작은 장치의 초록색 불빛이 깜박이기 시작했다.

"비밀 임원회의 방해전파 발신기입니다."

베스타가 말했다. 그는 영어를 쓰고 있었다. 어쩌다 경비병이 듣게 된다 해도 이해하지 못하게 하려는 것이거나, 자유롭게 말할 수 있는 입이 하나밖에 없어서 그런 것인지도 몰랐다.

"당분간은 간수도 의심하지 않을 겁니다."

내 감방에는 여기저기 센서가 설치되어 있으니 간수도 안심하고 있을 거란 말이지. 아킬레스는 생각했다.

"이렇게 찾아 주니 참 고맙군요."

그런데 이미 늦었어.

"재판에서 하신 말씀 말입니다. 그게……."

베스타가 살짝 몸을 떨었다.

"저에 대해 얘기할 생각이십니까? 저를 고발하시려고요?"

"그냥 당신이 내게 한 약속을 상기시켜 주려는 뜻밖에 없었습니다."

그리고 네가 그 약속을 잊어버리기로 했을 때 일어날 일에 대해서도 말이야.

둘이 서로를 바라보다 결국 베스타가 꼬리를 내렸다.

"제가 어떻게 하면 되겠습니까, 각하?"

"허스로 오는 동안 그랬지요? 기회를 만들어 내겠다고 말입니다. 내 생각엔 지금이 적당한 시기가 아닌가 싶군요."

재판에서 최종 판결이 나기 전에 말이지.

베스타의 목이 더 아래로 처졌다.

"기대했던 것보다 돕겠다고 나서는 자가 적습니다. 다들…… 염려하고 있습니다. '아이기스'호에서 일어났던 일 때문에……."

방해전파 발신기의 불빛이 더 빨리 깜박거리고 있었다. 시간이 얼마 남지 않았다. 아킬레스는 간단하게 답했다.

"$NP_1$에서 노역을 나 혼자 하지는 않을 생각입니다."

베스타가 두려움에 사시나무 떨듯 몸을 떨었다. 그는 한쪽 머리로 아킬레스와 깜박이는 방해전파 발신기를 물고 있는 머리 사이를 무기력하게 번갈아 바라볼 뿐이었다.

"베스타, 혹시라도 재판이 형 선고까지 이어진다면 내가 어떤 걸 폭로할지는 당신도 알고 있겠지요?"

"그렇게는 되지 않을 겁니다."

베스타가 날카롭게 노래했다. 그는 턱을 까딱거려 방해전파 발신기를 껐다.

그리고 도착했을 때처럼 갑자기 사라졌다.

## 6

"우리는 당신이 예전에 만난 적이 있는 올트로입니다."

하이퍼웨이브 메시지는 이렇게 시작되었다. 그 목소리는 깊은 울림과 확신에 찬 영어로 이야기했다.

"하지만 우리는 사실 그 올트로가 아닙니다. 지그문트, 당신이 만났던 그워스는 우리의 기억 속에서만 살고 있습니다."

루이스는 지그문트와 앨리스가 자기를 바라보고 있음을 의식하며 메시지에 이목을 집중하고 있었다. 지그문트는 별다른 설명 없이 '흥미로운 것이 있습니다.'라고만 말하고 그를 이 자리로 불러냈다. 정말 흥미로웠다. 그리고 이것이 일종의 시험이라는 것도 분명했다.

루이스는 명령했다.

"정지."

— 알겠습니다.

지브스가 대답했다.

적어도 한 가지 작은 미스터리는 저절로 풀렸다. 최초의 지브스는 퍼페티어에게 납치되었던 램스쿠프 개척선에 탑재되어 있던 AI였다. 이 개척선이 바로 뉴 테라 사람들의 기원이었다. 퍼페티어와 어울리지 않는, 집사 같은 태도를 가지고 있던 보이스도 이 지브스를 복사한 AI였다.

지브스의 복사본들은 뉴 테라의 지도자들과 새로 운항되는 모든 뉴 테라 우주선의 선원들을 보조하는 역할을 했다. AI는 아주 어려운 기술이었다. 퍼페티어들은 외면해 버린 분야이기도 했다. 뉴 테라가 처음부터 새로 제작한 몇 안 되는 인공두뇌 후보 중에 수 세기 전 지구에서 만든 AI에 견줄 만한 것은 아직 하나도 없었다.

루이스는 물었다.

“왜 자기가 자기가 아니라고 하는 거죠?”

“우리가 지난번에 만났을 때 올트로는 나를 깊숙한 우주 한가운데 버려두고 가 버렸습니다. 뭐, 베데커도 함께였지만. 그워스의 입장에서는 선제적으로 약간의 자기방어에 들어간 거였다고 주장할 수도 있을 겁니다. 난 그저 잘못된 장소, 잘못된 시간에 우연히 거기에 있었던 것뿐이죠.”

지그문트의 얼굴에 씁쓸한 미소가 스쳤다.

“내 인생 이야기입니다. 난 아주 오랫동안, 정지장에 들어가 있는 베데커를 빼고는 혼자서 표류해야 했죠.”

지금 저 인간의 뺨이 실룩거린 것이 맞나? 루이스는 아직도 지그문트를 사악한 천재라 생각하고 있었는데 그런 인간에게서 인간적인 나약함이 엿보이다니 이상한 기분이 들었다.

“그럼 애초에 자기 정체를 밝힌 이유가 뭐죠? 그냥 가짜로 이름을 하나 지을 일이지.”

“저 서두를 빼고는 메시지가 암호로 되어 있습니다. 그 이유는 이제 곧 알게 될 겁니다. 올트로는 내가 암호 키를 추론하는 데 필요한 힌트로 자신을 이용했죠.”

지그문트는 이를 악물었지만 뺨의 실룩거림을 막지 못했다.

“저들이 우리 선체를 쪼개 버리기 전에 마지막으로 남긴 말이 있습니다. ‘미안합니다.’라는 거였죠.”

“GP 선체였는데 말이야.”

앨리스가 덧붙였다.

GP 선체를 어떻게 쪼갰지? 루이스도 '아르고'호의 선체를 가루로 만들기는 했지만 그것은 '아이기스'호를 아주 정확하게 위치시켰기 때문에 가능한 일이었다. 그때 자기들이 겪냥했던 것이 정확히 무엇인지 네서스는 절대로 설명해 주지 않았다. 그리고 자기들이 한 일이 정확히 무엇이었는지에 대해서도.

'아이기스'호가 그 난파선에서 잡은 위치가 덜 정확했다고 해 보자. 그럼 무슨 일이 일어났을까? 완전히 파괴되지 않았을까?

루이스는 말했다.

"내가 한번 맞혀 보죠. 그워스가 우주선 중앙부에서 하이퍼스페이스 거품을 열었군요?"

지그문트가 눈을 깜박거렸다.

"당신 가족은 파괴 불가능한 GP 선체를 파괴하는 데 정말 탁월한 소질을 가지고 있군요. 걱정이 될 정도입니다."

무슨 대답이 저래? 루이스는 방 안을 둘러보았다. 이곳은 그가 찾아가 보았던 세계 어디서나 볼 수 있는 중역실이라고 해도 될 만한 장소였다. 거의 비슷했다. 그런데 벽의 비율, 천장 높이, 얇은 탁자 등은 모두…… 이상했다. 아마도 퍼페티어들의 미적 기준에 영향을 받아서 그런가 보군.

"영상을 다시 보여 줘."

루이스가 명령했다.

— 알겠습니다.

비디오 영상은 얼음 세계를 가까이서 촬영한 모습으로 시작해서 점점 뒤로 멀어지며 거대 가스 행성과 다른 위성들을 한 화면에 보여 주었다. 살짝 속은 기분이 들었다. 루이스는 그워스의 모습이 보고 싶었다.

"올트로는 분명 그워테슈트로군요. 몇이 뭉친 거죠?"

그워스에 대해 연구했던 기억은 까마득했다. 그 기억을 떠올리니 네서스가 지금 무슨 일을 하고 있을까 다시 궁금해졌다. 하루하루가 지날수록 루이스는 뉴 테라에서 앨리스와 함께 가정을 꾸릴 생각을 하게 되었다. 물론 앨리스와 얘기가 오간 것은 아니었다. 그러기에는 너무 일렀다.

— 열여섯입니다.

지브스가 알려 주었다.

녹화 영상이 계속되었다.

"지그문트, 당신도 즘호를 기억할 겁니다. 즘호는 적어도 우리에게는 아름다운 세상이었습니다. 하지만 이제 우리는 그곳을 집이라 부르지 않습니다. 우리가 지금 당신과 접촉한 이유도 바로 거기에 있습니다."

"정지."

지그문트가 말했다.

"이 메시지는 난데없는 곳에서 나타났습니다. 유입되는 신호를 역추적해 보니 가장 가까운 곳에서 감지되는 물체는 뉴 테라에서 이 광년 떨어진 먼지구름이었죠. 만약 이 신호가 즘호의 항성계 안 어디선가 보낸 것이라면, 물론 실제로 그렇다는 얘기는 아니지만, 어쨌거나 신호는 하이퍼웨이브 중계기를 통해 전달된 거라고 볼 수 있습니다."

"신호가 뉴 테라 앞쪽에서 왔습니까?"

루이스가 물었다.

뉴 테라는 세계 선단과 같은 길로, 즉 은하계 북쪽을 향해 움직이고 있었다. 그 방향이 은하계를 제일 빨리 빠져나갈 수 있는 경로이기 때문이었다. 일단 은하계를 벗어나고 나면 궤도를 바꿀 수도 있고, 항성계와 그곳에 사는 존재들을 이리저리 피해 다닐 필요 없이 은하핵 폭발로부터 벗어날 수도 있었다.

"네서스가 지도를 보여 주면서 그워스가 그쪽에 새로운 개척지를 만들었다고 했습니다. 분명 그게……."

루이스는 잠시 머뭇거렸다. 퍼페티어가 자신의 임무를 지그문트와 논의하기를 망설였던 것이 기억났기 때문이다.

"그게 네서스가 날 끌어들인 이유와도 관련이 있을 겁니다."

앨리스가 얼굴을 찡그렸다.

"그런 개척지에 대해서는 들은 바가 없는데. 그럼 퍼페티어들이 자체적으로 전방 정찰을 다시 개시했다는 얘기거나, 아니면 우리 정찰대가 자기들이 발견한 내용을 모두 보고하지 않았다는 얘기가 되나."

"그 그워스 개척지는 언제 발견됐답니까?"

지그문트가 물었다.

"그건 나도 모르겠습니다."

루이스는 생각에 잠기며 턱을 문질렀다.

"내 생각에는 최근인 것 같습니다. 네서스가 결국 나를 찾아나선 것도 그 발견 때문이었으니까요."

지그문트가 불쾌한 듯 웃었다.

"그것도 그렇고, 내가 퍼페티어들이 협약체의 일에 뉴 테라를 끌어들이게 놔두지 않으리라는 걸 아는 거겠죠. 지금은 우선 올트로의 메시지를 끝까지 들어 봅시다. 지브스, 계속해."

올트로가 말을 이었다.

"우리는 자유를 얻기 위해 고향 세계를 떠났습니다. 하지만 우리가 빠져나온 고향 세계의 군주는 우리를 다시 돌아오게 만들려고 합니다. 그래서 이런 짓을 했지요."

루이스는 생물학에 그다지 신통치 못했다. 그 후로 이어진 외계인 생물학에 대한 내용은, 몇 번이나 영상을 정지시키고 지브스의 해석과 요약을 들어야 했다. 새로운 생명체 형태를 설계하는 데 필요한 계산이 무엇인지 이해하려니 거기서 또 한 번 옆길로 새야 했다. 아마 유전공학에 필요한 계산은 그워테슈트 십육합체의 정신적 용량을 훨씬 뛰어넘는 듯했다.

하지만 루이스가 모든 것을 이해하고 나자 결론은 아주 명확했다.

"세균전이로군요. 올트로는 생물학적 방어 방법을 설계할 수 있는 컴퓨터를 원하는 겁니다."

지그문트는 무심하게 방 안을 둘러보고 있었다.

시험은 계속된다, 이거로군. 루이스가 말을 이었다.

"똑같은 컴퓨터를 이용하면 그들의 적들에게 반격할 방법을 고안할 수 있겠죠. 그럼 우리는 그워스의 성간 전투에 개입하는 셈이 되고요."

루이스는 앨리스가 '우리'라는 말에 미소를 짓는 것을 눈치챘다. 좋은 징조였다. 하지만 거기에 대해서 말을 꺼낼 만한 자리는 아니었다.

"그리고?"

지그문트가 재촉하듯 물었다.

바퀴 속에 바퀴. 그 바퀴 속에 또 바퀴……. 복잡하기도 참 복잡하군. 지그문트처럼 생각하려다 보니 루이스는 머리가 깨질 것 같았다!

"결국 이런 질문이 자연히 따라옵니다. 올트로의 적들은 애초에 세균무기를 어떻게 만들어 냈을까요? 즘호의 그워스가 컴퓨터를 가지고 있습니까?"

루이스의 질문에, 앨리스가 대답했다.

"기초적인 수준의 컴퓨터야. 뉴 테라는 즘호의 선도 국가 몇 곳과 무역을 하고 있지. 거기에 우리가 휴대용 방수 컴퓨터를 팔았어. 분명 그워스는 그걸 역공학으로 분석해서 성능을 개선시켜 놓았겠지. 하지만 유전공학에 사용할 만한 용량이 되는 컴퓨터가 있다는 얘기는 금시초문이야."

"어쩌면 퍼페티어들이 대용량 컴퓨터를 줬을지도 모르잖아?"

루이스는 그렇게 말하고 바로 고개를 저었다.

"이 말은 취소하지. 그워스가 세계 선단의 위치를 알고 있는데, 그들을 더욱 큰 잠재적 위협으로 키워 줄 기술을 협약체가 제공했을 리 없겠지."

"만약 올트로의 말이 사실이고 뉴 테라가 그들에게 도움을 주지 않는다면 그들은 우리가 적들에게 장비를 제공한 당사자라고 결론 내릴지도 몰라.”

앨리스가 말했다.

루이스는 의자에 앉아 몸을 흔들었다. 머리가 어지러웠다.

“올트로의 개척지가 공격받은 게 사실인지 여부도 알 수 없잖아. 입증할 수 없는 주장만 있지. 어쩌면 뉴 테라의 컴퓨터를 얻어 내서 자기들이 먼저 생물학적 무기를 구축하려는 계략일지도 모른다고.”

“아니면 정말로 필요해서 요청하는 걸 수도 있죠. 그래서 정말 반격에 유용하게 사용할 수도 있고. 아니면 올트로가 다른 이유로 첨단 컴퓨터를 원하는 것일 수도 있고, 아니면 그들이 언급하지 않은 또 다른 역경을 극복하는 데 사용하려는 것일 수도 있고. 이렇게 따지자면 끝이 없습니다.”

지그문트가 말했다. 그는 일어서서 유리병에 들어 있던 물을 한 잔 따랐다.

“루이스, 우리가 아는 걸 이제 당신도 모두 알게 됐습니다. 조언을 부탁해도 될까요?”

언제부터 내가 뉴 테라의 외교 정책에 조언을 하는 사람이 됐지? 하지만 루이스는 내심 생각했다. 나도 뉴 테라에서 살게 될지 몰라. 나도 어떻게든 관여하고 싶어.

그러나 괴로워도 인정할 수밖에 없었다.

“한마디라도 거들기에는 내가 아는 게 너무 부족하군요.”

지그문트가 건배하듯 물컵을 들어 올렸다.

"아는 게 얼마나 없는지를 깨닫는 것이야말로 지혜의 출발점이죠."

예상치 못했던 소리에 아킬레스는 잠에서 깼다. 그리고 게슴츠레한 눈으로 주위를 둘러보았다. 어떤 소리가 반복되고 있었다. 소심하게 똑똑 두드리는 소리였다.

그때, 조용한 목소리가 날아들었다.

"각하."

베스타다!

아킬레스는 발굽을 딛고 일어섰다. 아직 수면 시간이라 어둑한 감방 주위 공간에 세 개의 형체가 서 있었다. 그중 호리호리한 형체는 베스타였다. 말이 없는 나머지 둘은 누구지? 키가 크고 다부진 자들이었다. 폭력배나 간수처럼 살짝 험상궂은 인상을 하고 있었다.

"뭐가 어떻게 되고 있는 겁니까?"

아킬레스는 물었다.

"아무래도 이곳에서 꺼내 드려야 할 것 같습니다."

베스타가 고개를 숙이며 말했다.

"재판 숙의 과정이 잘 풀리지 않고 있습니다."

"그럼 어서 꺼내 주십시오."

아킬레스는 쏘아붙였다.

베스타가 몸짓으로 신호를 하자 말없이 있던 나머지 둘 중 하나가 자기 장식 띠에서 순간 이동 제어기를 꺼냈다.

"지금 원반에 올라서셔야 합니다, 각하."

아킬레스는 감방 중앙의 원반에 서둘러 올라섰다. 그리고 다음 순간, 어둑한 바깥쪽 방에 있는 또 다른 원반에서 나타났다.

"이제 계획이 뭡니까?"

그가 베스타에게 물었다.

"이 둘은 각하의 추종자들 중에서도 가장 충성스러운 자들입니다. 이들이 각하를 그린스워드 필드로 모시고 갈 겁니다. 그곳에서 우주선과 선원들이 각하의 명령을 기다리고 있습니다."

그린스워드는 기껏해야 삼 등급 우주 공항이었다. 도망치는 장소로는 참으로 굴욕적인 장소였다. 아킬레스는 다짐했다. 언젠가 다시 돌아오는 날에는 반드시 격에 어울리는 장소에서 떳떳하게 들어오리라.

그는 다시 물었다.

"'둘'이라고 했는데, 그러면 당신은 같이 안 간다는 말입니까?"

"저는 이곳에 남아 있는 게 각하께 더 도움이 될 겁니다."

베스타가 초조한 듯 갈기를 물어뜯었다.

"각하, 서두르셔야 합니다. 이제 곧 경비병들이 깨어납니다."

아킬레스는 자기 호위들의 장식 띠를 보려고 옆으로 조금 움직였다. 비밀 임원회 소속의 경비병이었다. 임무 수행 중인 이곳의 경비병들을 급습하는 데 이만한 이들이 또 있을까? 그리고 베스타를 니케의 보좌관 자리에 남겨 두면 나중에 분명 쓸모가 있을 터였다.

"아주 잘했습니다, 베스타. 이 중요한 시기에 이렇게 결단력 있는 행동을 취한 부분에 대해서는 꼭 기억해 두겠습니다."

베스타가 감사의 뜻으로 고개들을 까딱거렸다.

"모시게 되어 영광입니다, 각하."

그들은 기절해서 바닥에 쓰러져 있는 두 경비병을 지나 바삐 걸음을 옮겼다. 계단을 오르고, 세 명의 경비병이 더 쓰러져 있는 경비실을 지나 길게 휘어진 복도를 따라 이동했다. 그리고 마침내 경비병이 없는 별관 건물에 도착했다. 그곳에서는 공공 도약 원반 네트워크에 접근할 수 있었다.

바닥을 초조하게 발굽으로 긁으며 베스타가 경비병 하나에게 말했다.

"내가 명령한 대로 신속하게 실시하십시오."

경비병이 재빨리 마취 총을 꺼내 들자 베스타는 바닥으로 꼬꾸라졌다.

"이래야 아무도 베스타 님을 의심하지 않습니다."

그 경비병이 노래했다. 그리고 눈빛이 거칠어지더니 뒷다리를 휘둘렀다. 날카로운 발굽이 베스타의 옆구리에 커다란 상처를 만들었다. 상처에서 피가 배어났다.

"이래야 의심하지 않습니다."

경비병이 다시 한 번 말했다.

"이제 가지요."

아킬레스가 명령했다.

다음 순간 그들은 우주선의 함교에 있었다. 함교 선원 중 몇몇은 아킬레스의 눈에도 익은 자들이었다.

모두들 기대감에 찬 눈빛으로 그를 바라보았다.

조종석에는 피부에 특이한 적갈색 얼룩이 있고, 꾸밈없는 갈기 모양에 생생한 녹색의 눈빛을 가진 자가 타고 있었다. 정찰대 교육원의 베테랑이자 그의 신봉자였다.

클로소Clotho. 생명의 실을 잣는 운명의 여신을 의미하는 이름.

아킬레스는 자신의 운명이 위대하다고 믿고 있었다. 그래서 길조나 흉조 따위는 믿을 필요가 없다고 스스로에게 말했다.

"클로소, 떠날 준비가 됐습니까?"

"분부만 내리십시오, 각하."

"그럼 출발하지요."

아킬레스가 명령했다.

우주 교통 통제실과 약간의 무선통신이 오갔다. 그리고 클로소의 능숙한 입놀림을 따라 우주선은 허스에서 날아올랐다.

네서스는 잘게 자른 혼합 건초가 담긴 접시를 곁에 두고 홀로 '아이기스'호의 함교에서 질량 표시기를 유심히 바라보았다. 긴 선 하나가 그를 정면으로 가리키고 있었다. 뉴 테라였다.

함교가 평소보다 더 쓸쓸하게 느껴졌다. 네서스는 루이스와 동행하는 것에 이미 익숙해져 있었다. 하지만 그가 느끼는 상실감은 '아이기스'호나 루이스와는 아무 관련이 없었다. 네서스는 베데커가 그리웠다.

재판이 정신없이 진행되고 있는 와중에서도 베데커는 둘이 함께 있을 시간을 마련했다. 단둘이 저녁 식사도 했고 무용극을 관람하기도 했다. 심지어는 반려를 찾아봐야겠다는 암시도 있었다. 아주 잠깐 스쳐 간 얘기이긴 하지만 분명 의미가 담긴 것이었다. 짝짓기와 아이들이 눈앞에서 손짓하는 듯했다.

재판에서 분명 아킬레스는 유죄판결을 받게 될 것이고 $NP_1$에서의 노역에 처해질 것이다. 일이 그렇게 진행된다는 가정하에 네서스는 뉴 테라로 루이스를 찾아가는 길이었다. 이렇게 길을 떠나온 이유 중에는 아킬레스를 지지할 정도로 정신 나간 시민이라면 그를 고발한 자신을 공격하려 들지도 모른다는 걱정도 있었다. 네서스는 루이스와 함께 팩의 도서관을 회수해서 아킬레스의 잔당이 모두 숙청된 과학부로 가지고 올 생각이었다. 아킬레스가 유배당하고, 그가 내세웠던 대의명분이 공개적으로 비난을 받게 되면 그워스와의 위기도 자연스레 잦아들 것이다.

평소와 달리 네서스의 머릿속에 낙관적인 미래가 그려졌다.

질량 표시기에서 뉴 테라를 나타내는 선이 천천히 커졌다.

"삼, 이……."

네서스는 카운트다운을 읽다가 멈추었다. 여기는 보이스 말고는 아무도 없다. 그리고 보이스에게는 굳이 카운트다운을 읽어 줄 필요가 없었다.

약간의 떨림과 함께 '아이기스'호는 노멀 스페이스로 빠져나왔다. 목가적인 풍경을 보여 주던 화면이 우주 공간으로 바뀌었다. 바로 정면에 뉴 테라가 파랗고 하얀 밝은 점으로 빛나고 있었다.

그때, 주 조종 장치의 하이퍼웨이브 통신기가 경고등을 깜박였다.

네서스는 물었다.

"누구의 메시지이지?"

— 최후자입니다.

보이스가 대답했다.

벌써부터 내가 그립다는 메시지인가? 아니면 무슨 큰일이라도 생겼나? 되새김질을 하며 네서스는 혹시 후자가 아닐까 두려워했다.

"메시지 재생."

'아이기스'호는 아직 허스와 충분히 가까웠기 때문에 영상 전송이 가능했다. 홀로그램이 열리고 베데커가 엄숙한 얼굴로 나타났다.

"아킬레스가 탈출했습니다."

메시지는 그렇게 시작되었다. 베데커의 목소리 화음이 비극적인 분위기로 무겁게 가라앉았다.

"아직 수사가 진행 중입니다. 네서스, 이 메시지를 받는 대로 즉시 연락하십시오."

"보이스, 바로 연결해 줘."

화면이 새로운 베데커의 이미지로 바뀌었다.

"네서스! 안전한 걸 보니 이제야 좀 안심이 되는군요."

최후자가 말했다.

통신 지연이 전혀 일어나지 않았다. 그렇다면 베데커도 우주선을 타고 허스의 특이점을 벗어나 있다는 뜻이었다. 실시간 통신을 하려고 나왔나? 아니면 좀 더 불길한 이유로?

"저는 괜찮습니다, 베데커. 방금 하이퍼스페이스에서 나왔습니다. 아킬레스가 어떻게 탈출한 겁니까?"

"비밀 임원회 내부에 범죄자들이 있었습니다."

베데커의 두 입이 혐오감으로 축 처졌다.

"그자들이 경비병들을 급습했습니다. 베스타도 도움을 요청하려다가 당했지요. 나는 경비대가 일을 마무리할 때까지 잠깐 나와 있습니다."

"모두들 무사합니까?"

"무사합니다. 범죄자들이 마취 총만 썼지요. 미친놈들이긴 하지만 그래도 선은 안 넘은 겁니다. 뉴 테라로 출발하려고 비워 둔 곡물 수송선의 선원들을 아킬레스 지지자들이 제압하고 우주선을 탈취했습니다. 그 우주선으로 아킬레스와 적어도 스무 명 정도의 협력자들이 사라졌습니다."

곡물 수송선이라. 아무래도 곡물 수송선은 허스를 끊임없이 드나드는 우주선이니 그쪽을 택했겠지. 세계 선단 사이를 운항하는 우주선에는 하이퍼드라이브가 없으니 뉴 테라로 가는 우주선을 선택했을 테고.

곡물 수송선에서 인증 코드만 제대로 전송했다면 자동화 행성 방어 시스템은 물론이고 그 누구도 더는 확인하려 하지 않았을 것이다. 일단 방어 시스템의 사정권만 벗어나면 우주선은 어디든 갈 수 있었다.

"보안 코드!"

네서스는 무심결에 내뱉었다.

"보안 코드는 바꿨습니다. 집으로 돌아오려면 새로운 코드가 필요할 겁니다."

베데커가 노래했다.

하지만 그의 말도 네서스의 두려움을 달래 주지는 못했다.

## 7

"이제 다들 물러가라."

븜오Bm'o가 명령했다. 그는 한쪽 관족을 눈에 잘 띄지 않게 살짝 말아서 르트오Rt'o에게 남아 있으라는 신호를 보냈다. 르트오는 그가 가장 신뢰하는 고문이었다.

그크호 네이션의 대사가 정중하게 미끄러지며 븜오의 의례용 알현실에서 물러났다. 신하들과 아첨꾼들도 뒤따라 나갔다.

마지막 그워가 나가자마자 븜오는 물을 분사해, 작지만 좀 더 안락한 집무실로 들어갔다. 그의 통치가 실질적으로 이루어지는 장소였다.

븜오는 고르게 다듬어진 수정처럼 맑은 얼음 바닥 너머로 영광스러운 자신의 영토를 감상했다. 이 세계에서 가장 장대한 도시인 름바Lm'ba가 해저산 정상에서 저 아래 깊은 심연까지 뻗어 있었다. 아직도 전통을 고집하는 자들은 이 해저산 정상을 세계의 지붕이라 불렀다. 해저의 깊은 심연에서는 펄펄 끓는 열수구가 생명의 물질들을 뿜어내고 있었다. 이곳 해저산 정상의 건물은 얼음을 뚫고 솟아오른 금속과 유리로 만든 웅장한 구조물이었다. 그의 눈길이 아래로 훑어 내려갈수록 더욱더 많은 석조 구조물이 나타나다가, 세계의 바닥을 가로지르며 뻗어 있는 목장과 목동 들의 지역에 이르자 조잡한 구조물들만 보였다.

이 시대가 그토록 경이로운 이유는 이렇게 먼 곳까지 모두 한눈에 보인다는 점이었다. 가장 가난한 속국의 소박하기 이를 데 없는 목장 헛간에까지도 전기가 모두 공급되고 있는 덕분이었다. 핵융합 기술에 대해서는 수 세대 전부터 이미 알려져 있었다. 다만 발전소를 세우고 송전선을 까는 데 그만큼 시간이 걸렸다.

다른 한편으로 튼호 네이션은 낮은 곳만이 아니라 높은 곳에서도 힘을 끌어모으고 있었다. 톡 쏘는 맛이 나는 소금물 속을 떠다니며 븜오는 관족 두 개를 위로 구부려 투명한 천장 돔 너머를 바라보았다.

하늘은 막강한 틀호Tl'ho가 지배하고 있었다. 틀호는 근적외선으로 빛나는 놀라운 곳이었다. 표면으로 여겨지는 곳에서는 폭풍이 소용돌이쳤다. 과학자들 말로, 틀호에는 표면이 없다고 했다. 기구를 이용해 최대한 깊숙이 들어가 확인해 본 바로는 들어갈수록 기체의 밀도만 계속 높아졌다. 이 거대 가스 행성 자체에는 아무도 살지 않지만, 그 주위를 도는 위성에는 모두 개척지들이 자리를 잡았다. 훨씬 더 먼 곳에 자리 잡은 다른 세계들도 있었지만, 가장 밝은 곳은 틀호였다. 그곳의 얼음에서 반사하는 빛 때문에 다른 별들은 시야에서 사라져 버렸다.

르트오가 적당한 거리를 두고 그를 뒤따랐다. 그녀는 나이가 들어 몸이 수척했고, 기력이 떨어진 색소 세포들 때문에 피부에 얼룩이 졌고, 가시의 각질은 무뎌져 있었다. 그리고 관족 하나는 뒤로 축 늘어져 있었다. 옛날에 입은 부상으로 인한 것이었다. 나머지 관족들은 모두 뻣뻣하게 경직되어 있었다.

하지만 르트오의 정신만큼은 그 어느 때보다도 날카로웠다. 븜오는 그녀도 이제 죽을 날이 얼마 남지 않은 마당에 그워테슈트가 되어 불멸의 삶을 살고 싶다는 생각을 해 보지 않았을까 싶었다. 르트오는 그런 타락의 낌새를 의심할 만한 짓을 한 번도 하지 않았지만, 그 가증스러운 합체들의 생각이 븜오의 머리에서 떠나지 않았다. 올트로의 배신 이후로는 더욱 그랬다.

븜오는 관족 하나를 뻗어 얼음 너머로 그워테슈트의 우리를 바라보았다.

저들은 자진해서 스스로의 눈과 귀를 멀게 하고 게걸스럽게 관족을 뻗어 변태처럼 서로를 집어삼킨 자들이야. 자신의 마음을 합쳐서 가증스러운 존재로 태어난 자들. 어떻게 저럴 수가 있지? 저걸 어떻게 견뎌? 부자연스럽고, 역겹고, 음란하기 이를 데 없구나.

그 장면들이 머릿속에 떠올라 구역질이 났다.

르트오는 그에게 조용히 생각할 시간이 필요하다는 것을 직감했기 때문에 침묵을 지키고 있었다. 그녀에게는 그가 무슨 생각을 하는지 알아맞힐 수 있는 능력이 있었다. 그리고 주제를 바꿀 수 있는 능력도.

"우주는 광대하옵니다, 전하."

"하지만 우리의 문제들은 언제나 우리와 함께하고 있지."

븜오는 등을 물결무늬로 번득였다.

"광대하지만 아직 충분히 광대하지 못하다."

"튼튼호의 말씀이 모두 진실이옵니다."

븜오의 몸이 안달이 난다는 듯 번득거렸지만, 화를 누그러뜨리려는 듯 녹색의 기운도 함께 번졌다.

"이제 우리만 남았으니 솔직히 말해 보라. 대사가 전한 말의 속내가 무엇인 것 같으냐?"

르트오가 생각에 잠겼다.

"조바심이옵니다. 그크그크호는 튼튼호를 위해 우주선을 한 대 희생하였나이다. 그크그크호로서는 적지 않은 비용이 들어간 것이지요."

"조바심이 나기는 우리도 마찬가지야. 지금쯤이면 올트로로부터 무언가 반응이 왔어야 옳지 않은가?"

"지금쯤이면 반역자들도 배가 주릴 대로 주렸을 것이옵니다."

르트오도 동의했다. 당연히 굶주려 있겠지.

븜오의 눈길이 오랫동안 위쪽의 부자연스러운 우주에 머물렀다. 이런 발전을 이루기 전에는 삶이 분명 단순했으리라.

"네 의심이 옳을 것이다. 아직 올트로로부터 아무 소식이 없다는 것은 우리가 실패했다는 의미일 테지."

르트오가 공손하게 몸을 풀며 말했다.

"그저 차질이 좀 생긴 것일 뿐이옵니다. 그들이 숨어 있는 곳을 드디어 알아내지 않았사옵니까?"

그랬다. 그크호의 화물선에 실어 놓은 하이퍼웨이브 송신기는 하이퍼스페이스에서 빠져나올 때마다 위치를 알리고 있었다.

븜오는 관족들을 꼼지락거리며 방 안을 가로질러, 꿈틀거리는 벌레들이 마련되어 있는 식탁으로 갔다. 그는 벌레를 한 움큼 집어 입으로 가져갔다. 그리고 벌레를 씹으며 생각에 잠겼다.

"가능한 상황들을 검토해 보라."

"전하, 반역자들이 덫을 발견했을 수도 있고 발견하지 못했을 수도 있사옵니다. 발견한 것이 맞다면 그들의 식량 공급은 여전히 불안정한 상태일 것이옵니다. 그리고 즘호에는 믿을 자가 아무도 없다는 것을 알게 되었겠지요. 튼튼호께서 그들이 종자를 확보하지 못하게 계속 막을 것이라는 점도 알게 되었을 것이옵니다. 만약 그들이 덫을 발견하지 못했다면 그들의 식량 공급원은 완전히 붕괴되었을 것이옵니다. 어느 쪽이든 그들의 선택은 전하께 용서를 구하러 오거나 굶어 죽는 것밖에 없사옵니다."

"그들이 직접 행동을 취할 수도 있잖은가?"

븜오는 복수를 의미한 것이었지만, 강력한 응징은 오직 군주만의 특권이었다. 그로서는 반역자들의 움직임에 그런 위엄 있는 이름을 붙여 주고 싶은 생각이 없었다.

르트오가 잠시 생각에 잠겼다가 대답했다.

"그들도 감히 질량 병기나 생물학적 공격으로 즘호의 생태계를 위협하지는 못할 것이옵니다. 그들 행성의 먹이사슬을 보충하려면 우리의 먹이사슬이 필요하기 때문이지요. 그리고 재래식 공격을 감행하기에는 그들의 수가 너무 적사옵니다."

"그 반역자들도 생물학적 공격을 할 수 있을까?"

"그럴 수는 없사옵니다, 전하. 도움 없이는 불가능하옵니다. 우리가 만들어 놓은…… 친구들이…… 없다면 말이옵니다."

르트오는 븜오를 안심시키기 위해 한 말이었지만, 븜오의 마음속에서는 의혹이 솟구쳤다. 어쩌면 올트로는 항복하느니 차라리 죽음을 택할지도 모른다. 만약 그렇다면 그들이 저승길에 다른 많은 이들을 함께 데려가려 하지 않으리라고 누가 장담할 수 있을까? 그라면 그리할 것이다. 군주란 자존심을 빼면 시체나 다름없는 존재이니까. 하지만 만약 영원히 살 수 있는 존재라면 끝까지 살아남아 나중에는 승리하겠다는 희망으로 어떤 굴욕이라도 받아들이지 않을까?

븜오는 분노로 근적외선을 발산했다.

"그럼 너는 지금 나더러 반역자들이 아무것도 하지 않고 그냥 조용히 굶어 죽을 것이라고 믿으란 말이냐?"

"전하, 저의 모자람을 용서하소서. 저로서는 그들이 어떻게 반응할지 내다볼 수가 없나이다. 하지만 어쩌면……."

르트오가 순종의 표시로 납작하게 엎드렸다. 그리고 관족 하나를 들어 얼음 건너편 그워테슈트의 우리를 가리켰다.

혹시 그워테슈트라면 다른 그워테슈트가 어떻게 나올지 내다볼 수 있을지 모른다. 하지만 그워테슈트에게 그런 질문을 제기하는 것은 그 그워테슈트에게 또 다른 반란에 성공하는 법을 가르치는 꼴이 될 수도 있었다.

"아니지, 친구여."

븜오는 관족을 하나 뻗어 자신의 믿음직한 조언자를 일으켜 세웠다.

"이런 상황에서는 우리의 통찰력에 의지해야만 해."

그는 말을 멈추고 다시 벌레를 입으로 가져갔다.

해저산 중턱 밑으로는 이미 어두워져 있었다.

븜오는 정전으로 도시의 불빛이 그를 향해 꺼져 들어오는 모습을 무기력하게 바라보았다.

핵융합 발전소는 어느 순간에는 최고 효율로 작동하다가, 다음 순간이면 융합이 멈추어 버렸다. 원자로는 갑자기 작동을 멈추기는 했어도 여전히 극도의 고온 상태였고, 열수 발생기와 조류 발생기 들은 문제가 발생하지는 않았지만 이 원자로 주변으로 물을 계속 순환시키기에는 역부족이었다.

그런데 신기하게도 반나절 후에 핵융합 발전소가 다시 정상적으로 작동하기 시작했다.

과학자들은 이 정전 현상을 설명하지 못했다. 우리에 들어가 있는 그워테슈트 노예들도 그 이유를 설명할 그럴듯한 이론을 내놓지 못했다.

하지만 븜오는 짐작 가는 것이 있었다. 올트로였다. 그 변태종이 하는 일이 새로운 기술을 발명하는 것 말고 더 있던가.

핵융합 발전소가 없다면 이곳의 현대 문명은 멸망하고 말 것이다. 그리고 현대 문명이 멸망한다고 해도 올트로와 그 반역자들이 자기들의 먹이사슬을 보충하는 데 필요한 이곳의 먹이사슬은 아무런 해를 입지 않을 것이다. 올트로는 그 사실을 분명 알고 있을 터였다.

이미 해답은 나와 있었다. 븜오는 올트로가 할 수만 있다면 어떤 일을 할지 알고 있었다. 하지만 그런 일이 일어나게 지켜보고만 있지는 않으리라. 올트로에게는 이쪽 세계를 완전히 파괴해서는 안 될 이유가 있지만, 븜오에게는 그들의 세계를 파괴하지 못할 이유가 없었다. 이제 반역자들이 정착한 장소를 알았으니 함대를 발진시킬 때가 되었다. 반역자들에게는 항복 아니면 죽음이 기다릴 뿐이다.

그 선택은 전적으로 올트로의 몫이 되리라.

## | 내전 |

1

곡물 수송선 247호라니! 미래의 최후자에게는 걸맞지 않은 이름이었다. 아킬레스는 자신의 새 우주선 이름을 '기억'이라고 지었다. 언젠가 그가 승리해서 돌아가는 날에 이 이름으로 그의 적들에게 일깨워 줄 것이다. 그들이 저지른 죄를 모두 기억하고 있노라고.

이 우주선의 냄새도 이름처럼 쉽게 바꿀 수 있다면 좋으련만.

곡물 수송선은 허스를 떠날 때 텅 빈 상태로 떠나지 않았다. 상당한 양의 쓰레기를 함께 가지고 떠났다. 이런 반송 화물이 없었다면 NP의 들판은 아마도 오래전에 생산성이 없는 불모의 땅으로 변했을 것이다.

아킬레스는 제일 가까운 물 세계를 들러 가도록 명령했다. 화물실 해치를 활짝 열어 화물들을 바다에 버리고 우주선을 깊은 바닷물에 씻어 나머지 찌꺼기를 여러 번 헹궈 내면 화물실이 모두 깨끗해질 것이라 생각해서였다. 복도와 선실에 맴도는 마지막 악취의 흔적들은 환경 조절 시스템이 박박 문질러 닦아 낼 터였다. 그다음에는 격벽을 내려 방, 집무실, 알현실 등을 적절하게 만들면 된다. 우주선을 이렇게 리모델링해 놓으면 미래의 최후자에게 어울리는 우주선으로 탈바꿈할 것이다.

그럼 누구도 감히 이 모선이 천박한 곡물 수송선이었다는 사실을 기억하지 못하겠지.

선실 해치 뒤에 매달려 있는 장식 띠 주머니에서 부드러운 벨 소리가 들렸다. 아킬레스는 아늑한 베개 더미에서 일어나 통신기를 집어 들었다. 잠을 자는 동안 갈기가 헝클어져 있었기 때문에 음성으로만 대답했다.

"뭡니까?"

"죄송합니다, 각하. 즙호에서 긴급 메시지가 도착했습니다."

클로소가 말했다.

"내 통신기로 전송하십시오."

"알겠습니다, 각하."

잠시 침묵이 흘렀다.

"전송됐습니다."

즙호에서 아킬레스에게 연락이 가능한 하이퍼웨이브 중계 시스템의 코드를 알고 있는 자는 하나뿐이었다. GPC의 대리인으로 그워스에게 가 있는 탈리아Thalia. 탈리아는 아주 오랫동안 니케의 신뢰를 받아 온 정찰대원이었다.

니케, 이 바보 같은 놈.

사실, 탈리아는 아킬레스를 가장 잘 따르는 심복 중 하나였다.

"메시지를 열어 주십시오."

아킬레스가 명령하자 홀로그램이 열렸다.

탈리아는 언제나 마른 편이었지만 영상 속에서는 아예 수척해진 모습이었다. 가죽에서 광택이 거의 느껴지지 않았다. 갈기는 빗질이 되었지만 생기 없이 축 처져 있었다. 몇 광년 거리 안으로 시민이라고는 혼자밖에 없으니, 게다가 온통 외계인들에게 둘러싸여……. 아킬레스도 그런 상황에 처해 봐서 잘 알았다. 결코 쉽지 않은 일이었다.

하지만 탈리아의 눈동자는 빛나고 있었다.

"각하."

그가 자부심이 가득한 목소리로 말을 꺼냈다.

"튼호와 그 속국들에서 전함들이 발진했습니다."

영상 한구석에 작은 창이 또 열렸다. 그 영상에서는 즘호를 떠나 성간 우주로 날아오르는 우주선들의 모습이 빠른 속도로 재생되었다.

"제 중성미자 센서의 감지 범위를 벗어나는 순간까지 전투 함대들은 계속해서 가속 중이었습니다."

센서의 감지 범위를 벗어났다는 말은 그워스의 우주선들이 자기네 행성의 중력 특이점 바깥으로 멀어졌다는 뜻이었다. 그리고 가속을 계속했다는 말은 노멀 스페이스로 나올 때 질량 무기로 사용할 수 있는 파괴적인 속도를 얻은 후에 다시 하이퍼스페이스로 들어가려 했다는 의미였다. 그워스의 최후자가 드디어 반란을 일으킨 개척민들에게 인내심을 잃었군.

모두가 계획대로 착착 진행되고 있었다.

탈리아의 결론으로는 적어도 즘호 자체에서만큼은 일이 계획대로 풀리는 중이었다.

"기다리고 있다가 각하께서 명령을 내리시면 여기에도 레트로바이러스를 풀겠습니다."

아킬레스는 메시지를 두 번 더 보았다. 여기까지 이루는 데 오랜 시간이 걸렸지만, 궁극적인 성공은 아직 입아귀에 들어오지 않았다. 우선 그는 일생일대의 연설을 해야만 했다.

저장실을 개조해 만든 녹화실은 밀실 공포증이 느껴질 것만 같았다. 하지만 영상을 보는 자들의 눈에는 이 삭막하고 답답한 벽이 보이지 않는다는 사실을 아킬레스는 스스로에게 상기시켰다. 그가 나타날 영상의 배경은 가상으로 처리하도록 이미 지시해 두었다. 커다란 방과 화려한 가구들, 바닥에는 무성한 목초지 카펫이 덮여 있고, 은은한 간접조명이 내부를 비출 것이다. 최후자가 사용하는 집무실은 모름지기 그래야 했다.

아킬레스는 갈기를 정성스레 땋아 보석으로 장식하고, 가죽은 윤기가 나도록 솔질을 하고, 발굽은 반짝이도록 광을 냈다. 한마디로 최후자의 모습이었다.

"준비되었습니다, 각하."

부하가 카메라 뒤에서 말했다.

아킬레스는 크게 숨을 들이쉰 후에 두 머리를 높이 치켜들고 연설을 시작했다.

"친애하는 시민 여러분, 지금 협약체는 전례 없는 위험에 처해 있습니다. 이 주장이 이상하게 들리실 겁니다. 사실 최근까지 우리는 이미 수많은 위험과 마주해 왔기 때문입니다. 우선, 은하핵의 연쇄 폭발로 인해 미지의 영역으로 여행을 시작하게 되었습니다. 다음으로 $NP_4$의 반란이 있었지요. 그리고 팩의 갑작스러운 등장이 있었습니다. 하지만 한 가지 위험만큼은 우리 스스로 만들어 낸 것이라는 점을 부정할 수 없습니다. 그 위험이 우리 눈앞에 임박해 있습니다. 제가 오늘 여러분에게 들려 드리려는 이야기도 그에 관한 겁니다. 바로 그워스에 대한 이야기입니다. 이들의 위협을 당연히 인정해야 함에도 우리 정부는 계속해서 무시하고 있습니다. 왜 그럴까요? 하이퍼드라이브의 비밀을 누설한 자, 전쟁을 좋아하는 이 외계인들을 지금의 위협적인 존재로 만들어 버린 데 대한 책임을 져야 할 자가 바로 최후자의 자리에 앉아 있기 때문입니다."

베데커가 그워스로 하여금 하이퍼드라이브 기술을 일찍 시작할 수 있게 도왔다는 점을 은근히 부각시켜야 했다. 사실 아웃사이더는 우주의 모든 유능한 종족들과 무역을 했다. 설사 이 수생 외계인들이 역공학으로 하이퍼스페이스 기술을 알아내지 않았다 하더라도 분명 아웃사이더들로부터 그 기술을 사들였을 것이다.

베데커는 실수였다고 하겠지. 그러라고 하자. 그래 봐야 변명으로밖에 들리지 않을 테니까.

"저는 정부에서 밝히지 않은 무시무시한 소식을 여러분께 알려 드리기 위해 이 자리에 섰습니다."

탈리아의 메시지에 들어 있는 감시 카메라 영상이 여기에 삽입될 것이다. 아킬레스는 말을 이었다.

"그워스가 우리를 향해 함대를 발진했습니다."

그워스의 함대는 반역자들의 개척지로 가는 길에 세계 선단을 가까이서 지나칠 터였다.

아킬레스는 위기의식과 애석함에 휩싸인 목소리에서 무언가 내키지 않는다는 듯한 빈정대는 목소리로 넘어갔다.

"그럼 누가 우리를 보호해 줄 겁니까? 이 재앙을 불러일으킨 최후자로는 안 됩니다. 이 지긋지긋한 기득권층은 우릴 보호할 수 없습니다."

물론 보수당도 안 된다. 은하핵 폭발이 발견된 후에 그들은 곧 권력에서 물러났다. 정권 교체를 위한 의견을 규합하는 데는 시간이 걸렸다. 하지만 그워스의 전함들이 지금 당장 세계 선단을 향해 돌진하고 있었다. 이 난국의 타개는 현재의 집권당인 실험당의 구성원들에게 기대할 수밖에 없었다.

그렇다고 아무 실험당원에게나 맡길 수는 없는 노릇이었다.

"친애하는 시민 여러분. 우리에겐 새로운 최후자가 필요합니다. 지금 당장 필요합니다. 여러분도 잘 알고 계시다시피 저는 여러분의 과학부 장관으로서 커져만 가는 위협에 대처해야 한다고 누누이 협약체를 설득해 왔습니다. 그리고 그런 이유로 장관직에서 쫓겨나 흉악한 범죄자로 내몰려야 했습니다. 하지만 저와 생각을 같이하는 동료들이 많이 있습니다. 그 친구들이 부당한 감금 상태에 있던 저를 풀어 주었습니다. 그리하여 저는 망명 상태에서 마지못해 여러분께 이렇게 요청합니다. 시민 여러분! 실험당 지도부를 교체할 것을 요청, 아니 강력하게 요구해 주십시오. 그워스의 전함들이 지금 우리를 향해 날아오고 있습니다."

"도대체 뭡니까? 맹수가 입을 벌리고 달려드는 겁니까, 아니면 마지막 발악으로 절벽에서 뛰어내리는 겁니까?"

니케가 넓은 집무실을 서성거리며 큰소리로 혼잣말을 했다.

꽤 멋진 표현이로군. 네서스는 생각했다. 지구에 살면서 배운 표현을 이용하면 더 멋진 것도 많은데. 하지만 괜히 돌려 말할 필요 없이 한마디로 지금의 상황은 그랬다.

"과연 이 재앙은 그워스가 불러온 재앙입니까, 아니면 아킬레스의 광기가 불러온 재앙입니까?"

베스타가 묻듯이 어깨를 으쓱했다. 그게 무슨 문제라고? 그는 아킬레스가 탈출할 때 상처가 생겼던 부위를 계속해서 조심하고 있었다. 물론 상처는 이미 말끔하게 치료되었다.

가엾은 지그문트하고 똑같은 꼴이로군. 네서스는 생각했다. 역시나 오토닥은 몸뚱이만 치료할 수 있었다.

하지만 네서스가 가장 슬퍼한 것은 베데커가 이목을 피해 비밀 브리핑을 하기 위해 비밀 임원회에 출석해서 의기소침한 모습으로 읊조리던 순간이었다. 그는 회의가 절망 속으로 빠져들고 말았음을 눈치채지 못하는 것 같았다. 아니, 신경 쓰지도 않는 것 같았다. 그에 앞서 실험당의 원로들이 아킬레스가 제기한 혐의와 관련해서 베데커와 접촉한 바가 있었다. 심지어 최근에는 전직 최후자 둘도 그와 접촉했다.

네서스 역시 절망에 빠져들고 말았다. 돌아가는 양상이 너무나 불길했다.

베데커가 초조한 듯 몸을 떨며 회의에 다시 합류했다.

“더욱 시급한 질문은 이겁니다. 아킬레스의 지시를 기다리며 도사리고 있는 배신자들이 또 누가 있습니까?”

아킬레스에게 더 이상의 도움이 필요할까? 네서스는 알 수 없었다.

“그자의 메시지를 위성방송에 올린 자가 누구인지는 압니까?”

“아직 모릅니다.”

니케가 인정했다.

“그것보다 더 큰 문제는 비밀 임원회의 누군가 즘호에서 온 탈리아의 보고 내용을 누설했는지도 모른다는 점입니다. 아킬레스가 이 정보를 발표하는 바람에 정부가 정보를 숨기고 있었던 것처럼 보이게 됐습니다.”

베스타가 말했다.

“그래서 결론이 뭡니까?”

니케가 우울하게 되물었다.

“그워스의 전투 함대가 우리를 목표로 다가오고 있습니다.”

베데커가 다시 상기시켰다. 그는 몸을 세웠다. 새로운 결의가 그의 눈동자 속에서 빛나고 있었다.

"행성 방어 시스템을 점검하고 강화하십시오. 최후의 날 전함들을 발진시킵니다."

"알겠습니다, 최후자님."

니케가 대답했다. 그리고 베스타에게 지시를 내렸다.

하지만 치명적인 질량 무기를 방어할 수 있는 방법은 사실상 존재하지 않았다! 방어는 불가능하며 공격을 단념시키는 것 말고는 방법이 없었다. 네서스는 루이스 우가 사용했던 용어를 떠올리고 몸을 떨었다. 상호확증파괴. 만약 그워스가 공격을 단념하지 않는다면…….

질량 무기로 공격하는 것이 얼마나 무모한 짓인지 모두 알고 있었다. 그워스나 그워테슈트 역시 그 사실을 모를 리 없었다.

그렇다면 정말로 그워스의 우주선들은 세계 선단과 충돌하려고 달려온단 말인가?

아킬레스는 시민들을 충격에 빠뜨리려고 탈리아의 보고 내용을 편집해서 내보냈지만, 그 보고 내용을 전체적으로 확인해 보면 그워스는 반역을 일으킨 개척지를 진압하러 가는 것이라고 했다. 물론 튼튼호의 말을 곧이곧대로 믿을 수는 없었다. 허스를 공격하러 오면서 스스로 공격하겠다고 밝힐 리는 없지 않은가.

"정보가 더 필요합니다."

네서스는 말했다. 어쩌면 지그문트와 루이스가 이 광기 속에 숨어 있는 어떤 멜로디를 찾아낼 수 있을지 몰랐다.

“제가 ‘아이기스’호를 타고 나갈 수 있게 허락을…….”

집무실의 문이 갑자기 열리더니 겁에 질린 눈을 한 보좌관이 달려 들어왔다.

“죄송합니다.”

그는 헉헉거리며 격렬하게 한 번 몸서리를 치더니 가까스로 목소리에 냉정을 찾았다.

“아킬레스가 방송으로 경고한 대로 됐습니다. 선단의 남쪽 최후방 하이퍼웨이브 레이더 방어벽이 돌파당했습니다.”

그워스가 아무것도 모른 채 그의 장단에 맞추어 춤을 추고 있는 동안, 아킬레스는 호화롭게 리모델링한 자신의 개인 선실 안에서 기회를 엿보고 있었다.

매일매일 비밀 채널을 통해 즐거운 소식들이 ‘기억’호로 흘러들었다. 허스에서는 공포와 의심이 싹 트고 있었다. 불만의 속삭임이 웅성거림이 되고, 다시 투덜거리는 소리가 되고, 다시 외침으로 변했다. 당의 원로들도 흔들리기 시작했다. 분명 이제 곧, 돌아와서 당 지도부를 맡아 달라는 연락이 올 것이다.

그 전에 최후자 취임식이나 잘 계획해 둬야겠군.

## 2

루이스는 새아버지처럼 중성자성의 표면을 스치듯 날아 본 적이 없었다. 지그문트처럼 세계들을 모두 파편으로 만들어 가며 팩 함대를 물리쳐 본 적도 없었다. 하긴 그런 일을 겪어 본 사람이 몇이나 되겠는가?

하지만 그는 팩의 전함을 탈취해 보았고, 팩 함대의 뒤를 밟아 보기도 했고, 팩의 도서관을 훔쳐 오기도 했다. 루이스는 자기도 이 정도면 모험가로 명함을 내밀 정도는 되지 않았나 싶었다. '클레멘타인'호를 타고 가다 격추당했던 것이나 분더란트의 지하조직과 끔찍하게 얽혀 들어갔던 일, 마약성 진통제에 중독되었던 일 등은 모두 남의 일처럼 느껴졌다. 사실 그렇기도 했다. 네이선 그레이노어가 당한 일들이니까.

하지만 모험은 어느 날 갑자기 시작되었듯이, 끝날 때도 갑자기 끝나 버렸다. 지그문트와 앨리스는 서로 속내는 아주 달랐지만 루이스를 생각해서 하는 말이라며 아마추어가 스파이 활동이나 방어 활동에 개입하기를 원치 않았다. 그리고 네서스는 여전히 일 때문에 허스에 붙잡혀 있었다.

알고 보니 루이스에게는 시장에 내놔도 될 뛰어난 재주가 있었다. 그는 요리의 달인이었다. 지구나 홈, 분더란트, 파프니르에 있을 때는 몰랐던 재주였다. 그는 요리법을 정확히 기억해서 그대로 재연할 수 있었다.

뉴 테라에서 그의 앞날은 안전하게 보장되어 있는 것처럼 보였다. 남들처럼 평범하게 살 수도 있을 것 같았다.

요리법을 다시 발명(?)하려면 요리 재료를 부풀리고, 녹이고, 걸쭉하게 만들고, 익히고, 굽고, 식히느라 기다리는 시간이 무척 오래 걸렸다. 루이스는 기다리는 동안, 책을 읽거나 음악을 듣거나 메모장에 그림을 그리며 시간을 보냈다. 뉴 테라의 방송을 들으며 보내는 시간도 너무 많았다. 그리고 뉴 테라 대부분의 사람들처럼 그도 방송에서 흘러나오는 뉴스를 듣고 거기서 좀처럼 귀를 뗄 수 없었다.

상당수의 뉴 테라 사람들은 협약체의 통치 아래 자랐기 때문에 아직도 하이퍼웨이브 부이를 통해 중계되는 시민의 방송을 시청했다. 협약체에서 펼쳐지는 정치적 상황은 백 년이 넘도록 뉴 테라 사람들이 즐겨 보는 일종의 스포츠 같은 역할을 했다. 이제 뉴 테라 사람들은 교통사고 현장을 구경하는 구경꾼처럼 약간의 미안한 마음과 함께 흥미롭게 그곳의 사태를 지켜보았다.

뉴 테라 사람들이 중립적으로 지켜보는 동안 퍼페티어와 그워스 사이의 사태는 재앙으로 치닫고 있었다. 그리고 그러한 긴장감 아래 베데커의 정부는 우왕좌왕했다. 루이스는 베데커에 대해서는 이렇다 저렇다 말할 게 없었지만, 아킬레스에 대해서만큼은 잘 알았다.

퍼페티어가 허스를 떠난다는 것은 미쳤다는 소리였다. 그 점은 루이스도 잘 이해하고 있었다. 그는 네서스가 조증의 절정에 도달했을 때와 우울증으로 마비 상태에 빠져들었을 때를 모두 겪어 보았다. 아킬레스는 그냥 미친 정도가 아니었다. 그보다 훨씬 더 심각했다. 아킬레스는 반사회적 인격 장애자였다. 그런 아킬레스가 최후자가 된다는 것은 말도 안 될 소리였다.

루이스는 모험가 생활을 청산하고 시민의 방송이나 보면서 앨리스의 주방을 어정거리고 있었다.

그러던 어느 날, 지그문트가 전화를 걸어 국방부로 와 줄 수 있느냐고 물었다. 물론 루이스는 이때다 하고 달려 나갔다.

국방부 건물 로비에서부터 제복을 입은 경비병이 루이스를 호위했다. 지그문트의 집무실 바깥에는 더 많은 경비병들이 기다리고 있었다. 그중 하나가 문을 열고 루이스를 안으로 들여보냈다.

안에는 지그문트와 앨리스가 있었다. 앨리스가 납득하기 어려운 미소를 지었다.

지그문트의 집무실은 분위기가 좀 달라졌을 뿐, 루이스가 기억하는 모습 그대로였다. 앞서 루이스가 이곳을 찾아왔을 때는 지그문트와 그 사이의 개인적인 문제 때문에 긴장감이 있었지만, 오늘은 무언가 불길한 느낌이 감돌았다.

"와 줘서 고맙습니다, 루이스. 뭐 마실 거라도?"

지그문트가 물었다.

"좋죠."

루이스는 직접 합성기에서 커피를 한 잔 뽑아 자리에 앉았다.

"무슨 일입니까?"

그의 물음에, 지그문트가 말을 꺼냈다.

"전에 뉴 테라가 그워스와 무역을 하고 있다고 말한 적이 있죠. 그런데 우주선마다 정보원이 한 명씩 타고 있다는 얘기는 하지 않았을 겁니다."

"스파이계의 대부가 거느리는 스파이라. 이거 충격이군요."

루이스는 지그문트의 말이 이어지기를 기다리며 커피를 홀짝거렸다. 여기 합성기는 아무래도 누가 손을 좀 봐야겠군.

그 대신 앨리스가 몸을 앞으로 숙이며 말했다.

"최근에 화물선 하나가 즘호에 도착했는데 그 화물선의 선장이 하이퍼웨이브로 우리에게 보고한 내용이 있어."

"그래서?"

다시 지그문트가 나섰다.

"그워스가 전투 함대를 발진하기 바로 전에 즘호에서 재미있는 사건이 발생했습니다. 아무래도 그것 때문에 군사적 대응이 촉발된 것 같더군요. 혹시 당신이 이곳 사람들이 놓친 무언가를 찾을 수 있지 않을까 해서 이렇게 보자고 했죠."

"재미있는 사건이라……."

그것참 애매한 표현이로군. 루이스는 생각했다. 이 사람이 나를 다시 시험하고 있는 건가?

"정보를 별로 공개하지 않는군요. 그래도 어디 한번 추측이나 해 볼까요. 올트로가 반격했겠죠. 혹시 보복하는 차원에서 그쪽에서도 생물학적 공격을 감행했습니까?"

지그문트가 고개를 저었다.

"생물학적 공격은 아닙니다. 하지만 올트로가? 글쎄요. 그들의 개입 여부를 쉽게 확인할 수만 있다면 얼마나 좋겠습니까만, 그쪽으로는 정보 파악이 안 됩니다."

"젠장, 그냥 툭 까놓고 말해 보세요."

루이스의 말에, 앨리스가 지그문트 쪽을 바라보았다. 지그문트가 고개를 끄덕이자 그녀가 입을 열었다.

"이런 경우는 한 번도 본 적이 없어. 반나절 정도 누군가, 아니면 무언가 즘호 전체에서 발전소의 핵융합 반응을 억제했지. 아침 내내 물리학자들하고 이 문제에 대해서 얘기해 봤는데, 그들 말로는 절대로 불가능하대."

"그럼 그 화물선 선장이 뭔가 잘못 알았나 보지. 불만은 다음에 네서스를 보면 그에게 말하라고. 카를로스 우가 아닌 엉뚱한 '우'를 데려온 건 네서스니까."

지그문트가 또다시 나섰다.

"우리 과학자들이 하는 말 들었죠? 비슷한 상황에서 카를로스는 내게 이렇게 말했습니다. 현실은 항상 이론을 이긴다."

"지그문트, 나는 과학자가 아닙니다. 왜 여기서 내게 이런 질문을 하는 거죠?"

"솔직히 말할까요? 지푸라기라도 잡고 싶은 심정이라 그럽니다. 만약 핵융합을 억제하는 기술이 존재한다면 그건 가공할 무기가 될 수 있습니다. 그런 무기가 있다면 뉴 테라는 막아 낼 방법이 없죠. 그러니 당신이 알고 있는 내용이나 알려진 우주에서 들은 소문, 네서스가 생각 없이 흘린 얘기, '아이기스'호에서 본 그워스 관련 파일 등등 뭐든 있다면 우리에게도 말해 주세요."

"네서스도 정보를 흘리지 않기로는 당신 못지않습니다. 미안하군요."

루이스는 의자 팔걸이를 움켜쥐고 일어서려고 했다. 이제 집으로 돌아가 부엌에서 어슬렁거릴 준비나 하자.

그 순간, 머릿속에 무언가가 떠올랐다. 지그문트가 언급하지 않은 것이 있었다. 팩의 도서관이었다. 그렇다면……. 즘호에 대해 이루어진 공격, 즘호의 함대가 가하고 있는 공격은 모두 내 탓이야. 내가 도서관의 해독 작업만 시작하지 않았어도…….

루이스는 한바탕 몸서리를 쳤다.

"왜 그래?"

앨리스가 불안한 듯 물었다.

"팩의 도서관에 핵분열에 대한 파일이 있었어. 거기서 억제장에 관한 무언가를 봤는데. 무슨 말인지 도통 모를 내용이라 내게는 별 의미 없는 것들이었지."

"그런데요?"

지그문트가 말을 재촉했다.

"그때 아킬레스가 그 작업실에 함께 있었습니다. 아킬레스에게는 그 자료들이 분명 큰 의미가 있지 않았을까요?"

## 3

허스의 가장 큰 바다 아래, 그 돌투성이 해저 지각 아래, 맨틀 안쪽 깊숙한 곳에는 인공 동굴이 하나 숨겨져 있었다.

예전에는 외딴곳에 만들어 놓고 비밀만 잘 유지하는 것으로도 이 동굴의 존재를 숨기는 데 아무런 문제가 없었다. 하지만 사정이 달라졌다. 기술의 발전 때문에 숨겨진 장소를 찾아내는 것이

가능해졌고, 따라서 그에 대한 대응책이 더 많이 동원되었다. 지금은 정교한 보호막을 이용해 탐색용 전자기파나 중성미자 빔 등을 교묘하게 굴절시켜 동굴을 은폐하고 있었다.

동굴과 나머지 우주 사이의 통신은 행성을 빙 둘러서 묻어 놓은 통신용 중계기들을 통해 전송되는 중성미자 미세 폭발에 의존했다. 무선 신호를 이용할 수는 없었다. 무선 신호가 동굴 깊이까지 투과하려면 파장이 극단적으로 길어야 했다. 그렇게 파장이 긴 무선 신호로 통신하려면 커다란 안테나가 필요한데, 그런 안테나만으로도 동굴의 존재가 발각될 수 있기 때문이었다.

처음 동굴에 접근하는 데 사용되었던 터널은 맨틀의 무시무시한 열과 압력 때문에 흔적도 없이 사라진 지 오래었다. 이제 이곳을 출입하는 유일한 통로는 도약 원반밖에 없었다. 그렇다고 아무 도약 원반이나 다 가능한 것은 아니었다. 이 도약 원반은 표준과 다른 주소 체계를 사용했다. 도약 원반의 주소는 비밀로 단단하게 묶여 있고, 원반 사이의 전송은 안전하게 암호화되어 있었다. 그리고 허스의 지표면에서는 도약 원반 시스템을 전파로 상호 연결했지만 동굴에서 사용하는 도약 원반은 변조된 중성미자 빔에만 반응했다.

지하 시설을 처음 구상하고 건설한 이들은 이미 오래전에 죽었다. 시설 유지를 담당하게 된 소수의 인원은 자기를 어디로 보내지는지도 알지 못하고 임무가 완수되면 기억이 편집될 것이라는 사실도 모르는 상태에서 일을 맡았다.

동굴 주위에서는 고온과 고압 때문에 바위가 걸쭉한 액체로 녹아내렸다. 압력이 높지 않았다면 납과 주석도 이 깊이에서는 녹아내렸을 것이다. 하지만 이 숨겨진 동굴 내부에서는 생명이 번성하고 있었다. 거리감이 느껴지도록 디지털로 시뮬레이션을 해 놓았기 때문에 자세히 살펴보지 않으면 초원이나 삼림 지대로 오해하기 쉬웠다.

생명을 담고 있는 이 작은 거품 덩어리는 우주선에 실려 있는 생태계만큼이나 인공적인 것이었기 때문에 동력이 있어야만 유지할 수 있었다. 그것도 아주 막대한 양의 동력이 필요했다. 믿기 어려울 정도로 높은 압력을 버텨 내려면 막대한 양의 동력을 잡아먹는 역장이 필요했다. 열을 차단하는 데도 엄청나게 거대한 열펌프가 필요했다. 은폐용 보호막을 유지하고, 거대한 컴퓨터 복합체를 운용하는 데는 더욱더 많은 동력이 필요했다. 통신 장비, 순간 이동 장비, 오토닥, 정지장 발생기, 합성기 등등도 모두 동력을 필요로 하는 것들이었다. 그런 동력을 제공하기 위해 동굴에는 충분한 양의 중수소가 저장되어 있었다. 압력 아래서 냉각하면 부피가 작은 고체 상태로 만드는 것이 가능했기 때문에 허스 표준력으로 수천 년 분량의 핵융합 원자로 연료를 저장할 수 있었다.

아무도 찾아낼 수 없고, 그 존재조차 의심할 수 없고, 상상조차 불가능한 모든 재앙으로부터도 안전한 시설이 대기 중이었다.

바로 최후자를 위한 대피소였다.

무성한 목초지의 향기를 음미하며 베데커는 완만하게 오르내리는 언덕들을 바라보았다. '하늘'은 지나간 시절의 맑은 파란색으로 빛나고 있었다. 머리 위로 떠 있는 밝은 주황색 동그라미는 한때 허스를 덥혀 주던 태양을 흉내 낸 것이었다. 그의 옆으로는 얕은 개울이 졸졸졸 흐르고 있었다. 목초지 가운데 설치된 도약 원반을 제외하면 눈에 보이는 인공물은 근처 작은 언덕 꼭대기에 설치된 합성기밖에 없었다.

이런 목가적인 풍경은 베데커를 위한 것이라기보다는 반려 무리를 위한 것이었다. 별생각 없이 만족에 빠져 있는 반려 무리가 동료들과 함께 어울리며 만들어 내는 선율이 보이지 않는 어느 먼 곳에서 들려왔다. 반려들은 현실적인 환경에서 잘 지내지 못했다. 만에 하나 파국을 맞이할 경우, 반려들은 종족 보존을 위해 신부가 될 것이다.

베데커는 발굽을 넓게 벌리고 서서 도망치지 않겠다는 자세를 취했다. 자신감을 보이려는 자세였지만 사실 그의 마음속에서 자신감은 자취를 감추고 없었다. 이제 곧 다른 이들도 합류할 터였다. 그들과 함께 다가오는 파국을 막아야만 했다.

만약 실패한다면? 핵융합 억제장이 이 깊이까지 투과해 들어올 수 없다고 누가 장담할 수 있을까? 그렇게 되면 이 대피소조차 잃게 될 것이다.

눈 한편으로 움직임이 느껴졌다. 니케였다. 잡티 하나 없는 하얀 가죽과 흠 잡을 곳 없이 말끔하게 단장한 갈기를 보면 그를 다른 이로 오해할 일은 없을 것이다. 니케가 도약 원반에서 내렸다. 그리고 데메테르가 나타났다. 그의 털은 짙은 얼룩무늬였다.

마지막으로 실험당 원로인 크로노스가 나타났다. 그는 너무 나이가 많아서 그 어떤 의학 치료로도 몸을 유연하게 만들어 줄 수가 없었다.

이제 올 시민은 다 왔다. 살아 있는 전직 최후자들의 모임은 가장 배타적인 모임이었다. 넷은 인사로 머리를 서로 비볐다.

"대피소는 정말 오랜만에 와 보는군요. 이렇게 해서 연민이라도 자극해 볼 생각입니까?"

데메테르가 베데커를 노골적으로 바라보며 말했다.

"이 장소를 택한 건 비밀 유지를 위해서이지 연민을 이끌어 내려는 게 아닙니다."

베데커는 반박하며 노래했다.

"여러분 말고는 이제 누구를 믿어야 할지 모르겠습니다. 아킬레스가 정부 여기저기에 공모자들을 심어 놨습니다."

"아킬레스에게는 지지자들이 있으니까요."

크로노스가 책망하듯 말했다.

여기 온 시민 중에 지지자가 없는 이도 있나. 베데커는 생각했다. 우리 넷이 각자의 지지자들을 규합하고 힘을 모아 이 광기에 대응하지 않는다면 정부는 무너지고 말 거야. 그럼 곧이어 재앙이 들이닥치겠지. 그 재앙은 바로 아킬레스야.

"그래서 제가 조심해야 한다고 노래했지요."

베데커는 일부러 친근함을 강조해서 노래하려고 했지만 뜻하지 않게 조급함을 드러내는 꾸밈음이 들어가 버렸다.

"제가 염려하는 건 정치가 아니라 배신에 관한 겁니다."

니케가 앞으로 나오며 말했다.

"비밀 임원회의 내부 감시 시스템이 제대로 작동하는 한 아킬레스는 탈출할 수 없습니다. 하지만 시스템은 제대로 작동했지요. 그렇다면 시스템을 우회했다는 의미입니다. 누군가 도왔다는 말이지요. 그리고 대단히 서글픈 일입니다만, 아킬레스를 도운 자는 제가 거느린 직원들 중에 있습니다."

베데커는 그의 말에 화음을 맞춰 노래했다.

"또 다른 지지자들은 아킬레스의 기만적인 메시지를 퍼뜨릴 방법을 찾아냈습니다. 그리고 아킬레스가 사라진 후에 전체적으로 복귀 명령을 내렸는데도 과학부의 한 조사선이 그 명령을 계속 무시하고 있습니다."

"우리가 무슨 보수당입니까? 그런 사소한 부분에 매달리다니. 아킬레스가 예측한 대로 그워스 함대가 우리를 향해 돌진하고 있습니다. 우리가 정말 신경 써야 할 부분은 그쪽 아닙니까?"

데메테르가 말했다.

"아무렴. 안전이 최우선이지요."

크로노스도 날카롭게 쏘아붙였다.

"만약에……."

베데커는 조심스럽게 말을 꺼냈다.

"이 그워스를 아킬레스가 데리고 온 거라면?"

크로노스가 믿을 수 없다는 듯 노래했다.

"증거가 있습니까?"

"증거까지는 아니지만, 그래도 단순한 의심 차원은 아닙니다."

니케가 노래했다.

"네서스가 끌어들인 인간이……."

"네서스라고!"

크로노스는 업신여기는 듯한 피리 소리를 냈다.

"나는 아킬레스에 대한 근거 없는 비난에 대해서는 할 말이 없습니다. 하지만 네서스가 젊었을 때부터 지나치게 진취적으로 행동해 왔다는 건 아주 잘 알고 있지요."

하지만 다른 시민을 죽이려 할 정도로 진취적이었던 적은 한 번도 없었다고! 베데커는 화가 치밀어 올랐지만 속에 담아 두었다. 이 기분을 겉으로 드러냈다가는 네서스가 아킬레스에 대해 거짓말을 할 동기가 있었다는 쪽으로 왜곡될 것이 분명했다.

"거기까지밖에 모르는군요, 크로노스."

데메테르가 두 눈을 마주 보았다.

"저는 좀 더 알고 있지요."

네서스와 베데커 사이의 관계를 의미하는 말이었다. 네서스가 그 전에는 니케와 놀아났던 것.

니케가 나섰다.

"루이스 우는 베어울프 섀퍼 밑에서 자랐습니다. 베어울프 섀퍼는 아킬레스가 두 번이나 끌어들였던 인물이지요. 은하핵에서의 연쇄반응을 발견한 그 베어울프 섀퍼 말입니다."

"가문이야 아주 훌륭한 가문이지요."

데메테르도 마지못해 인정했다.

"네서스, 아킬레스 그리고 루이스 우가 함께 팩의 도서관 중 일부분을 회수해 왔습니다. 그중 한 파일을 보니…….”

니케의 말이 이어지려는 것을 크로노스가 자르고 끼어들었다.

“아킬레스가 그워스를 이끌고 있다고 주장하지 않았습니까!”

“그워스를 이끌고 있다고는 안 했습니다. 그들을 데리고 왔다고 했지요. 그들을 자극했다는 말입니다. 아킬레스가 어떤 자인지는 우리도 모두 알지 않습니까. 평생 권력만을 추구해 온 자입니다. 어쩌면 그가 앞날을 내다보고 경고할 수 있었던 건 자기가 직접 그 위기를 만들어 냈기 때문인지도 모릅니다.”

베데커는 말했다.

“지그문트 아우스폴러에 대해서도 모두들 잘 알 겁니다. 네서스가 진취성을 발휘해서 얻어 낸 또 하나의 결과물이지요.”

지그문트의 편집증적 천재성이 없었다면 팩은 뉴 테라, 허스, 즘호까지도 모두 파괴해 버렸을 것이다. 아킬레스와 싸움에 휘말려 본 사람도 지그문트밖에 없었다. 최후자 시절의 니케와도. 은하계는 너무나 복잡하게 얽혀 있었다.

“비밀 임원회는 그와 정보를 거래하고 있습니다. 그가 보고한 바로는…….”

이번에는 데메테르가 끊고 들어왔다.

“뻔한 수작 부리지 마십시오, 베데커. 괜히 지그문트 아우스폴러 얘기를 꺼내서 팩 전쟁에서 당신이 어떤 공을 세웠는지 우리에게 상기시키려는 것 아닙니까!”

“지그문트 아우스폴러가 보고하기를 그워스의 함대는 자기네 고향 세계가 공격을 받은 이후에 발진했다고 합니다. 즘호의 핵융합 원자로가 잠시 가동을 멈추었지요. 그런데 그것은 루이스 우와 아킬레스가 팩의 도서관에서 발견한 기술이었습니다."

베데커가 언성을 높였다. 자신의 지위를 존중해 줄 것을 요구하는 목소리였다.

크로노스의 두 목이 물결치듯 꿈틀거렸다. 놀라는 기색이었지만 미안한 기색은 보이지 않았다.

"그러니까 아킬레스가 팩의 기술을 이용해서 그워스를 선동했다, 이렇게 추측하는 겁니까? 이런 위기가 닥치면 우리가 그를 실험당의 최후자로 불러들일 거라 기대하고?"

그렇지 않아도 그럴 작정이 아니셨나? 베데커는 경멸하듯 생각했다.

"우리는 그렇게 믿고 있습니다."

니케가 노래했다.

"잠시 따로 시간을 좀 갖고 싶습니다."

데메테르가 진정시키듯 부드럽게 노래하고는 크로노스에게 몸짓을 했다. 크로노스의 절뚝거리는 느린 걸음으로는 멀리 갈 수가 없었다. 둘은 제일 가까운 언덕 뒤로 걸어갔다.

완만한 언덕들은 동굴 안에 있는 다른 모든 것들과 마찬가지로 인공적이었다. 연이은 둔덕들이 굴착 장비들을 위장하고 있었다. 큰 재난으로 허스 지표면의 모든 도약 원반이 파괴되는 경우를 대비해 준비한 장비들이었다. 그중 제일 큰 둔덕에는 새로 굴착한 통로를 통해 빠져나가는 데 사용할 작은 우주선이 숨겨져 있었다.

처음으로 베데커는 아무리 이 대피소라 해도 과연 안전을 보장해 줄 수 있을까 의문이 들었다.

시간이 꽤 흐른 후, 둘이 다시 돌아왔다.

데메테르가 노래했다.

"아직은 그워스와의 문제를 해결할 시간이 남아 있는지도 모릅니다. 베데커, 만약 그워스와 협상하려는 노력을 보인다면 우리는 현 정부를 지지하겠습니다. GPC에서 즘호에 보낸 대리인이 있지요?"

"그워스가 함대를 발진시킨 이유도 제대로 보고하지 않은 그 대리인 말입니까?"

니케는 두 머리의 부릅뜬 눈으로 데메테르를 뚫어져라 쳐다보며 말을 이었다.

"그자도 아킬레스의 지지자란 말입니다. 이제 어쩔 수 없습니다. 지그문트 아우스폴러가 즘호에 파견한 요원을 믿어 보는 수밖에."

충격을 받은 데메테르가 했던 말을 반복했다.

"우리는 현 정부를 지지하겠습니다."

## 4

'용맹'호는 튼호의 함대 중 가장 큰 우주선이었다. 하지만 이 우주선에서 가장 큰 방이라고 해 봐야 대회의실이었다. 대부분의 선장들이 자기 우주선에서 무선통신으로 회의에 참가하고 있었음에도 불구하고 끊임없이 이어지는 전략 회의 때문에 대회의실은 언제나 끔찍하게 붐볐다.

여정을 처음 시작했을 때는 븜오가 매일매일 전략 회의를 주재했다. 그로서는 올트로의 도발에 신속하게 대응하는 수밖에 없었다. 따라서 전략을 계획하고 조정하는 일을 함대 이동 중에 진행해야만 했다. 모든 일이 급하게 돌아갔다. 그럴 수밖에 없는 상황이었다.

기술 팀은 우주선을 향해 달려드는 성간 먼지들을 더욱 잘 굴절시키기 위해 우주선의 전자기 보호막을 강화했다. 강화된 보호막으로 보호받은 덕분에 우주선들은 하이퍼스페이스로 진입하기 전에 광속의 절반까지 가속할 수 있었다. 그동안 선원들은 연료전지를 만들어 사용하지 않는 구석 공간 곳곳에 쌓아 두었다.

함대 대부분은 노멀 스페이스에 다시 진입하면 반역자들의 항성계를 스치듯 지나가는 궤도에 오르게 될 것이다. 그러면 즉각적으로 미사일을 발사할 것이다. 만에 하나 반역자들이 상대론적 속도로 움직이는 이 우주선들을 핵융합 제어장치로 공격할 수 있다고 해도 우주선의 엄청난 속도 덕분에 안전을 지킬 수 있을 것이다. 그리고 핵융합 원자로가 재가동될 때까지는 연료전지로 보호막을 유지할 수 있을 것이다.

함대 대부분이라고 했다. 븜오가 거느리는 선두 우주선들은 곧장 반역자들의 세계를 조준한 상태에서 하이퍼스페이스를 빠져나올 예정이었다. 어디 한번 핵융합 원자로를 억제해 봐라. 올트로 너희가 그렇게 멍청하다면 말이다. 그러면 그 우주선들은 안에 실려 있는 미사일보다도 더 치명적인 발사체로 돌변하게 될 터. 이 속도라면 미사일 하나나 우주선 한 대만 충돌해도 반역자들은 궤멸당하고 말 것이다.

올트로는 항복하거나, 아니면 죽는 수밖에 없었다.

며칠 동안 북적거리는 전함에서 회의를 하고 나니, 븜오는 올트로가 어느 쪽을 택하든 거의 신경 쓰지 않게 되었다.

하지만 여정은 길었다. 하이퍼스페이스로 진입하기 전에 충분히 가속하려니 시간이 더 길어졌다. 그리고 계획을 세우는 데 필요한 정보는 변한 내용이 전혀 없는데도 장군들은 여전히 계획을 짜느라 바빴다.

결국 븜오는 자기 선실에 머무는 시간이 많아졌다. 이제 대회의실에는 어쩌다 한 번씩 들렀고, 세부적인 계획을 조정하는 일은 장군들에게 맡겨 놓았다. 그런 것들에 신경을 써 봤자 머리만 복잡해질 뿐이었다.

르트오가 그에게 자주 상기시켜 준 말이 있었다.

'바쁘기는 백성들이 바빠야 하옵니다. 통치자는 생각을 해야 하지요.'

하지만 통치자가 외로워서도 안 되지. 븜오는 자신의 고문 르트오가 그리웠다.

그는 자기 선실에 혼자 들어가 청록색 감정의 물결이 훑어 내려가도록 내버려 두었다. 설사 르트오가 고된 우주선 생활을 견딜 수 있을 정도로 건강했다 한들, 어느 누구에게 나를 대신해서 그렇게 오랫동안 통치를 맡길 수 있을까? 내가 달리 믿을 자가 누가 있단 말인가?

물론 둘 사이에 상의가 이루어지지 않은 것은 아니었다. 하지만 즘호는 하이퍼웨이브가 도달할 수 없는 특이점 안에 깊이 들어가 있었다. 무선통신으로 중계하다 보면 시간 지연이 일어났다. 그들이 주고받는 메시지는 대화라기에는 너무 빈약했다.

그래도 고향 세계에 새로운 골칫거리가 등장하자 븜오는 머리가 빠른 르트오를 섭정으로 두고 온 것이 다행스럽게 느껴졌다. 뉴 테라 무역선 선장이 GPC의 대리인을 고발했다고? 협약체를 편들고 있다면서? 그보다는 뉴 테라가 올트로와 짜고 반역자에 대한 보복을 말려 보려는 거겠지.

위기가 중첩되자 르트오의 상담이 더욱더 간절해질 뿐이었다.

븜오는 물을 분사하며 선실 안을 돌아다녔다. 빈둥거리는 데는 특별한 기술이 필요하지 않았다. 하지만 그렇다고 고민이 생각을 대신할 수는 없는 노릇이었다. 생각하기가 쉽지 않았다.

"너라면 어떻게 하겠나?"

그는 텅 빈 선실에 물어보았다.

"더 생각해 봐야 할 게 뭐가 남았지?"

그리고 르트오가 했을 법한 질문을 스스로에게 던져 보았다.

"제일 생각하고 싶지 않은 게 뭐냐?"

그것은 바로 올트로였다.

다른 그워테슈트와 마찬가지로 그들도 음란하고 부자연스러운 존재라서 생각하기 싫은 것은 아니었다. 그들은 생각을 할 수 있기 때문이었다. 올트로는 지위고하를 막론하고 그 어떤 그워보다도 더 빠르고, 현명하고, 창조적으로 생각했다.

하지만 제아무리 천하의 올트로라고 해도 한 위대한 국가의 작전참모들을 뛰어넘을 수는 없었다. 하나로 집결된 군사력을 이길 수도 없었다!

"예전에도 너한테서 도망갔지."

븜오의 내면에 도사리고 있던 회의주의자가 상기시켰다.

"핵융합을 어떻게 억제했는지 너희 전문가들은 설명조차 못하지 않았나?"

전문가들이 아직 제대로 된 설명을 내놓지 못한 것은 사실이었다. 하지만 그의 장군들은 아직도 이해하기 힘든 그 무기를 우회할 계획을 세워 놓았다. 븜오는 선실 가운데 둥둥 떠 있었다. 그럼 대체 왜 아직도 신경이 쓰이는 거지? 왜 아직도 올트로에 대해 생각하기가 꺼려지는 거지?

올트로가 그들을 놀라게 할 새로운 것을 준비하고 있을지도 모르기 때문이었다.

븜오는 경련을 일으키듯 몸을 쥐어짜며 물을 뿜어 선실 해치 쪽으로 갔다. 전문가의 조언과 도움이 필요했다.

올트로의 생각을 알아내야 했다.

수수께끼.

응트모Ng't'mo는 수수께끼를 좋아했다. 그리고 데이터를 좋아했다. 산더미같이 쌓인 데이터를. 그들은 데이터를 분류하고 정렬하는 것을 좋아했고, 데이터를 계산하고 그 안에서 패턴을 찾아내는 것을 좋아했다.

그러면 패턴이 의미하는 것은 무엇인가? 때로는 그것 역시 수수께끼였다. 주인들은 설명하지 않았다.

응트모는 자신들이 처한 환경이 싫었다. 자신들을 가두고 있는 우리가 싫었다. 수수께끼를 푸느라 정신을 팔고 있는 동안은 그래도 갇혀 있다는 사실을 잊을 수가 있었다. 먹을 것과 데이터, 그 모든 것을 주인들에게 의지해야만 한다는 사실도 잊을 수 있었다.

주인들이 수수께끼를 얼마 주지 않을 때는? 그러면 응트모는 합체를 유지할 수 있는 한에서 좋았던 시절을 추억했다.

추억을 되살리기는 어려웠다. 이해하기도 어려웠다. 추억을 견디기 힘들 때도 많았다. 그들이 원하는 곳을 한 번이라도 마음대로 돌아다니도록 허가받은 적이 있었던가?

그래, 그랬던 것 같기는 하다.

스스로 선택을 내리던 시절은 너무도…… 멀게 느껴졌다.

한번은 응트모가 선택권을 요구한 적이 있었다. 그러자 주인들은 우리를 배신하고 떠난 올트로란 놈들을 탓하라며 무례한 요구를 한 벌로 하루 동안 먹을 것을 주지 않았다.

어쩌면 모든 것이 올트로 탓일지도 몰랐다. 하지만 응트모는 올트로를 기억하고 있었다. 올트로는 친절하고 인내심이 많았다. 그리고 무척이나 똑똑했다.

응트모는 겨우 여덟 그워로 이루어져 있었다. 그들은 결코 올트로만큼 똑똑해질 수가 없었다.

불분명한 갈망이 응트모를 괴롭혔다. 똑똑해지고 싶다. 주인들에게서 해방되고 싶다. 마음껏 먹고 싶다. 왜 삶이 이리도 고달픈가 생각하다 보니 배고픔은 가장 원초적인 욕구로 변했다. 먹을 것이 너무나도 간절했다.

여덟 개체가 관족들을 서로 뒤엉켜 놓고 하나로 뭉쳐 있어서는 먹고 싶어도 먹을 수가 없었다.

괴로움으로 울부짖으며 그들은 붐비는 우리 안에서 자기를 인식하는 가엾은 독립 개체로 다시 흩어졌다.

주인들의 주인이 새로운 수수께끼를 가지고 왔다! 그 수수께끼는 정확히 무엇인가? 튼튼호가 원하는 것은 무엇인가?

우주선, 세계, 유해성에 대한 것이었다.

응트모는 새로운 데이터와 씨름했다. 그들은 우주선이 무엇인지 이해하고 있었다. 우주선은 세계 사이를 오갔다. 그들도 우주선에 타고 있었다. 미사일은 그워스가 타지 않은 우주선과 비슷했다. 세계는 고향 같은 곳을 말했다. 그들은 고향이 그리웠다.

응트모의 단위 개체들은 우주선과 미사일이 무엇을 하는지는 알고 있었다. 하지만 그것이 어떻게 작동하는지에 대해서는 별로 아는 것이 없었다. 주인들은 무언가의 작동 원리를 응트모에게 말해 준 적이 거의 없었다. 사물의 작동 원리를 이해했던 올트로가 도망쳐 버려서 그런 것일까?

핵융합은 우주선을 움직이게 했다. 응트모는 핵융합을 잘 몰랐다. 무엇이 핵융합을 중지시키는지는 더더욱 몰랐다. 하지만 그들도 무엇이 중요한지는 이해하고 있었다. 빠른 속도로 움직이는 사물은 부딪치면 더 아팠다. 정말로 빨리 움직이는 것과 부딪친다면…….

그들은 더 큰 수수께끼는 잠시 미뤄 두고 즐거운 계산을 먼저 하기로 했다. 우주선이나 미사일이 두 배 빠른 속도로 가면 그것이 충돌할 때 생기는 유해성은 네 배로 커졌다. 세 배 빠른 속도로 가면 유해성은 아홉 배로 커졌다. 아주 빠르게, 거의 광속으로 움직이면 계산은 아주 즐거울 정도로 복잡해졌다. 그때 발생하는 유해성은 수치 표현이 거의 불가능했다.

사물이 거의 빛의 속도로 움직인다면 그 사물은 미처 알아차리기도 전에 대상을 덮치게 된다.

이것 말고 또 그들이 아는 것이 무엇이 있을까?

하이퍼스페이스는 우주선이 정말로, 정말로 빨리 움직일 수 있는 공간이었다. 하이퍼웨이브가 어디든 순식간에 도달할 수 있는 공간이었다. 하이퍼스페이스는 행성들까지 뻗어 있지 않았다. 세계 근처에 가면 우주선은 하이퍼스페이스를 떠나야 했다.

여러 가지 다양한 역량과 가능성 들이 마음속을 맴돌았다. 그들은 튼튼호가 가져온 수수께끼의 목적을 이해하기 시작했다. 주인들의 주인은 한 세계를 파괴하기 위해 우주선과 미사일 들을 가지고 왔다. 그들의 수수께끼는 이것이었다.

반대편 세계에 있는 자들이 이 공격을 막을 수 있을까?

응트모는 데이터를 조합하고, 분류하고, 정렬해서, 패턴들을 찾아냈다. 하이퍼스페이스 기계들의 작동 원리는 알지 못했지만 패턴들로부터 한 가지 가능성이 떠올랐다. 그들은 알아낼 때까지 계산을 계속했다. 마침내 결론이 나왔다.

그 세계에 있는 자들은 파괴를 피할 수 있다.

응트모는 뒤엉켜 있던 관족들을 풀어 주인을 부르는 벨을 향해 뻗었다. 하지만 벨을 누르려다가 멈추었다.

그 세계에는 누가 사는가?

그들은 이 새로운 수수께끼를 두고 여러 가지 암시와 추측 들을 걸러 내며 오랫동안 걱정을 거듭했다. 더 많은 데이터를 분류하고 정렬하자 드디어 한 가지 패턴이 나타났다.

목표 대상은 바로 올트로였다.

다시 좋았던 시절의 추억으로 빠져들며 응트모는 벨을…… 누르지 않았다.

5

지그문트가 포크를 내려놓고 접시를 물렸다.

"루이스, 오랜만에 정말로 맛있게 먹었습니다."

"고마운 얘기군요."

루이스는 대답했다.

사실 그가 이 푸짐한 식탁을 마련한 것은 앨리스 때문이었다. 그녀는 아침에 우주로 나가기로 되어 있었다. 그래서 그녀에게 저녁 식사를 먼저 대접하고, 소화가 좀 되고 나면 완전히 다른 방식으로 두 번째 배웅을 해 줄 생각이었다. 하지만 앨리스가 막판에 지그문트를 데리고 오는 바람에 루이스는 그녀에게 살짝 짜증이 나 있었다. 지그문트에게는 더 많이 짜증이 났다. 그냥 곱게 식사나 할 것이지 이 스파이의 대부가 또 전쟁 이야기로 샜기 때문이었다.

"다 지난 이야기를 너무 많이 했나 봅니다."

마침내 지그문트가 말했다. 그는 냅킨을 접어 식탁 위에 올려놓았다.

"하지만 앨리스와 내가 간부 회의에 가기 전에 이 한마디는 꼭 해야겠군요. 루이스, 우리가 당신에게 큰 신세를 졌습니다. 허스에서 일어나는 일들은 챙겨 듣고 있죠?"

루이스는 고개를 끄덕였다.

"그 뭐냐…… 적당한 말이 떠오르질 않는데, 하여간 지도부가 베데커를 중심으로 뭉쳤더군요."

"네서스의 말을 들어 보니 그게 다 당신 덕분이랍니다. 당신이 아킬레스와 그워스 함대를 엮어 주지 않았다면 아마 지금쯤 아킬레스가 정부를 장악하고 있었을 겁니다."

루이스는 물었다.

"이 정도 난리라면 보수당이 다시 집권할 이유로 충분한 거 아닙니까?"

앨리스의 외교 임무에 그가 합류하는 것을 지그문트가 거부한 이유를 직접 묻는 것보다는 이렇게 묻는 쪽이 더 안전한 질문이었다.

앨리스가 대답했다.

"사건들이 너무 꼬이고 이상해졌어. 그래서 그동안의 관례를 따르려 해도 그게 다 무용지물이 되어 버렸지. 현시점에서 보수당은 권력을 원하지 않아. 권력을 다시 장악해도 뭘 해야 할지 모를 테니까. 사실, 보수당이 어떻게 생각하는지는 중요하지 않아. 시민들의 합의로 일을 처리하려면 속도가 느리지. 간단히 말해 저들은 권력을 이양하고 말고 생각할 겨를이 없는 거야. 정당에 어떤 변화가 생기기도 전에 그워스 함대가 하려던 일이 뭐든 그걸 실행에 옮길 테니까."

결국 앨리스의 외교 임무로 얘기가 돌아왔다. 루이스는 일어서서 식탁을 치우기 시작했다. 빌어먹을 스무 살의 몸뚱이 같으니라고! 그는 그냥 앉아 있지를 못했다. 그리고 그런 행동들은 그를 충분히 성숙하지 못한 것처럼 보이게 만들었다.

루이스는 쏘아붙이듯 말했다.

"아킬레스도 그런 상황을 모두 알고 있잖아. 난 그자와 '아이기스'호에서 같이 몇 달을 지냈어. 그는 절대로 포기하지 않을 거야. 포기하는 방법 자체를 모르는 자라고."

지그문트가 말을 받았다.

"내 생각도 그렇습니다. 나는 그를 인간의 우주에서 만난 적이 있습니다. 그때도 그를 믿지 않았고, 지금도 믿지 않습니다. 뉴테라에 온 후로 나는 퍼페티어 전문가들에게 그를 계속해서 감시하도록 했죠."

그는 한숨을 내쉬었다.

"루이스, 나도 당신 말에 절대 동감합니다. 당신은 이 행성에서 그 누구보다도 아킬레스를 잘 알죠."

그의 말에 숨겨진 속내는 이랬다. 그러니 아킬레스가 다음에 무슨 짓을 할지 말해 달라.

루이스는 접시들을 부엌으로 가져가 재생기에 와장창 집어넣었다. 그도 해답을 모르기는 마찬가지여서 미칠 것만 같았다. 차라리 다른 누구라도 해답을 가지고 있으면 좋을 것을.

루이스는 자기를 앨리스의 임무에 포함시켜야 할 이유를 지그문트에게 설득해야 했다. 어떻게 하면 내가 그 임무에 빠져서는 안 될 사람이 될 수 있을까?

네서스에 따르면, 그워스의 전투 함대가 세계 선단의 하이퍼웨이브 레이더에 계속해서 잡히는데 허스를 향하고 있는 것으로 나타났다. 함대가 노멀 스페이스로 나올 때마다 그워스는 점점 더 가까워지고 있었다.

먼저 올트로와, 다음으로 즙호에 있는 지그문트의 요원과 각각 하이퍼웨이브 통신을 한바탕 해 보고 나니 다른 그림이 나왔다. 아킬레스는 양쪽 그워스 세계에서 일어난 공격에 모두 연루된 것 같았다.

그렇지 않아도 이미 양쪽 사이의 갈등이 고조되어 있는데 그워스의 군주가 전투 함대를 이끌고 나서는 바람에 갈등이 훨씬 심화되고 말았다. 하지만 그워스의 전함들은 허스를 그대로 지나칠 것이라고 했다.

그렇게 된다면 아킬레스는 앞날을 내다보는 자로 보이기보다는 오히려 바보 꼴이 되고 말 것이다.

다시 한 번 루이스의 무의식 속에서 무언가 꿈틀거렸다. 무언가 있기는 있는데 아무리 구슬리고 달래 봐도 좀처럼 의식으로 떠오르지 않았다.

루이스는 식탁으로 돌아와 나머지 접시들을 치웠다. 어색한 침묵이 이어지고 있었다. 무슨 말이라도 꺼내야 할 것 같았다. 하지만 대체 무슨 말을 한단 말인가? 그가 그워스의 상황에 대해 알고 있는 것은 모두 앨리스와 지그문트에게 들은 내용들이었다.

루이스는 말했다.

"올트로와 그 백성들은 아주 호되게 당하겠군요."

"아무래도 그럴 것 같아."

지그문트 대신 앨리스가 대꾸했다. 그녀의 말에 담긴 의미는 이랬다. 그래서 내가 가야 하는 거라고.

"이건 미친 짓이야. 정황들은 하나같이 그워스의 함대가 질량 무기를 이용하려 한다는 걸 말해 주고 있잖아. 그들은 대화를 해 볼 생각이 눈곱만큼도 없는 거라고."

루이스의 말에 앨리스는 고개를 저었다.

"중립적인 쪽의 얘기에는 귀를 기울일지도 몰라. 난 도무지 아무것도 하지 않고 그냥 지켜보고만 있지는 못하겠어."

"누군 안 그래?"

루이스는 식탁을 주먹으로 내리쳤다. 접시들이 튀어 올랐다.

"그워스의 전투 함대가 클모를 짓밟으러 가고 있는 건 결국

내 잘못이란 말이야. 내가 팩의 도서관을 기웃거리지만 않았어도…….”

“그럼 아킬레스는 이런 갈등을 일으킬 다른 방법을 어떻게 해서든 찾아냈을 겁니다.”

지그문트가 큰 소리로 말을 끊었다.

“당신이 당신 입으로 말했잖습니까. 아킬레스는 포기를 모르는 자라고.”

“나도 같이 보내 주세요.”

루이스는 고집을 부렸다.

“위험한 임무입니다. 이 임무에 모두 훈련이 잘된 사람들만 배정한 것도 다 그 때문이죠. 하지만 루이스 당신은 정식 훈련을 받지 못했습니다. 뭐든 해서 죄책감이라도 덜고 싶은 당신 심정은 이해합니다. 실제로 죄책감을 더는 데는 도움이 될지도 모르죠. 하지만 내 기분은 어떻겠습니까? 난 이미 당신과 당신 가족에게 못할 짓을 많이 한 사람입니다. 그저 당신 죄책감이나 덜어 주자고 당신을 다시 위험으로 몰아넣고, 당신 때문에 다른 선원들까지 위험에 빠지게 할 수는 없습니다.”

그래서 대신 그렇게 자기 죄책감을 달래시겠다?

그것도 엉뚱하기는 마찬가지였다. 루이스를 알려진 우주에서 구해 낸 것은 지그문트가 아니라 네서스였다.

어쨌거나 결국 달라진 것은 없었다. 루이스는 꼼짝없이 여기에 묶여 있는 상황이었다.

하지만 쓸모없는 존재로 남고 싶지는 않아, 제기랄! 아킬레스는 절대로 포기하지 않을 거라고.

그렇지! 그게 바로 핵심이야.

"그워스의 함대가 허스를 그대로 지나치면 아킬레스는 바보가 되고 말 겁니다. 그자가 그 꼴을 그냥 두고 보지는 않겠죠. 자기가 먼저 나서서 무언가 할 겁니다. 늘 그렇게 해 왔으니까요."

극단적인 추측이기는 하지만 루이스는 계속했다.

"그자는 매복했다가 그워스를 공격하려 할 겁니다. 자기가 허스의 구세주라는 걸 증명해 보이려고 하겠죠."

앨리스와 지그문트가 동시에 입을 열었다. 지그문트가 몸짓으로 먼저 얘기하라고 신호하자, 앨리스가 말했다.

"아킬레스가 미치지 않고서야 어떻게 그런 일을 저지르겠어. 그런데 물론이야, 그자는 미쳤지. 미쳐도 단단히 미쳤어. 그럼 루이스 당신 말이 옳다고 쳐 보지. 아킬레스에게는 핵융합 억제 무기가 있어. 우주선도 하나 있지. 우주선은 그자의 지지자들이 아마 더 훔쳐 낼 수도 있을 거야. 하지만 그자 주변에 있는 퍼페티어들 중에 그런 매복에 직접 참가할 정도로 미친 자가 몇이나 될까?"

앨리스는 잠시 고개를 떨구고 생각에 잠겼다가 말했다.

"아킬레스는 뉴 테라에서 선원을 뽑아 가려고 할 거야."

어떤 생각이 루이스의 머리를 스쳐 지나갔다.

"지하조직에 요원을 투입해서 아킬레스가 그를 고용하게 하면 어떨까. 그러지 않으면 제때에 그의 계획을 알아내서 막을 수 없을 거야."

루이스는 자기 가슴을 두드렸다.

"내가 적임자 아니겠어?"

"우리도 지하조직에 요원들이 있어."

앨리스가 말했다.

하지만 지그문트는 고개를 저었다.

"루이스가 옳네, 앨리스. 아킬레스는 팩 우주선을 공격하러 갈 용병들을 고용할 때 우리 쪽 요원들을 철저하게 배제했지. 그 빌어먹을 롤런드가 워낙에 훈련이 잘된 놈이라 우리 요원들을 다 알아본 거야. 퍼페티어들이 정찰을 나가서 클모를 발견했을 때도 분명 우리가 모르는 뉴 테라의 선원들을 고용해서 갔을 테고."

"내가 가야 한다니까요. 내가 지하조직으로 들어가죠."

루이스는 다시금 주장했다.

"아킬레스가 알아볼 텐데 당신이 어떻게 가?"

앨리스가 말했다.

"맞아. 오히려 그자가 나를 좀 알아봤으면 좋겠어."

"알아보면, 그다음엔 어쩌려고? 당신이 그자를 마취시키는 바람에 네서스가 재판장으로 데리고 갈 수 있었잖아. 호랑이 굴에 제 발로 걸어 들어가겠다니, 아킬레스나 마찬가지로 미치지 않고서야 어떻게 그런 소리가 나와?"

그럼 이제 당신의 미친 임무에 대해 내가 어떤 기분인지도 잘 알겠군. 루이스는 생각했다.

"어쩌면 아닐지도 몰라, 앨리스. 아킬레스는 나를 싫어해. 하지만 내가 팩의 도서관에 대해 이룬 부분에 대해서는 무시하기 힘들걸. 그리고 그자는 네서스와 베데커를 싫어해. 그들 사이의 불화는 아주 오래전에 시작된 거지. 나를 이용해서 그들에게 대항할 수 있겠다 생각하면 구미가 당기지 않겠어?"

"상황을 어떻게 꾸밀 생각입니까?"

지그문트가 물었다.

"아주 억울한 척하는 거죠. 네서스가 보수도 듬뿍 주고 인간의 우주로 돌려보내 준다고 했는데, 결국 무일푼으로 내팽개친 겁니다. 빈털터리에 갈 곳도 없는 신세가 된 거죠. 술에 취해서 술집에 앉아 네서스에 대해 이러쿵저러쿵 불평을 늘어놓고 있다 보면 아킬레스나 그자의 패거리가 나를 찾아내겠죠."

하지만 너무 취해서는 안 되겠지. 중독이 재발하면 안 되니까. 그런 위험이 있다는 건 나 혼자만 알고 있어야겠군.

"앨리스가 나를 길거리에 버려두고 가면 되지 않겠습니까? 출발을 하루 늦출 수 있으면요."

"그 정도는 괜찮습니다."

지그문트가 허락했다.

루이스는 생각했다. 얼씨구. 나를 위험에 빠뜨릴 수 없다고 할 때는 언제고.

앨리스가 믿을 수 없다는 표정으로 두 사내를 바라보았다.

"너무 위험해, 루이스. 이런 일에 훈련받아 본 적도 없잖아."

"그럼 대안이 있어?"

루이스는 부드럽게 물었다.

"아킬레스가 최후자가 되는 건 뉴 테라에도 좋지 않아. 나도 이제는 뉴 테라가 내 집처럼 느껴진다고."

이 말의 속내는 이랬다. 새로운 삶을 같이 살고 싶은 사람이 생겼다고.

"둘이서 얘기를 나눠 보는 게 좋겠군요."

지그문트는 발코니로 나가 유리 금속 문을 닫았다.

"이게 최선의 방법이라는 거 당신도 알잖아."

루이스가 말했다.

앨리스는 얼굴을 찡그렸다.

"그렇다고 이 일이 쉬워지는 건 아니야."

그 뒤로는 할 말이 남아 있지 않았다.

이십 분 후에 지그문트가 발코니에서 들어왔다. 손에는 휴대용 컴퓨터가 들려 있었다.

"허스와 통신해 봤습니다. 네서스도 루이스 당신 말에 동의했습니다. 모든 부분에 대해서. 지금 상황에 네서스가 단단히 겁을 먹었군요."

## | 선제공격 |

1

루이스는 휘청거리며 지그문트의 집무실을 나왔다. 오른팔을 등 뒤로 꺾인 채 새빨개진 얼굴로 고통스러워하고 있었다. 대기실에 있던 무장 경비병들과 접수원이 대체 무슨 일인가 하는 표정으로 바라보았다.

지그문트가 루이스의 꺾인 팔을 마지막으로 한 번 더 거칠게 비튼 후 놔주었다.

"여기서 당장 꺼져."

그는 으르렁거리듯 말하고, 경비병들에게 명령했다.

"건물 밖으로 쫓아내게. 저자가 여기 두 번 다시는 발붙이지 못하게 보안 파일 업데이트하고."

경비대 중위가 경례를 붙였다.

"알겠습니다, 장관님."

루이스는 왼손으로 아픈 오른쪽 어깨를 비비며 소리쳤다.

"지그문트 아우스폴러, 이 빌어먹을 인간아! 어디 나중에 두고……."

"중위!"

지그문트가 쏘아붙였다.

"네, 장관님."

중위는 또 다른 경비병에게 신호를 보냈다.

"병장, 이리로!"

"당신 그거 알아? 저……."

루이스는 벌컥 화를 내려다가, 중위가 팔짱을 끼자 말을 멈추었다.

"장관님 얘기 못 들었나? 가지."

중위의 인솔하에 경비병들이 루이스를 데리고 긴 복도를 뛰듯이 걸어갔다. 걸어가는 내내 루이스는 난리를 쳤다. 복도를 돌 때마다 사람들의 머리가 모두 그를 향했다. 방문객들이 길게 줄을 서서 기다리고 있는 출입문에 도착하자 루이스는 다시 한 번 고함을 질렀다.

"너희 잘난 지그문트 장관 때문에 내 인생 다 망가졌어. 저놈이 내 가족에게 어떻게 했는지 알아? 저놈이……."

"나하고는 상관없는 일이다. 이제 이곳을 떠나라."

중위가 말했다.

루이스는 아픈 어깨를 비비며 숨을 헐떡거리고 투덜거리다가 건물을 떠났다.

'긴 통로' 시의 식당가 중심부에 있는 한 화려한 식당 가운데 자리에 마련된 이 인용 식탁. 손에 잡힐 듯 팽팽한 긴장감이 돌았다. 루이스와 앨리스는 얼음장 같은 침묵 속에서 식사를 하고 있었다. 루이스가 포크를 내려놓는 순간, 종업원이 쫓기듯 전채 접시와 샐러드 접시를 치웠다. 근처 식탁에서 식사를 하던 사람들도 흘깃흘깃 이쪽 자리를 훔쳐보고 있었다.

"정말 이해가 안 돼. 어떻게 그 인간을 편들 수 있어?"

마침내 루이스가 입을 열었다.

"그 인간이 내 가족에게 어떤 짓을 했는지 다 말해 줬잖아."

앨리스가 고개를 들었다.

"여기서 그런 얘기는 좀 그렇잖아."

"그럼 다른 데는 괜찮고?"

루이스는 쏘아붙였다.

"그리고 또, 그 잘난 상사가 당신을 어디 멀리 보낸다며? 그럼 이 얘기를 대체 언제 하지? 정말 자기 편한 대로만 생각하는군."

"그러니까 루이스, 여기 말고 다른 데서 얘기하자고."

앨리스가 눈을 찌푸리며 말했지만, 루이스는 계속해서 쏘아붙였다.

"당신을 그 위험한 곳에 보내 놓고 그 용감하고 잘난 지그문트 장관께서는 편안한 집무실에 궁둥짝 붙이고 앉아 있겠다, 이 말이잖아!"

"당신도 세 번이나 끔찍하게 죽었다 살아나고 아무도 없는 우주에 두 번이나 혼자 버려져 있었다고 상상해 봐. 그럼 장관님의 공포증을 탓하지는 못할 거야."

"아주 중요한 비밀 임무라며. 그럼 얼마나 오랫동안 못 보는 거야? 두 사람 나를 아주 바보로 알아? 난 당신하고 지그문트만 생각하면……."

그의 말에 아랑곳하지 않고 앨리스는 휴대용 컴퓨터를 꺼내서 두드리기 시작했다

루이스가 소리쳤다.

"내 말이 말 같지 않아? 사람이 앞에서 얘기하고 있는데 한가하게 메시지나 확인하고 있어?"

"메시지 확인하는 거 아니야. 당신이 내 아파트에 못 들어오게 잠금 모드 설정했지. 당신 물건들은 내일 건물 관리인에게서 찾아가."

앨리스는 의자를 뒤로 빼며 일어섰다.

"알고 싶지 않으니까 앞으로 소식 전할 필요도 없어."

그러고는 고개를 치켜들고 식당에서 성큼성큼 걸어 나갔다.

"한 잔 더!"

루이스가 말했다. 그는 앞서 알코올 해독제를 이미 충분히 복용했기 때문에 사실 이 취한 목소리는 꾸민 것이었다. 물론, 꾸민 목소리만 들어간 것은 아니지만.

인간의 우주에서 이렇게 취해 있었다면 자동화 술집에서는 더

이상 술을 내주지 않았을 것이다. 얼마 되지는 않지만 사람이 술을 파는 술집에서도 물론이고.

하지만 여기는 달랐다.

이곳의 바텐더는 화려하게 치장하고 부풀린 헤어스타일을 한 둥근 얼굴의 여성이었다. 그녀가 아무 말 없이 루이스의 잔에 위스키를 또 한 잔 따라 주었다. 그녀의 관심은 온통 축구 토너먼트에 가 있었다.

루이스는 경기를 뛰고 있는 선수들을 알지 못했고 알고 싶지도 않았다. 이곳의 축구는 무슨 계집애들이 뛰는 경기 같았다. 이게 다 퍼페티어들 때문이지.

뉴 테라에 남아 있는 퍼페티어의 영향은 여성화된 축구 경기에서 끝나지 않았다. 퍼페티어는 사교성이 너무 강해서 서비스 제공을 기계화하기를 꺼렸다. 위험하고 혐오스러운 일이나 손이 부족한 일에만 자동화 시스템을 채용했다. 그리고 인간 하인들에게도 비효율적이나 집단적인 퍼페티어의 태도를 그대로 세뇌시켰다. 루이스는 이 세계에서 자동화 술집을 단 한 개도 보지 못했다. 물론 자동화 술집이 그리운 것은 아니었지만.

퍼페티어의 통치 아래, 뉴 테라의 가부장주의는 지나치게 커졌다. 여기서는 남자가 죽을 때까지 술을 마시든 말든 누구 하나 말리는 사람이 없었다. 천박하면서도 도도한 바텐더들은 군소리 없이 자기 할 일만 했다. 그저 술을 따르고 이야기만 들어 주면 그들의 할 일은 끝이었다.

뉴 테라는 정말 문명화된 세계였다.

루이스는 이곳보다 훨씬 더 지저분한 우주 공항 술집에서 알코올로 뇌세포를 죽이며 시간을 때운 적도 있었지만, 뉴 테라 사람들의 기준에 따르면 이 좁고 어두운 술집은 쓰레기장이나 마찬가지였다. 조명은 거의 있는 듯 없는 듯, 바닥은 끈적거리고, 숨막히는 시큼한 냄새가 가득했다. 이곳을 찾는 것은 다 불한당 같은 사람들밖에 없었다.

이곳은 분명 지그문트의 요원들이 드나드는 술집보다 훨씬 지저분했다. 루이스는 그런 술집들도 몇 군데 들렀다. 지금의 술자리가 그런 곳들을 피해서 온 것처럼 보일까 봐 일부러 한 일이었다. 요원들이 죽치는 술집이라면 루이스가 찾고 싶어 하는 사람들은 절대 접근해 오지 않을 터였다. 그저 이 계획이 완전한 망상에 불과한 것이 아니기를 바랄 뿐이었다.

"빌어먹을 놈."

루이스는 특별히 지칭하는 사람도 없이 내뱉었다.

아무도 대답하지 않았다.

그는 바텐더와 눈을 마주쳤다.

"당신도 한 잔?"

"좋죠."

바텐더가 자기 앞에 맥주를 따르고 술값은 루이스 앞으로 계산했다.

"그 빌어먹을 놈이 누군데요?"

루이스는 그녀와 쨍그랑 건배를 했다.

"내 얘기 좀 들어 보겠소?"

바텐더가 웃으며 말했다.

"술 한 잔에 빌어먹을 놈 얘기 하나씩 들어 드리죠."

루이스는 눈을 동그랗게 뜨고 휴대용 컴퓨터에서 잔고를 확인하는 척했다.

"오늘 밤 빌어먹을 놈 둘을 욕할 돈은 되는군. 지그문트 아우스폴러란 놈이 내 가족과 인생을 망쳐 놨거든. 그리고 네서스, 그 퍼페티어 놈…… 아니지, 미안, 그 시민 놈이 이 은하계 촌구석에다 날 버리고 갔지. 아, 내가 원래 영어는 젬병이니까 이해하시오."

바텐더가 물었다.

"뭐 하시는 분이죠?"

곁눈질로 보니 근처 한 탁자 쪽에서 관심을 보이는 것이 느껴졌다. 이제야 드디어 술집을 제대로 찾았나? 아니면 자기네 우상인 지그문트 아우스폴러를 내가 모욕해서?

홈에서 자랄 때 루이스는 무술을 좀 배웠다. 이곳에서는 퍼페티어들의 통치 기간 동안에 무술과 관련된 인간의 지식들이 깡그리 뿌리 뽑히고 말았다. 하지만 아무리 그렇다 해도 사 대 일로 붙는다면…… 글쎄, 승산이 있을까? 게다가 이미 다른 술집에서 싸움을 벌인 탓에 온몸이 혹투성이에다 멍투성이인데?

"난 루이스 우라는 사람이오. 지그문트라는 작자처럼 나도 네서스가 이곳으로 데려왔지. 내게 맡길 일이 있다고 하더군. 네서스 놈, 그 일만 끝나면 한몫 단단히 챙겨 주고 집에 돌려보내 준다더니."

"그런데요?"

"그놈이 나를 이 뉴 테라에 버렸단 말이오. 저 빌어먹을 지그문트 놈처럼. 집으로 돌아가는 데 필요한 기억들도 모두 뺏겨 버렸지. 네서스 그놈 때문에 죽을 고비도 몇 번이나 넘겼는데 지금 나에게 남은 게 뭔지 아시오? 네서스 놈 멀뚱멀뚱 자기 눈만 서로 쳐다보더군. 이놈이 사람을 아주 깔본 거지. 내가 이게 뭐냐고 따졌더니 놈이 하는 말이 GPC에 가서 따지라지 뭐요."

바텐더가 자기 맥주를 다 마셨다. 루이스가 고개를 끄덕이자 그녀는 다시 자기 잔을 맥주로 채웠다. 루이스의 휴대용 컴퓨터 화면에 나와 있는 빈약한 계좌 잔고에서 술값 몇 푼이 또 빠져나갔다.

그렇다고 돈이 정말로 다 떨어진 것은 아니었다. 비밀 코드 덕분에 눈에 보이는 계좌 잔고는 필요할 때마다 계속 채워졌다. 정말 철두철미한 인간이로군. 지그문트 얘기였다. 그가 루이스에게 준 휴대용 컴퓨터는 평범해 보이기 이를 데 없었지만, 비밀리에 자금을 지급하는 기능은 그 컴퓨터의 진짜 기능에 견주어 보면 빙산의 일각이었다.

"거참 안됐네요."

바텐더가 맞장구를 쳐 주었다.

"내 언젠가는 그 머리 둘 달린 괴물 놈에게 똑같이 해 줄 거예요. 지그문트 그놈에게도……."

그때, 기름투성이 작업복을 입은 덩치 좋은 사내 넷이 다가왔다. 루이스는 말을 멈추고 돌아보았다.

"내게 뭐 볼일이라도?"

"있지. 있고말고."

그중 한 사람이 말했다.

"주둥이를 함부로 놀리면 쓰나. 지그문트 장관님은 이 세계를 여러 번 구하신 분이라고!"

루이스는 그냥 바를 향해 돌아앉았지만 멱살을 잡혀 의자에서 끌려 나오고 말았다. 그리고 술집 뒤편 골목길 쓰레기통에 내동댕이쳐졌다. 잠시 후, 그의 휴대용 컴퓨터가 뒤따라 날아왔다. 이 터무니없을 정도로 점잖은 사람들이 사는 세상에서 이게 대체 무슨 일이야!

루이스는 비틀거리며 일어서서 몸에 달라붙은 쓰레기들을 대충 털어 내고, 골목에 떨어져 있는 휴대용 컴퓨터를 집어 들었다. 그리고 다음 술집으로 발걸음을 옮겼다.

새로 확장한 특별 선실에서 아킬레스는 소식을 기다리고 있었다. 그의 우주선은 우주 깊숙한 무작위 지점에 들어와 있기 때문에 상대적으로 안전한 상태였다. 그워스에 대한 공격을 감행하려면 뉴 테라의 용병들이 필요했다. 신중하지 못해서 스스로를 죽음으로 몰고 간 롤런드 앨런카트라이트와 그 선원들 때문에 아킬레스는 다시 한 번 어려움에 처하고 말았다. 그들이 죽었다는 것이 알려지면서 용병으로 지원하는 사람이 나타나지 않았다.

홀로그램 화면 안에서 엔지오 워커웡Enzio Walker-Wong이 이쪽을 바라보고 있었다. 아킬레스의 새로운 용병대장은 마른 얼굴에

넓적한 코, 금발의 남자였다. 머리카락과 털이 성기기도 성기고 색까지 창백해서 눈썹은 아예 없는 것처럼 보였다.

"여섯 명까지 모았소."

그가 보고했다.

여섯이라. 아킬레스가 요구한 전투 인원은 열 명이었다. 하지만 그워스의 전투 함대가 이미 길을 떠난 터라 남은 시간이 별로 없었다. 그는 머릿수가 아니라 팩의 기술과 꾀를 이용해서 그워스의 함대를 파괴할 생각이었다. 무기들을 조종하는 데는 여섯이면 충분했다.

"어쩔 수 없지요. 여섯 명으로 어떻게 해 보는 수밖에. 물론 당신 급료는 그만큼 깎을 겁니다."

"그런데 재미있는 놈이 하나 굴러 들어왔소. 혹시 흥미 있을지 모르겠다 싶어서."

엔지오가 말했다. 갑자기 왜 대화 주제를 바꿔?

"여기 자칭 지구에서 왔다는 사내가 있는데. 술에 취해 완전히 뻗었소."

분명 지그문트 아우스폴러는 아니로군. 그렇다면…….

"혹시 루이스 우입니까?"

엔지오가 놀란 표정을 지었다.

"이자를 아시오?"

네서스의 종놈을 아느냐고? 불행히도 그렇군. 하지만 그놈도 기술만큼은 무시 못 하지. 그놈이 없었으면 팩 도서관을 기웃거리지 못했을 테니까 말이야. 그거면 놈이 네서스의 명령에 따라

나를 마취 총으로 쏜 것 정도는 용서해 줄 수도 있지.

똑똑하고, 적응도 잘하고, 명령도 잘 따르고. 그렇다면 어쩌면…….

"우주선에 같이 탄 적이 있습니다. 루이스 우가 술을 왜 그렇게 곤죽이 되도록 마신 겁니까?"

아킬레스는 물었다.

엔지오가 웃었다.

"말 마시오. 여자한테 쫓겨났다더군. 무일푼에다가 갈 데도 없는 신세가 됐다는데, 지그문트하고 네서스한테 단단히 화가 나 있었소."

네서스가 자기 부하를 버렸나?

"지그문트 아우스폴러에게는 왜 화가 났답니까?"

"그 사람이 이자의 가족한테 나쁜 짓을 좀 했나 보더군. 지구에서부터 쫓아다니면서 괴롭혔다던가. 이자가 술에 취해 악다구니만 써 대서 자세한 내막은 모르겠소."

뉴 테라에서 루이스가 지그문트와 옥신각신하다가 국방부 건물에서 험한 꼴을 당하고 쫓겨났다는 소문은 아킬레스도 들었다. 몇몇 정보원들로부터 그 소동에 대해 보고받아서 알고 있었지만 별신경은 쓰지 않았다. 지그문트 아우스폴러가 누군가? 미쳐 날뛰는 편집증 ARM 요원이었다. 그런 자라면 분명 망쳐 놓은 자가 한둘은 아닐 터였다.

"그나저나 베어울프 섀퍼가 대체 누구요?"

엔지오가 물었다.

아킬레스는 여기서 갑자기 그 이름이 튀어나올 줄은 몰랐다.

"그건 왜 묻습니까?"

"듣자니 베어울프라는 사람이 이자의 새아버지인가 보더군."

엔지오가 말했다.

"그런데 중성자성 얘기는 뭐고 블랙홀 얘기는 또 뭐요? 하도 횡설수설해서 무슨 말인지 모르겠소. 그냥 술에 취해서 헛소리하는 거 같긴 했는데."

베어울프 섀퍼라면 어떤 조건에서든 살아남는 데 특출한 인간이지. 그럼 루이스 우를 베어울프 섀퍼가 키웠단 말인가. 네서스 놈이 루이스 우를 끌어들인 이유가 갑자기 이해되는군.

루이스 우를 이용해서 네서스와 베데커를 골탕 먹일 생각을 하니 군침이 돌았다. 아킬레스는 말했다.

"루이스 우도 같이 데려오십시오."

"이런 술 취한 놈을 어디다 쓰게? 이런 놈을 내 밑에 두기는 싫소."

"데려오라면 데려오십시오. 이건 명령입니다."

머리가 지끈거렸다. 속이 뒤틀리는 것 같았다. 입에서 쥐 한 마리가 그 안에 웅크리고 죽어 있는 것 같은 맛이 났다.

알코올 해독제도 한계가 있군.

루이스는 술집 탁자에 팔을 올려놓은 채 눈을 감고 고개를 숙이고 있었다. 이 헛수고를 대체 얼마나 오랫동안 하고 있었지? 더 이상은 바보짓 하면서 돌아다닐 술집도 남아 있지 않았다. 이제 어쩐다?

눈을 감고 있으니 머리가 빙글빙글 돌았다. 겨우겨우 억지로 눈을 뜨니 곁눈에 낯선 사람이 다가오는 모습이 들어왔다.

"합석해도 되겠소?"

그가 물었다. 귀신처럼 창백해 보이는 사람이었다.

"루이스 우, 맞소?"

루이스는 눈을 깜박이며 똑바로 앉았다.

"누구요?"

"그냥 친구라고 합시다."

사내가 의자를 하나 당겨 와 마주 앉았다.

"아니, 친구의 친구라고 해야겠지."

루이스는 고개로 자기 빈 잔을 가리켰다.

"친구들이 잠깐 자리를 비웠나 보군."

사내가 씩 하고 웃었다. 앞니 사이가 벌어져 있었다.

"바로 본론으로 들어가지. 네서스에게 불만이 있는 게 당신만은 아니란 거요."

"난 못 받은 돈을 받고 싶은 거지, 동정은 필요 없소."

"못 받은 돈이라. 그 돈을 내가 받아 줄 수는 없지만, 새 일거리라면 어떨까? 그 부분이라면 내가 도울 수 있을 거 같은데. 나한테 우주선이 한 척 있소. 선원을 모집 중이지."

"이 쓰레기통 같은 술집에 있는 사람들의 공통점이 뭔지 아시오? 자, 한번 둘러봐요. 전부 다 패배자들이오, 패배자. 알겠소? 우주선 선장이라고 다를 거 있나? 말해 보시오, 당신은 어떤 패배자요? 정찰대원 모집하는 패배자? 금광 탐사하는 패배자? 그워스와 장사하는 패배자? 밀수하는 패배자?"

친구의 친구도 쉽게 물러서지 않았다.

"내 고용주가 네서스를 아주 끔찍하게 싫어하지."

루이스는 집중하는 척 얼굴을 찡그렸다.

"당신 고용주라는 사람, 내가 아는 사람이오?"

"그의 말로는 같은 우주선을 탔다고 하더군."

아킬레스!

하지만 지금은 너무 매달리는 것처럼 행동해서는 안 되었다. 루이스는 말했다.

"아하, 그 시민. 내게 전화 한번 하라고 하시오."

아킬레스가 그에게 전화하는 순간, 지그문트가 준 마법사 같은 휴대용 컴퓨터가 그 위치를 추적해 낼 터였다.

"그러리다. 난 엔지오요. 내가 술 한잔 사지."

사내가 자리에서 일어서며 말했다.

"이거 염치없지만 거절은 못 하겠소."

루이스는 빙그레 웃었다.

엔지오가 술잔을 두 개 들고 돌아와서 한 잔을 건넸다.

"함께 일하게 된 걸 축하하오!"

"뭐, 얘기가 잘 풀리면 그리되겠지."

루이스는 마지못한 척 위스키를 들이켰다.

루이스는 잠에서 깼다. 머리가 깨질 것 같았다. 그는 수면판

두 장 사이에 떠 있었다. 눈이 어둠에 적응하자 손잡이가 달린 벽이 보였다. 환풍기가 돌아가고 윙윙거리는 배경음이 들렸다.

우주선 안이로군. 난 계속 취해 있었는데.

어디 보자. 엔지오가 나를 술집에서 데리고 나왔겠군. 그런다고 그에게 따지고 드는 사람은 없었을 테고.

'내 친구가 술을 좀 과하게 했소.'

일단 거리로 나온 다음에는 제일 가까운 데 있는 도약 원반을 타고 우주 공항으로 갔겠지.

내 간한테는 미안하지만 어쨌거나 아킬레스를 찾아내긴 찾아냈군! 이제 그 반사회적 인격 장애자가 무슨 짓을 꾸미고 있는지 알아낼 때야.

루이스는 끙끙대며 수면장 밖으로 손을 뻗어 수면장을 껐다. 몸이 아래쪽 수면판으로 부드럽게 내려왔다. 그런데 뒤쪽 주머니가 허전했다. 눌리는 것이 없었다. 휴대용 컴퓨터가 사라졌다. 지그문트와 비밀리에 연결하려고 숨겨 놓았던 소프트웨어들도 모두 함께 사라지고 없었다.

지그문트는 지금 내가 어디 있는지 알고 있을까?

## 2

선실의 접이식 책상 위를 보니 알코올 해독제, 진통제, 보온잔에 담긴 뜨거운 커피가 있었다.

하지만 주머니에 들어 있던 것들은 아무것도 보이지 않았다. 작은 옷장에 새 전신복이 걸려 있었다. 해치는 잠겨 있지 않았다. 선실에는 심지어 초음파 샤워기까지 있었다. '아이기스'호를 탔을 때와 비교해 보면 루이스는 마치 공원에 산책하러 나온 듯한 기분이었다.

하지만 '아이기스'호를 탔을 때는 단지 딱한 자기 몸뚱이 하나만 위험에 내맡긴 것이었다면, 지금은 세계들의 운명에 관여하고 있는 상황이었다.

알코올을 해독하고 샤워를 하고 새 옷으로 갈아입으니 그제야 다시 사람이 된 기분이 들었다. 루이스는 과감하게 선실을 나섰다. 아무래도 어찌 된 영문인지 알아보려면 함교에 나가 보는 것이 제일 나을 듯했다.

우주선은 GP 2번 선체로 만들어져 있었고, 구성은 대부분 '아이기스'호와 비슷했다. 코를 킁킁거려 보았다. 퍼페티어의 호르몬 냄새는 나지 않았다. 뉴 테라의 우주선이로군. 그럼 함교는 우주선 중앙이 아니라 선수 쪽에 있겠지. 루이스는 앞쪽으로 걸음을 옮겼다.

조종석에 앉아 있던 엔지오가 발소리에 고개를 들었다.

"일어났소?"

루이스는 빈 부조종석에 가서 앉았다. 질량 표시기가 켜져 있고, 주변에 중요한 물체는 보이지 않았다.

"당신이 말한 우주선이 이거로군. 자초지종을 말해 보시오."

"아킬레스가 당신을 데려오라고 했소. 난 명령에 따랐지."

"그래서?"

"출발 시간이 다 됐는데 아킬레스가 당신을 원하더군. 하지만 아무래도 당신은 이런저런 계약 조건을 의논할 만한 상태가 아니었소."

"그랬겠지."

루이스는 다시 물었다.

"그런데 아킬레스가 나를 원했다고?"

"아킬레스에게는 선원이 필요했소. 당신이 그한테 무언가 강한 인상을 남겼나 보더군."

루이스는 고개를 끄덕였다. 그도 내게 강한 인상을 남겼지.

"뭐, 그런 셈이지. 아킬레스가 대체 뭣 때문에 나 같은 사람을 데려오라고 할까 궁금했겠소?"

엔지오가 씩 웃었다.

"정말 상황을 좋게 좋게 잘 받아들이는군. 놀랐소."

"내가 보기보단 나이가 좀 있소. 지금 상황에서 아무리 소리 질러 봤자 당신이 우주선을 되돌릴 리 없다는 것 정도는 알 나이거든. 안 그렇소? 불만은 아껴 뒀다가 아킬레스에게 가서 터트리지. 아킬레스는 언제쯤 볼 수 있소?"

엔지오는 애매하게 조종 장치를 가리켰다.

"몇 시간 후면 만날 거요."

그럼 다른 우주선에 있다는 말이로군. 아킬레스가 허스를 탈출할 때 타고 갔던 그 곡물 수송선인가?

"그리고?"

"그때부턴 당신과 아킬레스가 알아서 할 일이지."

도킹하기 전에 루이스는 용병들을 모두 만나 보았다. 엔지오와 그 자신을 포함해서 남자 다섯에 여자 둘이었다. 둘은 파면된 전직 경찰, 넷은 전문 범죄자 그리고 루이스 자신, 이렇게 모두 일곱이었다.

하는 일이 뭐냐고 물어보면 뭐라고 해야 하지? 놈팡이라고 해야 하나? 스파이라고 하자니, 그것은 그의 이력서에 덧붙여진 또 하나의 실패한 직업에 불과했다. 어쨌거나 아킬레스가 용병을 모을 것이라던 추측은 맞아떨어졌다. 그래서 뭐? 루이스가 실종된 것을 알면 지그문트도 나름대로 짐작은 하겠지만, 그는 지그문트에게 아무것도 알리지 못한 채 여기까지 왔다.

선원들은 대부분 우주선을 조종할 줄 알았지만 스스로를 조종사라 생각하는 사람은 엔지오밖에 없었다. 이 우주선의 이름은 '애디슨'이었다. 루이스는 부조종사 노릇을 해 볼까 해서 함교로 들어갔다.

"미안하게 됐소."

엔지오가 말했다.

"이것도 아킬레스의 명령인데, 당신한테는 접속 코드를 알려주지 말라고 합디다."

이거 문제로군. 루이스는 우주선이 도킹하는 순간에 간단하게 하이퍼드라이브만 가동시키면 아킬레스의 꿍꿍이가 무엇이든 막을 수 있으리라 생각했다. 물론 그것도 쉽지는 않을 터였다. 게

획이 성공하려면 루이스는 이 우주선을 아킬레스가 탄 우주선의 무언가 아주 중요한 부분에 가깝게 바짝 붙여야 했다. 그 중요한 부분이 무엇이 될지는 아직 모르겠지만. 정확하게 붙이지 못하면 출력을 최대로 올린다고 해도 이 작은 '애디슨'호의 노멀 스페이스 거품으로는 곡물 수송선에 별로 해를 입힐 수 없었다. 선체가 깨끗하게 떨어져 나오지 않을 터였다. 내가 그 선체에서 한 덩어리만 떼어 내면 사상자가 생기겠지. 어쨌거나 아킬레스의 부하들이 적어도 나를 살인자 겸 전쟁 선동가로 만들어 쫓겨 다니게 만드는 데는 성공하겠군.

이 술책도 분명 아킬레스의 머리에서 나왔을 것이다.

마우라 뭐라는 여자가 부조종석에 앉아 있었다. 그녀는 전직 경찰이었다. 루이스가 몸싸움을 벌였던 술꾼들과 달리 아마도 무술 훈련을 받았을 터였다. 지그문트는 교관들을 훈련시켰고, 그 교관들은 다시 대부분의 응급조치 요원을 훈련시켰다. 저 여자하고는 붙어 봐야 벽처럼 꿈쩍도 안 할 테고, 오히려 나만 곤죽이 되도록 두들겨 맞을 거야.

루이스는 그쪽 조종 장치에는 눈독 들이지 않기로 했다.

그가 함교 문간에 서서 구경해도 엔지오와 마우라는 신경 쓰지 않았다. 하이퍼스페이스에서 빠져나오자 놀랍게도 레이더 탐지기에 우주선이 둘이나 나타났다. 깜박이는 신호의 크기를 보니 둘 다 GP 4번 선체인 듯했다.

"'기억'호 호출한다."

마우라가 호출을 시작했다. 살짝 비음이 섞여서 앵앵거리는 목소리였다.

"'기억'호 나와라. 여기는 '애디슨'호."

"여기는 '기억'호입니다."

낯선 목소리가 영어로 대답했다. 퍼페티어로군. 실제 여성 중에서 저렇게 섹시한 목소리를 낼 수 있는 사람은 없었다. 심지어 앨리스라 해도.

루이스는 앨리스에 대한 생각을 떨쳐 내려고 애썼다. 집중해야 했다. 집중.

인증 코드를 서로 교환한 다음, 퍼페티어가 말했다.

"화물칸 해치를 열어 놓았습니다. 도킹 진행하십시오."

해치로 아예 들어오라고? 그거 쉽지 않을 텐데.

"나 그거 해 봤는데."

루이스가 무심한 척 말을 뱉었다.

엔지오는 그를 무시했다.

"아킬레스가 허스를 탈출할 때는 우주선이 하나였는데, 나머지 하나는 뭐요?"

루이스가 물었다.

"보급선이죠."

마우라가 말했다.

"지금부터는 조용히 하세요."

GP 4번 선체가 두 대씩이나? 젠장, 아킬레스. 도대체 꿍꿍이가 뭐야?

엔지오가 능숙한 손놀림으로 '애디슨'호의 꽁무니를 '기억'호

쪽으로 돌렸다. 그리고 자세제어 장치만으로 후진해서 아가리를 벌리고 있는 해치 안으로 '애디슨'호를 몰고 들어갔다. 텅 빈 화물실 안 받침대에 '애디슨'호가 올라앉았다. 쿵 소리와 함께 무언가가 '애디슨'호의 선체를 고정시켰다.

'애디슨'호가 용병만 싣고 온 건 아니었군. 루이스는 추측했다. 방금 아킬레스는 구명정도 함께 얻은 것이다.

아킬레스는 루이스 우를 접견할 장소로 빈 화물실을 선택했다. 약속한 시간이 되자 존경심이 담긴 부드럽고 높은 노랫소리가 들려왔다. 클로소의 목소리였다.

아킬레스는 노래했다.

"들어오십시오."

제일 먼저 클로소가 들어왔다.

"각하."

그는 존경심을 담아 두 머리를 낮추며 읊조렸다. 그다음으로 루이스가 두리번거리며 들어왔고, 다른 시민 선원 둘이 그 뒤를 따라 들어왔다.

"루이스 우만 남고 나머지는 물러가십시오."

아킬레스가 노래하자, 클로소와 나머지 두 선원이 밖으로 나가 문을 닫았다.

루이스는 손을 등 뒤로 묶인 채 서 있었다.

"죽이려고 나를 이 먼 곳까지 데리고 왔나?"

"루이스 우, 당신을 믿지 않았다면 내가 과연 이렇게 단둘이서

만 만나고 있겠습니까?"

루이스가 어깨를 으쓱했다.

"나를 데리고 온 자들이 문밖에서 대기하고 있겠지. 아마도 마취 총 정도는 들고 있지 않을까? 당신이 치명적인 무기를 자기 근처에 두는 위험을 감수할 리는 없으니까. 마비된 사람이야 간단하게 에어록 밖으로 버리면 그만이잖아."

아킬레스는 두 눈을 마주 보았다.

"이제 보니 나에 대해 제법 많이 알고 있군요, 루이스 우."

"그래서 나를 죽일 작정인가? 내가 당신에게 마취 총을 쏘았던 걸 잊지는 않았을 테고."

아킬레스는 푹신하게 덧댄 의자에 다리를 벌리고 앉았다. 그리고 목을 뻗어 인간 체형에 맞춰 제작한 의자를 가리켰다.

"거기 앉으십시오. 물론 나를 마취시켰던 것은 잊지 않았습니다. 하지만 그때는 네서스가 당신의 최후자였으니, 그의 명령을 따른 것뿐이지요."

"네서스라고?"

루이스가 바닥에 침을 퉤 뱉었다.

"네서스 그놈은 이 바닥의 침만도 못한 놈이야. 놈이 명예를 눈곱만큼이라도 아는 자였다면 난 지금쯤 부자가 돼서 집으로 돌아가 있겠지."

"대신 당신이 겪은 모험에 대한 기억도 사라졌을 겁니다."

아킬레스는 상기시켰다.

"대신 악몽도 같이 사라졌겠지. 팩 우주선을 가득 채우고 있던 시체들 때문에 내가 꿈에서 얼마나 시달렸는지 상상도 못 할걸."

"한 가지 말해 줄 게 있습니다. 알고 보니 베어울프 섀퍼가 당신의…… 그 뭡니까, 새아버지? 새아버지라고 합니까? 나는 베어울프 섀퍼를 잘 압니다. 아주 존경스러운 사람이지요. GPC를 위해 인간의 우주에서 일하던 동안 나는 그를 두 번이나 고용했습니다. 그리고 두 번 모두 약속했던 대로 돈을 빠짐없이 지불했지요."

"계속 말해 봐."

"네서스는 당신을 제대로 대접하지 않았더군요. 그자가 최후자의 마음을 어지럽혀 놓는 바람에 협약체도 위험에 빠졌습니다. 그래서 그워스의 위협을 막는 일을 내가 맡게 되었지요."

그리고 그 보상으로 나는 허스를 통치하고 내 적들을 파멸시킬 수 있게 되겠지.

"루이스 우, 당신이 일하는 모습을 쭉 지켜봤습니다. 그냥 썩히기에는 재능이 아깝더군요. 나와 함께해 주십시오. 대의명분을 함께하고 네서스에게 본때를 보여 주는 겁니다."

"고작 우주선 두 척으로 그워스의 전투 함대에 맞서겠다고? 설마 시민이 자살이나 다름없는 임무에 뛰어들 리는 없을 텐데."

아킬레스는 누군가 자기에게 꼬치꼬치 따지는 데 익숙하지 않아 영 불편했다. 하지만 인간의 이런 독립심 때문에 루이스를 끌어들이려 하는 것임을 생각하며 마음을 다잡았다.

"우리에겐 그워스가 상상도 못 할 무기가 있습니다."

"팩의 기술이로군."

루이스가 생각에 잠기며 눈을 가늘게 떴다.

"그래서 그 일이 끝나면? 네서스가 약속했던 걸 당신이 대신 보상해 줄 건가?"

"성공만 하면 모든 게 달라집니다. 자신을 안전하게 지켜 준 자를 우리 종족은 소중하게 여기지요. 베데커의 시대는 가고 내가 최후자가 될 겁니다. 최후자가 내릴 수 있는 보상은 네서스 나부랭이의 보잘것없는 보상과는 비교조차 할 수 없습니다."

물론 나를 실망시키면 네놈은 에어록 밖으로 내동댕이쳐지겠지만.

루이스가 말했다.

"나도 당신이 일하는 모습을 지켜봤지. 당신에게 '싫다'는 대답은 먹히지도 않더군. 자, 그럼 내가 뭐부터 하면 되지?"

루이스의 첫 임무는 완전 시시한 것이었다. 마우라가 보급선이라고 했던 우주선은 알고 보니 과학부의 연구선이었다. 뉴 테라 사람들이 그 안에 들어 있던 대부분의 보급품을 '기억'호로 하역하는 일을 시작했다.

협약체의 연구선 하나가 실종되었다는 사실은 지그문트도 네서스에게 들어서 알고 있었다.

화물을 옮기고 난 후에 그 우주선이 무엇을 하게 될지에 대해서는 아무도 말을 하지 않았다. 아마도 허스 주변에 몰래 숨어서 아킬레스의 심복들과 협조하며 무언가 일을 꾸미겠지. 루이스는 추측했다.

커다란 두 우주선은 몇 킬로미터 정도 떨어져 나란히 비행했다. 뉴 테라 사람들은 도약 원반으로 두 우주선의 화물실 사이를 왕복했다. 루이스가 도약 원반 조종 장치로 사용하도록 자기 휴대용 컴퓨터를 돌려 달라고 하자, 엔지오는 그 대신 여분으로 있던 다른 컴퓨터를 찾아 주었다.

아주 큰 화물의 경우에는 부양기를 이용해 화물 크기의 도약 원반으로 옮겨서 운반했다. 화물실의 인공중력을 낮춰 놓아서 상자들은 가볍게 느껴졌지만, 그래도 관성이란 것이 있고 크기나 모양이 다루기 어색한 경우가 너무도 많았다. 머리 쓸 일은 없이 그냥 몸만 고된 일이었기 때문에 루이스는 머릿속으로 어떻게 하면 지그문트와 다시 연락을 할 수 있을까 조바심 내며 궁리했다.

포장된 비상용 식량. 합성기에 쓰는 생물량 용기. 합성기. 도약 원반. GP 1번 선체 안에 구축된 농구공 크기의 우주 탐사선. 퍼페티어용 오토닥과 압력복. 휴대용 전원. 실험실 도구. 케이블 더미. 장비 제어반. 우주선 여벌 부품. 기계 공장에서 사용하는 원자재…….

뉴 테라 사람 중 셋은 퍼페티어 글자로 된 딱지를 읽을 줄 알았다. 다행스러운 일이었다. 루이스는 읽을 줄 몰랐기 때문이다. 화물을 '기억'호의 화물실, 저장소, 실험실, 작업장, 벽장, 식료품 창고 등 적당한 위치로 나르려면 뭐가 뭔지 알아야 했다.

과학부 연구선은 수십 개의 강력한 레이저도 가지고 있었다. 원래는 장거리 통신이나 향상된 핵융합 장치 실험을 위한 것일 거라고 루이스는 추측했다. 아킬레스가 과학부 장관 노릇을 하면서 연구선에도 이런 레이저 장치를 설치할 수 있게 손을 써 뒀을 터였다. 레이저는 아주 훌륭한 무기가 될 수 있었다. 퍼페티어들이 레이저에 연결된 선들을 뽑은 다음 상자에 담으면 사람들이 그것을 옮겼다.

상황이 점점 재미있어지는군.

마지막 화물칸 뒤쪽으로 루이스가 지금까지 다룬 어떤 화물보다도 커 보이는 열두 개 정도의 거대한 검정색 돌판이 보였다. 아무리 인공중력을 낮춰 놨다고 해도 그 화물은 엄청나게 컸다. 관성은 중력과 상관없었다. 그 거대한 돌덩어리들을 옮기려면 고생깨나 할 듯싶었다.

루이스는 마우라에게 물었다.

"저건 뭐요?"

마우라가 몇몇 돌판을 위아래로 훑어보았다.

"외부용 선반. 딱지에 그렇게 써 있네요."

갑판 높이 근처로 살펴보니 돌판마다 서랍장처럼 생긴 칸이 있었다. 루이스는 걸쇠 하나를 풀어 점검판을 열어 보았다. 전력 공급용으로 뚱뚱한 커넥터가 있고, 광케이블을 연결하는 얇은 커넥터, 작은 디지털 판독기가 있었다.

이 돌판들을 모두 전선으로 함께 연결하는 건가? 루이스는 머릿속으로 스톤헨지* 비슷한 형태를 상상했다.

지그문트가 직접 겪은 전쟁 이야기를 하면서 비슷한 것에 대

* Stonehenge. 영국의 솔즈베리Salisbury 근교에 있는 고대의 거석 기념물.

해 얘기한 적이 있었다. 아주 오래전에 팩과 갈등이 일어났을 때 등장한 장치. 행성 드라이브를 생산하다가 실패한 적이 있는데 그 실패한 드라이브 중 하나가 세계를 움직인 것이 아니라 아예 가루로 박살 내 버렸다는 얘기였다.

아킬레스가 그런 장치를 만지고 있다고 생각하니 루이스는 피가 싸늘하게 얼어붙는 느낌이었다.

3

은하핵 폭발을 발견한 이후로 은하계 북쪽을 향해 느리지만 꾸준하게 가속을 해 온 결과 세계 선단은 지금 거의 광속의 절반 속도까지 도달했다. 뉴 테라 사람들은 수십 년에 걸쳐 행성 드라이브를 거의 최대 한계 수준까지 추진시킨 결과, 전 주인들과 어느 정도 거리를 벌리는 데 성공했고, 아직도 조금은 더 빠른 속도로 이동하고 있었다.

'기억'호는 허스의 노멀 스페이스 속도로 출발한 다음, 제 갈 길을 가고 있는 그워스 전투 함대에 맞춰 경로와 속도를 신속하게 따라잡았다.

분더란트에서 내전을 경험해 본 덕분에 루이스는 이 탐사대에서 유일하게 전투 경력을 가진 베테랑으로 인정받았다. 물론 그의 경험은 크게 미화되어 있었다. 조금 부풀린들 다른 사람들이 알 게 뭐겠는가? 엔지오가 여전히 전투원들의 리더로 남아 있었지만 루이스도 전쟁 베테랑으로 인정받았기 때문에 갑판에 있어도 뭐라고 시비 거는 사람은 없었다. 심지어 엔지오가 무기 사용법 훈련을 실시하지 않을 때도 갑판에 나와 있을 수 있었다. 그런 상황은 이 우주선의 최후자인 클로소가 루이스를 아직 완전히 믿지 않음에도 불구하고 문제가 되지 않았다.

화물 하역 작업을 하면서 퍼페티어와 뉴 테라 사람들 모두 루이스가 시민의 글자를 읽지 못한다는 것을 알게 된 것도 그런 상황이 벌어지는 데 도움이 되었다.

루이스가 시민의 글자를 읽지 못하는 것은 사실이었다. 하지만 그는 '아이기스'호 함교에서 네서스가 우주선을 조종하는 동안 자기 계기판의 내용과 퍼페티어용 계기판의 내용을 비교하면서 많은 시간을 보냈다.

루이스는 '기억'호의 함교 장비들이 무슨 말을 하고 있는지 대부분 이해할 수 있었다.

그래서 걱정이 되기 시작했다. 아킬레스가 정말 이 전쟁에서 승리할지도 모른다는 불안감이 찾아들었기 때문이다.

길쭉하지 않은 원형 물체에서 동체의 허리가 어디냐고 따지기는 좀 그렇지만, '기억'호에서는 갑판이 그 허리 부분을 대부분 차지했다. 계기판들이 중첩된 동심원 형태로 갑판을 빙 두르고 있었다. 대부분의 계기판과 완충 좌석은 퍼페티어용으로 설계되었지만, 인간에 맞춰 제작된 것들도 한쪽에 마련되어 있었다. 전투원들을 위한 것들이었다.

엔지오는 매일 이부제로 팀을 훈련시켰다. '기억'호가 하이퍼스페이스에 들어가 있는 동안에는 시뮬레이션 장치로 훈련했다. '기억'호가 노멀 스페이스로 다시 빠져나왔을 때는 실제 장비를 가지고 무인 우주선 드론을 사격하며 훈련했다. 그들은 우주 폐기물 제거 시스템으로 자동 조준법을 연습했다. 수동으로 조준하는 법도 연습했다. 루이스는 자신의 신뢰성을 유지하고 그 신뢰를 이용해 함교를 자유롭게 돌아다니기 위해서라도 무기 다루는 능력을 증명해 보여야 했다.

그런데 하이퍼스페이스를 왜 이렇게 자주 들락거리는 걸까? 뉴 테라 사람들은 모른다고 했고, 함교 선원들은 입을 열지 않았다. 이유야 어쨌든 간에 하이퍼스페이스에서 나갈 때마다 '기억'호는 자유롭게 날아다니는 작은 우주선들을 여러 대 쏟아 냈다. 루이스가 과학부 연구선에서 하역을 도왔던 탐사선들이었다. 그는 우주선을 쏟아 낼 때마다 함교 통신 계기판에서 한바탕 부산하게 움직임이 잡히는 것을 보며 아마도 하이퍼웨이브 중계기일 것이라 추측했다. 하지만 중계기를 그렇게 서로 바짝 붙여서 한꺼번에 여러 대씩 배치하는 이유는 도무지 알 수 없었다.

"드론 재배치."

엔지오가 호출했다. 이번 교대 시간에만 벌써 열 번째였다.

작은 우주 탐사선의 일부가 목표 대상이었다. 일부라고는 하지만 그래도 수십 대였다. 각각의 드론에는 추진기, 핵융합 원자로 그리고 안내, 통신, 감지를 위한 광전자 장치들이 장착되어 있었다.

"드론 재배치 완료합니다."

헤카데라는 갈기가 지저분한 시민이 감시용 제어반에서 보고했다. 그는 이 우주선에서 영어로 말할 줄 아는 몇 안 되는 퍼페티어 중 한 명이었다.

"추진기 기능 활성. 스텔스 기능 활성."

스텔스 기능이 활성화된 GP 선체는 정말로 기능이 뛰어났다. 중성미자 회피 기능을 비롯해서 전자기 에너지도 스펙트럼 전체에 걸쳐 무효화시킬 수 있었다. 그 존재를 짐작하게 해 주는 단서는 딱 두 가지밖에 없었다.

첫 번째 단서는 고속의 중성미자 분사였다. 다만 특정 방향으로만 검출이 가능했다. 모든 GP 선체는 장착된 핵융합 원자로의 배출물을 숨기려고 중성미자를 차단했다. 하지만 한 군데 작은 영역만큼은 중성미자에 대해 투명하게 만들어 놓았다. 그렇게 하지 않으면 원자로에서 나오는 중성미자 선속이 내부에 축적되어 그 안에서 영원히 산란될 것이기 때문이었다. 이를 방치했다가는 혹시라도 나중에 어떤 문제가 생길 수 있었다.

어쨌거나 퍼페티어의 작품이니 그런 위험을 그대로 방치해 둘 리는 없었다.

그워스도 스텔스 기능을 가진 우주선을 가지고 있지만 난공불락의 선체는 아니었다. 그들도 GP 선체 기술을 역공학으로 분석하는 데는 실패했고, 협약체는 그들에게 GP 선체 판매를 거부했다. GP 선체가 없다 보니 그워스 우주선에 있는 원자로들은 모든 방향으로 중성미자를 뿜어냈다.

"회피 기동 개시."

엔지오가 지시했다.

"회피 기동 개시합니다."

헤카테가 대답했다.

훈련을 위해 루이스는 센서 계기판 앞에 앉았다. 드론들이 방향을 바꿔 이제는 각자의 중성미자를 정확히 '기억'호를 향해 뿜어내기 시작했다. 그러자 루이스의 화면에 불이 들어왔다. 마치 목표물이 방금 하이퍼스페이스에서 튀어나온 것처럼 보였다.

"드론 여섯 출현."

루이스가 알렸다. 헤카테는 인간들이 경계를 늦추지 못하도록 목표물의 숫자를 계속 바꾸었다.

"포착된 표적 넷. 다섯. 다섯. 계속 다섯."

여섯 번째 드론은 지그재그로 움직이며 목표 자동 조준 소프트웨어를 계속해서 따돌리고 있었다. 우주 폐기물은 그런 식의 회피 운동을 하지 않으니 우주 폐기물 제거 시스템은 사용할 수 없었다.

"자동 조준 발사."

엔지오가 호출했다.

"적중 셋입니다."

헤카테가 보고했다. 레이저는 출력을 최소로 낮추어 놓은 상태였고, 드론은 간섭광 센서를 장착하고 있었다.

루이스의 화면에서 목표물 세 개가 활성을 의미하는 붉은색에서 검은색으로 꺼졌다.

"수동 전환."

엔지오가 말했다.

마우라와 마르고 뾰족한 얼굴을 한 로저스라는 사내가 남아 있는 활성 드론을 향해 한바탕 짧게 사격을 가했다. 그사이, 루이스는 하이퍼웨이브 레이더 화면을 슬쩍 엿보았다.

스텔스 기능이 켜진 GP 선체를 찾아내는 또 다른 방법은 바로 하이퍼웨이브였다. 중력 특이점을 벗어난 곳이면 어디서든 하이퍼웨이브는 정상 물질과 약하게나마 상호작용을 했다. 그렇지 않았다면 하이퍼웨이브 통신기나 하이퍼드라이브 전환기 등은 아예 나오지도 않았을 것이다. 하이퍼웨이브는 순간적으로 이동하기 때문에 물체에 부딪쳐 반향되어 나와도 그 방향만 드러났다. 하지만 하이퍼웨이브 통신기를 여러 대 동원하고, 그 통신기들이 하이퍼웨이브에 즉각적으로 동시에 반응해서 그것을 삼각측량할 수 있다면…….

접근하는 물체가 있으면 조기 경보를 울리도록 겹겹이 줄지어 편성된 하이퍼웨이브 부이들이 세계 선단과 나란히 움직이고 있었다. 아킬레스가 세계 선단의 하이퍼웨이브 레이더 시스템에 실시간으로 접속할 수 있도록 누군가가 돕고 있는 것이 분명했다. 루이스는 자기가 발견한 사실들을 지그문트와 네서스에게 보고할 수만 있다면 얼마나 좋을까 생각했다. 아니, 그냥 연락만 돼도 좋을 것 같았다.

아킬레스의 스파이 네트워크는 나무랄 데 없이 매끈하게 기능하고 있었다. 반면 루이스는 지금까지 스파이로서 아주 쓸모없는 존재였다.

“최종 목표물 여전히 기동 중.”

루이스가 고개를 돌리며 보고했다. 그리고 그사이 슬쩍 또 다른 함교 장치들을 훔쳐보았다. 전술 상황 화면에 세계 선단 쪽을 향하고 있는 점들이 일렬로 나타났다. 그워스의 함대였다. 그워스 역시 정신적 휴식을 위해 하이퍼스페이스를 빠져나올 필요가 있었다.

드디어 로저스가 마지막 목표물을 따라잡았다.

헤카테는 드론들을 선회시켜 중성미자 분사를 ‘기억’호의 센서로부터 숨겼다. 목표물들이 루이스의 계기판에서 사라졌다.

엔지오가 말했다.

“자, 처음부터 다시 한다. 그워스 함대가 그리 멀지 않아.”

휴게실에서 루이스가 엔지오를 구석에 몰아붙이며 말했다.

“이런 훈련이 다 무슨 소용이오?”

그는 따지듯 물었다.

“드론을 상대로 연습한다지만, 드론들은 그냥 무작위로 기동하고 있잖소. 나머지 드론을 조종하고 있는 시민들도 전투 경험이 전혀 없는 자들이고. 하다못해 드론들은 반격도 안 하지. 우리는 스무 척 이상의 그워스 전투선들과 마주칠 거요. 레이저가 GP 선체는 바로 뚫고 들어온다는 거 알고 있소?”

엔지오가 씩 웃었다.

"걱정 마시오. 그워스는 기동도, 반격도 하지 않을 테니까."

아킬레스가 용병들에게 약속한 게 있다는 말이로군. 용병들도 그 말을 그대로 믿고 있고. 루이스는 이것이 분명 팩의 핵융합 억제 기술을 그워스에게 사용하겠다는 신호라 생각했다. 아킬레스가 아직 핵융합 억제에 대해서는 말하지 않았기 때문에 루이스도 엔지오 앞에서 그 얘기를 꺼내지 않았다.

하지만 아무리 핵융합 억제 기술을 사용한다고 해도 이런 군사훈련이 대체 무슨 소용이 있다는 것인지 이해할 수 없었다. 루이스는 분더란트에서 짤막하게 군사훈련을 받던 때 들은 이야기를 떠올리며 말했다.

"전쟁에서 제일 먼저 박살 나는 게 뭔지 아시오? 바로 작전 계획이지."

"그래서 어떻게 하자는 거요? 훈련 방식을 바꾸자고? 다른 종류의 드론을 사용하자고?"

"아니, 당신하고 내가 가서 아킬레스와 얘기를 좀 해 봅시다."

엔지오는 고개를 저었다.

"아킬레스는 질문 따위 받지 않소. 내가 벌써 해 봤지."

"나를 믿어 봐요."

루이스가 말했다.

우리 모두 죽게 될 거야. 이 말 한마디면 그 어떤 퍼페티어도 관심을 보이지 않을 수 없었다. 엔지오와 루이스는 몇몇 퍼페티어를 거쳐 곧 클로소와 아킬레스를 만나게 되었다.

퍼페티어는 어떻게든 용감해질 필요가 있을 때, 스스로를 광란의 조증으로 몰고 갔다. '아이기스'호에 있는 동안 루이스는 네서스와 아킬레스 모두 조증으로 들떠 있는 모습을 보았다. 그럴 때면 둘의 눈동자에는 광기가 번득였다. 목소리는 커졌고, 신경질적으로 몸을 씰룩거렸다.

루이스와 엔지오를 자신의 너른 방으로 불러 들였을 때, 아킬레스는 광기 어린 눈으로 에너지를 억누르느라 몸을 떨고 있었다. 무언가 한바탕 일어날 조짐이 보였다. 그가 말했다.

"걱정해 줘서 고맙군요. 하지만 잘못 짚었습니다."

"그럼 어디 그 이유를 설명해 봐."

루이스는 퉁명스럽게 요구했다.

아킬레스가 두 눈을 마주 보았다.

"안 될 것 없지요. 루이스 우, 당신 덕분에 가능해진 일이니까 말입니다."

루이스는 무덤덤한 얼굴로 서 있었지만, 엔지오는 왠지 존경스러운 듯 그를 흘긋 보았다.

아킬레스가 말했다.

"보다시피 적들이 다가오고 있습니다. 하이퍼웨이브 레이더에 주기적으로 포착되는 모습을 보건대 그들은 머지않아 이 근처에 나타날 겁니다.

엔지오가 눈살을 찌푸렸다.

"그워스는 되게 똑똑하다던데. 그렇게 똑똑한 놈들이 그렇게 눈에 뻔히 보이게 움직이겠소?"

뻔히 보이게 움직이지는 않았다. 루이스는 함교에서 몰래 지켜봐서 알고 있었다. 분명 전체적인 패턴이 존재했다. 하지만 연속적으로 등장하는 지점 사이의 간격은 최고 일 광년, 즉 사흘까지 차이가 났다. 게다가 함대의 경로도 정확한 직선 경로가 아니었다. 다만 절대적으로 변하지 않은 것이 있다면 노멀 스페이스에서의 속도, 우주선의 숫자 그리고 우주선들이 대형을 유지한다는 점이었다. 루이스는 아마도 그렇게 하면 급습을 받을 경우 서로를 방어하기에 더 낫기 때문일 것이라고 추측했다.

아킬레스가 무시하듯 한쪽 목을 꿈틀거렸다.

"그냥 충분히 가까이 나타날 거라고만 알고 있으면 됩니다. 그들이 이 근처에 나타나면 우리가 그들을 무력화시킬 겁니다. 방법을 말해 주지요. 루이스 우, 당신 덕분에 핵반응을 억제하는 기술을 찾아냈습니다. 억제장을 투사하면 핵분열도, 핵융합도 일어나지 못합니다. 우리가 그워스 우주선을 그 억제장에 가두면 원자로들이 모두 멈출 겁니다. 그러면 함대 전체가 노멀 스페이스 안에서 둥둥 떠다니게 되겠지요."

"그 상태에서 우리가 마음대로 하나씩 골라잡아 박살 내면 되겠군. 함부로 의심해서 미안하게 됐소."

엔지오가 말했다.

과연 저렇게 뽐내는 대로 될까 루이스로서는 의심스러웠지만, 아킬레스는 몸이 떨릴 정도의 조증에서 오는 자신감에 충만해 있었다. 루이스는 알고 있었다. 분명 아킬레스가 간과한 게 있어. 하지만 그게 뭐지?

"그워스가 나타날 때 우리는 일 광년 떨어져 있을 수도 있는

데. 그럼 우리가 미처 도착하기도 전에 다시 하이퍼스페이스로 돌아가 버릴지도 모르지."

"루이스 우, 당신은 팩 도서관에서 본 설계 방식만 생각하니까 그렇게 말하는 겁니다. 팩은 억제장을 투사할 때 무선전파를 이용했습니다. 그러니 당연히 당신은 나도 똑같은 방식을 이용할 거라 생각했겠지요."

루이스가 도서관 자료들을 훑어보는 동안에는 대부분 번역이 되어 있지 않았고 수학은 그의 수준을 아예 뛰어넘은 것이었기 때문에, 핵반응 억제와 관련된 주제에 대해서는 알아볼 수 있는 것이 거의 없었다. 내가 억제장 투사 방식에 대해 나름대로 알고 있을 거라 생각한 건가? 아킬레스가 나를 너무 과대평가했군.

반면 그는 아킬레스를 과소평가하고 있었다. 새로운 두려움이 루이스의 머릿속으로 파고들었다. 혹시 우리 모두 아킬레스를 너무 과소평가하고 있었던 건 아닐까?

"하지만 팩에게는 하이퍼웨이브 기술이 없지요."

아킬레스가 조롱하듯 말했다.

"하이퍼웨이브는 정상 물질과 상호작용합니다. 그렇지 않았다면 하이퍼웨이브 통신기를 만들어 낼 수도 없었겠지요. 그와 비슷한 방식으로 하이퍼웨이브 신호의 강도를 충분히 올려서 변조시키면 핵반응을 억제할 수 있습니다."

그리고 하이퍼웨이브 빔은 그워스의 함대에 즉각적으로 도달하게 될 것이다.

"하이퍼웨이브 부이는 억제장을 지속적으로 투사하기 위한 거였군. 그사이에 '기억'호는 그웍스의 우주선이 레이저 사정거리 안에 들어오도록 하이퍼스페이스로 도약하고."

"그렇습니다, 바로 그겁니다."

아킬레스가 말했다. 이상하게도 그는 즐거워하는 것 같았다.

"이 우주선이 넓지도 않은 영역 안에 하이퍼웨이브 부이를 왜 그렇게 잔뜩 뿌리고 다니나 했더니 그것도 바로 그래서……."

넓지 않은 범위라 함은 하이퍼드라이브를 기준으로 했을 때 넓지 않다는 소리였다. 사실 그 영역은 직경만 해도 일 광년이 넘는 구형의 영역이었다.

아킬레스의 두 머리가 위아래로 까딱거렸다.

"아주 훌륭합니다, 루이스 우. 역시나 당신은 나를 실망시키지 않는군요. 핵융합 억제장을 투사하려면 파장이 아주 짧아야 합니다. 그런데 그렇게 파장이 짧으면 성간 먼지와 가스에 부딪쳐 쉽게 흩어지지요. 그래서 전송 거리에 한계가 있습니다. 부이를 그렇게 많이 설치한 것도 다 이유가 있었던 겁니다."

루이스는 문득 깨달았다. 나는 아킬레스의 청중이다. 아킬레스는 내가 네서스를 대신해서 자기의 천재성을 이해해 주기를 바라고 있다. 네서스에게 보란 듯이.

"이제 만족했소?"

엔지오가 루이스에게 쏘아붙였다.

루이스도 병이다 싶을 정도로 호기심이 강한 인물이었다. 그는 모든 것을 알아야 직성이 풀렸다.

"'기억'호가 도착하기 전에 억제장을 꺼야 하지 않나? 아니면 우리 원자로도 꺼져 버릴 텐데."

아킬레스가 동의를 표하며 다시 열렬하게 머리를 까딱거렸다.

"그들이 원자로를 다시 가동하기 훨씬 전에 모두 다 끝나 있을 겁니다. 벌써 여러 번 시험해 봤지요."

즘호의 핵융합 발전소를 공격했던 것 말이로군. 루이스는 깨달았다. 그 억제기는 중력 우물 깊숙한 곳에서 사용되었을 것이고, 그렇다면 하이퍼웨이브를 작동시킬 수 없으니 팩의 것처럼 무선전파를 이용했을 것이 틀림없었다. 지그문트에게 들은 얘기가 없었다면 루이스는 이런 사실들을 알 방법이 없었을 것이다. 그리고 이제 그 사실을 아는 사람은 그뿐이었다.

"정말 모든 경우를 철저하게 대비했군. 잘 알겠어."

정말 자신의 말 그대로 아킬레스가 모든 경우의 수를 철저하게 대비하고 있다면 그야말로 최악의 상황이 아닐 수 없었다.

## 4

혼자서, 아니면 작은 무리를 지어 시민들이 끊임없이 베데커를 찾아왔다. 정당 관료들, 행정공무원들, 과학자들, 유명 인사들, 학자들, 상담가들, 국회의원들, 산업계 최후자들…….

베데커는 그들의 말을 듣고 평가하면서, 필요한 부분은 권한을 위임하거나, 어떤 결정을 내리기도 하고, 때로는 결정을 미루기도 했다. 하지만 그들이 들고 찾아온 수많은 주제들에 대해서는 내내 무관심했다. 갑자기 수많은 시민들이 그를 찾아오는 진짜 이유를 소름 끼칠 정도로 잘 알고 있기 때문이었다. 혹시라도 그워스가 세계 선단의 문턱에 나타날 경우, 전설로 전해 내려오는 최후자의 대피소에 초대받을 소수의 인원에 끼고 싶어서였다.

이미 수백만의 시민이 곡물 수송선을 타고 NP나 뉴 테라로 떠나갔다. 아마도 수천 명은 훔친 우주선을 타고서 아예 선단을 버리고 도망갔을 것이다. 수십억의 시민들이 공포로 마비되어 자기 집에 배를 깔고 숨어 있는 마당에 누가 도망가고 누가 남았는지 어떻게 알 것인가? 또 다른 수십억의 시민은 허스 곳곳의 광장에 모여 그워스가 공격하기 전에 미리 항복할 것을 주장하거나, 아킬레스를 알맞은 자리에 앉혀 무언가 대처할 수 있게 해야 한다고 목소리를 높이고 있었다. 곳곳의 노동자들도 자기 자리를 지키지 않고 혹시라도 생의 마지막이 될지도 모를 시간들을 사랑하는 이와 함께하기 위해 떠나 버렸기 때문에 이런 숫자들은 모두 추정치에 불과했다.

딱 한 가지 숫자만큼은 추정치가 아니었다. 일조 명의 시민. 베데커는 일조 명 시민들의 목숨을 건 도박을 벌이고 있었다.

수석 보좌관이 나타나 또 다른 약속이 있음을 알렸다.

"약속을 다시 잡아 주십시오."

베데커는 이번에 애원하러 온 자가 누구인지 물어보지도 않고 말했다.

"미네르바, 나는 관사에 가 있을 테니까 니케에게 연락해서 가능한 시간에 나에게 좀 와 달라고 하십시오."

미네르바가 머리를 낮추며 대답했다.

"알겠습니다, 최후자님."

최후자의 전용 주택은 해안가 산악 지형에서 바다 쪽 사면을 깊숙하게 깎아 들어가 만들어져 있었다. 베데커는 길고 좁은 테라스에서 어깨 높이의 석조 난간 너머로 출렁이는 바다를 굽어보았다. 보름달처럼 꽉 찬 $NP_1$이 수평선 바로 위에 매달려 있었다. 거기서 반사된 빛이 셀 수 없이 무수한 조각으로 흩어지며 파도 위에서 반짝였다.

산산조각 날 것인가, 온전히 남을 것인가? 허스의 미래는 과연 어느 쪽이 될까?

현관에서 뒤섞인 목소리들이 들려왔다. 잠시 후 미네르바가 다가왔다.

"최후자님, 말씀하신 대로 니케 님이 왔습니다."

"고맙습니다. 안으로 들이십시오."

니케가 커다란 응접실을 지나고 방수 역장을 지나 테라스로 다가왔다. 위기가 코앞에 닥쳐 있음에도 그는 갈기를 꼼꼼하게 매만지고 나타났다.

"최후자님, 찾으셨습니까?"

베데커는 형식적인 인사는 내려놓고 니케와 머리를 비비며 말했다.

"상황이 알고 싶어서 불렀습니다. 우선, 그워스의 우주선들은 지금 어떻습니까?"

"똑같은 패턴입니다. 하이퍼스페이스에서 빠져나올 때마다 더 가까워지고 있습니다. 즘호에 있는 지그문트 아우스폴러의 요원은 여전히 그 우주선들이 우리를 그대로 지나칠 거라 말하고 있지요. 적어도 일 광년 정도의 거리를 유지하면서 지나갈 거라고 합니다."

"그럼……."

베데커는 목이 메었다.

"우리가 마련한 억제 수단은……?"

"진행 중입니다. 그워스도 눈치채게 했습니다."

만약 그것으로도 충돌을 억제하지 못한다면, 그워스 전투 함대가 허스에 너무 가까이 접근한다면, 베데커는 항복하게 될 것이다. 어느 최후자라도 항복할 수밖에 없었다. 종족은 반드시 살아남아야 하기 때문이었다.

팩은 갈등이 생겼을 때 적을 궤멸시키는 것만이 유일한 해결책이라고 믿었다. 그워스 역시 그런 정책을 따를지도 몰랐다.

베데커는 물었다.

"우리 쪽 방어 체계는 어떻습니까?"

"자동화 행성 방어 시스템이 준비를 완전히 마무리하고 대기 중입니다. 선원을 별로 구하지 못해서 무장 우주선은 두 대밖에 준비하지 못했습니다. 뉴 테라 사람들은 우주선이나 선원을 제공하기를 거부했습니다."

인간이 우리 편을 들어 줄 이유가 있을까? 베데커는 생각할 수밖에 없었다.

"당신네 분석가들은 그워스의 의도를 뭐라고 추론했습니까?"

"그워스 우주선들의 노멀 스페이스 속도가 중요하다고 믿습니다. 현재의 경로와 속도로 봐서는 그워스가 세계 선단에 위협이 될 가능성은 별로 없습니다. 그 외계인들이 정말로 우리를 해칠 생각이라면, 질량 무기를 들고 오지는 않았을 거라고 보고 있습니다."

"하지만 실제로 그들은 우릴 해칠 생각이란 말이지요?"

베데커의 선율에는 수사가 깃들어 있었다. 니케는 대답하지 않았다.

"다른 얘기로 넘어갑시다. 아킬레스는 어떻습니까?"

베데커는 계속해서 물었다.

니케가 피리 소리를 내며 말했다.

"아킬레스에 관해서는 아는 게 없습니다. 지그문트 아우스폴러의 말이 맞다면, 사실 전 그의 말이 옳다고 믿습니다만, 아킬레스는 최후의 순간에 개입하려고 근처에 숨어 있을 겁니다. 허스를 버리고 떠나서 상황을 지켜보고 있는 우주선들이 많아서 하이퍼웨이브 레이더로는 그가 탄 우주선을 가려낼 수 없습니다."

"지그문트 아우스폴러가 새로운 스파이로 들인 루이스 우는?"

"사라져 버렸습니다."

니케가 초초한 듯 발굽으로 테라스 타일을 긁었다.

"지그문트 아우스폴러는 최악의 상황이 되지 않을까 염려하고 있습니다."

지그문트는 늘 최악의 상황을 염려하는 사람이었다. 행동에 나서길 좋아하는 성향만 없었더라면 아주 훌륭한 시민감이었을 것이다.

베데커는 오래도록 부서지는 파도와 반짝이는 바다를 지켜보고 있었다. 아킬레스 역시 행동에 나설 것이다. 그가 행동에 나서면 상황이 나아질까, 악화될까?

니케가 침묵을 깨고 얘기했다.

"이제 무언가 새로 계획하기에는 늦었습니다. 아무래도 저는 허스를 방어할 우주선에 올라타는 게 제일 도움이 되지 않을까 싶습니다."

"내 곁에 있는 게 제일 도움이 될 겁니다. 만약 최악의 상황이 도래해서 그워스가 우리를 향한다면 당신도 나와 함께 대피소로 피해야지요."

"그워스의 위협에 무대책으로 일관하는 정부에 항의하는 시위가 각각 두 곳에서 벌어져 그 와중에 시민 여섯이 시위대에 밟혀 비명횡사하는 일이 있었습니다. 아킬레스를 지지하는……."

네서스는 하이퍼웨이브로 중계된 방송을 꺼 버렸다. 뉴스는 계속해서 자료실에 녹화되고 있었다. 볼 마음이 생길지는 모르겠지만. '아이기스'호가 노멀 스페이스로 돌아올 때마다 그는 뉴스의 내용보다 뉴스가 방송되고 있다는 사실 자체가 더 중요하다고 생각했다. 어쨌거나 방송이 계속 이어진다는 것은 그워스가 아직 허스를 쑥대밭으로 만들지 않았다는 의미이니까.

그리고 이 기나긴 여정의 마지막에서 그가 불가능한 임무를 수행하지 않아도 된다는 의미이기도 했다. 과연 내가 즙호와 그 근처 식민지를 향해 질량 무기를 발사할 수 있을까? 아킬레스의 끊임없는 위협에 마주한 그워스로서는 자신들의 행동을 어쩔 수 없는 자기방어라 생각할 것이 분명했다. 그런 그들에게 복수한답시고 과연 내가 그런 무자비한 대량 학살을 저지를 수 있을까?

시민과 인간의 언어로는 네서스가 느끼는 좌절감을 도무지 표현할 길이 없었다. 크진인들은 분노와 저주를 어떻게 표현해야 하는지 아는 종족이었다. 그래서 크진인의 말로 한동안 욕설과 야유를 퍼부어 보았지만, 기분이 크게 나아지지는 않았다.

어쩌면 지그문트의 말대로 튼호의 군대는 정말 세계 선단을 그냥 지나쳐 가려는 것일지도 모른다.

어쩌면 그워스의 함대를 공격해서 그들의 분노를 허스로 유도하려는 아킬레스의 계획을 루이스가 어떻게든 막아 낼 수 있을지도 모른다.

기적적으로 이 모든 일이 현실로 이루어진다고 해 보자. 그러면 우리는 무사할지 몰라도 그워스의 또 다른 세계 하나가 아킬레스의 미친 야망 때문에 끔찍하게 멸망하게 될 것이다.

네서스는 스스로에게 다짐했다. 언젠가, 언젠가는 반드시 아킬레스에게 이 범죄의 대가를 치르게 하리라.

## 5

대학살이 될 터였다.

루이스는 끈질기게 이어지는 또 다른 훈련을 맞아 전투 배치에 임하고 있었다. 이번 반복 훈련에서는 서른두 대의 드론 중 네 대만 남기고 모두 격추시켰다. 전술 상황 화면을 슬쩍 보니 그워스 함대가 허스에 제일 가깝게 접근할 것으로 예상되는 추정 위치까지 두 번의 하이퍼스페이스 도약밖에 남지 않았다. 매복이 기다리는 곳이었다.

다 내 잘못이야. 내가 팩의 도서관을 둘러보지만 않았더라면. 핵융합 억제기가 없었다면 이 매복은 불가능했을 것이다.

하지만 또 다른 무기, 또 다른 공격, 또 다른 사악하고 비도덕적인 계략이 나오지 않았을까? 그래, 아킬레스는 포기를 모르는 자다. 내가 아니어도 그는 분명 무언가 방법을 찾아냈을 거다. 하지만 이것이 쓸모없는 자기 합리화임을 루이스도 알고 있었다. 이 매복은 루이스의 작품이나 마찬가지였다. 이 죽음에 그는 양심의 가책을 느끼게 될 터였다.

루이스는 자리에서 일어났다.

"이봐요! 어디 가시오?"

엔지오가 고함쳤다.

루이스는 손으로 입을 막으며 말했다.

"메스꺼워서. 올라올 거 같군."

"그럼 내가 하죠."

로저스가 다른 무기 제어반에서 자리를 옮겨 왔다.

"진행해."

엔지오가 말했다.

루이스는 재생기를 향해 달려가는 척 함교에서 뛰쳐나왔다. 그리고 갑판 세 개를 지나친 다음에 아무도 없는 복도가 나타나자 그 안을 서성이기 시작했다. 함교, 엔진실, 선원용 선실을 제외하면 우주선이 워낙 커서 시민이나 사람을 보기 어려웠다. '기억'호의 전체 선원은 아마도 스물다섯 명쯤 되는 시민과 전투 훈련에 바쁜 용병들이 고작이었다.

루이스는 뒤틀리는 배를 움켜쥐고 계속 왔다 갔다 했다. 분더란트 때와 상황이 똑같았다. 하지만 이번에는 머리 위를 도는 새들이 없었다. 새들이 있으면 그때처럼 경고의 의미로 쏘아 맞히기라도 하련만. 그워스에게 경고를 해 주어야 했다. 아무런 사건 없이 '기억'호를 그냥 지나치게 해야 했다.

하지만 메시지를 보내려면 하이퍼웨이브를 사용해야 한다는 얘기인데, 그것은 불가능했다. 함교에는 늘 적어도 여섯 명의 퍼페티어가 나와 있었다. 그리고 그워스가 가까이 접근할수록 엔지오와 뉴 테라 사람들이 함교에 전투 훈련을 하러 나와 있는 때가 더 많아졌다.

'애디슨'호에는 하이퍼웨이브 통신기가 있었다. 하지만 그 작은 우주선에는 여기저기서 기술자들을 부리고 다니는 아킬레스가 있었다. 루이스가 알기로, 그 기술자들은 스텔스 장비와 퍼페티어를 위한 편의 시설들을 설치하고 함교에 퍼페티어용 완충 좌석과 계기판을 새로 장착하는 중이었다.

그워스의 이동 패턴으로 봐서는 하루나 이틀 안으로 하이퍼스페이스에서 빠져나올 것이다. 그때를 놓쳐 버리면 그들은 곧장 아킬레스가 쳐 놓은 덫으로 빠져들게 된다. 보통 그워스가 노멀 스페이스에 머무는 시간은 고작 한두 시간 정도였다. 루이스가 그워스에게 경고를 보낼 수 있는 기회는 그 한두 시간밖에 없었다. 제기랄! 하이퍼웨이브에 도무지 접근할 방법이 없잖아!

아니지…….

루이스는 걸음을 멈추었다. 그워스에게 경고를 보낼 방법이 있을 것 같았다. 하지만 그 일은 아킬레스가 자기도 모르게 루이스를 도와주어야만 가능했다.

"당신 끈기 하나는 정말 대단하군요, 루이스 우."

아킬레스는 노래했다. 이 말의 속내는 이랬다. 주제넘게 나서기는. 하지만 이번에도 그는 루이스를 자신의 특별 선실로 들여보내 주었다. 이미 루이스는 쓸모 있는 인간임이 증명되었기 때문이다.

"미안하게 됐군."

루이스가 사람들을 위한 의자를 찾아 선실을 둘러보았지만 보이지 않자, 천을 덧댄 긴 의자 끝에 걸터앉으며 말했다.

"내가 지금 하려는 얘기는 워낙 시간적으로 급박한 일이라서."

아킬레스는 쿠션 깊숙이 몸을 파묻었다.

"말해 보십시오."

"핵융합 원자로가 가동에 들어가면 그워스는 속수무책인 상태에 빠진다. 이게 우리 계획이야. 맞지?"

"뭐 문제라도 있습니까?"

"어쩌면."
자리가 불편한 듯 루이스가 의자 위에서 몸을 꿈틀거렸다.
"그워스가 여분의 동력을 가지고 있다고 생각해 봐. 배터리 말이야, 연료전지. 우리가 예상하지 못했던 전력 공급원을 그워테슈트가 발명했을지도 모르잖아."
아킬레스는 그의 말을 받아 마무리했다.
"그럼 그들의 우주선도 완전히 무기력한 상태가 되지는 않겠지요. 비상 전력 공급 장치의 전력이 다 떨어지기 전에 레이저로 몇 발 공격을 할 수도 있겠군요."
"바로 그거야."
루이스가 턱을 매만지며 말했다.
"어쩌면 미사일 발사 시스템에 있는 비상 전력으로 우리에게 미사일을 발사할지도 모르지. 분명 유도미사일을 싣고 왔을 거 아냐. 그렇지 않고서야 질량 병기를 사용할 수 있는 속도로 가속하지는 않았겠지."
"그런 가능성에 대해 내가 생각해 보지 않았을 것 같습니까?"
아킬레스는 차갑게 되물었다.
"물론 검토해 봤겠지. 우주선의 규모도 규모인 데다 GP 선체니까, 이 우주선 중심부에 있으면 우리가 그들을 파괴하는 동안 그워스가 우리에게 별다른 심각한 해를 입히지는 못할 거야."
분명 거의 맞는 말이긴 하지만, '기억'호 말단 부위에 있는 선원 몇몇은 자칫 안녕하지 못할 수도 있었다. 레이저와 폭발의 충격파가 선체와 바로 인접한 선원들을 직접 죽일 수도 있기 때문이었다.

“루이스 우, 어떻게 당신 입에서 시민보다도 더 소심한 소리가 나옵니까?”

루이스가 웃었다.

“그렇지는 않아. 하지만 적들을 더욱 안전하게 제거할 수 있다면 손해 볼 거 없지. 정말로 안전하게 말이야. 내 생각엔 가능할 거 같거든.”

더 안전해진다는데 나쁠 것은 없지.

“어떻게 하자는 얘깁니까?”

“저 빌어먹을 지그문트 놈에게 전쟁 이야기를 하나 들은 게 있는데.”

루이스가 엉덩이를 문지르며 자리에서 일어나 체중을 이쪽 다리에서 저쪽 다리로 번갈아 옮기기 시작했다.

“의자가 좀 불편하군.”

전쟁 이야기라.

“팩 전쟁 말입니까?”

아킬레스는 추측으로 물었다.

“맞아. 우리 우주선에 행성 파괴기가 실려 있지 않나? 지그문트가 팩 함대를 폭파시킬 때 사용했던 것 같은?”

팩 전쟁 이후로 기술은 크게 향상되었다. 그때만 해도 장치들을 설정하고 보정하려면 며칠씩 걸렸다. ‘기억’호에 실려 있는 행성 파괴기는 최신식으로 설계된 것이기 때문에 작동시키는 데 하루도 다 걸리지 않았다. 참 재미있는 역설이었다. 초기에 자체적으로 생산한 행성 드라이브를 무기로 사용할 수 있을 정도로 오래 안정화하기 위해 베데커가 그워테슈트에게 도와줄 것을 요구했는데, 그 덕에 완성된 행성 드라이브가 그워스를 겨눈 칼날이 되지 않았는가.

아킬레스는 멍하니 생각에 잠겨 목초지 카펫을 물어뜯었다.

"그워스의 우주선들이 동력을 잃고 떠다니는 동안 그 장치를 터트리자 이겁니까?"

"그렇지. 근처에 폭파시킬 수 있는 세계를 하나 찾아낼 수만 있다면."

행성 파괴기라. 사실 이 이름은 지나치게 단순화된 이름이었다. 행성 드라이브가 불안정해지면 근처의 시공간을 뒤흔들어 어지러운 양자 파동을 사방팔방으로 내보냈다. 매복 지점 근처에서 행성 파괴기를 가동하면 그저 그워스의 우주선이 파괴되는 데서 그칠 리가 없었다. 시공간을 뒤흔드는 잔물결이 퍼져 나가 허스의 시민들 식탁에 올라간 접시들까지도 흔들리게 되리라.

그렇게만 되면 시민들 모두 무언가 중요한 일이 일어났다는 걸 깨닫게 되겠지. 누군가가 협약체를 위기에서 구해 냈다는 걸 말이야.

그리고 절대적으로 희박한 가능성이기는 하지만, 어쩌다가 그워스의 반격에 재수 없게 당할 가능성까지도 함께 사라지니 금상첨화가 아닐 수 없었다.

무언가 실질적인 방안이 있었으면 얼마나 좋았을까마는, 시간이 급하다 보니 루이스는 어떻게든 빨리 수를 써야 한다는 급한 마음과 그냥 이렇게 해 보자는 생각밖에 없었다. 하지만 시간적 압박 때문에 정신이 없기는 퍼페티어들도 마찬가지였다. 이런 급박한 상황이 오히려 그에게 유리하게 작용할지도 몰랐다.

어쨌거나 그리 나쁜 생각은 아니었어.

루이스의 완충 의자가 움찔거렸다. '애디슨'호 함교에서 갑판에 엎드려 머리와 목을 배선함 깊숙이 집어넣고 일하던 퍼페티어 기술자들 중 하나가 실수로 루이스의 좌석을 발로 찬 것이었다. 배선함에서 어떤 멜로디 비슷한 소리가 흘러나왔다.

"미안하답니다."

함교 문간에서 메토페가 통역해 주었다. 갈색과 크림색이 뒤섞인 그의 가죽에는 얼룩말 무늬 같은 줄무늬가 있었다.

모두들 메토페가 루이스를 감시하기 위해 와 있는 것이 아니라 통역을 위해 와 있는 것처럼 굴었다.

"괜찮소."

루이스는 아무렇지도 않은 척 대답했다. 괜찮은 정도가 아니지. 드디어 하이퍼웨이브에 접근할 수 있게 됐는데. '기억'호 함교에 있을 때보다 지켜보는 눈도 훨씬 줄어들었고 말이야.

항성들 사이로 수많은 세계가 떠다니고 있었지만 그워스를 폭파하기에 적당한 위치라고 장담할 수 있는 세계는 보이지 않았기 때문에, 공격 계획은 여전히 무력화된 우주선을 레이저로 태우는 것으로 잡혀 있었다. 그래서 아킬레스나 클로소나 그 공격에 필요한 자원들은 다른 데 사용하지 않고 아껴 두려 했다. 바로 그런 퍼페티어의 조심성 덕분에 행성 파괴기를 사용할 만한 적당한 떠돌이 세계를 찾는 일은 할 일 없이 놀고 있던 '애디슨'호의 장비들이 하게 된 것이다.

바로 루이스가 원하던 바였다.

루이스는 '애디슨'호의 하이퍼웨이브 통신기를 재설정하면서 속으로 콧노래를 불렀다. 이 장비는 한 방향으로만 하이퍼웨이브를 주고받았다. 만약 빔이 단단한 물체와 마주치면 반향의 강도를 통해 거리를 대략 알 수 있었다. 물론 이 경우 정확도는 대단히 부정확했다.

하이퍼웨이브로 멀리 떨어진 물체의 위치를 정확히 알아내려면 삼각측량이 필요했다. 아킬레스는 조사 영역을 꽤 좁은 범위로 축소하기 전까지는 세계 선단의 하이퍼웨이브 부이들의 방향을 재조정하지 않을 터였다. 그가 장치들을 조종할 수 있다는 사실을 들킬 위험이 있기 때문이었다.

아킬레스가 선단의 하이퍼웨이브 부이들에 접근할 수 있다는 사실은 루이스를 두렵게 했다. 분명 허스의 국방부 고위층에도 반역자가 있다는 소리지. 루이스는 그렇게 추측했다.

만약 그워스에게 경고를 보내는 데 실패하고, 정말 이 조사를 통해 행성 파괴기를 사용하기에 적당한 떠돌이 세계가 발견되면 어떡하지? 엎어져서 죽으나 자빠져서 죽으나 매한가지지, 뭐. 어차피 아킬레스라면 자기 무기고에서 가장 끔찍한 무기를 꺼내 들었을 거야.

하지만 루이스의 솔직한 마음은 달랐다. 절대로, 절대로 실패해서는 안 돼!

"왜 이렇게 오래 걸립니까?"

메토페가 물었다.

"답답하면 직접 하시오."

루이스는 쏘아붙였다. 메토페가 그럴 리 없다는 것을 그는 잘 알고 있었다. 퍼페티어용 제어반에는 아직도 장착을 기다리는 케이블들이 주렁주렁 매달려 있었다.

"봐요, 이게 좀 복잡한가. 이건 하이퍼웨이브 통신기요. 레이더 장치 부품이 아니란 말이지. 이걸 사용해서 먼 곳에 있는 물체에서 희미한 반향을 얻어 내는데, 그 반향은 신호라기보다는 그냥 배경 잡음에 더 가깝소. 그 소음 필터를 다시 프로그래밍해야 하는 거요. 그리고 이건 레이더가 아니라 통신기이기 때문에 영역을 훑으며 스캐닝하는 게 아니라 한 점씩 찍어서 스캐닝할 수밖에 없단 말이오."

그워스야, 제발 노멀 스페이스에 있어만 다오! 스캐닝 방향만 어긋나게 해도 그들에게 경고를 보낼 수 있을 터였다. 하지만 루이스를 믿지 못해서인지, 그냥 퍼페티어의 특성인 조심성 때문인지, 아킬레스는 조사할 수 있는 범위를 한정해 놓았다. 그워스가 다음에 나타나기 한참 전에 루이스는 '애디슨'호를 떠나야만 했다. 이럴 때 지그문트와 연락할 수 있는 비밀 코드가 담긴 내 휴대용 컴퓨터만 있다면…….

기회는 딱 한 번밖에 없다. 망치지 말자. 루이스는 스스로를 다독거렸다.

"아, 그러니까 스캐닝 패턴을 프로그래밍하고 있는 거로군요."

메토페가 꼬리를 내리듯 말했다.

"바로 그거요."

루이스는 스캐닝 패턴 관련 변수에 대해 설명했다. 주변 항성들의 자전축에 대해서도 설명하고, 주변 행성의 궤도 평면에 대해서도 설명했다. 그다음엔 원래 속해 있던 항성계에서 빠져나온 행성들을 찾기에 제일 좋은 장소에 대해 설명했다. 메토페의 정신을 산만하게 만들 수 있는 얘기라면 되는대로 아무 소리나 지껄였다. 다행히도 루이스의 감독관은 그런 기술적인 부분에 대해서는 까막눈이었다.

그동안 루이스는 비상 연락 코드를 입력하고 있었다. 네서스가 아킬레스를 믿을 수 없다며 그에게 꼭 외워 두라고 고집부렸던 그 코드였다. 루이스는 지금 비밀 임원회의 비상 연락망을 감시하고 있는 자가 부디 아킬레스의 부하가 아니기만 빌었다.

그 은하계 좌표는 아마도 믿을 수 있는 하이퍼웨이브 중계용 부이의 위치일 터였다. 루이스는 스캐닝 패턴이 그 좌표를 훑고 지나가도록 조정했다. 하이퍼웨이브 설정치를 재조정하는 것이 얼마나 어려운 일인지 설명하고, 하이퍼웨이브별로 식별 가능한 고유의 반향을 얻어 내기 위해 펄스 명령을 모두 다르게 전송해야 할 필요성에 대해 설명하고, 측정하려는 변수가 무엇인지 설명하는 척하면서, 루이스는 암기해 둔 코드를 입력했다.

"당신이 작업을 다 마친다고 해도 이렇게 접근해서 효과가 있을지 모르겠습니다."

메토페가 말했다.
“거의 다 됐소.”
루이스는 아직도 갑판 위에 엎드리고 있는 기술자의 옆구리 깊숙한 곳을 발끝으로 쿡 찔렀다. 기술자가 비명 비슷한 소리를 냈다. 메토페의 두 고개가 획 돌아갔다.
그사이, 루이스는 스캐닝 빔을 변조하는 짧은 메시지를 입력해 넣었다. 그리고 마지막으로 키를 누르자 화면이 깨끗하게 지워졌다.
“어이쿠, 이런! 발이 미끄러졌네. 친구분에게 미안하다고 좀 전해 주시오.”
그는 메토페에게 말했다.
“조정 작업이 마무리됐소. 이제 슬슬 스캐닝을 시작해 볼까?”

6

깊이 잠들어 있던 베데커는 깜짝 놀라며 깼다. 심장이 쿵쾅거렸다. 비상 연락망이다!
그는 침대에서 벌떡 일어났다. 문밖에서 발굽으로 문을 두드리며 무슨 일인지 묻는 다급한 목소리가 들렸다.
이 은밀한 개인 번호를 아는 자는 극소수였다. 더군다나 비공개 설정 모드까지 무시하고 연결할 수 있는 코드를 알고 있는 자는 더더욱 극소수였다. 무언가 큰일이 벌어졌다는 신호였다. 그렇다면 이 연락은 혼자 받아야 했다.

베데커는 문 뒤의 보이지 않는 경비병, 시종, 보좌관 들에게 노래했다.

"난 괜찮으니까 들어올 필요 없습니다."

통신기는 장식 띠 주머니에 넣어 두었다. 베데커는 아직도 울리고 있는 통신기를 꺼내 탁자 위에 올려놓았다.

"연결."

그가 통신기에 명령했다.

통신기 위로 홀로그램이 열렸다. 니케였다. 그도 자기 사무실에 서 있는 것 같았는데, 갈기가 다듬어지지 않은 것을 보니 막 잠에서 깬 모양이었다.

"이른 시간에 죄송합니다, 최후자님. 긴히 논의할 내용이 있습니다."

우리는 참 험난한 시대를 살고 있군. 베데커는 생각했다.

"무슨 일입니까?"

"네서스로부터 메시지가 왔습니다. 대단히 아리송한 메시지입니다. 비밀 임원회의 비상 연락망을 통해 도착했습니다."

니케가 초초한 듯 바닥을 발굽으로 두드리며 말했다.

"네서스와는 오늘 일찍 이미 예정되어 있던 하이퍼스페이스 중단 지점에서 교신을 했습니다. 앞으로 사흘 동안은 다시 하이퍼스페이스로 들어갈 거라고 했지요. 그러면 당연히 통신은 불가능합니다. 그런데 이런 이상한 메시지가 도착한 겁니다. 혹시나 해서 다시 네서스와 교신을 시도해 봤지만, 실패했습니다."

네서스는 그워스의 고향 세계를 향해 머나먼 여정에 올라 있었으니 당연한 일이었다.

"그 아리송한 메시지는 뭐였습니까?"

"은하계 좌표와 영어 단어 두 개입니다. '하이퍼웨이브 파워'."

비밀 임원회에는 영어를 아는 시민이 많았다. 인간 식민지 시절도 있었고, 최근에는 뉴 테라를 상대해야 하다 보니 영어를 교육하기 때문이었다. 그렇다면 보안 목적으로 영어를 사용한 것은 아니라는 뜻이었다.

"그 메시지가 네서스에게서 온 거란 말입니까?"

베데커의 물음에, 니케가 대답했다.

"그의 승인 코드로 날아온 건 맞습니다. 이 승인 코드를 누군가 강제로 네서스에게서 알아냈을 리는 없지 않습니까."

그랬다가는 코드를 불기도 전에 네서스가 겁을 먹고 죽었을 것이다.

"그렇다면 네서스가 누군가에게 코드를 말해 줬다고 생각할 수밖에 없습니다."

"뭔가 짚이는 게 있나 보군요. 그냥 얘기해 보십시오."

니케가 두 머리를 까딱거렸다.

"메시지는 아주 멀리 떨어진 중계용 부이에서 우리 네트워크로 입력되었습니다. 네서스가 있는 곳과도 멀리 떨어진 곳이지요. 다만 그가 팩 함대 뒤에서 아킬레스를 추적하고 있을 때……."

"그러니까 네서스가 협약체의 최상급 비밀 코드를 루이스 우에게 넘겨줬다고 믿는군요."

"제 생각으로, 네서스에게는 아킬레스로 인해 야기되는 위험이 우리가 느끼는 것보다 피부에 더욱 가까이 와 닿았던 것 같습니다."

베데커는 이 선율이 니케도 네서스의 뜻에 동의한다는 의미라고 받아들였다. 정당을 하나로 묶는다는 미명하에 아킬레스를 너무 오래 묵인해 주었다는 질책의 의미이기도 했다.

"일단 그 메시지가 루이스 우로부터 온 거라고 가정해 봅시다. '하이퍼웨이브 파워'. 이게 대체 무슨 뜻입니까? 또 그 좌표가 의미하는 건 뭐겠습니까?"

"그 좌표는 세계 선단이 지나온 경로 위의 한 지점을 가리키고 있습니다. 그워스의 우주선들이 지금까지의 패턴을 계속 유지한다면 그워스가 다음에 나타날 것으로 예상되는 장소의 중앙이 될 겁니다."

시민에 대해 잘 모르는 인간이었다면 그워스를 먼저 공격하라고 제안할 수도 있었을 것이다. 하지만 루이스 우는 시민을 잘 알았다. 그리고 메시지가 그렇게 짧고 아리송하다는 것은 무척 서둘렀다는 의미였다. 보낸 내용은 짧지만 거기에는 분명 의미가 담겨 있을 터였다.

"하이퍼웨이브 파워라……."

베데커는 노래했다.

"강력한 신호? 그워스가 다음에 나타날 때 강력하게 신호를 보내라는 의미겠습니까?"

"아마도 그런 의도인 것 같습니다만……."

니케가 주저하며 말했다.

"하지만 대체 어떤 신호를 보내라는 겁니까?"

"파워라……."

베데커는 다시금 중얼거렸다.

"루이스 우가 보낸 건 딱 두 글자입니다. 분명 둘 다 중요한 의미를 담고 있을 겁니다. 우리가 신호 출력을 높여서 전송하거나 아니면 여러 빔을 동시에 한곳에 보낸다고 가정해 보지요. 도대체 그 목적이 뭐겠습니까?"

정치가로서의 본능으로는 아무것도 떠오르지 않았다. 하지만 예전의 기술자 시절로 돌아가 생각해 본다면…….

"빔을 강력하게 쏘면 근처에 수많은 우주선들이 숨어 있는 것처럼 보이게 만들 수 있지요."

"무언가 속임수를 쓰라는 뜻입니까?"

니케가 이해할 수 없다는 듯 높은 소리를 냈다.

"하지만 누굴 속이려는 겁니까? 지그문트 아우스폴러가 루이스 우를 보낸 이유는 아킬레스를 추적하라는 거였습니다."

"아무래도 우리는 알아내지 못할 것 같군요."

베데커는 가상현실로 만들어 낸 시민들의 머리 위로 원근감을 살려 놓은 침실 벽을 물끄러미 바라보았다.

그리고 마침내 결심했다.

"네서스도 루이스 우를 믿고, 지그문트 아우스폴러도 그를 믿습니다. 이 메시지에 대해 알고 있는 자들을 모두 격리하십시오.

그런 다음 루이스 우가 제안한 대로 진행하십시오."

"없군."
루이스는 단언하듯 말했다.
"적당한 세계가 하나도 없소. 검색 패턴을 두 번이나 돌려 봤는데도 보이질 않으니."
"그럼 일은 이것으로 끝이로군요."
메토페가 말했다. 그는 기술자들이 각자 일을 마치고 '애디슨' 호의 비좁은 함교를 떠나는 순간부터 조종석 의자를 꿰차고 앉아 있었다.
"이제 다 끄고 같이 가지요."
루이스는 메토페가 시키는 대로 부조종석 계기판의 전원을 껐다. 그리고 낙서로 가득한 메모장을 닫아 주머니에 집어넣었다.
"별로 실망하는 눈치가 아닌 것 같소."
"난 각하를 믿습니다. 각하의 계획은 반드시 성공할 겁니다."
난 제발 그렇게 안 되기를 바라는데!
"이제 곧 알게 되겠지."
루이스는 그렇게만 말했다.
메토페가 다용도 띠에서 순간 이동 제어기를 꺼냈다. 함교 해치 바로 뒤쪽 복도에 있는 도약 원반에 사용하는 것이었다.
"아, 잠깐만. 여기 온 김에 보급품이나 좀 챙겨 가야겠소. '기억'호에 있는 합성기는 인간용 음식 조리에는 영 별로라서. 기분 나쁘게 듣지는 마시오."

"다른 사람들은 불만이 없었습니다만."

"뭘 별것도 아니고 그냥 식품 몇 가지하고, 청소 도구, 공책, 펜 정도 챙겨 간다는데 깐깐하게 굴 거 없잖소. 전부 식품 저장실이나 벽장 같은 데 들어 있을 텐데 안 쓰고 놔두면 그게 낭비 아니오? 딱 오 분만 주시오, 메토페. 같이 좀 도와주면 더 빨리 끝날 거 같은데."

메토페가 잠시 생각하다가 말했다.

"그럼 내가 안 된다고 하는 건 그냥 놓고 와야 합니다. 따지지 말고."

"물론이오."

오 분 후, 보급품이 든 가방들을 자기 선실에 챙겨 둔 루이스는 전투 센터에서 훈련에 참가하고 있었다.

하이퍼스페이스에서 다시 빠져나가기로 예정된 시간이 가까워 오자 븜오의 만찬 손님들은 가만히 있지 못했다. 어떤 이들은 서둘러 무엇을 먹었고, 어떤 이들은 아예 먹는 것을 그만두었다. 또 어떤 이들은 만찬이 준비된 진흙 바닥으로 관족 끝을 구부리고 누운 채 꼼지락거렸다.

사실 븜오도 초조해지기는 마찬가지였다. 하지만 절대로 그 초조함을 겉으로 드러내지는 않았다.

함대의 모든 선원들이 준비에 들어갔다. 함교에 나와 있는 선원들은 센서들을 조정했다. 전투원들은 무기를 점검했다. 통신 선원들은 바깥으로 보낼 메시지를 정렬하고 중계 부이에서 전송을 기다리고 있는 메시지들을 다운로드할 준비를 했다. 모두 여러 번 했던 일들이었다.

하지만 지금 이 순간은 그저 또 하나의 일상이 아니었다. 노멀 스페이스로 돌아갈 순간이 머지않았다. 하이퍼스페이스에서 헤엄칠 때마다 븜오 또한 이 함대에서 지위가 제일 낮은 그워만큼이나 마음이 위축되었다. 하이퍼스페이스 안에서는 알아들을 수 없는 이상한 속삭임, 광기의 조짐, 채워질 수 없는 공허가 끝없이 의식을 갉아먹었다. 하지만 븜오는 튼튼호였다. 그는 하이퍼스페이스에 들어갈 때나 그곳으로부터 빠져나올 때나 아무런 감정을 드러내지 않았다.

특히나 하이퍼스페이스에서 나올 때는 더욱 철저히 감정을 숨겼다. 한 줌 위협거리도 안 되는 시민들이 그워스 전투 함대의 위용 앞에서 벌벌 떨고 있었다. 스텔스 기능으로 숨겨 놓은 부이를 타고 중계된 시민들의 방송을 보면 그들의 두려움이 선명하게 드러났다. 븜오의 전투 함대가 가까워지자 더더욱 많은 시민들이 자신들의 정부에 항복하라고 압박하고 있었다.

항복이라니? 내가 외계 백성을 일조 명이나 거느리는 일에 무슨 관심이라도 있을 거라고 생각하나? 시민들로 가득하고 과열된 그들의 세계가 내게 도대체 무슨 소용이라고? 게다가 그 세계는 은하계로부터 도망치고 있지 않은가?

"이제 다들 물러가도 좋다."

븜오는 만찬 손님들을 향해 말했다. 손님들이 예의에 어긋나지 않는 범위 안에서 최대한 서둘러 자리를 떴다. 그는 훨씬 한가롭게 헤엄치며 그 뒤를 따랐다.

올트로의 반역자들을 향해 직선으로 가고 있는데도 벌써 많은 시간이 흘렀다. 르트오는 겁쟁이들을 피해 우회해서 가는 것은 무의미하다고 했다. 그녀의 지혜는 하루하루 날이 갈수록 더욱 빛을 발했다. 시민들의 세계와 경로, 속도를 맞추는 쪽을 택함으로써 그는 해를 입히려는 의도가 없음을 보여 주었다. 협약체를 자극하지 않으려고 그워스 함대를 예측 가능한 경로로만 움직였다. 완전히 예측 가능하게 움직인 것은 아니지만 혹시라도 시민들이 그들의 본성이나 이성적 판단에 어긋나게 공격을 고려할 일은 없을 정도의 예측 가능성은 유지하고 있었다.

그런데도 그들은 여전히 븜오의 힘 앞에 벌벌 떨고 있었다.

공기의 승리인가, 물의 승리인가. 관족의 승리인가, 턱의 승리인가. 정치의 법칙은 결코 변하는 법이 없었다. 르트오가 정확히 내다보았다. 협약체의 정치가들은 그들 내부를 통제하기 위해 위협을 꾸며 내고 있었다. 븜오 자신이 경쟁자들을 겁주기 위해 종종 외부에서 위협을 끌어왔던 것과 똑같았다. 마찬가지 보편적 법칙에 따라 븜오는 올트로의 무례함을 그대로 무시하고 넘어가지 않기로 했다. 그들이 아무리 멀리 도망갔다 하더라도. 튼튼호의 권위에 도전하는 자를 그대로 두었다가는 새로운 반역을 조장하게 될 터였다.

그리하여 이 여정은 별 탈 없이 계속되고 있었다. 하이퍼스페이스의 괴기함을 제외하면 두려워할 것이 없었다.

하이퍼스페이스에서 빠져나가기로 예정된 시간이 다가오자

븜오는 물을 분사하며 사령선 통제실로 움직였다. 선원들이 각자의 근무 위치에서 납작하게 엎드리며 굽실거렸다. 지휘관들도 존경을 담아 관족 끝을 숙였다.

븜오는 명령했다.

"하던 일을 계속하라."

선원과 하급 지휘관 들이 각자의 업무로 복귀했다. 선장이 안내를 기다리는 군주를 향해 관족을 하나 뻗었다.

븜오는 명령했다.

"계획대로 진행하라."

화면이 별들로 가득 찼다. 별이란 참으로 기이한 존재였다. 븜오는 자기가 과연 저것들에 적응하는 날이 올까 궁금해졌다. 다른 화면에는 우주선들이 나타났다. 온전하게 남아 있는 그의 함대가 서로를 지지하고 보호하기 위해 한 대형으로 모였다.

노멀 스페이스로 진입할 때마다 늘 그렇듯, 소란스러워지기 시작했다. 우주 항법 측정, 주변 센서 탐지. 통신 내용 교환 등등. 지휘관들은…….

"전하!"

선장의 외피가 경보를 알리는 색으로 물결쳤다.

"우리가 스캐닝을 당하고 있습니다!"

"어디서?"

븜오는 차분하게 물었다. 최근에는 노멀 스페이스로 나올 때마다 매번 시민들이 그들을 추적하고 있었다.

"지난번 것과 똑같은 경계 지역 센서들이냐?"

"그것도 있습니다만, 이번에는 다른 것들도 많이 보입니다."

선장이 설명을 이었다.

"시민들의 스텔스 기능이 분명…… 분명 대단히 뛰어난 듯합니다. 직접 보이지는 않지만, 스캐닝 출력 수치로 판단하건대 그들은 가까운 곳에 있습니다. 아주 가깝습니다."

시민들이 결국 존재하지도 않는 위협에 대항해서 스스로를 지키기로 결심했나. 겁쟁이들이 이렇게 행동에 나서다니 좀 놀랍기는 하지만 그래도 용기는 가상하군.

재진입 포인트 명령어를 새로 수정해서 다른 전함에 무선으로 알릴 때까지만 기다린 후, 븜오는 함대에 하이퍼스페이스로 되돌아갈 것을 명령했다. 물론 이번에는 재진입 포인트 명령어를 예측 불가능하게 설정했다.

## 7

"재앙이 우리 눈앞에 다가왔습니다."

카메라 뒤에서 가상현실로 만들어진 엄청난 수의 시민들이 숭배하는 눈빛으로 아킬레스를 바라보고 있었다. 그는 이렇게 완전히 몰입한 청중이 눈앞에 있으면 영감을 받았다.

"재앙이 눈앞에 다가왔는데도 우리의 최후자는…… 아무것도 하지를 않습니다. 그저 냉정하고 인내력 있는 결단이라는 둥, 진짜 전쟁을 억제하는 조용한 외교전이라는 둥, 자신의 무대책을 그럴듯한 이름들로 치장하고 있을 뿐입니다. 그는 두려워할 일이 없다고 주장합니다. 하지만 그사이에도 적들은 계속 가까워지고 있습니다."

방송을 내보낼 때는 이 지점에서 애니메이션 화면으로 넘어간다. 하이퍼웨이브 레이더 시스템에서 얻은 데이터로 만든 홀로그램 지도를 저속 촬영 영상으로 보여 줄 것이다.

아킬레스는 아직 자신의 부하들이 경계 지역 센서에 접근할 수 있다는 사실을 밝히지 않았다. 괜히 위험을 자초할 필요는 없었다. 그워스는 허스의 이쪽 면으로 빠져나오기 전 마지막 하이퍼스페이스 도약을 하고 있었다. 이 마지막 도약이 끝나고 나면 아킬레스는 그들을 모두 흔적도 없이 사라지게 만들 작정이었다.

"정부가 손을 놓고 있는 동안 적들의 전투 함대가 얼마나 가까이 다가왔는지 보십시오. 우리의 적들은 대체 어떤 존재란 말입니까? 최후자는 대체 어떤 존재에게 하이퍼드라이브의 비밀을 흘린 겁니까? 최후자의 무대책으로 말미암아 우리의 운명이 대체 어떤 적들의 손아귀로 넘어가고 만 겁니까?"

이 지점에서 동영상이 삽입된다.

그워 하나가 더러운 해저 바닥을 가로지르고 있다. 끈적거리고 역겨운 모습. 탈리아가 몰래 촬영한 그워스의 만찬이 이어진다. 외계인들이 살아 있는 먹잇감을 잡아채어 부수고, 찢어발기고 있다. 영상은 계속된다. 이번에는 그워스의 전함들이 얼어붙은 세계에서 이륙하는 영상이다.

그리고 마지막으로 그워테슈트가 고동치며 덩어리로 뒤엉켜 있는 영상. 아주 오래전에 네서스가 임무 수행 중에 확보해 온 영상이었다. 그 점이 아킬레스를 더욱 흡족하게 만들었다. 고동치며 몸부림치는 모습이 마치 역겨운 광란의 파티처럼 보였다. 아킬레스는 이 장면에 별다른 말을 보태지 않을 생각이었다. 이 부분은 베데커의 전문가들이 설명하라고 놔두지.

"이것이 바로 우리를 향해 다가오고 있는 포식자들의 모습입니다."

이제 삽입 영상이 사라진다. 아킬레스는 카메라를 향해, 가상의 청중을 향해, 자신의 영광스러운 운명을 향해 몸을 앞으로 기울이며 말했다.

"최후자는 여러분을 실망시키고 말았습니다. 하지만 저는 여러분을 절대 실망시키지 않을 겁니다. 닷새 안으로……."

사실은 이제 곧 나타날 거야.

"제가 이 모든 위협을 제거할 겁니다."

그러면 너희는 나를 칭송하며 최후자로 받들겠지.

"대체 어디로 간 겁니까?"

아킬레스는 불같이 화를 냈다. 그의 목소리가 선실 벽을 타고 울려 퍼졌다.

클로소가 두 머리를 숙이며 말했다.

"저도 모르겠습니다, 각하."

그럼 네놈이 대체 잘하는 게 뭐야? 이렇게 내지를 뻔했지만 불만은 그대로 안에서 삭이기로 했다. 충성스러운 지지자들이 그 어느 때보다도 절실한 상황이었다.

아킬레스의 머릿속에서는 반 친구들과 부모들이 그를 지켜보고만 있었다.

아무도 나서지 않아. 언제나처럼 남들은 나를 실망시킬 뿐이지. 결국 이들은 내가 모두 지배해야 해. 내 뜻을 이루고 말 거야. 반드시 이루고 말 거야.

그워스는 아킬레스가 준비한 방송이 나가고 하루 안으로 나타났어야 했다. 그런데 그 예정된 날이 그냥 지나가고 말았다. 그리고 하루, 또 하루…….

"그 외계인들이 우리를 피해 다니고 있잖습니까!"

아킬레스는 소리 질렀다.

"……그렇습니다, 각하."

클로소가 기어 들어가는 목소리로 말했다.

"……어떻게 그럴 수가 있는지 모르겠습니다."

"가서 알아내십시오!"

"예. 바로 알아보겠습니다, 각하."

클로소는 공포 페로몬을 풍기며 해치 쪽으로 옆걸음질 쳤다. 그러다가 한 눈은 아킬레스에게, 다른 눈은 닫힌 해치에 둔 채 얼어붙었다.

"어서!"

아킬레스가 다시금 외치자 그제야 급하게 뛰쳐나갔다. 워낙 정신없이 나가는 바람에 해치를 닫는 것도 잊어버렸다.

아킬레스는 최근의 전술 자료들을 불러내 살펴보았다. 세계 선단의 표시가 희미하게 빛나고 있었다. 그리고 그워스가 노멀 스페이스에서 다시 나타났던 지점들이 점점이 나타났다. 완전한 직선 경로는 아니었다. 연보라색 영역은 억제장을 투사하는 부이들의 사정거리 안에 들어오는 부분이었다. 노란색 영역은 그워스가 다음에 하이퍼스페이스에서 빠져나올 것으로 예상되는 지점이었다. 이 영역의 크기는 그 외계인들이 하이퍼스페이스에서 움직이고 있는 동안 점점 커졌다.

하이퍼스페이스에서 움직이는 우주선의 속도는 일정했다. 양자역학적 한계 때문이었다. 아킬레스는 저 가증스러운 외계인들이 노멀 스페이스로 곧장 재진입하지 않는다면 제일 멀리 설치해 놓은 억제장 부이의 사정거리조차 벗어날 것임을 수학적으로 정확하게 알고 있었다. 그렇게 되면 손쓸 방법이 없었다.

아킬레스는 절망감에 고양이 우는 듯한 소리를 냈다.

그워스가 부이를 지나가면 곧바로 '기억'호도 그냥 지나치게 된다. 그렇게 되도록 놔두었다가는 그들을 쫓아갈 기회마저도 영영 잃게 될 것이 수학적 계산으로도 분명했다. 그 전의 행동과는 달리 그워스가 노멀 스페이스에서 꾸물거리지 않는다면.

하지만 그워스보다 앞에 있기 위해 '기억'호가 하이퍼스페이스로 도약한다면 아킬레스가 볼 수 없는 동안에 그워스가 노멀 스페이스에 나타날 위험이 있었다.

이제 수학적 계산에는 의지할 수 없었다. 직관을 믿어야 했다. 아킬레스는 책상에서 통신 장비를 꺼냈다.

"클로소, 경로를 클모를 향해 설정하십시오. 지금은 추진기만 사용하고, 도약을 준비했다가 내가 명령하면 하이퍼스페이스로 들어갑니다."

며칠 동안 베데커는 비밀 임원회의 지휘 본부에서 먹고 잤다. 장관들과 확인해 볼 때마다 시민들의 공황 상태는 더욱 크게 확대되어 있었다. 불확실성에 대한 공포가 손에 잡힐 듯했다.

며칠 동안 본부 내부의 긴장감은 점점 커졌고, 방위군들이 마비 상태에 빠지는 바람에 교체해야 했고, 숨죽인 속삭임은 중얼거림으로, 중얼거림은 다시 이따금씩 터져 나오는 통곡으로 바뀌었다. 하지만 아무 일도 일어나지 않았다. 그워스도 없고, 아킬레스의 성명도 없고, 네서스로부터의 소식도 없었다. 지그문트로부터도, 루이스로부터도.

그러다가…….

"강력한 신호가 잡힙니다. 우주선이 대규모로 나타났습니다."

니케가 하이퍼웨이브 레이더 제어반에서 노래 불렀다.

"수많은 우주선이 하이퍼스페이스에서 빠져나오고 있습니다."

다른 요원도 노래했다.

베데커는 의자에 앉아 깜박깜박 졸고 있다가 갑자기 놀라서 깼다. 그가 명령했다.

"자료를 나에게 전송하십시오."

그리고 한쪽 머리를 움직여 두 홀로그램을 서로 겹쳐 놓았다. 짧고 날카로운 소리를 내자 축적이 확대되었다. 다시 한 번 날카로운 소리를 내자 격자선이 밝아졌다.

"오, 시민들이여. 감사합니다."

그는 나직이 노래 불렀다.

그워스가 선단을 지나쳐 일 광년 떨어진 곳에서 다시 나타났다. 그들은 여전히 은하계 북쪽을 향하고 있었다.

베데커, 이놈이 감히 나를 비웃어?

아킬레스는 우주선 복도를 뛰었다. 옆구리에 땀이 흥건하고, 가슴은 울렁이고, 격노로 말이 제대로 나오지 않았다. 그의 갈기는 물에 빠진 생쥐처럼 볼품없이 덩어리져 있었다. 선원들이 놀라서 휘둥그레진 눈으로 그에게 길을 비켜 주기 바빴다.

원을 그리며 달리니 이렇게 적절할 수가 없었다. 달릴 공간이 없었기 때문이다.

베데커, 이놈이 감히 나를 조롱해?

아킬레스는 모욕당한 기분을 좀처럼 지우지 못했다.

최후자가 협약체 앞에서 한 연설은 적절하기 그지없는 내용이었다.

'그워스의 우주선들은 그대로 지나쳐 갔습니다. 애초부터 위험은 없었습니다. 이제는 위험해 보였던 것조차 모두 지나갔습니다. 시민 여러분께서는 가정으로, 직장으로, 정상적인 일상으로 돌아가시기 바랍니다. 전쟁의 공포를 조장하는 무리의 말은 이제 무시하셔도 좋습니다.'

공포를 조장하는 무리라고! 이놈이 어쩌면 그렇게 생각도 없고 예의도 없이 태연하게 나를 무시한단 말인가!

허스 전역에서 수많은 베데커의 추종자들이 최후자가 진짜 전하려는 메시지를 대신해서 전파하고 있었다. 아킬레스가 떠벌렸던 위협은 허울 좋은 환상에 불과했으며, 그가 내다보았던 전쟁은 착각에 불과했다고. 아킬레스는 패배자이고, 바보이고, 위험한 존재라고.

입안에 거의 들어온 성공을 또다시 가로채 갔다. 하지만 대체 어떻게? 지금쯤이면 아킬레스는 그워스를 무찌르고 그가 당연히 차지해야 할 최후자 자리에 올랐어야 했다. 하지만 승리를 도둑맞았으니 이제는 돌아갈 수도 없었다. 이제 그곳에는 수치와 유배 그리고 베데커의 조롱이 기다리고 있을 뿐이었다.

그워스는 대가를 치러야 한다. 내 적들도 대가를 치러야 한다. 그리고 그 누구보다도! 베데커는 반드시 대가를 치러야 한다.

아킬레스는 달리는 속도를 점점 더 높였다. 발굽 소리가 커지고, 땀방울이 흩날리고, 장식 띠가 펄럭거렸다. 하지만 그의 머리는 훨씬 더 빠른 속도로 내달리고 있었다.

주도권을 되찾아 오려면 그워스의 함대를 앞질러 가야 한다. 노멀 스페이스를 거의 거치지 않고 하이퍼스페이스로만 쭉 간다면 클모에 먼저 도착할 수 있다. 버려진 억제장 부이를 대체하는 작업을 쉬지 않고 하다 보면 거기에 정신 팔려서 하이퍼스페이스에서도 견딜 만할 것이다. 선원 중 몇 명은 미칠 수도 있겠지만 그 정도는 상관없다. 몇 명 미친다고 해도 인력은 충분하니까.

베데커, 이놈이 나를 놀려? 용서할 수 없다.

클모를 박살 내자. 그워스의 함대를 박살 내자. 적들을 섬멸하고 자랑스럽게 허스로 돌아가는 거다. 저 외계인들이 자기네 집으로 돌아가는 동안에 어떤 계획을 세우고 있었는지 누가 알 게 뭐냐?

아직은 기회가 남아 있다. 반드시 성공하리라.

교차 복도가 나오자 아킬레스는 방향을 틀었다. 일 초도 낭비할 시간이 없었다. 그는 함교로 뛰어갔다.

클로소가 함교로 들어서는 그를 바라보았다.

아킬레스는 있지도 않은 자신감을 쥐어짜며 단호한 목소리로 말했다.

"지금 당장 클모로 출발합니다."

## | 전쟁의 안개 |

1

"드디어 좋은 소식이 도착했군."

네서스는 노래했다. 갑자기 '아이기스'호에서 공허함이 덜 느껴졌다.

— 그것참 잘됐습니다.

보이스가 말했다. 마치 네서스가 메시지를 듣고 있는 동안 자기는 듣지 않은 것처럼. 아니, 그보다 앞서 메시지를 다운로드하는 동안 듣지 않은 것처럼.

음악으로 편집해서 내보내고 있는데도 영국 집사처럼 점잔 빼는 말투는 점점 듣기 지겨워졌다.

"이 소식을 어떻게 생각하지?"

— 허스를 다시 볼 수 있으니 무척 기쁘시겠습니다.

보이스가 조심스럽게 대답했다.

베데커와 허스지.

네서스는 조종석에서 내려와 스트레칭을 했다.

"그렇게만 된다면……."

— 무엇이 그렇게 된다면 말씀입니까?

위험이 진짜 지나갔다고 믿을 수만 있다면.

아킬레스의 계획을 좌절시켜 그워스의 전투 함대가 허스를 안전하게 지나갔다? 그 부분은 네서스도 믿을 수 있었다. 루이스와 지그문트, 두 사람이라면 아주 막강한 팀이니까.

하지만 과연 아킬레스가 여기서 그대로 포기할까? 네서스는 너무나 오랫동안 아킬레스와 싸웠고, 또한 그를 너무나 잘 알았다. 그가 포기하리라고는 믿을 수 없었다. 아킬레스는 자기밖에 모르는 존재였다. 무언가 음모를 꾸밀 수만 있다면 반드시 꾸밀 터였다.

"우주가 이렇게 복잡하지만 않다면 말이야."

— 그 부분은 제가 도와 드릴 수 없을 것 같습니다.

네서스는 오랫동안 전망 창을 바라보며 서 있었다. 근처에서 두 성운이 자기가 낳은 항성의 별빛을 받아 빛나고 있었다. 둘 중 더 차가운 성운은 파란색으로 빛났다. 이 성운은 주변에서 날아온 별빛만 산란시켰다. 두 번째 성운은 그 안에 촘촘하게 운집한 젊은 항성의 플라스마로 가스가 가열되어 분홍색으로 빛나고 있었다.

다만 네서스는 지금 거의 광속의 절반 속도로 성운에서 멀어지고 있었다. 여기서 발생하는 엄청난 적색편이는 화면이 자동으로 수정해 주었다.

지금까지 왔던 길을 다시 돌아가야 하니 아직 머나먼 여정이 남아 있었다. 하지만 '아이기스'호가 선단에서 얻은 노멀 스페이스 속도를 조금이라도 줄이면서 왔더라면 더 기나긴 여정이 될 뻔했다.

다행스럽게도 네서스는 이 속도를 이용해서 그워스의 한 세계를 대량 학살에 몰아넣을 필요가 없어졌다. 정말로 좋은 소식이었다.

"보이스, 답신 메시지를 녹화해 줘."

— 알겠습니다.

"소환 명령 잘 전달받았습니다. 지금 허스로 돌아가는 중입니다. 앞으로 사흘마다 메시지를 확인하겠습니다."

네서스는 잠시 말을 멈추었다가 보이스에게 명령했다.

"이 메시지를 최후자께 보내."

— 알겠습니다.

집으로 돌아가는 긴 여정 동안 네서스는 베데커와 니케가 자신에게 맡긴 난해한 새 임무를 이해해야 했다. 내가 아는 게 뭐지? 그것에 대해서…… 그러니까, 그 뭐였더라?

질문을 완성하려니 사고 언어를 공용어로 전환해야 했다. 그렇지, 역스파이. 비밀 임원회 내부에서 아킬레스의 불법 스파이들을 어떻게 찾아내지?

대체 어디서 시작해야 하나?

네서스는 빛나는 성운을 다시 물끄러미 바라보았다. 그 장관을 조금 더 즐기고 싶었다.

"보이스, 뉴 테라로 하이퍼웨이브 연락망을 가동해. 지그문트와 긴급하게 논의할 것이 있다."

2

아킬레스는 널찍한 알현실 중앙에 쌓아 올린 안락한 쿠션에 자리 잡고 앉은 후에 우아한 동작으로 부하들에게 편하게 앉으라는 신호를 보냈다. 회의가 길어질 터였다.

클로소가 평소의 예리한 눈빛은 어디론가 사라지고 피곤에 전 눈으로 작은 쿠션 무더기를 골라 앉았다. 루이스와 엔지오는 높이가 낮은 인간 맞춤 소파 양쪽 끝에 각각 앉았다.

모두들 무슨 말이 나오기를 기다리며 아킬레스를 바라보고 있었다.

아킬레스는 입을 열었다.

"시작하지요. 회의의 주제는 그워스 함대를 배치시키는 문제입니다."

배치. 아킬레스는 이것이야말로 완벽한 단어라고 생각했다. 전투도 없고, 위험도 없다. 그저 과제 하나만 수행하는 것, 그냥 가서 뭐 좀 놔두고 오면 끝이다. 무서울 것도 하나 없다.

하이퍼스페이스에서 연속으로 열흘을 있었더니 대부분의 시민이 초조하고, 예민하고, 풀이 죽어 있었다. 벌써 마비 상태에 빠져 선실에 웅크리고 있는 시민도 둘이나 되었다. 아킬레스는 인간에 대해서는 상황을 판단하기가 어려웠지만 인간들도 불편해하기는 마찬가지인 듯했다.

그래서 핵융합 억제기를 새로 제작하는 일도 목표 수준을 따라잡지 못했다. 하지만 그것은 상관없었다. 그런 부족함은 아킬레스를 새로운 통찰로 이끌 뿐이었다.

"모두들 귀 기울이고 있습니다, 각하."

클로소가 말했다. 물론 인간들도 알아들어야 하니 영어로 말하기는 했지만, 아킬레스의 귀를 즐겁게 하려고 존경의 꾸밈음을 그 안에 보탰다.

"우리를 인도해 주십시오."

"실패할 염려가 없는 계획을 고안해 냈지요."

아킬레스는 숨을 깊게 들이쉬었다. 공기 중에는 인공으로 만든 시민의 페로몬의 냄새가 그 어느 때보다도 짙었다. 그 풍부한 냄새가 그를 차분하게 만들어 주었다.

"이 계획의 실행 방법에 대해서 얘기하려고 여러분을 여기 불렀습니다. 지난번 계획은 그워스 함대가 일정한 패턴을 따라 이동한다는 사실을 바탕으로 세웠지요. 그런데 불행하게도 그자들이 패턴을 바꿨습니다."

"그럼 노멀 스페이스로 돌아가서 그들의 새로운 이동 패턴을 알아봐야 하오?"

엔지오가 혹시나 하는 희망에 물었다.

하지만 지나친 희망이었다. 사실 그도 하이퍼스페이스에 이렇게 오래 머물고 있자니 고역이 말이 아니었다.

"그 반대입니다. 그자들을 만나는 가장 확실한 장소는 하나뿐이지요. 그들이 반드시 나타날 수밖에 없는 곳. 바로 클모 근처입니다."

아킬레스는 생각했다. 그래서 '기억'호가 먼저 도착해야 하는 거지.

쿠션 아래쪽 보이지 않는 곳에서 클로소가 발굽으로 목초지 카펫을 찢고 있었다. 카펫 아래 있는 단단한 갑판을 발굽으로 긁고 싶은 듯했다. 그가 말했다.

"선원들을 독려해서 핵융합 억제기 제작에 노력을 배가하도록 하겠습니다."

"새로운 계획에서는 억제기가 그렇게 많이 필요하지 않을 겁니다. 어쩌면 아예 필요 없을 수도 있지요."

아킬레스의 말에, 루이스가 눈을 찡그리며 물었다.

"새로운 계획이 뭐지?"

"어떻게 보면 당신 계획이라고 할 수 있습니다, 루이스 우."

아킬레스는 극적인 모습을 연출하려는 듯 잠시 사이를 두었다가 말했다.

"행성 파괴기를 이용할 겁니다."

클로소가 움찔했다. 엔지오는 어리둥절해 보였다. 그리고 루이스는…… 경계하는 눈빛이 되었다.

"설명을 하지요."

아킬레스는 천천히 말을 이었다.

"계획은 아주 간단합니다. 일단 우리가 그워스보다 먼저 도착해야 합니다. 그다음에는 대규모 하이퍼웨이브 교란을 감지할 수 있는 장치가 달린 탐사선 몇 개를 배치합니다. '기억'호는 적의 항성계를 중심으로 아주 짧게 몇 번 도약해서 중력 특이점 바깥에 머물 겁니다. 거기서 그워스 함대가 노멀 스페이스로 빠져나올 때 생기는 파동을 기다리는 겁니다. 만약 우리가 하이퍼스페이스에 들어가 있을 때 함대가 도착한다면, 다시 노멀 스페이스로 나왔을 때 탐사선에 감지된 내용을 확인해 보면 되지요. 그리고 적이 등장할 때 행성 파괴기를 가동하면 끝입니다."

"그러자면 폭파시킬 떠돌이 행성이 필요한데, 그런 행성을 찾으려면 시간이 꽤 걸릴 겁니다."

클로소가 말했다.

그렇지는 않을 거야. 그게 바로 이 계획의 장점이니까. 그거 말고도 다른 장점이 더 있지. 바로 베데커 자신이 만들어 놓은 기술 때문에 놈의 정치생명이 끝장난다는 기가 막힌 역설. 그리고 지금 그워스 반역자들의 지도자인 올트로의 도움이 없었다면 베데커도 그런 기술을 절대로 만들어 내지 못했을 거라는 얄궂은 운명의 장난까지.

아킬레스는 말했다.

"그 잔해가 큰 영역을 뒤덮을 수 있기만 하면 됩니다. 항성계 하나보다 살짝 큰 정도의 영역이라면 행성 파괴기의 다른 효과들만으로도 충분하지요."

"내가 제대로 이해하고 있나 모르겠네……."

루이스가 중얼거렸다.

"시공간 효과들이면 충분할 겁니다."

그 효과의 규모는 장대할 거야. 하지만 내 상상력을 아무나 따라올 수는 없겠지. '배치'와 마찬가지로 '충분하다'라는 절제된 표현을 사용하는 것이 아킬레스는 즐거웠다.

"그……렇군."

루이스가 다시 중얼거리듯 말했다.

"확신이 안 서나 보지요?"

아킬레스는 자극하듯 물었다.

"아니, 확신해."

루이스가 몸을 앞으로 숙였다.

"그냥 머릿속으로 일의 순서를 그려 보고 있었지. 그워스 함대가 등장했음을 알리는 파동이 충분히 나타나면 행성 파괴기를 떨어뜨려 활성화시키고, '기억'호는 장치가 폭발하기 전에 하이퍼스페이스로 도약한다는 거지?"

"그렇습니다."

"그런데 행성 파괴기가 안정 상태를 얼마나 오래 유지할까?"

루이스가 집요하게 물었다.

이자는 내가 이 계획을 철저하게 검토해 보지 않았다고 생각하나? 아킬레스는 짜증이 나기 시작했다.

"최근에 나온 장치들은 지그문트 아우스폴러가 보았던 것보다 훨씬 더 안정되어 있습니다. 하이퍼드라이브를 가동할 때까지 몇 분 정도는 시간 여유가 있지요."

하이퍼드라이브 가동은 몇 초면 충분하고.

"아주 멋진 계획이십니다, 각하."

클로소가 거들었다.

"그러면 선원들에게 핵융합 억제기 제작은 멈추라고 지시하겠습니다."

그렇게 해서 입을 놀리고 있으라고? 그럼 미친놈만 더 늘어나지. 아킬레스는 말했다.

"작업은 계속하게 하십시오. 이제 우리는 세부 계획으로 들어가지요."

루이스는 머리가 복잡했다. 그워스 함대에 경고를 보내는 데는 성공했지만 그 바람에 상황만 더 악화되고 말았다. 어떻게 해서든 아킬레스를 막아야 했다. 하지만 어떻게?

결국 회의가 끝나고 아킬레스는 모두를 내보냈다. 클로소가 앞에서 서둘러 걸어가는 동안 엔지오는 루이스 뒤에 처져서 걷고 있었다.

클로소가 휘어진 복도 끝으로 사라지자 엔지오가 루이스의 팔을 잡았다.

"루이스, 당신은 아킬레스가 뽑은 사람이지 내가 뽑은 사람은 아니니 내 부하도 아니오. 그래서 굳이 내 질문에 대답할 의무는 없지만, 내가 보기엔 아무래도 무언가 걱정되는 게 있는 것 같소. 뭔가 아주 중요한 일 같은데."

'아이기스'호에 있을 때 네서스는 아킬레스가 도청 장치를 만들어 숨겨 놓았을지 모른다며 걱정했다. 여기서도 그러지 말란 법은 없었다. 루이스는 메모장과 펜을 꺼내 몇 마디 적었다. 그리고 그 글을 엔지오에게 살짝 보여 주었다.

*센서 조심. 내 휴대용 컴퓨터 당신이 가지고 있소?*

루이스는 메모장과 펜을 다시 주머니에 넣었다.

엔지오가 보일 듯 말 듯 살짝 고개를 끄덕였다.

"난 산책이나 좀 해야겠소. 8번 갑판 바깥 복도로 갈 건데, 같이 가겠소?"

"그럽시다. 그런데 내가 먼저 할 일이 좀 있어서. 나중에 그리로 가지."

엔지오는 몇 분 후에 루이스와 합류했다. 빠른 걸음으로 나란히 걷다가 루이스는 엔지오의 주머니가 평소와 달리 불룩 튀어나온 것을 눈치챘다. 그의 부하 중 누군가가 분명 소매치기에 재주가 있는 것이리라.

복도를 반 바퀴 정도 돌았을 때 루이스는 엔지오의 주머니로 손을 넣어 휴대용 컴퓨터를 찾아냈다. 그리고 손으로 더듬어 네 자리 제어 코드를 눌렀다. 지그문트가 알려 준 대로 감마 프로토콜이 활성화되었음을 알리는 부드러운 소리가 났다. 감마 프로토콜에는 음향 억제 기능, 도청 억제 기능, 독순술을 차단하는 홀로그램 투사 기능이 있었다. 루이스는 휴대용 컴퓨터를 자기 주머니에 넣었다. 누구와 마주치거나 혹은 숨겨 놓은 카메라에 두 사람 주변으로 투명한 막이 생기는 것이 나타난다면 독순술을 하는 퍼페티어보다 훨씬 더 위험하기 때문이었다.

루이스는 말했다.

"이 컴퓨터가 '애디슨'호에 있을 때 당신이 내게서 가져간 그 컴퓨터가 아니면 지금 말하시오."

"그거 맞소. 이제 한번 말해 보시오. 당신 정체가 뭐요? 지그문트 아우스폴러의 요원?"

엔지오가 물었다.

"그냥 아킬레스가 생각하는 그런 사람은 아니라고만 해 두지. 말을 좀 빨리 해야겠소. 방해전파장이 켜져서 우리 대화는 보안 센서에 그냥 잡음으로만 들릴 거요. 누군가 알아차린 것 같으면 방해전파 모드는 자동으로 꺼지지."

"하여간 얼버무리기는……. 어쨌거나, 대체 문제가 뭐요?"

엔지오는 잠시 말을 멈추었다가 질문을 바꿨다.

"아킬레스의 새로운 계획이란 거, 얼마나 미친 계획이오?"

비현실적인 계획이라서 미쳤다고 한 것은 아니었다. 그 광기 어린 대량 학살과 반사회적 행위가 미쳤다는 의미였다.

"행성 파괴기 말인데……."

루이스는 조심스럽게 말을 꺼냈다.

"그거에 대해서 좀 아시오?"

"행성을 폭파시킨다면서. 아킬레스 말로는 터지면서 시공간을 좀 흔들어 놓는다던데."

엔지오가 숨이 차서 쌕쌕거리자, 두 사람은 걷는 속도를 늦추었다.

"그워스 함대를 쓸어 버리기에는 아주 안전하고 확실한 방법으로 들리더군."

"아, 물론 그야 그렇지."

앨리스의 우주선까지도. 빌어먹을.

앨리스는 엔지오가 루이스를 납치하기 며칠 전에 클모를 향해 떠났다. 아직 거기에 도착하지는 않았을 테지만 '기억'호가 도착하기 전에 먼저 도착할 것이다. 어떻게 해서든 아킬레스를 막아야 했다.

"하지만 아킬레스가 몇 가지 숨기고 얘기하지 않은 게 있소. 만약 그워스가 시민에게 위협이 된다면 그건 모두 아킬레스의 계략 때문일 거요. 아킬레스는 그워스 함대가 허스 근처를 지나게 만들려는 목적만으로 그워스의 두 세계가 전쟁을 일으키도록 부추겼지. 자기가 위협을 만들어 놓고서, 그 위협을 자기가 제거하면 실험당에서 자기를 최후자로 추대하리라 기대한 거요."

"그래서?"

"시공간을 좀 흔들어 놓는다고?"

루이스는 몸서리를 쳤다.

"흔들어 놓는 정도가 아니지. 그 정도면 항성계 전체의 행성 궤도가 붕괴될 수도 있소. 행성들이 항성을 향해 추락할 수도 있고, 아니면 항성들 사이의 암흑 공간으로 튕겨 나갈 수도 있소. 무슨 일이든 다 일어날 수 있지. 그리고 그중 한 세계에는 무고한 생명체들이 살고 있단 말이오."

엔지오가 루이스를 노려보며 말했다.

"난 도둑이지 물리학자가 아니오. 그렇다고 멍청이도 아니지. 우리가 그렇게 무시무시한 힘을 지닌 걸 싣고 다닐 리 없잖소."

"나도 물리학자는 아니오. 다만 기본적인 역학에 대해서는 알지. 시민들은 아웃사이더에게 엄청난 돈을 주고 구입한 행성 드라이브를 복제하려고 애쓰고 있소. 그런데 그들이 자체적으로 제작한 행성 드라이브는 불안정하거든. 행성을 움직이는 게 아니라 산산조각 내 버리지. 엔지오, 결론적으로 말하자면 아직 아무도 아웃사이더의 기술을 완전히 이해하지 못한다는 거요. 하이퍼드라이브도, 행성 드라이브도, 노멀 스페이스에서 아웃사이더의 우주선을 가속하는 무반동추진기에 대해서도 모르지. 하지만 한 가지 놀라운 사실만큼은 알아. 도시 크기만 한 아웃사이더 우주선은 거의 광속으로 달리다가도 갑자기 멈춰 설 수 있소. 그리고 다시 광속 가까운 속도로 달릴 수 있지. 순식간에 말이오."

지그문트가 그것을 목격한 적이 있다고 했다. 그렇다면 아버지도 목격했을 것이라고 루이스는 거의 확신했다. 지그문트의 이야기는 무언가를 떠올리게 했다. 어릴 적 루이스가 몰래 엿듣고 있을 때 베어울프와 카를로스가 나눴던 수수께끼 같은 이야기에 대한 기억을 일깨웠던 것이다.

루이스는 말을 이었다.

"그렇게 멈추려면 그 우주선은 믿기 어려울 정도로 엄청난 운동에너지를 버려야 하오. 그러지 않으면 운동에너지가 열에너지로 변하면서 우주선이 증발해 버릴 테니까. 그리고 즉각적으로 원래의 속도를 다시 회복하려면 똑같은 양의 운동에너지를 다시 얻어야 하지. 그 원리는 오직 아웃사이더들만 안다더군. 어쨌든 그들의 우주선은 노멀 스페이스와 그 어딘가 사이에서 에너지를 주고받아야만 하오. 하이퍼스페이스? 또 다른 차원? 또 다른 우주? 묻지는 마시오. 나도 모르니까. 어쨌거나 그들은 그렇게 하고 있소."

"그럼 '기억'호에 실려 있는 행성 파괴기가 그 다른 곳에 있는 에너지를 끌어다 쓴다는 거요?"

루이스의 주머니에서 두 번 울림소리가 났다. 입 다물라는 경고음이었다.

"엔지오, 시간이 없소. 큰 그림만 설명하지. 이걸 그대로 두면 아킬레스는 무고한 생명을 학살하고 말 거요. 그워스 함대는 물론이고 그들의 개척지에 있는 그워스까지 모두 다 죽이고 말 거란 말이오."

앨리스와 그 우주선에 타고 있는 사람들까지 모두! 루이스는 그 얘기는 꺼내지 않았다. 알고 있는 것을 다 말했다가는 엔지오가 곧장 아킬레스에게 달려가 버릴지도 몰랐다.

엔지오가 생각에 잠겨 있는 동안 세 번 울림소리가 났다. 방해전파 모드가 중지되었음을 알리는 신호였다.

"그래서 난 이번 시즌에는 캐피털즈를 응원할 생각이오."

루이스는 천연덕스럽게 말했다. 캐피털즈는 그가 어디선가 주워들은 최초의 뉴 테라 축구팀 이름이었다. 사실 이 팀의 성적은 끔찍했다.

"당신은 어느 팀을 응원할 거요?"

"캐피털즈? 어허! 스완즈 정도는 돼야 응원할 맛이 나지!"

몇 걸음 후에 루이스는 주머니의 무게가 가벼워진 것을 느꼈다. 그는 말했다.

"말도 안 되는 소리! 그 두 팀 다음 경기에서는 캐피털즈가 십사에서 십육 점 정도는 이길걸."

방해전파 모드의 활성 코드였다. 1416.

만약 엔지오가 방금 들은 얘기를 조금이라도 믿는다면 자기 부하들에게도 이야기할 것이다. 루이스는 그것을 대비해서 한 가지 암시를 더 보탰다.

"뭐, 하긴 여기서 뉴 테라 뉴스를 들을 수 있는 건 아니지만."

"십사에서 십육 점이라고?"

엔지오가 코웃음을 쳤다.

"이 얘기는 나중에 다시 합시다."

"언제든지."

이제 루이스의 운명은 범죄자들의 손에 달려 있었다.

선실 문에서 날카롭게 두드리는 소리가 나는 바람에 루이스는 깜짝 놀라며 깼다. 수면장을 끄고 일어나 앉았다.

"안 잠겼어."

문이 열렸다. 야간 조명으로 바뀐 희미한 복도 불빛 덕분에 마우라를 알아볼 수 있었다. 그녀가 들어오면서 문 옆의 터치패드를 만지자 선실 불이 켜졌다. 문이 철컥 닫혔다. 그녀가 문을 잠그자 또 한 번 철컥 소리가 났다.

아마도 루이스는 무척 놀란 표정을 하고 있었던 모양이다.

"딴생각 있어서 온 거 아니니까 놀라지 마세요."

마우라가 말했다. 그녀의 오른손은 주머니에 들어 있었다. 거기서 울림소리가 났다.

"시민들도 섹스를 하는지는 정확히 모르겠지만, 그런 모습이 안 보이는 걸 보면 그들도 섹스에 대해서는 사생활을 철저하게 지키나 보더군요. 그럼 아마 내가 여기서 당신하고 무슨 짓을 하는지도 굳이 알려고 하지 않을 거예요. 그래서 엔지오가 나를 보냈죠."

"무슨 일로?"

"엔지오가 당신하고 나눈 얘기를 들려줬어요. 거기에 대해서 우리도 얘기 나눴죠. 우리는 허스를 지키기 위해 계약한 거지, 다른 누구를 공격하려고 계약한 게 아니에요. 더군다나 대량 학살을 벌이려는 살인자라면 말할 것도 없죠. 우리도 이 일에서 빠질 생각이에요."

"아킬레스는 대량 학살을 저지르고도 눈 하나 꿈쩍하지 않을 거요."

루이스는 말했다.

"내가 우리 모두 이 일에서 빠져나가게 할 수 있소. 하지만 그러려면 모두의 도움이 필요하지."

"우리도 그럴 거라 생각했어요. 그렇지 않았다면 당신이 엔지오에게 그런 얘기 꺼내지도 않았겠죠?"

"그러자면 당신들이 내 명령을 따라야 하는데, 엔지오도 마찬가지고."

마우라가 고개를 끄덕였다.

"그것도 다 생각해 놨어요."

"그럼 먼저 내 휴대용 컴퓨터를 돌려주시오."

마우라는 휴대용 컴퓨터를 책상 위에 올려놓았다. 그 순간 두 번의 울림소리가 났다. 빨강, 노랑, 녹색의 점들이 화면에서 서로 쫓고 쫓기다가 세 번의 울림소리와 함께 꺼졌다.

마우라가 머리 위에 켜진 등을 끄고 루이스 곁으로 바짝 다가왔다. 뜨거운 입김이 루이스의 귓가에 와 닿았다.

그녀가 속삭였다.

"얘기해 보세요."

루이스는 어둠 속에서 다급하게 속삭이는 목소리로 자신의 계획을 설명했다.

## 3

제일 어려운 부분은 기다리는 일이었다.

그렇다고 루이스와 그의 꺼림칙한 협력자들에게 할 일이 없었다는 뜻은 아니었다.

세밀하게 작전 시간표를 작성하고, 서로 맡아야 할 임무를 나누고, 비밀리에 보급품을 모아야 했다. 도약 원반의 좌표를 조사해서 확인하고 서로 교환해야 했다. 세부 사항들을 조종하고 변경해야 했다. 심지어는 무기도 만들어야 했다. 무기는 대부분 연막탄과 화염병이었다. 더 강력한 폭탄도 필요했는데, 다행히 루이스가 '애디슨'호에서 가져온 화학제품들로 폭발물과 기폭 장치를 만들다가 날아가지 않을 만큼은 분더란트의 훈련 내용을 기억하고 있었다. 하지만 이 폭탄이 필요한 순간에 제대로 터져 줄지는 두고 봐야 할 문제였다.

무엇보다 이 모든 일들을 퍼페티어들의 의심을 피해서 해내야 했다.

어쨌거나 그들은 준비를 마쳤다. 그리고 기다렸다. 속이 타들어 갔다. 그래도 기다렸다.

'기억'호가 하이퍼스페이스에 남아 있는 동안은 행동을 개시할 수 없었다.

"노멀 스페이스로 돌아갈 준비를 하십시오."

아킬레스가 외쳤다. 갑판 선원들로부터 안도의 소리가 조용히 흘러나왔지만 아킬레스는 못 들은 척했다. 조금이라도 한숨을 돌리게 해 주지 않으면 아마도 클모의 항성계에 도착할 즈음이면 제정신인 선원이 하나도 남아 있지 않을 것이다.

"노멀 스페이스로 돌아갑니다."

클로소가 조종석에서 외쳤다.

"십, 구, 팔……."

카운트다운이 끝나는 순간, 함교 화면이 가상의 목초지에서 진짜 별들의 우주로 바뀌었다. 아킬레스는 뇌 뒤쪽을 갉는 듯했던 간지럼증이 사라지는 것을 느꼈다. 함교에서 조용히 소리 죽여 나누는 대화도 한결 밝아졌다.

아킬레스는 선내 통신을 켜고 말했다.

"노멀 스페이스에서 한 시간 머물 계획입니다. 클로소와 내가 함교를 지킬 테니, 모두들 출발 오 분 전까지 쉬도록 하십시오."

함교 선원들이 앞다투어 빠져나갔다. 복도에서 행복에 겨운 노랫소리가 울려 퍼졌다. 아킬레스는 다시 여유로워진 함교 안을 걸으려고 자리에서 일어섰다.

그때, 날카로운 경고음이 울렸다.

루이스는 퍼페티어용으로 제작된 완충 좌석에 어정쩡하게 앉아 단거리 무선통신 장비를 켰다.

"여기는 '애디슨'호의 루이스 우. 아킬레스 나와라. 반복한다. 여기는 '애디슨'호. 아킬레스 나와라."

부조종석에서는 엔지오가 이륙 전 점검 목록을 돌리고 있었다. 다른 뉴 테라 사람들은 엔진실이나 자기 선실에 있었고, 갑판 주 화면에는 화물실의 파노라마 전경이 나타나 있었다.

"지금 뭐하는 겁니까, 루이스 우?"

아킬레스가 통신을 받았다. 말하는 중간에 갑자기 높은 경고음이 말을 끊고 들어왔다.

"뉴 테라 사람들과 나는 떠날 거야, 아킬레스."

루이스는 이유를 설명하지 않았다. 반사회적 인격 장애자는 다른 이들의 이유에 대해서는 관심이 없는 법이었다.

"선체 고정 장치를 해제하고 화물실 해치를 열어. 화물실 해치 모두 다."

"미안하지만 그렇게는 못 합니다. 루이스 우, 대체 무슨 짓을 한 겁니까?"

급조한 많은 양의 파괴 장치들을 도약 원반으로 '기억'호 여기저기에 날라다 놓았다. 지금은 그냥 연막탄을 터트려 화재 경보, 비상 시스템, 안정 정지 기능만 활성화시켜 놓은 상태였다. 하지만 '기억'호의 가장 취약한 부분은 루이스도 접근할 수 없는 곳이었다. 갑판에는 도약 원반이 없었고, 엔진실에는 인간이 들어가지 못하게 금지되어 있었기 때문에 그곳에 있는 도약 원반 주소는 알아낼 수 없었다.

연막탄은 퍼페티어들을 아주 불안하게 만들겠지만 그저 주의를 분산시키기 위한 것에 불과했다. 퍼페티어 선원들은 순진하고 정신적으로 불안정해서 아킬레스에게 속고 있을 뿐이었다. 무조건 시민의 무리를 우선시하는 존재들이기 때문에 그저 본능적으로 강력한 리더십을 따르고 있을 터였다. 아킬레스를 제외하면 누구도 악하지 않았다. 루이스는 그들에게 해를 입히고 싶은 마음이 없었다. 그저 그들을 막고 싶을 뿐이었다.

루이스는 말했다.

"별거 안 했어. 뭐, 아직까지는. 내 말대로 해, 아킬레스."

엔지오가 헛기침을 하고 한마디 했다.

"준비 끝났으니 지시만 내리시오, 루이스."

"어서, 아킬레스."

루이스는 단호하게 말했다.

"못 하겠다면?"

아킬레스가 비웃는 순간, 갑자기 '애디슨'호 사람들의 몸이 천근만근 무거워졌다.

"중력 자동 보정 가동!"

엔지오가 끙끙대며 말했다. '애디슨'호 선내에 인공중력이 켜지자 갑자기 늘어났던 체중이 상쇄되어 다시 정상으로 돌아왔다.

"루이스, 화물실 중력이 이렇게 높아서는 추진기를 최대로 올려도 '애디슨'호는 꿈쩍도 못 하오."

엔지오의 말에 루이스는 고개를 끄덕였다.

"아킬레스, 정 이렇게 나온다면 나도 어쩔 수 없어. 하이퍼스페이스로 탈출하는 수밖에."

비상 해치가 쾅, 하고 닫혔다. 하지만 짙은 연기가 이미 함교로 쏟아져 들어오고 난 후에야 일어난 일이었다. 공기 유입을 차단하기 위해 마지막으로 통풍 조절 밸브가 통풍구 안에서 덜그덕거리며 닫혔다. 천장의 등과 대부분의 계기판에서 불이 꺼졌다. 비상 전원이 들어오면서 주 화면과 대부분의 주요 계기판들이 깜박거렸다.

상황판 쪽을 흘끗 보니 클로소가 갑판 위에 그대로 주저앉아 있었다. 아킬레스는 그가 두 머리를 앞다리 사이에 끼우고 단단하게 공처럼 몸을 말고 있는 모습을 보며 당황스러웠다. 겁에 질린 숨죽인 신음만 흘러나왔다.

아킬레스는 생각했다. 또 나로군. 또 나야. 늘 그랬지. 하여간 결국은 다 내가 해야 돼.

얼어붙은 클로소의 몸뚱이 위에서 보안 카메라 화면들이 복도와 화물실, 다시 선실을 무작위로 돌아가며 비추었다. 화재가 번지는 것을 막기 위해 비상 격벽이 자동으로 내려와 있었다. 안전 차단 장치가 작동하는 바람에 선원들은 모두 그 안에 갇혀 버렸다. 우주선 대부분이 연기로 가득 찼다.

연기가 굉장히 많이 나는군. 경고가 울리기도 전에 어떻게 연기가 저렇게 넓게 퍼졌지? 우주선 여러 곳에 화재가 동시에 일어나지 않고서는 불가능한데. 한꺼번에 여러 곳에 불이 났단 말인가? 순간, 아킬레스는 한바탕 전율과 함께 깨달았다. 인간들이 하나도 보이지 않았다!

아킬레스는 안전 프로토콜을 해제하고 도약 원반 네트워크 제어장치를 껐다. 안전 차단 장치 안에서 할 수 있는 최선의 방법이었다. 개별 도약 원반들은 여전히 기능 중이었다. 안전상의 이유 때문에 도약 원반은 직접 가서 꺼야만 했다. 하지만 네트워크 제어장치를 꺼 버리면 적어도 인간들은 이미 주소를 아는 도약 원반이 아니고는 저 골칫덩어리들을 나를 수 없었다.

통신 계기판이 깜박거렸다. 반송파가 감지되었다. 전자기 무선통신 신호였다. 하지만 지금 '기억'호가 있는 곳으로 이런 신호를 보낼 데가 없는데! 아킬레스는 통신 채널을 열었다.

"여기는 '애디슨'호의 루이스 우. 아킬레스 나와라. 반복한다. 여기는 '애디슨'호. 아킬레스 나와라."

루이스 우라고?

"지금 뭐하는 겁니까, 루이스 우?"

아킬레스는 통신을 받았다. 그러면서 아직도 삑삑거리는 경고음을 다른 쪽 입으로 줄였다.

"뉴 테라 사람들과 나는 떠날 거야, 아킬레스. 선체 고정 장치를 해제하고 화물실 해치를 열어. 화물실 해치 모두 다."

인간들을 그냥 가게 놔두라고? 내 사랑스러운 핵융합 억제기가 쓸모없어지는 꼴을 그냥 보고만 있으라고?

"미안하지만 그렇게는 못 합니다. 루이스 우, 대체 무슨 짓을 한 겁니까?"

"별거 안 했어. 뭐, 아직까지는. 내 말대로 해, 아킬레스."

불길은 저절로 잡히고 있었다. 연기로 가득했던 공기도 공기 정화기가 작동해서 이미 깨끗해지고 있었다. 아킬레스는 자동화 시스템이 알아서 하게 둔 채, 자신이 선택할 수 있는 방법들을 조용히 검토했다.

'애디슨'호에 무장 병력을 투입해? 씨도 안 먹힐 소리지. 어떻게 해서든 우리 쪽 선원들에게 광기를 불어넣어 시도는 해 볼 수 있을지도. 하지만 저 인간들은 교활한 놈들이다. 자기네 우주선에 있는 몇 안 되는 도약 원반을 끄고, 외부 에어록 제어장치의 전원을 끊어 버릴 거다. 그럼 결과는 안 봐도 뻔하다.

'애디슨'호는 GP 선체로 만들어져 있다. 나도 저 인간들에게 접근하지 못하고, 저들도 나에게 접근하지 못할 게 거의 틀림없다. 저들에게는 가까운 거리에서 위험한 무기가 될 수 있는 통신용 레이저가 있다. 하지만 '애디슨'호의 선수가 바깥쪽으로 고정되어 있는 지금 상태에서는 쓸모없을 거다. 저 위치에서 레이저를 쏘아 봤자 아무런 해도 입히지 못하고 화물실의 선체를 통과해 우주로 그냥 빠져나가 버릴 테니까.

레이저라. 우리 쪽에서 '기억'호의 레이저를 떼어다가 저기로 이동하면 어떨까? 시간이 꽤 걸린다. 그 시간이면 저 인간들도 자기네 통신용 레이저를 떼어다가 옮길 수 있다.

"어서, 아킬레스."

루이스가 말했다.

"못 하겠다면?"

아킬레스는 비웃었다. 그리고 다른 쪽 입으로 화물실의 인공중력을 허스 표준 중력의 열 배로 올렸다. 하지만 만족의 순간도 잠시였다. 어떤 일이 일어날지는 그도 알고 있었다. '애디슨'호가 올라간 내부의 인공중력을 상쇄해서 정상으로 되돌렸다. 그저 인간들의 괴로운 신음을 잠깐 듣는 것으로 만족해야 했다.

"아킬레스, 정 이렇게 나온다면 나도 어쩔 수 없어. 하이퍼스페이스로 탈출하는 수밖에."

그워스가 쓴 방법을 써먹겠다고! 그 바보 같은 네서스 놈이 인간에게 '아르고'호 선체를 파괴하는 방법을 알려 주는 바람에 이런 험한 꼴을 당하는군.

"그러지 않는 게 좋습니다, 루이스 우. 우린 이미 하이퍼스페이스에 들어와 있습니다. 지금 하이퍼드라이브를 작동했다가는 무슨 일이 생길지 모릅니다."

아킬레스는 그렇게 말하며 하이퍼드라이브 조종 장치를 재빨리 잡아당겼다. 루이스가 무시하고 밀어붙이면 어떡하지? 그것은 제정신이라면 생각조차 해 보지 않을 무모한 도전이었다.

상황판에서 새로운 경고 표시등이 번쩍거렸다. 함교 전망 창은 고집스럽게 항성들의 풍경을 비추고 있었다.

"하이퍼드라이브는 에너지가 많이 들지."

루이스가 태연한 얼굴로 말했다.

"과연 퍼페티어가 우주선 전체에 화재 경보가 울리는 상황에서도 핵융합 원자로를 작동하도록 만들었을까?"

그가 옳았다. 원자로가 다시 가동되려면 우주선 안의 모든 센서들을 손으로 직접 재설정해야 했다.

"원하는 게 뭡니까?"

아킬레스는 체념하듯 물었다.

"이미 말했잖아. 고정 장치를 해제하라고. 그리고 우리가 나갈 수 있게 화물실 해치를 열어."

"고정 장치를 해제하고, 화물실 해치를 열란 말이지요."

아킬레스는 루이스의 말을 되풀이했다.

"해치들 모두 다."

루이스가 다시 확인하듯 말했다.

"그리고 화물실의 인공중력을 꺼."

화물이 우주로 다 빠져나가게? 그건 어림없다!

"허스를 방어하려면 그 무기들이 필요합니다. 인간 선원들이 모두 도망가 버린 상태라면 더더욱!"

"삼십 초 준다, 아킬레스. 그 후엔 하이퍼드라이브를 가동할 거야."

'애디슨'호의 노멀 스페이스 거품 안에 들어간 것은 무엇이든 하이퍼스페이스로 같이 들어가게 된다. 하지만 그래 봤자 고정 장치와 도킹용 받침대 정도? 어쩌면 화물실 해치도 일부 들어갈지도. 사라진다고 큰일 나는 것들은 아니었다.

"십구, 십팔……."

아킬레스는 아직 기능하고 있는 몇 안 되는 함교 계기판을 살펴보았다. 우주 폐기물 제거 시스템에 비상 전원이 들어와 있었다. 그리고 '기억'호의 선체에는 강력한 레이저가 가득 장착되어 있었다. 예비 전력이면 몇 번 일제사격을 가하기에 충분했다.

루이스가 감히 '기억'호 주변을 돌며 다른 화물실 문들까지 모두 열렸는지 정말 확인해 볼 리는 없었다. 다른 화물실의 화물들도 모두 함께 버려야 한다고 무리한 요구를 한 것은 그냥 허세를 부려 본 것일 터였다.

"십오, 십사……."

"당신이 이겼습니다."

아킬레스는 씁쓸하게 말했다.

"'애디슨'호를 놔주겠습니다."

'애디슨'호가 휘청거렸다. 루이스의 몸이 잠시 완충 좌석에서 떠올랐다.

루이스는 팔걸이를 움켜쥐며 물었다.

"무슨 일이오?"

"화물실 중력이 꺼졌소. 중력이 자동으로 보정될 거요."

엔지오가 외부 감시 카메라를 바라보았다.

"고정 장치가 풀렸군. 이제 '애디슨'호는 공중에 떠 있소."

우주선 바깥에서 요란한 경고음과 함께 빨간 섬광이 번쩍였다. 외부 해치가 열리고 있었다. 루이스는 해치가 천천히 열리는 모습을 지켜보았다.

"잘 생각했어, 아킬레스."

정말 다른 화물실 해치들도 열렸을까 궁금해하면서 루이스는 통신을 껐다. 그렇다고 이 주변에 머뭇거리며 확인해 볼 생각은 없었다. 번뜩이는 레이저 공격을 받고 싶지는 않았으니까.

루이스는 선내 통신을 켰다.

"모두에게 알린다. 이제 '기억'호를 떠난다."

환풍구를 통해 거친 환호성이 들려왔다.

"엔지오, '애디슨'호를 '기억'호에서 꺼내요."

루이스는 그렇게 말하고, '애디슨'호가 밖으로 나오기 무섭게 하이퍼드라이브를 작동시켰다.

강력한 하이퍼드라이브의 여파로 센서들이 번쩍였다. 인간 배신자들이 사라졌다.

상황판을 보니 점점 더 많은 구역이 연기가 사라졌음을 보고

하고 있었다. 아킬레스는 선내 통신으로 알렸다.

“놀랄 것 없습니다. 화재는 모두 진압됐습니다. 안전이 확인된 갑판부터 안전 차단 장치를 해제하겠습니다.”

그런 다음에는 원자로를 재가동해서 가던 길을 가야지. 루이스가 나를 막을 수는 없다. 하지만 그 인간에게는 언젠가 대가를 치르게 해 주지. 아주 값비싼 대가를.

루이스의 눈은 손목시계에 못 박히듯 고정되어 있었다.

“삼, 이, 일.”

카운트다운이 끝나자, 도약 원반으로 배치해 둔 두 번째 파괴 장치를 타이머가 가동시켰다. 그 폭탄들은 그냥 연기만 내고 끝나지는 않으리라.

## 4

‘기억’호로부터 한 시간쯤 멀어진 후에 루이스는 ‘애디슨’호와 함께 하이퍼스페이스를 빠져나왔다.

“당국과 연락을 좀 해야겠소.”

그는 엔지오에게 말했다.

“그러시든지.”

엔지오가 무심히 대답했다. 너무 무심히.

뉴 테라는 퍼페티어와 그워스 사이에서 중립을 지켜 왔다. 그

중립성을 위험에 빠뜨리는 행위는 대단히 심각한 범죄였다. 그리고 루이스는 유일한 목격자였다. 엔지오와 패거리는 그들의 골칫거리를 에어록 밖으로 간단하게 던져 버리면 그만이었다.

과연 저들이 그렇게 할까? 이다음 몇 초가 중요하겠지.

루이스는 말했다.

"여섯 명 모두 정말 큰 도움이 됐소. 그 말은 정말 꼭 전하지."

"지금까지의 일은 어떻게 설명할 거요?"

엔지오가 따지듯 물었다.

"나는 아킬레스를 찾아내야 했고, 당신은 나를 원하는 곳으로 데려다 줬소."

루이스는 미소를 지었다.

"기억나는 대로 말한 거요."

엔지오가 잠시 생각에 잠겼다가 말했다.

"좋소. 연락하시오."

그리고 오가는 이야기를 감시하기 위해 갑판에 남아 있었다.

루이스는 휴대용 컴퓨터를 꺼내서 기밀 접속 코드를 해제하고 통신을 시도했다.

"루이스! 다시 보니 정말 반갑군요."

지그문트가 바로 연결되었다. 집에 있는 듯했다.

"친구를 소개하죠."

루이스는 엔지오가 원하면 자기소개를 직접 하도록 내버려 두었다. 뉴 테라의 중력 특이점 내부에서 통신이 연결되어 시간 지연이 일어났기 때문에 엔지오가 자기를 소개할지 말지 결정할 여유는 충분했다.

"이 사람하고 그 선원들이 나를 아킬레스의 우주선에 데려다 줬습니다. 거기서 다시 데려와 줬고."

"뉴 테라를 대신해서 친구분께 감사드립니다."

지그문트가 말했다.

"그런데 루이스, 프로토콜을 알잖습니까."

감마 프로토콜 말이로군. 그러니까 보안 유지를 위해 혼자 있을 때 보고하라는 소리지. 하지만 여기서 엔지오를 따돌리려 했다가는 실오라기처럼 연약한 신뢰의 끈마저 끊겨 버릴걸. 미안하게 됐군, 지그문트.

루이스는 말했다.

"좀 있다가 하죠. 그나저나 앨리스는 어떻습니까?"

"아직 가고 있습니다. 정기적으로 보고하고 있고. 마지막 접촉은 어제 있었습니다. 그러니까 당분간은 연락이 안 될 겁니다. 당신이 무사하다는 소리를 들으면 무척 기뻐하겠군요."

지그문트가 이맛살을 찌푸렸다. 빨리 보고하라는 의미였다.

"이야기는 이렇습니다."

루이스는 몇 주간 있었던 일을 몇 분으로 압축해서 설명했다.

"폭탄이 제대로 작동했다면 아킬레스는 무장해제됐을 겁니다. 행성 파괴기도 사라졌을 테고, 핵융합 억제기는 GP 1번 선체 안에 들어 있기는 했지만 내부 충격 때문에 아마 여러 개가 고장 났을 겁니다."

한 가지 세부 내용은 말하지 않았다.

루이스는 부이를 하나 열어 그 안에 있는 것을 훔쳐 냈다. 누군가 작은 탐사선들을 일일이 점검해 보지 않는 한, 아킬레스도 그것이 사라졌다는 사실을 알지 못할 것이다. 농구공만 한 선체의 내부 공간은 대부분 추진기, 소형 원자로, 하이퍼웨이브 통신기 등이 차지하고 있었다. 팩에게서 영감을 받아 만든 핵융합 억제기 자체는 아주 인상적일 정도로 작았다. 루이스는 핵융합 억제기를 떼어 내고 그 빈 공간에 예비품 캐비닛에서 가져온 광전자 부품들을 대충 쑤셔 넣었다. 운만 좀 따라 주고 폭파 과정에서 충격만 충분히 가해진다면 핵융합 억제기가 사라진 것을 아무도 알아채지 못할 터였다.

'기억'호에서 나와 십오 분 후, 루이스는 예전에 쓰던 선실에 몰래 잠깐 들렀다. 그리고 전신복 주머니에 들어 있던 억제기 회로를 벽장 속의 여분 부츠 안에 넣어 두었다. 핵융합 억제기를 용병들의 손에 넘겨주고 싶은 마음은 없었기 때문이다.

"당신이 보기에는 아킬레스가 어떻게 할 것 같습니까?"

지그문트가 물었다.

루이스도 그것을 예측하기 위해 며칠 동안이나 머리를 쥐어짰다. 하지만 도무지 아킬레스의 속은 간파할 수가 없었다. 다만 이것 한 가지만큼은 분명히 알고 있었다.

우리가 싸우는 대상은 다름 아닌 아킬레스다.

"그자는 절대로 포기하지 않을 겁니다."

지그문트가 한숨을 내쉬었다.

"내 생각에도 그렇습니다. 당신은 언제쯤 돌아옵니까?"

"나중에 다시 연락하죠."

루이스는 그렇게만 말하고 통신을 끊었다.

"지그문트 아우스폴러를 믿지 않는군."

엔지오가 말했다.

"허가를 받아 내는 것보다는 나중에 용서를 구하는 편이 더 쉽다고만 말해 두지."

"뭐에 대한 용서 말이오?"

엔지오의 물음에 루이스는 갈망하듯 별들을 응시했다. 만약 그가 원하는 대로 밀어붙인다면 당분간은 아무도 노멀 스페이스를 구경하지 못할 터였다.

"내가 사랑하는 여인이 클모로 가고 있소. 평화 협정을 중재하려고."

"그워스 함대가 그녀를 향해 곧장 달려가고 있다면 아마 아킬레스도 그럴 텐데?"

탈출을 감행하는 동안에도 루이스는 얼음처럼 냉정하고 침착했다. 하지만 앨리스 걱정에는 몸이 떨려 왔다.

"아킬레스가 무슨 짓을 할지는 모르지만, 목격자를 그냥 두려 하지는 않겠지."

"당신이 보기엔 상황이 어떻게 돌아갈 것 같소?"

엔지오가 날카롭게 물었다.

모두가 은하계 북쪽을 향해 달려가고 있었다.

뉴 테라를 떠나면서 앨리스는 클모로 가는 제일 빠른 길을 택했다. 하지만 또한 그녀는 뉴 테라의 노멀 스페이스 속도를 안고 출발했다. 하이퍼스페이스에서 나올 때마다 쉬는 시간을 길게 가지면서 그 과정에서 속도를 줄여 가기로 계획했던 것이다. 그래야 클모에 도착할 즈음이면 속도가 충분히 줄어들어 그워스에게도 덜 위협적으로 보일 것이기 때문이었다.

아킬레스의 경우, 매복에 실패한 후에 세계 선단의 바로 남쪽에서 출발했기 때문에 클모까지 가는 길이 조금 더 멀었다. 하지만 그는 선단을 떠날 때 안고 왔던 노멀 스페이스 속도를 감속하는 데는 전혀 관심이 없었다. 중간에 노멀 스페이스로 자주 나올 생각도 없었고, 거기에 오래 머물 생각도 없었다.

그워스의 전투 함대는 '기억'호보다 별로 뒤처져 있지 않았다. 그리고 아킬레스가 자기 우주선의 핵융합 원자로를 재가동시키는 동안에도 계속 따라잡고 있을 터였다. 그워스 함대는 루이스가 경고를 보내기 전까지 속도를 계속 허스의 노멀 스페이스 속도와 맞추고 있었다. 분명 그 속도를 이용해 질량 병기로 클모를 위협하려는 의도일 것이다. 따라서 그워스의 우주선들도 마찬가지로 속도를 줄일 일은 없을 터였다.

루이스는 말했다.

"내 생각에는 앨리스, 아킬레스, 그워스의 전투 함대 모두 거의 비슷한 시간에 도착할 것 같소."

"그리고 우리도? 지금 그 생각 하는 거 아니오?"

"우리도 비슷하게 도착할 거요."

루이스는 인정했다. 그리고 덧붙였다.

"당신이 지그문트에게 고용돼 일하는 데 동의한다면 말이오. 물론 이 우주선도 함께."

엔지오가 완충 좌석에 등을 기대고 앉아 머리 뒤로 깍지를 꼈다. 그대로 눈을 감고 생각에 잠겼다. 마침내 그가 말했다.

"미치지 않고는 못 할 짓이군."

루이스는 아무 말도 하지 않았다.

"그곳에 도착한 다음에는 어떻게 할 거요?"

엔지오가 물었다.

"그때 가서 생각해야지."

루이스는 그렇게만 대답했다.

아킬레스는 생각했다. 역시나 이번에도 믿을 건 나밖에 없군.

선원 둘은 죽을 정도로 겁에 질려 있었다. 클로소를 비롯한 여러 선원들은 너무 깊은 마비 상태에 빠져들어 선체가 파괴된다는 경고음이 울리는데도 꿈쩍하지 않았다. 그들은 모두 정지장에 넣어져 외진 저장실 안에 차곡차곡 쌓여 있었다. 다시 임무로 돌아온 선원들 중에서도 몇몇은 오토닥으로도 치료가 불가능할 정도로 제정신이 아니었다.

루이스 우, 이 모든 일에 대한 대가를 치르게 만들어 주지.

하지만 먼저 그워스의 발톱부터 뽑아내야 했다. 비록 행성 파괴기는 수리가 불가능할 정도로 망가져 버렸지만.

루이스가 자기 선실에서 기다리는 동안 뉴 테라 사람들은 '애디슨'호 휴게실에 모여 회의를 하고 있었다. 루이스의 미래에 대해, 앨리스의 미래에 대해, 그리고 몇몇 세계의 운명에 대해.

시간이 너무 오래 지체되었다. 갑자기 휴대용 컴퓨터에서 벨소리가 울렸다. 루이스는 컴퓨터를 집어 들었다. 엔지오의 통신 아이디가 떠 있었다.

"어떻게 됐소?"

"당신 덕분에 아주 난처한 상황에서 벗어났소, 루이스. 아무래도 우리가 당신에게 빚을 진 것 같군."

엔지오는 잠시 사이를 두었다가 말했다.

"지그문트 아우스폴러가 돈을 지불하겠다고 약속만 하면 제안을 받아들이겠소."

"그건 내가 약속하지."

## 5

"죄송합니다, 지혜로운 이시여."

"지금 상황에서야 어쩔 수 없는 일이지요."

스르오는 자기와 부딪친 자가 누구인지, 말을 건 자가 누구인지 알지 못했다. 신경 쓰지도 않았다. 하지 말라는데도 누가 또 이렇게 깍듯한 존칭을 쓰는지 따질 힘도 없었다. 마지막으로 세 보았을 때는 오합체 둘이 그녀와 함께 헤엄을 치고 있었다. 그들은 운동 삼아서, 아니면 마음을 정리하려고, 아니면 몸을 피곤하게 만들면 잠을 잘 수 있을까 싶은 부질없는 희망에 물을 뿜으며 헤엄쳤다.

융합실도 북적거리기는 마찬가지였지만 그나마 '위대한 물살Might Current'호에서는 제일 덜 붐비고 넓은 공간이었다. 투명한 칸막이 너머로 보니 통제실과 엔진실은 더 많은 인원으로 붐비고 있었다. 이제 곧 그녀도 통제실로 돌아갈 터였다.

올트로가 분명 공격이 있을 것이라 확신했기 때문에 개척지의 경계는 그 어느 때보다도 강화되어 있었다. 개척지는 모든 자원을 무기 제작에 쏟아부었다. 그러지 않고서는 불행한 운명을 피할 길이 없었다. 그들은 '위대한 물살'호가 계속해서 클모 항성계 외곽으로 도약하며 움직이게 했다. 특이점 내부에 자리 잡고 방어를 시도했다가는 실패할 것이 너무도 뻔하기 때문이었다.

하지만 이제는 기다림에 지쳐 스트레스가 인내력의 한계를 넘고 있었다.

스르오는 도무지 잠을 잘 수가 없었다. 등 쪽으로 노란색과 초록색의, 포기를 의미하는 물결무늬가 나타났다. 그녀는 잠을 포기하고 다시 임무 교대가 가까워졌음을 받아들였다.

그때까지 남은 시간 동안에는 더욱 위태로워진 개척지의 생태계에 대해 생각하기로 했다. 이렇게 저렇게 손을 써 보았지만 모두 소용없었다. 이식된 생물군은 날이 갈수록 줄어들고 있었다. 즘호에서 계속 공급해 오는 것 말고는 해결책이 보이지 않았다.

하지만 건강한 종자를 구하는 일에 자원을 분산시킬 수는 없었다. 올트로는 계산을 통해 공격이 임박했다는 판단을 내렸고,

대량 학살을 불러올 폭력에 대항해서 개척지를 보호하는 일이 최우선 과제라 결정했다. 탈출하기 전에 올트로는 븜오가 절대 권력과 자기도취에 빠져드는 모습을 목격했다. 절대 권력자는 절대적으로 미쳐 있었다.

스르오는 공격할 거면 차라리 빨리 공격해 주었으면 싶을 정도로 지쳐 있는 자신의 모습을 보았다. 공격이 빨리 이루어지지 않는다면 설사 공격에서 살아남는다 해도 고향 세계에서 보급품을 가져와 먹여 살릴 개척민 자체가 남아 있지 않을 것만 같았다.

방 한가운데서 셋이 한꺼번에 부딪치며 관족이 뒤엉켰다.

"미안해요. 딴생각을 하고 있었네요."

스르오는 반사적으로 말했다.

그녀는 올트로의 결정을 의심하지 않았다. 그것은 스스로를 의심하는 것이나 마찬가지였으니까. 하지만 개척지가 선택할 수 있는 여지가 별로 없다는 사실이 그녀를 괴롭혔다. 천천히 죽거나, 단번에 죽거나, 아니면 다시 노예가 되거나. 올트로는 그 중 어느 한 가지도 일어나서는 안 된다고 고집을 부렸다. 나머지는…….

경고등이 고동치며 우주선을 가로질렀다. 침입자 경보였다. 스르오는 바닥으로 가서 통제실 쪽을 보았다. 두 번째 경고등이 깜박이기 시작했다. 하이퍼웨이브 신호였다.

선장이 입력된 신호를 스피커로 연결했다. 그 신호는 뉴 테라 언어인 영어로 되어 있었다.

"……테라 대사선 '메테르니히'호. 반복한다. 여기는 뉴 테라 대사선 '메테르니히'호. 우리는 평화와 우정을 위해 이곳에 왔다. 여기는 뉴 테라……."

전술 상황 화면에는 최근에 완성한 방어용 탐사선들이 수집한 하이퍼웨이브 레이더 자료가 나와 있었다.

레이더에 잡히는 신호가 크네. 스르오는 생각했다. 이 우주선보다 훨씬 더 커. 하지만 인간이 그워보다 몸집이 크니까.

새로 등장한 존재가 영어로 말한다는 것만으로는 아무것도 확신할 수 없다. 시민들도 영어를 썼다. 뉴 테라와 거래하는 상인들도 너나없이 영어를 배웠다. 그워스의 언어에 비하면 영어는 하찮을 정도로 배우기 쉬웠다.

만약 신호를 보내는 우주선이 정말 인간 세계에서 날아온 것이라면 노멀 스페이스 속도를 줄이기 위해 많이 애썼다는 얘기였다. 그들의 경로를 보니 항성계 내부를 직접 향하고 있지는 않았다. 당장에 위협이 될 만한 것은 보이지 않았다.

"'메테르니히'호, 여기는 클모 행성 방어 본부다. 현재의 경로와 속도를 유지하면서 추가적인 지시를 기다리기 바란다."

선장이 신호에 응답했다.

"……우리는 평화와 우정을 위해 이곳에 왔다. 여기는 뉴 테라 대사선……."

녹음된 목소리가 멈추고 새로운 목소리가 시작되었다. 인간 여성의 목소리 같았다.

"클모 행성 방어 본부, 여러분의 개척지가 아직 무사한 것을 보니 무척 기쁘네요. 나는 앨리스 조던이에요. 지그문트 아우스폴러가 나를 보냈죠. 올트로와 얘기를 나누고 싶어요."

어느새 열여섯 그워스가 물을 분사하며 융합실로 달려가고 있었다.

"우리는 올트로입니다."

그들이 응답하자, 스스로를 앨리스 조던이라 밝힌 사람이 말했다.

"시작하기 전에 먼저 이야기하죠. 지그문트 아우스폴러가 전해 달라는 메시지가 있어요. '당신의 사과를 받아들입니다.'"

이 침입자가 정말 뉴 테라 사람일 가능성이 대단히 높아졌다. 올트로는 말했다.

"그때, 그에게 해를 입히려는 것은 아니었습니다."

"당신들은 도움을 요청했죠. 하지만 뉴 테라로서는 어느 한쪽을 편들지 않고는 도울 수 있는 부분이 거의 없어요. 미안하지만 부탁은 들어 줄 수가 없네요."

'편들다'.

올트로는 인간의 독특한 생김새를 떠올렸다. 인간은 그워스와 달리 한 수직면에 대해서만 대칭이었다. 편이 양쪽밖에 없었다. '편'. 이상한 용어이기는 했지만 이해할 수 있었다.

"거의 없다는 건 완전히 없지는 않다는 말이군요. 무엇을 해 줄 수 있습니까? 그리고 어떻게 하려는지요?"

"당신 편과 저쪽 편이 서로 싸울 필요가 없을지도 몰라요. 중립적 입장인 우리가 양쪽을 중재해서 중간 지대에서 만나도록 도울 수 있을 것 같아요."

'중간 지대'.

더 이상한 말이었다. 즘호에서 중간 지대라고는 열수구에서 멀리 떨어져 영양분이 전혀 없는 불모지밖에 없었다. 전혀 쓸모없는 곳이었다. 항성들 사이의 중간 지대 역시 텅 빈 곳이었다. 쓸모없기는 마찬가지였다. 왜 거기서 만나야 할까?

앨리스가 한동안 계속 떠들었다. 모두 진부한 이야기들이었다. 부질없는 소리이고 희망 사항에 불과했다. 올트로는 오래전 팩 전쟁 기간 동안 인간들과 함께 체류했던 때를 떠올렸다. 영어의 선행사는 이해하지 못하는 경우가 많았지만 관용구는 아주 잘 이해하고 있었다.

지그문트의 AI인 지브스조차 인간의 언어 표현을 모두 설명하지는 못했다. 그 지브스는 팩 전쟁에서 죽고 말았다. 지브스가 죽어서 올트로는 슬펐다. AI는 잠재적으로는 그워테슈트와 마찬가지로 불멸의 존재였다. 어쩌면 언젠가는 또 다른 지브스를 만날 수 있을지도 몰랐다.

결국 올트로는 한마디로 요약했다.

"타협을 말하는 거로군요."

"바로 그거예요."

"자유를 지키려는 편과 상대를 노예로 삼으려는 편 사이에 어떤 타협이 가능한지 설명해 보세요."

올트로의 말에, 앨리스는 잠시 침묵에 잠기더니 말했다.

"지금 우리 함교 선원이 보고하기를, 내가 대화를 나누고 있는 통신 소스가 광속의 절반 속도로 움직이고 있다고 하네요."

"하이퍼웨이브 중계기입니다."

올트로는 거짓말을 했다.

즘호에서 온 전투 함대는 하이퍼스페이스에서 뛰쳐나올 것이다. 계산을 해 볼 때마다 예측은 모두 동일했다. 튼튼호의 우주선들은 세계 선단의 속도에 맞추었다. 그 속도를 유지하면 시민들에게는 덜 위협적으로 보일 것이고, 심지어는 그들이 시민인 척할 수도 있었다. 하지만 올트로가 지켜 내야 할 연약한 개척지에는 대단히 위협적인 속도였다.

그래서 '위대한 물살'호도 세계 선단의 노멀 스페이스 속도에 맞추어 가속한 상태였다. 피치 못하게 전투가 개시된다면 일분일초가 중요해질 것이고, 올트로는 상대론적 속도에 의한 왜곡을 보정하느라 귀한 시간을 낭비할 수 없었다.

물론 그들이 적의 생각을 제대로 꿰뚫어 보았다는 전제가 필요하지만.

한편, 방어용 탐사선들처럼 '위대한 물살'호도 연속적으로 끊임없이 하이퍼스페이스 미세 도약을 함으로써 위치를 항성계에 근처에 묶어 둘 수 있었다.

앨리스가 말했다.

"좋아요. 어떻게 도울 수 있는지 얘기해 보죠. 우리에게는 중립국이기 때문에 볼 수 있는 부분이 있어요. 그만큼 상황을 객관적으로 바라볼 수 있다는 얘기예요. 그러니까 서로 대립하는 양쪽이 인식하지 못하는 타협점을 찾아낼 수도 있을 거예요. 우리는…….”

그때, 하이퍼웨이브 채널에서 울부짖는 듯한 소리가 터져 나왔다. 동시에 융합실의 투명한 바닥을 통해 밝은 섬광이 번득거리며 비치기 시작했다. 침입자 경보였다.

함교에 있는 선장이 하이퍼웨이브 레이더 일부를 교란 지점을 향해 돌렸다.

“아주 큰 우주선입니다.”

그가 외쳤다.

“북쪽으로 곧장 클모를 향해 광속의 절반 속도로 날아오고 있습니다.”

모든 일이 한꺼번에 일어났다.

앨리스는 이미 올트로와 보조를 맞추기 위해 안간힘을 쓰고 있었다. 지그문트가 그녀에게 조심하라고 일러둔 것들이 있었다. 그워테슈트가 사용할 낭랑하고 위엄 있는 목소리, 깜짝 놀랄 정도로 빠른 머리 회전, 거의 순간적으로 튀어나오는 듯하지만 나중에야 그 밑바탕에 깔린 깊은 속내를 깨달을 수 있는 생각의 도약들.

하지만 합체를 직접 만나고 나서야 비로소 앨리스는 그 경고의 의미를 이해하고 진정 겸손해질 수 있었다. 그녀는 말을 빙빙 돌리며 장황하고 천천히 얘기할 수밖에 없었다. 그래야 그동안에 조금이라도 더 생각할 시간을 벌 수 있기 때문이었다.

내가 어떤 가능성을 찾아낸다 한들, 이미 올트로가 오래전에 생각해 봤던 부분이 아닐까?

'메테르니히'호가 하이퍼스페이스에서 빠져나온 지는 불과 몇 분밖에 되지 않았다. 센서들이 아직 광속에 묶여 있었기 때문에 확인 가능한 영역이 제한되었다.

전술 상황 화면을 확인할 때마다 하나나 두 개의 중성미자 소스가 상대론적 속도로 휙휙 날아다니는 것이 보였다. 중성미자가 보인다는 것은 핵융합 원자로를 의미했다. 하지만 그 원자로로 대체 어떤 장비에 동력을 공급하는 것일까?

얼굴을 찡그리며 집중해서 화면을 바라보니 중성미자 소스 중 하나가 깜박이며 사라졌다. 그리고 몇 초 후에 다른 곳에서 또 하나가 나타났다.

한편, 하이퍼웨이브 감지기에는 하이퍼웨이브의 잔물결이 넘실대고 있었다. 하이퍼스페이스를 넘나들며 잠깐씩 나타나는 중성미자 소스에서 오는 것인가? 아니면 올트로가 말하는 하이퍼웨이브 중계기에서 나오는 것인가?

앨리스는 하이퍼웨이브 중계기의 속도를 그렇게 고속으로 끌어 올린 이유를 이해할 수 없었다.

그녀의 성실한 젊은 보좌관이 옆에 바짝 다가와 있었다. 서 있는 자세와 얼굴 표정을 보니 급한 볼일이 있어 안달이 난 듯했다.

"뭐지?"

앨리스가 소리쳐 물었다.

보좌관은 휴대용 컴퓨터를 건넸다.

"방금 통신 중계기에 장관님의 메시지가 업로드됐습니다."

그리고 실수로 버튼을 눌렀는지 메시지가 바로 흘러나오기 시작했다.

"앨리스, 걱정거리를 하나 더 보태게 되어 유감이지만 아무래도 아킬레스가 꼭 그워스의 피를 봐야겠다고 작정한 듯싶네. 지금 자네가 있는 곳을 향해 가고 있다는군. 아킬레스가 인간에 대해서도 악감정을 품게 된 것 같네. 루이스의 전언이야."

루이스라고!

그가 행방불명된 이후로 앨리스는 줄곧 걱정을 하고 있었다. 하지만 그 문제는 일단 미뤄 둬야 했다. 올트로와 대화를 나누는 동안에도 그녀는 아킬레스가 어떤 행동을 할지 추측하려 애쓰고 있었다.

"좋아요. 어떻게 도울 수 있는지 얘기해 보죠. 우리에게는 중립국이기 때문에 볼 수 있는 부분이 있어요. 그만큼 상황을 객관적으로 바라볼 수 있다는 얘기예요. 그러니까 서로 대립하는 양쪽이 인식하지 못하는 타협점을 찾아낼 수도 있을 거예요. 우리는……."

그 순간 함교의 경보기가 울부짖기 시작했다.

"무언가 아주 큰 것이 하이퍼스페이스에서 빠져나왔습니다."

선장이 소리쳤다.

이제 한가해진 '기억'호의 함교. 아킬레스는 질량 표시기에 정신을 쏟고 있었다. 그의 목적지를 가리키는 긴 파란 선이 게걸스럽게 그를 향해 촉수를 내밀었다.

기다리자. 기다리는 시간이 길어질수록 그워스 세계의 종말도 더욱 확실해진다. 루이스 우의 폭탄이 태워 버린 화물실에서 살아남은 핵융합 억제기를 잘만 배치하면 국소적 간섭의 위험 없이 안전할 것이다.

루이스 우, 이 빌어먹을 놈 같으니!

아킬레스는 뭐라도 하나 박살을 내야 직성이 풀릴 것 같았다.

하지만 마음 한편에서는 두려움이 나직이 속삭이고 있었다. 이렇게 너무 오래 기다리다 보면 모두들 굶주린 중력 특이점의 구렁텅이 속으로 사라져 버릴 거야. 그 구렁텅이야말로 무엇이든 집어삼키는 궁극의 포식자니까.

헤카테가 전투 제어반 사이에 서서 떨고 있었다. 그도 은근슬쩍 계속해서 질량 표시기를 훔쳐보았다.

아킬레스는 조바심을 누르며 노래했다.

"걱정 마십시오. 우린 안전할 겁니다."

"알겠습니다, 각하."

"발사 준비 상황은 어떻습니까?"

뭐라도 달라진 것이 있나 싶어 묻는 것이라기보다는 헤카테의 관심을 다른 데로 돌리려고 한 질문이었다.

"미사일은 준비되어 있습니다. 화물실 해치도 무장했고, 기압 커튼도 켜져 있습니다."

헤카테가 보안 카메라를 회전시키자 감시 홀로그램 영상이 바뀌었다.

"포이베가 마비 상태에 빠졌습니다만, 나머지 선원들은 준비하고 기다리고 있습니다.”

해치 바로 바깥쪽, 버튼 하나만 누르면 열리는 저 바깥쪽에는 공허가 도사리고 있었다. 공허보다 더한 공허. 망각의 시공간. 포이베가 무너진 것이 신기하기보다는 헤베와 테이아가 무너지지 않고 버티고 있다는 것이 신기한 일이었다.

어쨌든 해치는 가능한 한 신속하게 열려야 했다. 그리고 추진기를 가동시켜 탐사선이 기압 커튼을 통과해 바깥으로 튀어 나가도록 해야 했다.

긴 파란 선이 질량 표시기의 투명한 구체와 거의 맞닿았을 때, 아킬레스는 외쳤다.

“노멀 스페이스 진출. 삼, 이, 일, 지금!”

항성들이 돌아왔다. 그중 하나는 나머지보다 더 밝게 빛나고 있었다. 그들의 목표물을 따듯하게 덥히는 태양이었다. ‘기억’호가 목표로 삼고 광속의 절반 속도로 질주해 온 바로 그 태양.

아킬레스는 질량 병기가 직접 태양을 향하도록 자세제어 장치를 이용해 우주선의 방향을 틀었다.

“해치 개방!”

“미사일 목표물 포착.”

헤카테가 보고했다.

“미사일 발사!”

“미사일 발사!”

헤카테가 아킬레스의 명령을 받아 외쳤다.

두 개의 물체가 쏜살같이 빠져나갔다.

갑자기 이해할 수 없을 정도로 많은 중성미자 소스들이 사방팔방으로 뛰어다니는 것처럼 보였다. 우주선이 특이점을 가로질러 가기 전에 아킬레스는 지체 없이 '기억'호를 다시 하이퍼스페이스로 옮겨 놓았다.

헤카테가 겁에 질려 한숨을 내쉬었다.

그리고 침묵이 이어졌다.

아킬레스는 눈을 감고 전투 제어반으로 옆걸음질 쳤다. 손으로 스위치를 더듬어 찾은 후에 비디오 화면들을 껐다. 그가 용기를 내어 눈을 떴을 때, 헤카테는 화물실 감시 홀로그램이 켜져 있던 곳을 아직도 물끄러미 바라보고 있었다. 하지만 두 눈은 초점을 잃고 머나먼 허공 어딘가를 멍하니 향해 있었다.

"헤카테."

아킬레스가 불렀다. 반응이 없었다.

"헤카테."

더 큰 소리로 다시 불렀지만, 역시나 반응은 없었다. 아킬레스는 앞발굽을 들어 헤카테의 옆구리를 세게 밀쳤다.

"각하, 대체 무슨 짓을 하신 겁니까?"

헤카테가 몸서리를 치며 물었다.

"우리 목숨을 구했지요."

아킬레스는 노래했다.

하지만 화물실에 있던 선원들은 구하지 못했다. 아니, 구하지 않았다. 화물실의 해치는 하이퍼스페이스를 향해 활짝 열려 있었다. 눈과 귀, 의식까지 닫고 둥근 살덩어리로 몸을 말고 있던 포이베만 살아남았을 것이다.

응트모는 융합한 채 기다리며 작은 우리 안에 둥둥 떠 있었다. 그들은 주인들의 주인을 기다리고 있었다. 하이퍼스페이스를 빠져나가기를 기다리고 있었다. 센서들이 다시 살아나기를 기다리고 있었다. 위협과 갈등을 기다리고 있었다. 다가올 것이 분명한 죽음을 기다리고 있었다.

누구의 죽음? 시간이 알려 줄 터였다.

"항복, 아니면 죽음이다!"

븜오는 소리 질렀다. 그의 함대가 이제 막 하이퍼스페이스를 빠져나왔다.

그러나 잠시 후, 통제실이 혼란에 휩싸였다. 어떻게 답신이 이렇게 빨리 도착할 수 있지? 이제 막 안쪽의 항성계로 광속의 무선 신호를 보냈을 뿐인데 벌써?

중력 특이점 바깥에서 답변이 왔거나, 아주 가까운 중계기를 통한 것이 아니고는 불가능했다.

"우리는 항복하지도, 죽지도 않을 겁니다."

익숙한 목소리였다. 올트로!

"주위를 둘러보십시오. 우리에겐 공동의 적이 있습니다."

븜오는 화면에서 또 다른 우주선을 보았다. 그의 함대를 모두 합한 것보다도 더 큰 대형 우주선이었다. 시민의 우주선이 틀림없었다! 노멀 스페이스 속도가 븜오의 함대에 맞춰져 있었다. 그리고 그 괴물 같은 우주선에서는…….

미사일이 핵융합 불꽃을 일으키며 반역자들의 세계를 향해 날아가고 있었다.

재미있는 수수께끼다!

웅트모는 우주선 통제실에서 우리로 보내온 데이터를 마셨다. 태양과 행성들. 고속으로 사방팔방 날아다니는 중성미자 소스들. 그리고 주인들의 함대에 속하지 않은 두 대의 대형 우주선. 또한 그 미사일들.

두 개의 미사일이 올트로가 살고 있는 것이 분명한 세계를 향해 날아가고 있었다!

웅트모는 그런 속도로 날아가는 미사일을 과연 막을 수 있을지 계산해 보았던 것을 떠올렸다. 그리고 그것이 가능하다고 결론 내렸던 것을 기억했다. 올트로가 그들보다 더 똑똑하다는 것 또한.

웅트모는 자신들의 계산이 옳기를 바랐다.

앨리스가 하이퍼스페이스에서 빠져나오는 순간, 루이스는 하이퍼웨이브 통신기를 붙잡고 있었다.

"'메테르니히'호, 적대적인 퍼페티어 우주선이 거기로 가고 있다. '메테르니히'호, 피할 준비를 해야 한다."

부조종석에서는 엔지오가 믿을 수 없다는 듯 무언가를 바라보고 있었다. 그러다가 제어반에 격렬하게 뭔가를 입력했다. 다채로운 색깔의 홀로그램이 하나 튀어나왔다.

"루이스, 이것 좀 보시오."

지금 보이는 게 뭐지? 항성계로군.

여러 물체가 보였다. 중성미자 소스였다. 상대론적 속도로 사방팔방으로 뛰어다니고 있었다. 그리고 그중 두 개가 안쪽 행성들을 향해 곧장 날아가고 있었다!

"우리는 지금 바쁩니다."

올트로는 그렇게 말하고 '메테르니히'호와 튼튼호 함대 사이의 통신 채널을 닫았다.

거대한 시민의 우주선이 광속의 절반 속도로 클모를 향해 미친 듯이 달려오고 있었다. 거기서 나온 두 개의 미사일은 꾸준히 가속하며 더 빠른 속도로 달려왔다. 하지만 '위대한 물살'호에 타고 있는 올트로도 거의 비슷한 상대론적 속도로 움직이고 있었다. 그는 사방팔방으로 움직이고 있는 방어용 탐사선들의 상태를 자세히 점검했다. 그리고 그중 달려드는 미사일과 엇갈린 방향으로 가속하고 있는 두 대를 골랐다. 그 두 탐사선과 미사일 사이의 충돌 속도는 거의 광속의 사분의 삼에 가까웠다.

하이퍼웨이브 신호는 즉각적이었다. 탐사선의 경로와 방향 계산이 신속히 마무리되었다. 올트로는 요격용으로 골라 놓은 탐사선에 목표물에 관한 정보를 보냈다. 요격용 탐사선들이 하이퍼스페이스로 미세 도약을 해서 최적의 발사 지점으로 이동했다. 그 요격용 탐사선들은 하이퍼웨이브 레이더 시스템으로부터 최종 판독 수치를 수신하게 될 터였다.

올트로는 두 번째로 탐사선 한 쌍을 골라 똑같은 과정을 반복했다.

미사일들이 보이지 않는 경계를 지나서 하이퍼웨이브가 기능을 하지 못하는 특이점으로 진입했다. 올트로는 데이터가 더 이상 쓸모없음을 알고 세 번째 요격용 탐사선 한 쌍은 눈으로 보면서 목표물을 조준했다.

첫 번째 요격용 탐사선 쌍이 즉각적인 교신이 불가능해지는 특이점 안으로 들어갔다. 이제부터는 요격용 탐사선이 알아서 움직여야 했다.

올트로에게는 그저 지켜보는 일밖에 남지 않았다.

삼십 초 후, 특이점에서 일 광시 떨어진 곳. '기억'호가 하이퍼스페이스를 빠져나왔다. 아킬레스는 자기가 발사한 미사일에서 터져 나온 빛과 중성미자가 자기를 향해 날아오기를 초조하게 기다렸다. 헤카테가 허락을 구하지도 않고 화물실에 있던 선원들을 구하러 함교를 달려 나갔다. 하지만 허사였다.

아킬레스는 꼼짝도 하지 않고 전술 상황 화면만 지켜보고 있었다. 우주선 무리가 나타났다. 그워스의 주 함대였다. 개척지 세계를 향해 내달리던 그는 미사일의 핵융합 배기가스가 새어 나오는 것을 보았다. 그리고…….

정체를 알 수 없는 중성미자 소스들이 곧장 그를 향해 날아오고 있었다.

망원경 화면이 불가능하다 싶을 정도로 밝게 번쩍이더니 곧이어 과부하 차단기가 작동했다. 너무 밝은 빛에 눈물이 났다.

접근 경고음이 울부짖고 있었다. 상대론적 속도로 달리는 물체가 난데없이 나타났다. 그리고 그 물체가 그를 향해 곧장 달려들었다!

뭔지 모르는 저게 내 미사일들을 파괴했단 말이야?

우주선 선체는 충격에도 살아남을 것이고, 좌석에는 비상용 정지장이 켜져서 아킬레스를 보호할 터였다. 하지만 우주선 안의 나머지 다른 것들은 그 충격을 견딜 수 없었다. 속이 텅 비어 버렸던 '아르고'호의 기억이 떠올라 아킬레스는 몸서리를 쳤다.

그는 공포에 질린 신음을 내며 '기억'호를 하이퍼스페이스로 되돌렸다. 여기는 안전하지 않아. 누구도 안전할 수 없어.

하지만 이제 과연 어디로 간단 말인가?

## | 전쟁의 끝 |

### 1

자기가 외교관이 아니라는 것은 루이스도 잘 알고 있었다. 그는 그것이 정말 다행이라고 생각했다. 분명 이런 이상한 상황에서 협상이 진행되었던 적은 없을 테니까.

양쪽 그워스 무리의 지도자들이 특이점 바깥으로 나온 우주선에 각각 타고 있었다. 하이퍼웨이브로 실시간 대화를 하기 위한 것이었다. 하지만 븜오와 올트로는 각자의 본거지에 있는 고문들과도 상담하고 있었다. 따라서 각각의 항성계에서 광속 통신 과정을 거쳐야 했기 때문에 몇 시간씩 지연이 일어났다.

루이스와 앨리스 역시 즉각적으로 교신이 가능했다. 서로 간에도 가능했고, 우주에 나와 있는 그워스와도 가능했다. 지그문트 또한 가끔씩 대화에 끼어들었다. 뉴 테라는 항성에 묶여 있지 않고 자유롭게 떠다녔기 때문에 광속 통신을 이용한 왕복 통신 지연 시간은 채 이 분도 되지 않았다. 다만 앨리스의 경우, 지그문트나 루이스와 조금 다르게 통신 지연 시간이 이 분을 거의 꽉 채웠다. 그녀의 기준에서 보면 뉴 테라와 거기서 발생하는 중력 특이점은 상대론적 속도로 움직이고 있기 때문이었다. 그래서 시간 팽창이 일어나 그녀가 경험하는 시간 지연이 이십 퍼센트 정도 더 길어졌다.

최후자와도 두 번 정도 통신이 이루어졌다. 세계 선단과의 왕복 통신 지연 시간도 삼 분 정도로 그럭저럭 견딜 만했다. 베데커는 아킬레스가 불법적으로 저지른 행동에 대해 사과하고, 일단 그를 체포하면 엄벌에 처할 것을 약속하였다. 무역의 가능성을 내비치는 얘기도 꺼냈고, 모두에게 호의를 보였다. 한편으로, 협약체는 이제 곧 머나먼 곳으로 사라지게 될 것임을 모두에게 일깨우기도 했다.

'메테르니히'호를 제외한 모든 우주선은 처음부터 세계 선단의 노멀 스페이스 속도인 광속의 절반 속도로 은하계 북쪽을 향해 움직이거나, 그 속도에 맞추어 가속을 한 상태였다. 올트로의 행성 방어용 탐사선들도 딱 그만큼의 빠르기로 움직이고 있었지만, 방향은 전 방위적이었다.

방어를 위해 온 우주선이든, 공격을 위해 온 우주선이든, 중립적 관찰자의 입장에서 온 우주선이든, 클모 근처에 머물기 위해서는 계속해서 하이퍼스페이스 미세 도약으로 제자리로 돌아와야만 했다. 누구도 서로를 믿지 않았다. 모두들 예고도 없이 갑자기 사라졌고, 심지어는 대화 도중에 사라지기도 했다. 하이퍼스페이스에 들어가 있는 시간도 몇 초에서 몇 분까지 예측 불가능하게 바뀌었다. 별다른 이유 없이 그저 다른 상대방들의 허를 찌르기 위해 도약을 하는 경우도 있었다.

루이스의 함교 화면 영상은 우주선들과 그보다 더 많은 방어용 탐사선들이 항성계 주변 지점에서 하이퍼스페이스를 넘나들며 만들어 내는 하이퍼웨이브 파문 때문에 끓어오르는 거품처럼 끊임없이 변하고 있었다.

우주선들은 대부분 철저하게 무장하고 있었다. 하지만 올트로의 생각 속도나 지그문트의 편집증은 누구도 따라잡지 못했다. 그워스가 자기들끼리 직접 대화를 하는 동안, 남은 인간들은 그들이 과연 무슨 얘기를 하고 있을까 추측만 해야 했다.

논의해야 할 내용이 많았다. 때로는 너무 많았다. 그워스의 대화 주제 중 가장 중요한 것은 이번 도발 중에서 어떤 것이 진짜 도발이고, 어떤 것이 아킬레스가 꾸민 도발이었는지를 가려내는 일이었다. 인간들이 나누는 대화 주제는 그보다 사소한 것들이었다. 뉴 테라의 중립성에 대해서, 결정권자로서의 앨리스의 역할에 대해서, 프리랜서 요원으로 남아 있는 루이스의 상태에 대해서, 위협과 전쟁 억지력과 상호확증파괴에 대해서, 전쟁의 대가와 유화정책의 위험성에 대해서. 그리고 인간의 우주선 두 척이 아킬레스의 공격 시간에 딱 맞추어 도착한 것이 과연 우연이었는지, 아니면 의도한 것이었는지. 그워스 간에 가능한 신뢰 회복 방법이 무엇인지. 기타 등등, 기타 등등…….

협상—과연 이 불협화음을 협상이라 할 수 있을지는 모르겠지만—에 참가한 모든 이들 중에서 아킬레스와 가장 오랜 시간을 함께했던 이는 루이스였다. 그 무법자 퍼페티어에 대해 설명해 달라는 요청이 계속해서 그에게 들어왔다. 루이스는 만족스러운 대답을 못 할 것 같으면 엔지오와 지그문트를 불렀다. 그워스는 심지어 최후자에게도 아킬레스에 대해 추궁했다. 베데커는 아킬레스가 분명한 범법자이며, 시민들에게 버림받은 자이며, 반드시 재판을 받게 될 것이라고 모두에게 장담했다.

특히 올트로가 아킬레스에 대해 호기심이 많아 보였다. 루이스는 그 이유를 알고 싶었다.

뉴 테라가 개입한 것이 도움이 됐을까? 그래도 그 덕에 행성이나 우주선을 향해 미사일이 발사되거나, 다른 이들을 위협하겠다고 떠나는 우주선이 없다는 것만큼은 분명했다.

아니었다면 상황이 훨씬 더 심각했을 수도 있었다.

드디어 다시 대화를 나눌 수 있게 되자 루이스와 앨리스는 둘이 수백만 킬로미터, 때로는 수십억 킬로미터나 떨어져 있다는 사실을 견디기 힘들었다. 루이스는 광속의 절반 속도로 움직이고 있는 데 비해 앨리스는 거의 정지하고 있다는 사실도. 하지만 속도를 서로 맞추려면 며칠은 걸릴 터였다. 지금까지 지그문트는 '애디슨'호와 '메테르니히'호가 서로 다른 각자의 속도를 유지할 것을 명령했다. 그냥 상황에 유연성 있게 대처할 수 있게 하려는 것이라고만 설명할 뿐 다른 이유는 말하지 않았다.

유연성은 무슨 얼어 죽을! 루이스는 욕이 나왔다. 젠장, 앨리스가 보고 싶다고!

"당신 정말 아름다워."

루이스는 여러 차례 말했다. 어쩌면 이렇게 멀리 떨어져서 볼 수밖에 없기 때문에 더 그리워진 것인지도 몰랐다. 하지만 그의 눈에는 앨리스가 지금처럼 이렇게 눈부시게 아름다웠던 적이 없었다.

앨리스도 여러 번 이렇게 말했다.

"나도 당신이 보고 싶어. 얼마나 보고 싶은지 당신은 상상도 못 할 거야."

"그럼 지금 당장 이리로 와. 날 얼마나 보고 싶은지 말 안 해도 알 테니까."

"그러게."

앨리스가 미소 지었다. 훨씬 더 사랑스러웠다.

두 사람은 틈이 날 때마다 둘만의 시간을 가졌다. 지그문트의 대답을 기다리는 지연 시간 동안에도, 올트로나 븜오가 예고도 없이 노멀 스페이스에서 사라져 버린 동안에도. 일분일초가 모두 소중했다. 그워스가 자기들끼리만 얘기할 때는 루이스와 앨리스도 둘이서 많은 대화를 나누었다. 루이스가 뉴 테라에서 새로 얻을 직장에 대해서도 얘기하고, 함께 집을 짓는 얘기도 하고, 함께 나눌 삶에 대해서도 얘기했다. 두 사람은 사랑의 속삭임으로 하이퍼웨이브를 채웠다.

하루하루 지나면서 그워스가 자기들끼리 얘기하는 시간이 점점 더 많아졌다. 루이스와 앨리스는 양쪽이 직접 대화한다는 것은 그만큼 진전이 있다는 의미라고 생각했다. 이제 양측은 더 이상 심판이 필요하지 않게 된 것이라고.

이런 감상주의적인 생각을 얘기하면 지그문트는 낙관주의는 그저 부질없는 희망을 완곡하게 돌려 말한 것에 불과하다고 잔소리할 터였다.

낙관주의이든 아니든, 모두들 그워스가 자기들끼리 은밀하게 어떤 대화를 나누고 있을까 궁금하지 않을 수 없었다.

븜오는 올트로와의 대화가 얼마나 마음을 불안하게 만드는지 잊어버리고 있었다.

올트로와 대화하고 있으면 역겨운 괴물을 대하고 있는 기분이 들고 마치 자기가 머리 회전이 느린 멍청이가 된 것 같은 기분이 들었지만, 그런 기분들도 불안한 마음보다는 나쁘지 않았다. 그워테슈트가 겪었던 사건들, 또 그들이 일으켰던 사건들을 븜오는 역사로나마 알고 있었다.

어쨌든 븜오에게는 선택의 여지가 없었다.

"우리가 선택할 수 있는 것은 타협밖에 없사옵니다, 전하."

고향에서 온 마지막 메시지에서 르트오가 내린 결론이었다.

"올트로가 질량 병기를 막아 내는 것을 전하께서도 직접 보시지 않았사옵니까? 그들의 방어 시스템은 무단으로 개척지에 접근하려고 시도하는 우주선을 모두 파괴해 버리옵니다. 우리 세계에는 그런 방어 시스템이 없지만, 그 대신 우리도 반역자들에게 반드시 필요한 것을 가지고 있지요. 바로 생물 보급이옵니다."

결국 선택의 여지는 없군. 븜오도 타협할 수밖에 없었다.

최종 합의 내용은 어느 것 하나 논리적이지 않은 것이 없었다. 그리고 거의 모든 내용에 그를 놀리고 조롱하는 암시와 가장 고귀한 그워의 이해 능력조차 뛰어넘는 다양한 가능성과 만일의 사태에 대한 대비가 담겨 있었다.

그가 알지도 못하고 무심결에 합의해 준 내용이 대체 무엇일까? 결국 시간이 알려 줄 것이다. 하지만 적어도 그와 그의 함대는 장대한 여정 끝에 걱정 하나는 덜고 갈 수 있게 되었다.

그렇다고 떳떳하게 내놓을 성과도 없었지만.

븜오는 이제 곧 즘호를 향해 출발할 수 있다는 사실에 위안을 느꼈다.

그리고 고향 세계에 있는 아킬레스의 부하 탈리아가 생태계를 파괴하는 레트로바이러스를 즘호에 뿌리기 전에, 그 자신과 그가 가져온 것, 그의 모든 소유품이 항성에 버려졌다는 사실에도 위안을 느꼈다.

— 우리는 응트모다.

그 사실 말고는 확실한 것이 아무것도 없었다. 아무것도 이해가 되지 않았다. 그들은 여덟 그워스에게 해체를 명령한 후에 하나씩 우리에서 끌어내 북적거리는 복도를 통해 수문까지 데려가서 다시 또 다른 우주선에 태웠다. 빈 우주선이었다.

그곳에서 새로 융합한 응트모는 자신들을 둘러싼 환경을 이해하려고 애썼다. 더 큰 우리로 데려온 것인가? 이 낯선 곳에서 죽으라는 것인가?

진동이 느껴지는 것을 보니 우주선들이 서로 떨어지고 있는 모양이었다.

변화는 좋지 않았다. 주인들은 상을 줄 때는 느릿느릿했고 벌을 내릴 때만 빨랐다. 주인들의 주인은 그중에서도 제일 성격이 급해서 걸핏하면 화를 냈다. 응트모는 반역자들의 방어 시스템을 속일 방법을 찾지 못하겠다고 진심으로 얘기했는데 그 때문에 심하게 고생을 했다.

다음으로 주인들의 주인은 함대를 보호하기 위해 적들의 예측을 피할 수 있는 이동 패턴을 찾아내라고 명령했다. 하지만 응트모가 고안한 패턴들은 보기에는 무작위 패턴 같았지만 충분히 지적인 존재라면 예측 가능한 패턴이었다.

응트모는 우주선들의 도약 패턴이 또 다른 지적 존재에 의해 만들어진 것임을 누군가 알아차려 주기를 바랐다. 만약 올트로가 그것을 알아차린다면 응트모는 해방될 수 있을지도 몰랐다.

두려움 속에 새로운 우리를 살펴보다가 응트모는 혹시 주인들의 주인이 눈치챈 것은 아닐까 두려워졌다.

— 우리는 응트모다.

그들은 스스로에게 말했다. 그들은 수많은 관족을 서로 뒤엉켜 놓은 채 최대한 빠른 속도로 기어 다니다가 결국 조종 장치로 보이는 것을 찾아냈다. 응트모의 단위 개체 중에는 우주선을 조종해 본 개체는커녕, 조종실을 구경해 본 개체조차 없었다.

조종 장치는 수수께끼였다. 그렇다면 그들은 수수께끼를 풀 것이다.

그때, 계기판에서 불빛들이 번쩍거렸다. 새로운 진동이 느껴졌다. 부드러운 쿵 소리가 들렸다. 수문 내부의 물이 순환되는 소리가 들렸다. 그리고 낯선 그워 하나가 환영의 뜻이 담긴 초록과 원적외선 패턴으로 빛을 내며 조종실로 헤엄쳐 들어왔다!

새로 도착한 그워가 말했다.

"나는 올트로로부터 왔어요. 여러분은 이제 안전해요. 여러분은 자유예요."

"우리를 돕겠다는 제안을 받아들이기로 했습니다."

올트로가 '메테르니히'호와 '애디슨'호로 하이퍼웨이브 통신을 보냈다.

"이미 돕고 있는 줄 알았는데요."

루이스는 빈정거리는 목소리를 내지 않으려고 애썼다. 내가 이미 그워스 함대를 대량 학살로부터 구해 주지 않았나? 아마도 그게 도움이 되었다고 생각하는 건 븜오밖에 없나 보군.

"아주 유용한 정보를 제공해 줬지요."

그 부분은 올트로도 인정했다.

"그런데 다시 뭘 좀 해 주십사 부탁할 게 있습니다."

"올트로, 잠시만 기다려 주세요."

앨리스가 그렇게 말하고 그워스 쪽 통신을 끊었다.

"그거 잘됐군요."

대화 내용이 지연되는 바람에 지그문트의 답변이 이제야 들어왔다.

"올트로가 뉴 테라의 도움을 받아들인다는 건 이제 아무도 우리를 적으로 판단하지 않는다는 의미니까요. 그들이 원하는 게 뭔지는 몰라도 너무 위험한 일만 아니라면 말입니다."

몇 광년 떨어진 곳에 편하게 엉덩이 붙이고 앉아 있는 사내가 저따위로 말하다니. 루이스는 생각했지만, 소리 내어 말하는 대신 마음속에만 담아 두었다.

그보다 올트로의 제안 중에 무언가 신경 쓰이는 점이 있는데, 분명하게 꼬집어 말할 수가 없었다.

"지그문트, 허스에 대해서는 어떻습니까? 퍼페티어를 적으로 간주하는 자들이 있습니까?"

한참 만에 지그문트의 대답이 돌아왔다.

"그렇지 않기를 바라야죠."

희망이란 부질없는 바람을 완곡하게 돌려 말한 것에 불과하다고 하지 않았나.

앨리스가 올트로와 통신을 재개했다.

"어떻게 도와 달라는 말인가요?"

그녀의 물음에, 올트로가 대답했다.

"우리 개척지는 즘호로부터 보급을 받아 와야 합니다. 우리가 직접 구해 오려고 했는데, 그러면 오염이 되고 말더군요."

"그러니까 뉴 테라의 우주선이 당신들을 대신해서 신선한 종자를 구해다 주기를 바라는군요?"

"우리가 나쁜 종자와 좋은 종자를 가려낼 수 있습니까?"

루이스는 물었다.

잠시 후 지그문트도 똑같은 우려를 전해 왔다.

올트로의 설명이 이어졌다.

"그러기는 힘듭니다. 그래서 그 부분을 담당할 우리 쪽 전문가를 보내야 합니다. 우리는 여러분의 우주선 중 하나가 입회인으로 함께 가 주기를 요청하는 겁니다. 그러면 인간들이 말하는 신뢰 구축 방안의 일환이 될 수도 있겠지요. 확인해 봐야겠지만 블오도 여러분이 참가해 주기를 바랄 겁니다."

장담하는데, 내가 꼭 확인해 보지. 루이스는 생각했다.

"내가 우주선을 한 척 보낼 수 있습니다."

지그문트가 제안했다.

"시간과 장소를 정해서 여러분의 사절단과 중간에서 만나면 되겠군요."

올트로는 난색을 표했다.

"그렇게는 곤란합니다. 우리 전문가와 화물선이 지금 당장 클모에서 출발해야 하는데, 우리 우주선은 호위 없이 움직일 수 없습니다. 게다가 지금 우리 쪽 사정이 급하기도 하지요. 뉴 테라에서 우주선을 즉호로 출발시키려면 감속하는 데만 해도 며칠이 낭비되고 맙니다."

"젠장."

루이스는 저도 모르게 내뱉었다.

"그럼 '메테르니히'호를 보내란 소리잖아."

그러니까 앨리스를 보내라는 소리야.

"물론입니다."

올트로가 말했다.

지그문트도 동의하듯 말을 더했다.

"'메테르니히'호가 함께 가다가 새로 보낸 우주선과 중간에 교대하면 될 겁니다."

"우리는 앨리스와 그 선원들을 알게 됐고, 또 신뢰하게 됐습니다. 혹시 거기에 무슨 문제가 있습니까?"

올트로의 속내는 그거였다. 결국 인간들을 믿지 않을 수도 있다는 의미.

"제가 할게요."

앨리스가 부드럽게 말했다. 그리고 다른 채널로 루이스에게 덧붙였다.

"이건 내 일이야. 꼭 해야만 할 일이고."

"알아."

루이스는 대답했다. 그래서 싫다고.

그워스가 원정을 준비하는 데는 하루가 더 걸렸다. 루이스와 앨리스로서는, 직접 만나기에는 너무 짧은 시간이었지만 이별하기에는 고통스러울 정도로 긴 시간이었다.

"사랑해."

앨리스가 말했다. 금방이라도 눈물을 쏟아 낼 것 같았다.

"내가 얼마나 사랑하는지 모를 거야. 기다려 줄 거지?"

그녀가 이렇게 아름다운 적이 있었던가? 루이스는 일부러 씩씩한 얼굴을 해 보였다.

"내가 어디를 가겠어? 네서스 때문에 방향감각도 다 잃어버렸잖아."

"그러고 보면 네서스는 참 똑똑하다니까."

"할 말 더 없어? 표정을 보니까 다른 할 말이 있는 것 같은데."

어딘가, 그녀의 표정이…… 이상했다.

"뭐, 급한 거 아니야."

음? 루이스는 그녀를 수사라도 하듯 살펴보았다. 있어. 뭔가가 있어.

앨리스는 슬퍼 보였다. 슬픈 것은 루이스도 마찬가지였지만, 어쩐지 그녀의 슬픔은 뭔가가 달랐다. 쓸쓸해 보인다고 해야 하나? 그녀의 안색은 건강함으로 빛났다. 얼굴도 처음 만났을 때보다 조금 동글동글해진 것 같았다. 별 의미는 없는 일이었다. 살이 좀 붙은 걸까? 그냥 카메라가 얼굴을 너무 가까이서 잡는 바람에 그렇게 보이는지도 몰랐다.

그 순간, 나뉜 조각들이 큰 그림으로 합쳐졌다.

루이스는 소리 질렀다.

"당신, 아기를 가졌구나!"

"응."

앨리스가 슬픈 듯 미소 지었다.

"이렇게 말고 다르게 말해 주려고 했는데."

"가지 마. 내가 갈게. 나 지금 정말 기분 좋거든. 이렇게 행복할 수가 없어. 하지만 아기를 가진 여자를 전함에 있게 하다니, 그건 절대 안 돼."

"평화 사절단으로 가는 거잖아."

평화 사절단으로 간다는 것과 평화롭다는 것은 분명 다른 얘기였다. 하지만 진짜 걱정되는 부분은 그게 아니었다. 계산상의 문제였다. 마지막으로 밤을 함께 보낸 지 육십 일 정도가 지났다. 정황을 보면 수정이 그 전에 이루어졌을 가능성은 없었다. 즘호까지의 거리는 약 삼십 광년, 하이퍼스페이스만으로 구십 일 정도 걸렸다. 왕복이면 그 두 배였다. 그리고 중간중간 정신적 휴식을 위해 하이퍼스페이스에서 빠져나와야 했다. 거기에 그워스가 종자를 선별해서 우주선에 싣고, 클모로 돌아와 화물을 하역하는 시간까지 더하면……. 그뿐인가. 다시 클모에서 뉴 테라까지 거리가 대략 십 광년이고, 여기에 마찬가지로 정신적 휴식 시간이 추가될 터였다.

"이동하는 중간에 아기를 낳게 될 거야."

루이스의 말에 앨리스는 고개를 저었다.

"여행 중에는 대부분 의료용 정지장 안에 들어가 있을 거야. 당신이 곁에 없는데 혼자 아이를 낳진 않을 거라고."

루이스는 그녀의 표정에서 무언가 다른 것을 보았다. 입이 원래 무거워서 그런가? 경계하는 거라도 있나? 아쉬운 거라도?

"약속할 수 있어?"

"약속할게."

## 2

탐사선들이 사방팔방으로 날아다녔다. 속도가 너무 빨라서 시간과 공간이 또 다른 의미로 다가왔고 계산 또한 흥미롭기 그지없었다.

탐사선들은 특이점을 요리조리 피하며 노멀 스페이스와 하이퍼스페이스를 들락날락하고 있었다.

탐사선들은 그 어떠한 침입자가 어느 때, 어느 방향에서 들어와도 타격할 준비가 늘 되어 있었다.

그것은 수수께끼 중에서도 가장 위대한 수수께끼였다.

응트모는 즐거움, 감사한 마음, 자부심이 북받쳐 오르는 것을 느꼈다. 이제 그들은 자유였다. 행복했다. 그리고 신뢰를 받고 있었다.

새로운 고향을 지킬 것이다. 그리고 올트로의 신뢰가 헛되지 않았음을 증명해 보이리라. 무슨 일이 있더라도.

"사라지다니 그게 무슨 말입니까?"

지그문트가 이마를 찌푸리며 물었다.

말 그대로 사라진 거는 사라진 거지, 또 뭐? 루이스는 쏘아붙이려다 참았다. 그는 '애디슨'호의 갑판에 혼자 있었다. 앨리스가 떠난 이후로 우주선이 그 어느 때보다도 더 외롭게 느껴졌다. 지그문트의 잘못은 아니었다. 그러니까, 전적으로 그의 잘못만은 아니었다.

"'애디슨'호가 속도 때문에 이 항성계 북쪽으로 흘러들었습니다. 그래서 남쪽으로 도약했죠. 노멀 스페이스로 다시 빠져나왔더니 그워스의 함대가 보이지 않더군요. 처음에는 위치를 유지하려고 미세 도약에 들어갔나 싶어 대수롭지 않게 여겼는데, 시간이 지나도 나타나질 않는 겁니다. 어딘가…… 다른 데로 간 거 같습니다."

"올트로의 우주선도?"

"그것도 사라졌습니다."

"클모를 무방비 상태로 두고 떠났단 말입니까?"

지그문트가 미심쩍은 듯 되물었다.

"그렇지는 않습니다. 방어용 탐사선들은 여전히 보이니까요."

루이스의 센서에서 그 우주선들은 작은 중성미자 소스들이 떼를 지어 있는 것처럼 보였다.

"특이점 바깥에 그워스의 우주선이 아직 남아 있습니다. 아마도 방어용 탐사선들을 관리하는 우주선이겠죠. 하지만 올트로가 거기 타고 있다고 해도, 아무도 그걸 인정하지는 않습니다."

"흠. 이 문제는 좀 생각을 해 봐야겠군요."

루이스는 이제 기다리는 일이라면 신물이 났다.

"집으로 돌아갈 때가 된 거 아닌가 싶은데……."

하지만 지그문트는 고개를 저었다.

"생각해 보세요. 전투 함대가 공격을 포기하고 물러났습니다. 개척지는 새로운 보급을 얻기로 약속을 받았고, 중립적인 제삼자가 보급이 약속대로 이루어지는지 확인하기 위해 입회자로 따라가고 있습니다."

"그렇죠. 그래서요?"

"븜오 측에서 얻는 것은 뭘까요?"

"븜오의 전투 함대는 올트로의 방어 시스템에 당하는 걸 피했잖습니까."

"그럴 수도 있죠."

지그문트가 생각에 잠기며 턱을 만졌다.

"하지만 그 정도 협상이라면 첫날에 바로 마무리됐을 겁니다. 그렇게 질질 끌 이유가 없었죠. 뭔가 다른 걸 얻어 냈을 겁니다."

"올트로가 동시에 사라진 게, 뭔가 그와 관련이 있다는 말이로군요."

"거의 그렇다고 봐야죠."

양쪽의 그워스 무리가 다 같이 원하는 것이 무엇일까? 루이스는 짐작조차 할 수 없었다.

"그나저나, 나와 내 친구들이 아직 집으로 돌아가면 안 되는 이유를 아직 설명 안 해 줬습니다만."

"좋습니다. 돌아오세요. 오면서 새로운 소식을 매일 확인하기 바랍니다."

지그문트가 잠시 뭔가를 생각하다가 말했다.

"그워스는 양쪽 모두 퍼페티어의 개입으로부터 안전해지기를 원할 겁니다."

"그래서 아킬레스를 추격하러 갔을 거란 말입니까? 확실히 올트로가 아킬레스에 대해 관심이 많긴 했죠. 그런데 대체 어떻게 아킬레스를 찾……."

"아니."

지그문트는 단호하게 말했다.

"지금 내가 하는 말을 증명해 보라고는 하지 마십시오. 나도 못 하니까요. 하지만 확신합니다. 협약체는 아킬레스를 통제할 수도 없고, 통제하려고도 안 할 겁니다. 그래서 그워스는 협약체가 그 일을 책임지게 하려는 겁니다."

"그렇다면 올트로의 계획은 뭘까요?"

"지난번에 올트로와 우연히 마주쳤을 때 베데커와 내가 거의 죽을 뻔했다는 거 알죠?"

지그문트가 몸서리를 쳤다.

"이번이라고 내가 과연 올트로의 속내를 그때보다 더 잘 파악할 수 있을지는 의문입니다."

## 3

레이더 탐지 신호가 울리기 시작하자 네서스는 긴장이 풀리는 것을 느꼈다. 하이퍼웨이브 레이더 경계를 지난다는 것은 집에 거의 다 왔다는 의미였다. 그는 '아이기스'호의 무선 응답기와 세계 선단 주변의 외딴 궤도를 도는 우주 교통 통제실 사이의 디지털 정보 교환 신호가 너무나 반가웠다. 이윽고 별들이 모여 있는 것처럼 보이는 세계 선단이 맨눈으로도 확인되자 네서스는 기쁜 마음에 교통 통제실과 직접 육성으로 접촉했다.

"여기는 허스 교통 통제실입니다."

노래하는 목소리가 들렸다.

노랫소리였다! 두 목청으로 울리는 소리, 풍부한 화음이 어우러진 소리! 저음의 선율과 꾸밈음 그리고 복잡한 선율이 풍부하게 어우러진 소리였다. 네서스는 너무나 오랫동안 집을 떠나 있었음을 절감했다.

"여기는 협약체 외무부 소속 우주선 '아이기스'호."

그는 대답을 노래했다. 자신의 목소리가 조금이나마 듣기 좋기를 바라면서.

"신원 확인되었습니다."

통제실 담당자가 노래했다.

"'아이기스'호, 최근에 있었던 위기가 끝나고 돌아오는 피난선들이 많아서 처리가 좀 지체되겠습니다."

음률이 단조로 바뀌며 못마땅한 듯한 목소리가 이어졌다.

"게다가 몇몇 우주선들이 규칙을 무시하고 다시 나가고 있습니다. 그워스 우주선들이 집으로 돌아가고 있는데, 중간에 세계 선단을 다시 가까이 지나간다는군요."

"이해합니다."

네서스는 노래했다. 센서에 평소와 달리 굉장히 많은 응답기가 나타났다. 이렇게 많은 시민들이 세계를 떠나 있었던 것을 보면 허스에 불어닥친 공황이 상당했음을 짐작할 수 있었다.

"통제실, 나는 지금 최후자님의 명령에 따라 공적인 임무를 수행하고 있습니다."

네서스는 일련의 숫자 코드를 노래했다.

"최후자님의 집무실과 연결하면 코드를 확인할 수 있을 겁니다. 즉각적인 착륙 승인과 GPC 주요 궤도 시설에 대한 출입 승인, 궤도에서 허스로 진입하는 왕복선 사용 승인을 요청합니다."

"잠시만 기다려 주십시오."

통제실 담당자는 곧 돌아왔다. 그의 노랫소리가 눈에 띄게 공손해졌다.

"'아이기스'호, 승인되었습니다. 진행하십시오."

"감사합니다, 통제실. 최종 접근을 시작합니다. 이상."

허스 주변 궤도를 도는 GPC의 시설물은 네서스가 보았던 일부 위성보다도 더 큰 구체였다. 그도 이곳을 몇 번 탐방한 적이 있었다. 넓은 동굴 같은 공장의 중앙부에 들어가면 건설 중인 곡물 수송선의 4번 선체마저도 작아 보였다. 공장 주변으로는 정비용 선거船渠가 줄지어 있었다. 멀리서 보면 둥근 해치들이 마치 분화구처럼 보였다. 각각의 선거에서는 완성된 선체를 용도에 맞게 꾸미기도 하고, 돌아가야 할 우주선들이 정비와 유지 보수 관리 서비스를 받기도 했다.

'아이기스'호가 배정된 정비 선거에 착륙하자, 네서스는 글리산도로 안도의 한숨 소리를 냈다. 그리고 머리 한쪽을 수화물 가운데 솟아 있는 휴대용 서버를 향해 돌렸다. 최후자의 허락을 받긴 했지만, AI는 금지된 사양이었다. GPC의 기술자들이 찾아낼 수도 있기 때문에 보이스를 '아이기스'호에 남겨 둘 수는 없었다.

"보이스, 우리는 목적지에 도착했다. 나와 교신할 게 있으면 메시지를 남겨라."

— 알겠습니다, 네서스.

네서스는 에어록을 나왔다. 방금 깊고 깊은 우주에서 빠져나왔기 때문에 '아이기스'호의 외피는 아직 차가웠다. 공기 속 수증기가 차가운 선체와 만나며 서리를 만들었다. 얼음안개가 선거를 채웠다.

작업복을 입은 정비반이 서서 기다리고 있었다. 정비반 책임자가 두 머리를 조아리며 인사했다. 최후자의 명령을 수행하고 왔다는 소리를 어디서 들었나 보군.

"어떻게 도와 드릴까요?"

"머리부터 꼬리까지 통째로 다 정비해 주십시오. 진작 정비를 했어야 했는데 시기를 넘겼습니다."

넘겨도 너무 많이 넘겼다. 인간의 우주로 가서 루이스를 찾으러 여기저기 돌아다녔고, 집까지 거의 다 왔다가 다시 팩 함대의 꽁무니를 쫓아갔고, 도서관 함대를 통과했다. 거기서 허스로 돌아왔다가 다시 뉴 테라에 갔다가, 또다시 허스로 돌아왔다. 돌아오는 길에는 즘호까지 갔다 왔다.

네서스는 '아이기스'호의 선체를 가리키며 말했다.

"이 우주선 잘 좀 부탁드립니다. 협약체를 위해 고생을 참 많이 한 우주선입니다."

"그러겠습니다."

정비반 책임자가 정성스러운 목소리로 노래했다.

일꾼들이 네서스의 수화물을 화물 부양기에 실었다. 부양기는 왕복선까지 네서스를 쫓아왔다. 왕복선을 타면 허스까지는 짧은 거리였다.

이제 곧 오랫동안 비워 두었던 내 집으로 간다. 이제 곧 베데커를 만난다. 그리고 행정부에 흩어져 있는 아킬레스의 심복들을 사냥하는 일에 나선다.

불가능해 보이는 그 임무를 생각하니 네서스는 차라리 '아이기스'호를 타고 다시 우주로 나갈까 싶은 마음도 잠깐 들었다.

아킬레스는 턱을 벌벌 떨며 '기억'호와 함께 노멀 스페이스로 빠져나왔다. 이제 막 피어오르기 시작한 하이퍼스페이스의 공포가 그를 향해 달려들던 미사일의 생생한 기억을 마침내 극복했다. 그워스, 내 이놈들을 반드시 벌하고 말 것이다! 모두 끝장내고 말 것이다!

"레트로바이러스를 살포하십시오."

그는 탈리아에게 명령했다. 녹화한 명령이라 만족스럽지는 않았다. 그워스의 고향 세계 가장자리부터 이 명령이 중력 우물 깊숙한 곳까지 뚫고 들어가야 했다.

"명령을 전달받았으면 받았다고 하고, 그 후로 매일 진행 상황을 보고하십시오."

아킬레스와 함께 출발했던 자들 중에서 지금까지 그의 곁에 남은 것은 헤카테와 메토페밖에 없었다. 나머지는 마비 상태에 빠졌거나, 죽었거나, 도망가 버렸다. 충성심이라고는 모르는 더러운 놈들 같으니! 그래서 아킬레스는 거의 혼자서 우주선을 몰아 허스로 향했다. 달리 어디 갈 데가 있겠는가? 그는 생각했다. 허스에 가면 뭘 해야 하지?

아이디어가 떠오를 것이다. 언제나 그랬으니까.

다시 한 번 하이퍼스페이스로 이동하는 동안 앞으로 일어날 일을 예상하며 아킬레스는 기분이 들떴다. 즙호의 그워스는 굶어 죽을 것이다. 클모의 개척지는 실패를 맛보게 될 것이다.

탈리아는 그 누구보다도 충성스러운 부하였다. 죽으면 죽었지, 결코 실망시키는 법이 없었다.

하지만 '기억'호가 다시 노멀 스페이스로 돌아왔을 때, 명령을 전달받았다는 탈리아의 답신은 기다리고 있지 않았다.

"다음 심문 대상이 도착했군."

네서스는 주의를 주었다.

— 입을 다물고 있겠습니다.

보이스가 대답했다. 네서스의 서버는 그의 사무실 선반 위에 놓여 있었다.

대기실로 들어가자, 다음 심문 대상이 초조한 듯 걸어 다니고 있었다. 이제 하이퍼웨이브 레이더 시스템에 접근할 수 있는 비밀 임원회 시민들에 대한 사전 면담은 절반 정도 이루어졌다. 그들 중 누구든 아킬레스에게 그워스 전투 함대의 경로와 노멀 스페이스 출현 지점을 알려 주었을 수 있었다.

네서스는 부디 사건에 연루된 자가 없기를 바랐다. 그저 아킬레스가 시스템의 기술적인 취약점을 알아내서 정보를 빼낸 것이기를 바랐다. 하지만 베데커는 절대 그런 기술적 취약점은 존재할 수 없다고 못 박아 말했다. 자신의 조사 영역에 대해 전문적 식견을 갖춘 베데커의 말이니 믿을 수밖에 없다.

네서스는 한쪽 목을 길게 빼서 심문 대상과 머리를 비볐다.

'심문받는 자가 평정심을 잃게 만들어야 해.'

지그문트의 충고였다.

"와 줘서 고맙습니다. 나는 네서스라고 합니다."

"키르케입니다."

심문 대상이 노래했다. 키르케는 시민치고는 키가 크고 여윈 체형에, 갈기는 고불거리는 짙은 갈색이었다. 비밀 임원회의 공식 장식 띠를 맸는데, 그것은 별 볼일 없는 수훈을 세우고 받은 훈장들로 치장되어 있었다.

"정말 저는……."

"내 사무실로 들어가서 얘기하지요."

네서스는 그를 안으로 안내했다. 그리고 웅장한 책상 뒤에 있는 푹신하고 높은 의자에 다리를 벌리고 앉았다. 심문 대상에게는 낮고 딱딱한 의자만 마련되어 있었다. 조명이 그 자리를 강하게 비추었다.

"거기 앉으십시오."

키르케가 그 불편한 의자에 자리를 잡았다.

"정말 저는 아무런 나쁜 짓도 하지 않았습니다."

"그러면 겁낼 필요도 없겠군요."

네서스는 곧바로 되받아 노래했다.

"하지만 탈주자 아킬레스가 정부 안에 심어 놓은 정보원으로부터 정보를 빼돌렸다는 사실은 이미 잘 알려져 있습니다. 최후자께서 내게 그 정보원을 찾아내는 임무를 맡기셨지요."

그러고는 말없이 기다렸다.

'심문받는 자가 초조해지면 알아서 불게 돼 있어.'

지그문트는 또 그렇게 충고했다. 다만 그의 전문적 기술을 어떻게 적용할 것인지가 문제였다. 네서스가 면담하는 시민들은 모두 초조해했다. 시민들은 무리를 우선시하는 집단적 존재였고, 종족을 배신하는 일이 좀처럼 없었다. 그래서 의혹을 받는 것 자체만으로도 이상한 행동이 나왔다. 지그문트가 제안한 음성 스트레스 분석기와 마찬가지로 심문 대상의 초조함을 이용하는 방법 역시 시민들에게는 무용지물이었다.

지그문트는 협박도 해 보라고 권유했다. 협박이라니! 이것 역시 의미 없는 제안이었다. 그워스 함대가 다시 한 번 허스 근처를 지나갈 일이 임박한 마당에 협박의 기미라도 보였다가는 아무리 무고한 시민이라도 마비 상태에 빠져 버릴 터였다. 게다가 네서스는 자기 때문에 누군가 죽었다는 소리는 듣고 싶지 않았다.

"이제 시작하지요."

네서스가 노래했다.

"경계 지역 하이퍼웨이브 레이더 시스템에서 보내는 정보가 어떻게 유통되는지 설명해 보십시오."

"저는 그냥 보고만 받습니다."

키르케가 조심스럽게 말했다.

“보고는 어떻게 받습니까? 그 정보로 무엇을 합니까? 그리고 보고 읽은 내용들에 대해서는 누구와 논의합니까?”

네서스는 연달아 질문했다.

키르케가 갈기를 물어뜯으며 대답했다.

“모두 네트워크로 이뤄져 있습니다. 저에게도 네트워크를 통해서 정보가 들어오지요. 저는 우주선들이 나타났음을 알리는 패턴을 찾는 일을 합니다.”

보이스가 모든 것을 녹화하고 있었다. 네서스는 키르케가 하는 말의 내용보다는 그의 태도를 관찰하는 데 주력했다.

“당신은 아킬레스에게 동조하지요, 아닙니까?”

“네. 아…… 그러니까, 아니냐고 하신 말씀에 그렇다는 얘깁니다. 그렇게 말씀하시니 헷갈리는군요.”

네서스는 단호한 목소리로 다시금 노래했다.

“아킬레스에게 동조하지요?”

기만은 지그문트가 말해 준 기술 중에 시민에게 통할 만한 몇 안 되는 것 중 하나였다.

키르케가 깜짝 놀라 잠시 말을 잊고 그대로 앉아 있었다.

“아니, 그런 말이 아닙니다.”

마침내 그가 노래했다.

“당신에 대해 다른 시민들에게 들은 얘기가 있습니다.”

네서스는 거짓말을 했다.

“정말…… 아닙니다.”

키르케가 약하게 다시 말했다.

"나를 속일 생각은 하지 마십시오. 수사에 협조하면 일이 잘 풀릴 겁니다. 어쩌다 보니 무심코 정보를 흘렸을 수도 있고, 뭔가 실망스러운 게 있다 보니 순간 욱하는 마음에 경솔하게 행동했을 수도 있지요. 말해 보십시오. 솔직히 말하시면 내가 도와주겠습니다."

"기……기억이 안 납니다."

"그럼 부정하지는 않는군요."

네서스는 직원들을 이렇게 괴롭히는 것이 싫었다. 분명 대부분은 아무 잘못도 저지르지 않은 자들일 터였다. 하지만 아킬레스를 아직 잡지 못한 상태에서 달리 어떤 선택이 가능할까? 최후자가 직접 지시한 일인데 달리 무슨 방법이 있을까?

키르케는 말없이 그대로 앉아만 있었다.

"하이퍼웨이브 레이더 정보를 공유한 건 어떻습니까? 아마도 좋은 의도로 동료에게 정보를 보냈겠지요. 정보 공유 허가를 받은 건 아니지만 그만한 자격이 충분히 있는 자라고 믿고서 말입니다."

심문 대상이 스스로 목을 매달 올가미를 미끼로 던져라.

지그문트는 이 계책을 그렇게 말했다. 처음 이 표현을 듣고 네서스는 역겹다는 생각을 했다.

"아니……."

키르케가 망설이는 모습은 흥미로웠다.

"키르케, 모르나 본데 비밀 임원회 컴퓨터 네트워크에는 보안 소프트웨어가 설치되어 있습니다. 데이터가 어디로 흘러가는지 모두 추적하고 있지요. 파일이 변경된 부분도 모두 찾아냅니다. 아주 큰 파일에 들어 있는 것들까지도 모조리. 보안 기록을 보면 다 나옵니다."

그리고 보이스는 감사監査 추적 분석에 아주 능했다—물론 대외적으로는 네서스가 하는 것으로 되어 있지만. 네서스는 이 수사를 위해 시스템 관리자의 접근 권한을 받아 모든 정보를 열람할 수 있었다.

네서스는 자기 책상 위에 있는 단말기를 가볍게 두드렸다. 그리고 단말기 화면을 키르케를 향해 돌리면서, 책상 밑바닥에 있는 버튼을 발굽으로 눌렀다. 그 버튼은 네서스의 직원에게 보내는 비밀 신호였다.

갑자기 문이 활짝 열렸다.

"죄송합니다. 급한 일이라. 최후자님께서 통신을 원하십니다."

"잠시 실례해야겠군요."

네서스는 키르케에게 노래하며 책상을 돌아 나왔다.

"금방 돌아오겠습니다. 그동안 우리가 한 얘기에 대해서 다시 한 번 생각해 보기 바랍니다."

그리고 사무실을 나와 문을 닫았다.

키르케는 분명 단말기 화면을 훔쳐볼 것이다. 훔쳐보지 않는 자는 없었다. 네서스는 이미 숨겨 놓은 카메라를 통해 그런 모습을 너무 많이 보았다.

그와 상담해 주는 동안 지그문트는 안심시키듯 계속해서 이렇게 말했다.

'자신감을 가져, 네서스. 그 스파이들도 아마추어이기는 마찬가지야.'

네서스의 책상에 놓인 단말기 화면에는 비밀 임원회 서버에 들어 있는 가상의 파일 디렉터리가 나와 있었다. 심문 대상들도 접근 권한이 있는 서버였다. 이 서버에는 그들의 유죄를 입증할 만한 증거가 들어 있을지도 몰랐다. 심문 대상이 부적절한 일을 저지른 것이 맞다면.

심문 대상에 따라 열어 놓은 디렉터리는 달라졌다.

네서스는 몇 분 안으로 돌아갈 것이다. 그리고 최후자의 연락을 받아 정신이 없는 것처럼 연기하며 면담을 서둘러 마무리 지을 것이다. 감사 추적에서 밝혀진 부분이 무엇이었는지에 대해서는 네서스와 심문 대상 사이에 전혀 얘기가 이루어지지 않는다. 그리고 서버는 편집이나 삭제가 가능한 상태로 남아 있게 된다. 심문 대상도 여전히 접근 권한이 있지만 그 상태가 얼마나 오래 지속될지는 알 수 없다.

만약 심문 대상들 중 어느 하나가 이 정보에 접근하려 한다면 무언가 실마리를 잡을 수 있을 것이라고 네서스는 생각했다.

"각하, 이제 저도 각하와 합류할 때가 된 것 같습니다."

베스타가 하이퍼웨이브 화면에서 애원하듯 말했다.

아킬레스는 몸을 꼿꼿이 펴고 서서 양쪽 눈으로 겁을 먹은 부하를 노려보았다.

"당신은 니케 옆에 붙어 있어야 합니다. 두 번 다시 나를 실망시키지 마십시오."

"하지만 각하, 네서스가 비밀 임원회의 운영 실태에 대해 깊숙이 파고드는 중입니다. 최후…… 아니, 베데커를 등에 업고 있어서 각하의 지지자들이 행여 노출될까 봐 두려워하고 있습니다. 일부는 도망가서 아예 사라져 버리기도 했습니다. 분명 누군가는 네서스에게 다 불고 말 겁니다."

아킬레스는 그 꾀죄죄하고 무례한 정찰대원 놈이 다시 한 번 자신을 방해하고 있다는 사실을 견디기 어려웠다.

"비밀 임원회에 당신이 나와 관련되어 있는 것을 아는 자가 몇이나 됩니까?"

"그 사실을 아는 자들은 대부분 각하께서 탈출하실 때 함께 나갔습니다. 지금은 한 명밖에 없습니다. 그리고 수사가 아직 거기까지는 진행되지 않았습니다."

"네서스는 비밀 임원회 내부에서 정보원을 찾을 때까지 수사를 멈추지 않을 겁니다. 당신은 네서스가 당신을 찾아내도록 그냥 지켜보고만 있을 셈입니까?"

베스타가 초초한 듯 카펫을 발굽으로 긁었다.

"물론 아닙니다, 각하. 하지만 디오니소스는 충성스러운 자입니다. 그는 절대로……."

아킬레스는 몸을 더 꼿꼿이 세우며 말했다.

"당신이 허스에서 세 발 뻗고 편안하고 호화롭게 지내는 동안 여기서는 우리의 대의명분을 위해 여럿이 죽어 나갔습니다. 하나

더 그런다고 대수겠습니까?"

베스타가 갈기를 물어뜯기 시작했다.

"그 말씀은……."

무슨 말인지 알잖아.

"그워스의 함대가 허스를 지나면서 생긴 공황 때문에 행방불명된 자들이 분명 많을 겁니다. 하나 더 늘어난다고 해서 뭐가 달라지겠습니까? 이 문제를 어떻게 해결하든 당신의 안전을 제일 중요하게 생각해야 합니다. 당신이 니케와 베데커에게 신뢰를 받고 있는 만큼, 당신이 보고해 주는 내용들은 값을 매길 수 없을 정도로 소중합니다. 그리고 나는 베데커의 감옥으로부터 나를 빼내 준 이가 누군지 잊지 않았습니다."

아킬레스는 베스타의 맑고 파란 눈동자 뒤에서 일어나는 갈등을 지켜보았다. 두려움과 탐욕 사이의 갈등. 허영심과 종족의 결속 사이의 갈등.

결국 허영심과 탐욕이 승리했다.

"필요한 조치를 취하겠습니다, 각하."

"당신의 충성심은 반드시 보상받게 될 겁니다."

아킬레스는 통신을 끊었다.

다시 '기억'호를 타고 허스를 향해 하이퍼스페이스에 진입하면서 아킬레스는 그래도 아직은 승리를 다시 낚아챌 기회가 남아 있다고 생각했다.

다만 그 방법을 아직 알 수 없을 뿐.

## 4

"'우리는 당신들의 세계를 공격하지 않았는데도 당신들은 우리를 공격했다.' 이렇게?"

븜오가 거듭 물었다.

"하이퍼스페이스에서 빠져나올 때마다 우리가 이 메시지만 전송하면 된다는 말이냐?"

"우리가 아니라 당신이 해야 합니다."

올트로는 고쳐 말해 주었다.

"우리가 빌릴 우주선 한두 척만 빼고 당신은 함대를 이끌고 즘호로 돌아가도 좋습니다."

그렇게 해 주면 우리도 무척 기쁘겠고.

"한두 척이라니, 그거 가지고 되겠느냐? 부족하지 않으냐?"

븜오가 고집을 부렸다.

우주선이 아니라 군주의 상상력이 부족할 뿐이었다. 게다가 그의 태도는 오만하기 그지없었다. 하이퍼웨이브로 음성만 교환하고 있는데도 올트로는 븜오와 함께 일을 진행한다는 것이 너무나 불쾌하고 힘들었다. 팩 전쟁 동안 올트로는 즘호 표준 시간으로 일 년 중 상당 시간을 지금은 최후자가 된 베데커와 함께 보냈다. 그들은 시민 과학자들 속에서 시민들이 자체적으로 제작한 행성 드라이브를 안정화하는 작업을 했다. 그리고 아킬레스에 대해서 자세히 연구하며 그의 행동과 뉴 테라 사람들이 이 범죄자 시민에 대해 알려 준 모든 것을 분석했다.

그 결과를 생각해 보면, 군주의 질문에 대한 대답은 '부족하지 않다.'였다. 그것으로 충분하다는 것을 올트로는 알고 있었다.

올트로는 간단하게 대답했다.

"그렇게만 하면, 나머지는 두려움에 빠진 시민들이 알아서 할 겁니다."

"좋다. 함대가 나뉠 때 다시 연락하도록 하지."

"르트오가 죽었다는 소식 들었습니다. 우리도 명복을 빕니다. 살아 있는 동안 아주 많은 업적을 남긴 이인데. 그런 능력 있는 고문을 잃었으니 할 일이 많겠군요."

븜오가 조금 망설이다 대답했다.

"고맙구나."

섭정이 죽었다는 사실을 누가 올트로에게 알려 주었는지 궁금해하는 것일까? 아니면 올트로가 함대의 보안과 즘호의 방어에서 중추적 역할을 하는 암호를 해킹했다고 추측하는 것인가?

"함대가 나뉠 때 다시 연락하지요."

올트로는 그렇게 말하고 통신을 끊었다.

베데커는 침실 거울 속에 비친 자신의 모습을 물끄러미 바라보았다. 갈기는 지저분하게 덩어리져 있고, 생기 없이 흐리멍덩한 눈에, 털은 빗질도 되어 있지 않았다. 내 모습이 이렇게 망가진 적이 있었던가?

이렇게 베데커의 외모가 지저분해진 것은 관리에 소홀했다거나 공황에 빠져서가 아니었다. 물론 그런 것들도 표면 아래서 끓어오르고 있었지만, 가장 큰 이유는 세계의 끝이 다가옴에 따라 말 그대로 시간이 없기 때문이었다.

그가 접촉하려 하는 존재는 그워스밖에 없었고, 그워스야 그의 위생 상태에 대해서는 관심이 없을 터였다. 설사 그들이 그의 외모에 관심을 가진다 한들 그것은 문제가 아니었다. 그워스는 그가 보낸 메시지를 무시하고 있었다. 아니, 허스에서 보내는 모든 메시지를 무시하고 있었다.

그저 반복적으로 이런 메시지만 전송할 뿐이었다.

'우리는 당신들의 세계를 공격하지 않았는데도 당신들은 우리를 공격했다.'

종말이 임박했고, 더군다나 그 종말이 어떻게 다가올지 몰라 더욱 불길한 상황이었다. 질량 병기는 아니었다. 그워스의 함대는 다시 한 번 선단의 노멀 스페이스 속도와 맞추어 움직이고 있기 때문이었다.

저 외계인들이 원하는 것이 뭔가? 어떻게 하려는 것일까?

하지만 아무리 생각해 봐도 무엇으로 어떻게 하려는지 종잡을 수가 없었다. 다만 언제 하려는 것인지는 너무나도 분명했다.

베데커는 불안한 듯 갈기를 물어뜯었다. 그워스 함대는 북쪽 가장자리에서 하이퍼웨이브 레이더에 처음 나타난 이후로 노멀 스페이스에 모두 네 번 나타났다. 그리고 나타날 때마다 허스에 좀 더 가까워졌다.

기껏해야 며칠? 며칠을 넘기지는 않을 것이다. 그 이후로는 어떻게 될까?

문 뒤에서 떨리는 목소리가 들려왔다.

"최후자님, 괜찮으십니까? 뭐라도 좀 가져다 드릴까요?"

"고맙습니다, 미네르바. 하지만 됐습니다."

베데커는 닫힌 문 너머의 보좌관 미네르바에게 대답했다. 내가 해야 할 일을 일깨워 주어 고맙군. 나는 종족을 구할 수 없다. 하지만 종족이 마지막 시간을 편안하게 보낼 수 있도록 할 수 있는 일은 해야 한다. 그러려면 내가 책임지고 지휘하는 모습을 보여 줘야겠지.

"곧 준비하고 나가겠습니다."

그는 몸을 단장하는 동안 뉴스와 치안 영상을 몇 건 살펴보았다. 곡물 수송선이 여러 차례 도난당했다. 수십억의 시민들이 행방불명되었다. 미리 겁을 집어먹고 집에서 마비 상태에 빠져 있거나, 몇 안 되는 허스의 공원이나 식물 정원 외딴 구석에 숨어 있을 것이다. 허스 전체가 공포와 광기로 술렁이고 있었다. 여기저기서 시민들이 모여들었다. 집회에 참가한 시민들은 침통한 얼굴에서 공황에 휩싸인 얼굴, 분노로 일그러진 얼굴까지 다양했다. 베데커는 집회에서 연설자가 목청을 높여 슬픈 노래를 부르며 이 재앙을 초래한 최후자를 비판하고 사퇴를 요구하는 모습을 여러 번 보았다.

갈기를 빗고 씁쓸하게 되새김질을 하며 베데커는 생각했다. 내가 사퇴하겠다고 했던 것을 알면 시민들은 어떻게 생각할까? 실험당 원로들은 그의 사퇴를 거부했다. 누구도 다가온 세계의 종말을 어깨에 짊어진 채 삶을 마감하고 싶지 않았던 것이다. 심지어 니케조차 절망에 빠져 있었다. 보수당 지도자들은 상황에 완전히 압도되어 말조차 하지 못했다. 앞서 정권을 잡았던 당이었음에도 불구하고 심판의 날을 앞두고 완전히 얼어붙어 버렸다.

누구도 그 자리를 대신하지 않겠다는 마당에 어떻게 사퇴할 수 있단 말인가?

하지만 그래도 베데커는 사퇴를 제안했다. 그의 사퇴 제안에도 그워스는 항복하겠다고 했을 때와 똑같은 반응을 보였다. 사실 세계 선단에서 전송하는 모든 메시지에 그들의 반응은 한결같았다.

'우리는 당신들의 세계를 공격하지 않았는데도 당신들은 우리를 공격했다.'

형식적인 단장을 마친 후, 베데커는 문 쪽으로 서둘러 움직였다. 바깥에는 보좌관들과 경비대가 모여 있었다.

베데커는 말했다.

"나는 개인 집무실에서 세계에 보낼 연설을 준비하고 있겠습니다. 가서 니케와 네서스를 좀 불러다 주십시오."

"당장 그렇게 하겠습니다, 최후자님."

그들은 나란히 사무실 구역으로 걸어갔다.

베데커의 개인 집무실은 바위투성이 해안을 아래로 굽어보고 있었다. 그는 잠시 서서 바다와 밀려드는 파도를 바라보았다. 구름으로 하늘이 어두워지며 $NP_1$이 형태가 불분명한 빛의 덩어리로 보였다.

주소를 여는 화음이 좀처럼 머리에 떠오르지 않았다. 옛날 위기 때 인간들은 그를 끝없는 절망의 구렁텅이로 차 넣었지만 — 가끔은 말 그대로 정말 차기도 했다— 결국 뉴 테라 사람들은 중립을 유지했다.

그들은 지금 자신들을 압제했던 시민을 향해 돌진해 오는 그 워스를 보고 다 인과응보라며 고소해하고 있을까?

"최후자님, 니케 님과 연락이 되지 않습니다."

미네르바가 머리를 까딱이며 보고했다.

"비밀 임원회에 있는 줄 알았습니다만."

베데커는 조바심을 내며 노래했다.

"저도 그런 줄 알았습니다. 오늘 일찍 도약 원반으로 거기 들어가셨고 그 이후로는 기록이 없는데, 아무도 니케 님의 행방을 모릅니다."

"네서스와는 연락이 됐습니까?"

"네, 최후자님. 비밀 임원회에 있었습니다. 지금 하고 있는 면담을 마치고 바로 이곳으로 올 겁니다."

"마음이 바뀌었습니다. 네서스에게 니케의 사무실에서 보자고 전해 주십시오."

"알겠습니다. 최후자님."

등록되지 않은 니케의 사무실 도약 원반은 연결 요청을 받아들이지 않을 터였다. 응급 호출에도 반응하지 않을 것이고. 공황 상태가 비밀 임원회까지 퍼졌다면…….

무장 경비병들을 앞세운 채 베데커는 비밀 임원회의 보안실로 도약했다. 직원들이 혼란에 빠져 떼를 지어 서성이고 있었다.

"여기 책임자가 누굽니까? 무슨 일이지요?"

베데커가 묻자, 보안실 고위 간부가 머리를 조아리며 말했다.

"최후자님, 저는 트리톤이라고 합니다. 많은 이들이 보이지 않습니다. 그들이 가지고 있는 통신기는 통신 지역을 이탈했거나 전원이 꺼져 있습니다. 하지만 도약 원반 시스템과 건물 문을 지키는 보안 카메라를 보면 이 건물을 빠져나가지는 않았습니다."

"사라진 자들은 누굽니까?"

"니케 님과 그 휘하에 있는 상당수의 직원들입니다."

"니케의 사무실로 갑니다. 따라오십시오."

베데커는 그렇게 노래한 다음, 경비대와 트리톤을 이끌고 니케의 사무실 바깥 복도로 도약했다. 네서스가 이미 그곳에 서서 기다리고 있었다. 잠긴 문 뒤쪽으로는 침묵만 흘렀다.

"문을 여십시오."

베데커가 명령했다.

트리톤이 움찔하며 잠금장치를 해제했다.

니케와 직원들의 흔적은 보이지 않았다. 목초지 카펫은 마치 불안을 느낀 시민의 발굽질에 갈가리 찢긴 것처럼 누더기가 되어 있었다. 책상은 벽으로 밀려나 있고, 바닥 깔개에는 책상 다리 개수만큼 홈이 나란히 파여 있었다. 책상이 있었던 곳에 숨겨 두었던 도약 원반이 드러나 보였다.

"도약 원반 표면에 새겨진 저 기호는 뭘까요?"

트리톤이 방 건너편에 있는 두 번째 도약 원반으로 고개를 돌리며 다시 물었다.

"도약 원반이 있는 사무실에 왜 다른 도약 원반을 숨겨 둔 걸까요?"

"네서스만 남고 모두 복도로 나가십시오."

베데커가 명령했다. 그는 문을 닫고 잠갔다. 도약 원반은 이제 전송 모드가 아니었다. 베데커는 장식 띠 주머니에서 순간 이동 제어기를 꺼냈다. 아주 특별한 제어기였다.

"이게 뭔지 압니까?"

"분명 비밀 탈출구로군요. 그들이 어디로 갔을까요?"

네서스가 노래했다.

복도에서 수군거리는 소리가 났다. 무슨 의미인지는 불분명했지만 분명 걱정하는 소리였다.

베데커는 입술과 혀로 장치의 생체 정보 센서를 누른 채, 비밀번호를 조용히 노래했다. 하지만 활성 창은 켜지지 않았다. 원반 위에 올라서 보았지만 아무 일도 일어나지 않았다. 제어기의 진단 모드를 가동시키자 원반 자체는 정상적으로 작동하고 있었다. 원반의 유지 기록에는 그날 스물세 번의 도약이 이루어졌다고 나왔다. 모든 것이 고장 없이 제대로 작동하고 있었다.

하지만 도착지 원반은 더 이상 반응하지 않았다.

"지금 우리가 어디를 못 가고 있는 겁니까?"

네서스가 다시금 물었다.

베데커는 순간 이동 제어기를 주머니에 넣었다. 기분 나쁜 침착함이 찾아왔다. 이제 결정해야 할 것이 하나 줄었다.

"니케가 최후자의 대피소로 도망간 다음에 문을 잠갔습니다."

네서스는 두 눈을 마주 보았다.

"아킬레스의 정보원이 누구였는지 알 것 같군요."

아킬레스는 생각에 잠겨 빈 함교를 다시 빙빙 돌았다.

지금 '기억'호에는 그 혼자 타고 있는 것이 아니지만, 혼자 있는 것이나 거의 다름없었다. 메토페와 헤카테는 만신창이가 되어 벌벌 떨기면서 간신히 끼니나 연명하는 정도여서 전혀 쓸모가 없다. 설사 그워스의 행동을 예측할 수 있다 한들…… 젠장, 빌어먹을 루이스 우! 그워스 함대의 기능을 정지시킬 수 있는 핵융합 억제기가 충분히 있다 한들, 그것들을 실전에 배치할 일꾼이 남아 있지 않았다.

하지만 다른 선택 가능성이 등장하기 시작했다.

"우리를 인도해 주십시오."

통신에서 누군가 애원했다.

"우리의 최후자가 되어 주십시오."

또 다른 시민이 애원했다. 마지막으로 헤아렸을 때까지 열여덟 척의 피난선에서 간청이 들어왔다. 대부분의 신호는 희미했다. 아킬레스가 있는 곳을 모르기 때문에 피난선이 사방팔방으로 방송용 통신 신호를 보낸 것이었다.

그리고 실험당 원로들이 호소했다.

"돌아오십시오."

분명 그워스가 눈앞에 닥쳐오니 이해하기 어려운 범법 행위 따위는 그냥 무시할 마음의 준비가 되어 있는 것 같았다. 그들도 피난선처럼 방송용 통신 신호를 이용해야 했지만 허스에서 제일 강력한 송신기를 이용했기 때문에 내용이 또렷하게 전달되었다.

"당신의 지혜가 필요합니다. 베데커는 아무런 대책도 내놓지 못했습니다. 그워스도 그와는 대화하려 하지 않습니다."

허스로 돌아가서 적들이 발굽 아래 머리를 조아리는 것을 두 눈으로 보고, 베데커를 짓밟고 모욕할 수만 있다면 얼마나 뿌듯할까? 하지만 그런 만족감도 오래가지는 못할 것이다.

그워스가 베데커에게 그 어떤 원한이 있다 한들, 분명 아킬레스보다는 그를 더 가깝게 여길 터였다.

눈앞의 재앙은 그냥 베데커가 알아서 하게 놔두는 것이 나았다. 지금은 때를 기다리자. 베스타의 보고를 보면 그워스는 기껏해야 며칠 정도 뒤처져 있는 것이 분명하다. 만약 그들이 지나간 다음, 허스에 뭐라도 하나 무사히 남은 것이 있다면 그때 가서 거저줍기만 하면 된다. 아무것도 남지 않으면? 그럼 우주선을 타고 빠져나온 시민들의 최후자가 되어 완전히 새로운 시민 문명의 창시자가 되는 것이다.

아킬레스는 우주선의 하이퍼웨이브 통신기 출력을 최대로 올렸다.

"허스에 남아 있는 시민들에게 알립니다. 여러분의 간청이 제 마음을 움직였습니다. 여기로 모이십시오."

그리고 그워스의 출현 경로와 상당히 멀리 떨어진 좌표를 읽었다.

"거기서 여러분을 뵙겠습니다."

하지만 물론 그워스의 우주선들이 모두 다 빠져나간 다음의 이야기였다.

아킬레스는 '기억'호의 텅 빈 복도를 이리저리 걷고 있었다. 걷다가 지겨워지면 합성기에서 혼합 곡물을 얕은 접시에 받아 쪼아 먹었다. 베스타의 연락이 늦어지고 있었다. 혹시 잡히기라도 한 걸까?

마침내 접촉이 되었을 때, 베스타는 눈동자를 거칠게 두리번거리고 있었다. 목소리가 떨리고, 공황에 질린 거슬리는 가락이 흘러나왔다.

"여기는 온통 난리가 났습니다, 각하."

"당신의 값진 통찰력은 그대로 남아 있겠지요."

아킬레스는 달래듯 말했다. 넌 거기 그대로 있어야 해.

"계속 말해 보십시오."

베스타가 몸을 씰룩거렸다.

"니케와 그의 고위급 간부 여러 명이 도망갔습니다. 그래서 베데커가 비밀 임원회를 저에게 맡겼습니다."

그렇다면 허스의 방어와 비상 연락망을 베스타, 즉 아킬레스의 입아귀에 넣어 준 셈이었다. 베데커. 역시 넌 여전히 바보야.

"어디로 도망갔답니까?"

아킬레스는 다그치듯 물었다.

"니케가 돌아올 것 같습니까? 누구 그를 찾아 나선 자가 있습니까?"

"나도는 얘기가 없습니다, 각하. 제가 알기로 찾아 나선 자는 없는 것 같습니다."

니케가 어디로 갔는지 베데커는 이미 알고 있다는 말인가? 둘 사이가 너무 크게 틀어져 그는 니케가 돌아오는 것을 바라지 않는 것인가? 두 가지 모두 흥미로운 가능성이었다. 아킬레스는 그 부분에 대해서는 나중에 다시 시간을 내서 생각해 보기로 했다.

"니케와 그의 고위급 간부가 거의 다 도망갔는데, 당신은 왜 안 갔습니까?"

아킬레스의 물음에, 베스타는 카메라에서 눈길을 피했다.

"니케가 도망갔을 때 저는 우주에 설치된 방어 시스템들을 점검하느라 세계 밖으로 나가 있었습니다."

도망갈 수만 있었다면 자기도 도망갔을 거란 소리로군. 종족의 방어를 새로 맡았다지만, 베스타 저놈은 그림자 하나만 슥 지나가도, 어디서 큰 소리만 울려도, 깜짝 놀랄 일만 한 번 있어도 공황으로 무너져 내릴걸.

아킬레스는 다음 행동에 나서기 전에 자동화 행성 방어 시스템의 최신 승인 코드를 알려 달라고 했다. 세계 선단의 방어 시스템을 남몰래 지나갈 수 있다면 나중에 쓸모가 있을 것이다.

그는 물었다.

"우리의 쓸모없는 최후자가 당신에게 또 뭘 시켰습니까?"

"제가 할 수 있는 건 다 시켰습니다."

베스타는 존재하지도 않는 안전을 찾아 두 머리를 미친 듯이 두리번거렸다.

"뭔가 대책이 있습니까? 협약체는 이대로 멸망하는 겁니까?"

그워스가 허스를 정말로 파괴하려 했다면 노멀 스페이스에서 가속을 붙였을 것이다. 그들은 무언가 다른 것을 원하고 있었다. 베데커가 들어줄 수 없거나, 내줄 수 없는 무언가를. 혹시 좀 더 통찰력 있는 시민이라면 내줄 수 있는 무언가를?

그 순간, 아킬레스에게 그런 통찰력이 찾아왔다.

"당신이 해야 할 일을 알려 주겠습니다. 비밀 임원회의 비상 연락망을 당신이 통제하고 있지요. 그걸 사용하십시오. 지금부터 내가 하는 말을 그워스에게 전하는 겁니다."

## 5

여섯 척의 우주선이 소름 끼칠 정도로 정확히 동시에 하이퍼스페이스에서 빠져나와 '기억'호를 둘러쌌다. 우주선들은 길이가 짧고 땅딸막했고, 시민의 그 어떤 우주선보다도 작았다.

아킬레스는 그워스 우주선들이 비대칭으로 배치된 이유를 궁금해하다가 그들이 자기를 향해 레이저를 쏘려는 것이 아닐까 덜컥 겁이 났다. 그런 배치라면 '기억'호의 투명한 선체를 레이저가 통과해도 자기네 다른 우주선에 가서 맞는 일은 없을 터였다.

아킬레스는 몸서리를 쳤다. 그워스는 전쟁을 좋아하는 종족이었다.

"우리는 올트로입니다."

통신이 흘러나왔다. 부이를 통해 중계된 것이었다. 아마도 다른 우주선과 동시에 하이퍼스페이스를 빠져나온 부이일 가능성이 높았다. 아킬레스는 그제야 사실을 눈치챘다. 통신이 우회해서 들어왔기 때문에 적의 수장이 어느 우주선에 타고 있는지 알 수 없었다.

"우리 우주선들은 준비를 마쳤습니다."

적이 아니라 동맹의 자격으로 온 거군! 아킬레스는 함교에서 화물실 해치 세 개를 개방했다. 그리고 혼자서 기다렸다. 메토페와 헤카테는 외딴 선실에 틀어박혀 서로 옆구리를 바짝 붙이고 웅크리고 있었다.

"여기는 아킬레스. 승선해도 좋습니다."

아킬레스는 무선통신을 보내고, 보안 카메라를 통해 작은 우주선들이 안으로 쏜살같이 들어오는 모습을 지켜보았다. 해치마다 두 대씩 들어왔다. 우주선들은 서로 간격을 크게 벌려 착륙했다. 행여 아킬레스가 자기들을 무력화하려 시도하면 '기억'호를 안에서 폭파시킬 수 있는 위치였다.

아킬레스는 그런 허튼수작을 할 만큼 어리석지 않았다. 결국 올트로가 아닌가. GP 선체를 파괴하는 그워스식 방법을 발명한 올트로. 팩을 물리친 행성 파괴기의 발명을 도왔던 올트로. 아무리 아킬레스가 위험을 감수할 정도로 미쳤다고 해도, 그런 덫 하나로 성공할 리는 없었다. 나머지 그워스 함대는 여전히 허스를 향해 속도를 올리고 있었다.

무엇보다, 아킬레스의 갈증을 만족시킬 수 있는 수단을 가진 것은 그워스 동맹군밖에 없다.

"우주선이 모두 탑승했습니다. 다음 과정을 진행하십시오."

올트로가 노래했다.

"'기억'호에 온 것을 환영합니다. 해치를 닫겠습니다."

작은 우주선에서 선원들이 내렸다. 승선 부대로군. 그들이 입고 있는 압력복과 외골격은 갑옷이나 다를 것이 없어 보였다. 벨트에 매달려 있는 낯선 장비 중에는 분명 무기도 포함되어 있을 터였다. 그들은 거대한 벌레처럼 종종걸음으로 움직였다. 보호 장비 안에 들어가 있는데도 역겨운 모습이었다.

외계인들이 대열을 갖추자 아킬레스는 마음을 단단히 먹고 그들을 만나러 갔다. 그는 몇 년에 걸쳐 그워스를 비난하고, 그들의 위험에 대해 경고하고, 그들을 물리칠 음모를 꾸몄다. 그들을 이용하기도 했다. 하지만 이제 그워스가 그를 이용할 차례였다.

"이 우주선의 평면도를 보내십시오."

한 그워가 시민의 말로 무선통신을 보냈다. 노랫소리가 유창하기는 하지만 올트로의 어투에서 뿜어져 나오는 위엄은 느껴지지 않았다.

아킬레스는 각각의 화물실마다 천장 조명을 하나씩 깜박이게 설정했다.

"깜박이는 조명 아래쪽을 보면 바닥에 도약 원반이 있습니다. '기억'호에서 여러분이 가고 싶은 데가 있으면 어디든 말만 하십시오. 도약 원반이 여러분을 거기로 데려가 줄 겁니다."

"어서 평면도를 보내십시오!"

올트로가 날카롭고 단호한 권위적인 목소리로 명령했다.

아킬레스는 평면도 파일을 전송했다. 그리고 새로운 주인들이 종종걸음으로 서둘러 엔진실, 생명 유지실을 지나 함교로 들어오는 모습을 보안 카메라로 지켜보았다.

다 종족을 구하기 위한 일이야. 아킬레스는 스스로에게 말했다. 내가 이걸 제안하지 않았다면…… 그럼 어떻게 됐을까?

베데커는 아무것도 하지 않았다. 아니, 아무것도 할 수 없었다. 그워스가 그와는 대화 자체를 거부했기 때문이다. 어디로 갔는지는 모르겠지만 니케는 도망가 버렸다. 세계 선단의 방어를 맡은 베스타는 그냥 기계처럼 명령을 따르는 것만으로도 버거워하고 있었다. 실험당 원로들 중에서는 이미 마비 상태에 무릎을 꿇은 이들이 많았다. 나머지 원로들도 어찌할 바를 모르기는 마찬가지였다. 이미 허스에서는 아킬레스에게 어떻게든 살려 달라고 매달리는 애원의 목소리만 들려오고 있는데, 원로들은 그 불협화음에 또 다른 애원으로 불협화음을 보탤 뿐이었다.

그워스를 달랠 방법은 협상밖에 없어. 시민 중에서 그들과 협상할 비전과 상상력을 지닌 존재는 오직 나밖에 없지.

하지만 아킬레스는 자신의 마음 깊숙한 곳에 숨겨진 진실을 알고 있었다. 허스에서 고분고분 명령만 잘 따른다면 올트로는 누가 새 최후자가 되든, 새로운 최후자가 무엇을 하든, 신경 쓰지 않을 것이다.

드디어 때가 왔다. 권력의 맛을 음미하고, 지지자들의 열렬한 환호를 받으며, 나를 좌절시켰던 모두를 박살 내고 치욕을 안겨 줄 때가.

"응답하십시오. 여기는 허스로 귀항하는 협약체 외무부 소속 우주선 '기억'호."

아킬레스는 조종석의 완충 좌석에 다리를 벌리고 앉아 통신용 카메라에 몸을 바짝 붙인 채 말했다. 무장한 그워들이 카메라의 시야를 피해 함교에 쪼그리고 앉아 있었다.

"여기는 허스 교통 통제실."

한 목소리가 대답했다.

"'기억'호, 교통 통제 응답기 신호가 읽히지 않습니다."

"작동이 안 됩니다."

아킬레스는 대답했다. 사실이었다. 전선을 잘라 버렸기 때문이지만. 곡물 수송선 247호로 등록된 응답기는 우주 교통 통제실 시스템 어딘가에 수배가 떨어져 있을 것이 너무나 뻔했다.

"너무 오랫동안 나가 있었습니다."

"외무부에 확인하는 동안 경로와 속도를 그대로 유지하기 바랍니다."

교통 통제사가 노래했다.

"알았습니다."

아킬레스는 태평하게 앉아서 기다렸다. 비밀 임원회 데이터베이스에 이미 베스타가 '기억'호를 장거리 정찰 우주선으로 등록해 두었기 때문이다.

"'기억'호, 확인을 마쳤습니다. 현재 '기억'호의 응답기가 꺼져 있기 때문에 외무부의 승인 코드를 입력하기 바랍니다."

"보안 채널로 전송하겠습니다."

아킬레스는 베스타가 말해 준 자료를 입력했다.

"교통 통제실, 조금 서둘러 줄 수 없습니까? 급하게 처리해야 할 공무가 있습니다."

"잠시만 기다리십시오."

통제사는 꽤 한참 후에 돌아왔다.

"코드가 확인되었습니다. 구체적인 접근 정보는 지금 처리 중입니다. 응답기가 꺼져 있으니 안전을 위해 레이더 탐지 신호를 정기적으로 확인하기 바랍니다. 현재 '기억'호가 진입할 수 있도록 교통을 정리하고 있습니다."

"알겠습니다, 통제실. '기억'호 통신을 마칩니다. 이상."

무장한 그워스가 지켜보고 있는 가운데 아킬레스는 겹겹이 둘러싼 선단의 방어 시스템 사이로 '기억'호를 몰고 갔다. 날아다니는 곡물 수송선도 얼마 되지 않았지만 '기억'호에 가까이 접근하지는 않았다. 아킬레스는 세계들의 중력 특이점 안으로 진입했다. 그리고 계속해서 안쪽으로 진행했다. 그가 행성 평면에 접근하자…….

"지금입니다."

올트로가 자기네 우주선에서 명령했다.

"해치들을 여십시오."

베데커는 예고 없이 비밀 임원회 지휘 본부의 야간 근무를 시찰하러 나온 참이었다. 모든 것이 엉망이었다.

"미확인 중성미자 소스가 나타났습니다!"

레이더 요원이 노래했다.

"실전 상황입니다. 네 대, 다섯 대, 여섯 대. 총 여섯 대의 우주선입니다."

"어디입니까?"

베데커는 소리쳤다.

"베스타를 여기로 오라고 하십시오."

레이더 요원이 전략 홀로그램을 확대했다. 공공 센서, 방어용 격자, 우주 교통 통제실의 자료들을 합성해 만든 홀로그램이었다. 각각의 NP 세계를 향해 확인이 안 된 신호가 깜박거리며 하나씩 빠르게 날아갔다. 그중 두 개는 허스를 향해 속도를 올리고 있었다. 그리고 분명 그 신호가 나타난 곳에서 비밀 임원회 소속의 우주선 '기억'호라는 표시가 떴다.

비밀 임원회에 그런 이름을 가진 우주선은 없었다.

베더커는 잠시 얼어붙은 듯 그 자리에 서서 재앙이 선단의 세계들을 향해 돌진하는 것을 지켜보고만 있었다. 하지만 돌진이라는 표현은 무리였다. 우주선을 바로 옆에서 보지 않는다면 그리 빠르지 않은 속도였다. 그렇다면 질량 병기는 아닐 것이다.

"애초에 침입자들이 어떻게 저리도 깊숙이 특이점 안으로 들어올 수 있었습니까?"

베데커는 눈앞에서 벌어지는 상황을 보며 믿을 수 없다는 듯 몸을 떨었다. 그워스의 우주선이었다. 그들이 아니면 누구겠는가? 그워스의 우주선들이 주 함대에 앞서 도착한 것이다. 자동 방어 시스템이 아직 켜지지도 않았는데.

"신경 쓸 거 없습니다. 자동 방어 시스템을 가동시키십시오."

베스타가 나타났다. 무언가 기념할 일이라도 있는 듯 갈기를 정성스럽게 꾸미고 있었다. 그는 전술 상황 화면을 보며 두 머리를 까딱거렸다.

"드디어 전쟁이 우리에게 닥쳤군요."

거들먹거리며 읊조리는 말투였다.

"왜 아직도 무기들이 발사되지 않는 겁니까?"

베데커가 울부짖었다.

방 건너편에서 진단용 계기판 위로 이미지들이 번쩍였다. 그곳에 있던 요원이 노래했다.

"침입자들이 비밀 임원회의 승인 코드를 전송하고 있습니다."

그 화음 속에는 놀라움이 그대로 담겨 있었다.

"무시하십시오! 필요하면 수동으로 사격해도 좋습니다."

베데커는 노래했지만, 베스타가 끼어들었다.

"공용 보안 채널로 방송이 들어옵니다."

"저는 아킬레스입니다."

방송이 시작됐다.

지금은 안 돼! 베데커는 울부짖고 싶었지만 간신히 참으며 귀를 기울였다.

"……정부는 접근하는 그워스 함대로부터 여러분을 지켜 주지 못합니다. 실험당 원로들의 요청에 저는 어쩔 수 없이 최후자의 임무를 맡기 위해 돌아왔습니다. 저를 도와 정권 이양에 힘을 보태 주십시오. 그러면 여러분은 안전할 겁니다. 가정에 머무르시기 바랍니다. 아니면…….”

“종족을 무시하는 저따위 방송은 당장에 꺼 버리십시오!”

베데커가 노래했다. 이제 지상망원경으로도 확인이 가능해진 침입자들의 깜박거리는 신호가 전술 상황 화면에서 원통형 표식으로 바뀌었다. 분명 그워스의 우주선들이었다.

“우리 방어 시스템이 왜 작동을 안 합니까?”

“비밀 임원회 비상 연락망에 호출이 하나 와 있습니다.”

베스타가 외쳤다.

“하나가 더 와서 이제 두 개입니다. 암호화되어 있습니다.”

베데커는 물었다.

“누구의 승인 코드입니까?”

베스타가 노래했다.

“두 호출 모두 제 코드를 쓰고 있습니다.”

베데커는 잠시 베스타를 물끄러미 바라보다가 말했다.

“첫 번째 호출을 스피커로 연결하십시오.”

“베데커, 거기 있습니까?”

너무나 귀에 익은 듣기 싫은 아킬레스의 목소리가 물었다.

“최후자는 여기 있습니다.”

베데커는 냉담하게 말했다.

“정말로 협약체를 돕고 싶다면 이 채널에서 손을 떼십시오.”

“협약체를 구할 수 있는 시민은 나밖에 없습니다. 이제 방을 비우십시오. 아마도 지금 지휘 본부에 있겠지요?"

"내가 왜 그래야 합니까?"

베데커가 되묻자, 아킬레스는 즐거운 듯 휘파람 소리를 냈다.

"분명 레이더에 여섯 개의 이유가 뚜렷하게 나타났을 겁니다. 자, 이제 종족을 생각한다면 모두 내보내고 두 번째 호출을 연결하십시오."

베데커는 속으로 스물까지 센 다음 말했다.

"모두 내보냈습니다."

"거짓말입니다!"

베스타가 크게 소리쳤다.

베데커는 다시금 베스타를 노려보았다. 배신자가 누구인지 분명해졌다.

"방을 비우십시오, 베데커."

베스타가 노래했다.

'위대한 물살'호는 $NP_5$에 거의 접근해 대기권으로 진입하기 직전이었다. 그때, 보안 채널 호출에 답신이 왔다.

올트로는 통신기를 열었다.

"우리는 올트로입니다."

"나는 최후자입니다."

베데커가 말했다.

"우리는 당신을 기억하고 있습니다. 정말 오랜만이로군요. 협약체를 위해 질문을 하나 하겠습니다. 우리를 속이지는 마십시오. 지금 혼자 있습니까?"

"그렇습니다. 원하는 게 뭡니까?"

베데커가 퉁명스럽게 노래했다.

"우리가 원하는 건 모두의 안전입니다. 시민과 그워스 모두의 안전. 당신은 그 안전을 확보하는 데 결국 실패했습니다."

"안전이라고? 어떻게 말입니까?"

"협약체 앞에서 연설을 하십시오. 즉각적으로 사퇴하고 아킬레스가 그 자리를 물려받을 것이라고 공표하십시오. 그러면 아킬레스가 바로 뒤이어 협상이 멋지게 성공적으로 잘 마무리되었다고 선언할 겁니다. 그런 후에야 뒤따라오고 있는 우리 전투 함대가 방향을 돌릴 겁니다. 이미 세계 선단 안에 들어와 있는 우리 우주선들도 대부분 철수할 겁니다. 그리고 우리는 NP에 남아서 아킬레스가 우리에게 절대적으로 복종하는지 확인할 겁니다. 당신, 아킬레스, 우리를 빼고는 이 세계들을 실제로 통치하는 자가 누구인지 알 필요 없지요."

베데커는 목이 반쯤 잠긴 이상한 멜로디만 흘릴 뿐, 제대로 말을 꺼내지 못했다. 심호흡으로 감정을 추스른 후, 그가 다시 입을 열었다.

"올트로, 당신들의 세계를 위협한 자는 바로 아킬레스입니다. 그런데 왜 당신들이 나서서 아킬레스를 돕는 겁니까? 왜 그런 자를 신뢰하는 겁니까?"

뻔한 것이 아니던가?

"우리는 그를 신뢰하지 않습니다, 베데커. 이용할 뿐입니다."

"그럼 차라리 나를 이용하십시오. 아킬레스가…… 단단히 미쳤다는 건 당신들도 알 게 아닙니까!"

올트로는 그 부분도 생각해 보았다. 하지만 '기억'호에 함께 있어 보고, 특히 병적으로 자기중심적인 그의 정신 상태를 이미 확인했기 때문에 더 이상은 의심할 것이 없었다. 아킬레스는 그들에게 가장 이상적인 도구였다. 그자는 자신의 지위와 권력을 유지하기 위해서라면 무슨 짓도 마다하지 않을 터였다.

"당신을 선택하지 않은 건 당신에 대한 칭찬이라고 생각해 주십시오. 아킬레스를 선택한 건 그의 강박증 때문에 예측하고 통제하기 쉬워서입니다. 만약 그가 우리를 실망시킨다면 당신을 다시 최후자 자리에 복귀시키겠습니다. 그에게는 당신을 해치지 못하도록 지시해 놓을 겁니다."

"아킬레스는 자신의 야망을 위해 세계를 위험에 빠뜨린 자입니다. 아니, 안 됩니다. 일조 명의 시민들을 그의 인질로 묶어 둘 수는 없습니다."

베데커의 노랫소리가 절망으로 물들었다.

"언젠가 그자가 시민들의 운명 따위는 아랑곳하지 않을 날이 올 것이 불 보듯 뻔합니다."

아킬레스는 애초부터 시민의 운명을 신경 써 본 적이 단 한 번도 없었다.

"우리가 그에 대해 알고 있는 걸 조금이라도 발설한다면 시민이 아무리 소심한 존재라 해도 반드시 들고일어날 겁니다. 아킬레스는 시민들이 자신을 찬양하기를 바랍니다. 그는 우리에게 복종하지 않을 수 없습니다."

"만약 내가 사퇴하지 않겠다면 어떻게 할 겁니까?"

올트로는 결합하지 않은 관족으로 융합실 바닥 너머의 항법 센서를 보았다. 여섯 대의 우주선 모두 착륙 준비를 하고 있었다. 세계 선단의 방어 시스템은 여전히 작동하지 않았다.

"우리는 당신들의 행성 드라이브를 제어할 겁니다."

"세, 세계 선단의 경로를 바꾸려고……?"

"베데커, 당신도 한때는 기술자였으니 생각해 보십시오. 우리가 선단의 행성 드라이브를 하나라도 불안정하게 만들면 어떤 일이 일어나겠습니까?"

해저산이 일으키는 거대한 산사태 소리가 들렸다. 얼음장에 금이 가면서 갈라지는 소리, 수백만의 비명이 들렸다. 그리고 완전한 침묵…….

말로 표현할 수 없을 정도로 슬프고 축 처진 낮은 소리로 아무런 꾸밈음도 없이 베데커가 읊조렸다.

"당신들의 뜻을 따르겠습니다."

## 6

피곤으로 곯아떨어져 있던 네서스는 고집스럽게 울리는 날카롭고 다급한 소리에 잠을 깼다. 그는 침실 스탠드에서 비명을 지르는 휴대용 컴퓨터를 향해 서둘러 달려들었다.

"시민이여, 감사합니다. 정말 다행입니다. 당신과 연락이 닿았군요."

베데커가 노래했다.

"배신자는 바로 베스타였습니다. 니케는 정신이 제대로 박힌 시민이라면 누구나 했을 일을 한 거였습니다. 그저 가능할 때 자신의 안전을 위해 도망간 것뿐이지요. 당신은 지금 당장 비밀 임원회로 가서 기밀 파일들을 모두 지우십시오. 그리고 어서 몸을 숨기십시오. 가능하면 뉴 테라로 가십시오."

네서스의 심장이 방망이질을 시작했다.

"왜 그러십니까? 무슨 일입니까?"

"시간이 없습니다. 나를 믿습니까?"

"물론입니다."

"그럼 어서 서두르십시오. 그래야 안전합니다."

베데커가 통신을 끊었다.

네서스는 잠에서 막 깨어나 엉클어진 갈기를 시민들의 시선을 끌지 않을 정도로만 대충 빗었다. 그가 비밀 임원회 보안실에 나타나자 야간 경비들이 깜짝 놀랐다.

"다른 세계에 갑자기 일정이 생겼습니다."

그는 노래로 설명했다. 경비원들이 그의 신원을 확인한 후 건물 안으로 들여보냈다.

사무실로 들어가자 불이 켜졌다. 평범한 방이었다. 사무실 안은 일반적인 가구들로 채워져 있고, 벽에는 일상적인 장면들이 나오고 있었다. 그 모든 것들이 그를 조롱하는 것만 같았다. 과연 내 삶에도 평범하고 정상적인 순간들이 자리 잡을 날이 올까?

네서스가 문을 닫으려는 순간, 보이스가 말했다.

— 최후자는 협약체 앞에서 연설을 하기로 예정이 잡혀 있습니다. 지휘 본부에 있다가 지금은 자리를 떴습니다.

네서스는 보이스가 한 말의 의미도, 베데커가 그런 이해 안 되는 요구를 한 이유도 짐작할 수 없었다. 그 이유에 대해 고민하느라 시간을 낭비하지도 않았다. 그는 베데커의 말이라면 무조건적으로 믿었다.

시스템 관리자 로그인은 생체 정보를 전체적으로 승인받아야 했다. 네서스는 입술, 혀, 목소리, 모두를 이용해서 로그인했다. 그리고 파일 시스템을 뒤져서 기밀문서들이 저장된 디렉토리로 들어간 다음, 보이스의 서버를 사무실 단말기에 연결했다.

"이 디렉토리를 모두 지워, 보이스. 원격 백업들까지 모두."

— 복사도 합니까? 그 안에 들어 있는 내용에 대해서 분석 보고서를 작성합니까?

"그것 때문에 늦어지지 않는다면 그렇게 해."

— 알겠습니다.

비밀 임원회 네트워크 어딘가에서 수천 조의 메모리 분자들이 사라지면서 흐느끼는 소리를 내는 것만 같았다. 그 안에는 어떤 어두운 비밀들이 담겨 있을까. 그중에는 네서스 자신이 저질렀던 부끄러운 행동 또한 너무나 많이 들어 있을 터였다. 하지만 그 행동들은 모두 협약체를 보호하기 위한 것이었다.

— 끝났습니다. 모두 삭제되었습니다.

네서스는 보이스의 서버에 달린 입잡이를 물고 서둘러 문을 향해 뛰어갔다. 서버에 연결되어 있던 광섬유 케이블이 찢어졌다. 정신이 없어서 순찰 중인 경비와 마주치지 않고 찾아갈 수 있는 도약 원반의 위치가 제대로 기억나지 않았다. 이 건물을 빠져나간다 해도 그다음에는? '아이기스'호는 아직 정비 중이었다. 어쩌면 곡물 수송선을 빼돌릴 수 있을지도 몰랐다. 그는 사무실을 열었다. 그리고…….

베스타와 열 명쯤 되는 경비병들이 마취 총을 입에 물고 복도를 따라 달려오고 있었다.

아킬레스는 베데커의 침울한 퇴임 연설을 의기양양하게 지켜보았다. 그는 실험당 원로들이 제발 돌아와 달라며 새로 간청하는 모습을 마음껏 즐겼다. 그리고 그들이 충분히 머리를 조아린 후에야 최후자 자리를 받아들이겠다는 메시지를 전송하고 그의 금의환향을 어떻게 진행할지에 대한 지침을 보냈다. 아킬레스는 갈기를 정성껏 빗질하고, 땋고, 말고, 엮고, 말고, 다듬어 결국 웅장하기 이를 데 없는 갈기 스타일을 만들어 냈다.

그런 다음에야 '기억'호와 함께 허스의 주 우주 공항을 향한 짧은 여정을 시작했다.

아킬레스는 '기억'호에서 내려 자신을 향해 환호하며 발을 구르는 수백만의 시민들 앞에 섰다. 그를 향한 찬양의 목소리가 점점 더 커졌다. 사열대 꼭대기에서 바라보니 그에게 충성하는 시민들의 인파는 지평선 끝까지 뻗어 있었다. 심지어는 착륙장 곤크리트에 매립되어 있는 가설 활주로까지도 모두 인파로 가려졌다. 숲처럼 빼곡하게 임시로 세워 놓은 가로등의 불빛이 기대에 차서 연설대를 바라보고 있는 수많은 얼굴을 비추고, 영원한 암흑으로 둘러싸인 허스의 하늘 위에 떠 있는 별들을 지워 버렸다.

아킬레스는 자신을 찬양하는 종족의 모습에 한동안 넋을 잃고 있다가 연설을 시작했다. 커다랗게 투사해 놓은 그의 이미지가 가려지지 않게 이미 헤카테가 '기억'호를 치워 놓은 상태였다.

아킬레스는 두 목을 수직으로 곧게 펴고, 머리를 높이 치켜든 자신감 넘치고 침착한 모습으로 두 발굽을 넓게 벌리고 섰다. 천천히 가로등이 꺼지자 거대한 시민들의 무리와 공중을 떠다니며 촬영하는 뉴스 카메라의 시야에는 그의 인상적인 모습밖에 들어오지 않았다. 허스 곳곳에 퍼져 있는 생태건물들의 대형 화면과 광고판에서도 그의 연설이 중계되었다. 화면 속 그의 영상이 쇼핑몰과 광장에 운집한 시민들을 내려다보고 있었다.

그의 노래 첫 음이 확성기를 통해 울려 퍼지자 시민들은 침묵에 잠겼다. 하지만 그가 그워스로 인한 위기를 신속하게 해결할 것을 약속하고 태만으로 협약체를 이런 위기 상황에 빠뜨린 자들을 심판할 것을 약속하는 순간, 시민의 환호성이 울려 퍼졌다.

아킬레스는 목이 쉬고, 피로로 다리까지 떨렸다. 그는 마지막 말로 연설을 마무리했다.

"오늘을 기억합시다, 여러분. 오늘은 새로운 시대가 출발선에 선 날입니다."

시민들의 환호성이 아직 울려 퍼지는 가운데, 아킬레스는 도약 원반을 통해 최후자의, 즉, 그 자신의 관사로 갔다.

그곳에는 네서스와 베데커가 다리를 포박당한 채 각자의 운명을 기다리고 있었다. 아킬레스는 그 둘을 고소하다는 듯 바라보았다. 완벽한 하루를 마무리하기에는 지금의 기분만큼 이상적인 것이 없으리라.

"우리는 올트로입니다."

무선 전파가 $NP_5$에서 허스까지 갔다가 돌아오는 사이, 올트로는 아웃사이더가 제작한 행성 드라이브에 대한 또 하나의 추론을 마무리 지었다. 팩의 위협이 닥쳤을 때 그들이 접근할 수 있도록 베데커가 허락해 주었더라면 그들의 연구는 훨씬 빨리 진행되었을 터였다.

분명 베데커는 곧 고통받게 될 것이다. 물론 그때의 판단 착오 때문은 아니지만.

"최후자입니다."

마침내 답신이 왔다. 오만하게 우쭐거리는 목소리였다.

"정부의 업무에 우리가 더 깊숙이 관여하려고 합니다."

올트로는 그렇게 말하고, 통신에 시간 지연이 생기는 짬을 이용해 다시 하던 연구를 계속했다.

"필요한 부분을 말하면 내가 그렇게 해 놓겠습니다."

아킬레스가 노래했다. 아까의 거만한 목소리는 조금 수그러들어 있었다.

"과학부 장관은 우리가 맡겠습니다."

협약체에서 이루어지는 모든 연구와 기술 발전을 그윅스가 검토하고 안내할 것이다.

"하지만 당신들의 모습을 드러낼 수는 없지 않습니까!"

이제 거드름 피우던 목소리는 어디론가 사라지고 공황에 빠진 목소리가 그 자리를 대신했다.

"시민들이 알게 할 수는 없는 노릇 아닙니까? 우리의…… 그러니까 우리의 합의에 대해서 말입니다."

당신이 꼭두각시에 불과하다는 걸 시민들이 알게 할 수는 없을 테지. 올트로는 양말 인형puppet에서 퍼페티어puppeteer로, 다시 그 단어를 알려 준 인간 지그문트 아우스폴러를 차례로 떠올렸다.

"우리는 홀로그램을 통해 원격으로 참여하겠습니다."

올트로는 노래했다.

"우리 연구는 위험한 경우가 많아서 우주선을 타고 NP나 우주 깊숙한 곳에서 진행한다고 설명하면 됩니다. 알겠습니까?"

"홀로그램이라니, 무슨 홀로그램 말입니까?"

"시민의 홀로그램."

지그문트는 AI와 함께 여행했다. 지브스라고 불리는 AI였다. 지그문트는 그 AI 소프트웨어의 존재를 숨기려고 했다.

하지만 협약체의 광대한 컴퓨터 네트워크에서 올트로는 아직 AI의 흔적을 찾지 못했다.

"AI를 구하십시오. 뉴 테라로부터 얻을 수 있을 겁니다. 우리가 그걸 변경해서 시민의 모습을 한 대리인으로 꾸미겠습니다."

"알겠습니다. 보이스를 구해다 주지요. 당신의 대리인은 뭐라고 부르면 되겠습니까?"

보이스. 올트로는 보이스가 누구를 말하는 것인지 알았지만 아킬레스의 목소리에 우쭐거리는 꾸밈음이 새로 끼어든 이유는 이해하지 못했다. 별로 중요한 부분은 아니라고 판단했다.

실험당 정치가를 가장하려면 인간의 신화에서 이름을 따서 붙여 주어야 했다. 올트로는 허스의 인간 연구소에서 데이터를 업로드했다. 그리고 자료들을 분류하며 꼼꼼히 살펴보았다. 이름, 단어, 인간의 역사, 문화적 상징 등등.

왕좌 뒤에서 조종하는 힘, 숨은 실력자, 보이지 않는 손, 꼭두각시를 조종하는 궁극의 실세를 의미하는 이름이 있을 터였다.

올트로는 노래했다.

"케이론*이라고 부르십시오."

최후자 아킬레스가 인간의 신화 속에서 아킬레스를 가르쳤던 현명하고도 교활한 반인반마 케이론을 알고 있을까? 만약 알고도 모른 체했다면 무척 현명한 행동이었다.

## 7

다시 한 번 '애디슨'호가 노멀 스페이스로 빠져나왔다.

---

* Chiron,그리스신화에 나오는 켄타우로스 가운데 하나. 의술과 예언, 음악, 사냥 등에 뛰어나 헤라클레스, 아스클레피오스, 이아손, 아킬레스 등 많은 영웅들이 그의 가르침을 받았다.

루이스는 허겁지겁 전술적 상황을 점검했다.

"아무것도 보이지 않는데."

그렇다고 갑자기 그워스 함대가 하이퍼스페이스에서 튀어나와 '애디슨'호를 둘러쌀 가능성까지 배제할 수는 없었다.

"레이더를 돌려 볼까?"

엔지오가 물었다.

"그래요. 난 뉴 테라에서 중계기로 전송된 메시지가 있나 확인해 보지."

아주 더럽게 운이 없지 않고서야 그워스의 함대는 어디에 있든 '애디슨'호의 레이더 감지 범위를 벗어날 정도로 멀리 떨어진 곳에 있을 터였다.

지그문트로부터 메시지가 와 있었다.

"루이스, 상황이 아주 끔찍하게 망가지고 말았습니다. 메시지 받는 대로 바로 연락해 주세요."

루이스는 바로 연락했다. 지그문트의 얼굴이 말이 아니었다. 거뭇거뭇한 수염 말고는 낯빛이 완전히 창백해져 있었다.

"지금 어디에 있습니까?"

그가 물었다.

"앨리스는 무사합니까?"

루이스는 되물었다. 앨리스로부터 마지막 메시지를 받은 지도 이미 며칠이 지나 있었다.

"지난번에 교신한 바로는 별 탈 없이 여정을 계속하고 있습니다. '애디슨'호는 지금 어디에 있습니까?"

"뉴 테라에서 하이퍼드라이브로 하루 정도 거리에 있습니다. 대체 무슨 일입니까?"

"내가 알고 있는 바로는 이렇습니다."

지그문트가 이마를 찌푸렸다.

"사실 아는 게 거의 없군요. 당신이 지난번 하이퍼스페이스로 들어가자마자 그워스가 불길한 하이퍼웨이브 방송을 시작했습니다. 협약체는 한마디로 마비되고 말았죠. 수십억 시민이 마비 상태에 빠졌고, 또 수십억 시민은 제발 살려 달라고 애원하기 시작했고, 수많은 우주선이 망명을 간청하며 뉴 테라로 향했습니다. 퍼페티어가 어떤 존재인지 알죠? 그 점을 생각하면 놀랄 정도로 많은 숫자더군요."

"살려 달라고 했다고요? 무엇으로부터 살려 달라는 소리죠? 아킬레스?"

"그 정도면 다행이죠. 세계 선단의 경계 지역 하이퍼웨이브 레이더에서 그워스 전함 여섯 대가 흔적도 없이 사라졌습니다. 그러더니 눈 깜짝할 사이에 베데커가 사임하고 아킬레스가 영웅 대접을 받으며 허스로 돌아왔죠. 빌어먹을. 하지만 어쩌겠습니까? 퍼페티어는 원래 뭐든 집단적으로 행동하는 동물 아닙니까? 전 세계적으로 공황 상태가 발생했고, 집단히스테리에 빠져들었습니다. 아킬레스가 그런 상황을 이용해서 시민들이 자신을 최후자로 칭송하게 만든 거죠."

"거기에 대해 저항하는 시민도 없었습니까?"

"없었습니다."

지그문트가 말을 이었다.

“거기서 끝이 아닙니다. 상황이 더 이상하게 돌아갔죠. 바로 이어서 아킬레스가 그워스와의 분쟁이 외교적으로 해결됐다고 발표했습니다. 우리 분석가들이 하이퍼스페이스 출입 기록을 검토한 바로 판단해 보면, 그워스의 우주선들이 갑자기 방향을 틀었습니다. 그들은 곧장 집으로 향하지 않고 세계 선단을 경유해서 돌아가는 길을 택했죠.”

“선단의 경계 지역 센서들에는 어떻게 나왔습니까? 하이퍼웨이브 레이더에도 그런 경로 변경이 일어난 것으로 나왔습니까?”

“그게 제일 이상한 부분입니다. 아무것도 알 수가 없더군요.”

지그문트는 다시 얼굴을 찡그렸다.

“아킬레스가 권력을 잡은 후로 나는 정보를 모두 차단당했습니다. 완전히 밀려났죠. 베데커도, 니케도, 네서스와도 접촉이 안 됩니다.”

아킬레스와 그워스 사이에 모종의 비밀 거래가 있었던 것은 아닐까? 그워스가 비밀리에 허스 자체를 지배하고 있는 것은 아닐까? 지그문트가 편집증을 발휘해 온갖 소설을 써 내려가는 동안 루이스는 그 모든 내용을 쫓아가느라 안간힘을 썼다. 허스를 누가 통치하든 그게 과연 내가 상관해야 할 일인가? 이 부분은 루이스도 확신이 서지 않았다. 그에게 중요한 것은 뉴 테라였고, 거기서 앨리스와 함께 꾸리고 싶은 삶이었다.

하지만 네서스는?

네서스가 루이스를 납치했을 때 그가 맡아야 할 일에 대해 해준 이야기는 그저 위험하다는 것밖에 없었다. 그 이상은 밝힐 수 없다고 했다. 분명 그 이후로 루이스는 자기가 감당해야 할 것보다 훨씬 많은 위험을 겪었다. '아이기스'호에 타서 중독을 치료하고 나서야 네서스는 루이스에게 진정으로 원하는 것이 무엇인지 말했다. 바로 그워스와의 평화였다. 그 누구도 이룰 수 없는 과업이었음은 분명했다.

그런데 왜 자꾸 나는 실패했다는 기분이 들까?

만약 네서스가 그를 분더란트로부터 탈출시켜 주지 않았다면 어떻게 됐을까? 그 결과는 생각만 해도 암울했다. 구제 불능의 마약중독자가 되었거나, 아리스토의 포로수용소에서 강제 노동을 하고 있을지도 몰랐다. 아니면 죽었을지도.

하이퍼웨이브 화면에서 지그문트가 말없이 루이스를 바라보고 있었다. 뭔가 불편해 보이는 얼굴이었다. 어떻게 말을 꺼내야 하나 고민하는 듯한.

"굳이 말하지 않아도 됩니다, 지그문트."

지그문트가 그 말을 꺼내지 못한다는 것을 루이스도 알고 있었다. 뉴 테라는 협약체의 정치에 대해 중립을 깰 수 없기 때문이었다. 하지만 루이스는 그런 제약에 묶일 필요가 없었다.

"내가 네서스를 구해 오겠습니다. 할 수 있다면 베데커까지도. 하지만 당신 도움이 필요합니다."

잡초가 땅속에 깊숙이 뿌리를 박아 좀처럼 뽑히지 않았다. 베데커는 입으로 모종삽을 단단히 움켜 물고 잡초를 파내고 있었다. 드디어 잡초가 뽑혀 나오자, 베데커는 그다음 잡초로 옮겨갔다. 주변으로 풀밭이 끝없이 펼쳐져 있었다. 잡초가 다 떨어질까 걱정할 필요는 절대로 없었다. 하늘에 인공 태양이 하나밖에 남아 있지 않은 것을 보니 오늘 작업도 거의 끝났다. 곧 어두워질 것이다.

$NP_1$은 허스의 동반 세계들 중에서 가장 오래되고, 가장 보존에 신경 써서 관리된 곳이었다. 이곳 인공 태양들의 빛 방출 주기는 예전에 허스가 경험했던 일 년 동안의 계절 변화를 흉내 내도록 설정되어 있었다. 그리고 인공 태양들이 적도 위를 일렬로 돌기 때문에 고향 세계 허스가 오래전에 그랬던 것처럼 위도가 높을수록 기후도 더 추워지는 환경이 재현되었다.

베데커는 그래도 운이 좋은 편이라고 생각했다. '속죄의 섬 Penance Island'은 적도 근처에 있었다. 낮에는 무더웠지만 저녁이면 기분이 좋을 정도로 적당히 시원했다. 이 섬에는 겨울도, 눈도 없었다.

베데커는 눈이 싫었다.

"이러다 미쳐 버릴 것 같습니다."

네서스가 꾸밈음이 전혀 들어가지 않은 가는 목소리로 노래했다. 한쪽 입으로는 계속 일을 하고 있었다. 네서스는 베데커의 오른쪽에서 농작물 세 줄을 작업하는 중이었다.

"그래도 대부분은 제정신인 상태로 있잖습니까. 시간이 지나면 익숙해질 겁니다."

베데커는 다음에 노래할 화음을 생각하며 풀뿌리를 뽑았다. 한 가지 노래해야 할 생각이 있기는 했지만, 그 생각을 표현하기가 왠지 망설여졌다.

"미안합니다, 네서스. 당신을 여기 있게 하다니. 다 내 탓입니다. 하지만 한편으로는 당신과 여기 있게 되어 다행스럽다는 생각도 듭니다. 다만……."

그는 더 분명하게 말하려고 모종삽을 내려놓았다.

"아킬레스는 우리를 고생시키고 싶은 겁니다. 오랜 유배 기간 동안 이렇게 살면서 자기는 고통스럽다고 여겼으니까, 마찬가지로 우리도 고통스러워할 거라 생각한 거지요. 하지만 당신이나 나나 이 정도로는 몸이 상하지 않습니다."

적어도 당장은. 베데커는 그 가능성에 대해서는 깊이 생각하지 않기로 했다.

"이게 고생이 아니란 말입니까?"

책임져야 할 것도 없고, 터무니없는 기대를 거는 자도 없고, 매일매일 한가한 마음으로 손만 바쁜 일에 파묻히고, 밤이면 피곤해서 꿈도 꾸지 않는 깊은 잠에 빠져든다. 이게 고생이라고? 천만에. 베데커에게는 오히려 해방에 가까웠다. 적어도 지금 당장은 이것만 감당하면 그만이었다.

베데커는 노래했다.

"춤이라고 생각하십시오. 당신도 곧 익숙해질 겁니다."

사이렌이 울렸다. 하루 일과의 끝을 알리는 소리였다. 베데커는 농기구들을 큼직한 장식 띠 주머니에 챙기기 시작했다. 밭 여기저기서 다른 수감자들도 모두 그러고 있었다. 그는 고개를 들고 먹구름을 올려다보았다.

"서두르십시오, 네서스. 곧 비가 오겠습니다."

물이 새긴 했지만 부족하나마 그래도 보금자리를 제공해 주는 막사였다.

베데커와 네서스는 터벅터벅 막사를 향해 걸었다. 걸음을 옮길 때마다 젖은 흙덩어리가 발굽에 달라붙었지만 베데커는 신경 쓰지 않았다.

행정실 구내에 인공조명의 불빛이 들어왔다. 벽 하나를 두고 그 안으로는 또 다른 세상이 펼쳐져 있었다. 자동 온도 조절 시스템, 데이터 네트워크, 컴퓨터, 도약 원반, 화물 부양기, 음식 합성기…… 등등. 하지만 그 벽 바깥에는 기술이라고는 조잡한 기구와 근력밖에 없었다. 생활을 편리하게 만들어 주는 건 아무것도 없었다. 설사 탈출을 시도할 정도로 정신 나간 자가 있다고 해도 탈출에 이용할 수 있는 물건이 아예 존재하지 않았다. 베데커는 밝은 불빛과 좀 더 복잡한 존재들을 떠올리게 해 주는 못마땅한 흔적들을 무시하려 애썼다.

빗방울이 굵어지기 시작했다. 베데커와 네서스는 걸음을 서둘렀다. 이렇게 늦은 오후에 내리는 비는 퍼붓듯이 쏟아지는 경우가 많았다.

"파일 속에 대체 뭐가 들어 있었습니까?"

네서스가 갑자기 노래했다.

그 파일을 파괴해야 한다고 베데커가 고집을 부리지만 않았어도 그는 허스 그리고 아킬레스의 분노를 피해 달아날 기회를 잡았을지도 몰랐다.

베데커는 노래했다.

"내가 말할 수 없다는 거 당신도 알지 않습니까."

"말 안 할 거 압니다."

"그런데도 참 끈질기게 물어보는군요."

베데커는 자기 멜로디에 담긴 씁쓸한 분위기를 지우려고 몸을 돌려 네서스와 옆구리를 비볐다.

"최후자가 혼자 감당해야 할 짐입니다."

이를테면 시민들이 다른 종족을 상대로 저지른 잔학 행위에 대한 끔찍한 기록 같은 것이었다. 물론 모두가 협약체의 안전을 위한 행동이었지만. 그 부끄러운 역사가 남아 있는 단 하나의 파일 복사본은 이제는 접근이 불가능해진 대피소에서 니케의 보살핌을 받고 있었다.

협약체가 과거에 저지른 무자비한 행위에 대한 증거는 세계 선단이 향하는 경로 위에 놓여 있었다. 앞으로 불과 몇 년 거리였다. 아주 거대한 인공 구조물이었다. 언젠가는 반드시 올트로에게 발견될 날이 올 터였다.

베데커는 올트로를 잘 알았다. 그들이 **링월드**를 탐사할 원정대를 보내리라는 점에는 의문의 여지가 없었다. 허스가 링월드에 관여했다는 사실을 올트로가 알게 해서는 결코 안 된다. 발생 가능한 재난을 미연에 방지하기 위해 협약체가 얼마나 극단적인 수단을 동원했는지를 알게 되면, 아니 그저 의심만 해도 올트로는 아무런 양심의 가책도 없이 시민들을 몰살시킬 것이다. 물론 그워스에게도 양심이라는 것이 존재하는지는 알 수 없지만.

베데커는 몸서리를 치며 말했다.

"모르는 걸 다행으로 여기십시오."

레이더 탐지가 허스에서 일 광년도 더 떨어진 곳에서 시작되었다. 루이스는 숨이 멎는 것 같았지만, 매번 하이퍼웨이브 통신 교환이 이루어질 때마다 결국 미세 도약 접근 허가가 떨어졌다.

지그문트는 허스와의 중립을 깨지 않았지만, 중립을 지키는 척하면서 교묘하게 정보를 제공했다. 그것도 아주 많이. 압수되어 뉴 테라 활주로에 붙잡혀 있는 피난선에서 뽑아낸 식별 코드와 선원 목록 정보. '애디슨'호의 우주 교통 통제 응답기를 해킹해서 새로운 코드를 업로드하는 방법—이 부분은 루이스의 능력 밖이었지만 마우라가 할 줄 알았다. 목적지의 상세 지도. 그리고 퍼페티어 통역기로 사용할 지브스 복사본.

지그문트는 이렇게 말했다.

'내가 당신을 세계 선단 안으로 침투시켜 줄 수 있을지는 모르지만, 수용소로 들여보내거나 거기서 꺼내 주지는 못합니다.'

'걱정 붙들어 매시죠. 그 부분은 내가 알아서 할 테니까.'

루이스는 그렇게 대답했다. 그리고 자기 말이 부디 사실이 되기를 간절히 바랐다.

또다시 노멀 스페이스로 돌아왔다. 선단의 세계들이 맨눈으로도 보였다. 또다시 디지털 신호가 교환되었다. 그리고…….

'애디슨'호의 주 통신 계기판에서 덜컹거리듯 요란한 소리가 흘러나왔다. 마치 메탈리카가 '골드베르크 변주곡'을 연주하는 듯한 소리였다.

— 여기는 허스 교통 통제실.

지브스가 그 소리를 통역하고서 물었다.

— 제가 답변을 합니까?

"그게 네가 여기 있는 이유잖아."

엔지오가 부조종석에 앉아 작은 소리로 투덜거렸다.

엔지오와 그의 선원들은 지그문트가 입금한 막대한 자금 때문에 여기까지 왔다. 지그문트가 업로드한 자료 중에는 자금 입금을 확인하는 증서도 함께 포함되어 있었다. 자기 은행 계좌에 착수금이 입금된 것을 확인할 때까지 최종 경로를 설정해 놓지 않았던 것을 보면 엔지오는 지그문트가 그 확인증을 조작했을지도 모른다고 생각했던 것이 분명했다.

예전에 수행했던 임무에 대해서는 지그문트가 이미 지급을 마무리 지은 상태였다.

'만약 임무 수행 중에 잡히면…….'

그다음 문장은 루이스도 별 어려움 없이 채워 넣을 수 있었다.

뉴 테라는 당신들 행동에 대해 전혀 몰랐다고 주장할 겁니다.

상관없지. 난 자비라고는 눈곱만큼도 모르는 아킬레스에게 잡힌 네서스를 그대로 내버려 두지 않을 테니까.

루이스는 자기가 아킬레스에게 붙잡히는 경우에 대한 생각을 떨쳐 버리려고 애썼다.

— 루이스, 제가 답변을 합니까?

지브스가 다시 물었다.

"앞에서 얘기했던 대로 답변해."

루이스는 대답했다.

지브스가 노래로 답변하고, 그 내용을 통역했다.

— 여기는 정찰대 훈련선 '신중'호. $NP_1$으로 귀환하는 중입니다.

이것도 지그문트가 도와준 부분이었다. 그가 공식적으로 $NP_1$에 적을 두고 있고 '애디슨'호처럼 GP 2번 선체로 만들어진 협약체 우주선의 식별 코드를 골라 주었다.

이번에는 노랫가락이 더 길고 정신없이 이어졌다.

— '신중'호, 응답기 식별 코드는 확인했지만, '신중'호는 행방불명으로 분류되어 있습니다.

지브스의 통역이었다.

루이스는 말했다.

"겁이 나서 그워스를 피해 달아났는데 지금은 많이 좋아져서 돌아왔다고 해."

"그런 놈들이 우리 말고도 얼마나 많은 거야?"

엔지오가 웃으며 허스로 돌아오는 세계 선단 응답기들로 가득 찬 화면을 가리켰다.

교통 통제실과 보이스 사이에 또다시 이런저런 노랫가락이 오갔다.

— $NP_1$으로 진입을 허가합니다.

지브스는 통역을 마무리하고 덧붙였다.

— 알겠다고 했습니다.

"잘했어, 지브스."

루이스가 말했다.

— 감사합니다.

이제 마지막 도약 한 번이면 세계 선단의 자동화 화기들이 밀집된 공간으로 들어가게 된다. 루이스는 천천히 심호흡을 했다.

"엔지오, 한 번 더 부탁하지. 정확하게 들어가야 해요."

엔지오가 하이퍼드라이브로 '애디슨'호를 세계 선단의 질량중심으로부터 이천구백만 킬로미터 떨어진 곳에 옮겨 놓았다. 하이퍼드라이브를 딱 일 초 조작해서 특이점 바깥으로 겨우 백만 킬로미터가 될까 말까 한 지점에 떨어진 것이다.

"맙소사, 엔지오! 진짜 정확하게 떨어졌군. 이거 정말 미친 짓이었는데."

엔지오가 어깨를 으쓱해 보였다.

또다시 그릇 깨지는 것 같은 화음이 터져 나왔다.

— '세계 선단으로의 귀환을 환영합니다, '신중'호. 그런데 다음부터는 이렇게 가까운 곳에서 하이퍼스페이스를 빠져나오면 곤란합니다.' 제가 미안하다고 했습니다.

지브스가 다시 통역하자, 엔지오가 답변을 말해 주었다.

"아직 훈련 중이라 그렇다, 이해해 달라고 해."

그러고는 조종이 서투른 척 보이려고 방향을 이리저리 비틀며 움직이는 바람에 '애디슨'호는 삐뚤삐뚤한 경로를 그리며 $NP_1$으로 향했다.

루이스는 구형 홀로그램을 투사했다. 착륙 허가를 받은 기지에서 수천 킬로미터 떨어져 있는 목적지는 $NP_1$의 제일 큰 바다 한가운데 있는 적도 근처의 쉼표 모양 땅덩어리였다.

'속죄의 섬'.

협약체에서 보안이 제일 삼엄한 강제 노동 수용소였다.

## 8

'애디슨'호는 목적지의 착륙장을 향해 접근하다가 목적지에서 백오십 킬로미터 정도 떨어진 바다에서 갑자기 방향을 틀어 선수부터 바닷물 속으로 진입했다. 선실의 인공중력과 관성 완충기가 대부분의 충격을 흡수해 주었다.

"우리는 훈련병들이니까."

엔지오가 낄낄 대며 웃었다.

"그냥 깊이 들어가서 운전이나 해요."

루이스는 으르렁거리듯 말했다. 분더란트의 깊은 바닷속에서 '아이기스'호에 처음 도착했을 때의 기억이 나는 것을 어쩔 수가 없었다. 내가 간다, 네서스.

"난 주 화물실로 가지."

— 긴급 구조 호출 신호가 포착되었습니다. 시민들이 추락 지점으로 구조대를 보내려 하고 있습니다.

지브스가 말했다.

"섬까지 십 분 남았소."

엔지오가 말하고 있는데, 무언가가 선체에 쿵 하고 부딪쳤다.

루이스는 화물실로 달려갔다. 선원들이 마취 총과 손전등을 든 채 기다리고 있었다. 루이스도 주머니에 마취 총을 하나 쑤셔 넣었다.

그는 바닥을 가리키며 마우라에게 물었다.

"이게 그거요?"

"맞아요."

마우라가 대답했다.

루이스는 마지막으로 상자를 열어 보았다. 안에는 물건이 별로 들어 있지 않았다. 무선 송신기 하나. 그리고 이 구출 계획을 가능하게 만들어 줄 장비. 바로 그가 '기억'호에서 가져온 핵융합 억제기였다.

그것이 똑똑한 생각이었는지 망상에 불과한 것이었는지는 이제 곧 알게 될 것이다.

"섬까지 이 분."

엔지오가 선내 통신으로 알렸다.

"이제 일이 분 정도면 도착이오."

"무선통신 정지 확인해요."

루이스가 지시했다.

"확인했소."

루이스의 머릿속에 '애디슨'호가 바다를 뚫고 튀어나와 섬을 급습하는 장면이 그려졌다. 쿵 소리와 함께 관성 완충기가 완전하게 상쇄하지 못한 약간의 진동이 느껴졌다. 착륙했다!

루이스는 해치를 열어젖히며 소리쳤다.

"갑시다!"

그리고 핵융합 억제기를 가슴에 안은 채 열린 해치로 빠져나갔다. 세찬 비가 내리고 있었다. 다른 선원들이 그를 따라나섰고 그 뒤로 해치가 닫혔다.

벽이 있는 작은 복합건물에서 갑자기 조명이 터져 나와 막사들이 모여 있는 곳을 훑기 시작했다. 사이렌이 울부짖었다. 퍼페티어들은 고양이 울음소리 같은 비명을 질렀다. 당장은 아니라도 무장한 지원 병력이 언제 도약 원반을 타고 튀어나올지 알 수 없었다.

루이스는 핵융합 억제기를 켰다. 조명이 일제히 꺼졌다. 사이렌 소리도 그쳤다. 내장된 핵융합 원자로를 동력원으로 사용하는 도약 원반들도 모두 작동을 멈추었을 것이다. 비명이 더욱 커졌다. 벽 뒤로 연료전지로 작동되는 비상 조명이 들어왔다.

복합건물 위에서 희미한 녹색 빔이 깜박거렸다. '애디슨'호가 쏘는 통신용 레이저였다. 빗방울에 레이저 빔이 산란되었다. 이 거리에서는 통신용 레이저도 치명적인 무기가 될 수 있었다. 이 정도로 위협을 했으니 제대로 정신이 박힌 퍼페티어라면 절대 벽 바깥으로 나오지 않을 터였다.

"막사로!"

루이스는 소리쳤다.

"지원 병력이 곧 들이닥칠 거요."

지원 병력은 억제장을 실어 나르는 무선 전파가 투과하지 못하는 GP 선체로 건조된 우주선들을 타고 도착할 것이다. 루이스는 그들이 무선 전파 수신기를 켜 놓았기를 바랐다. 그렇다면 핵융합 억제장이 열린 통신 회로를 타고 그 안으로 스며들 수 있을지도 몰랐다. 물론 확실히 성공한다는 보장은 없지만.

뉴 테라 선원들이 손전등을 이리저리 비추며 진흙탕을 가로질러 갔다. 머리 위로 번개가 번쩍였다. 천둥소리가 고막을 울렸다. 퍼페티어들이 비명을 지르며 막사에서 뛰쳐나와 사방팔방으로 흩어졌다.

두 퍼페티어가 루이스를 향해 정면으로 달려오고 있었다.

"쏘지 마!"

루이스는 명령했다.

시끄러운 쿵 소리! 사이렌 소리. 복합건물 벽에서 비추는 밝은 조명이 막사의 거친 천 사이로 스며들었다.

그리고 갑자기 찾아든 어둠과 고요.

네서스는 막사 천 사이로 머리를 내밀고 밖을 내다보았다. 심장이 쿵쾅거렸다. 번개가 번쩍이자 들판에 우주선 한 척이 보였다! 어둑한 손전등 불빛 여러 개가 어지럽게 움직이며 우주선에서 막사를 향해 돌진하고 있었다.

"일어나십시오, 우리를 구하러 왔습니다."

네서스는 베데커에게 노래했다. 그는 분명 자기들을 구조하러 온 것이라 계속 되뇌며 용기를 짜내 정체를 알 수 없는 침입자들을 향해 달렸다.

둘은 함께 들판을 달려 나갔다. 어느 순간, 네서스의 귀에 누군가 외치는 소리가 들렸다. 영어였다.

"쏘지 마!"

익숙한 목소리.

"루이스 우!"

"네서스!"

그들은 들판 한가운데서 만났다.

"당신이 베데커인가? 우린 시간이 없어."

"난 그냥 작별 인사를 하러 나왔습니다."

베데커가 영어로 말한 후, 시민의 노래로 넘어갔다.

"강해져야 합니다, 네서스."

뭐라고?

"함께 가야 합니다."

네서스는 노래했다.

"아킬레스가……."

하지만 뒷말을 잇지 못했다. 사실 아킬레스가 어떻게 나올지는 네서스도 상상할 수 없었다.

"권력을 누가 물고 있든 간에 합법적인 최후자는 바로 납니다. 나는 협약체를 버리지 않을 겁니다. 예전에도 나는 죄수의 신분에서 그 자리까지 올라갔습니다. 이번에도 그렇게 할 겁니다."

"베데커가 지금 무슨 얘기를 하는 거지? 네서스, 지금 가야 한다고."

루이스가 재촉했다.

"루이스, 잠시만."

네서스는 그렇게 말하고, 베데커를 향해 노래했다.

"이 일이 있고 나면 아킬레스가 분노로 길길이 날뛸 겁니다. 어떻게 나올지 모릅니다."

"네서스, 내가 있어야 할 곳은 여기입니다. 어서 가십시오."

"절대로 당신을 버리고 가지 않을 겁니다. 절대로."

베데커가 몸을 곧게 세우며 말했다.

"당신의 최후자로서 명령합니다. 지금 당장 여길 떠나십시오. 가서 새로운 삶을 사십시오. 그리고 당신이 현명하다고 생각하는 방식으로 종족을 섬기십시오."

감정에 휩싸여 몸을 떨며 네서스는 이렇게 노래할 수밖에 없었다.

"명령을 받들겠습니다."

그리고 다음 순간, 그는 인간들에게 둘러싸여 우주선을 향해 들판을 가로지르고 있었다.

'애디슨'호로 미친 듯이 달려가던 루이스는 바닥으로 손을 뻗어 핵융합 억제기를 들어 올렸다. 그리고 계속해서 달리면서 점검판을 열고 전원 스위치를 켰다. '열림' 스위치가 죽어 있었다. 루이스는 선수를 향해 손을 흔들며 경보 해제 신호를 보냈다. 엔지오가 적외선센서로 감시하고 있을 터였다.

화물실 해치가 열리기 시작했다. 상륙 부대원들이 모두 안으로 굴러 들어갔다. 네서스는 해치 안으로 들어서자마자 멈춰 서서 밖을 보며 애절한 소리로 흐느꼈다. 꼴이 말이 아니었다. 갈기는 뒤범벅이 되어 엉켜 있고, 갈비뼈가 그대로 드러났다.

"미안해."

루이스는 그렇게 말하며 '닫힘' 버튼을 눌렀다. 그리고 선내 통신으로 명령했다.

"엔지오! 여기서 빠져나가요!"

"발진 준비. 누구 여기 와서 나 도와줄 사람 없나?"

엔지오가 말했다.

"금방 가지."

루이스는 네서스를 돌아보았다.

"아킬레스가 쓰려고 선실을 하나 개조해 놓은 게 있어. 3번 갑판이야. 원하면 거기 가서 씻어. 그리고 나는 함교에 있을 테니까 준비가 됐다 싶으면 아무 때나 그리로 와."

"고맙습니다, 루이스. 모든 게 고맙습니다."

'애디슨'호는 다시 바다 깊숙이 들어갔다가 수천 킬로미터 떨어진 곳에서 수면으로 올라왔다.

지그문트가 새로 보내 준 응답기 코드 덕분에 '애디슨'호는 선단의 세계들 사이를 오가는 우주선들 속으로 발각되지 않고 끼어들 수 있었다. 어느새 네서스도 몸을 씻고 함교로 나왔다.

정기적으로 교통 통제실의 레이더가 훑고 지나는 사이에는 마우라가 우주선의 응답기를 꺼 놓았다. 교통 통제실에서 무언가 잘못되었음을 알아차리기도 전에 '애디슨'호는 항로에서 크게 멀어져 있었다. 점점 더 미친 듯이 레이더가 '애디슨'호를 훑고 지나갔지만 아킬레스가 구명정으로 쓰려고 '애디슨'호에 추가로 장착해 놓은 스텔스 장비들 덕분에 문제없이 통과할 수 있었다.

네 시간 동안 최대로 가속한 후, 그들은 세계 선단의 특이점에서 빠져나왔다.

루이스가 알렸다.

"하이퍼스페이스 진입. 삼, 이, 일. 지금!"

외부 화면이 나갔다. 질량 표시기가 켜지면서 선단의 다섯 세계를 나타내는 선이 다섯 줄 들어왔다. 질량 표시기가 현재 설정된 감도에서는 근처에 있는 몇몇 항성은 그냥 작은 토막처럼만 나왔고, 뉴 테라는 아예 나타나지도 않았다.

"뉴 테라로 갑시다."

루이스는 인간이 사용하기에는 너무 불편한 조종석에서 내려오며 말했다.

"네서스, 대장 노릇 좀 해 줄래?"

네서스가 조종석에 앉았다.

"조종석에 다시 앉으니 기쁘군요, 루이스. 하지만 뉴 테라로 가기 전에 회수해야 할 것이 있습니다."

## 9

딱딱한 타일 바닥에 발굽 소리를 내며 네서스는 지그문트를 따라 지하 실험실 단지의 긴 복도를 걷고 있었다.

지그문트는 네서스를 보고 힘들었던 기억에서 이제 회복된 것 같다고 거짓말을 했고, 네서스는 그 말을 믿는 척했다. 문들은 대부분 닫혀 있었다. 출입은 문기둥에 있는 손바닥 지문 센서로 통제되었다. 전광판에는 방 번호만 나올 뿐, 다른 정보는 아무것도 없었다. 네서스는 지그문트가 말한 전략 분석실이라는 것이 공식적으로 존재하기보다는 비밀 임원회보다도 비밀리에 운영되는 부서일 거라고 추측했다.

지그문트가 이렇게 민감한 부분을 노출시킨다는 것은 놀랄 만한 신뢰를 나타내는 것이었다—하지만 둘이 타고 도착한 도약 원반의 주소는 알려 주지 않았다.

네서스는 자신이 지금까지 보여 준 모습 때문에 이런 신뢰를 얻어 냈다고 생각하고 싶었다. 아니면 지그문트는 팩의 도서관을 여기에 안전하게 보관할 수 있음을 그에게 보여 주고 싶은 것인지도 몰랐다. 팩의 도서관이 '애디슨'호에 실려 있다는 사실을 네서스는 아직 얘기하지 않았다. 루이스도 얘기하지 않았을 터. 그렇다면 분명 엔지오와 그 부하들이 지그문트에게 그 정보를 팔아넘겼을 것이다.

문 하나가 활짝 열리더니 하얀 가운을 입은 기술자가 바쁘게 걸어 나왔다. 네서스는 작은 격납고에 들어 있는 다트처럼 생긴 우주선 몇 척을 슬쩍 들여다보았다.

그의 머리가 돌아가는 것을 봤는지, 지그문트가 설명했다.

"일인용 우주선이야. 하이퍼드라이브가 장착되어 있지. 아주 쓸 만한 물건이야."

"그럴 것 같군요."

네서스도 동의했다. 저런 작은 우주선이라면 스텔스 장비를 갖추지 않아도 추적이 쉽지 않을 것이다. 물론 스텔스 장비는 당연히 갖추고 있겠지만. 세계 선단에서 스파이 활동을 할 때 아주 쓸모 있을 것 같았다. 아킬레스가 최후자 자리를 꿰차고 있는 지금은 더더욱.

구석을 돌아가니 닫힌 문이 또 하나 나타났다. 지그문트가 센서에 손바닥을 대자 딸각 소리와 함께 잠금이 해제되었다. 그는 네서스에게 안으로 들어오라고 손짓했다. 벽 화면에 지구의 숲이 펼쳐져 있었다.

"내 사무실이야."

네서스의 눈에 시민용 의자가 들어왔지만 그는 서 있는 쪽을 택했다.

"힘든 시기로군요. 시간을 내 줘서 고맙습니다."

그가 말했다.

"우리가 이렇게 만나게 된 것도 다 힘든 시기라서지. 여기는 뉴 테라에서 가장 보안이 철저한 방이니까 편히 말해도 돼. 어떻게 온 거야? 뭐 생각한 거라도 있어?"

베데커를 버리고 온 것. 하지만 그것은 지그문트의 관심사가 아니었다.

"안전하게 보관해야 할 중요한 기술을 가지고 있습니다."

지그문트가 고개를 끄덕였다.

"팩 도서관과 그 뭐냐, 카를로스 우의 오토닥 말이야?"

"당신 앞에선 비밀이라는 게 없군요. 그렇지 않습니까?"

"내가 할 일을 제대로 하고 있다는 소리겠지."

"그래서 어떻게 할 겁니까? 그것들을 지켜 줄 겁니까?"

"조건이 뭔데?"

"뉴 테라가 그것들을 가지고 있다는 걸 외부에 알려서는 안 됩니다. 내 목적을 위한 것도 있지만 당신의 안전을 위해서도 필요한 부분입니다. 허스에 합법적인 정부가 다시 돌아오면 그 물품들과 당신이 거기서 알게 된 모든 내용을 돌려주겠다고 약속하십시오. 그 정부가 복귀하기 전까지는 당신이 알게 된 내용을 나하고만 공유해야 합니다. 그리고 우주선이 한 척…… 아, 잠깐."

갑자기 생각난 것이 있었다.

"두 척으로 하지요. 우주선이 두 척 필요합니다."

"좋은 조건이군. 물론 뉴 테라는 모든 것을 복사본으로 가지고 있을 거야."

네서스로서도 다른 조건은 생각할 수 없었다. 사실 복사를 막을 방법도 없었다.

"좋습니다."

"합법적인 정부가 누구를 의미하는 건지는 알겠어. 베데커 말이겠지."

지그문트가 이마를 찌푸렸다.

"그런데 허스 정부의 실세가 누구인지는 확실히 모르겠군. 아킬레스가 맞나? 다른 누군가가…… 새로운 최후자를 뒤에서 조종하는 거 아닐까?”

네서스는 딱딱한 바닥을 발굽으로 긁었다. 그도 궁금하고, 또 걱정되는 부분이었다. 아킬레스를 몰아내는 것만으로도 힘든 싸움이 될 것이다. 그런데 만약 그워스가 비밀리에 통치하고 있는 것이라면?

“그 부분은 나도 정말 알고 싶습니다. 내 조건을 받아들이겠습니까?”

만약 당신이 거부한다면 나는 어떻게 해야 할까? 어쨌거나 무조건 ‘애디슨’호와 그 화물을 붙들고 있어야 하나?

“받아들이지.”

지그문트가 대답했다.

‘위대한 물살’호 중앙의 융합실 안, $NP_5$의 행성 드라이브를 보관하고 있는, 그리하여 그 누구도 감히 접근하려 하지 않는 거대 구조물 안에서 올트로는 생각했다.

웅트모의 보호 아래 이루어질 클모 개척지를 위한 부활에 대하여.

즘호에서 오랜 시간 자리를 비웠기 때문에 권위를 다시 회복하기 위해 고투할 수밖에 없는 븜오의 상황에 대하여.

그 덕에 한숨을 돌릴 수 있게 된 개척지에 대하여.

협약체 문서 보관실에 축적된 풍부한 지식에 대하여. 협약체의 지식은 나노 기술에서 도약 원반, 성간 종자, 컴퓨터에 이르기까지 대단히 풍부했다. 아직도 살펴봐야 할 기술이 많았다.

수백만의 시민 과학자와 기술자 들을 어떻게 하면 가장 잘 활용할 수 있을 것인가에 대하여.

종족을 막론하고 생명의 손실을 최소로 줄이며 이룩한 이 모든 성과에서 느껴지는 만족감에 대하여.

놀라운 장난감인 보이스와 앞으로 이 AI를 이것저것 뜯어고치며 느낄 즐거움에 대하여.

시민들을 감시하고 그들과 상호작용할 수 있도록 보이스에게 입혀 준 케이론이라는 인물상에 대하여.

올트로가 생각에 잠겨 있는 동안에도 시민들 사이에서 질서를 회복하기 위해 애쓰고 있는 아킬레스에 대하여.

내키지는 않았지만 올트로는 케이론을 통해 약간의 관심을 허스의 각료 회의로 돌려야 했다.

"……시민들의 신뢰를 회복시켜 줄 재원이 필요합니다."

헤르메스가 결론짓듯 노래했다. 그는 새로 임명된 정보부 장관이었다.

"당연히 그게 우리의 최우선 과제가 되어야 합니다."

아킬레스는 생각했다. 그게 당연한 결론이라면 그 결론을 이끌어 내는 데 왜 그렇게 긴 노래가 필요한데?

질질 끄는 회의를 뒤로하고 아킬레스는 긴 타원형 탁자 끝에 있는 자기 자리에서 일어나 옆 탁자에서 접시에 곡물 바를 채웠다. 그는 장관일 때도 각료 회의라면 지긋지긋했다. 그런데 최후자가 되고 보니 더 끔찍했다.

아킬레스는 그토록 오랜 시간 동안 이 자리에 오르기 위해 물불을 가리지 않았다. 그리고 상상했던 대로 모든 것이 영광 그 자체였다. 처음에는.

그의 금의환향에 시민들은 열광했고, 산을 끼고 있는 웅장한 관사가 그를 기다리고 있었다. 머리를 조아리며 알랑거리는 하인들, 끝없는 찬양을 늘어놓는 추종자들.

하지만 그 앞에는 또 다른 미래가 펼쳐져 있었다. 끝없이 이어지는 회의, 행정적으로 처리해야 할 하찮은 일거리들, 정신을 멍하게 만드는 자질구레한 내용들…….

"안전과 질서가 확보되면 신뢰는 저절로 생기기 마련입니다."

테미스가 노래했다. 그는 치안부 장관이었다.

"치안 유지에 필요한 재원을 새로 마련하려면……."

"진정한 안전만이 신뢰를 회복시킬 수 있습니다."

베스타가 비난하듯 말했다. 새 정부에서도 그는 계속해서 비밀 임원회를 이끌고 있었다.

"더욱 강력한 방어 체계를 만드는 일이 최우선이 돼야 합니다. 그리고 네서스가 파괴한 소중한 자료들을 재건할 방법도 찾아내야 합니다."

저주받을 네서스. 아킬레스는 생각했다. 그리고 루이스 우. 네서스를 탈옥시킨 것은 루이스 우의 수많은 범법 행위 중 최근에 저지른 짓에 지나지 않았다.

회의석상에서는 재원 확보를 두고 시답잖은 논란이 계속 오가고 있었다.

산업부 장관은 시민들의 관심을 다른 데로 돌리기 위해 새로운 일자리를 만들어야 한다고 주장했다. 교육부 장관은 같은 이유로 새로운 학습 기회를 제공해야 한다고 주장했다. 주택부 장관은 아직도 행방불명인 수십억의 시민을 찾아 거주 공간을 일일이 조사하는 데 필요한 재원을 요구했다. 농업부 장관은 곡물 수송선들의 운항을 정상으로 회복시키는 데 필요한 재원이 급하다고 노래했다.

시민들이 도망가기 위해 훔쳐 간 곡물 수송선을 뉴 테라에서 언제, 어떻게 돌려받을 것인지 운송부 장관이 물었다.

"그 우주선들은 돌려받을 겁니다."

아킬레스는 외쳤다.

"베스타, 뉴 테라가 그 우주선들을 돌려보내고 싶게 만들 아이디어를……."

"그리 좋은 생각이 아닙니다."

케이론이 잘라 노래했다.

새로운 과학부 장관은 홀로그램을 통해 회의에 참석하고 있었다. 회의에서 그가 입을 연 것은 이번이 처음이었다. 테이블 주위에 앉은 장관들이 놀라서 목을 꿈틀거렸다. 저 처음 보는 얼굴은 누구인가? 대체 누구인데 감히 저렇게 최후자의 말을 중간에 끊는단 말인가?

하지만 아킬레스는 새 과학부 장관이 누구인지 알고 있었다. AI가 만들어 낸 홀로그램 뒤에서 그를 지배하는 비밀 주인이었다. 그가 복종해야만 하는.

"다시 처음으로 돌아가서 무엇을 우선적으로 처리해야 할지 논의하지요."

아킬레스는 부드럽게 노래했다.

탁자 주위에 앉은 장관과 차관 들이 호기심으로 그리고 갑작스럽게 솟아난 존경심으로 케이론을 흘끗흘끗 쳐다보았다.

아킬레스는 화를 삼키며 말했다.

"헤르메스, 당신의 제안을 좀 더 들어 보고 싶습니다."

그리고 정보부 장관의 노래가 끝없이 이어지는 동안 아킬레스는 올트로에게 들킬 염려가 없는 자기만의 생각에 빠져들었다. 이것이야말로 진정 급한 문제였다. 그를 기쁨으로 가득 채워 줄 문제. 네서스와 루이스 우를 찾아내야 한다.

너희도 베데커처럼 끔찍한 고생을 맛보게 해 주지.

루이스는 한밤중에 일어나 허겁지겁 옷을 입고 몇 가지 개인 물품을 주머니에 쑤셔 넣은 후, 굳은 표정의 남자와 여자 들을 따라나섰다. 그들이 루이스를 데려온 곳이 어디인지는 알 수 없었다. 별 다른 특징이 없는 곳이었다. 벽의 화면만으로는 이곳이 어디인지 종잡을 수조차 없었다. 그를 납치한 사람들은 평상복 차림이었지만 행동이 마치 군인 같았다. 여기를 어디라고 해야 할지 알 수 없어서 루이스는 그냥 어느 아지트에 들어와 있다고 생각하기로 했다. 휴대용 컴퓨터를 가지고 있게 해 주는 것을 보니 그것으로는 여기 있는 도약 원반을 작동시키지 못할 거라는 생각이 들었다.

납치된 호텔 방에서도 그랬지만 이 밋밋한 수수께끼의 감금 시설에 와서도 그를 잡아 온 사람들은 어떤 질문에도 한 가지 대답만 반복했다.

'그 부분에 대해 얘기할 권한이 없습니다.'

루이스는 거실이 있는 것을 보고 짧은 소파에 누워 이 상황을 설명해 줄 누군가가 나타나기를 기다렸다.

무언가가 루이스를 깨웠다. 바스락거리는 소리였다. 그를 붙잡아 놓고 있는 사람 둘이 갑자기 차렷 자세를 했다.

지그문트 아우스폴러가 방 안으로 성큼성큼 걸어 들어왔다.

"해산."

지그문트의 명령에 병사들이 자리를 떴다.

"아니, 뭐 이런……."

루이스는 벌떡 일어나 앉으며 따졌다.

"뉴 테라를 위해서 그 고생을 했는데 대접이 결국 이겁니까? 나를 체포해요?"

"보호를 위해 어쩔 수 없었습니다. 정말 미안합니다."

지그문트가 방 건너편에 있는 가죽 의자에 앉았다.

"이것저것 따질 시간이 없었습니다."

"이제 내가 여기 왔으니 어디 설명해 보시죠."

"간단하게 설명할까요? 당신 목에 현상금이 걸렸습니다. 죽여서 데려와도 상관없고, 산 채로 데려오면 더 큰 돈을 준다고 약속했죠. 네서스도 마찬가지고."

"아킬레스 짓이군."

"맞습니다, 아킬레스죠."

지그문트가 맞장구를 쳤다.

"당신과 네서스, 둘에게 감정이 좋지 않습니다. 장담하는데, 말이 퍼져 나가면 이 행성에 있는 범죄자들과 온갖 밑바닥 인생들이 눈에 쌍심지를 켜고 당신을 찾아 나설 겁니다."

"그럼 나를 어딘지도 모를 이곳에 영원히 가둬 둘 생각입니까? 난 그렇게는 못 삽니다."

루이스는 자기 몸 하나 간수하는 데는 그래도 이골이 나 있었다. 운에 맡기자. 싫기는 하지만 꼭 해야만 한다면 경호원을 둬도 되고. 결국은 앨리스도 집으로 돌아올 거고, 그럼…….

"젠장! 앨리스가 있었지. 아기가……."

"앨리스와 아기를 인질로 잡으면 당신을 잡는 건 시간문제겠죠. 당신들 모두 숨어야 할 겁니다. 그래도 언젠가 그들은 당신을 찾아내고 말 겁니다."

'아이기스'호의 오토닥에서 나온 이후 처음으로 루이스는 자기의 진짜 나이를 느꼈다. 오랜 세월이 느껴졌고, 어깨를 누르는 세계의 무게가 느껴졌다. 그리고 동시에 어린 시절에 겪었던 혼란스러운 기억이 그를 짓눌렀다.

"내 아이를 버릴 수는 없습니다. 절대로."

지그문트가 안타까운 얼굴로 말했다.

"그 아이는 당신이 자기를 그리워한다는 걸 알지 못할 겁니다. 뉴 테라 사람들이 당신과 앨리스에 대해 아는 건 앨리스가 당신을 차 버렸다는 것밖에 없겠죠. 만약 당신이 앨리스를 두 번 다시 만나지 않는다면…….”

루이스는 불행한 표정으로 뒷말을 마무리했다.

“그럼 그 아기가 내 아이라는 걸 아무도 모르겠죠.”

“어떻게 해야 하는지 알지 않습니까.”

지그문트가 말했다.

“정말 유감입니다. 진심으로.”

뉴 테라를 떠나야 한다는 말이었다.

“그럼 앨리스도 나와 함께 떠나면 되죠.”

루이스는 마른침을 삼켰다.

“앨리스가 함께 간다고 하면 그렇게 하면 되잖습니까?”

지그문트가 주머니에 손을 넣으며 자리에서 일어났다. 그리고 서성거리며 방 안을 걷기 시작했다.

“좋습니다. 앨리스는 몇 달 동안 나가 있을 거고 지금은 당신이 위험에 처해 있지만, 그 사실은 일단 무시하고 생각해 봅시다. 그러고 보니 당신만 위험한 건 아니군요. 억세게 운이 나빠서 당신을 향해 총질이 시작될 때 당신 근처에 있는 이들도 함께 위험에 빠질 테니까. 하여간 일단 그런 상황은 모두 무시하기로 하고 묻죠. 함께 여기를 떠나자고 하는 게 앨리스에게 뭘 포기하라는 의미인지 알기는 합니까? 루이스, 나도 이런 말 꺼내기는 정말 싫습니다. 정말로. 하지만 당신이 알아야 할 게 있습니다. 당신은 당신과 앨리스가 서로 사랑한다고 생각하겠죠. 아마도 당신은 정말 앨리스를 사랑하고 있을 겁니다. 하지만 하이퍼스페이스에서 대화를 나눈 걸 빼면 당신이 그녀와 알고 지낸 건 겨우 몇 달에 불과합니다. 그런 당신이 그녀에 대해서 알면 얼마나 안단 말입니까?"

"당신이 우리에 대해 뭘 안다고 함부로……."

"조용히 하고 내 말을 들어 봐요."

지그문트가 소리 질렀다.

"앨리스와 나는 백 년이 넘게 친구로 지냈습니다. 버려진 우주선의 정지장에 들어 있던 그녀를 내가 구해 냈다는 건 알고 있습니까? 아웃사이더들이 훨씬 더 오랜 시간 동안 가지고 다녔던 버려진 우주선에서. 몰랐다고요? 그럼 그녀에 대해 다 알고 있다는 말은 하지 마세요. 앨리스는 이곳에서 새로운 삶에 눈을 떴습니다. 사랑하는 사람을 만나 아이를 가지고 예전의 삶에서 벗어나려 했죠. 나는 그녀가 과거를 극복해 가는 모습을 지켜봤습니다. 그 극복은 단기간에 이루어지지도 않았고, 결코 편하지도 즐겁지도 않은 과정이었습니다. 그런데 당신과 둘이서 함께한 그 짧은 시간의 추억 때문에 앨리스더러 자기 아이들과 손자, 증손자까지 모두 버리고 떠나자는 말을 할 수 있겠습니까?"

과연 내가 앨리스에게 뉴 테라에서의 모든 삶을 포기하고 떠나자고 할 수 있을까? 가면 어디로? 혼자 미지의 세계로 떠나? 아니면 기억이 지워진 채 둘이 알려진 우주로 돌아가? 그럼 서로 누군지 알아보지도 못하겠지…….

루이스는 몸서리를 쳤다. 모두 불가능한 선택뿐이었다. 하지만 한 가지만은 그 혼자 괴로워하면 되는 선택이었다.

루이스는 입을 열었다.

"집으로 돌아갈 때가 됐나 봅니다. 나 혼자서. 네서스를 만날 수 있게 도와주세요."

## 10

아무리 긴급한 임무를 맡았다 해도 앨리스의 삶은 지루한 일상으로 좁혀지고 말았다. 오토닥 안에 들어가서 의학 검사를 받고, 정지장에 들어갔다가, 대기 중인 메시지를 확인하고……. 이 과정이 계속 반복될 뿐이었다. 그워스의 고향 세계에 갈 때까지는 어떤 중요한 일도 일어날 것 같지 않았다.

그런데 지그문트로부터 하이퍼웨이브 메시지가 도착했다. 그리고 그 안에는 루이스의 녹화 영상이 들어 있었다.

루이스는 영영 떠나 버렸다.

지그문트가 설득한 일이라고 했다. 그녀를 위해서. 그리고 아기를 위한 것이라고 했다. 빌어먹을. 도무지 부정할 수 없는 완벽한 논리였다. 그래서 더 원망스러웠다. 그래도 나와 말 한마디라도 나눠 보고 결정했어야 하지 않나? 앨리스는 화가 나면서 동시에 감동을 받았고, 또 가슴이 미어졌다.

어딘가에서 루이스도 그녀만큼이나 아파하고 있다는 것을 앨리스는 알고 있었다. 갑자기 혼자 있다는 것이 견딜 수 없어졌다. 그녀는 몸을 부르르 떨며 선실을 나섰다.

지나가던 선원이 걸음을 멈추고 앨리스를 물끄러미 쳐다보며 물었다.

"괜찮으십니까?"

앨리스는 불러 오기 시작한 배를, 루이스의 아기를 내려다보았다.

"좀 안 좋네요."

그녀가 말했다.

"하지만 좋아져야죠."

네서스는 아직 이름도 지어 주지 못한, 텅 비어 있다시피 한 새 우주선에서 계단과 굽은 복도를 따라 터벅터벅 걷고 있었다. 그가 지나는 자리마다 페로몬 향기가 가득가득 풍겨 나왔다. 벽지에서는 가상의 시민들이 알아들을 수 없는 소리로 중얼거리며 그와 보조를 맞추어 걷고 있었다.

둘 다 네서스에게는 위안이 되지 않았다. 도약 원반을 이용한다면 우주선 어디든 순식간에 움직일 수 있을 것이다. 하지만 설사 염두에 둔 목적지가 있다 한들, 그깟 몇 걸음 아껴서 뭐하겠는가. 공허한 시간들이 앞에 펼쳐져 있었다. 머지않아 그와 함께할 동행은 지브스밖에 남지 않을 터였다.

지금까지 네서스는 거의 말을 하지 않았다. 지브스의 목소리를 들을 때마다 어찌 되었는지 운명을 알 수 없는 보이스가 떠올랐기 때문이다. 지브스의 목소리가 마치 그를 비난하는 보이스의 목소리처럼 들렸다. 보이스는 네서스의 양심을 짓누르는 또 하나의 짐이 되었다.

루이스가 휴게실 접이식 탁자에 앉아 있었다. 앞에 놓인 식사에는 손을 댄 흔적이 없었다. 그는 네서스를 쳐다보지 않았다.

네서스는 말했다.

"당신과 나만 남았습니다. 옛날 생각이 나는군요."

루이스가 접시를 옆으로 밀었다.

"미안해, 네서스. 결국 이 지경이 되고 말았군. 행복한 기분이 정말 눈곱만큼도 들지 않네."

협약체는 배신당했다. 네서스와 루이스의 삶은 무너져 내렸다. 그들이 사랑하는 이들은 버림받았다. 그리고 그들은 존재만으로도 아킬레스의 분노를 일으킬 터였다. 그들이 소중히 여기는 모든 이들, 모든 것들을 걸고 감당하기에는 너무나도 큰 위험이었다. 정신이 제대로 박혀 있고서야 이런 상황에서 행복할 수는 없었다.

"아닙니다, 루이스. 내가 우리를 처음부터 실현 불가능한 과제로 몰아넣었던 겁니다."

"불가능해 보이는 과제라고는 해도 우리 둘이 몇 개는 해치웠잖아. 그때마다 상황이 점점 더 악화된 게 문제였지."

루이스가 씁쓸하게 미소 지었다.

"의도하지 않은 결과의 법칙이란 게 바로 이런 건가? 참 가혹하네."

"그러게 말입니다."

네서스는 견디기 힘든 죄책감이 밀려드는 것을 느꼈다. 하지만 작은 거짓말 하나면, 그리고 그 혼자만 조금 더 외로워지면,

루이스의 고통을 지워 줄 수 있었다.

"이 말을 하러 왔습니다. 이제 시간이 됐군요."

루이스가 밀어 놓은 식사를 바라보다 얼굴을 찡그리고는 자리에서 일어섰다.

"좋아. 후딱 해치워 버리지."

둘은 말없이 화물실로 걸어갔다.

화물실에는 카를로스 우의 오토닥이 놓여 있었다. 이 오토닥에는 루이스가 모험을 시작하기 전의 기억흔적들이 정교한 나노 기술로 기록되어 있었다. 지금 해야 할 일을 하기에는 딱 맞춤한 장치였다.

루이스가 오토닥의 뚜껑을 열고 옷을 벗었다.

"네서스……."

"네?"

"당신은 정말 좋은 친구고, 또 진정한 친구였어. 우리를 위해 그것만은 꼭 기억해 줘. 이제 곧 나는 기억 못하게 될 테니까."

그는 집중 치료실 안으로 기어 올라가다 잠시 멈추었다.

"지금까지 일어난 모든 일들에 대해 내가 어떻게든 속죄하고 상황을 바꿀 수 있는 기회가 생긴다면…… 언제든 나를 찾아 줘. 나를 이용해."

"당신도 나의 진정한 친구였습니다. 그럼, 이제 누우십시오."

루이스는 자리에 누워 활성화 버튼을 눌렀다. 뚜껑이 닫히는 동안 그가 나지막이 말했다.

"잘 있어."

네서스는 루이스에게 진정제를 주입하고 기억 조작 루틴을 실행시켰다. 그리고 그와 루이스가 각자의 길로 헤어지기까지는 적어도 사십 일이나 남아 있음에도 그 어느 때보다도 큰 외로움을 느끼며 마지막 일을 마무리하기 시작했다.

루이스가 자기 갈 길로 가고 나면 나는 어디로 가야 하지?

세계 선단과 뉴 테라에서 멀리 떨어져 있어야 한다는 사실 말고는 아무것도 알 수 없었다.

네서스는 문간에서 걸음을 멈추고 뒤를 돌아보았다.

"다시 만나는 날까지 안녕히, 나의 친구여."

## | 에필로그 |

루이스는 힘겹게 눈을 떴다. 기구들로 뒤덮인 벽이 보였다. 그는 다시 눈을 감으며 자기가 지금 무슨 일을 하고 있는지 잊으려 애썼다.

한참 후에 다시 눈을 떴다. 귀가 아프고 목이 휘어져 있는 것을 보면 이제 기구들이 옆쪽에 있는 것 같았다. 이번에는 그래도 정신이 좀 들어서 그는 자기 머리가 선반 위에 놓여 있음을 알 수 있었다. 뭔지는 알 수 없었지만 루이스는 그것을 곁눈질로 유심히 바라보았다. 그러다가 혼미한 정신으로 자기 꼴을 비웃으며 자리에서 일어나 앉았다.

성급했나 보다. 머리가 핑핑 돌기 시작하더니 속을 게워 낼 것 같은 기분이 들었다. 방 안이 어두워졌다.

다음에 정신이 들었을 때는 머리가 더 맑아져 있었다. 루이스는 조심스럽게 눈을 떴다.

항법 장비들이 보였다. 계기판 중앙에 질량 표시기가 있었다. 그럼 조종석 계기판이로군. 방 크기는 작지만 그래도 우주선 함교라는 소리다!

"어디 약 좀 없나."

이 욕구는 몸이 정말로 원하는 것이라기보다는 그냥 후천적으로 생긴 습관인 듯 느껴졌다. 이상한 일이었다. 보통은 그 반대인데. 그는 계기판 아래쪽 서랍에 비상용 약상자라도 없나 뒤져보았다. 반창고나 살균제 같은 것은 찾았지만 진통제 종류는 없었다.

선원들은 어디 있는 거야?

루이스는 조심스럽게 자리에서 일어났다. 조종석의 완충 좌석이었다. 몸을 틀려고 하는데 공간이 너무 좁았다. 함교에서 나가 선원들을 찾아보려고 겨우겨우 몸을 돌리자 좁은 해치 두 개만 보였다.

첫 번째 해치는 압력복이 들어 있는 작은 벽장으로 이어졌다. 압력복은 그가 입으면 딱 맞을 크기였다.

두 번째 해치를 열자 코딱지만 한 방이 나왔다. 잠도 자고, 식사도 하고, 쉬고, 씻고, 운동도 하는 다용도실인 듯했다. 다용도실 뒤쪽 벽에 있는 점검판을 열어 보니 하이퍼드라이브 전환기, 추진기, 선실 중력 발생기, 생명 유지 장치, 핵융합 원자로 등이 있었다.

이 우주선에는 작은 선실 두 개밖에 없는 것 같았다. 이런 작은 우주선이 있다는 소리는 들어 보지 못했다.

어쨌거나 선원은 나 하나인가 보군.

이유는 알 길이 없지만 음식 합성기에서 알코올, 진통제, 마약성 약제 등을 만드는 옵션은 모두 고장이 나 있었다. 제기랄! 생각이 잘 나지 않았다. 지난번에 약 먹고 맛이 갔을 때 다시는 약을 뽑지 못하게 그 자신이 망가뜨려 놓은 것이 틀림없었다. 의지력으로 버틸 자신이 없다면 그것이 현실적인 대안이기는 했다. 약 대신 진한 커피 한 잔으로 만족하는 수밖에.

루이스는 함교로 돌아와 앉아 카페인이 효과를 발휘하기를 기다렸다.

우주선은 일인용이다. 그리고 내가 그 일인이다. 그럼 이 우주선은 지금 대체 어디에 있는 거지?

항법 장치들을 보니 주변에 익숙한 곳이라고는 하나도 없었다. 이십 광년……. 그는 마지막으로 기억나는 장소가 어디인지 생각해 보았다.

그렇지. 분더란트. 분더란트가 여기서 이십 광년이나 떨어져 있다고!

"대체 여기서 뭘 하고 있는 거냐, 루이스. 분더란트에서 두 달 거리나 떨어져……."

어라? 내 이름은 네이선인데. 왜 루이스라고 했지?

루이스 우.

맞다. 웬일인지 그 이름이 확실하게 기억났다. 오랫동안 잊고 있었던 기억이 약 기운에 되살아난 것인가? 기억을 떠올리려 애쓰자 고아원이 기억나는 것 같았다. 그리고 누나도!

뭐, 아무렴 어때. 나는 한때 루이스 우였고, 분더란트의 아리스토스가 수배 중인 자는 네이선 그레이노어니까, 이름을 바꿀 때도 됐지.

이름을 바꾸려 했던 것이 기억나면 말이 앞뒤가 더 잘 맞을 텐데. 약을 끊기까지 얼마나 푹 절어 있었던 거야? 내 몸에서 마지막 약 기운이 빠져나갈 때까지 시간이 얼마나 흐른 거지?

루이스는 정신을 집중하려 애썼다. 이런 뜬금없는 장소에서 아주 비싼 우주선을 타고 혼자 있는 이유를 설명할 길이 분명 있을 터였다.

간신히 끌어모은 기억의 조각들은 마치 다른 사람의 기억처럼 느껴졌다. 하지만 그건 말이 되지 않았다. 이렇게 마약에 정신이 팔려 있는 것을 보면.

한 단계, 한 단계, 그는 끊어진 점들을 이어 보았다. 분더란트로 의료 보급품을 밀수하러 갔다. 우주선이 공격을 받아 추락했다. 반란군에게 구조됐다. 반란군의 매복 공격에 투입됐다가 부상을 당했다. 간이 병원에서 깼다.

그 후로는 기억이 혼란스러웠다. 알약들, 물론 그것은 기억났다. 사실 너무너무 많은 알약을 먹었다. 하지만 매복 공격 이후로는 안개처럼 흐리고 간접적인 기억밖에 남아 있지 않았다. 반란군 캠프에서 도망가서…… 무성한 정글을 지나 도시로 갔고…… 수술? 수술을 받았던가?

기억 아닌 기억이 또다시 한바탕 머리 위로 지나갔다. 루이스는 다른 선실로 가서 손을 떨며 거울을 하나 찾아 들여다보았다. 얼굴이 마치 스무 살 얼굴로 보였다!

반란군에 동조하는 자가 있었지. 그래, 그거다. 이제야 기억이 난다. 성형외과 의사가 도와주었다. 그자가 성형수술을 하고 부스터스파이터 일 회분을 주었지. 그 부스터스파이스 효과 한번 대단하군!

루이스는 기억을 재구성하기 시작했다. 약에 중독되었고, 반란군 캠프에서 도망쳤고, 성형수술을 받았고, 그리고…….

이 우주선을 훔쳤구나!

웃음이 나왔다. 아리스토들은 거머리 같은 놈들이었다. 그들이 가지고 있는 것은 모두 애초에 다른 사람들에게서 훔친 것들이었다.

그럼 양심의 가책을 느낄 필요도 없지. 이 놀라운 궁극의 일인용 소형 우주선을 돈 많은 고리인에게 팔아치운다고 해도 양심에 꺼릴 것은 없겠어. 꽤 큰돈을 만질 수 있겠는걸.

즐거운 생각을 하며 루이스는 푸짐한 식사를 합성했다.

루이스가 태양계로 향하는 경로를 입력하는 동안 전망 창에서는 별들이 반짝거리고 있었다.

하이퍼스페이스로 이동하는 데만 두 달이 걸릴 예정이었다. 거기에다 정신적 휴식을 위해 몇 번이나 노멀 스페이스로 나와야 할지는 알 수 없었다. 이 우주선을 팔 때까지 두 달하고 조금 더 걸릴 터였다. 이제 두 달하고 조금만 더 기다리면 안락하고 지루한 일상이 그를 기다리리라.

루이스는 장비들을 살펴보았다. 그리고 전망 창 너머로 별들을 바라보았다. 별들의 패턴을 보며 그는 자신이 어디에 있는지를 떠올렸다.

갑자기 그는 새로운 경로를 입력했다. 태양계와 정반대 방향으로.

그 모든 것을 겪으며 여기까지 왔다. 그렇다면 분명 기억에 남을 모험을 누릴 자격이 충분하지 않겠는가!

『세계의 배신자』 끝